【当代华语世界文学艺术丛书】

歧 路 · 素 丝

Crossroads & White Silk I

（上 册）

稗官居野 著

Bai Guan Ju Ye

博登书屋

Bouden House
New York

【当代华语世界文学艺术丛书】

学术顾问：黎安友、郭汤姆

主　　编：荣　伟

副 主 编：罗慰年

责任编辑：高伐林

Academic Adviser: Andrew J. Nathan, Tom Kellogg
Chief Editor:　　　David Rong
Deputy Editor:　　 William Luo
Responsible Editor: Gao Falin

Published by Bouden House, New York
ISBN:　　979-8-90257-002-8 (Paperback)
　　　　979-8-2955-9592-9 (eBook)

Crossroads & White Silk (Volume I)
Bai Guan Ju Ye

歧路·素丝（上册）
作者：稗官居野

出版：博登书屋·纽约（Bouden House·New York）
邮箱：boudenhouse@gmail.com
发行：谷歌图书（电子版）、亚马逊（纸质版）
版次：2026 年 1 月 第 1 版 第 1 次印刷
字数：1000 千字全集
定价：$100.00 美元全集

作者介绍

稗官居野是作者的笔名，体现了作者的写作状态。稗官，小說家者流也，居野，不在体制内，是个民间写作者。上过小学，因文革停课没上过中学，上过大学。教过村办小学，教过中学，教过大学。文革时期亲自经历过文革的全过程，内蒙兵团 6 年，插队落户 4 年，对所表现的生活有着深切的体验。后来美国，在一家资本市场公司做 IT 工作，写过程序，做过系统管理员至今 20 多年。文革发生在中国，然而在精神层面它属于世界。应该有一部文学作品表现那一个时代，表现那个时代人的精神风貌，那个时代人的心灵历程——这是史学、政治学著作所不能胜任的。《歧路·素丝》就是这样的尝试。作者不遵循红色史观，也不追随普世价值，只尊崇唯真史观。

内 容 概 要

这是一部文革的全景史诗，是红卫兵与知青一代人陆续退出历史舞台、告别尘世之际，留下的至真的记忆、至恸的绝唱。

故事以 1968 年文革后期的一天深夜，毛主席召集群臣听取汇报拉开大幕，展开了时代的政治生态，以及国家权力中枢的群体恐慌。小说笔锋一转，把国家高层的恐慌与普通百姓家庭命运的震荡并置起来，多条人物线索陆续铺开：自有一套生存智慧的居委会主任戴老姨；深藏多年的国民党将军晋风；背负出身枷锁的少年王大毛和王五毛；以追求真理为使命的知识精英华膺；追求个人尊严的俄罗斯贵族少妇华安娜；从"红色贵族"红卫兵司令跌落为"狗崽子"的华苏婴；怀着"翻身改命"雄心大志的贫民子弟刘树强，纷纷登上历史的舞台，开始了他们宿命的旅程。

校园从知识的殿堂变成了革命的角斗场，"尊严与活命"成为无法逃避的抉择。子女出卖父母，妻子背叛丈夫，情人抄家情人，却都是为了真理和正义。

故事在领袖"知识青年到农村去"指示下达之后突然急转直下，红卫兵沦为"兔死狗烹"中的"狗"，顷刻成为被迫"改造世界观"的知识青年，被抛到边疆与山村。寒冷、劳累、饥饿、性饥饿、文化饥饿，既无时无刻不挑战着生命的极限，更无时无刻不突破道德底线。"革命的小婊子"的出现，掀起一场思想风暴，颠覆着千年的道德理念。

"夏医生发配内蒙兵团"一章，随着一位受过良好西方教育的军医被抛入内蒙古兵团为标志，完成了从中南海密室到荒漠边陲的视角迁移，也将"歧路"与"素丝易变"的主题，牢牢锁在人生的岔路口上。

故事继续在并行叙事下演进：兵团与插队、市井与乡村、西方文明与共产文化在同一时间维度中交错推进。

　　当夏医生带着杯盘刀叉和"席梦思"抵达兵团，一场精致与粗砺、西方文明与共产文化、精英与草根的文化冲突就此展开；高尚者对自己展开脱胎换骨的思想改造，卑鄙者无孔不入地谋取个人利益；王五毛要把自己碾成渣、磨成末奉献给天下的穷苦人；华苏婴在与王大毛的爱情毁灭后，为了寻求生命的价值，毅然嫁给了贫下中农为妻，在"与贫下中农划等号"的深渊前义无反顾，以肉体、灵魂、生命为代价践行着自己的道德诉求。

　　为了挽救兵团的彻底溃败，牛政委发动了血腥的整风运动。连里的拉练、军演、抄检、批斗、严刑拷打此伏彼起，严酷的政治生态重构着兵团战士的价值理念。夏医生的泣血呼喊"我是医生，党籍不要了我也要去救人啊"，把职业伦理与个人命运的挣扎展示得惊心动魄。"炼狱""国家的事再小也是大事，个人的事再大也是小事"等章节，把个人命运与国家叙事牢牢绑在一起。王五毛当上生产队长，他筚路蓝缕，把自己糟践成"小鬼儿"却甘之若饴，为的是让受苦人填饱肚皮，然而最终却被受苦人所抛弃；杜俊芝屈心抑志，在雪夜中投入刘树强的小屋，让读者看到，天有道，道无情。

　　后部分，人物命运加速分流：有人押宝高考；有人摧毁健康病退回城；革命的小婊子崔璨为回城把亲生骨肉丢弃在荒原，让野狼为之感叹——千万不可堕落成人！而华苏婴用一生的苦难和生命向父亲证明——自己所做的一切都是"正义选择"而不是"利益选择"。她爱真理却背离真理，爱父亲却出卖父亲，追求生命价值却活得毫无价值，最终结束了"青春无悔"的一生，成为专属于那个时代的悲剧人物；而华膺，以一句"一饮一啄，皆党所赐；雷霆雨露，莫非君恩"诠释了"犬儒"是怎样炼成的——这一代知识分子的宿命。

　　小说最终以"复调式"的"大团圆"收束，不同人物各自了结前尘恩怨，不论接受还是拒绝，纷纷展现出人性的尊严与刚健。将红卫兵时代与后知青时代的城市生活重新串起，显示出时代剧变之下，"天堂与地狱之间只有一步之遥"，而人的性格与选择，终究在细微处决定了各自的归宿。

上 册 目 录

上 册

第 1 章　毛主席夤夜会群臣

恻恻泣路歧，哀哀悲素丝。

路歧有南北，素丝易变移。

万事固如此，人生无定期。

……

——李白《古风·其五十九》

已是深夜。毛主席正偎在卧室的床上读书。他背靠着枕头，身上蒙着毛毯，手持一本线装《韩非子》。台灯照在后背，将影子投到床上，许久不见翻动书页，他心思早已不在书上，他深深地陷入了沉思。

护士长吴旭君走进来。这是一个身材弱小的女人。她步履轻盈，毫无声响，像是在飘。她手托着一个盘子，上面放着一个白瓷盖杯，旁边有两颗小小的药片。来到毛主席床边，轻轻说："到点了，主席该吃药睡觉了。"这是南方普通话口音，声音有点娇嗲，但语气却不容置疑，像幼儿园的阿姨对一个孩子。她说的药是安眠药。自从文化大革命以来，毛主席日夜操劳，常常失眠，需要吃药帮助入睡。

毛主席被她从沉思中唤醒，长出一口气说："睡觉？今晚恐怕睡不成喽！"他把尾音拖得很长，像是一声叹息。

护士长听了并没有吃惊，在她的经验里，特别是近三年以来，打破作息常规是经常发生的事情。她知道，不久将有大事发生。

此时是 1968 年 12 月，已是文化大革命的第三个年头。对于毛主席而言这是取得重大胜利的一年。九月，全国二十九个省、自治区、直辖市的党政权力机构全部被砸烂，取而代之的新型红色政权—— 革命委员会成立了起来，这在当时叫作"全国山河一片红"；与此同时，国务院下属各个部、委实行了军管。走到这一步，不管是各省，还是国务院下属各部、委，原本被毛主席认为，被资产阶级窃取的权力齐刷刷地被毛主席夺回到自己手里；一个月以后，国家主席刘少奇被以叛徒、内奸、工贼的名义永远开除出党。至此，毛主席的心腹大患刘少奇和他的集团已被铲除。这就是说，文化大革命已经取得了全面胜利，毛主席心里清楚，文化大革命该收官了。

大功告成本应该感到轻松，却不知为什么这几天总是心惊肉跳。总觉得有什么大的疏漏自己没有察觉，弄不好大好局面会翻了盘子。仔细盘点，那疏漏到底是什么呢？

三年以来，在国际上，一手反帝，一手反修，凭他一己之力把美帝、苏修两个超级大国玩弄于股掌之上，自己堂堂正正地成为了世界共产革命运动的领袖——每想至此，心中不免充满轻蔑——这世界也不过如此。

然而，如今北部边境苏修陈兵百万，随时都有可能打过来。这么一来，在国内的文化大革命搞得沸反盈天的时候，还得腾出手来备战备荒。

不仅仅如此，南边跟美帝在越南打得炮火连天，血肉横飞。虽说战场不在自己的国土上，但是花的是中国的钱，死的是中国的人，实际上就是中国跟美国在打一场战争！

论国力，论军力，那可是世界上的两个超级大国，哪一个不是拔根汗毛比你的腰还粗？双拳出击犯了兵家之大忌，同时跟这两个超级大国对抗不是找死吗？章法大乱啊！

三年以来，在国内沉醉于酣畅淋漓的政治斗争，却荒疏了平淡无奇的朝政。就连百姓的柴米油盐，饥寒饱暖都一无所知，更何谈纷繁复杂的金融财经、工农业生产！

他并不认为自己没有能力管理国计民生，而是不屑于做那些事情。那些都是燕雀之志，太琐碎，太无聊。自己胸中装着的乃是鸿鹄之志，是那些叱咤风云、经天纬地的大事情。可是现在不行！他清楚记得，就在几年前"庐山会议"上，差一点被掀下马来。究其原因，还不就是因为那些柴米油盐的事情？经验告诉他，权力斗争的成败变幻莫测，常在转瞬之间。

此番扳倒刘少奇他已经费尽了周章。说是"我动一个小指头就可以把你打倒"，事实上，动了多大心思，用了多大气力，只有自己心里明白。

如今怕的是螳螂捕蝉，黄雀在后。倘若自己有个什么疏漏，有人在背后给你来一下子，自己将会万劫不复！没有谁比他更清楚权力斗争的输家结局该是多么悲惨，那岂止是身败名裂，简直就是死无葬身之地！想到这里臂膀已经瘫软，冷汗湿透了睡衣。现在一定要把国计民生的命脉拢在自己手里，对，刻不容缓！

"你立即通知国务院各部、委负责同志，到北京厅汇报工作。"毛主席说。

吴旭君看了看腕上的手表说："现在已经十一点钟，等他们来了，几十个人，听完汇报肯定是一个通宵，你的作息常规就全被打乱了。是不是现在先通知他们，让他们准备一下，等明天再听取汇报？"

毛主席长叹一声说："唉！这个你就不晓得喽！你现在通知了他们，明天开会，每个人照本宣科，给你念一篇稿子，统统都是一派大好。要是听信了那些鬼话会坏了我的大事情的！听汇报也要跟打仗一样哦，要出其不意，攻其不备，打他个措手不及！你通知他们时也不要讲我要见他们，等来了再说。"

吴旭君轻轻点一下头，眼睛露出领略了智谋妙处的惊异，嘴角却流露出轻蔑的微笑。问道："除各部、委一把手外，主席还需要哪些中央领导同志到会？"

毛主席稍一迟疑，说："你叫上总理和林彪同志，其他人嘛，"毛主席顿了一下："就算了吧——我也要起身去恭候文武百官喽！"

吴旭君手指着腕上的手表说："记着：凌晨四点钟一定要结束会议，到点我去接你。这安眠药嘛，放在这里回来再吃。"口气不容置疑。说罢放下托盘，转身走了出去。

周恩来总理此时正在批阅文件，秘书纪东走了进来，附身到周总理耳边说道："主席来电话了。"声音近似耳语，毫无表情，却更显得神秘。

周总理听了暗自吃了一惊，表面却十分镇静。这个时候毛主席打过电话来一定有大事。他猛抬起头看着纪东说："主席有什么事？"

纪东答道："是吴旭君打过来的。她只说了一句话，'请总理立即到北京厅跟主席一起听取国务院各部、委工作汇报'。"

周总理听了轻轻"嗯"了一声，嘴角露出一丝不被人察觉的微笑，那是洞悉事态的轻蔑。

文化大革命开始以来，周总理竭尽全力辅佐毛主席把刘少奇扳倒，同时又在担心成为毛主席下一个猎物。他深知古训"伴君如伴虎"的道理，特别是给毛主席当第二把手，那就是在虎口底下讨生活，而这只老虎从来是不吃素的。刘少奇被吃掉就是个最好的警示。幸亏毛主席推出林彪当接班人，顶上了二把手的位置，自己就坡下驴，乐不得地成了第三把手。有了林彪这座挡风墙，无疑自己安全多了，心里这才稍稍安宁下来。

其实在两个月前刘少奇被开除出党的那一天周总理就已经料到，毛主席很快就会因对国计民生的生疏而感到恐慌，那时候就会把自己叫去汇报工作，但没有料到会这么晚。

想起向毛主席汇报工作，周总理始终在为难。自从文化大革命发动以来，就如同毛主席使尽浑身解数要把全国搞乱一样，周总理也在使尽浑身解数在背后偷偷地给他擦屁股。文化革命一开始，各级党政机构很快就被砸烂。如若当时中国经济是一个市场经济体系，失去了政府机构的调配似乎还无关大碍。可惜偏偏不是，那时的中国经济是一个完全的计划经济体系，大到粮食、钢铁，小到香烟、火柴都是国家计划生产，市场调节生产的功能完全被废除。因此，所有经济的运作全靠各级政府调节，掌控。中央政府就是神经中枢，同地方政府构成了一个复杂的神经系统，调节着国家的经济运转。突然神经中枢被摧毁了，神经系统被砸烂了，那是怎样的混乱？恐怕只有周总理一人知道。今天这里断粮，明天那里断煤、断油、断电、断水。到处停工、停产，兼之自然灾害层出不穷。周总理拆了东墙补西墙，这边按倒葫芦，那边又起来瓢。因为各级政府的头头都被打成走资派关了起来，行政命令再也没有过去那么好使唤了。这两年多以来全靠着周总理的威望和各地的人脉勉强维持着经济的运转。

尽管如此，今年九月，毛主席对国务院下属各部、委实行了全面军管。一群军人掌控了国务院所有要害部门。这群军人对部委事务运作一窍不通，却又要当家作主，这不仅仅是乱上加乱的事，国务院部、委是周恩来的下属衙门，实行军管的头头儿却都是林彪的亲信！明摆着，这是什么意思？

如今毛主席要听取部、委汇报，其实就是对国计民生的掌控失去了自信。周总理心里很清楚，尽快地帮助毛主席找到自信，把这一块交到他手里攥着，他就消停了，自己才会有好日子过。

然而这件事做起来却并不那么简单。其实，仅凭自己一个人，一桩一件地交代，就能让毛主席找到自信，这是最容易的办法。可是最可怕的恰恰是让毛主席感到，整个国家的经济命脉就把握在你周恩来的手里！那不异于告诉毛主席，你费了九牛二虎之力刚刚夺回的权力，现在并不在你手里！毛主席最怕的还不就是大权旁落？那你周恩来可就步了刘少奇的后尘。因此这次汇报，与其让毛主席感到三年以来是你稳定住了国计民生，还不如让毛主席感到你什么都没干更好。

可是又不能一问三不知，那岂不是让毛主席一眼就看出来你在跟他玩"韬晦之计"吗？正在两难之际接到了打来的电话，正中下怀，天上掉下来一个机会让他摆脱两难的境地。这时周总理心里已经有了谱儿：国务院的情况就由各部、委负责人去讲，自己既不必装糊涂，又不会让毛主席觉得国民经济就攥在你手里。

打定了主意，找到了自信，他微微地点了点头。放下正在阅读的文件，起身穿上大衣。此时秘书前来告知，车已经在门外等候了。

林彪接到通知后也先自吃了一惊，他首先想到的是，莫非北部边境出现异动？不会，即便有，国防部也应该先报告到我这里。但当听到"听取各部、委汇报工作"时便放下心来。和周总理不一样的是，他并不关心诸如国计民生之类的事情。特别是现在，文化革命已经进入尾声，作为国防部长，他的目光正聚焦于北部边境。近来那里发生的变化让他胆战心惊。正在这个时节接到了听取各部、委汇报的电话，这正是一个向毛主席汇报的机会。

林彪和周总理到达北京厅后门时，只见汪东兴早已迎候在门口。

汪东兴说道："林副主席，总理来了。主席让我来迎接你们。"周总理听罢，伸右手向前做个手势，让汪东兴前边带路，林彪，周总理跟随，不由得都加快了脚步。来到门口，汪东兴推开门，站在门侧，做个手势请林彪、周总理进入，自己却留在了门外。

尚未见人，只听见里面高声说道："深更半夜打扰你们二位喽！"

二人知道这是毛主席的声音，急驱步向前。只见毛主席身穿军大衣仰面坐在正中央的沙发上，知道他们到来，却不侧目相看。旁边站立着公安部长谢富治。来到毛主席面前，林彪躬身道："主席召见，哪里是打扰？"

周总理在林彪后面也躬身道："主席这么晚了还在操劳，万望主席多加保重！"

毛主席听罢，向两侧摆摆手，大笑道："哈哈，我这算不得操劳，我有镇国家抚百姓的萧何；还有战必胜攻必取的韩信，我可以高枕无忧啦，操劳的是你们，快请坐下。"

周总理听罢不由得一惊。这是毛主席说话的习惯，引经据典，天上一句，地下一句地抡，听起来似乎不着边际，但若身在局中，总能从话里听出话来。这两句话分明是把周恩来、林彪比作萧何、韩信，那么他自己不就是刘邦吗？周总理最怕的是毛主席认为国计民生的大权就操在自己手里！可这"镇国家、抚百姓"还不就是这个意思吗？他感到了咄咄逼人的气势，临来时的自信早已飞到九霄云外，不由得掩饰说道："都是些微不足道的日常工作嘛！"

林彪对这些引经据典的话听得不是很懂，但他知道毛主席夸他是韩信，于是也连忙说道："职责所在，即便殚精竭虑也还是担心有所疏漏，耽误了主席的大事呀！"

汪东兴走进大厅，来到毛主席身后，俯身轻声说："部、委同志们已经到了，是不是请他们进来？"毛主席轻轻点了一下头。谢富治便跟随汪东兴一起走了出去。

各部、委首脑接到通知时多数已经入睡。一听要到人民大会堂开会，知道此事干系重大，不敢怠慢，立即起床穿衣，匆匆忙忙赶到指定的地点等候。

正值隆冬季节，大会堂侧门高高的台阶之上寒风凛冽，昏黄的灯光下，人影憧憧。三十几位部、委首脑三人一圈，五人一群，交头接耳，小心翼翼地打听着出了什么事儿。

高高的大门轻轻地打开一道缝儿，从门缝里挤出两个人来，门随即又被关上。他们都认识，前边的是被他们背后称作"大内总管"的汪东兴；后边的是公安部长谢富治。汪东兴走向前来对大家说："各部、委领导同志辛苦了。主席让我对大家说打扰大家睡觉了。"这时他们才知道，是毛主席召见，顿时张大嘴巴，惊骇异常。突然间意识到要汇报工作，却不由得心惊胆战，各自盘算着跟毛主席怎么讲，讲什么。

汪东兴接着说："大家知道毛主席日理万机，时间非常珍贵。今天召集大家来汇报工作，还有两个要求请务必认真执行：第一，不许做笔记；第二，汇报要简明扼要，要讲真话。"说罢转身开门，众人慌忙整理好衣冠，跟随走进大厅。

三十余人列为一队鱼贯而入，刚刚走进大门，就看见毛主席已经在门口迎接了。林副主席和周总理一左一右侍立两侧。二人右手握着"红宝书"不停地在头前侧抖动。林副主席手持"红宝书"的方法与众不同：他把食指插在书中的某一页，而用拇指和中指捏着红宝书。看似他刚刚还在阅读，读到了这一页，稍后他还要继续从这里阅读，那食指宛然就是一个书签。让人感到，他随时随地都在学习毛泽东思想。

今天的看官未必知道这"红宝书"究竟是为何物，需要在这里多说几句，只因后面还有很多故事与它相关。

"红宝书"本名叫作《毛主席语录》。是林彪责成《解放军报》编纂成书的。成书后由解放军总政治部发行，解放军官兵每人都发给一册。书的内容采取"语录体"，即摘录毛主席各个时期的讲话或者文章的片段，短的十几个字，长的百余个字，编纂成一本书。林彪说，毛泽东思想是解放军官兵的精神食粮，是精神原子弹，是客服一切困难，解决一切问题的法宝。编纂这本书的目的是，能够让解放军官兵随身携带，使他们不管在什么时候，什么场合，遇到任何困难、任何问题，随时都可拿出来诵读，寻求解决方法，汲取精神力量。

说来也怪，自从这本书发行以后，神奇的故事屡屡发生。无数官兵有着相同的经历：凡遇到困难，只要打开这本书，顿时觉得眼前金光闪闪，如有神灵下凡指点，所遇问题迎刃而解，面临困难也得以克服！这方法百试百灵，法力无边，遂给它起了个名字叫作"红宝书"。

这本小书儿最初只通行于军队，后来文化大革命爆发，便成为红卫兵横行天下必须携带的利器。他们破四旧、立四新、揪斗牛鬼蛇神、施行"红色恐怖"、施虐、施暴的时候，手里都举着这本红宝书，口里都诵念着书里边的段子。

起初这本书做成六十四开大小，红色塑料封皮，正面印有"毛主席语录"五个金字。后来，为了携带方便，便越做越小，越印越精致，最后只做到手心儿大小，可以放在掌中把玩，成为"手把件"。

"红宝书"的用处还不仅如此。随着文化革命的兴起，全国各个单位都建立了"早请示"和"晚汇报"的制度。如同庙里的僧侣每天要有"晨读"和"暮诵"一样。"早请示"是每天起床后要做的第一件事，向毛主席请示这一天应该怎么做；"晚汇报"便是每天上床前要做的最后一件事，向毛主席汇报一天的行为。"早请示"和"晚汇报"都要集体念诵红宝书中的段落。这"早请示""晚汇报"的第一道程序，是祝愿毛主席万寿无疆。

"早请示"和"晚汇报"通常是这样开始的：

领诵人说："全体起立！立正！"

于是众人向毛主席像立正站好。

领诵人说："手握红宝书，心向北京城，心中想念毛泽东。首先让我们衷心地祝愿我们心中最红最红的红太阳，我们伟大的导师，伟大的领袖，伟大的统帅，伟大的舵手毛主席万寿无疆！"

这时候众人右手握着"红宝书"举到肩上，随着念诵的节奏，把个"红宝书"整齐地前后挥舞，口中念道："万寿无疆！万寿无疆！万寿无疆！"

这是向毛主席表示忠心的祝颂礼仪，每个细节都是唐突不得的。"红宝书"这时候就成为一种标准的"礼器"，其庄严与神圣超过基督徒之于《圣经》，穆斯林之于《古兰经》。

此时的大厅里，除了毛主席没带"红宝书"，其他人，人手一册。

三十几位部、委首脑手里抖动着红宝书迤逦走进来。毛主席紧皱着眉头，很不耐烦的神情，一一跟他们握手。握着毛主席如同棉花一样柔软且没有温度的手，他们感觉到了自己在他心里的分量。

其中有几位老部长都是过去多次见过毛主席的，本来感觉，今天不过是再见一次而已；其余都是身经百战的现役军人，是炮火连天都无所畏惧的贼大胆。然而连他们自己也没有想到，今天却与以往大不一样，当走到毛主席面前，不知何故禁不住双腿瘫软，脸色苍白，周身惴惴其栗，方懂得"诚惶诚恐"的真实含义。

这时候，轮到一位军人走到毛主席面前，还没有握手，却突然把"红宝书"高高举上头顶，振臂高呼道："毛主席万岁！"

这是那种犹如张翼德"喝断桥梁水倒流"一样天生的大嗓门，兼之激动，就喊岔了音儿。这一声就如晴空炸了个焦雷。百万人山呼万岁的场面在毛主席那里早已习以为常。却没想到会有人在自己的耳边来这么一嗓子。这一声可不要紧，把他老人家吓得一激灵。

周总理见状，疾步上前双手搀扶。毛主席睁开眼睛，定了定神，把周总理搡开。周总理察觉自己唐突，遂立即收回搀扶的双手，若无其事地继续摇着红宝书。

众人不由得也被这喊声吓了一跳，侧目相看，只见此人五十岁上下，身着军装，高个子，面色黧黑，身材魁梧，比众人高出一大截子，站在那里就像个护法金刚，众人都在他俯视之下。部、委首脑们都认得，他是林彪的部下，现在是一机部军代表，名叫赵大齐。

众人听到这突如其来的口号声，不敢怠慢，匆忙挥舞红宝书，一起跟随呼喊"毛主席万岁！"

赵大齐见有人跟随，受到了鼓励，愈发来了精神，提起脚跟，高举手臂，铆足气力继续喊道："万岁！万万岁！"

众人跟随喊道："万岁！万万岁！"

声音未落，他又换了另一个口号喊道："祝伟大领袖毛主席万寿无疆！"

众人也跟随高喊："祝毛主席万寿无疆！万寿无疆！万寿无疆！"

喊声一潮高过一潮，人人不甘示弱，谁也无法置身事外。林副主席和周总理见到这般情景，也不敢怠慢，跟着大家一起喊了起来。一时间声震屋宇，屋顶的水晶灯嘤嘤共鸣。

许久，周总理微笑着举起双手，向下挥舞，示意大家平息下来，喊声才稍有减弱。周总理随即说道："同志们！同志们！大家见到毛主席心情激动是可以理解的。但是今天毛主席召集我们来，是要听我们大家汇报工作的。如果我们控制不住激动的情绪，就会影响工作的正常进行。希望大家把对毛主席的热爱，转化成搞好工作的动力，认真做好汇报，这样好不好呀？"

众人听罢频频点头，呼喊终于停止。由警卫人员引领，三十几位部、委首脑如雁翅般分为两翼依次坐定。

第 2 章　戴老姨排门告示，但有的差使无推故

戴老姨走到宝善里一号的时候已经是傍晚时分。推开院子厚重的大门，木头的门轴在石头的门臼中扭动，发出嗡的一声钝响。这是一个大杂院，住着五户人家，她家是其中的一家。

冬季昼短，其实还不到五点，西厢房青色的屋脊上还托着半个朦胧的太阳，各家各户就先后掌起灯来。灯也不过是每家仅有的一只 25 瓦的灯泡，从门窗内透出昏黄的光。只见各家屋门紧闭，院内悄无声息。

这是天津市最为常见的"三合院"，是普通市民居住的院落。松木大门涂着朱红色的油漆。门框上一幅对联，用金黄色的油漆写成，上联是"四海翻腾云水怒"，下联是"五洲震荡风雷激"。两扇大门上是一幅四字对联，斗大的字也用金黄色油漆写成。上联是："革命无罪"，下联是"造反有理"。门框横眉上有一个横批，不知为什么竟然与两幅对联毫不搭界："毛主席万岁"。

本来，普通百姓家的大门是不涂油漆的，只是裸露着质朴的木纹以及岁月留下的苍老斑驳的痕迹。本来也是没有对联的，只有到了春节，才贴上黑墨写在大红纸上的"对子"。过完年，随着风雨剥蚀，红纸自行脱落，又露出木质的本色。只是文化大革命兴起，各院大门才涂成了这个样子，让人觉得活在一个红彤彤的世界上，血也在沸腾着。

院子不大，只有七间屋子：三间正房，东西各两间厢房，与大门共成四面，构成一个方方正正的院子。看形制，当年一定是独门独院一家居住。但世事变迁，现在已经是五家合住的大杂院了。当年究竟是谁家独居这个院子？后来为什么搬走了？是发迹了，还是没落了？都已经无从知晓。

现在这样的民居在天津市大抵已经绝迹。这是"旧社会"留下的

民居标本，当年市区许多地面都是这种院落，格局也大致如此，只是房间多少，院落大小有所不同而已。

同深宅大院不同，它们不豪华，却也绝不寒酸。虽是平民的住所，却也让人看到"房子该怎么盖就怎么盖"的执着。大门两侧都有石头门墩儿。每间屋门前都有数层青石条台阶。房子是青堂瓦舍，磨砖对缝。门、窗之上一概是伐旋做拱，以结构承受着屋顶的重量，给人一种力学之美。屋顶上是阴阳瓦，阴瓦末端有滴水，阳瓦末端有瓦当，瓦当和滴水上面都有精致的花纹。

这些房子的间量都不大，平均十平方米。这在当时不算是很小的屋子了。新婚的平民夫妻，有这样大小的一间屋子成家，算是过得去的配置。正常状态，随着子女数量的增加，长大，空间便渐渐变得拥挤，这个时候，就应该添置新屋了。

然而后来十七年的社会主义建设没有提供这样的机会，直到故事发生的年代，多数家庭只有一间十平米大小的屋子。居住人口的多寡则由生育能力决定：有的家三四口人，有的却有十口八口。"一间屋子半间炕，厨房茅房带客厅"，乃是常态。

这一天是星期六，次日便是公休日，在那个每星期只有一天休息日的年月，"公休日"便显得格外珍贵。因为明天不用上班，今天晚上便成为一个星期中最为轻松愉快的晚上。然而，当戴老姨敲响他们的家门时，就注定他们的轻松愉快是享受不到了。

她累了，从下午三点接到通知就开始挨门挨户地走，脚底板都走疼了。她掰着手指头数了数，一二十条胡同，几十个院子都已经通知到了。好在这是最后一条胡同，最后一个院子了。敲完最后这几家的门，她就可以回家了。

嘣嘣嘣嘣嘣嘣！他敲响了齐蚩氓家的屋门，就是院子右手边第一家。胡同里有个习惯，说是谁家，都以他家的长子的名字称呼。齐蚩氓，就是齐家的长子，他家就被叫做"蚩氓家"。

"听着啦！今天晚上七点有重要广播，是重要广播！现在时候可是不早了！把手头的活都撂一撂，该捅炉子的捅炉子，该做饭的做饭了。今天不光有重要广播，还有'最新指示'发表，是最新指示！听着了没有？宣传最新指示，上街游行都不能落在后头是不是？时候不早了听着了没有！"她嗓子已经有些沙哑了，同样的话她已经说过了几十遍，她必须继续说着。

说是敲门，实际上是敲门上的玻璃，于是声音就格外地大，震天介响，很是粗鲁。但她是居委会主任，正在传达上边的指示，她代表着官府，是执行公务，因此粗鲁也格外理直气壮。

嘣嘣嘣嘣嘣嘣！门玻璃上继续敲着，直到屋里有了回话："听见了！听见了！您不心疼我的门，我还心疼您的手呢！"这是蚩氓的声音。

"少跟我贫嘴呱舌！听见了还不赶紧动唤？"

说着，走着，敲响了第二家的门，一样地粗鲁，一样地理直气壮。

绕院子兜一个圈就到了自己的家，她可以回家喘口气了。

这是一个古老的职业。说它古老，可追溯到秦朝，甚至更早。只是那个时候不叫"居委会主任"，而是叫作"里长"。这是天上的朝廷跟地下的百姓连接的最后一个环节。历代朝廷的政令，诸如纳捐、纳税、纳粮、纳草、抽丁、抽夫、筹劳、筹役等等，都是由他们经办才得以落实的。除此之外，它还有一个重要职责：监督百姓，检举坏人。这是打从设立这个职务就有的原始功能。于是它又是官府的触须，触及民情，传达给神经中枢。历朝历代不管谁坐天下，这些事情总是不可缺少的，因此这个职务也一直延续至今。

在当时说它是"职务"其实并不恰当，因为它根本就不是一个职业。居委会也只是一个普通百姓的自治组织，不是国家编制的政府部门。在居委会做事儿的人都不属于国家公务员系列，也没有任何行政级别，当然也没有工资。说白了，他们是业余的，是官府的帮闲。

戴老姨是个老资格的居委会主任。在这个职务还叫作"里长"的时候，她就是里长了。她最初当里长的时候，曾经办过一次让所有中国人都惊心动魄的大事情：挨门挨户通知摘掉青天白日旗，挂上太阳旗——那一年日本人打了进来。

八年以后她还是里长，她又经办了一次让中国人欢天喜地的大事情：同样还是她挨家挨户通知，摘掉太阳旗，挂上青天白日旗——

那一年日本人投降了。

此后又过了几年，她再次经办了一次大事，挨家挨户通知，摘掉青天白日旗，挂上五星红旗。这一次人们既不惊心动魄，也不欢天喜地，他们对于"城头变幻大王旗"已经习以为常了。那一年被说成"解放了"。

在挂太阳旗的时候，她曾经为日本人抓过国民党人；挂青天白日旗的时候，她也曾经为国民党抓过"共匪"；在五星红旗刚刚挂起不久，便开始了"镇反运动"，她曾经带人抓过形形色色的"反革命"。

不管是哪个朝代，被抓的人都是被官府认定的敌人，坏人。当然不管是哪个朝代，在她指引下被抓的人多数都没能活着出来。

那么多人因她告发而丢掉了性命，在她心里是否留下了什么阴影？有过什么愧疚？或者稍有不忍？不安？那些人毕竟是左邻右舍，毕竟抬头不见低头见；依照胡同邻里的习俗，毕竟"叔伯姑婶"地叫着；伤人性命毕竟是人世间最大的罪孽。

或许有，肯定有！当在夜深人静，在梦中惊醒。沉睡时恰是天良觉醒的时刻，然而当她觉醒，天良却沉睡了。觉醒时理智会告诉她那些人都是坏人，都罪有应得，因而自己把他们送上断头台是对的，正义的，甚至是光荣的。三十年来，她就是在沉睡的天良中，在觉醒着的理智中，交替着走到今天，还将依然如此走向将来。

令人惊奇的是，三次改朝换代，她怎么能够屹立不倒？尤其是，国民党，日本人，共产党是互为敌人的。它们不仅仅是权力，势力上的敌人，它们简直就是天敌。它们的文化，价值观、审美观，以至于其他方方面面，乃至于星星点点都不仅仅是不同，而且是反着个儿的，水火不容的。在这烙大饼一样翻来翻去的政权更替里，戴老姨始终能够当着同样的差，受着同样的信任，这确实是个奇迹，她究竟凭什么能够长盛不衰？

挂青天白日旗的时候，她通常穿着大襟袄，也穿对襟袄。出门多数穿着旗袍。头发梳着很大的"民国缵"——就是宋庆龄梳着的那种发型——头顶不分印儿，长发一概往后梳，最终在脑后缩成一个圆圆大大的发缵儿，像绵羊尾巴，这大约是民国时期最为通行，也是最为质朴的发型。

挂太阳旗的时候，发型、服装依然如旧，但是她却悄悄地做了一套和服，专为开会穿。

当青天白日旗再次挂回来的时候，她把和服藏了起来。这一藏就是二十年。直到文化大革命爆发，她带领着红卫兵去抄家，亲眼看到箱柜梳奁被翻得底朝天，所有珍藏、细软都暴露在光天化日之下的时候，她突然吓出了一身冷汗，那和服万一被人看到，便是当汉奸的铁证，于是把和服偷偷地烧掉了。

当五星红旗刚刚挂起的时候，她的民国缵继续留着，衣服依然是大襟袄，对襟袄，令人惊奇的是，有时候，她出入居然穿起了列宁装！列宁装就是那种翻领，双排扣，颜色是八路军军服的那种土黄色，只有进城的女八路才穿的衣服。这风格变换的跨度未免太大了吧？穿它出门尽管自己也觉得太过炸眼，跟发型、跟她一贯的做派也不大配套。衣着、发型、举止这些东西也跟煎饼果子一样，是配套的。但她坚信，别管那么多，只要穿着它在街上走几趟，自己习惯了，别人也就习惯了。

文化大革命爆发了，当大街上开始剪瘦腿裤、剪头发的时候，她的民国缵不见了，剪成了短发。这短发跟民国缵有相似之处：依然是所有头发都往后梳，不分印儿，露出耳朵，直梳到脑后。不同的是并不绾缵儿，而是在绾缵的位置齐刷刷地把头发剪掉。人们看惯了女人脑后的那个肥肥大大的绵羊尾巴突然消失了，总觉得少了点什么，民间管这种发型叫做"秃尾巴鹌鹑"。戴老姨很快就悟出了"头发越短越革命"的道理，为了表明自己鲜明的立场，她下剪子的位置便格外高。发缵消失之后，脑后便露出一大截黢黑的脖子格外显眼。尽管出门时后脖颈子飕飕发冷，也不管人们用多么奇异的目光看她，戴老姨看准了，接下来的时代就属于秃尾巴鹌鹑了。

有谁能够说清楚，究竟是理念决定了审美，还是审美决定了理念？然而没有疑问它们是有关系的、一致的，或者说是配套的。孔子和老子，即便是活在完全相同的国家、时代，他们的衣着和发型也会大相径庭。

　　刚好国民党跟共产党在理念上是对立的，如同水和油不能相融，如同水和火不能相容。

　　服饰、发型究竟怎么表现国家理念？虽然无法言说，却又一目了然；看似扑朔迷离，却又十分清晰。特别在那个改朝换代的年头，人们的感受是强烈的，清晰的。即便是在今天，人们都穿上了西服革履，姓国，还是姓共？依然还是泾渭分明，一目了然。

　　然而戴老姨完全不需要弄明白这些，就能够把握这些。这是她的过人之处。她能够准确地捕捉到那些微妙的东西，准确地表现在自己身上，这是一种天赋。她能够做到，在改朝换代之后，让官府一看就会把自己当成自己人，相信她，使用她。

　　然而这似乎并不能构成戴老姨长盛不衰的全部原因。哪朝哪代政权更替还不都伴随着服饰、发型的变化？权力的价值观就是主流价值观。主流价值观所代表的审美观就是时尚。哪朝哪代的芸芸众生能够抵抗那个时尚？

　　戴老姨必须另有她独具的东西，才能成就她的长盛不衰。那究竟是什么呢？是忠诚！三十多年勤勤恳恳地当着同一个差使，并且只是一个小到不能再小的差使，没有忠诚是不可想象的。

　　那是怎样的忠诚呢？

　　刘宾雁曾经把忠诚分为两种；一种是雷锋式的忠诚。这种忠诚是"毛主席怎么说我就怎么做"，至于毛主席说得对不对，则不是我该想的事情。这种忠诚是忠诚于皇上他老人家。刘宾雁把这叫作"第一种忠诚"；

　　另一种忠诚是忠诚于真理和正义，而不是终于某人，某党。刘宾雁把它叫作"第二种忠诚"。

　　戴老姨属于哪一种呢？她忠诚于某个皇上吗？当然不是。皇上是谁，是蒋介石，昭和天皇，还是毛主席她都不在乎，显然她不属于"第一种忠诚"。

　　那么她忠诚于真理和正义吗？当然也不，她几乎不懂得什么是真理和正义。她对"真理""正义"那些玩意儿从来就没有兴趣——更准确地说，她自有她自己的真理和正义，只是与众人不同而已。

当然她也不属于"第二种忠诚"。那么她忠诚于什么呢？

她忠诚于权力！不，"权力"也不是她的词典里边的词，对于她而言应该说是忠于"朝廷"或者忠于"官府"。官府在她那里就是主人，她在官府那里就是奴仆——无论谁是官府，也无论官府是什么样的官府。这应当属于第三种忠诚。

没有工资，这便使得这种忠诚摆脱了追逐利益的庸俗气，具有了精神层面的"崇高"品质。戴老姨确实也享受着这种崇高。或许这正是她三十年对这个职位热情不减的动力。

那么谁养活她呢？当然是她的男人。

戴老姨长得不好看，人高马大，方型脸，是那种骨骼健硕的头型，凡是有骨骼的地方，就都凸起来——高颧骨，高眉骨，高牙床，高鼻梁。即便是近年五十岁出了头，身材依然挺拔，只是腰身日渐发福。走路挺胸昂头，双臂在臀后摆动，属于"仰头老婆低头汉"的前者。

她的男人长得不怎么起眼，又矮，又黑，又老，头发已经脱落得所剩不多，索性便剃了光头。看上去就是矬墩墩的一个小老头。他偏偏又生性不爱交往，沉默寡言，凡人不理。由于戴老姨在胡同里招人耳目，就显得他家颇有些阴盛阳衰的气象。她的男人姓什么，叫什么？对于邻里，都变得并不重要。通常不会被人们提起，非提起他不可的时候，人们只管他叫"戴老姨夫"。戴老姨夫每天蔫溜儿地出去上班，蔫溜儿地下班回家。回家后就在屋里呆着，很少出门。在街坊邻居的印象里仿佛就没有这么一个人。然而就是他，上班挣钱，养活着一家四口。

戴老姨生有一儿一女。儿子是哥哥，今年上高三。女儿比哥哥小两岁，今年上高一。

两个孩子是平平常常的孩子，在一个平平常常的学校。没有让邻里瞩目的成绩，也没有突出的劣迹。相貌不丑也不俊。胡同里连他们的学名叫什么都不知道，只知道小名，男孩叫小臭儿，女孩叫老肥。

无论如何戴老姨的差事依然在继续着。今天她的任务是，通知各家个户晚上收听中央人民广播电台的广播，今天将有最新指示发布。

而那指示，此时此刻正在路上。

第3章 逆 鳞

毛主席端坐在沙发正中央，举目环顾，只见眼前一片国防绿色，三十几人多数皆着军装，只有少数身着蓝色或灰色中山装，显得孤独且寒酸，不由得心中一惊。

毛主席在对刘少奇下手之前下了一道指示，对国务院下属十八个重要的部、委实行军管。几天之内各个部、委的一把手便全部换成了军人。明眼人都清楚，所谓军管，就是对这些重要的部、委的头头儿放心不下，让这些军人为他镇守要害。其实这不过是权宜之计，故而，这些军人懂不懂政务也就无关紧要了。原来的部长十之八九都被打成了走资派而关进了"牛棚"，没被打倒的留在部里都不是第一把手。而那些作为一把手的军人却都是林彪的亲信。

毛主席瞄了一眼身边的林彪。这满眼国防绿确实令人不安。用他们是来防止异动的，但万一他们发起异动，岂不是引狼入室，弄巧成拙？这是毛主席今晚召开会议的意外发现。

今天，早已已经没有人佩戴"纪念章"了。在北京、纽约或者伦敦的使馆区偶尔会看到，那肯定是朝鲜人，戴的也不是毛主席像章，而是金家祖孙三代首脑的像章，这在全世界都算是异类。而那个时候的中国不戴的才是异类！那时候的所谓"纪念章"其实就是毛主席像章。此时的大厅里，除了毛主席，其他人，包括林副主席和周总理的胸前都明晃晃地闪烁着毛主席像章的光芒。

见毛主席坐稳，周总理才斜签着坐在沙发边沿，双手捧着红宝书，放在膝盖上，腰板挺得笔直。林副主席同周总理的坐法相同。众人也都学着他们的样子坐了下来，侧脸注视着毛主席。顷刻安静下来。

周总理侧过脸去，等待毛主席示下。毛主席向他微微点了一下头，周总理这才说道："毛主席让我来主持会议，我就先说几句。这是各部、委第一次向毛主席汇报工作。革命形势发展很快，新形势下，一定有很多新情况发生。特别是部队的同志担任各个部、委领导工作以后，带来了新的活力，新的工作作风。但是刚刚接手行政工作，也会遇到新的问题。毛主席惦念你们，想听一听你们的汇报。有什么新情况，新问题，特别是不好解决的难题，需要中央统筹协调的，都要大胆地讲出来。为毛主席总体把握时局，做出伟大的战略部署提供可靠的资讯。请大家畅所欲言吧。"

说罢侧过脸去看着毛主席，毛主席微微点了点头。没想到这么温和的开场白居然使得场面顿时鸦雀无声，安静得令人窒息。显然他们没有准备好，说什么、不说什么心里拿捏不准。

许久，周总理说："汇报工作嘛，每一个人都是逃不掉的，你们不开口，还叫什么汇报会呢？我可要点名啦，我看先从工业战线开始好不好？"说罢，目光落到了赵大齐身上。

只见赵大齐腾一下站起来，立正！把皮鞋的后跟磕得山响，像放了一个小炮仗；哗一声敬了一个军礼，刷一声放下手臂，说道："报告毛主席林副主席周总理：我是第一机械部的军代表赵大齐，现在汇报工作！伟大领袖毛主席教导我们说：'抓革命，促生产，促工作，促战备。'自从对一机部实行军管以来，我们在落实毛主席'抓革命'的指示上狠下功夫。首先我们继续深入揭发批判刘少奇反革命修正主义路线，肃清反革命修正主义路线在部里的流毒。几个月以来，革命形势一派大好，不是小好，并且越来越好！毛主席教导我们说：'军队向前进，生产长一寸。加强纪律性，革命无不胜……'"赵大齐连珠炮一样说道。

毛主席早就不耐烦了，皱着眉头，不等他说完，摆了摆手，像是轰苍蝇，眼睛却不看他，说道："这样的套话、废话我是不要听的了！要是你们今天晚上都跟我讲这些，我现在就宣布散会，大家都回去睡觉要好得多呢！"说罢，身子往沙发背一仰，眯上双眼。赵大齐本来想要博得个头彩，没想到挨了当头一棒。半截子的话被噎在喉头，黢黑的脸吓得惨白。

众部委首脑也吓得敛声屏气，只听到自己的心"咚咚"地跳，他们不知道接下来要发生什么事情，不敢抬头，只是用眼睛偷觑着毛主席。

还是周总理打破了僵局，说道："这样的话毛主席不要听，我也是不要听的。在座的都是国务院部委最高领导，每个部委都把握着国家某个方面的命脉，听到这样的汇报，毛主席对你们的工作能放心吗？我刚才还对大家讲：要讲实际情况，讲困难，讲问题。赵大齐同志这些话是能够解决困难？还是提出了问题？你先坐下，好好想想，听听其他同志怎么汇报。"赵大齐如遇大赦，用衣袖擦一把额头的汗水，蔫头耷脑地坐了下来。

周总理说罢，眼睛却落在原教育部长钱伟的身上，说道："钱伟同志是教育部老部长了，你来带个好头吧。"

钱伟缓缓站起来，只见此人，五十多岁，穿一身半新不旧的灰色中山装，身材不高也不矮，白镜子脸，面目清癯，态度从容，一看便知曾是部里当家主事儿的人。他紧皱眉头，一副忧戚状，说道："总理说要我讲实际情况，讲问题，讲困难，那我就讲讲教育部的困难。在我这里，这是天大的事儿，关系到国家的未来，我昼夜焦虑，但部里解决不了。这恐怕需要中央协调，毛主席下指示才能解决。"

毛主席见说，来了兴致，直身坐起，说道："噢！教育部会出一个'天大的事'？我就喜欢听这样天大的事，快来说说。"

"娃娃没的学上，大的十一岁了，满大街跑，三年了，就这么耽误着，这不是个事啊！"钱部长话很平淡，说罢却喉头哽咽，嘴唇颤抖，眼里滚出两行泪来。

一句话勾起了毛主席的兴趣，问道："怎么会娃娃十一岁还没上学呢？"

钱伟稍稍压抑一下激动的心情，心中暗自诧异：毛主席真的是大行不顾细谨！这么大的事，他怎么会不知道呢？或许他格局太大，在我这里是天大的事，在他那里却是细枝末节，不值一提，也是可能的。这事可要细细的讲清楚，以免耽误了国家大事！心里如此想着，却不敢表露，遂答道："我们算一算：孩子本应该八岁入学。文化大革命停课快三年了，小学三年没有招生，学龄前的娃娃也就十一岁了。他们下边还有十岁、九岁、八岁的娃娃。"

毛主席接着说道："这三年的娃娃有多少？"

"城市一千五百多万，农村五千万。"钱伟答道。

毛主席说："我记得是去年我们不是发下去《复课闹革命的通知》了吗？怎么到现在还没有复课呢？"

钱伟听罢，又吃了一惊：原来毛主席弄不清楚复课和招生是完全不同的两码事儿！遂解释道："是的，去年十月，中共中央、国务院、中央军委、中央文革小组联合发出《关于大、中、小学校复课闹革命的通知》。学校也确实认真地搞了一阵子'复课闹革命'。现在的学生大体分为两类，一类是红卫兵，他们一直都没离开学校，在学校搞文化大革命嘛，这是一小部分，连十分之一也不到。另一类是大多数，他们也就是报纸上所批判的'逍遥派'。自从文革开始，学校停课后'逍遥派'就不来学校了。所说的'复课闹革命'指的是让他们回到学校上课。刚刚复课那一阵子，他们确实到学校来了。可是学校的桌椅、黑板、教具都被砸烂了、烧了。门窗很难找到一块囫囵的玻璃，老教材都是封资修不能用，新教材还没有编出来，老师有一半都被打成了牛鬼蛇神，另一半也都是'臭老九'。恢复上课没有条件，只能让他们跟着红卫兵一起，批斗老师、校长，贴大字报，逍遥派对这个没有兴趣。他们来了几天，见也学不到东西，干脆就不来了。复课闹革命就这么散了。"

他讲的都是底层的实情，众人听了频频点头表示认同。

钱伟此时已不再紧张，从容不迫继续说道："整个教育系统，小学、中学、大学是一个流程，一环扣着一环。现在，大学生没有毕业，他们占着大学这个窝儿，中学生就不能进入大学；同样道理，中学生占着中学的窝儿，小学生就无法进入中学，以此类推，没有入学的娃娃们就只好在家里呆着了。当然，大学只能装下四分之一的高中生，其余四分之三的高中学生是要进入工矿企业口就业的。但是这三年来工矿企业停工、停产闹革命了，也没有招工。这就像一个管道，下边被堵死了，上边的水就越积越多了。"

毛主席连连点头说道："这个比喻很好！我听明白了，是大学生，中学生挡住了娃娃入学的道路，现在应该给娃娃们腾窝让路了。"

钱伟继续说道："主席说的正是问题的要害！现在每天在学校的还是红卫兵那些人。跟文革初期一样，贴大字报，批老师、斗校长，再有就是打派仗，搞武斗。还有不便说的事情……"说到此处，他吞吞吐吐欲言又止。

毛主席说："有什么不便说的呢？"

钱伟说道："大学 4 届，中学 6 届，一共 10 届学生无所事事，在社会上游荡。文化大革命砸烂了公检法，人就无法无天了。解放后消失了十几年的流氓帮派、黑社会集团在全国各个城市又死灰复燃了，并且比旧社会，比过去任何时候都更猖狂。干部子弟有干部子弟的流氓团伙，平民子弟有平民子弟的流氓团伙，他们互相为敌，动不动就组织几十人的群殴。他们不仅仅打群架，还偷盗，抢劫，强奸妇女。无恶不作，搞得百姓不堪其扰。"

钱部长何尝不知道，毛主席有个最大的忌讳，就是文化大革命只许说好，不许说不好。谁说不好，就是"否定文化大革命"，这罪不轻，弄不好就被打成反革命。前不久毛主席说："全国的无产阶级文化大革命的形势大好，不是小好。整个形势比以往任何时候都好。再有几个月的时间，整个形势将会变得更好。" 这车轱辘话说得普天下人心里都明白：文化大革命是毛主席的逆鳞，碰不得的！

钱部长刚刚的一席话是冒死进谏，众人不禁暗自称赞的同时，也都为他攥着两把汗。遂都敛声屏气，偷偷侧目看着毛主席。

毛主席察觉到了气氛紧张，说道："钱部长讲得好，讲得好呀！今天我就是要听这个！大胆讲，不要有包袱，我向你们保证，不抓辫子、不扣帽子、不打棍子。"转向钱伟继续追问道："你刚才说百姓不堪其扰是怎么回事？能详细讲讲吗？"

钱伟答道："现在年轻人都变成流氓了，男孩子是男流氓，女孩子是女流氓。哪个孩子不是流氓，出门就要挨打，被抢劫，女孩子还要被侮辱。不怕主席笑话，我儿子就是一个流氓团伙的头目，整天介摆弄刮刀、菜刀、火枪、管叉，整天要杀七个宰八个的，比黄天霸、窦尔敦还厉害。青年人是国家的未来，这样下去会毁掉一代人的！这只是我个人的感受，我手头没有详细的材料。公安部的同志应该更了解详情。"

一句话大家的目光引向了公安部常务副部长孙震。只见此人五十多岁，中等身材，虽然穿着军装，却似文弱书生。他紧皱眉头，很痛苦的样子，瞥了一眼钱伟——你自找倒霉，干嘛把我拉上？心里早就打定了主意：打死我也不说！他慢慢站起来，却把嘴闭得像牡蛎一般，一句话也没有。

许久，毛主席微微点头自言自语道："这就叫作徐庶进曹营——一言不发啊！"大家听得出话中带有愠怒。

还是周总理打破了僵局，说道："我知道你有顾虑，大家也都有顾虑，对不对？"说罢环顾众人，众人脸上僵持着尴尬的笑容，却闭口不言。

周总理继续说道："顾虑什么呢？还不是害怕担上否定文化大革命的罪名吗？我看呀，你们的思想方法出了问题，没有学会辩证地看问题嘛！毛主席为什么要搞文化大革命？是为了防止资本主义复辟，为了红色江山永不变色，这是国家的千年大计，万年大计，还有比这更大的事情吗？我们做了这么大的一件事情，难道就没有损失吗？没有损失，没有缺点是不符合辩证法的嘛！辩证法就要一分为二。有成绩就要有缺点，这才是辩证法。但是，我们一定要弄清楚，成就和损失哪个是主流，哪个是支流。关于这一点，林副主席讲得最透彻，林副主席说：'无产阶级文化大革命是成绩最大最大最大，损失最小最小最小。'现在，毛主席要我们提困难，讲缺点，这个时候，不要以为一讲缺点就是否定文化大革命的伟大成就，我告诉大家，不是！讲问题，讲缺点就是用辩证的方法看问题，这是毛主席一再倡导的。钱伟同志讲的就很好。我们只有把问题讲出来，讲充分，我们才能克服缺点，纠正错误，文化大革命的成就才能更巩固，更辉煌！"

话音未落只听毛主席说道："讲得好！讲得好呀！我要给总理鼓掌了！"说着缓缓地拍了几下巴掌。顿时全场附和着响起响亮的掌声。

毛主席接着说道："这正是我要讲的话嘛，我看呀，你们的辩证法没有总理学得好，用得活。讲缺点有什么可怕的？不讲文化大革命的缺点，我们怎么才能把文化大革命进行到底呢！"

今天在座的部、委首脑，不管是来自军界，还是原部、委老领导，都是在历次政治运动之后屹立不倒，且步步高升的人精，哪个不是察言观色的高手，见风使舵的专家？他们看出来了，毛主席今天是真的要了解情况，解决问题的。你是国务院部、委首脑，是国家重臣，在这个时候如果看不破这一层，讲不出毛主席需要的东西，拿不出真知灼见，反而自作聪明，继续迂回敷衍的话，你的官今天就算是当到头了。君无戏言，臣更无戏言！

其实周总理已经讲得再清楚不过：讲文化大革命的弊端没有问题，但一定要分清主流和支流。毛主席今天要听支流，你不讲不行；但是你要是用支流否定主流，更不行。

弄清楚了这一层，孙震心里便有了底数。他清清喉咙说："钱部长说的千真万确，现在全国的治安都非常糟糕。案件是以群殴、偷盗、抢劫、强奸为主，主要作案人都是在校的初高中学生。还有群奸群宿，这多数都是红卫兵搞的。很多红卫兵住校，他们就在教室里男女混居，学校没有人管得了他们。各地都有举报，这种案件很普遍，影响很恶劣，可公安部门又不敢抓，他们是红卫兵，老实讲公安部惹不起，也担心毁坏了红卫兵的名声。"

毛主席说："我早就提醒过他们：现在是红卫兵小将犯错误的时候了！他们就是不听！"

孙震继续说道："最近发生的一个案子国际影响非常恶劣，也是红卫兵干的，已经报告了周总理，请周总理协调一下，协同外交部一起处理这个案件。"

毛主席问："究竟是什么大案子还会有国际影响，还惊动了外交部呢？"

孙震答道："是轮奸案。关于国际影响，外交部了解得更清楚。"

外交部军代表李文波见点到了自己的名下，因起立答道："昨天收到法国外交部的照会，说三名法国女学生在北京被十多名男子轮奸了。他们要求我们尽快缉捕罪犯，给予法办。因为情况不明，我们只能签收了照会，并告诉他们，等弄清情况后再作答复。这个案件已经转送公安部，请他们调查情况，并尽快把处理结果告诉我们。照会已经转呈周总理等待总理批复。"

周总理问道："案件今天我已经看到了。公安部弄清情况了没有？"

孙震答道："情况已经弄清楚了，根据被害者自述，三个法国女学生是法国毛泽东思想红卫兵，她们代表法国红卫兵组织到中国取经，学习文化大革命经验来了。她们认为无产阶级革命在欧洲已经衰落了，苏联早已成为修正主义国家，现在中国是世界革命的中心。特别对中国的无产阶级文化大革命非常向往。她们认为，北京是无产阶级革命的圣地，毛主席是世界革命的领袖。这次来北京是要朝觐伟大领袖毛主席的，可惜没赶上毛主席接见红卫兵，没有机会见到。她们说……"说到这里他停了下来。

周总理说："她们说什么？"

孙震支吾道："没有想到中国是一个野蛮国家，红卫兵就是一个流氓组织。他们当场就摘掉红卫兵的袖章，丢到废纸篓里。"他偷偷看了一眼毛主席，不难看出毛主席平静的表情下运行着的恼怒。

孙震继续说道："出乎预料的是，案发当天犯罪分子就主动到北京市公安局自首了，他们对罪行供认不讳，听口气他们好像不是犯罪，而是干了一件为国争光的事情。他们是十一个北京的老红卫兵。他们说，英法联军烧了我们的圆明园，今天也要让他们尝一尝被侮辱的感觉，这是一雪国耻。"

周总理说："你们公安部打算怎么处理这个案子？"

孙震答道："案情非常清楚了，这不是简单的刑事案件。如果按照刑事案件处理，负面影响太大。不管怎么说，红卫兵是毛主席的红卫兵，他们的行为也是爱国的行为。"

话音未落，周总理斥道："胡说！难道法国红卫兵就不是毛主席的红卫兵了吗？自从中国开展文化大革命运动以来，革命的洪流席卷全球。法国，意大利，美国以及许多资本主义国家都成立红卫兵组织。星星之火可以燎原嘛！他们来北京取经，这是一个把中国革命经验推广向全世界的大好机会嘛。"

听到此处毛主席颇为兴奋，接着说道："总理讲得好呀！世界革命这一块我们不能丢。假如红卫兵运动能够在欧洲、美国轰轰烈烈搞起来，红卫兵能够把他们的总统揪出来，批斗、打倒，可以想象，不用飞机大炮，我们有可能提前五十年、一百年埋葬资本主义！"

周总理接着说："我们外交部、公安部要牢记毛主席的教导。没有世界革命的胸怀，就容易把事情搞坏。多么好的推广文化大革命经验的机会，让几个坏人葬送了！现在我就告诉你我的处理意见，你们也不要等待批复了。第一，严格地按照刑事案件处理，不要把政治问题扯进去，什么英法联军呀，红卫兵呀，爱国呀，一个字也不要讲。犯罪分子就是社会上的流氓，哪个国家也都存在。对于犯罪分子，该抓的抓，该判的判，从重从快。要让他们看到我们国家的法律效率。第二，立即回复法国大使馆，把我们的处理意见告诉它们，并向他们致歉，尽快平息事端，消除在国内，国际上的影响。"周总理说一句，二人答应一个"是"字，头上已经冒出了汗珠子。

周总理说罢，愧疚地转过头来面对毛主席说："实在对不起，打扰主席听取汇报了。"

毛主席说："哪里哪里！我在听你断案，让我开了眼界，涨了见识。"遂面对众人继续说道："总理就是总理，看到总理怎么处理问题了吗？心怀大局，头脑清醒，处理果断！你们要向总理学习。"说得部委首脑面含愧色，纷纷低头回避毛主席的目光。

毛主席继续说道："好，钱部长刚刚说，三年来工厂没有招工，这是个主要矛盾——为什么不招工呢？"

一句话问得下面又是鸦雀无声。

第4章　戴老姨当上了红卫兵

戴老姨带着红卫兵抓人的时候，文革刚刚开始。

那天早晨有人敲响了她家的门，敲门的声音就跟她敲邻居的门一样粗鲁、野蛮。

戴老姨夫上班去了，小臭儿和老肥都去了学校，家里只有她一个人。她听见敲门声，忙隔窗向外看去，见十几个人站满了半个院子。他们都穿着军装——说是军装，只是没有领章帽徽，腰间扎着铁扣的武装带，胸前别着大号的毛主席像章，手里握着红宝书，左臂上戴着六寸宽的红袖章，当中印着"红卫兵"三个大字。

戴老姨打了一个寒战，跟着腿就软了。她确信红卫兵是来抓她的。这种阵仗如梦如幻，恍然曾经发生过。不同的只是梦幻中的场景是她敲别人家的门，抓的是别人，而今天却是有人敲她的门，来抓她。是呀，她自己知道，凭她过去的那些个事儿，红卫兵有足够的理由抓她。

她强撑着双腿打开屋门，一个十六七岁的女学生站在门口。只见她身材修长，英姿飒爽，亭亭玉立，栗色的头发短得不能再短，露出脑后雪白的脖颈。皮肤极白，把丰满的嘴唇衬得鲜红，鲜红的嘴唇又把牙齿衬得雪白。这么文静的女孩总不会凶到哪去。她想着，心里稍微轻松了一些。

"我们是卫国道中学毛泽东思想红卫兵，我是总司令华苏婴。"她说着一口标准的普通话，那么清楚流畅，眼睛直直地看着戴老姨，不躲不闪。戴老姨从来没有见过这样的目光，是忠诚？还是冷酷？她分辨不清，不知道这样的目光对自己意味着什么。

戴老姨目光却彷徨着，躲闪着，不敢与她对视，只连连点头说："是是是。"

华苏婴说："好，在我们执行任务之前，先一起学习两段毛主席语录。"说着，便向站在院子里的红卫兵同伙们说："毛主席教导我们说：革命不是请客吃饭，预备——起！"

那十几个红卫兵便一起高声背诵道："革命不是请客吃饭，不是做文章，不是绘画绣花，不能那样雅致，那样从容不迫，文质彬彬，那样温良恭俭让。革命是暴动，是一个阶级推翻另一个阶级的暴烈的行动！"

戴老姨听着，断定来者不善，想到即将到来的暴烈行动，脸色变得蜡渣黄。

华苏婴接着说道："让我们再学习一段毛主席教导：凡是反动的东西，毛主席教导我们说——"

显然这些红卫兵们是受过训练的，他们知道她是在起头，于是当她话音一落，就齐声背诵道："凡是反动的东西，你不打，他就不倒。这也和扫地一样，扫帚不到，灰尘照例不会自己跑掉。"

戴老姨听了，心想今天完了，腿一软就堆乎下去。

集体朗读毛主席语录，乃是当时红卫兵执行任务时的惯常模式，没有想到把戴老姨吓成这个样子。华苏婴立即上前扶住戴老姨说："你这是怎么啦？你听我说，《横扫一切牛鬼蛇神》的社论你学习过了没有？"

戴老姨强撑住双腿，连忙说："学过了。"

华苏婴说："好！横扫一切牛鬼蛇神，就是要扫荡旧社会的一切残渣余孽。这是毛主席的伟大战略部署，一切，就是不能有遗漏！"

她用力重复着"一切"这个词。可戴老姨依然不得要领，不知道她说的"一切"是不是包括了自己，只得一迭连声地说："是是是！"

华苏婴说："你是居委会主任，这一片儿谁是牛鬼蛇神你都知道吗？"

戴老姨听到这里，眼珠一转，嗯？别是我弄错了？听口气，他们不是冲我来的，而是找我帮忙的！可她依然不敢确信。遂灵机一转问道："你们是不是要找牛鬼蛇神？"

华苏婴说："他们都藏在哪里？"

听到这句话，戴老姨总算放下心来，顿时觉得膝盖有了力气。她长出了一口气，脸渐渐有了血色。

"你们算是找对了人，"说着便向裤子兜里摸，好一阵才掏出了一卷纸，说："这个单子我早就开好了，就等着你们来呢！"

戴老姨说着，心里暗自得意起来——这一步总算让我赌上了！

早在几天前，她听了中央台播放的社论《横扫一切牛鬼蛇神》之后就预感到，接下来要发生的事比过去任何一次都小不了！抓人，整人，死人总是少不了的，她见的多了。对于她而言，别说过去有那么多事儿，就是没事儿，抓了你，你又跟谁喊冤去？在她的经验中，要想不被人抓，只有先抓别人。只有你是抓人的，你才不会被人抓。那么怎么才能在别人来抓自己之前，先去抓别人？想到这里，她的心突突地跳个不停。这可是你死我活的大事，必须在别人动手前自己先动手！

抓人，抓谁呢？必须先拉出一个单子来。对此她并不外行。她有三十年的经验，为各朝官府抓过形形色色的人。她能够准确地判断出谁跟官府不一心儿，官府最恨的是什么样的人。她领会《横扫一切牛鬼蛇神》的深意。她有丰厚的积累，知道每一个人的人前背后。这不需要挖空心思，一切都在心里边装着。她掰着手指头一个胡同一个胡同地数，一个门一个院地捋。捋出一个，写在纸上一个，后半夜时分，一个牛鬼蛇神名单洋洋大观地摆在了她的面前。

今天，当她把名单交到华苏婴手里时，觉得她跟华苏婴想到一块去了，也站到一块去了——她不是刚刚说了吗，是一切！就是要干净彻底，她对这个单子有信心。

今天一大早，华苏婴主持毛泽东思想红卫兵召开了会议，研究如何横扫一切牛鬼蛇神的行动计划。周围学校的红卫兵都已经动起来了，街上每天都有无数游街、批斗的现场，搞得如火如荼，显然他们落在了后面。红卫兵战友们都很着急。她知道必须立即行动起来，但问题是，她根本就不知道谁是牛鬼蛇神，在她眼里，谁也不像牛鬼蛇神。

有人提议，先到派出所去，那里有全体居民的户籍，谁是牛鬼蛇神，一查就会清清楚楚，把他们的名单抄下来，一抓一个准！大家一致称赞这是个好主意，于是立即出发，直奔派出所。

所长见来了一群红卫兵，先吃了一惊。立即恭恭敬敬地迎到门外，让进办公室，指着一排长长的木条椅子请他们入座。红卫兵们却不入座，顿时把所长围在了核心。

所长姓于，除华苏婴外，红卫兵们都居住在派出所管辖之内，都认识他，叫他"大于"。他长得瘦高挑，大眼流睛，五十左右岁，很是和蔼可亲。

大于问明来意便摇头，说："咱们这片儿，牛鬼蛇神不太好找了。早些年还有，镇反、反右、四清、三反五反，该杀的杀了，该关的关了，加上遣送原籍的送农村去了，发配边疆的，差不多都收拾干净了。"

华苏婴不免大失所望，说："先从资本家，地富反坏右开始找，就找不到吗？"

大于皱着眉头说："还真的不好找。"说着，打开文件柜，取出大本大本的户籍总簿放在办公桌上，戴上老花镜，翻开本子一行行指给他们看："这个户籍总录这些年我都背下来了。你看这一栏是家庭成分，哪有资本家、地主黑五类呀？我这里是派出所，是国家机关，我只能给你们提供有记载的牛鬼蛇神，对不对？不能没有依据就给你开个名单去抓人。"

华苏婴说："依你这么说李公楼就没有牛鬼蛇神了？"

这句话把大于吓了一跳，遂说："哪能没有？肯定有。只是户籍册上没有记载。你们要横扫牛鬼蛇神，我大力支持，我给你们介绍一个人，她不会让你们失望。"

红卫兵失望之余突然喜出望外。大于推荐了戴老姨，于是就有了刚刚发生的一幕。

华苏婴接过戴老姨的单子却吃了一惊。派出所说一个也没有，这个名单却有十多页纸，密密麻麻写满了字，她被这巨大的差异惊呆了，不由得问道："怎么这么多牛鬼蛇神？"

戴老姨微微一笑说："多吗？不多呀？一来呢，你们生在新社会，长在红旗下，打小上学，出了家门进校门，哪里知道门外头有多复杂？二来呢，有些事你们也不懂，不是说'横扫一切'吗？一切，就得这么多。没有这个数就算不上是'一切'。"

华苏婴觉得她的话有点乱："都有证据吗？"

戴老姨轻轻"哼"了一声，神情变得十分神秘："你就把心放肚子里吧，没有十足的把握也不能随便把谁写进去。我在这块儿住了三十年，这一行我干了三十年，这三十年的干饭我白吃啦？谁是干嘛的，都瞒不过我这双眼。派出所也不行！"说着，用两个手指指着自己的双眼："我告诉你们说，有些事儿你们不懂，这里边学问大了去了！别说你们这么个年纪，就是活了一辈子，没点悟性也看不明白这点事儿。你不是要证据吗？单子你先拿着，回去先好好看看，回头等有空我慢慢跟你说。"

华苏婴见说便点头称是。无论如何刚刚还一筹莫展的事情，转眼就拿到了这么一大摞实实在在的东西。她双手紧握着名单如获至宝。用洁白修长的手指小心翼翼地折起名单，装在胸前的衣兜里，扣上纽扣，如同收起一件珍贵的东西。

接着，从衣兜里取出一个红卫兵袖章，这袖章跟她臂上戴的一模一样。转过身来对戴老姨说："你为横扫一切牛鬼蛇神做出了贡献，我代表红卫兵把我们的'毛泽东思想红卫兵'袖章授予你。从现在开始，你就是我们红卫兵的一员了。"

说罢，走上前来，把红袖章给戴老姨套在了左臂袖子上。说："今天下午你到我们司令部来一趟，听你详细讲解这个名单的证据。"

说罢，转身就走，像刮了一阵风。戴老姨连忙点头说"是是是！"话音未落，那一群红卫兵已走得干干净净，院子里顿时安静下来。

戴老姨抻抻袖子，小心翼翼地抚摸着袖子上的红卫兵袖章——这可是毛主席戴过的红卫兵袖章！我现在可是跟他们一伙的了！想着，一股不可名状的神力附了体。这是正义，是勇气，是自信，也是豪迈，复杂的冲动交织着在周身乱窜。她激动得双肩颤抖，喉头哽咽，忍不住双手捂住脸，"呜呜"地哭起来。院子里各家都关着门，她想大号悲声地痛快哭一痛，又恐惊动了邻居，只好声噎气堵，抽抽咽咽地哭着走进屋里。

第 5 章　一个人的面子工程

钱伟见毛主席询问不招工的原因，又一次暗自诧异：毛主席怎么连这个也不知道呢？担心毛主席看出诧异，遂立即答道："这个问题劳动部、工业口、商业口的同志了解得更详细。"一句话把问题推到了其他部委首脑身上。

毛主席说道："谁的娃娃谁抱走，谁的问题谁回答。哪一个也逃不掉！赵大齐，你是一机部的军代表，一机部我是了解的，你们下属的工厂用人最多，你说一说你们为什么不招工？"

赵大齐站起来，行了一个军礼道："报告毛主席，我们一机部没有直接招工的权力，招工要劳动部下达指标，我们才能招工。"他说的是实情，一句话把大家的目光引到劳动部身上。

劳动部军代表名字叫作吴济事，见点到自己名字，已无法回避，站起来说道："这有两个原因，第一，我们下达招工指标，要由用人的部、委先提出申请，我们没有见到他们的申请，我们是不能随意下达招工指标的。第二，只有招工申请还不行，我们还要向财政部递交申请，请财政部拨给工资指标，有了工资指标，我们才能下达招工批文，否则，招上来的工人领不到工资也是不行的。"

赵大齐见到刚刚踢过去的球，又被踢了回来，接过话茬说："我们确实没有向劳动部申请招工指标。因为……"赵大齐一顿。

毛主席看到他有些犹豫说道："不要怕，有什么就讲什么。"

赵大齐受到鼓励继续说："文化大革命开始后，企业停工停产闹革命。平均开工率不足 30%。生产上不缺人，因此我们没有必要招工。"

周总理插话说："文化大革命刚开始的时候，停工停产是革命形势的需要嘛，他们不干活了，去搞斗批改，也还是有贡献的。但是现在不同了，斗批改已经告一段落了，就该立即回到工作岗位上去，抓革命，促生产了。"

　　赵大齐听了连连点头称是。周总理继续说道："还是主席说的好，解决这个问题，就要抓主要矛盾。毛主席早就教导过我们：'只要抓住主要矛盾，其他矛盾也就迎刃而解了。'现在，要疏通学校招生的管道，招工是最有效的办法。这件事议论到现在，我看财政部才是关键，财政部不给工资指标，还是招不了工。还是请财神爷来说说你们的情况吧？"

　　显然周总理在暗自执行着自己的计划——逐步让毛主席掌握国民经济的现状。话音一落，全场立时安静下来，众人目光不约而同地移到郑承祯身上。

　　郑承祯五十多岁，他身材瘦小，弱不胜衣，穿一身灰色中山装显得里面空空荡荡。蜡黄脸色，青唇紫嘴，目光阴沉，一看便知是个精明强干、能当家作主的人。长期在军界任职，却一直在做军需工作，颇具理财能力，各种财政数据倒背如流，人送外号叫作"活账本"，现任财政部军代表。刚才他听到了大家议论招工的事情，便知道事情最后会落到自己身上。又见到毛主席真要了解实情，解决实际问题，便打消了顾虑，站起身来说道："财政部的情况总理最清楚，很简单，只有一句话：罗锅子上山——钱紧！"

　　一句话说得哄堂大笑，郑承祯却把脸板得铁青。毛主席笑着说："是呀，俗话说，巧媳妇做不出没米的粥，我懂得钱紧的难处。我们每个月的俸禄还不都伸着手跟你要，少一分钱我们也不会答应。可是你告诉我，我们搞了二十年的计划经济，刘少奇就是计划经济的总工程师嘛！到底我们的计划经济是怎么搞的？怎么会搞到要招几个工人都拿不出钱来呢？"

　　郑承祯清楚地意识到自己的处境，遂把心一横，今天就是死，真话也要讲出来，因说道："招工拿不出钱来，并不是计划经济的错。恰恰相反，是计划经济被打乱了所致。自从文化革命开始以来，各个省市都停工。产值还不如原来的一半，企业利润减少，税收减少，财政收入自然会跟着下降，计划进来的钱进不来，计划不该出去的钱却不能不给。最为典型的例子是 66 年大串连，每个串联学生每天补助三毛六分钱，3 千万串联学生，时间长达 6 个月。这是多少钱？19 个亿！虽然多数都是由地方财政支付，但最后都要集中到中央财政部来。这是计划外支出，又不能不给；可是铁路客运，因为大串联，半年没人买票坐车，这一块财政没有收入。这一下子吃了我一个大窟窿，只能拆了东墙补西墙，现在也没有填上。接着诸如此类的事情又发生很多。计划经济被彻底打乱了。"

毛主席爽朗地笑了，说："哈哈哈！我就是打乱计划经济的罪魁祸首！这个责任我来担。好！我有个想法，不是指示，也不是命令，只是跟你商议。我要跟你借一笔钱来，让劳动部招工，打通这个升学的管道，让娃娃们入学，先解决燃眉之急。稍后，我还你钱怎么样？"

众人见毛主席跟郑承祯借钱，觉得十分惊异。纷纷把目光投向郑承祯，看他怎么回答。郑承祯阴沉着脸，一拨楞脑袋说道："要钱没有，要命有一条！"说着便流出眼泪来。

众人谁也没有想到他敢这么驳毛主席，都吓得气不敢出，替他捏着两把汗。

毛主席却哈哈大笑起来，说："我是不当家不知柴米贵呀！但是，要打通招生的管道，只能从财政入手，没有第二个法子。我跟你借钱你都不给，看样子财政紧张的问题是要解决了。现在，我跟总理都在这里，有什么需要中央统筹解决的，大胆讲出来，我们一起解决好不好？"

毛主席把话头引到财政部的用意很清楚，国民经济命脉中的命脉就是财政，掌握了财政就掌握了经济命脉，只要他提出要中央统筹解决，财政决策权立即就回到了自己手中。

毛主席哪里知道，周总理一直在等着让毛主席插手财政。这个提议却正中周总理下怀。

郑承祯紧皱眉头，清了清喉咙说："主席让我讲难处，我得先声明一下，我在部队是做军需工作的，现在部里又做财政工作，政治水平不高，我只会算经济账，不会算政治账。"

毛主席说："好！今天我们只算经济账，政治账让它靠边站。"

郑承祯继续说道："一千多万娃娃不能入学，主席能不着急吗？但要我现在就给钱，这不是小数，我拿不出来。有一笔账就在这摆着：国家财政收支千头万绪，都在计划当中。招工不是难事，但必须在计划当中。现在要给招工拨款，是计划外开支，又是这么大的数字，钱就要从其他地方挪。并且只能从大项目中去挪，小项目的钱即便全数拿过来也招不了几个工人。思来想去，只有三个地方或许能够挪出钱来，但一定要毛主席，周总理批准，我才敢动。"

毛主席说："好！说出来，能批的我一定批。"众人也都睁大了眼睛听着到底哪里可以挪出钱来。

郑承祯说："第一个就是援外项目，这是最大的一头子，占国家财政支出的百分之七，这不是小数，并且每年还都在增加。我们援助的国家太多，有社会主义国家，也有的不是社会主义国家；有穷国，也有富国。今年，仅仅说今年，我们给了阿尔巴尼亚贷款 50 个亿。50 个亿是多少钱？能办多少事？十元一张的票子码在桌子上是多大一堆？不做财政工作的同志恐怕不知道。这不是个小数字，并且这个钱说是贷款，但以以往的经验而言，谁都知道这是肉包子打狗——一去不回的买卖。"众人大笑。毛主席、林彪、周总理也露出开怀的笑容。

郑承祯继续说："我们算一下这笔钱能够招多少工人。城市的学徒工每月平均工资 17 块钱，全年 204 块。我们去掉一个零头 4 块钱，按 200 块算，这样好算。这就是 50 亿除以 200 等于 2500 万。这就是说，我们如果不给阿尔巴尼亚这笔贷款，我们就立即可以招 2500 万工人，这笔钱可以付整整一年的工资。其实我们用不了招这么多工人就可以解决问题。钱部长刚才说了，这六届中学生总共只有 2500 万人。我们可以招 1250 万，一半，问题总能够解决了吧？这笔钱就够付两年的工资，足够我们缓口气的了。更何况我们招上来的工人不是白吃饭，只花钱不挣钱的。他们还会创造价值，创造税收，换句话说就是能够增加财政收入。这样我们招工的资金就可以解决了，就这么简单！

"这仅仅是一个阿尔巴尼亚，此外还有东德、罗马尼亚、南斯拉夫、阿尔及利亚、几内亚、坦桑尼亚、赞比亚、朝鲜、越南、蒙古、巴基斯坦、阿富汗、刚果布、刚果金等等等等，我们要援助 60 多个国家。"他一口气说出这么多国家的名字，那些国家是什么国家？在地球的哪个部位？令众位部长、主任摸不着头脑。

他颤颤巍巍地深吸了一口气，青紫色的嘴唇变得惨白，微微颤抖，他强力控制住喉头的哽咽，说："为了展示社会主义的优越性，让社会主义的东德赶上资本主义的西德吃肉的数量，我们无偿援助他们肉食，使他们达到每年每人肉食供应 80 公斤。而我们的百姓，每人每月 5 两猪肉，一年只有 3 公斤。这还是北京，是肉食供应最多的城市。其他地方跟这没法比。例如农民，一年也吃不到一次肉。我们的人民吃糠咽菜，半饥半饱。以我这没有政治头脑的人来看，我们是打肿脸充胖子；人家拿我们当冤大头！"话音戛然停止，大厅一片寂然。

由于声音哽咽，他突然停了下来。尖瘦的下颏如同暴雨中屋檐的滴水，滴下的却是眼泪。

众位部、委首脑都是深谙民情的，知道郑承祯说的俱是实情，不由自主地深深点头，无不为之动容。同时大家认为，郑承祯也找到了解决问题的方法，然而却不敢轻易表态支持他，眼睛不停地在毛主席，林副主席和周总理三人之间梭巡，猜测着他们的态度。

毛主席平静地听着，眯着眼，将头仰靠在沙发靠背上，一言不发。

林副主席毫无表情，低着头全神贯注地看着他手中的红宝书，眼珠一动不动，如同木雕泥塑，打定了"不干己事不开口"的主意。

周总理听着，表情庄重、平和。流星般的目光只在毛主席和郑承祯之间梭巡。

大约只有周总理最能读懂眼前的局面。他知道郑承祯说的情况句句属实。他又何尝不知他的方法实用有效，定然药到病除？然而更深层面的东西，岂是郑承祯能够看懂的？

就在郑承祯发言的过程中，周总理始终关注着毛主席的表情。在他那臃肿的脸上，僵木的皮肤下面流动着难以被察觉的愠怒，除了周总理，其他人都无法看见那潜藏着的暗流。

早在几个月前，周总理就曾经因刘少奇被彻底打倒——这一变化为自己做过战略判定。这是他多年养成的习惯：每当政治格局发生重大变化之后，他总要独自深思，做出这样的判定。没有这样的判定他心里没底，他会在纷繁复杂的政局中迷失方向，难做抉择。

刘少奇被打倒之后，毛主席心理上会发生什么变化？如果读不懂这个变化，定将使自己每一步都陷入被动。只有读懂了这个变化，才能够使自己掌握先机，游刃有余。

而在他复杂而又精到的分析中，其核心的核心只用一句话便可以概括：当国内定于一尊的格局确立之后，欲望的疆域必将向国际延伸。

当他用语言准确地组合成这个句子的时候，连自己也被震惊了。逻辑的力量让他眼前一亮，原本扑朔迷离的未来突然豁然清晰起来。他始终觉得自己跟不上毛主席的步伐，但这次他感觉到他跟上了，甚至走到了毛主席的前边。他断定毛主席将以举国之力在大国领袖之间争一席地位——而这一行为完全是个人行为，与国家利益、人民福祉无关。

接下来的事实完全证实了他预料的正确性。每当国外社会主义国家首脑来访，毛主席总要亲自接见。他的欲望究竟是什么呢？周总理陪同毛主席接见外宾，当他看到毛主席高谈阔论时，他知道那是毛主席最快乐的时光。他可以大谈军事、历史、哲学这些人类文化最高端的话题；谈马克思、谈黑格尔、费尔巴哈、孔子、老子、庄子、孙子……谈一切深奥的学问。他博古通今，博大精深，博闻强记。对各国领袖频频指点，谆谆教诲，循循善诱，诲人不倦，像导师对待学生，像教主对待信徒。而那些外国领导人却都毕恭毕敬，奉若神明地听着。在他的生活中，还有什么比这更美妙、更令他沉醉的吗？

那些外国的领袖真的对他那么崇拜吗？许多事情只需颠倒过来看便会一目了然。假如把那些援外项目统统掐断，还会有万邦来朝吗？他们还会把毛主席当神仙那么捧着吗？

周总理最清楚，每次国务院把外援资金数额呈报毛主席批复时，他总是批"太少了，这一点点东西拿不出手嘛！""援外力度尚需加大。"或者"没啥了不起。"哪怕用一座金山，换取片刻的荣耀，他也不会吝惜，他对国家财富损失没有痛感。说白了，援外项目就是毛主席一个人的面子工程。掐掉了援外项目，就剥夺了毛主席的荣耀。

他心里如此想着，却说出了另一番道理来。

周总理流星般的目光环顾了一周，最终落在郑承祯的身上，语重心长地说道："郑主任啊，你果然很会算经济账啊！"

众人听罢，响起了零落的笑声。本来大家觉得郑承祯讲的非常有道理，仅周总理一句话，便突然觉得郑承祯格局狭小，目光短浅。遂都好奇地等待着周总理讲出更深刻的道理来。

周总理继续说道："你的账算得非常好，非常精确嘛！可是这是经济账。偏偏这件事我们就是不能只算经济账，不算政治账的。对外援助，是毛主席伟大战略部署的一个重要组成部分，毛主席统揽世界局势，在下一盘大棋。同志们都是做局部工作的，你们的每一个局部，都只是毛主席大棋当中的一个组成部分，因此就不能只计较自己局部的得与失，就更有必要理解你的局部，在大棋中的作用。"

顿时众人一片汗颜，频频点头称是。

周总理继续说："我来帮大家把这个政治账算一算：首先，我们共产党人的最高理想是什么？是解放全人类，是在全世界实现共产主义对不对？毛主席经常教导我们：'中国应该对人类作出较大的贡献。'如果我们用这样的心胸衡量我们对世界革命作出的贡献，我说，不是我们做多了，而是做的太少了。这是大道理，我们暂且放到一边。其次，当前国际上我们有两大敌人，一个是美帝，一个是苏修。只依靠我们自己，孤家寡人就能够战胜这两大强敌吗？当然不行。我们需要世界上社会主义国家的支持，也需要亚非拉广大被压迫民族、被压迫国家的支持。苏联变修以后，我们中国扛起了全世界社会主义革命的大旗，成了世界革命的中心，毛主席成为世界革命当之无愧的领袖。试想一下，没有他们对我们的支持，能不能有今天的大好局面？

"从我们走出家门，参加革命的那一天开始，就已经确立了我们的理想是实现共产主义。我们不能因为在前进的道路上遇到困难，而放弃初衷。放弃初衷就是修正主义。现在我们遇到了困难，就想关起门来过小日子，这是小农经济思想在作怪。以这样的思想搞社会主义，社会主义就不会成功！"

一席话温和而坚定，话音刚落就听到了毛主席的掌声。

只听毛主席说道："好！讲得好，讲得好啊！总理就是总理！大心胸、大格局！没有这样的格局，世界革命怎么能够成功？"众人听罢，跟着一起鼓起掌来。

在座的众部委头头听罢周总理一番话如醍醐灌顶，不住地唏嘘惊叹总理的大心胸、大格局，敬佩之余不免自惭形秽。当然也有根本就不相信这一套的，但他们深知在这个大堂中，自己的看法并非主流，摆不到台面上，说了便是自找倒霉，遂缄口不言。

须臾掌声渐停，郑承祯掏出手帕，抹了把眼泪，吸了吸鼻子说道："总理批评得对。是我唐突了！这样的大事本来就不是我这个井底之蛙能够想明白的。我做自我批评。"

接着他不再纠缠援外的话题，话锋一转回到了筹钱招工上来。

"刚才我说只有三个地方能挪出钱来，援外这一块不能动。接下来的两个地方，一个是'三线'建设工程，另一个就是罗布泊军工科研项目了。可是要动用三线和罗布泊的钱，只有毛主席和林副主席批准才行。刚刚毛主席说了，有没有需要中央统筹解决的事情，我说有！就是这个事情，请毛主席、林副主席定夺。"众人都知道三线工程是备战项目，罗布泊则是核试验基地。一席话落地，目光一起移向毛主席和林副主席。

毛主席笑着说："好厉害呀！我刚刚讲要不要中央统筹，郑主任就把这么大个皮球踢给我！"说罢把头转向林副主席："林彪同志讲一讲你的意见，我们的三线工程和罗布泊工程是不是可以停下来呢？"

第 6 章　李公楼前街

　　华苏婴带领着红卫兵回到司令部，小心翼翼地从兜里掏出牛鬼蛇神名单仔细阅读，却越看越是疑惑。虽然字迹歪歪扭扭，缺胳膊短腿儿，但仔细辨认，大致还能认得。她看懂了戴老姨的格式：每一段是一个人的资料，有这么几个栏目：姓名、住址、行业和罪行。大约行业和罪行也就是"证据"了——她想。但在行业这一栏，却让她陷入五里云雾。

　　资本家，逃亡地主，地痞流氓，这些自然没有问题。但是接下来的呢？显然远远超出了她的知识范围。

　　"一贯道点传师"？

　　肯定就是一个反动道门的头子，那么接下来的"度化"是什么意思？她紧皱双眉，以她已知的世界对照着未知的世界，显然这两个世界有着天壤之别。遂每一个疑问都用红笔在旁边画一个问号，不久那十几页纸就变得红彤彤一片了。

　　牙婆？

　　准是江湖女牙医。她相信不会错，那又怎么会是牛鬼蛇神呢？肯定是敲诈钱财，或者治死人了。

　　摇姐？

　　老宝？

　　皮条客？

　　拉偏套？

　　破鞋？

　　小货？

　　仙人跳？

　　她念一个，摇一阵子头，把头摇得像个拨浪鼓。

　　交行？

大耍？

混混？

狗食？

狗烂儿？

小吕？

白钱？

她使劲猜，可是连个缝儿也扒不开。

野鸡？

鸭子？

兔子？

王八？

这都是什么？是动物园？还是人民公社？

尽管越看越糊涂，但有一点她确信，没有疑问这些名头都是牛鬼蛇神——是形形色色的牛鬼蛇神——社会真的太复杂了！而在这些名词面前，自己就像个文盲、白痴。

想到此她感到一阵愧疚：如今自己是红卫兵总司令，这么多牛鬼蛇神危害着社会主义江山。毛主席发出了命令，要我们横扫一切牛鬼蛇神，可自己，连他们是什么，叫什么名字，干了哪些坏事都搞不清楚，这岂不辜负了毛主席的期望？

她悔恨交加。多年来一直努力学习，立志做无产阶级革命事业的接班人。毛主席也一再教导我们，要与工农兵结合，要经风雨，见世面，在三大革命斗争中锻炼自己，改造自己。而自己呢？怎么却稀里糊涂地做了温室的花朵，与外部世界隔绝得如此彻底？这不正是报纸上屡次批判过的"修正主义接班人"吗？

另一个让她疑惑的是，她粗略数了数，总共有一百多人！小小的一条街就有这么多坏人，照此计算，全国会有多少坏人？我每天走在街上，迎面而来的人们岂不都是牛鬼蛇神？

人也只能以自己心里的世界，去理解外面的世界。华苏婴遇到的困惑是，她心里的世界跟外面的世界差距太大了！那外面的世界究竟是一个怎样的世界呢？

在故事发生的那个年代，前街，是"李公楼"最为繁荣的一条街。

在这个不到一公里长的狭窄街道上，街面上的店铺就有粮店、杂货店、蔬菜店、鲜货店、干货店、水产店、大肉铺、清真肉铺、点心铺、切面铺、棉布店、成衣铺、黑铁铺、白铁铺、中药店、西药店、中医诊所、西医诊所、豆腐坊、馄饨铺、锅巴菜铺、烧饼铺、大饼铺、水产店、文具店、电影院、剧院、说书场、文化馆、图书馆、小人书铺、钟表店、刻章店、理发店、煤场、建材场、玻璃店、眼镜店、就连最不起眼的，一壶开水只卖二分钱的水铺也堂堂正正地开着一个店铺。

虽然这些店铺解放后经历了"公司合营"已萧条了大半，但在故事发生的这个时候，原本的格局依旧保持着，原来的店铺老板依然经营着本是自家的店铺，只是店铺已经归为公有，他们不再是店铺的主人了。

此外还有许多小摊，卖炸鱼炸虾的，卖羊杂碎的，蘸糖堆儿的，卖熟梨糕的，卖糖的，卖大乌豆的，卖老虎豆的，卖茶鸡蛋的，卖大果仁儿的，炒栗子的，煎饼果子摊，卖锅贴儿的，卖包子的，卖年糕的，修鞋的，箍梢的，锔锅锔碗的，织袜子的，代人写信的，算卦测字的，等等难以尽数。有想不到的，却没有没有的。

有三个占了很大面积的地方与心灵相关：一个是火神爷庙，一个是关帝庙，和一个天主教教堂。火神爷庙和关帝庙解放后一直有香火，直到文化大革命红卫兵把它们砸毁，房子被改成了一个粮店和一个蔬菜店。天主教教堂解放军一进城就被关掉了，改建成了一个文化馆，此后许多故事都发生在这里。

这是以自然经济为基础发展起来的一条街。一切都属于自然。众生为了生活，该有的就有了，不缺什么，也没有什么多余。

每天最早开始打理生意的应该就是豆腐坊了。深更半夜，人们还在沉睡中的时候，豆腐坊巨大的石磨就开始转动了。早二年还是骡子拉磨，现今改成了电动磨。当大磨转起来时，"轰轰"的钝响似有若无，左邻右舍的房基随着石磨转动微微颤动着。

开豆腐坊的是兄弟三个，提起他们人们就管他们叫"豆腐坊老大""豆腐坊老三"和"豆腐坊老五"，他们叫什么名字却被人们忘记了。

这个小小的豆腐坊养活着他们三大家子人口。大哥是个麻子，身子胖胖的，满面红光，每天人们看到他，都是他在打理生意。不慌不忙，有条不紊，一副知足常乐的样子。

豆腐坊老三游手好闲，留着一个大分头，不像是个做小生意的人，倒更像一个浪荡公子。他不怎么好好干活，只在店里和磨坊前后转悠，叼着烟卷跟客人闲聊。好像那兄弟两个也不指着他做什么，由他爱干嘛就干嘛。

豆腐坊老五有哮喘病，脸色苍白，嘴唇发青，偏偏又主管着灶前的营生——受着炉火烘烤和蒸汽的煎熬。每当巨大的豆浆锅滚开的时候，透过浓密蒸汽，朦胧中看见他忙碌的身影：豆浆锅开了，他用一个大瓢不停地扬汤止沸，同时张着大嘴拼命地吸气，把肩膀头端到了耳朵根儿，然后肩膀一垂，用力把气呼出去，吹得两腮鼓起一对圆包，紧接着又是吸气。

豆腐坊其实只卖为数不多的几样东西，早晨，卖豆腐脑和豆浆；中午卖豆腐；下午卖豆腐丝和香干。然而它却是许多其他小店、小摊的核心。果子铺、大饼铺、烧饼铺、煎饼果子摊、卖大乌豆的、卖老虎豆的、卖茶鸡蛋的、卖大果仁儿的……许多小摊都依附着它，设在它的旁边。因为有了豆腐坊，小店小摊才能生存；也因为有了这些小店小摊，豆腐坊的生意才更加兴隆。

如上的这些店铺、摊点都是上得去街面的买卖，还有那上不得街面的营生呢？以"前街"为主干，纵横交错着近百条宽宽窄窄的胡同，胡同里边居住着以各种不同手段谋生的人，五行八作，三教九流无不俱全。因此，到了横扫一切牛鬼蛇神的高潮阶段，这里便成了"洞小妖风大，池浅王八多"的地带。叫话又说回来，在历史悠久的中华大地，哪个角落又不是"洞小妖风大，池浅王八多"呢？

第 7 章　毛主席三改下乡旨

　　随着毛主席的询问，大家的目光随即转向了林副主席。

　　始终如同木雕泥塑的林副主席终于转动了一下眼珠，他看了一眼毛主席，款款说道："刚才同志们向毛主席汇报的是经济情况，讲了很多很复杂的问题。但是在我看来，经济问题再大也是我们自己的事情，我们有主动权去解决它。可是打仗的事情就不一样了。你不想打，人家偏要来打你，你没有准备好，你就要挨打，吃败仗，甚至亡国，这不是耸人听闻。"他的声音缓慢而阴森，像是幽灵发自深山古洞。

　　"最近，因为职责所在，我最关注的还是北面老大哥的动态。我们国内正在搞文化大革命，老大哥在搞他们的军事部署。目标就是我们这里，"他说着，用手指把座前的茶几敲得当当响："就是北京！最近发生的两件大事我们要特别注意。第一件大事是'布拉格事件'，这是最近的事情，主席和总理都是知道的。苏联空降师偷袭捷克斯洛伐克，几架大型运输机开过去，降落在布拉格机场，大型坦克从里边开出来，几小时就占领了整个国家，速度之快，令全世界震惊！事情刚刚结束，勃列日涅夫发表了他的'主权有限论'。什么是'主权有限论'呢？"说到此处，林彪轻咳一声。各位部、委首脑左顾右盼，稍有议论之声，却是一片茫然。

　　毛主席插话说道："就是为他发动侵略战争制造舆论嘛！"

　　林彪说道："主席一句话说到了根子上！"众人依然不解。

　　周总理说道："理论的基本观点是说，所有社会主义国家属于一个大家庭，苏联是大家长，是当家人。其他国家都是家庭成员，是儿子，是孙子，主权是有限的，都要听家长的指挥。你不听，他就要打你。这就是不折不扣的帝国主义嘛！"众人这才明白，不由得唏嘘不已。

林副主席接着说道："第二件大事是，国防部一直在跟踪他们的行动，今年下半年苏军在中苏、中蒙边界举行了十多次针对中国的进攻性军事演习。并在中苏、中蒙边界部署了 55 个步兵师，12 个战役火箭师，10 个坦克师，4 个空军军团。兵力总数超过 100 万。

"苏联在蒙古国境内的机械化部队纵深能力是 700 公里。而北京到中蒙边界距离只有 560 公里。700 公里，够用了。最近得到的消息，苏军在中蒙边境蒙古一边举行了一次大规模的军事演习。演习模拟从蒙古国出发，进军北京。这就是说，人家已经准备好了，只要克里姆林宫发一个命令，苏联的摩托化部队，像钢铁洪流一样两天就能开进中南海。这只是说步兵。还有空军呢？还有导弹、原子弹呢？我看这个仗要是打起来还不是这么简单。他们担心我们反击，在他们摩托化部队出发前，一定要先摧毁我们的军事基地，核基地，工业基地，让我们失去反击能力。这仗不打则已，一旦打起来，就是大战，原子战。要想不打原子战都难！"

大厅静如深山幽谷，连呼吸声都没有，每个人只听到自己的心跳声。林彪稍一停顿，大家的眼睛不由自主地落到毛主席身上。只见到他老人家仰靠在沙发背上，紧锁眉头，像是闭目养神，又像是胸有成竹。

林彪继续说道："所以毛主席早就说过：'要准备早打，大打，打原子战争'，是有科学根据的，是高瞻远瞩的。毛主席为我们制定的战略方针是'诱敌深入'，是'持久战'，是'人民战争'。一旦战争打起来，就要把敌人陷在人民战争的汪洋大海之中。你要打，就先请你进来，可是要走就没那么容易喽——这是我们克敌制胜的根本保证。为了毛主席的战略方针能够落到实处，我们必须做好充分的准备。首先，我们的军工企业迁到了三线，保护起来，打起仗来就会有源源不断的武器、给养、弹药供给到前线；其次，罗布泊是我们的核试验基地。如果那里能搞出一个大家伙来，对苏修就形成了新的威慑，让他不敢轻举妄动——这是我们制止战争的重要武器。刚才郑承祯同志提出了这两个项目是不是可以停下来的问题，这是一个大事，是关系到我们国家生死存亡的头等大事。毛主席要我说说我的意见，我就表个态：不仅仅不能停下来，并且还要加紧、加快，加大投资！郑主任还说，援外项目是打肿脸充胖子。他说的对！说得好啊！我们就是要打肿脸充胖子！并且我们充得还不够！请同志们想一想，假如我们现在把援外资金断掉，老大哥知道了将会怎么样？我看援外资金不仅仅不能够断掉，并且还要加大力度，让他看到我们的强大，让他望而生畏！无论多么大的损失，比起战争的损失都是微不足道的。"

大厅一片寂静。只有林副主席慢条斯理地讲着。他讲一句，抬头看一眼毛主席，似乎只讲给他一人听。毛主席依然仰靠在沙发上闭目养神。周总理始终侧脸望着毛主席和林副主席，认真地听着。

许久林副主席讲完，幽灵样的声音仿佛还在屋顶环绕。

众位首脑此时想着同一个问题：大家的汇报千头万绪，桩桩件件都陷入无解状态，边境上又有百万大兵压境。明摆着，这些事情不讲，就是你部里的事；当着毛主席的面讲了出来，压力就都落在了毛主席一个人身上。毛主席究竟是怎样的人能够承担这样的压力？即便是钢铁的身躯也会被压扁，压碎！这需要多么坚强的意志才能承受这样的压力？多大的智慧，才能够摆脱这样的困境？

各位首脑则早已惊得面如土色，张着大嘴，目光齐聚在毛主席身上。

大厅依然寂静。

许久，毛主席睁开双眼，坐直了身子，面带微笑，这微笑在大厅紧张气氛中显得怪异，不仅没有缓和紧张气氛，却使众人更加紧张。

突然毛主席把眼珠子足足地转了一周，才回归本位。这一转其实只有短短的一瞬间，却被林彪，周恩来和各位首脑清楚地看到了。长期跟随毛主席工作的人都不由得心头一惊。他们都知道，毛主席眼珠子这样转动，过去曾经有过，却每次都只发生在中国革命的紧要关头。在那一瞬间，一定有一个不可对外人言的惊天妙计正在他脑际掠过。不久，毛主席必有惊世骇俗的举措。这举措会是什么？他们无法猜到。只有等待，提心吊胆地等待。

众人正在惊悚之际，只听毛主席说道："教育部知道吗，初中，高中，大学在校学生一共有多少？"

钱伟部长略加思索，立即答道："大约一千八百万。"毛主席微微点头。

这时候，大厅后门屏风侧转出一个女人来。此人三十多岁，身材矮小，留齐耳短发，两鬓头发梳到耳后，身穿国防绿军装，头戴军帽，领章帽徽齐全，脚下穿一双黑色方口偏系带布鞋。步履轻盈，沉稳——大家认得这是毛主席的护士长吴旭君，她来，就是说已经到了跟毛主席约定的散会时间，凌晨四点。

众人的目光跟随她的步履，走到毛主席身后，她附身毛主席耳畔轻轻说了几句话，毛主席便频频点头，像一个乖孩子。她走近沙发，把毛主席搀扶起来。毛主席站起身，对大家笑道："护士长命令我回去睡觉，不敢抗命呀！只好先告辞了。"说罢大家都笑了起来，知道毛主席要离开，也都陪着站起身来。

毛主席说道："小吴呀，有件事情请你务必帮忙啊。"

吴旭君笑答道："主席有什么事情请指示。"

毛主席说："明天，不不，应该是今天喽，你给我找两件东西来。"

吴旭君说："哪两件东西？"

毛主席说："一件是纪念章，"毛主席指了指她胸前的像章，说："就是这个东西。"

吴旭君笑道："毛主席也要戴毛主席像章呀？"

毛主席笑道："要的，要的！有了它给我撑腰壮胆，再大的困难我也不怕！"

吴旭君笑道："第二件是个什么东西？"

毛主席指着林彪手里的《毛主席语录》说："就是你们都有的红宝书呀！"

大厅里哄堂大笑。吴旭君笑道："毛主席也要学习毛主席语录吗？"

毛主席收敛了笑容，郑重其事地说道："要的，要的！我要用它武装我的头脑，就可以攻无不克战无不胜，这么好的东西你们都有，我为什么不要呢！"

吴旭君强忍着笑，说道："那上边可都是你自己说的话！"

毛主席沉下脸说："对的，对的！求人不如求己嘛！"

又是一阵哄堂大笑。毛主席却板着面孔，转过脸，在吴旭君搀扶下向后门屏风走去。服务人员掀起屏风后面的黑色幕帐，一高一矮两个背影消失在幕帐后面。

这边周总理，林彪以及各部、委众官员各自道别离去。

且说毛主席回到卧室已是凌晨时分。吴旭君打点洗漱，服下安眠药，宽衣躺下，却辗转反侧不能入睡。许久，毛主席坐起来呼喊："小吴，小吴！"

吴旭君走来说："你不好好睡觉又折腾什么？"像呲嗒孩子。

毛主席说："你把秘书叫来，我有话说。"

须臾一个女秘书走来，手拿着纸笔，这是她的本职工作，打从文化大革命开始以来她经常做的一件事：笔录毛主席的指示。

女秘书说道："有什么指示主席请讲吧。"只听毛主席一字一句说道：

"知识青年到农村去，做好战备工作很有必要。要说服城里干部和其他人，把自己初中、高中、大学毕业的子女送到乡下去，来一个动员。各地农村的同志应当欢迎他们去。"

毛主席讲一句，女秘书口中重复一句，同时快速写在纸上，记录完毕，女秘书又从头到尾念了一遍。毛主席说："好了。"女秘书悄悄离去。吴旭君再次打理毛主席躺下，很快便酣然入睡。

这一天是公元 1968 年 12 月 21 日凌晨。

次日，毛主席醒来时已是下午时分。吴旭君催促他洗漱，他却让吴旭君把昨天的那个机要秘书叫来。工夫不大，机要秘书来到他跟前。毛主席说："你把昨天的记录稿给我念一念。"这是毛主席的习惯：每次发布最新指示都由秘书先记录下来，放一放，第二天修改后才发下去。

毛主席低头凝神倾耳听，只听得女秘书读道："知识青年到农村去，做好战备工作很有必要。"

听到这里，毛主席把手一摆，说："停！这里要改一改。'做好战备工作很有必要'不好，不好，这句不好。毛主席摇着头，略加思索说："改成'搞好那里的斗批改很有必要。'，嗯，这样好！"

女秘书的铅笔"唰唰"地在纸上滑动，改罢，从头读道："知识青年到农村去，搞好那里的斗批改，很有必要。要说服城里干部和其他人，把自己初中、高中、大学毕业的子女，送到乡下去，来一个动员。各地农村的同志应当欢迎他们去。"读罢，毛主席说："好！就这样吧。"女秘书听罢转身离去。

吴旭君走来，方得打理毛主席洗漱。几次催促，只见毛主席坐在床侧发呆。吴旭君问道："又怎么啦？你又有什么事了吗？"

毛主席说："你快去把她给我追回来，晚了就要发出去了！快去！快去！"

吴旭君说："好，我立即给机要处打个电话，让她不要发，赶快回来。"

毛主席连连点头说："这样好，这样好！"

须臾，女秘书再次来到毛主席面前，毛主席说："不行啊，君无戏言嘛，弄不好就要出乱子哟！还要改一改。"说罢开始修改指示。

女秘书遵旨改罢，又一字一句地读了一遍。毛主席说："还是这样好！就这样，立即发下去吧！"

第8章　红色贵族

　　然而华苏婴不是这个世界的人。这个世界虽然就在身边，于她却十分陌生。当她走进这个世界的时候，她的惊诧、困惑、彷徨是难以想象的。

　　她出生在莫斯科，在襁褓中被父母带到了中国。如今，她家住在民主道的一座小洋楼里，那是意大利租界的一座不大的意式小楼。这里距离李公楼并不远，其间只隔着一条京山铁路。从铁路这边到铁路那边，需要通过一个栅栏门，栅栏门两侧设有两根木杆，木杆被油漆漆成黑白相间的颜色，像是巨型天牛的触须。有火车通过时，栅栏便撂下来阻止行人通过；没有火车通过时，栅栏扬起，横穿过京山铁路就是李公楼地界。但由于历史原因，意租界和李公楼却形成了天壤之别的两个世界：这边富有，那边贫穷；这边清洁，那边肮脏；这边高雅，那边粗俗；这边洋，那边土；这边是牛奶面包，那边是窝头咸菜；这边是天堂，那边是地狱。

　　这是一个两层楼的独栋别墅。通体由灰色大块石料砌成，在门窗之间却间插着红砖墙面。红瓦屋顶，棕红色的门窗。门前是十层大理石台阶。走上台阶才是高大厚重的两扇棕红色的木门。扭开铜锈斑驳的拉手，走进门厅，里边是棕红色橡木地板、棕红色橡木楼梯，踩上去隐隐能听到吱吱呀呀木板的呻吟。小楼被青色石料砌成的石墩，和黑色铁栏杆构成的院墙围护在庭院之中。这一切都是意大利原工原料建成，意大利的款式，意大利的格局，意大利的格调甚至气味。走在这条马路上，仿佛不是走在天津，而是佛罗伦萨，或是米兰周边的某个小镇。

　　只有正门前面的一块太湖石，它一人高，奇形怪状，通体长满了窟窿，透露着这里的主人有着东方文化的修养和审美趣味。

　　房子精致考究，里面的陈设却十分简朴。客厅里除了沙发、茶几等必有的东西之外，最为贵重的是一架三角钢琴，和墙上挂着的一幅风景油画。这两件东西是华苏婴的父母回国时从莫斯科带回来的。油画尺寸并不大，甚至是小得可怜，画只有一平方尺大小，画框却比画宽大很多。珍贵之处却在于，那是列宾的原作，但对于外人而言，那只不过是灰头土脸的一幅又老又脏的破画儿而已。

钢琴是华苏婴的母亲实在无法舍弃的东西，那是她娘家陪嫁的物品，也是她生活离不开的东西。然而她知道，在那个年代，在社会主义中国的一个家庭里摆放一架三角钢琴该有多么不合时宜。她更知道在中国这样一个无产阶级领导的国家里这将给他们带来什么麻烦。她决定不把这架琴带到中国去。华苏婴的父亲知道妻子作出这样的决定心中有多大的不忍，他懂得妻子，她的生活中不能没有这架钢琴。他说："总不能把俄罗斯的一切都变成怀念吧？"最终一狠心，带就带了！还能怎么样？最终把它带到了中国。这架琴平时只是用一块巨大的蓝色绒布盖着，不弹奏的时候不会让它露出真实面目。

书房是他家最大的房间，走进它就像走进图书馆，推开门就可闻到古籍旧书的气味。进门右侧，挂着一幅楷书条幅，书文是"华膺雅嘱　苟余情其信姱以练要兮，长顑颔亦何伤"，落款是"华世奎"。

整个书房挤挤插插被直达屋顶的书柜排满，书架间狭窄的走道放着一架供登高取书的梯子。书橱里都是大部头精装的各种文字的书籍，俄文、法文，最多的是英文。最后两排，四面书橱平放着中文书，多数是线装古书——经史子集都有。

华苏婴父母的卧室没有什么稀奇，连西式软床也铺陈得跟普通的木板床没有区别，白色的床单和白色的被子，看得出他们是有意掩盖那些与普通中国家庭不同的东西。床边有两把老旧的藤椅和一个藤茶几。

华苏婴的卧室同样简朴。西式单人软床上铺放着白色被褥，与父母的卧室没有区别。引人注目的是床边的一个书桌，这应该是她平时读书，写作业的地方。左面桌角上有一座真人大小的青年男人半身雕塑，那雕塑宽大的前额，蓬乱的头发，破烂的衣裳，深邃的目光凝视着远方。那个时代的人一看便知，这是青年保尔·柯察金的塑像。右面桌角是一个不大的镜框，里面镶嵌着一段手写俄文，字迹流畅娟秀，显然那是房屋主人亲自抄写的。把它译成中文是这样的：

人最宝贵的是生命。生命每个人只有一次。人的一生应当这样度过：当回忆往事的时候，他不会因为虚度年华而悔恨，也不因为碌碌无为而羞愧。在临死的时候，他能够说，我的整个生命和全部精力都已经献给了世界上最壮丽的事业——为人类的解放而斗争。保尔·柯察金

这是那一代人几乎人人都能够背诵的格言，这段名言曾经让中国整整一代人热血沸腾，激励着他们为理想而奋斗。

她的父亲理所当然属于红色贵族，但却不属于无产阶级，他叫华膺。他生得魁梧高大，长着浓密的络腮胡须，却是一个浑身充满书卷气息的男人。他大学毕业后就奔赴延安参加了中国共产党。

当时共产国际了解到，中共领导人对马列主义知之甚少。特别是高级领导人，他们读的书都是中国的古书。科学的书，西方哲学的书他们几乎都没有读过。他们当中马列主义理论水平最高的，也只读过一两本马列主义小册子而已，并且这些小册子多数都是从德文翻译成英文，从英文翻译成俄文，从俄文翻译成日文，最终又从日文翻译成他们读得懂的中文。

共产国际对这样经过数次语言转换的小册子究竟含有多少马克思主义的本意实在缺乏信心。以这样的理论水平建党，甚至以后还要建国，是危险的，非常容易背离马列主义的宗旨，走入歧途。仅就目前而言，也有碍于理解共产国际战略部署，因为他们有可能读不懂共产国际的文件。因此，为长久计，他们要为中共培养高级马列主义理论人才，为将来党的发展打下坚实的基础。于是，要求延安派遣数名有理论基础的人到莫斯科大学学习。学习的专业，以马克思主义理论为核心，主修哲学、经济学、史学。为了能够阅读西方哲学原著，需要兼修俄文、英文、德文、法文，因此要求派遣的留学生至少应该精通一门外国语言。当时延安的理论人才极其匮乏，又能懂外语的就更是凤毛麟角。几经周折，最后经周恩来推荐，华膺成为符合共产国际要求的人选之一。

同其他留苏学生一样，他留学生活的前四年是非常艰难、沉闷的。四年的时间可以归结为两个字，就是"苦读"。第五年的时候，一个学业上的腾飞如期而遇。确切地说，有这样期待的人就不多。多数读书人都认为读书本就是一个苦差事——"学海无涯苦作舟"嘛。因此也任由这个差事苦下去。有期待，又有幸使期待得以实现的人则更为罕见。

然而，当这样的"腾飞"出现的时候，读书就不再是苦差事，而是一件极为愉悦的事情。那一年他的几门外文突然成熟了。他可以读俄文、英文、德文的哲学原著了，并且"拦路虎"——生词越来越少！他体验到了阅读拼音文字的畅快。这让他极其敏捷的思维插上了翅膀。他有杰出的抽象思维能力，和过目不忘的记忆力。别人，一本马克思的《资本论》或者一部康德的《纯粹理性批判》一辈子也未必能够抠得明白——此所谓皓首穷经——而在他只需要几个月就能够融会贯通。他能够在短时间内掌握任何一个哲学体系，也许几个星期，最多几个月，不管它是苏格拉底、柏拉图还是康德、黑格尔、尼采、叔本华、海德格尔。第五年他已经成为莫斯科大学哲学系的众所瞩目的人物。当时的苏联是共产国际的中心。莫斯科大学已经是世界瞩目的科学的圣殿。在当时哲学被称为是"科学的科学"，莫斯科大学哲学系便成为了全世界思想精英的聚集地，在这块地方能够脱颖而出，不是简单的事情。

当时的苏联虽然正在斯大林专制时期，但作为顶尖学府的学术氛围依然非常自由，除了马克思主义的哲学之外，其他哲学学派还都可以自由地学习，讨论，并不会受到国家意识形态的排斥。

有一个相貌出众的俄罗斯姑娘为他文雅的气质和杰出的才华所倾倒。他们相爱了，他们爱得至深、至纯。在她的介绍下，他加入了苏联共产党。在他的介绍下，她加入了中国共产党。不久他们就结为了夫妻。结婚后她的中文名字随夫姓，保留了原名，姓华，叫华安娜。但当她跟本国人交往时依然保留娘家的姓。

又过了不久，他们生下了女儿，取名叫做华苏婴。

当他们决定女儿叫这个名字的时候，他们激动得留下眼泪。那一年林彪已经打下了辽沈，他们看到了新中国的曙光，看到了中苏关系美好的未来。这孩子是中苏友好的见证，她身上流淌着中国人和俄罗斯民族的血液，他们希望，在孩子身上将体现出两国优秀的文化素质和民族性格。这是一个多么有意义的名字！

1949 年，华膺挈妇将雏回到祖国，投身于百废待兴的社会主义建设当中。那时候的华膺对祖国的前途充满信心，对自己个人的前途踌躇满志，回国后他将在学术界，在国家制度建设上大展身手。

在离开莫斯科的前一天夜晚，一切归国的准备已经就绪，屋里到处都是大大小小的箱子。

女儿在婴儿床上已经睡熟。安娜还在收拾那只随身携带的提箱。华膺不无歉意地对妻子说："安娜，会想念俄罗斯吗？"话一出口，便立即为自己说了一句蠢话感到了尴尬。

他们的家庭语言是俄语，这里却只能用中文陈述。

安娜继续收拾奶瓶、奶粉、以及婴儿用的东西，说："不，不是'会'，而是'已经'。还没有离开俄罗斯，我就已经想念她了。"她轻声说着，接着就是沉默。

华膺知道这一去是到中国安家落户的，不知道多久才能回来。即便是回来，也只是探亲、访问，短暂的逗留，最终还是要回到贫穷、落后、远在天边的中国。因此这一去就是永久地离开亲人，离开故国的生活、故国的文化，一生都要在思念亲人、思念故土中度过，在陌生的异国他乡中度过。当时，莫斯科已经是经过三十年社会主义建设的繁荣的苏联首都，而中国才刚刚从战火中走出来，满目疮痍，贫穷落后。生活水平的差异，文化的差异对安娜而言是天壤之别。她为自己付出太多，牺牲太多了。

这些其实在安娜决定跟随他回国的那一天，他就已经意识到了，而此刻到了就要启程的时候，他才真正地意识到要表达自己的歉意，或者说表达自己的感激之情是一件多么沉重，多么难以启齿的事情——因为这本来就无法表达。

安娜却非常平静，她合上已经打理好的箱子，坐在华膺身边说："有一本诗集，不知道你读过没有？"

她的话与刚刚的话题不着边际，华膺有点诧异，说："哪个诗集？"

"涅克拉索夫的《俄罗斯女人》。"

华膺说："读过啊，就在我们的书架上，不过现在都打进箱子里了。"

安娜说："那诗集写了什么？"

"一共有两首长诗，写了两个十二月党人的妻子去西伯利亚流放地寻找丈夫的故事。"华膺说。

安娜说："是的。涅克拉索夫这样赞美那两个女人，他说，只有没有心肝的人，才不会为她们哭泣。我给你背诵一小段吧。"

安娜非常平静地背诵道：

无论他遭到多大灾难，

无论西伯利亚多么遥远，

我也要把心里最好的、所有的爱献给他，

到那遥远的西伯利亚去。

当我看到丈夫身上的镣铐，

他的痛苦我已完全知晓，

他受尽了无穷的苦痛，

他受尽了无尽的煎熬。

我情不自禁地在他的面前双膝跪倒，

在亲吻我的丈夫之前，

先用双唇亲吻冰凉的镣铐。

刹那间，所有的声音都已经静止，

所有的人都脸色苍白，含着热泪，

分尝我们相会的幸福和苦涩。

华膺说："那故事太感人了，读这首诗不是读文学作品，而是接受一次灵魂的洗礼。"

安娜说："实际上那首诗是根据一个十二月党人妻子的日记写的。一切都是真实发生过的事情。"

华膺说："是啊！从此，亲吻镣铐的女性成为俄罗斯爱情的象征！忠于真理，忠于爱情，成为俄罗斯女人的最高荣誉。"

安娜说："但有一件事你肯定不知道。这个十二月党人的妻子玛利亚•沃尔孔斯卡娅公爵夫人，她是我的祖母；她的丈夫，十二月党人的领袖谢尔盖•沃尔孔斯基公爵是我的祖父。"

华膺不敢相信自己的耳朵："真的吗？你怎么不早告诉我呢？这个家族是最让我尊敬的家族！在俄罗斯享有着非常崇高的威望。说来也怪，无论在哪个党派，哪怕是在把前政权视为仇敌的苏联共产党中，也都享有着崇高声誉。"

安娜沉默良久，眼里闪着泪光，默默地点着头继续说道："当然是真的。我不告诉你的原因是，我不喜欢给自己戴上显赫家族荣誉的光环，来增加我的荣誉。祖先的荣誉属于他们，我的荣誉只能依靠我自己的行为获得。我身上流着他们的血液，心里装着他们的理念，没有一天敢把它们忘记，不要玷污家族的荣誉。你说的对，'忠于真理，忠于爱情'正是我们的家训。一生能够做一个这样的人，就是我，作为一个女人最高的荣誉，此生无憾。

"中国是你的祖国，我是你的妻子，因此中国也是我的祖国。更何况，中国不是西伯利亚，你脚上也没有镣铐。我的丈夫是天之骄子，是未来国家的栋梁。我们是一起回去报效祖国的，这是我们共同的荣誉。这荣誉给予我的幸福感，足以抵偿我对俄罗斯思念的痛苦。"她长长地出了一口气说："因此，我请求你不要说'对不起'，也不要说'谢谢'这一类的话。这是我自己的选择，我选择的是幸福和荣誉。我要说的是，请你不要吝啬，把你的幸福和荣誉分给我一半，我要与你共享。"华膺感动得流下了泪水。

次日清晨，他们抱着女儿，脸上带着十分平静的表情踏上了莫斯科开往北京的列车。经过二十天的长途奔波，列车横跨欧亚大陆，横穿白雪皑皑的西伯利亚，跨过苍茫无际的蒙古高原，在一九四九年年底到达北京。

周总理把他安排在了中央马列学院，也就是后来中央党校的前身。华安娜被安排在中央编译局，任俄语总编。从此开始了新生活。

　　1951 年 3 月，周总理收到了外交部的一个报告。标题写着《关于尤金同志访华事宜安排的汇报》。尤金是著名的苏联马列主义哲学家，曾经编辑出版过《简明哲学词典》，无论是在苏联，还是在社会主义阵营的理论界都享有崇高威望。这次访问中国是受斯大林派遣，来帮助中国编辑出版《毛泽东选集》的。

　　读到这里，周总理立即警觉到这是一件天大的事情。这个事，不仅牵涉到中国，还牵涉到整个国际共产主义运动。在国际共产主义运动阵营中，不是什么人都可以出版大部头著作的，只有导师级的人物才行。那么谁是导师，谁不是导师，只有一个人说了算，这个人就是斯大林。这次斯大林亲自派遣尤金来主持编辑出版《毛泽东选集》，就是说毛主席是斯大林认可的导师级的国际共运领袖。这是何等的大事！

　　报告说，毛主席要接见尤金，但外交部找不到合适的翻译。理由是，现在中国懂俄语的人不少，但他们不懂哲学；懂哲学的人也有一些，但他们不懂俄语。周总理知道，毛主席会见尤金，肯定要大谈哲学。如果没有一个好的翻译，必将大煞风景。他也粗通俄语，他知道要把哲学语言准确地在俄语和中文之间转换是一件多么困难的事情，没有对两种语言以及对哲学精深的理解是不可能做到的。

　　周总理把报告摔在办公桌上，站起身来叹道："只有赵元任才堪当此任呀！可惜他去了美国！"急得他左手背敲打着右手心，在办公室里走来走去。

　　他突然眼前一亮，想到了华膺，对！当年把他派到苏联去，为的就是将来能派上大用场，他在莫斯科大学苦读了十年，其名声周总理始终在关注着。该让他一显身手了！于是在报告上批道："请与少奇同志商议，借调中央马列学院华膺同志担任毛主席接见尤金同志的翻译。"

　　刘少奇当时任马列学院的院长，周总理说"与少奇同志商议"，其实是客套，要为毛主席做一点事情，正是刘少奇求之不得的。

　　华膺的翻译做得非常出色。毛主席和尤金相谈甚欢。毛主席爱跟外国人抖漏一些中国古代的哲学思想，诸如用"塞翁失马，焉知非福"解释辩证法；"子非鱼安知鱼之乐"解释主观与客观等等。华膺少年时便有厚实的私塾底子，他专门研究过中国古代思想史，中国哲学在他那里岂止是烂熟于心？而是放在世界哲学史视野之下的中国古代哲学。毛主席引经据典，在他那里都毫不新奇，都能轻松自如地转达给尤金。而尤金抽象的哲学阐述，他尽可能通俗地翻译给毛主席。

此后，毛主席多次接见尤金，特别是后来尤金担任苏联驻华大使，与毛主席会谈的机会更多了起来。只要毛主席接见尤金，外交部必定"借调"华膺做翻译。

然而，他清楚地知道毛主席并不待见自己。正如自己内心深处并不待见毛主席一样，他深知这不仅仅是心灵感应，也是事实验证。在他给尤金与毛主席做翻译的过程中，毛主席的博大精深在他那里，如同孙悟空跳不出如来佛的手掌一样，无论毛主席怎样抢，在他这里都是那么平淡无奇，甚至幼稚可笑。行家一伸手，就知有没有。他在第一次给毛主席当翻译时就发现，毛主席对哲学一窍不通。他敢于大谈哲学的原因恰恰就是因为他不懂哲学。在哲学上他所缺的不是兴趣，也不是努力，而是哲学思维所不可缺的抽象思维的能力。

他惊奇地发现了，尤金也发现了这个相同的秘密。在他那淡蓝色的眼睛中忽尔闪过一道微弱的光，那是窥伺到了他人秘密的得意投在心灵窗口的一闪。这一闪无论对谁也易于掩饰，却被华膺捕捉到了。

他心里一惊，肯定自己的眼睛难免也有这么一闪，无法回避这一闪被尤金、被毛主席捕获——他们都那么敏锐！尤金也就罢了，倘若被毛主席捕捉到将是什么后果？他知道毛主席知道他知道毛主席的那两下子，这如同魔术师在一个完全知道魔术秘密的人面前耍弄魔术，会让毛主席感到囧，类似裸衣昼行。他知道自己不是故意的，甚至是故意地掩饰而不成功。他察觉到自己应该"守拙"，应该韬晦，应该装傻，但是他对中国文化中的这种世故哲学厌恶之极，他喜欢的是自然而然，喜欢本来是什么样，就是什么样。他不打算在这方面委屈自己。

几年以后的一天，那是毛主席最后一次接见尤金。此时毛主席挣脱苏俄掌控的欲念已见端倪。谈话中毛主席毫不隐讳地嘲笑赫鲁晓夫没读过几本书，不懂马列；批评赫鲁晓夫，斯大林活着时，说斯大林是自己的再生父母，死后却把他挫骨扬灰。尤金毕竟是苏联驻华大使，也委婉地反唇相讥。华膺被夹在当中，一边是伟大领袖毛主席，另一边是学界的长者。把每一句使对方难堪的话翻译给对方，都好像是自己在撒野，而感到羞愧难当。又好像是自己在挑动双方竞相无礼。

给毛主席和尤金当翻译是他本职工作之外的事情，不愉快，也只是偶尔为之，倒也罢了。而他每天都要做的本职工作也令他大失所望。

他只对探求真理有兴趣。他清楚地知道，探求真理是要让大脑的逻辑能力自由放纵地运行，而不是让它成为实现某个目的的工具。然而身在马列学院，境况恰恰相反。全部工作无非是在马列经典著作中寻章摘句，去诠释国家政策或者证明领袖行为的正确性。这不异于篡改马列主义，也是对自己智慧的侮辱，人格的侮辱。

继续在这里工作下去，浪费时间也罢了，最令他担心的是，自己自由独立的思维能力会被扭曲、摧毁，而不知不觉地变成一种驯服工具。他已经亲眼看到许多自己的同事，甚至自己尊重的前辈，著名的学者，他们的学问享誉中国，甚至享誉世界，却都已经如此，而他们还自鸣得意。这太可怕了！真的自己也变成那样，便再与探索真理无缘！青年时期的抱负将会付诸东流。每想到此心中便如同热油滚过一般。必须寻找机会摆脱这种处境，他知道，他在中央党校的前途已经终结。

真正让他下定决心走出这一步的，则是另一个原因。

"春江水暖鸭先知"，水冷难道不也是鸭先知吗？他是中苏联姻家庭，就是这条江里的鸭子。对于中苏关系日渐恶化，他比任何人都多出十倍的关注，百倍的敏锐。如今自己在中央党校，妻子在中央编译局，这都是中苏关系的风口浪尖。一旦中苏关系对抗升级，必将是政治的、军事的、意识形态等各个领域全方位的对立，定将无端生出许多嫌疑，猜忌，那时候将怎么办？想到此他如同遭到电击，周身猛然一抖。必须尽早远离这是非之地，为自己找到一个避风的港湾，一旦暴风雨降临，则为时已晚。恰好这个时候一个机会出现了。

毛主席和尤金会谈结束，华膺向周总理告别的时候，周总理突然问道："最近工作怎么样？有什么困难需要我帮忙的吗？"听得出周总理话里有话。

周总理当然看得出，他今天的翻译全然不在状态，平静温和的表情下掩藏着厌烦的心境。华膺说："感谢总理关怀，一切都好，只是工作上时时感到力不从心，一直在寻找一个改观的契机。"

周总理说："噢？说说看，或许我能帮上忙呢。"

华膺说："多年来沉浸在理论研究的宝塔尖里，突然发现自己理论和实践脱节了，希望能得到实际工作的锻炼机会，或许对理论研究工作也有益助。"

周总理笑说："好啊，你打算到哪去呢？"

华膺说："我想到基层去，比如到中学去做教育工作，给实践方面补补课。"

周总理听罢，微微一笑说："恐怕这不是全部理由吧？"

周总理是何等人！世事洞明，人情练达无人能及。有什么事情能够瞒得过他？周总理说的委婉，实际上已经拆穿了他的谎言。他心中一惊，不由得满面通红。他清楚，周总理是自己的老上级，是周总理派他去苏联学习的，虽然没有私交，但感情上自己是总理的人。他必定能够设身处地理解其中苦衷。既然被他看破，再躲躲闪闪便是对总理不信任，不如直言面对，坦诚相见，或许还有希望在其中。

然而真实的想法却是不足与外人道的，只能心照不宣。他相信周总理是心领神会的高手。想到此他有了信心，遂说道："总理说得对。希望总理理解并且支持。"

周总理说："放心吧，你的想法很有道理，我又怎么能不理解呢？北京有许多好学校，你想到哪里去？"

华膺说："我想到外地去，学校也只要一所最普通的才好。"

周总理微微颔首说："这个我也明白，只是不能走得太远，毛主席有时需要你，不能找不到嘛！”

华膺说：“我的故乡是天津，希望能到家乡去。”

周总理说“好，没有问题，我来帮你安排这个事情吧。”

于是他就到了卫国道中学当起了校长。华安娜随同丈夫一起，在同一个学校当老师，教俄语，也教英语。

民主道的小洋楼是华膺父亲给他留下的遗产，也是他出生成长的地方，很自然他们一家三口就搬进了他阔别多年的故居。

此后，大约有十年光景，无论春夏秋冬，清晨，傍晚，在这座小楼石阶前出现的，是父母亲上班、下班，女儿上学、放学的身影；晚上，窗户透出温暖的灯光，有时，里面隐隐有钢琴的声音传出；也有时是在读诗，那诗有时是屈原、李白、杜甫、辛弃疾……也有时是莎士比亚、普希金，当然也有涅克拉索夫。在这样的氛围中，小姑娘渐渐长成了大姑娘。

在这个小小的家里，有诗，有画，有音乐，甚至有哲学。更重要的是有人生最为珍贵的东西——爱。

然而这一切，能够拯救得了他们吗？

第 9 章　幸福的时光

　　再也没有比婴儿的第一声啼哭更能唤醒母性的觉醒了。作为女人，安娜虽然在孩提时的玩具就是娃娃，自己充当的角色就是妈妈；稍大时，俄国也有"过家家"游戏，扮演的角色也是妈妈。那只是对沉睡着的母性的唤醒。然而并非母性无须唤醒便会自然觉醒；也并非每个女人的母性都会因唤醒而觉醒的。甚至怀孕，甚至婴儿在自己腹中躁动，都没有让她产生成为母亲的那种神圣的激动。那是一股暖流，流到四肢，流遍周身，流过心田。当时她周身颤抖，无法自控，激动得哭了。或许不是每个做了妈妈的女人都会有这种感觉。就在那一瞬间，她的心被那个小女孩牵走了。从此一个决心，或者说是一个信念油然而生，不可动摇，那就是，她要保护好这个小姑娘，不让她受到任何伤害；要让她受最好的教育，不让她有任何瑕疵，让她尽善尽美，她要尽自己所能让这个女孩快乐、幸福。

　　这个信念是如此强烈，尽管条件同苏联比相差太多，却也难以阻挡她一切都遵循自己孩提时代所接受教育的规范。

　　在女儿还听不懂音乐的时候，她就开始给她弹钢琴，弹德彪西、肖邦、也弹贝多芬、施特劳斯的作品，她不认为她听不懂，她确信她在某种层面上是听得懂的。

　　她清楚，孩子是中国孩子，要在中国生活，当然要学好中文。自从他们从莫斯科迁居到北京，他们的家庭语言就不再是俄语，而变成了中文。孩子有足够好的中文语言环境，她并不担心孩子学不好中文。

　　每每提到讲中文，安娜都会有一点点羞愧，或者无奈。她的中文很好，交流、写作都是非常规范，优雅的中文。但中文毕竟是她的"外语"，换句话说，不是第一语言，口语总是带有一点洋腔洋调，像是莫斯科广播电台中文女播音员的声音。然而这不影响她用中文交流，特别是她教中学以来，跟孩子们朝夕相处，学会了一口地道的口语。但那一点洋腔洋调还是无法去除干净。

因此，她不希望女儿的俄语，法语像自己的中文一样带着古怪的腔调。这必须从幼儿时期抓起。在女儿还没有开始咿呀学语的时候，她就开始跟她每星期一、三、五讲俄语，每星期二、四、六讲法语。她不认为女儿太小，听不懂。她知道，在婴儿大脑语言中枢发育阶段让她听到正确的语音，词汇，是语言教育的最佳时机。这里虽然没有法国教师，但自己的法语就是法国教师教的，她自信自己的法语十分纯正。至于俄语，自然更不必说。

很自然三种语言都成为了苏婴的"第一语言"。这三种语言同时在她大脑中与客观事物直接对应、发生联系，建立概念。于是三种语言都成为了她的思维语言——其中任何一种语言都不依赖于另一种语言为中介进行翻译、转换。

女儿的任何细微的变化，都会引起她的欣喜，都会让她感到无比惊奇。自从有了这个女儿，每一天她都沉浸在一种一惊一乍的，疯疯癫癫的快乐之中。

她知道，知识、技能固然重要，然而还有更重要的，则是个人品质。以她家族的骄傲和承传而言，这种品质就是忠于真理、忠于感情。

女儿一天天长大，安娜清醒地意识到，养育女儿的过程，实际上就是亲手塑造一个人的过程，她要把自己热爱的品质，熔铸在女儿身上，把女儿塑造成一个她所希望成为的那样的人，就如同亲手把一块泥巴塑成一尊雕像。

安娜追求高尚的品质，并非为了独立高标，与众不同。而是来自她对生活，对生命的理解。在她的心中，那种高尚的品质是与生活，生命同在的。换句话说，没有那种高贵与尊严，生命便失去了意义。

在华膺那里，虽然他不反对，甚至非常赞赏安娜的做法，然而他却不刻意追求妻子的目标。女儿的降生对于安娜而言是母性的觉醒；而对华膺而言则不异于启动了又一次爱情。并且比上一次更深切、更持久。

说女儿是他的公主，是天使，是心肝宝贝，是心中的太阳，说成是什么都不为过。总之，她占据了他的全部身心，她成了他全部生活的意义。工作时，想到回家就能够见到女儿，心中就会涌出一股幸福的暖流，急切地盼望早点下班回家；甚至夜里睡觉，会因思念女儿而醒来，此时，必须要起来看一看女儿，好好端详一阵子才能再次入睡。

他对于女儿所寄托的希望，同妻子并不一样，包括追求真理，追求正义。因为他知道，真理是一个非常复杂的东西，并不是所有人都有能力认识的东西。在认知真理的路上能够前进小小的一步，都需要具备超出常人的聪明。他见过聪明人是什么样子。在这一点上他心里非常清楚，女儿不是那样的孩子。至于追求正义，他知道，跟追求真理一样的难。因为认清什么是正义就是一件非常困难的事情。

因此，他不希望女儿成为思想家，更不希望女儿成为追求正义的英雄、真理和正义的殉道者，就像卓娅、秋瑾；更不能像江姐、刘胡兰。

他对女儿唯一的希望，就是希望她幸福。他并不是对女儿没有要求，他也要求女儿努力学习，积极向上。他也亲自给女儿指导功课，跟女儿一起解数学题；他也亲自教女儿游泳，跟女儿一起打网球；他也亲自给女儿讲中国古诗，甚至某些诗篇会要求她背诵，等等。但是这一切都只是为了一个目的：使她幸福。

华膺夫妻追求的是平民生活。为了与平民生活一致，安娜拒绝了政府派给她使用的伏尔加轿车——这是按照级别，一个外国专家应该享用的待遇。其实她也使用了几天。刚刚搬到民主道居住的时候，每天到卫国道中学去上班，早上 7:30 司机会开着那辆伏尔加轿车准时停在他家铁栅栏门的外面一声不响地等候。

几乎所有享有轿车待遇的同事都把派给他个人工作使用的轿车，当作自己家的"包月"，任凭全家各种活动使用，就连买菜，看电影，接送孩子，亲戚接来送往也都由司机开着轿车完成，革命了这么多年，这算得了什么？然而华膺却不这样认为。他认为那是一种——说是堕落似乎有些苛刻——但却是使自己难堪的事情。那是派给妻子用于工作使用的车，这界定是清楚明了的。每天同是到卫国道中学去上班，女儿也去卫国道中学上学，全家却兵分两路，一路，他让妻子一人乘轿车，而自己则跟女儿一道，他骑一辆 28 吋黑色自行车，女儿则骑一辆 20 吋弯梁棕色女车去学校，一路上父女俩有说有笑。

没有几天安娜就不干了，她说你们剥夺了我的家庭生活。她直接把轿车退回了政协，除非有重要会议必须要车接送，她告诉政协，以后不要接送她上下班。于是，她买了一辆 26 吋墨绿色弯梁女车。此后，以前往返卫国道中学路上的两个人就变成了三个人。他们知道什么是幸福。

另一个平民化的特征是他们从来不使用保姆。按照级别，他们可以享受国家派给一名服务员的待遇，他们谢绝了；按照收入，他们也负担得起自雇一个保姆的薪酬，但是他们从来也没有请过保姆。他们觉得，使用保姆是一件令自己脸红的事情，而不像正在使用公派服务员的同僚们那样，开口"我家保姆"闭口"我家司机"，唯恐别人不知道他家使唤了佣人，把华膺夫妇认为的耻辱当作是荣耀。

而华膺一家不觉得做家务活是负担。照说他们每个人都有比做家务更有趣，或者更"重要"的事情，比如弹琴，读书，打球，甚至思考等等。但在他们的价值理念中，自己的事情自己做是对自己的尊重。于是，家务劳动便被提到了尊严的高度。因此他们并不觉得无趣，或者浪费时间。而是相反，他们非常享受这个过程。

每逢星期日上午，早饭过后，全家开始忙碌。负责洗衣服的是安娜，那个时候没有洗衣机，洗衣服要手洗，安娜学会了使用中国的搓板，她认为这个工具是个伟大的创造，效率非常高。尽管如此，劳动量依然不小，全家人一个星期的衣服、鞋袜、毛巾、浴巾、床单、被罩等等统统洗过，总要在阳台上挂满长长的几条绳子，在阳光下迎风飞舞。

按照分工，擦地板是华膺的差事。门厅、走廊、楼梯、客厅、书房、厨房、卧房、厕所所有房间都擦一遍，这活够他干两个钟头的。兼况他有洁癖，不能容忍地板、马桶上有任何污渍。每当发现一点污渍，总要认真地把它擦得毫无痕迹，就如同擦去心灵上的污渍，才肯罢休。每当他擦到门厅，总要在那块太湖石上耽搁不少时间——从头到脚地抹擦，拂拭，即便那石头已经一尘不染，他也必定会在那里延宕时光。

苏婴负责清扫和整理房间，把那么多房间的家具擦洗干净，归置整齐，也够她忙的。

这个时候总不免听到："妈，这个放在哪里？""爸，那个怎么放？"接着便是安娜或者华膺隔着房间的高声回答。

这些活做完有一个短暂的休息。全家围坐在餐厅喝一杯茶，接下来就该预备午饭了。

主厨多半是安娜。苏婴的活儿是打下手，摘菜、洗菜、削皮、淘米。

在安娜幼年时的家庭教育中，家政是女孩子的必修课程。厨艺、针黹则是家政课程里的基本内容。故此，安娜的俄式西餐做得中规中矩。然而她的厨艺发挥却常常受到食材的限制。

当时的食品都是凭票证购买，不仅仅粮食，肉、鸡蛋、油、鱼，甚至土豆、萝卜、白菜都是凭票供应，定人定量。

假如他们不拒绝享受特供，安娜的厨艺则会有更多的发挥空间。特供是国家给高级干部和专家提供的特殊食物供应。平民百姓，细粮供应只有 30%，特供则是 100%！平民猪肉每月每人 0.5 斤，特供则是 5 斤。平民食油每人每月 0.5 斤，特供是 1.5 斤。鸡蛋每户人家每月一斤，而特供不计数量。凡此种种。只是他们打从定居中国那一天起就拒绝接受特供，就连每天都有人被饿死的那三年，他们也没有接受过特供——她跟她的丈夫是死心塌地地要跟中国平民百姓同呼吸共命运的。这是他们的尊严。尊严是有代价的。

有些食材不适合做西餐，安娜也努力地拓展了自己的家政课业，学做许多样式的中国餐，她学会了蒸窝头，虾皮熬小白菜，熬马口鱼。马口鱼是当时凭副食本供应的鱼，刺极多、极细。在她的记忆里，西餐的十八般武艺都对这种小小的水生动物一筹莫展！而每个月却只供应一次鱼，如果某个月就是供应马口鱼怎么办？不吃？孩子正在成长过程中，食物中的蛋白质明显不足；吃？那么多刺，要冒着生命危险。可是，天津人偏偏能把马口鱼做得通体酥嫩，香鲜无比。安娜就学会了这种做法——熬马口。

她蒸的窝头跟中国窝头不太一样，怎么看那模样也是带些洋味儿，像克里姆林宫的塔楼。

只做西餐，食材不大对路。这就给华膺一显身手留下了空间。他很会"粗粮细作"，他会把玉米面掺上少量面粉烤成大列巴，特受安娜欢迎。她非常享受玉米被烘烤出的香味，和略有咬劲的口感，认为比白面包还好。而苏婴却不一样，只要一闻到玉米面的气味，就把她带到了忆苦思甜大会上的"旧社会"。

买菜买粮当然是家庭主妇的事情，华膺和苏婴有时候也跟着一起去，但也只是帮着搬运一些沉重的东西，例如月初买整袋的面，安娜搬不动，苏婴或者华膺就推着自行车跟着把东西驮回家。在民主道粮店、副食店，人人都认识那个漂亮的苏联大婶，人们永远奇怪，金色的头发，灰色的眼睛，不同样式的嘴巴，居然讲出来的是中国话！

安娜变成了一个中国妇女。除了相貌无法改变之外，一切都已经改变。然而她的气质——大约来自于内心——她的举止，谈吐，则永远带着俄罗斯贵族的底蕴。

这些年是他们一生中最幸福的岁月。特别是女儿在安娜、华膺身边跑来跑去，"爸！""妈！"不停呼唤的时候，幸福得让他们的心颤抖、融化。而就在这样的时候，他们内心也潜藏着深深的忧伤。他们害怕女儿长大，特别是华膺，他恨不得时光就停留在每天都要让爸爸扎一扎胡子，亲亲脸蛋儿才肯上床睡觉的时刻。然而他们却亲眼看着女儿从一个小姑娘转眼间就长成了一个大姑娘，将来有一天必定要离开他们。他们知道这不可抗拒，特别是华膺，几乎不敢想象那个时候该怎么办。

夫妻对坐闲聊的时候，曾经多次聊过女儿将来离开他们的那个时刻。对于安娜来说，她经历过出嫁离开父母的时刻，她觉得，即便是身为父母，虽然忧伤，但是只要女儿能够嫁给一个白马王子，人中的俊杰，就如当年的华膺，一切忧伤都可以得到补偿。那个时候，可以补偿忧伤的还有很多，她会把一切都为女儿安排得好好的。婚礼不要豪华，但一定要有意义。她还想象着女儿给她生一大群外孙、外孙女，他们围绕自己身边跑来跑去，吵吵闹闹。

然而对于身为父亲的华膺而言则没有那么轻松了。即便是嫁给白马王子，也同样是另一个男人把女儿从他身边抢走，那个属于自己的女儿则属于了另一个人。更令他痛心的是，他自己独享的女儿的爱，则归另一个男人独享。理智上他很清楚，只有女儿深深地爱上一个男人，她才会幸福。但女儿对那个男人爱得越深，自己所剩的便越少。与其让女儿更多地爱自己，毋宁让女儿毫无保留地去爱另一个男人！然而感情上每想至此，他便有一种被洗劫的感觉，这是一个富翁被洗劫成乞丐的感觉，不仅仅丢失了财产，并且还有一种屈辱。理智永远也无法驯服感情，这种痛楚只有在安娜经常对丈夫说"父亲在女儿心里是一座大山，任何人也搬不动"的时候才略感宽慰。

第 10 章　拾毛蓝的背大筐

午饭过后全家小憩。下午便是悠闲的时光了。

华膺端起妻子刚刚斟好的茶，轻轻啜了一口，说："在我们学校的高三一班有一个男生叫王大毛，你们认识不认识？"

安娜一惊，说："当然认识，我给他们班上俄语课，谁都不认识也会认识他。"

苏婴也一惊说："噢，连校长也知道他呀？"

华膺说："有老师跟我告他的状，说这个学生管不了，我才开始关注他。看外表，长得又高又瘦，衣服又脏又破，一年到头，无冬历夏，穿的永远是那一身黑衣裳，好像从来就没有洗过，没有换过。他那条裤子，也许是身体长得太快了，刚刚能盖住膝盖，下面露着半截小腿，裤子还打满了不同颜色的补丁，那真叫补丁摞补丁。头发又长又乱，好像几年都没剪过。手指甲缝渍着黑泥。趿拉着一双露脚指头的球鞋。我想这孩子是怎么啦？他的家庭很困难吗？对了他还有个外号，叫'孔乙己'。"

苏婴说："还有你不知道的呢！他可棒极了！可我看他不像孔乙己呢，他像保尔·柯察金！"

华膺说："经你一说我发现，真的很像保尔，像你桌子上的保尔。"

安娜说："前年，我第一次给他们班上课，那时候他们还是高一。看见他在书桌下面放一本课外书，他假装听课，却偷偷地看书。我看见他不听讲，就叫他站起来，我说：'上课不要偷偷看课外书。'你猜他怎么回答我？"

华膺和女儿看着安娜齐声说："怎么回答？"微笑的目光充满了好奇。

安娜说："他说，'您让我明着看是吗？'一句话说得全班哄堂大笑。"

华膺和苏婴听了也大笑起来。华膺说："回答得太精彩了！"

苏婴说："这回答一点错都没有，该给 100 分。"

安娜继续说："把我也气乐了。他煤炭一样黑的眼珠，侧眼看着我，一脸无辜的表情，看样子不像是故意捣乱。我说：'我是说上课要听讲！'你猜他怎么说？"

华膺和女儿看着安娜齐声说："他怎么说？"期待着另一个幽默。

安娜说："他说，'我听着呐！'我气得不得了，说：'我明明看见你在下面看书，你还说你听着呐，这不是睁着眼睛说瞎话儿吗？'他说：'请老师不要污我清白，我从来不撒谎。'你猜同学们怎么着？"

华膺跟女儿看着安娜一齐说"怎么着呢？"期待着有趣的下文。

安娜接着说："他们都不向着我，却向着他。一个个满脸怪笑，挤眉弄眼地看着我，等我出丑闹笑话。我说：'好！那么我问你一个我刚刚讲过的问题，你要是能回答上来，就证明你没撒谎，行不行？'他说：'行，请老师问吧。'我心说，等你回答不上来，看我怎么收拾你！于是我就问了他一个最难的问题。你猜怎么着？"

苏婴说："妈——你急死我了，快点说吧，他回答上来没有呢？"华膺却仿佛早知道结果，在一旁微笑着。

安娜说："他不仅仅回答上来了，并且回答得清清楚楚，简明扼要，想吹毛求疵，可就是挑不出来毛病，我想那些瞪着眼听的同学也回答不了这么好。"

苏婴说："噢，你才知道啊！他就是这么厉害！"

安娜说："是啊，这还都不算什么。就是这个孔乙己，好——我不说他'孔乙己'好了吧？就是这个王大毛，在各科老师那里是出了名的，数学、物理、化学、生物、俄语、语文、历史、地理——不管哪一科老师都说他课堂从来不听讲。都说他太狂了！可老师们提问故意刁难他，他却没有回答不上来的。他说'我听着呐'，其实他真的是听着呢，或者，他早就把一本书都学过了。考试从来是满分，你说怪不怪？他居然能够连一分也不丢！偶尔有他丢分的时候，好吧，你就等着吧，王大毛一准儿会到办公室里来找判卷老师抬杠！不是考题出了问题，就是老师的答案是错误的，还没见过他错了的时候。并且考试别人刚刚做了一半，他就交卷子了。不知情的老师都提醒他说，说你好好检查检查。他说，我检查过了。"

华膺说："不仅如此噢！他体育也很棒。学校的跳高纪录保持者一直是他。"

安娜说："不少老师都把他告到校长那里，说，这样影响不好，其他同学要是跟他学怎么办？教学质量无法保障。你猜校长怎么回答的？"

苏婴听着，已经入了神，说："怎么回答的呢？"

安娜说："我也没见过这样的校长，他说，这样的学生跟着普通班上课，我们已经委屈他了，我们应该给他一个自由发展的空间。至于影响，我们尽可能减少，我们可以调一下座位，让他坐到最后一排的角落去，这样就不会影响大家了。"

苏婴说："爸，你太棒了！"说着依偎在华膺的臂膀上，"那么爸，你怎么想起说他来了呢？"

华膺满是笑容的脸突然沉了下来，说："他在高三。在初三有个男生叫王二毛，初二有个男生叫王三毛，初一有个男生叫王四毛。那是他的三个弟弟，她家一共有五个孩子，都是男孩，下边还有一个王五毛在上小学。这五个孩子一个比一个聪明！你们知道一个人、一个国家、甚至人类最宝贵的是什么？就是这里，"他用手指着自己的太阳穴，"脑袋瓜好使，才有了牛顿、达尔文、爱因斯坦，才有了人类文明。这个王大毛是我所见过的为数不多的脑袋瓜好使的人。"

安娜点着头，苏婴高兴得跳脚。

华膺继续说："这引起了我的兴趣，想要到他家里看一看，做一个家访，好好跟他父母谈一谈，如果生活有困难，学校或许能够帮助他们。

"可是我就是找不到他家住在哪！我到校办公室要他的地址，办公室翻看了他的档案，说他家没有地址。我奇怪，家怎么能够没有地址呢？后来才知道，他的家确实没有地址，不在任何街、巷，没有门牌号码。也不在派出所管辖之内。你们说怪不怪？

"于是我就询问，谁是他的好朋友。可是他的同班都说，他没有好朋友，跟同学连话都不说。到上课的时候，他准在那旮旯坐着呢，从来不迟到，不缺席。放学了，悄悄地就消失了，谁也不知道他去了哪里。

"终于，有一个他同班的同学告诉我说，他家很好找！我们学校前边就是铁道，铁道旁边有一个大水坑，叫作'祥发大坑'。在水坑的对岸只有一户人家，那就是他们家。出校门上铁道，隔着大坑远远地就看见了。

"我依照着指点走出了校门。你们知道，学校后面的那个大水坑是印染厂排污的水坑。坑里终年雾气昭昭冒着热气，坑水一片红，一片蓝，五颜六色，散发着臭气。不远处就是农场的稻田了。果然，我走上铁道的路基，居高临下，隔着祥发大坑上面漂浮的雾气，远远地就看见了，水坑对岸有一个窝棚。

"走近窝棚，见周围没有人。那哪里是一个家呀？连个猪窝、狗窝都不如。窝棚旁边有一个碎砖头搭起来的灶。灶上一口大锅，灶边上是柴火垛，堆着一些乱树枝、糟木头一类的东西，我猜那就是他们做饭的燃料吧？看样子都是捡来的。窝棚门对面，堆着一堆又一堆的东西，这一堆是碎玻璃，那一堆里是烂布片、纸板、瓶子、烂铁，分门别类地堆放着。

"窝棚的门没有上锁，半开着。我敲了敲门，没人回答。往里看，里边没有人。窝棚里没有床，也没有炕，就在地上有几块形状不一样的木板，上面堆着几块乌黑的棉花套，大概那就是他们的被褥吧？

"看到这样的情景，心里突然生出了一个强烈的愿望不让我离开，今天我一定要见到他的父母，跟他们好好地聊一聊他们的儿子们，告诉他们，他们的儿子们有多么优秀，告诉他们这优秀足以十倍、百倍地补偿他们生活艰辛所付出的代价。看看他们到底是什么样的人，过着怎样的生活。

"依然没有人出现，我就在窝棚周围溜达，等着他们回家。突然看见窝棚侧面东倒西歪地放着五个筐。这五个筐大小不等，大的有这么大，小的才这么大。每个筐上都有两条可以套在肩上的背带。每个筐的旁边都有一把耙子，是那种三个齿的耙子，翻垃圾用的耙子。

"我的心突然像被一个什么东西锤了一下，眼前突然漆黑，险些倒下。这五个背筐就是五个孩子拾毛蓝的背筐！

"太阳就要落下去了，远远地看见在高高的铁路路基的上面，有一个人背着一个大筐，一步一摇地走来，在路基上投下一个长长的影子。筐很大，里边的东西码得高过头顶，那人必须把身体躬得很低，筐才不会坠到后边去。筐太重了，显然背不动，怎么不少背一些呢？那人头发又长，又白，随风飘着。两只手放在锁骨的地方，紧紧抓着筐的背带。沿着铁道边的小路，下坡，向窝棚走过来。走近了才看清楚，那居然是个女人！"

他轻轻地、款款地说着，最后一句话一出口，泪水像决堤一样奔流出来！他的唇在抽搐，喉头在哽咽，竟然无法继续说下去。安娜的泪水已经流到了下巴。但见到华膺痛哭也顾不得自己，惊恐地看着他，她从来没有见过丈夫这样哭过，不由自主双手把他拥在怀中，把头靠在他的胸前，像哄一个孩子似地说："没事儿，没事儿，我们不哭，不哭。"

哭得最凶的还是苏婴，她双手捂住脸，泪水从指缝间涌出。

等哭声稍定，华膺深吸一口气，继续说道："经询问得知，那女人就是王大毛的母亲。我说我叫华膺，是王大毛的老师，今天贸然来家访，请您不要见怪。见到我她一点也没有吃惊。我连忙伸手，要帮她把背上的大筐卸下来，她却连忙摆手，平淡地说：'太脏，不用，我自己行。'是弱弱的南方口音。她把大筐靠在柴火垛上，慢慢地卸下双肩上的背带，转过身来，双手抓住大筐的两侧，稳稳地把筐放到了地上。然后，仰头看了一下风向，远远地走到下风头，以免风把灰尘吹到我的身上，去拍打身上的灰尘。先拍两肩，再拍身上，然后拍双腿。每一下都爆出一团灰尘，然后随风飘去。拍罢，低头摘掉头发上沾着的乱草、纸屑。转过身来说：'我不请您到里面坐了，里面并没有可以让客人坐的地方。您说吧，是哪个孩子在学校淘气了？我来管教他。'语气很是平和、诚恳。

"这时候我才发现，这是一个身材弱小的女人，小得可怜，只有一把骨头。她穿着一身黑色宽大的衣服，上面打满了各种颜色的补丁。大约不到五十岁。脸色很白，不像是风里来雨里去的人。

　　"我连忙说：'没有没有！您的四个孩子在我们学校都很优秀。我来的意思是……'说到这里，太阳已经落下去了，霞光中看见一个人从铁道的路基上面向窝棚走来。这个人也背着一个大筐。那女人说：'对不起，孩子的父亲回来了。'说着连忙走过去，帮助把背筐卸下身来，放在地上。我看见筐里有玉米、倭瓜、土豆、胡萝卜等等农产品。想必这就是一家的晚饭了。"

　　华膺回忆着他的样貌说："他中等身材，大约不到六十岁，跟王大毛长得非常相像。花白头发蓬乱着，花白的络腮胡须也蓬乱着。可能是常年干农活的原因，脸色很黑，手也很黑，却不强壮，甚至很羸弱。穿了一身黑色的中式衣服，衣服上打满了颜色不一的补丁。说他是农民，不如说是流浪汉，或者乞丐更合适。只有眼睛很亮，很黑，顾盼有神像两颗流星。

　　"我说：'我姓华，叫华膺，是王大毛的老师。'他说：'噢，久仰久仰！孩子们常常提起您。'

　　"我被他的话吓了一跳，这是他不假思索说出的话，这不是一个农民，或者乞丐能够说出的话。这个岁数的人，也可能幼年时候读过私塾，学会了这样应答也未可知，我心里这样解释着，可是疑惑并没有解除。

　　"我说：'我今天是来家访的，想了解一下学生的家庭情况，如果有困难，或许我能够帮助解决。您的四个孩子都在我们学校上学，四个孩子都很优秀。男孩子淘气是不可避免的，这不是缺点，您不要担心。老师们都很喜欢您的四个孩子。只是有一件事情，……'我很犹豫了一下，担心我后面的话会伤害到他们的自尊心，我接着说，如果家庭生活有困难，可以申请免交学费，还可以申请助学金，我的话还是结结巴巴。我说，我想，那样可以减轻一点家庭生活负担。'五个孩子上学，挑费不小啊！'我继续解释着。'可是，我跟学校总务处了解过了，您的孩子从来没有申请过免交学费，也没有申请过助学金。'他听了，没有感谢，很平淡地说：'不用，我们自己负担得了。'我体味他的话，那么平和，坚定，丝毫不留余地。

"跟王大毛的母亲一样，他也不把我让进屋里，就在门外跟我说话。并且，我问一句，他回答一句，一句话也不多说。我感到了他们不愿意跟我深聊，希望早点结束谈话。直觉告诉我，这夫妻两个是见过世面的人，否则，怎么会过着那么困窘的生活，却没有一点点自卑？

"你们知道吗？王大毛的父亲每个月的工资是多少吗？我了解过了，他是'阳光社'的农工，那是东郊区的一个农场，就在我们学校的后边。他每月工资只有 27 块钱。母亲没有工作。一家七口人要吃饭穿衣，还要供着五个孩子上学！生活怎么维持，我所看到的一切都已经告诉了我。

"可是我非常不理解，平均每人月收入低于 8 块钱的家庭，国家政策应当发给生活补助，补足到 8 块钱。他们家平均收入还不到 4 块钱，完全可以申请困难补助，可是他们偏偏就是不申请！他们不要！平均生活费低于 8 块的中学生可以申请助学金，像他家的情况，四个孩子，每个孩子每月可以得到 4 块钱助学金，可他们就是不申请，他们不要！这是依照国家政策发给的钱，不是私人的资助，不是施舍，也不需要祈求，不是嗟来之食！"

苏婴问："那到底为什么呢？"

华膺说："我也想不通。我猜测，这里面一定有大缘故。或许他们认为申请就是祈求，而他们不愿意祈求？我不知道。这在我们的逻辑里不能成立，但是，肯定在他们那里是成立的。不管怎么样，即便没有任何重大原因，仅就我们知道的情况而言，他们以生活的艰难为代价，换得了自己的尊严，这也足够让我敬佩了！"

安娜唏嘘不已，点头称是。苏婴则怅恨了许久。

华膺轻松地舒了一口气，脸色渐渐温和起来，说："有些事情你们都知道：我们学校是平民子弟中学对不对？我们学校的孩子多数都是普通劳动阶层家的孩子。你们知道他们父母的工资每个月是多少吗？"

苏婴一脸茫然地看着父亲。她从来没有过因为缺少钱而感到困窘，钱对于她，就如同空气或者水一样，虽然是生存所必须，但供给充足，故而不知道它的存在。她不知道一块钱是多少钱，能买多少东西。她买东西从来不问价钱，也从来不关心谁挣多少钱，谁有多少钱。见问，也只是睁着大眼睛摇头说："不知道。"安娜见问，也微微摇头。

华膺说："普通工人的工资也只有三、四十块。即便按照'双职工'计算，他们一家的收入也不过是七、八十块钱，何况并不是每个家庭都是'双职工'。那么你知道你爸爸妈妈每月的工资是多少吗？"

苏婴摇头说："不知道。"

华膺说："你爸爸是 270 块，你妈妈是 350 块。他们只有我们家收入的十分之一。"

安娜听了，大吃一惊，说："是真的吗？我从来也不关心钱，这还是第一次听说这种情况。我们怎么会拿了这么多钱？"

苏婴腾地从沙发上跳起来，愤怒地说："这不公平嘛！那他们怎么活呀？"说罢，脸色涨得通红。

华膺说："问得好呀！我们真的不知道他们怎么能活下来！通常说旧社会生活糟糕，会说'猪狗不如'。可王大毛一家，他们岂止是猪狗不如？他们过的是蟑螂、是老鼠都不如的生活——如果那还叫生活的话。"他又激动起来。他努力让自己平静下来，继续说："我再问你一个问题，他们这么贫困，那么，他们为什么还要花钱让孩子上高中呢？高中的学生已经是十五六岁了，完全可以挣钱帮助家里过日子了。"

苏婴依然一脸困惑，想了想说："初中毕业了，当然要上高中了？"

华膺噗嗤笑了，笑得很冷，摇头说："这就叫'何不食肉糜'！我们自然只会以自己的情况去推测他人。但是我们是极少数。实际情况跟我们的判断差别太大了。"

安娜说："我来中国也有十五、六年了，在卫国道中学教书也八年了。每天跟这些孩子们朝夕相处，而我对这些事情一点也不清楚。"

苏婴说："那么就是为国家培养人才？当然孩子能上大学他们自己也感到有成就感。"她说着，也不那么自信。

华膺摇着头说："为国家这个崇高的目标，离他们太遥远，以我的浅薄揣度，他们的卑微，不足以撑起这么大的志向。至于你说的个人荣耀，代价太大，他们付不起。"

苏婴说："那么，他们到底为什么呢？"

华膺说："他们要翻身！他们不甘心受穷！"他说得斩钉截铁，让妻子和女儿都感到了吃惊。

华膺继续说："其实，并不是每个穷人家庭的孩子都有这样的幸运。俗话说，人穷志短，马瘦毛长。多数穷人家的孩子连上初中的机会都没有。小学还没毕业，家里就急着忙着给他们找工作，挣钱，帮助家里过日子了。简直不可想象，像王大毛家，一家人连裤子都穿不上，饭也吃不上，放着劳动力不去挣钱，居然让四个孩子上初中，上高中！

"只是家长有愿望还不够，孩子还要聪明。如果孩子学习很吃力，家长很难有信心花大本钱去培养他。

"我再问你一个问题：你知道上大学和不上大学之间的区别是什么吗？"苏婴听得入神，连连摇头。安娜也摇头。

"是穿皮鞋和穿草鞋的区别！是吃肉和吃糠的区别！是天上和地下的区别。家长们供孩子上到高中不容易呀！半大小子，吃死老子。听说过这句俗语吗？没有吧？意思是说，十四五岁的男孩子，正在长身体，吃得最多，能够把爸爸吃死！这些上中学的孩子就是半大小子。家长们从口中挪，从肚中攒，一分钱掰成两半花，千难万难维持着一家的生活。王大毛就不用说了，你看看那些工人子弟的学生们，有谁穿的衣服没有补丁？你见过他们带的午饭吗？多数都是窝头，熬白菜。有的孩子连菜都没有，只是把窝头切成碎块，放点盐，炒一下带到学校，吃完了喝一杯白水。

"有的学生连饭盒也没有，只用一个布做的饭兜儿，里面只有两块白薯，一块南瓜。有的孩子中午下课铃一响，他们就从教室里消失了，他们去哪了？起初我也不知道。后来注意观察才发现，下课铃一响，他们装作有事，偷偷把饭兜儿揣在身上，不让别人看见，溜出教室，找一个没有人的地方，打开饭兜儿，三口两口把饭吃完，再悄悄回到教室里。我知道了这一切，我只能装作什么都不知道。为什么这样？因为他们有自尊心，他们不愿意被人看见他们的饭，饭不好，怕人笑话！

"冬天上课，高三教室里冷得像冰窖。孩子们手上都是冻疮，不停地流黄水，流白水，肿得像面包，握不住笔。可是晚自习的铃声一响，教室里齐刷刷地坐满了人，没有人缺席，没有人抱怨，每个人都在忙着自己的功课。"他说得动情，不由得眼里噙满了泪，他仰着头，不让它流下来。

华膺说："但他们和他们的父母是幸福的。"

苏婴插话说："这样悲惨怎么还是幸福的呢？"

"我告诉你，因为他们还有梦！有梦的日子再苦、再难也是幸福的！这个梦就是上大学！"

他深深吸了口气继续说："我是校长，我是能够给他们提供帮助最多的人。因此，就为了这，我要帮助他们实现这个梦！我要给他们配备最好的老师，给他们寻找最好的教材。冬天，我要尽可能提供取暖用的煤，让他们不把手脚冻伤。他们还是孩子，需要鼓励，我就给他们最有力量的鼓励，我要跟他们同甘共苦！

"那天高三毕业班全体师生开会，王大毛也在其中，我倒是更喜欢他的这个外号'孔乙己'。我对他们讲：跟重点中学相比，学习条件我们比不过他们，生活条件我们也比不过他们。进入高中的时候，由于种种原因他们进了重点中学，我们进了卫国道中学，或许这不公平！但是不久的将来，我们将跟他们走进同一个考场，答同样的卷子——对我们而言，这就足够公平了！

"大学录取率只有 5%，总要有多数人被淘汰。那么请问：凭什么我们会被录取，而被淘汰的是他们？换句话说我们凭什么能够打败他们？下边一片安静，一百多双眼睛眨巴着，他们在等着我的答案。我说，只有一条理由，那就是，我们能够吃他们吃不了的苦！受他们受不了的罪！古人说'哀兵必胜！'这是我们唯一的、能够取胜的法宝！希望你们不要丢弃这个法宝，它就在你自己手里、心里！因此，我送给大家一段格言，这是卡尔·马克思的名言，请你记住了。

马克思说：'在科学的入口处，正像地狱一样。在这里必须根绝一切犹豫；任何怯懦都将无济于事。'当你们坚持不下去的时候，就想想这个格言，想想你心中的梦，你的命运就握在你自己的手中。从今天起，我跟你们一起起床，一起熄灯，我跟你们同甘共苦！"华膺说到这里戛然而止，嘴唇微微地颤抖着。

安娜和苏婴早已泪流满面。安娜说："我跟你一起，跟他们同甘共苦！"

苏婴狠狠地说："我也跟你一起，跟他们同甘共苦！从今以后，我要用我的一生为他们做一点事情，哪怕粉身碎骨，哪怕只能做一点点，我也心甘情愿！"

第 11 章　方舟老师

晚饭后，依照自家习惯，洗碗是苏婴的活，安娜负责收拾餐桌，把该洗的锅碗叉勺之类放到洗碗池边供女儿刷洗。这习惯大多出自于华膺夫妻对平民生活的执着追求——贫苦人家的闺女长到十几岁的时候，总要做些家务，买菜做饭、缝补洗涮之类的活，帮助父母过日子。他家虽然家务并不多，不需女儿分担，但华膺夫妻认为，孩子帮助父母做家务，既是联络情感的重要方式，也是孩子必要的教养。刚好苏婴这孩子偏偏对做家务颇为热衷。一上手就显露出女人料理家务的特有天赋，手脚麻利且轻松准确，做事有条不紊。凡经她手安置的东西都是井井有条。

华膺手里没有活干，就在一边陪着她们说话。他站在洗碗池边，看着女儿带着围裙，袖子挽过肘，皓腕纤手冲洗着餐具，优雅的动作透着对杯盘碗盏的欣赏与珍惜，这正是他希望女儿成为的样子——心中颇为快慰。

就找些话来说："你们每个星期都有背诵课文的作业吗？"

苏婴说："可不是嘛！并且都安排在周末，星期一要抽查。方舟简直要把人逼死了，弄得整个一个星期天都心神不定，直到把课文背得滚瓜烂熟才能安心。他可真会抢时间，这么一来，整个一个星期天就都归他了。"

华膺说："他为什么要安排那么多背诵的作业呢？"

苏婴说："他说，我要求背诵的都是课本要求背诵的，一来，将来高考是一定要考的；二来呢，这些课文也都是最基本的文学修养，你们会终身受益的。你想想，肚子里有百十篇古今中外最好的文章垫底，那人生的底气就不一样了。"

华膺默默点头说："嗯，说得好啊，腹有诗书气自华嘛，年轻时候吃点苦，将来的举止谈吐都会不一样的。你们遇到了好老师啊！听说他检查得很严是吗？"

苏婴说："快别提了。你准备好了，他偏偏不查了，你要是心存侥幸不准备，他肯定会查。谁也逃不过他那双眼。查到谁背不下来，还加罚一篇。"

华膺听了，哈哈大笑说："他这么刁难你们，你们不恨他吗？"

这时候餐具已经洗完，苏婴把手擦干，一边解下围裙，一边说："怎么不恨？可听他怎么说，凡是我要求你们做到的，我必先做到。我要求你们背诵的，我必须能够背诵，不信你们可以查我，如果我背不下来，甘愿受同样的惩罚。他这么说，怎么会恨得起来？"

"这是谁呀这么厉害？"安娜也已收拾完餐桌，见父女俩聊得意趣盎然，遂走进客厅。华膺父女坐在沙发上，安娜却坐在了琴凳上。

苏婴说："还有谁？方舟呗！还真有男生不相信，说要查他一篇。方舟说行。这个男生就找了一段最偏的课文让他背。你猜怎么着？"

华膺明知道方舟是过目能诵的人，却装作不知道，故意笑着说："把他难住了吧？"

苏婴说："不可能！本以为能把他难住呢，没想到正中他下怀，给了他一个逞能的机会。他一口气从头背到尾，连个锛儿也不打，把全班都镇住了。"

华膺说："噢？他这么厉害？"

安娜是弹琴有瘾的人，一天不弹琴就若有所失。中午弹过的琴还没有蒙上绒布，她坐在琴凳上说："我弹琴不影响你们聊天吧？"

华膺说："当然不影响，你不弹倒觉得缺了点什么。"说着，舒伯特的《小夜曲》在安娜的优雅手指间流淌出来。

苏婴说："所有课文，不管哪一篇他都能倒背如流！这在他那都不算什么。你还不知道吧？他讲课从来不带书，不带教案。每次上课，就俩手指头捏着一根儿粉笔走进教室，往讲台那么一站。一堂课下来，句句都是流畅的标准书面语，优雅准确，连一个没有用的字都没有，那叫一个干净！听他讲课就是享受，听惯了他的课，连自己的口才都好了起来。好多同学每天只盼着上语文课，哪天要是没有语文课，都不想去上学了。还有个女同学都恨不得嫁给他。"

　　说得华膺哈哈大笑。安娜笑得也弹乱了曲调，弹着琴却故作轻松地说："那个女同学不是你吧？"

　　苏婴说："当然不是我！是杜俊芝，我们班语文课代表。她一点也不隐瞒，她说他就是爱方舟老师，要嫁给他，这在我们女生里这都不是秘密。后来才知道人家已经有老婆了，并且长得特漂亮。杜俊芝恨死他老婆了。我呢，爱是爱，可不是想嫁给他的那种爱，是爱老师，就跟爱父母一样的爱。"

　　安娜说："你确信？"

　　苏婴说："那当然，两种爱是不一样的，这我很清楚。"

　　安娜说："那么那种爱你一定也有过，要不你怎么知道它们不一样呢？"

　　苏婴说："妈！你是刺探情报吗？"说得安娜满面通红。

　　苏婴说："老实说，不是'有过'，而是'有'。这样的事情只能默默藏在心里，不能问，也不能说。"

　　安娜早就不知不觉地停下了弹奏，两只大眼睛仔细地观察着女儿。这样的坦率和清晰的回答是她没有预料到的——这样的爱一定是纯洁、健康的，她对自己的判断有信心。

　　华膺似乎猜到了什么，意外的是他并没有像以往一样，谈到女儿爱一个男人就难以掩饰地不愉快。他一反常态，心平气和，甚至乐见其成。他不忍看女儿窘困，因接过话茬说："我同意！不能说。"

　　"同意！"苏婴跟上课举手发言一样举起手来说。

　　安娜也举手说："好，我也同意！"说罢气氛却有些僵。

　　华膺说："我们还是说方舟吧——这是一个有人格魅力的人，中学时期能够遇到一个这样的老师是你们的幸运，有时候一个好老师能够改变人的一生。这样有才华的人不多，他不仅仅过目能诵，而且还写得一手锦绣文章，他在诗歌界有着很大的影响，这么年轻，就成为了著名诗人，他出版过一个诗集，我读过，每一首都是精品，都有创意。这些同学们还都不知道吧？"

　　苏婴说："怎么不知道？很多同学手里都有他的诗集。"

　　华膺说："这次要求背诵的是哪篇课文？"

苏婴说："是李白的《梦游天姥吟留别》。"

华膺说："他是怎么给你们讲这首诗的呢？"

苏婴说："他说他并不喜欢这首诗。"

华膺说："哦？敢说不喜欢李白诗的人还不多呢！既然他不喜欢，为什么还要求你们背诵呢？"

苏婴说："是呀，他说没办法，这是课本的要求。统考是要考的，说不定要你默写哪一段，也说不定要回答诗中的问题，背下来就是白捡的分。"

华膺说："他为什么不喜欢这首诗呢？"

苏婴说："他说李白的这首诗通篇都是做梦游仙不着边际的疯话。貌似才华横溢，其实感情空泛，思想肤浅，才情不够，狗血来凑。特别是最后的结尾，'安能摧眉折腰事权贵，使我不得开心颜！'他说，李白也太直白了吧！您怎么喊出来了！其实这句话跟前边的游仙梦境毫无关联，他说李白跑题了。全班同学都傻了，方舟老师敢说李白的诗不好，你有多狂呀？起初大家都不相信。可是当我一句句地背诵这首诗的时候，才发现，这首诗真的很空洞，没有深层的东西。"

华膺说："非常有见地！说得太好了。对诗没有独到的感悟，没有对诗这个文体有独到的理解，是不敢说这句话的。"

苏婴说："他说这不是诗，至少不是好诗。有同学不同意，问他，那么什么才是诗？"

华膺说："上课你们就可以这样随便问问题吗？"

苏婴说："当然可以。方舟老师第一天给我们上课就跟我们说，他讲课的时候可以随时问问题，不用举手。他说，什么是好诗？我举个例子，白居易的《琵琶行》，许多同学都读过，但未必能够体会出它的好处。你们听听开头几句：'浔阳江头夜送客，枫叶荻花秋瑟瑟。主人下马客在船，举酒欲饮无管弦。醉不成欢惨将别，别时茫茫江浸月。'就说这几句吧，你们有没有感觉？有没有感觉到词句以外的什么东西？有没有情感的，肌肤的感觉？有没有身临其境的感觉？有没有美得要哭的感觉？"

华膺说："这个例子举得好啊，这几句没有人评价过，评论家们都关注后面的什么'大珠小珠落玉盘'那样的句子，这平平常常的句子他偏偏看到了。"

安娜说："说得好！几种感觉我都有。太美了！我突然明白了什么是诗，什么是中国诗，白居易偏偏说'浔阳江头'，不说'江畔''江边''江岸'。太讲究，太老道了。还有那句'举酒欲饮无管弦'，原来人家给朋友送行是要饮酒的，饮酒要有音乐的！这也太高雅了吧？就让他漫不经心地说了出来。这就是中国诗，跟普希金的、莱蒙托夫的、涅克拉索夫的诗完全不一样。"

苏婴说："方舟老师说，诗追求的就是那些词句以外的东西。因此，要用词句把词句以外的东西表达出来，这就是诗的玄妙之处。"

华膺说："这才是懂诗的人。"

苏婴说："他说，他年轻时喜欢李白，随着阅历增长，阅读深入，再读李白，觉得肤浅，撒狗血。"

华膺拍案说："说得好！我有一种感觉就是说不出来，撒狗血！说得太恰当了！"

苏婴说："他还说，千万注意，李白有好诗，否则又怎么能称得上诗仙呢？他的《古风五十九首》的最后一首，就是很好的诗，他推荐我们课外阅读。"

华膺说："没想到，方舟老师应该是我的知己了。李白的诗我多数都不喜欢，却唯独喜欢他的这一首古风。"

苏婴说："可是我从图书馆把书借来，读过了，并不觉得怎么好。也许是因为典故太多的缘故，每句都明白，可就是没感觉，也不感动。爸，你能不能给我讲一讲啊？"

华膺说："好呀！"

苏婴见爸爸要讲诗，说了声"等一下"，遂咚咚咚一阵声响跑到楼上自己的卧室把书取来。安娜见要讲诗，就去添茶。须臾，端着一个茶盘放在茶几上，顿时茉莉花茶的香气弥漫开来。苏婴先给父亲斟上一杯，递到手中。华膺早已忍不住香茶的诱惑，接过杯来轻轻地啜着。苏婴又递给妈妈一杯，然后坐在了妈妈旁边，打开了《古风五十九首》。接着与安娜四只眼睛巴巴地看着华膺，等着开讲。

第12章　歧路·素丝

华膺故作一本正经地清了清喉咙，说：“今天我们也效仿方舟老师的课堂规矩，随时可以提问，不用举手。如果我说的不对，你们随时都可以置疑，好不好！”安娜和苏婴齐声说：“好！”

华膺书也不看，开口说道：

“恻恻泣路岐，哀哀悲素丝。

路岐有南北，素丝易变移。

万事固如此，人生无定期。

“前两句是两个典故：第一句说，杨朱看到眼前的岔路就哭起来；第二句说，墨子看见了洁白的丝就悲从中来。设想一下，假如我们面对岔路口会不会哭泣？我们看到洁白的丝会不会悲伤呢？”

苏婴想着，说：“歧路、素丝，太平常的东西了，从来也没想太多啊？”

安娜也说：“是啊，我想不会。”

华膺说：“大概这就是我们与先贤的区别吧？好，让我们来看看李白是怎么解释他们哭泣的原因的。他说：‘路崎有南北，素丝易变移。’读了这两句再想一想，我们会不会哭泣，悲伤呢？”

静了好一会，苏婴默默点头说：“会的！特别是‘素丝易变移’有说不出的怜惜。”

安娜也说：“我也深有同感，‘路崎有南北’同样使人发愁。”

华膺频频点头：“一个岔路口，有两条路，一条通向南，一条通向北。你只能选择一条路走，选择了南，就要放弃北；选择了北，就再也回不到南。然而两条路，谁也无法预先知道哪一条路会把你带到什么地方，又不知道哪一条路是对的，哪一条路是错的，但你又必须要选一条走下去。这情景愁死人啊！

"素丝，就是本色的丝，是白色的纯洁的丝。因为它洁白，纯洁，所以容易被染上颜色，一旦被染上了其他颜色，就再也回不到原本的纯洁状态了。这又多么令人痛心啊！"

苏婴说："太残酷，太痛心了！"

安娜说："我与苏婴同感。"

华膺继续说道："很明显，李白所说的'素丝'和'歧路'是象征笔法。'素丝'可以理解为人生当中各种纯洁的东西，比如纯洁的友谊，高尚的品格，真诚的感情等等。'歧路'可以理解为人生的道路，历史的途径等等。在人生的路上有着无数岔路口，人生是历史，历史是单向的，没有回头路，不能重走。于是这就成为了人生中非常残酷的事情：大到重大的人生选择，小到每一件琐事，说的每一句话，都无法更改。不像学生做作业，写错了，可以用橡皮擦涂掉重新再写。人生没有橡皮擦。"

苏婴说："人生没有橡皮擦！您讲的太恐怖了。"

安娜长叹一声说："是啊！歧路，素丝，人人都要面对的！不由得让人感到惊悚。"

华膺说："是啊！让我们继续读诗：

田窦相倾夺，宾客互盈亏。
世途多反覆，交道方崄巇。
斗酒强然诺，寸心终自疑。
张陈竟火灭，萧朱亦星离。
众鸟集荣柯，穷鱼守枯池。
嗟嗟失欢客，勤问何所规。"

读罢，华膺笑说："哈哈，李白在跟我们掉书袋子呢，短短一小段，用了三个典故，田窦、张陈和萧朱。这成了我们欣赏李白诗的拦路虎。好了，我们不必深究三个典故所讲的纷繁复杂的纠葛，只需弄明白这三个典故的实质是相同的就够了，都是讲为了追求功名利禄等等现世利益，而使得纯洁的友谊被毁灭，正义被毁灭的故事。"

苏婴轻蔑地说："我觉得他们太卑微、太可怜、太可笑了！"

华膺笑说："是啊！真的是太卑微、太可怜、太可笑了！可是，田窦、张陈和萧朱都是历史上赫赫有名的大人物，他们为什么竟会如此呢？为了便于理解，我们定义两个概念，把追求功名利禄的行为，给它取一个名字，叫它'选择利益'；给追求正义也取一个名字，叫它'选择正义'。这两个选择常常是对立的，不可得兼的。不仅仅在历史上，即便是在我们的人生道路上，特别是在重大事件中，更是如此。当一个人必须选择一个，而放弃另一个的时候，不仅仅对田窦、张陈和萧朱，对任何人都是残酷的考验，是无法逃避的人生困境。"

苏婴冷笑说："我不能同意老师的看法，这算得了什么困境？"

华膺说："这又岂止是人生困境，在我看来，这简直就是千古不变的重大人生主题。"

苏婴说："在我看来这很简单，只要心中有坚定的信念——选择正义，这就不是困境！"

安娜说："也许对某种人而言是困境。但对于一个有正义感，理性的人而言，他清楚自己要的是什么，因此做出正确的选择并不困难。"

华膺说："噢？现在我们出现了两个相反的观点：一个是安娜和苏婴的观点，认为这不构成人生的困境。另一个是我的观点，我认为这是实实在在的人生困境。你们的理由我已经清楚了。我来讲一讲我的理由：正义还是利益，并不是非黑即白。往往越是重大的事件，它越是含混不清，人越是看不明白什么是利益，什么是正义。"

苏婴皱着眉说："您这么讲不好理解，能举个例子来说明吗？"

华膺说："好，我讲一个真实的历史事件吧，这个故事一定能够帮助我们把这个问题理解清楚。"

苏婴见说要讲故事，来了精神，问道："这是什么故事？"

华膺说："这个故事安娜比我更为清楚，我想请安娜讲一讲好不好？"

安娜愣了一下，说："我？什么故事？"

华膺意味深长地说："十二月党人和她们的妻子的故事。"

安娜说："让我想一想。这确实是一个很好的例子。那你们等一下，我去拿一本书来。”

说罢起身到书房去，须臾回来，手里拿着一本装帧精致的书。她把书的正面对着华膺问道："还记得这本书吗？"

华膺看时，只见棕色的封皮左上角印着一个留着山羊胡子的老者，书皮老旧，纸张泛黄，颇有些岁月沉积的沧桑。那是一本俄文书，他不禁脱口咕哝了一句俄语："Русские женщины，Некрасов Николай Алексеевич！（《俄罗斯女人》，涅克拉索夫•尼古拉•阿列克谢维奇）"

说着从安娜手中接过书来，他抚摸着书皮感叹道："这是我们从莫斯科带回来的书。转眼已经十六年了！"

苏婴见说是"从莫斯科带回来的"，显出惊奇的神情，说："这么说它是跟我们一起从莫斯科回到中国的呀？"

安娜点头说："是的，那个时候，它在箱子里，你在襁褓中。我们一起跨过欧亚大陆，穿过西伯利亚，蒙古高原，坐了二十二天火车，才来到中国。"

苏婴从华膺手里接过书，端详着、摩挲着、亲吻着、嗅着纸页间岁月的气息。

安娜说："在我讲这个故事之前，把这本书推荐给你，这本书会对理解这个故事有很大帮助。当你听完这个故事，再读过这本书之后，你一定会爱上书中讲到的俄罗斯女人。"

苏婴说："快开始讲吧，我等不得了。"

安娜开始说道："在 1825 年 12 月 26 日，俄罗斯发生了一次起义，其实那就是一次军事政变，是推翻皇帝的一次政变。在一个国家，没有比这更大的事情了。因为发生在十二月，所以历史上把起义叫作'十二月党人起义'，把起义的人就叫作'十二月党人'。当时的俄罗斯还是专制的君主制国家，乡村实行着农奴制。这样的制度与当时普遍实行了宪政制度的欧洲相比，显然是落后的，腐朽的，野蛮的。当时的俄国落后并且贫穷。十二月党人都是贵族军人，他们在过去的战争当中，为沙皇立下了卓著的战功，他们的领袖都是宫廷的重臣。国家是他们建立起来的，但起义的目的却是要推翻代表着他们切身利益的国家政权，他们要废除农奴制，建立一个民主共和国，把国家推向文明进步。显然起义是正义的，是利国利民的。然而却遭到了沙皇的血腥镇压，起义失败了。

"随即沙皇成立了秘密审讯委员会，对参加起义的人进行审判。五位十二月党人的领袖被处以绞刑。几千名参加起义者被处以重刑。有一百二十一人被流放到西伯利亚服苦役。一时间圣彼得堡充满了血腥、恐怖的气氛。

"有一点特别重要，他们身为贵族，却要废除自身的贵族特权；他们是农奴的主人，却要解放自己拥有的农奴，放弃自己的利益。刚刚我们谈到了两种选择，那么他们的选择是什么？他们把真理、公平、正义和社会的进步看得比自身利益还要重要。显然他们选择的是正义。"

苏婴激动地说："这个故事我从来没有听过，太感人了！"

安娜接着说："接下来的故事会更感人。在尼古拉一世皇帝审判完十二月党人之后，立即颁布了一道法令，给十二月党人的妻子两个选择：第一，当时俄罗斯法律是不允许贵族离婚的，但新法令对她们给与特殊宽大，允许他们离婚，给她们一个与逆臣贼子划清界线的机会。只要她们跟自己的罪犯丈夫断绝关系，提出离婚，法院立即批准。不仅仅不追究她们罪犯同伙的罪责，并且保留她们的贵族身份和财产，她们可以继续过着贵族生活；第二，凡不愿离婚，则以罪犯同谋的身份，必须跟随丈夫流放到西伯利亚，并且不允许携带子女，永远不得返回家乡，永久取消贵族特权。这一条意味着：这些过惯了养尊处优生活的女人们将永远失去优渥的生活，离开她们的子女，离开亲人，作为罪犯的家属，跟丈夫在西伯利亚度过一生，直到死在那里，事实上他们中的多数也真的死在了那里。"

华膺插话道："我提出一个问题供大家思考：对于十二月党人的妻子而言，两个选择，一个是'选择利益'，另一个就是'选择正义'。两个选择，赏罚分明；背叛自己的丈夫则可以继续过着贵族生活，忠于自己的丈夫则要困苦一生，老死他乡。如何选择，只在一念之间。这是不是严峻的考验？这是不是人生困境？"

安娜说："不！我不同意老师的看法。事实上，对于十二月党人的妻子而言，这完全构不成困境。她们没有犹豫，她们都选择了后者。她们心甘情愿地跟随着丈夫一起流放。她们在荷枪实弹的士兵押送下，行走 5700 多公里，这是多远的路呀！用她们柔弱的双脚跨过莽原，走了一年多才到达流放地。"说到这里，安娜有些激动。她深深地吸了一口气，轻轻说道："这不仅仅不是困境，而是何等快意，何等浪漫的人生！"安娜说得动情，唇边微微颤抖，一眨眼，两行泪水滚落下来。

苏婴也已经流下了眼泪，点头嗫嚅道："我同意，这是何等快意，何等浪漫的人生！"

华膺说："这个故事我听过许多遍，今天再听，依然十分感动。并且每次听都会有新的领悟。今天的领悟来自安娜的那句话：这是何等快意、浪漫的人生！我领悟到：在这个世界上，每个人都在追求快意、浪漫的人生，却常常抱怨得不到。殊不知，造物主对每一个人都是公平的，每个人都有得到快意、浪漫人生的机会！问题只在于，当机会降临时，你会不会认得它，把它抓住！"

安娜指着苏婴手里的书说："这本书是诗人涅克拉索夫写的《俄罗斯女人》，书里共有两首叙事诗。都是根据历史事实写的。特别是第二首，《沃尔孔斯卡娅公爵夫人》是根据诗中的主人公沃尔孔斯卡娅公爵夫人的流放日记写的，每一个情节，细节都切实发生过。读罢你会对那段历史有所了解，会感知到那个时代的人物风貌。"苏婴把书抱在怀里，如同抱着珍宝。

华膺说："说到正义请注意，这里有两个正义。一个是十二月党人和他们妻子的正义，另一个是朝廷的正义。两个正义是完全对立的，并且朝廷的正义比十二月党人的正义更强大无数倍。朝廷的正义是国家的理念，代表着政权，代表着法律。如果以朝廷正义为准则，十二月党人就都是罪犯，他们行为是谋反，是颠覆国家政权。"

安娜说："但是，十二月党人的妻子们并不这样认为。她们相信，她们的丈夫的事业是正义的事业。他们选择了忠于爱情，忠于正义。她们义无反顾！"

苏婴激动得鼓起掌来，说："他们太棒了！"

华膺也鼓掌说："她们做到了既忠于正义，也忠于爱情。她们做得太完美了！"

苏婴默默地重复着："忠于正义，忠于爱情！"她第一次听到这样的说法，有一种神圣的激动涌遍周身，"多么向往，要是在我的一生中能够有这样的机会让我做出这样的选择该有多好！"说着，流下了两行泪。

华膺说："故事讲完了。让我们回到刚才的讨论：这样的选择是不是构成了人生困境？"

安娜惊异地说："没有啊？这根本就构不成什么困境。也并没有给十二月党人的妻子们构成任何困境。"

苏婴说："我认为也是。"

华膺说："我也依然坚持我的观点。理由是：放弃利益，选择正义，我们都是一致的。但是，什么是利益？什么是正义？是非常复杂的，看清楚并不容易。"

苏婴摇头道："怎么会不容易呢？"

华膺说："之所以构成困境，是因为正义还是利益，并不是泾渭分明地摆在那里。人是追求正义的动物。人总要给自己的行为找到一个正义的理由。此时，两个'正义'纠缠在一起，其中朝廷的正义不仅仅正义，而且它更'正义'，并且还夹带着利益。同时，人也是追求利益的动物。人的心理是极其容易被扭曲的。一旦理性不够强大，一旦对威胁产生足够恐惧，人的理性很容易给'利益'戴上一个'正义'的标签，使人选择利益却自以为选择了正义，使自己获得足够的心理支撑。"

安娜说："我还是不能同意老师的观点。对正义的理解，是理性思维的结果，是多年的教育形成的，对于理性的人而言，不是那么容易被扭曲的。"

苏婴说："我还是同意安娜的观点。"

华膺笑说："好吧，这个问题我们还要继续思考，继续观察，我们不做结论，好不好？这就是今天的课，是李白诗给我们的启示。说起《俄罗斯女人》这两首诗，我们家跟其中一位十二月党人的妻子还有着非常深厚的渊源。"说罢，眼睛看着安娜。

安娜用询问的眼光看着华膺，意思是明确的，分明是说："要不要告诉女儿？"

华膺肯定地点了点头，说："让妈妈告诉你吧。"

苏婴却不明就里，急切地询问："你们俩有什么秘密瞒着我！"

安娜说："秘密确是有一个。只是在考虑，要不要把这件事情告诉你。好吧，我们都同意，把这件事情告诉你——那位十二月党人的领袖，谢尔盖·沃尔孔斯基公爵是我的祖父；玛利亚·沃尔孔斯卡娅公爵夫人是我的祖母。在你的身上，流淌着他们的血液。我们是一个有着非凡荣誉的家族。但是我们自己的荣誉，是要靠我们自己的行为才能获得！"

第13章　雕像与格言

　　苏婴卧室的保尔雕像是她自己塑的。跟妈妈学习雕塑已经有好几年了。做过了无数的临摹，基本技法已经有模有样，当然技法是没有止境的，但技法只是雕塑的基础。艺术总是需要表达某种玄妙的东西的。安娜决定让她作一个作品，这个作品不再是临摹，而是创作，这跟临摹是大不相同的——临摹是用造型表达另一个造型，一切皆有依据；创作，是用造型表达自我的思想、情感、气质……等等无法尽数的东西。但题材却久久定不下来。

　　托尔斯泰？雨果？鲁迅？江姐？还是刘胡兰？雷锋？他们都是极具个性的人物，但是已经有很多人都做过了，无论如何也无法摆脱临摹的阴影，故此没有激情。没有激情的事情又怎么能够做好呢？一直还在寻找，一直也决定不下来。

　　苏婴的教室后面是一块贯通左右的大黑板，班里定期在这里出黑板报。在黑板报的右侧有一个小小的区域，作"留言板"之用。班里有公共事务，就公布在这里。最近留言板上出现的东西却非常特殊，可以说是前所未有，那是一个借书排队时间表。时间表字迹不一致，每一行都是不同的字体。显然是由不同的同学自己写上去的。第一行写着书名《钢铁是怎样炼成的》，下面有两个列：左边是姓名，右边是交书时间。现在书在谁的手里，几月几号几点交到谁的手里，一目了然。

　　苏婴知道同学当中正在流行一本苏联小说《钢铁是怎样炼成的》，但却不知道会流行成这个样子。过去也曾有过借书排队的情形，但只有三五人，何时交书口头说一下就行了。本来想，不在乎早几天还是晚几天。等他们读完了，书很快就会闲下来。没想到这次却大不相同，校图书馆分配给每个班只有一本。她数了一下那个"排序表"，三十多行！全班五十人，除去读过的同学，所有人都在这里排队！

她立即拿起粉笔在最后一行写上了自己的名字，加上了两天——400 多页的书，连夜读也需要这个时间——在写"交书时间"一栏上的时候，她不由得吃了一惊：已经是三个月以后了！

最近几天这本书成为了全校议论的中心。没有读过这本书，就不知道他们讨论着什么。好像已经落伍，被时代抛弃了。这究竟是怎样的一本书呢？她迫不及待要读到这本书。

放学以后，她没有回家，骑着自行车径直去了新华书店，她寄希望能够在书店买到这本书。走了好几家书店，每家都是还没有走进店门，就看见门前立着一个牌子，牌子上写道"《钢铁是怎样炼成的》售罄"，这就是告诉你，连门也不需要进了。

她又赶到了市图书馆。找遍了小说部的书架，还是没有。于是就到前台服务处。接待她的是一个面容清瘦的，戴着白框眼镜的中年女图书管理员。

"老师！"她说。打从她走进图书馆女管理员就开始关注她了。她为这女孩优雅的举止感到惊奇。淡灰色的布裙子，垂到肩膀的两条栗色发辫，黑色方口偏系带皮鞋，背着一个深蓝色的布书包，一切都很普通，然而在她身上都显得那么与众不同。

听到称呼，她眼前一亮。她为这称呼感到满意。她惊喜的表情无法掩饰，她喜欢这个女孩。这一切苏婴都感觉到了，这是她时常都能遇到的。

"请问《钢铁是怎样炼成的》还有没有？"

女老师说："没有了。"她在用体态、用表情、还有言语跟苏婴说话，遗憾的表情有些夸张，好像对待一个婴儿。"你看看这，"她指了一下柜台上的牌子说。

苏婴看了一下那个牌子，上面写着"《钢铁是怎样炼成的》欲借者请注册排队"。女老师拿出了一个厚厚的大本子，打开，翻着，指着上面密密麻麻的字迹说："你看看这。这是我们的预约登记簿。"苏婴看时，见大本子上面写的，跟自己教室黑板报的几乎一样，只是又长了许多。女老师说："我们市图书馆来了 30 本，当天就借完了。你要借，只能排队等。时间嘛，大约要两个月以后。"

两个月以后？那还是等班里面的更好点。

苏婴谢过了图书馆的老师。那老师为没有让这个女孩借到书深感歉意。

到家时天色已晚。苏婴推开家门说道："妈妈我回来啦！"

爸爸还没有回来，妈妈正在打理晚饭。听见苏婴回来，遂问道："怎么回来这么晚？你去哪里了？"

苏婴背着书包走进厨房，嘟着嘴说："去了哪里？三家书店，一个图书馆，也没找到那本书！气死了！"

安娜说："我们家就有，你偏要四处去找！"

苏婴说："真的呀？我怎么不知道呢？"说着跑到书房去找，脚步敲得木质地板"咚咚咚"地响。

许久才回来，嘟着嘴说："你也不知道我找什么书，就说我们家里有！根本就没有！"

母亲说："如果你要找《钢铁是怎样炼成的》当然没有。如果你要找《Как закалялась сталь》我们家才有的哟！"安娜话中"Как закалялась сталь"说的是俄语。

苏婴听罢，愣住了，嘴张得好大，眼睛一转，突然跳了起来，叫道："妈！你太伟大了！Как закалялась сталь 我怎么就没想到呢！"说着又跑到了书房，一小会就回来，手里拿着一本厚厚的书，装帧十分精致，褐色的书皮上金字印着"Как закалялась сталь"，这是《钢铁是怎样炼成的》俄文版，他们回国时从莫斯科带回来的！

苏婴抱着这本书如获至宝。她从小就跟母亲学习俄语，读小说早就不是问题。让她喜出望外的是，居然找到了俄文的原著！她知道，从俄文翻译成中文，无论翻译家多么优秀，都会有很多传神的、精彩的东西被丢弃，甚至被篡改。越是传神的，精华的东西越容易被篡改。苛刻的人甚至说，译本其实就是把作者的原意用中文敷衍了出来的一个伪劣产品而已。

当时中学的课程也有课时不少的俄语。然而课堂上学到的那一点点俄语，距离读原著还差得很远。苏婴能够读俄文原著，完全受益于她的家庭教育。当苏婴沉醉于那本书的时候，安娜为自己对女儿的教育感到了欣慰。

有时候一本书就能够改变一个人的命运，或者说某些书就是鸦片，一旦吸食便无法摆脱。此时的苏婴就属于这种情况，许多那个时代的中国少年都属于这种情况。她只用了两天的时间就读完了这本小说。当她掩卷沉思的时候，一种冲动流遍周身。似乎什么东西令她向往，在遥远处向她呼唤。那东西究竟是什么？是渴望拼搏，渴望奉献。甚至是渴望苦难，渴望牺牲！在这本书里她找到了人生的意义，也找到了度过一生的方法。

这时，苦苦寻找了多日都没有找到的雕塑题材也突然决定了下来。一种强烈的感觉在她心中出现，保尔·柯察金，就是他了！坚定的神情，刚毅的目光，还有唇，她认为那是表达个性最为丰富的部位。总之她找到了感觉，她觉得，这个雕塑她有无限的发挥空间，对此她跃跃欲试。

然而做起来并不是那么随心所欲。构思形成的理念一旦做成具体的形象就变得完全不是那么一回事！

保尔不是一个实体的形象，而是文字塑造出来的。如果是实体的人，例如托尔斯泰，鲁迅，至少还有照片可供参考，而保尔则不行，要给保尔做雕塑，必须把文字形象转换成具体的形象才行。这是多大的难度！当然这也给苏婴留出了更大的创作空间，她可以不受具体形象的拘束，她可以做出自己心中的保尔！恰恰是这更大的创作空间，让她无迹可寻。

为了捕捉到自己心中的保尔模样，她看过苏联电影《钢铁是怎样炼成的》，她对影片中的那个保尔并不满意。她也看过俄文小说，中文小说封皮的保尔画像，她觉得他们都不是自己心中的那个保尔。

保尔的基本性格是刚毅。但刚毅和粗野、凶狠、野蛮有什么区别？这些在开始动手之前都必须在心里揣摩清楚，构成清晰的具象，记在头脑中，更可靠的是把它画成素描，否则，当要用泥巴把它们表现出来的时候将会不知如何下手。

尽管她努力完成了这些，当她动手做的时候，所表达的，和她要表达的总是有着太大的距离，更不用说所期待的那种"神来之笔"更是渺茫，无处追寻。

她变得烦躁不安，一遍又一遍，好几次把几个小时才做出的塑像一气之下打成烂泥巴。

安娜当然知道第一次做这样一个雕像有多大难度。她跟女儿一样，雕塑是跟母亲学的。但她知道如果这在艺术学院，应该是四年级毕业创作的分量。其实她倒不大在乎雕像做出来究竟有多高的艺术价值。她清楚，充其量这不过是一个学生的习作。跟她教女儿学钢琴，学语言一样，她更在乎的是通过具体技艺的学习过程，提高孩子感知世界的能力，感知人的能力。同时也是意志品质的培养，是对尽善尽美的追求，以及百折不挠的毅力锤炼。她相信在学习雕塑、钢琴或者语言的过程中培养出的素质，将来可以在人生的各个领域发生作用。因此，她要跟女儿一起完成这样一个过程。

她给女儿找来大量的苏联画报，从上面寻找，哪个头型、眉骨、耳朵、眼睛、鼻子、嘴巴最适合做保尔，什么样的表情最适合表现保尔的刚毅、轻蔑、聪明、骄傲。苏婴在母亲的帮助下画了大量的素描。渐渐地，自己理想的保尔在心中清晰起来，生动起来。

好几次雕塑已经完成，但依然不满意，却已经不能再在上面做什么的时候，是最难抉择的时刻。怎么办？丢弃掉吗？它上面蕴含了太多的心血和情感。不丢弃吗？难道那么多的心血和情感就为的是一个不满意的结果吗？

渐渐地画室里出现了三个保尔，五个保尔。

雕塑终于完成了，左右端详着，越看越像一个人，这个人就是王大毛。

从此保尔就安放在苏婴的卧室。她又把保尔那段著名的格言抄写好，镶在镜框里，安放在保尔雕塑前边。是苏婴塑造了保尔，保尔也塑造了苏婴。

第 14 章　让我们拉钩上吊

当一个人的内心发生重大变化的时候，外表不可能没有变化。在苏婴如痴如呆地读罢俄文版《钢铁是怎样炼成的》之后，如同换了一个人。那个天真烂漫的小姑娘不见了，好像突然长大了好几岁。整天阴沉着脸，皱着眉头。变化最大的则莫过于眼睛，变得深沉，透着寒光。

这些变化不可能瞒得过华膺。那一天晚饭过后，女儿径自回到自己的房间去了，这是以前没有的事情。他和安娜也回到他们的房间。通常这是他们靠在床头，拥被闲聊的时候。这是夫妻间互相交流的时刻，也是最温馨、最幸福的时刻。窗外秋雨缠绵，时缓时疾。每逢这种时候，他们都喜欢开着窗户，听着窗外的雨声，为秋日的夜晚增加几分惬意。

这一天他们发生了争吵，吵得天翻地覆。

"这几天女儿怎么啦？"他说，谈话跟往日一样平静、温馨。

她噗嗤笑了："你说怎么啦？"

他说："你还看不出来？活灵灵的眼珠都不会转了。"

她说："没什么，读了一本书，就成这样了。"

他说："嗯？什么书？"

她说："《Как закалялась сталь》。"她说的是俄语，她只有说俄语书名，他才会知道女儿读的是哪本书，"我记得这本书早就流行过了，不知道为什么突然又流行起来了？"

他说："是啊，十几年前就流行过了。今年高一语文课本把它列为课外阅读书，这才再次流行了起来。这是教育部搞的。"

她说："女儿读完这本书的变化让我也很吃惊。但我倒觉得没有什么不好。你知道，相比其他孩子，我们的孩子从小是在比较优越的条件下长大的，这样的孩子比较单纯、幼稚，是所谓的'温室里的花朵’对不对？这样的孩子将来又怎么应对复杂、艰难的生活？因此我想，孩子长大了，让她了解一些残酷的生活，体会一些粗粝的情感，对于她的成长是有好处的。毛主席不是一再号召青年要经风雨，见世面吗？我想也是这个意思吧？”她侧过脸看着丈夫。

“在我把这本书交给她之前，把书里的故事又从头至尾捋了一遍，觉得没有什么不好的地方，至少不会有什么坏处。十五、六岁的孩子，正好是世界观形成的时期。因此，这个时候帮助她确立正确的世界观，培养她意志品质是非常重要的事情。我想，这本书就是非常好的教材。你知道现在我们正在做什么吗？正在塑一尊雕像，保尔·柯察金的雕像，这是她自己选的题材，说是塑完了要放在自己的卧室里，她把保尔当作了自己的偶像。你还记得保尔的名言吗？就是‘人最宝贵的是生命’那一段。”

她用俄语背诵着，他认真地听着，他还在思考，思考着这本书对孩子的影响。这时候他已经有了一些想法，他在思考怎么把自己的看法说给妻子，他预感到他将要说出的观点，妻子肯定不能接受。

她滔滔不绝地说着：“她把这段俄语抄写好了，镶在镜框里，放到床头，作为座右铭。”她款款地说着，也不是十分自信，她也在思考。

他说：“我担心的正是这一段话。多少人把它作为座右铭。你知道，他所说的‘最壮丽的事业’是什么？”

她说：“当然是共产主义了，有什么不对吗？”

他说：“对，保尔是个共产主义者。或者说，是作者奥斯特洛夫把他写成了一个共产主义者，共产主义是他们国家意识形态的核心。”

她说：“是呀！听你的话好像在说一个异教徒似的。你不也是共产主义者吗？”

他说：“我曾经是，现在认真想起来，不知不觉地，应该说，现在我不是了。并且，我也不想，不希望我的女儿成为一个共产主义者，她应该有更文明的思想，更美好的前途。”他的语气很平静，说罢诚挚地看着妻子。

她以为丈夫不是认真说的："你说什么？可别忘了，我们不仅仅是中共党员，而且还是正宗的苏共党员，真正的布尔什维克！"语气里带着自豪，是这两个身份给予她的自豪。

他几乎记不起他们最后一次谈理想是什么时候的事情了。结婚后十几年来，夫妻谈的多数都是工作，生活，很少谈及理想和信仰，更是很少谈理论性的东西。然而在他的大脑里，对理想和信仰的思考在这十几年里从来就没有停止过。特别是又读了那么多书，经历了那么多事情。

"是呀！"他长叹了一声，眼睛像是瞭望遥远的地方，仿佛在回忆很久以前的事情，轻轻地说："我们确实是中共党员，也是真正的布尔什维克。我曾经是彻底的共产主义者。共产主义理想曾经让我热血沸腾。我为这个理想去了延安，那是多么令我激动的决定！被派到莫斯科大学就是去学习马克思主义理论的，那可是为建国准备的理论人才呀！那个时候在我心里，党信仰马克思主义，领袖们信仰马克思主义。他们计划按照马克思主义的理论打造一个国家，我就是那个被当作设计师培养的人。那时候，我真诚地相信马克思主义，比任何一个虔诚的教徒对待他的宗教都毫不逊色。

"弗朗索瓦·基佐说，二十岁时不是社会主义者，说明缺乏心肝；三十岁时仍是社会主义者，说明缺乏头脑。这句话意味深长啊！我们信仰共产主义是在二十岁左右，现在我们已经四十岁了。二十多年走过来，现在回过头来再看才发现，马克思主义理论在我的思想历程中，只不过是我走进学术圣殿的入口处。我从这个入口处走进去，才发现里面无比宏大辉煌。当我冷却下来沸腾的热血，用冷酷的逻辑再次梳理马克思主义理论的时候，发现它缺乏严谨的论证。仅仅举一个例子，剩余价值理论是马克思政治经济学理论大厦的基石，也是科学社会主义理论大厦的基石。"

她认真地听着，微微地点着头。至此，谈话依然温馨、亲切。

"但《资本论》中的'可变资本'和'不变资本'是两个没有论证的概念。当看破这两个概念缺乏科学性之后，剥削不存在了，剩余价值理论崩塌了，政治经济学理论崩塌了，就连科学社会主义理论也崩塌了，整个马克思主义理论都崩塌了。既然剥削不存在了，《共产党宣言》所提出的'剥夺剥夺者'的口号也都成为无稽之谈。"

她听着，觉得有些不对，舒展的眉头凝聚了起来，侧过身来，灰色的大眼睛凝视着丈夫。

他没有关注妻子的表情，径自慢条斯理轻轻地说着，像是自言自语，随意地输出着大脑中流动的意识："而那些标榜自己是马克思主义者的人都是对世界文明一无所知的人。他们既不知道那个圣殿有多么辉煌，也弄不懂马克思主义到底是什么。之所以他们能够把马克思主义奉为'唯一真理'，只是因为他们对马克思主义一无所知。在历史上，马克思主义只不过是一些社会活动家穷途末路时的救命药方而已。想象一下，假如中国没有废除科举制度，中国共产党高级领导人还都奔走在上京赶考的路上，而不是奔走在革命的道路上。他们在马克思那里找到了正义感，也找到了方法论。列宁是，斯大林是，毛主席也是。不是因为他们懂得了其中的道理，而相信马克思主义，恰恰是因为他们不懂，只是它有用，才选择了它。"

她被丈夫的话惊呆了，伸手捂住丈夫的嘴，说："你等一等。"接着起身下床，披着睡衣，穿上拖鞋，蹑手蹑脚地走到窗前，小心翼翼地把窗户关上，插好插销。又打开屋门，走出卧室，左右看了看，见没人，才退回身来，卡啦一声锁住屋门，蹑手蹑脚回到床上。

"你要把我吓死了！你知道你说的是什么吗？你的话足够掉脑袋的罪过了你知道吗？"她语气很重，声音却近似耳语。灰色的大眼睛在黯淡的床头灯映照下显得幽深恐怖。

他看到了她惊恐的眼睛，说："你放心，我们家里不会有外人偷听，我也不会跟他人讲的。"

她指着旁边的卧室说："还有女儿呢？她也开着窗户呢，从窗户这儿传过去，她听见怎么办？"

他说："是呀，你说的对，她这个年龄是无论如何也理解不了的。"

她回过脸来，使劲地摇着头说道："她理解不了？你以为我能理解得了吗？我几乎不相信自己的耳朵。你说什么，马克思主义不是真理，是不是？"

"对，你没有听错。"他轻轻地说。

她说："你说你现在不再信仰马克思主义了，是不是？"

"对，这是我的意思。"他轻轻地说。

她继续说道："你说列宁、斯大林和毛主席都不懂马克思主义，他们都只是把马克思主义当作救命的药方，是不是？"

"是的。我就是这个意思。"他声音虽轻，却语气肯定。

她侧目看着他，说："我想你是一时糊涂了。你告诉我，这是瞎说的，这不是你的真实想法！对不对，你说呀？"

他说："安娜，我们是在家里说话，我们不必害怕。这是我的真实想法，我很清醒，没有神经错乱。我知道这些话跟你的思想反差太大。可是不要立即反对，先听进去，冷静地想一想我的话符合不符合逻辑，然后再做出判断。"

她说："你还让我冷静想一想？这难道还用想吗？我明白地告诉你，你是疯了，是神经错乱了，是胡说八道！没有任何道理！我知道这么多年你一直在读书，在思考。你读的是什么书？我早就知道都是那些资产阶级的书，可我没有想到，你会被那些书引上邪门歪道！我坦率地告诉你说，你读书读坏了，你的思考能力被那些书完全摧毁了！你变得这么愚蠢，不是我认识的那个华膺了。"

她说着，脸色变得苍白，嘴唇在微微颤抖，目光完全是一个陌生人的目光。这目光在他看来十分可怕。

这么粗野无礼的言辞从自己嘴里说出来，她隐约也感到了吃惊。这还是你吗？这好像是另一个人借着你的嘴巴在讲话。这不是你的教养所能讲出的话，也不是你一贯对待丈夫的态度。这张嘴从来没有讲过这么粗鄙的词汇，语气从来没有过这么无礼——她的脸微微红了，她感到了羞愧。

忽而，另一个声音对她说，对待这样的思想，难道不应该严厉反击吗？这样的言辞有丝毫不恰当吗？没有！如果有，有的只是还不够严厉，不够猛烈！她感到了自己义正词严，大义凛然。

我不是你认识的那个华膺了？是呀，可能你从来就没有认识过真正的华膺！而我感觉，你真的不是我认识的那个安娜了。你的聪慧哪里去了？你的温柔、文雅哪里去了？怎么会突然间成了一个陌生人，变成了一个泼妇，面目狰狞的一个共产婆？

究竟是什么使你如此理直气壮，居高临下？他隐约地感到妻子有所仗恃。她究竟仗恃什么？是国家的思想，是权力的意识，它有着天然的正确性，像磨盘，像大山一样把自己的思想压在下面。她持有了那种思想，使得夫妻的交流也不能平等。他感到了屈辱，一阵恼火涌上心头。

他扭过脸侧视着妻子，那是审视的目光。

忽而，另一条思绪却在脑际缠绕：妻子毕竟跟自己不一样，自己接受马克思主义的时候已经是青年，基础教育已经完成了，那是一个思想自由的时代。自由的思想基础是开放的，是可以接受，也可以批评任何思想、主义、甚至宗教的。

而妻子则出生在苏联社会主义国家，打从懂事那天起接受的就是马克思主义教育。而马克思主义则已经被国家权力确立为唯一的真理。她的全部知识，都是依附在马克思主义理论框架之上的。唯物辩证法构成了她的世界观和方法论，成了她自觉的、以及不自觉的思维模式——她只会那样思考，别的都不会。一切知识、理念在她的思维系统中，只有被辩证唯物论梳理之后，才会被理解，才会如同图书一样，被分门别类地上架，按部就班地安放在马克思主义框架的某个该去的地方，心理才会安宁。

皮之不存，毛将焉附？在她那里，唯物辩证法就是皮，其余一切知识，思想都是毛。几乎，失去了唯物辩证法，她的所有知识就无所附着，她就不会思考，她就面临着思想崩溃，面临发疯！而你现在就是试图拆毁这个框架，对于她这是何等的恐怖！

还有呢？究竟还有什么？他试图弄明白在妻子那个思维器官里到底发生了什么使她一反常态。噢！她对马克思主义的忠诚，以及对领袖的感情都比自己要深得多。或者说，马克思主义就是她的宗教，他的话无疑是触犯了她心中最神圣的地方。他感到了妻子对信仰的真诚，对领袖的忠诚，还有比真诚更可贵的吗？

他平静了下来。做了一次深呼吸，轻松了许多："安娜！我完全理解你的想法，我尊重你的真诚。我们的看法不同是非常正常的事情，我们不必强求一致。今天只是因为女儿的教育问题，才把这个问题扯了进来。好了，今天我们把它先放到一边，不去谈它，好不好？"

他打算等妻子冷静下来，给她一些理解的时间。或者这件事情可以搁置一边，永远不谈。那样岂不可以维持夫妻恩爱，家庭和谐，天下太平？并且，最重要的是他需要等待，等着历史证明自己的正确。

"不好！我还没有说完呢！真没有想到，你的阶级立场是这样摇摆，你的思想意志是这么脆弱，你的小资产阶级布尔乔亚的劣根性是那么顽固。你在党旗前面的誓言呢？'为共产主义事业奋斗终生！''忠于党，忠于领袖''永不叛党'的誓言都丢到哪里去了？我问你，什么叫作誓言？对不起，请不要怪我不客气，你这就是背叛！"

他感到了一阵心痛，那个叫作"心"的器官像是被一把钝刀子割了一下。疼痛使他皱了一下眉头。

他虽然对自己的道理非常自信，但还是被"背叛"这个词羞愧得满面通红。他强迫自己冷静了一下，然后说："对！你说的对，我就是背叛。可是要知道，我背叛的不是真理，也不是正义，我背叛的是迷信。这并不是什么坏事，而是思想的自由！

"对了，你问我什么是誓言。我的誓言是基于信仰的，而信仰又基于逻辑。现在逻辑证明了信仰是错误的，誓言当然也就毫无意义了。"

她惊诧地看着丈夫说："这是你说的话吗？这样的狡辩我都替你羞愧！你的话毫无原则，毫无党性。确切地说，你这就是反党，反马列主义，反毛泽东思想，是反革命，反动派！居然还为背叛辩解，居然不感到羞耻！"

他的心又被那钝刀子割了一下。他突然明白了，古人"诛心"这个词的来历。

人和人之间究竟能有多近？我们亲密无间，心心相印，我们朝夕相处，耳鬓厮磨，卿卿我我。我们相互理解，一句话可以跨越万水千山，或者说语言已经成为多余；人和人之间究竟能有多远？我们白发如新，形同路人。并且转眼之间，恶语相向，形同仇敌。我们相隔万水千山，我们是不同的物种，虽同在一个屋檐下，却活在不同的世界中！

　　他本没打算跟妻子讨论这么严肃的话题，但现在，主义、逻辑、理想、信仰、领袖、党性、背叛等等，一个个沉重问题被扯了进来，他心中清楚，如果没有共同的思考基础，说到地老天荒也说不清楚。

　　他知道共同的思考基础是不存在的。但问题已经提出了，就应当把道理讲明白。理解不理解是一回事，讲明白没讲明白是另一回事。不讲明白就是苟且，就是懦弱。他不能容忍自己的苟且，更不能容忍自己的懦弱。

　　他把自己的情绪整理了一下，说："是的，我是变了。你说的不错，是那些资产阶级的书把我引上了这条路的。可不是今天突然变的，而是用了二十多年的时间阅读、思考、观察才领悟出来这些道理来的。这不是我想不想背叛的问题。有一点你不明白——"

　　他把"不"字说得很重。在话未出口的瞬间，他担心这个'不'字会伤害妻子的自尊心，他知道她的智力理解这句话有困难，但同时如果不说"不"，也担心妻子会忽略他下面的话。两害相权，他决定一定要说这个"不"字。

　　他停顿了一下继续说："有一点你不明白，思维活动，是不受主观意识支配的，是一种自然活动，就像星球运行一样，是自然界的运动。连主观意识也是自然运动，我支配不了它们，其实你也一样。"

　　她果然被这个"不"激怒了，说："你说我不明白，我就是不明白！我也不想明白！你自己的想法你自己支配不了？你自己相信吗？"

　　他说："安娜，请相信我，这不是诡辩。听我说，其实我也跟你一样。记得这些想法第一次在我心里出现的时候，我也被吓坏了，觉得自己大逆不道，是在犯罪，你所有的一切罪恶感，恐怖感我都有。我首先怀疑的是我自己，我千百次地对自己说'是我错了，是我错了，是我错了！'这种状态持续了很多年，而持续的越久，我大脑里的逻辑就越清晰地告诉我，'你是对的！'直到今天我不再怀疑自己。一个人，完全可以相信、崇拜一个未知的理论或者宗教；但不可能去相信、崇拜一个已经被自己证明了是错误的理论或者宗教的。"

　　他在把自己的道理讲完之后，像是完成了一项使命，感到如释重负。该说的已经说完。妻子能不能接受，也当属于自然，不是自己能够掌控的事情。现在，争吵已经到了该结束的时候了。

　　她沉静了一下，说："那好，我也不怀疑我自己。我告诉你吧，我不可能读你那么多书，我也读不懂你那些书。我不可能把那么高深的理论一个一个地都弄明白，我也不想把它们弄明白。你说的对，一个人可以相信、崇拜一个未知的理论或者宗教——这就是我。对于马克思主义，对于党，对于领袖的忠诚在我这里是不可能改变的。

　　"你或许不知道，你的那些想法对我来说有多可怕！从我懂事的那天起，我接受的就是这样的教育，为共产主义奋斗，忠于列宁、斯大林。跟随你到中国来，依照我的理念，毛泽东和列宁斯大林有着相同的地位。没有信仰，没有领袖，我的生活就失去了意义，不敢想象我的生活会是什么样子，我会不会还有勇气继续生活下去？

　　"可是突然有一天，我最信赖的人告诉我：你的信仰，你的理想，你对领袖的忠诚——这一切都是错的！你让我怎么办？你让我相信你，还是相信我自己？请你告诉我！"

　　她的脸色在通红之后，变得苍白，毫无血色，由于呼吸急迫，胸脯一起一伏，声音也在颤抖："你说我迷信，对，我就是迷信。但是，我没有选择，我必须信仰，必须忠诚！并且我认为我的信仰，我的忠诚是正确的。相反，你的那些高深的理论在我这里，是那么荒诞！我劝告你，要悬崖勒马，不要在错误的路上越走越远！"

　　说完这一番话，如同华膺一样，她也深感如释重负。她知道丈夫不可能接受自己的观点。但她毫不怀疑丈夫完全理解自己的观点和自己的感情。相反，面对丈夫的那个世界，如同面对一道墙，自己无论如何也难以跨越过去。

　　他深知再争吵下去已经没有意义，应该立即结束这个话题。遂说："安娜，让我们结束争吵吧，这样下去不会有任何结果，只会把感情葬送掉。我听懂了你的意思，这不仅仅是理论问题，其实也是感情问题。我懂得，对于你，几十年的信仰，还有誓言，怎么可能突然间就放弃？我完全尊重你的感情，也尊重你的观点。"

她说："好！我完全同意停止争吵。"

他笑了："那好，让我们订一个君子协议好不好？"

她疑惑地问："君子协议？"

他说："对！就是君子协议，是针对今天争吵的协议，这非常重要。有这么几条，同意我们就达成协议，好不好？"

"好，请讲吧。"

他说："第一，从今以后我们不再提起今天的分歧。"

"非常正确，这正是我要说的。我同意！第二呢？"

他说："第二，观点平等。让我解释一下：我们的观点虽然相反，但哪一方都没有天然的正确性和优越感。"

她敏锐地感觉到这一条的复杂性，她需要想一想。

接受与不接受，理解还是不理解，只须一个词——"是"或者"不是"——便可以表达清楚。而背后复杂的潜台词才是深层的对话，心灵的交流。这是丈夫的呼唤，他在等候回应。

她深知自己的观点是国家的意识形态，而丈夫的观点则与此相反，是个人意识。她清楚，在意识形态至上的共产党国家，仅凭这一点，她就可以置他于死地！他提出"观点平等"，是在为自己伸张正义，在真理问题上，他没有把权力放在眼里，这是桀骜不驯，更是自尊、自信，是对真理的信仰胜过对于权力的遵从。就自己的天性而言，她喜欢这种性情，她的身心以及情感都为这种性情倾倒。

扪心自问，她潜意识里没有国家意识形态天然正确的想法？有没有依仗国家意识压制他人的倾向？她拿不准，或许有？真的有！肯定有！这正是丈夫提出这一条的原因！

她的心像是被锤了一下，不由得打了一个寒战，羞愧得红了脸。她清楚地意识到，那不应该是自己的行为，那不仅仅是侮辱对方，更是侮辱自己！丈夫向自己提出要求：真理面前，人人平等。

平心静气地想，两个人观点真的有同等的分量吗？丈夫的观点是读书，思考的结果；而自己的观点则是，不客气地说是迷信。二者相比，无疑丈夫的观点有着无法相比的优越性，然而他没有丝毫居高临下的轻蔑，却在呼唤"观点平等"。这是怎样的谦谦君子？何等的豁达气度？

想通透之后，她斩钉截铁地说："谢谢你提出这一点。我同意！"说着却流下泪来。

"第三，也是最后一条：历史在走着。我们的思考也不可能停下来。终究会有一天，或者历史会证明，或者思考会证明，我们其中的一方是错误的。我们的有生之年一定会等到那个时刻。那时，错的一方一定要告诉对方，我错了！"

她说："这一条非常好，认错，也是忠于真理的表现，完全同意！"她感到了这个协议的沉重。

"好，你如果有补充条款，我们可以一起写进协定。"

她略一迟疑，说："有！这一条最重要。"

"请讲。"

她说："真理问题不影响感情！请你认真想一想，如果做不到，就不要答应。"

他心中猛然一动，一股暖流涌遍全身。说："这一条的分量超过前三条，居然被我忽略了。我应该说对不起。谢谢你能够想到。我完全同意。"

知道丈夫读懂了自己，她颇为激动，说："谢谢你同意这一条。"

"我们要有一个隆重的仪式才能不辜负这么好的协定！"他说。

"好！你等着，我去拿酒来！"

"不，我们有比这更隆重的仪式。"

"那是什么？"

"让我们拉钩上吊！"他说着伸出了钩着小指的右手。

她跟中国孩子们生活了很多年，她知道那是孩童们盟誓的仪式，遂点头笑道："这确实是个隆重的仪式。"说着也伸出了握拳的右手——只有小指伸出弯成钩状。

两人的小手指紧紧钩在一起。这一点让他们无比惊奇：不拉钩之前，他们尚且以为这是一个玩笑。但钩在一起的瞬间，不知为何，笑容不由自主地消失了，突然觉得这是一个重似千斤的承诺，这一时刻神圣无比，残酷无比。两只手钩了许久，终于拥抱在一起。

许久，她依偎在他胸前，听着他的呼吸和心跳，说："我还是担心，以前一切都好，今天我才发现出现了这么大的问题。我真的担心因为我们的信仰不同，伤害我们的感情，伤害我们的家。你知道，在中国，我只有你和女儿这么两个亲人。万一要是出个差错，我怎么活下去？"说着两只大眼睛看着他，轻轻一眨，滚出了两串泪珠。

他紧拥着妻子说："不会的。我还记得你的家训'忠于真理，忠于爱情'。从我听说这个家训的时候，就深深为之折服，为之感动。从那以后，这成为了我的人生信条。我暗自下决心，终生不辜负这两句话，其他的都是小事，不必介意，哪怕舍弃性命。"

她用手捂住他的嘴说："不要乱讲命不命的话，我害怕。我还是劝你，把你那些真理好好地藏起来，不要跟任何人讲。这是大事，是足以毁掉你，毁掉这个家的。"

"这个你放心，我可以向你保证。"

她说："特别是跟女儿也不要讲。她从小接受的是共产主义教育。爱党、爱领袖已经溶入血液，深入骨髓。马克思、列宁、斯大林、毛主席都是神圣不容侵犯的人，是真理和正义的化身。女儿一直崇拜你。但是，万一她知道你的这些想法，她那么单纯的心怎么会承受得了？她不会相信你是对的，她会认为她的爸爸欺骗了她，她会认为她的爸爸是个大骗子，是罪该万死的大坏蛋。这给她带来的冲击，比亚瑟得知蒙泰尼里主教就是他的亲生父亲还要大得多。她会怀疑一切，痛恨一切，这会毁了她，毁了你，毁了这个家的！"她越说越害怕，止不住哭泣起来。

他听着，沉吟着，紧皱眉头却一言不发。她擦了擦泪水，却猜不透丈夫在想什么。说："你在想什么？你要跟女儿讲吗？"

他迟疑一下，默默地说："我觉得这很荒诞，也很可悲。"像是自言自语。

"为什么？我不懂。"

他面带愠色说："父女之爱，这是天伦。但女儿爱着的却是一个假父亲。而父亲却不敢把真实的面目显露给女儿，因为，当把真实面目显露给她时，她的爱会立即变成恨。只因为父亲害怕被女儿恨，便不得不在虚假中生活，尽力保持着那个虚假的自己。然而那个假的，被深深爱着的父亲是一个没有思想，依附权力，没有个性，平庸的父亲；而那个真实的父亲却是一个自由的，刚健的，有独立思想，独立人格的父亲。那个真的父亲比那个假的父亲要好上一万倍，然而他却只能被女儿恨！你说，这难道不荒诞，不可悲吗？"

她恍然大悟，却陷入茫然无语中。她知道丈夫受着极大的委屈，却不知道怎么安慰他。也不知道如何处理"告诉与不告诉"的难题。

沉默许久，他长叹一声，说："这不是你的错。你放心，这里的利害我都懂得，当然不能跟女儿讲，我会尽一切所能保护女儿的。只是感情上难以接受。"

她连连地点头说："谢谢你，真的要谢谢你。"

他有意地转换话题说："好了，让我们回到起点——今天我们是从《钢铁是怎样炼成的》这本书开始的。我们还是回到这本书上来。"

"好，你说吧，我听着。"

他陷入了沉思，许久才说："保尔身上有着许多优秀的品格，比如人类的尊严、坚韧不拔的勇气、渴望奉献、面对死亡的超越……"

"是啊！我正是看中了这些才支持女儿读这本书的。这些品格对于年轻人太重要了！"她说。

"是啊！太重要了。不管是哪个阶级，哪个种族，哪种信仰，哪个时代，都推崇这些品格。这些品格是人类共有的，是与生俱来的人性。你注意过没有？海明威在《老人与海》中表现的就是人类的这种品格。他说：'一个人可以被毁灭，但不能被打败。'这是对人类尊严和坚韧意志的深刻表达，其实它所赞颂的跟保尔的精神品格是完全一致的。但海明威就把他的故事的阶级性、种族性、以及信仰等等剥离得干干净净，他所表达的就是纯粹人的，人类精神的。我们再看《钢铁是怎样炼成的》，它把这些品格同共产主义理想绑到了一起。这就使那些人类的高尚品格成为了为一个阶级、为一种信仰服务的工具。这就使得这本书成了一部宣传品。"他说。

"噢！还是这样的。"

"是的。我们好像又扯回来了。"他说，"那些人类的优秀品格在一个偏狭的信仰下发挥，它发挥得越充分，对人类的伤害就越大！"

她说："我懂你的意思了。可我觉得，这总不会发生在我们女儿身上吧？"

"不知道，但愿如此吧！"说到此，他停了下来，长叹一声说道："唉！说一千道一万，作为父亲，在感情上，我不希望自己的女儿成为保尔那样的人，过保尔那样的生活，经历保尔那样的磨难。"

几句话说到了她的心里，连连点头说："是的是的，我也是一样的。虽然我说要让女儿'经风雨，见世面'，但一想到要让她经历苦难，心就会痛。你说，我们应该怎么办呢？"

"逃不掉，谁也逃不掉的！山雨欲来风满楼，我已经感到了寒意。如今只能横下一条心，等风雨过后，只要不愧对真理，不愧对亲人，也就够了！"

"我已经准备好了，让我们一起度过吧！"她平静地说。

夜已经很深，他说："我们把窗户打开透透气好不好？"

"我也正想听听雨声呢！"她说。

他穿上拖鞋，去打开窗户，窗外秋雨下得正猛。

当他转过身来时，却看见妻子泪流满面，由于哽咽，以至于肩膀上下耸动。他惊讶地问："怎么啦？现在不是什么都没有发生吗？"

她见问更是泣不成声："对不起，真的对不起！我不是故意的，我也不知道，我今天像是魔鬼附了体，管不住自己让我疯狂，让我野蛮……"

"到底为什么呢？"

她说："刚才，我说了很多伤害你的话，那些话不应该从我的口中说出来，我真的不知道是怎么了，只想一吐为快。那些话很恶毒，我知道你很介意，让你很难堪。是我的错，我跟你说对不起！真的非常对不起！可是你没有用同样恶毒的话反击我，我非常感激。请你不要介意，我不是故意要伤害你的，请你把它忘掉吧，我请求你。"

他把妻子拥在怀中说："不要说了，这个过程我全都懂，实际上你也是为了你的信仰，只因为你是真诚的，所以这完全不怪你。"

第15章　红色的洗礼

卫国道中学"毛泽东思想红卫兵"说成立就成立起来了。

打从北京成立了第一个红卫兵组织的消息传开以后，一夜之间全国各地的大学、中学、小学都争先恐后地成立了红卫兵组织。早期的那些红卫兵组织，清一水的都是由"军干"和"革干"子女组成，在他们心里好像只有他们才具备红卫兵的资格。大城市是大官儿子女，小城市是小官儿子女，鲜有例外。他们自认为革命江山是自家父辈用鲜血和生命换来的，自己便有了一种与生俱来的拥有感，自己是红色贵族，是未来江山理所当然的继承人。

所谓的"穷三代"子女，虽属无产阶级，但他们的父母并没有参加打江山，如今要坐江山、分一杯羹时自然没有他们的份儿。偶尔也有"穷三代"子女混进红卫兵里面去的，那也只是作为"无产阶级"队伍招牌幌子的点缀。即便混在里边也不过是二等人，只是跟屁虫、小炊巴，跟着混个风光而已，没有他们说话的份。在红二代内心深处只有两种人，一种人就是他们自己，是主人，是红色贵族；另一种人是他们以外的人，是无足轻重的，供他们驱遣的人。这与当年满清入主北京时的旗人对汉人的看法没有什么区别。

那天中午刚刚下课，各班走出教室的人便看见在校长办公室旁边赫然贴出一张大字报。那个时候大字报在这个学校也还是个新鲜事儿，便格外引人注目。几分钟后这里便黑压压地聚集了一群人争相阅读。

因为人多，后面的人无法看见，便往前面挤。前边的正在看，又不肯相让，后面人不耐烦便纷纷离去。这时候，一个留着小平头的男生从侧面绕到了大字报前。只见他中等身材，体型精瘦，螃蟹脸，面色黧黑，表情阴沉，青唇紫嘴，眉头紧皱，穿着一身黄色旧军装，大家认得他是高三一班的石进城。

　　"请大家不要挤，后面同学不要离开。为了让大家都能读到这份大字报，我来给大家读好不好？"接着他就抑扬顿挫地高声朗读起来："关于成立'毛泽东思想红卫兵'的紧急通知。

　　最高指示：天下者，我们的天下；国家者，我们的国家；社会者，我们的社会。我们不说，谁说？我们不干，谁干？"

　　刚刚读到这里，便听到人群中有人大叫道："说得好！"接着人群中就有了稀稀落落的掌声。国家主人的豪迈语气让一些人兴奋起来。

　　"好个屁！"有人大声吼道。大家回头看去，都认得是高三的刘树强。见大家回头观看，他把手指放在口中，又用力吹了几下，那口哨声直冲云霄，转身离开了人群，向远处走去。

　　对于大字报，刘树强并不以为然，他知道石进城是军干出身，时下也听到北京那边有关红卫兵的动静，便知道他要成立的是一个什么样的组织，那个组织要干什么事情。因为自己并非军干、革干子弟，他所说的"我们"自然是不包含自己的。

　　有人见刘树强扬长而去，纷纷跟随其后各自散开。瞬间人群便走掉了大半，只剩下稀稀落落的几个人直立在那里听着。

　　石进城回头看了一眼走掉的人流，似乎并不介意，毫不气馁继续读道：

　　"我们作为无产阶级革命事业的接班人，应当承担起历史赋予我们的使命。破四旧，立四新；横扫一切牛鬼蛇神；荡涤旧社会残渣余孽，种种重任摆在我们面前，亟待我们去完成。我们必须紧跟伟大领袖毛主席的战略部署，立即成立起来我们自己的红卫兵组织，这是革命形势的迫切需要！现在，首都北京的红卫兵已经走在了我们的前面，我们必须立即行动起来，紧跟形势，奋起直追。因此我们向全校革命师生宣告：卫国道中学'毛泽东思想红卫兵'将于本星期六正式成立。现通知如下：

　　1. 请参加者自愿报名；

　　2. 凡是红五类的同学均有资格报名；

　　3. 报名地点：礼堂门口，请找筹备组甄土改同学领取报名表格；

　　4. 报名截止日期：1966 年 7 月 x 日，下午 5：00"

卫国道中学"毛泽东思想红卫兵"筹备组：石进城，甄土改。"读罢，眼前也不剩几人。

当天下午下课以后，报名的人曾一度络绎不绝。到了第二天下午就已经门前冷落了。截止的时间到了，石进城和甄土改二人数了一下报名表，30 张，加上筹备组 2 人，一共 32 人。他们又从头到尾仔细把这 32 人报名表核对了一遍。他们所关注的是，干部子女是不是都被他们一网打尽了。

其实，所谓"革干""军干"子女绝大多数都依仗着父母的权力，以各种理由被送进了重点中学。卫国道中学是一所普通中学，多数学生都是平民子弟，自然军干、革干子女非常稀少，只有屈指可数的几个。因为稀少，他们便不免有一种优越感。然而在那些平民子弟心里，却并没感到自己低他们一等，甚至对他们的张扬颇为轻蔑。

他们对视一下，会心地点了点头，只要这几个人都在里边，他们心里就有了底气！

当天晚上在礼堂举行成立大会。礼堂前边是主席台，台上正中央有一个讲台，是主持会议或者大会发言的位置。台下没有座位，平时开会是各班从教室自带椅子。此时与会者也带了椅子，横七竖八地散乱坐在主席台前，三个一群，五个一伙地扯着闲篇儿。礼堂是为全校开大会建立的，能容纳二千人以上。现在只有三十几个人，说话声回音缭绕，显得礼堂空空荡荡。

石进城是发起人，理所当然由他来主持会议。会议所需的琐碎事务，都由甄土改操持。

石进城走上台来，高声说道："红卫兵战友们请注意！"大家察觉到他已经改变了称呼，不再是"同学们"，遂精神为之一振，都抬头睁大了眼睛听着。

"今天，我们卫国道中学毛泽东思想红卫兵庄严成立了！请战友们依次到主席台领取红卫兵袖章！"

他说"依次"，是试图弄出点仪式感的效果来，像授衔一样，一个一个地给每个人把袖章戴在手臂上，以示庄重。甄土改托着一摞红卫兵袖章走上前来。没想到大家一拥而上，走上台来，不由分说，拿起一个来就往自己胳膊上套，把石进城的计划打乱了。

工夫不大，三十二个人都戴上了红袖章。大家整整衣领，抻抻袖子，庄严的表情浮上脸膛；你看看我，我看看你，恍然觉得有神魔附了体，一股神圣的力量在周身涌流。

大家陆续回到了座位，石进城说："好！大家都佩戴上了红卫兵袖章，从今天开始我们就是毛主席的红卫兵了！红卫兵的使命就是保卫毛主席，把无产阶级文化大革命进行到底！我提议我们先唱几首歌，好不好？"

大家正在激动之际，内心的神圣感正在寻找一个发泄处，便一齐高声应道："好！"

石进城说："我来起个头"，接着就唱了一句："马克思主义的道理千条万绪归根结底"，紧接着喊了一声"一——二！"说罢，双手上下挥舞指挥起来。这首歌这几天来在广播电台，在学校的大喇叭里，在大街小巷已经唱得天翻地覆，三十二个人虽然没有亲口唱过，但听也听会了八九成。遂跟在后面一起唱道：

马克思主义的道理

千条万绪，归根结底，

就是一句话：造反有理，

造反有理！

根据这个道理，

于是就反抗，就斗争，

就干社会主义！

多数人以前都没唱过，有些怯口，不敢放开嗓门，咬字也颇为含糊。待唱完最后一句时，石进城双臂用力那么一裹，高声说道："再来一遍！"于是大家就随着指挥，停也没停，从头唱起了第二遍。第二遍同第一遍就大不相同了。这第二遍字字咬得真切，在石进城的指挥之下，节奏鲜明，铿锵有力。声音越来越大，越来越齐。在远处听来，好像有千百人在礼堂唱歌。

唱罢，石进城见大家意犹未尽，遂说道："我们再唱一首吧。"

大家一起说："好！"

石进城起头唱道："革命不是请客吃饭，一——二！"他的指挥更加起劲了。这首歌虽然也没有唱过，但有了第一首的经验，连陌生的嗫嚅也都不见了，大家跟着唱道：

革命不是请客吃饭，

不是做文章，

不是绘画绣花，

不能那样雅致，

那样从容不迫，

文质彬彬，

那样温良恭俭让。

革命是暴动，

是一个阶级推翻一个阶级的

暴烈的行动！

唱罢，大家兴致却越来越高，石进城说："我们再唱一首。听我起头：老子英雄儿好汉，一——二！"

大家一听是这首歌，兴奋得眼睛都闪烁着奇异的泪花，声音比刚才又大了好几倍，唱道：

老子英雄儿好汉，

老子反动儿混蛋。

要是革命就跟着毛主席，

要是不革命就滚他妈的蛋！

滚滚滚！滚他妈的蛋！

这首歌一共唱了三遍。第一遍，当女生们唱到"滚他妈的蛋"的时候，便有些脸红，有的双手捂住脸，羞得抬不起头来；有的以惊异的眼光看着旁边的人，口中的歌词也难于启齿。最后一句"滚滚滚！滚他妈的蛋！"没有曲谱，应该属于念白，实际上不是"念"，而是口号式的怒吼，这些女生就更加吞吞吐吐。

这时候，只见石进城加强了指挥的力度，表情庄重地放大声音喊道："滚！滚！滚！滚他妈的蛋！"每一个字都咬得斩钉截铁。富有启发性的动作顿时产生了强烈的效果。第二遍，女生们虽然红着脸，最后一句歌词却都清楚地喊出口来。当唱到第三遍的时候便已经不再脸红，并且觉得前边的歌词都是蓄势待发，只有这最后一句才最有气势，最有力量，最过瘾。

他们仅仅用了几分钟的时间，就克服了数千年文明教化养成的羞怯和文雅，向粗俗、粗野迈进一步。

石进城终于止住了歌声说道："毛泽东思想红卫兵战友们，让我们先停一停，我们还有更重要的事情没有完成。今天我们必须把红卫兵总司令、副总司令选出来。"

这正是大家关心的事情，顿时安静了下来。石进城继续说："我们现在有三十二个人，构成卫国道中学毛泽东思想红卫兵的首批成员。随着革命形势的发展，我们的队伍还会壮大。现在，我们首先要选举出总司令一名，副总司令两名，为组织的建设打下坚实的基础。总司令和副总司令的产生，我们必须、也只能遵照巴黎公社原则，不设候选人，采用不记名投票的方式产生。请同意的战友举手？"

提到了"巴黎公社原则"，众人其实并不知道那究竟是什么东西，便莫名地感到至高无上，遂一致举手高喊："同意！"

石进城环顾一圈，说："没有人反对，全票通过！"

民主选举，不记名投票这一套程序在那个时代的学校里是十分普及的，从小学开始，选举少先队中队、大队主席都用这种方法。因此大家对石进城所公布的选举规则都十分熟悉，没有任何争议，一致高声赞同。

投票结束，计票开始了。甄土改把早就准备好的一块小黑板放在讲台前。由他唱票，另外找两个人监督。一人用粉笔在小黑板人名字下面画"正"字；每个"正"字是五票。

选举结果大大出乎所有人意料，却又符合每个人的意愿。总司令并不是石进城，也不是甄土改，而是从来没有参加任何筹备工作的华苏婴！

小黑板上，在她的名字下面，整整齐齐地写着六个"正"字，三十票！只差两票就是全票当选。这个结果几乎符合他们每个人的心愿。而在选举前，大家，甚至石进城自己都认为自己会当选总司令。结果他只得了两票，按照大家估测，其中一票是华苏婴投的，另一票是谁？大家虽然不说，却也都心知肚明，是他自己。

早在大家看到大字报的时候，便已经知道要成立的是一个什么样的组织，报名的人也都是心领神会的。人以群分，物以类聚。不是干部子弟的学生也都远远地离开，故此报名参加的都是干部子弟。

普通中学的干部子弟，父母绝大多数都是芝麻绿豆大小的小官小吏，够得上"军干""革干"的非常罕见。但越是小官小吏的子女，他们对级别越是在意。当他们在一起聊天的时候，谁的父亲是科级，是处级，是局级，说得津津乐道。对于哪个级别官大，哪个级别官小都区分得清清楚楚。当他们与工农子弟混到一起的时候，便越想与工农子弟有所区分。特别是在这个父母官阶低微的组织中，他们需要一个招牌，以证实自己的"高贵"。这个招牌是什么？是级别！而华苏婴父亲的级别恰恰满足了他们的这个愿望。

华苏婴与他们相反，官大官小全然不是她关注的事情，也一无所知。她不需要证实什么。以华膺的级别而言，他完全能够把女儿送到一所最好的中学。但他没有那么做。他也希望女儿接受最好的教育，不同的只是，他认为的"最好"并不是让女儿获得优越感的教育，而是让孩子跟普通百姓的孩子一样，有他们同样的感情，同样的爱憎，跟他们同甘共苦的教育。他所担心的恰恰是多数人所追求的，即让女儿获得高人一等的优越感。因此华膺让女儿就在这个平民子弟中学上学。

华苏婴从小接受父母的教育，自然接受了父母的观念。在学校中，衣着打扮，方方面面跟同学们没有特殊之处，甚至更加朴素。许多年来，大家根本就不知道她的父亲就是华膺，另外，人们也不知道华膺有那么高的级别。但越是如此，当同学们一旦知道她的身份以后，反而获得了更多的尊重。虽然这并不是华膺的初衷，甚至是他担心出现的事情。

石进城则不同，他的父亲将将够得上"军干"。如同多数军干子弟一样，打从上初三，他的身材还没有长到足以撑起成人的军装时，就穿着他父亲的四个兜的旧军装上学，裤腿儿和衣袖都要卷上两折。尤其是那件肩上带有挂肩章的小圆洞的黄色的人字呢军装，在同学们的记忆中，打穿上，从来就没下架。

当最后一张选票读罢之后，热烈的掌声已经按捺不住响了起来，没有疑问这掌声是专为华苏婴的。坐在最后面角落的华苏婴却羞得满面通红。她穿着一身普通得不能再普通的灰色裤褂，梳着两条垂到肩膀的短辫子。但是越是普通的装束越显得她与众不同。她站起身来沉静了一下，落落大方地说："这么重要的职位我不称职。我没有那么高的水平，也没有能力承担这个职位。为了更好地完成红卫兵的使命，我建议，由石进城同学担任总司令。我愿意做一个红卫兵成员，服从他的命令，完成组织交给的任务。"语气十分诚恳，没有人不相信她的真诚。

然而这却增加了大家对她的拥戴。不知谁先说了一句："华苏婴，总司令！"接着大家便一起齐声喊道："华苏婴，总司令！华苏婴，总司令！"伴随着齐齐的掌声，一遍一遍呼唤。所有女生都离开座位，走到她身边，把她抱起，托在空中。受到这样的拥戴对于她还是第一次，被举在空中的华苏婴此时已经变成了另外一个人——她有了自信，她变成了一个红卫兵的领袖！

石进城在主席台上高声说道："请大家安静一下，我来宣布选举结果。"他清了清喉咙继续说："卫国道中学毛泽东思想红卫兵总司令、副总司令选举结果如下：华苏婴以 30 票，当选总司令！石进城、甄土改当选副总司令。选举结果从即日起生效！"

次日中午刚刚下课，各班走出教室的人看见在校长办公室门前赫然贴出另一张大字报。大字报内容与昨天大致一样，不同的只是要成立一个叫作"毛泽东主义红卫兵"的组织。这个名字的意图是显而易见的：你叫作"毛泽东思想"，我叫作"毛泽东主义"。"主义"自然要高"思想"一等。

报名资格虽然也是"红五类"子女，但由于前边的思想兵已经把干部子女一网打尽了，于是这个组织便清一水儿的都是平民子女。

大字报贴出后，第一天报名的人便乌泱乌泱地挤满了半个礼堂。成立当天就有三百多人，是毛泽东思想红卫兵的十倍。

为了让两个红卫兵组织不致混淆，人们把干部子弟的红卫兵叫作"思想兵"，管平民子弟的红卫兵叫作"主义兵"。在"思想兵"眼里，仅从名称上看，便形成了一种挑衅。

虽然都叫"红卫兵"，对"文化大革命"的理解却大相径庭。"思想兵"认为这次运动就要捍卫红色政权、整黑五类、横扫牛鬼蛇神。而主义兵则理解为是要"打倒走资派"整当官的。这两个理解似乎都符合党中央的"关于文化大革命的决议"，但仔细斟酌却是对立的。

"主义兵"也是遵照"巴黎公社原则"采用不记名投票选举首领的。然而内心的标准却大不相同。"思想兵"内心的标准是父母的级别，因为这是他们的荣耀，他们要把这份荣耀摆在最为显眼的地方。"主义兵"的标准则是"造反精神"强不强。什么是"造反精神"？就是跟老师、校长对着干的精神。基于这样的理解，"主义兵"投票结果选出一个总司令、一个副总司令都是造反精神最强的。总司令是高三二班的男生名叫刘树强；副总司令是高一一班的女生名叫杜俊芝。虽说这二位首领学习成绩不够好，但并不表明他们智力低下。只是他们的智力不往学习那条路上走，在学习之外的能力比起其他学生反倒只在其上，不在其下。

两个红卫兵组织刚刚成立完毕，他们却在校园中突然消失了。他们去了哪里？

第16章　萝卜快了不洗泥

卫兵走了以后，戴老姨便立即着手准备下午去红卫兵司令部的穿戴。

红袖章当然要戴上，她对着镜子左看右看，觉得镜子里面戴着红袖章的那个人怎么看都不像红卫兵。虽然头发已经剪得足够短，但打从自己剪成秃尾巴鹌鹑之后，没有两天的工夫，所有中老年妇女就都剪掉了民国缵，都变成了秃尾巴鹌鹑——这就等于自己白剪了！

再看这一身衣服，怎么看跟这红袖章也不匹配！她翻箱倒柜，把她所有的衣服都试了一遍，就连自己心里一直觉得最为符合时代风貌的列宁装，跟红袖章配在一起都显得红袖章的气势被打了折扣。

只有一身绿军装才配得上这红袖章，其它没的选！她心里想着，便决定要去买一身现成的绿军装。打定了主意之后，她看了看桌子上的闹钟，才上午十点半。华苏婴让她下午去红卫兵司令部，时间还来得及。于是，她立即带够了布票和钞票，锁上门，向商店走去。

那个时候绿军装已经是最为时尚的服装款式，许多服装厂都争相仿制，多数成衣商店都有的卖。但戴老姨要选一套合身的却并不容易。市面的军装尺码都仿照军队规格，分为大、中、小三个号。她人高马大，女式的大号穿在身上太紧，并且裤腿、袖子都短了一截。只能试一试男式大号。

她要了一件上衣穿上，身量正合适，只是袖子有点长。没关系，卷上一折正好，反而显得有一种干练。没想到裤子却出了问题。首先是，男式裤子是前开口，女式裤子都是侧面开口。男女有别嘛，这让人发现总觉得有失体面。不过也只得将就，反正系上皮带，上衣垂下来，谁还看得出来？

没想到穿在身上却出了问题——她近年来腰身发福，裤子的腰围不足，无论怎么收腹、提气也挂不上裤钩，腰下小腹正面露出一个

V 形的开口。扎上皮带试试看，也许皮带能够把腰勒得细一点。可是皮带已经紧得不能再紧，那个 V 形开口就是不能合龙！偏偏在这么个关键的部位，这样出去实在有碍观瞻。

不管怎么不合适这也是最合适的了，好歹这也是一身绿军装，她已别无选择。好在上衣足够长，抻抻前襟，再往上提提裤子，两头一凑，完全可以把 V 形开口遮住。

买了绿军装，回到家中，匆忙扒拉几口剩饭，算是吃过了午饭，便开始梳妆打扮。新军装穿戴齐整，红箍已经戴上。对了，毛主席像章不能没有，她立即从旧衣服上把一个大号的毛主席像章摘下，别在新军装上。还有红宝书，这一定不能忘记。她照着镜子，一一核对，打理停当之后，锁上家门上路。她挺着胸脯，甩开八字双脚，摇摇摆摆奔往卫国道中学，全不顾路人侧目。

不消半个钟头，学校大门已经呈现在眼前。学校早已停课，校内只有红卫兵驻扎，门前冷冷清清，大门半掩着，她蹑手蹑脚走近大门，探头向门内窥伺，看见传达室前有两个男红卫兵站在门口，她试图辨认一下，那两个红卫兵是否早晨去过他家，要是去过的，就好说话了。

还没等她看清，就听到一声喝喊："站住！不许动！举起手来！"

那时候，不管是街道还是学校，天天都在搞战备。军事演习，抓间谍，对敌喊话，这三句都是练过多次的课程，且不说中文，就连英语，俄语大家也都是必须熟练掌握的。戴老姨对这些命令并不陌生，顿时意识到，这两个红卫兵上午没去过她家，现在他们把她当成了坏人。

戴老姨毕竟见过世面，清楚这种情况不能逃跑，只要说明情况，险情会立即解除。遂立即举起双手，乖乖地站在原地，等候发落。不成想手一举，上衣随着向上提，裤腰下的那个 V 形开口暴露出来，而戴老姨却浑然不知。

果然这两个红卫兵不认识戴老姨。他们远远看见一个半大老婆子，穿着一身假军装，不雅处裂着一个口子，鬼鬼祟祟，形迹可疑。待走得稍近，更发现了重大疑问——她居然戴着一个跟自己一样的红袖章，这定是偷来的！心里不仅仅生了疑问，并且十分气愤，你也配！便断定她非疯即傻，定是来捣乱的。

二人走过来，不由分说，各自抓住她一只手，从后背往上一撅，头就低了下去，这是当时押解坏人标准的"喷气式"。戴老姨抬头高叫道："不要动手，我们是自己人！"

两个红卫兵哪里肯信？一路趔趄把她押到传达室内，向前一搡，戴老姨跌跌撞撞向前几步，撞到了墙上。一个红卫兵问道："有你这模样的自己人吗？老实交代，红箍是哪里偷来的？"

戴老姨转过身子，说："我真的是自己人。是你们的总司令华苏婴请我来的！今天下午来司令部研究作战方案！红箍是她亲自给我戴上的。不信你去问她呀，问我干嘛？"

两个红卫兵见她说得头头是道，愣住了。互相碰了一下眼神，一个说："你等着，我去找华司令。"说着向校内左侧一排平房跑去，那是"思想兵"的司令部所在。

工夫不大，远远看见华苏婴身着一身绿军装，一路小跑过来。来到传达室，开门便向戴老姨道歉："对不起，我们只顾在司令部等您，就没有想到会发生误会。我应该出来接您一下才对。对不起，向您致以红卫兵战友的敬礼！"态度非常诚恳，说罢给她行了一个军礼。

戴老姨见到如此礼遇，立即还了一个军礼。毕竟是多年在场面上混得精熟的人，忙说："都是自己人，不要客气，工作要紧，个人受点委屈不算什么。"

华苏婴接着向那两个红卫兵解释说："这是李公楼前街居委会的戴主任，也是我们红卫兵的新战友，是我把红卫兵袖章授予她的，请她来是一起研究明天作战方案的。从今天开始，我们就要共同战斗了！"两个红卫兵面带着奇异的笑容，眼看着华苏婴领着戴老姨向红卫兵司令部走去。

石进城和甄土改早已等在司令部里。他们刚刚把戴老姨提供的牛鬼蛇神名单捋了一遍，虽然比华苏婴高了两个年级，却也并不比华苏婴多懂多少，一样的都是满腹狐疑。

石进城主持会议，依照惯例，学习毛主席语录必不可少。戴老姨刚刚坐定，他便带领着在座的四人打开红宝书，一起学习了两段毛主席语录，第一段是："世界上怕就怕认真二字，共产党就最讲认真。"第二段是："凡是反动的东西，你不打，它就不倒。这也和扫地一样，扫帚不到，灰尘照例不会自己跑掉。"

学习毛主席语录是一件非常奇妙的事情。短短的两段读过，会议的主题，基调，态度就都确定了下来，立即把人带入了情景。

随后，华苏婴说："明天我们就要对名单上的 106 个牛鬼蛇神实施抓捕行动了。现在我们召开会议的目的是，要拟定一个抓捕计划。现在的问题是，戴主任的名单我们大半看不懂，抓捕计划就无法拟定。现在请戴主任把这个名单详细讲解一遍，特别是抓捕他们一定要有确凿的证据。切实做到不冤枉一个好人，也不放过一个坏人。"甄土改和石进城在一旁深深点头称是。

戴老姨听罢，把脑袋摇得拨浪鼓一样，长叹一声："唉！一听这话就知道你们太雏了，心太善了！怎么可能呢，横扫一切牛鬼蛇神，还要一个都不冤枉？办得到吗？"她把"一切"两个字说得很重。

三位总司令都很是纳闷，遂问道："怎么会办不到呢？"

戴老姨说："毛主席说了：'革命不是请客吃饭，不是绘画绣花儿。不能那样雅致，文质彬彬，那样温良恭俭让。革命是暴动，是一个阶级推翻另一个阶级的暴烈行动。'唉！毛主席把话说得这么清楚了，我一个文盲都听得明明白白儿的，你们念了那么多书，怎么就不明白呢？"

华苏婴说："我们都明白啊！"

戴老姨说："明白？明白嘛啊！你说说，嘛是暴烈行动呢？"

华苏婴疑惑地说："您说什么是暴烈行动呢？"

"就是三下五除二，知道吗？"戴老姨拧着眉头说。

华苏婴摇摇头。

戴老姨叹气说："就是不管三七二十一，还不明白吗？"

华苏婴还是一脸疑惑。

戴老姨长叹一声说："说白了就是嘁呲咔嚓！这还不明白吗？"

甄土改对她讲的这些全都没有兴趣，他只等名单敲定，然后动手，说："别啰嗦，你就快说罪行吧！"

石进城眉头紧锁，眼珠不停地转着，显然已从这些不着边际的话里听出了深意，遂专注地听着。

华苏婴依然一脸茫然，紧皱眉头，摇着头，完全不知道她在讲什么："我怎么一点也听不懂呢？您能不能再详细解释一下？"

戴老姨见让自己讲解，来了精神，一副神秘的样子说："今天早晨人太多，当着那么多人，这事也不能说得太明白了。换句话说吧：萝卜快了不洗泥，这句话总该明白吧？"

石进城仿佛得到了要领，但还不能确信。疑惑的眼睛侧睨着戴老姨，揣摩着其中机宜，焦躁得坐不住，离开座椅，在椅子背后来回踱步，却一言不发，听任华苏婴追问。

华苏婴却满脑子一片混沌，戴老姨把她搞懵了，问道："这跟萝卜有什么关系吗？"

戴老姨听罢，急的把大腿一拍说："唉！我再给你说个实际的例子吧：'镇反'那年，每天都枪毙一百个，一连一个月——这是任务，是硬指标，必须完成的。小王庄刑场的枪声一天响两遍，上午一遍，下午一遍，每一遍都枪毙五十个。派出所对面的公告栏地方都不够用了，法院判决死刑的告示，糨子还没干呢，新的就又糊上一层，墙上贴出去半里地。你想想，这么大的数字，把人头凑够了容易吗？要是每个人都审清楚了，完得成任务吗？

"刚开始，枪毙的是大恶霸、大军阀、大汉奸。可这样的人能有几个呢？几天以后就完不成任务了。紧接着枪毙的是流氓、地痞、混混儿。杀来杀去，大个的都杀完了，怎么办呢？任务也得完成啊？就在这时候，一个人逮了人家一只鸽子给炖着吃了。这还了得！这就是跟政府对着干啊！抓起来给枪毙了；还有一个人，在马路上捡了一个钱包，没上交，也抓起来给枪毙了。公布的罪行两个人都是盗窃犯。不管怎么说，硬指标也得完成啊！理由？还愁没理由吗？

"这一下效果可太好了！人人都高喊共产党万岁，毛主席万岁。大马路上，脚让人家给踩了也不敢言语；做买卖的不但不给小分量，反而多给，买一斤，给一斤二两，生怕有人举报他是奸商；女人走夜道也不害怕了；自己的钱包掉在地上都不敢捡，生怕说是偷的！人从来就没有这么和气过！这就是当年的'镇反'。

"不是我拍老腔啊，你们文化比我高，可事没我见得多，没我看得明白。文化大革命是'史无前例'，要横扫一切牛鬼蛇神，嘛意思呢？就是比以前的'镇反'、'反右'都大得多。上边把话都说到这个份上了，还有嘛不放心的呢？我跟你们说，理由不重要，数才重要。只要够了数，目的就达到了，效果也就出来了；不够数，效果就出不来！怎么样？这回还不明白吗？"

石进城停止了踱步，回到了自己的座位上。紧锁着的眉头锁得更紧，头脑如同醍醐灌顶，仿佛大彻大悟。点头轻轻说道："讲的好！道理太深刻了！这是在课堂上，书本上一辈子也学不到的！"

华苏婴把紧皱着的眉头皱得更紧，鼻子也皱了上去，她遭遇着一次巨大的颠覆，颠覆了她对世界，对人类的理解。她把细长的十指死死抓住栗色的短发，发狠摇动着头，她面临着崩溃，面临着疯狂。她自言自语道："你的话我肯定是听懂了，不懂的是，怎么会是这样？"

第17章　戴老姨详解黑名单

　　许久，戴老姨说："石司令说的好，这不是书本上、课堂上能够学到的。也不是每个人都能看明白的。有的人，活一辈子也看不明白这点儿事儿。要让你们十六七的女学生看明白，也不是一时半晌就能做到的。我们赶紧把名单捋一遍，明天不是还要行动呢吗？"

　　三人一致点头称是。

　　华苏婴指着名单说："第一个就是，牙婆怎么成了牛鬼蛇神了呢？"她断定自己的猜测没错，牙婆就是江湖牙医。

　　戴老姨说："你没听说过，俗语说'车船店脚牙，没罪也该杀'吗？最后一个'牙'字，指的就是牙婆。"

　　华苏婴见说，知道自己的猜测出了差错，遂说："牙婆不是江湖女牙医吗？"

　　戴老姨"噗嗤"一声笑了。

　　石进城和甄土改也不知道牙婆是什么人，听她一说"车船店脚牙，没罪也该杀"，便连连点头说："这才是接近社会实践的话！说得好，说得好啊！"

　　戴老姨笑道："我们名单上的两个牙婆就是这个'牙'。'牙行'就是贩卖人口的行业。女人做了人贩子就叫牙婆，你想想得多恶？专门做买卖妇女生意的。好好的大闺女，转眼就给卖到窑子里边去了，她们从中赚钱。"

　　这些事情远远地超出了华苏婴对世界的理解，她在笔记本上快速地记着，听到此处突然把笔拍在桌子上，恨得咬牙切齿，说："走进社会才知道，旧社会有多坏，新社会有多好！没有毛主席共产党岂不是暗无天日了！"

　　石进城、甄土改也表情庄重，说："所以要横扫一切牛鬼蛇神！"

　　戴老姨说："就前街这一带，是五行八作，三教九流，五毒俱全。

车船店脚牙一个也不少。都在这单子上写着呢！还有比这更坏的呢！”

　　华苏婴手执着名单往下看，问道：“王万金，一贯道点传师是怎么回事？什么叫‘度化’？”

　　戴老姨说：“这个一贯道还有个别的名字，老百姓都叫它‘一贯害人道’，听这名字就知道了吧？是一个反动道门。‘镇反’那年是我带领着人去抓的人。抓住的都枪毙了。那个时候真的是布下了天罗地网，可愣是有人跑了！这个人就是王万金。他就是一个一贯道的点传师。这家伙鼻子太灵了。镇反刚刚开始，他就闻到味儿了。抓他的时候，有眼线报告，说明明白白看见他半夜三更回家了，连大门都没敢敲，是跳墙进院子的。我们紧跟着就把院子包围了。可愣是没找着，不知道藏哪去了，到了也没找着。等过几年风头过去了，他悄悄又回来了，跟没事人一样，他就是一个漏网的反革命。你问这个‘度化’是怎么回事，”说到此，她停了一下，看了一眼华苏婴，摇摇头继续说：“反正就是干坏事，还是不说了吧？这些事当着你们女学生说，只怕是弄脏了你们的耳朵，我也说不出口。”

　　华苏婴说：“毛主席让我们投身到三大革命斗争中去锻炼自己，改造自己，没有那么娇气。”

　　戴老姨支吾一下说：“那——我可就说了。”

　　华苏婴说：“说！”

　　华苏婴比石进城低了两年级，又是女生，石进城对她十分呵护。因说：“女同学不适宜听的东西，还是应该回避一下。”转脸对华苏婴说：“要不然你先回避一下，等戴主任说完你再进来听？”

　　华苏婴却坚决要听，说：“红卫兵难道还有避讳吗？”一句话说得石进城无言以对。

　　戴老姨遂说：“好吧，那我就说啦——其实就那么点事，也没嘛大不了的。点传师只做两件事，一个敛财，另一个是玩女人。他要是发现谁家有钱了，谁就算是倒霉了。怎么呢？他在家里都设个道坛。他说自己能在道坛上能跟神仙对话。点传师会告诉他，他家不久会有血光之灾，这是太上老君告诉他的。你说，那人能不害怕吗？怎么办呢？点传师告诉他拿钱来‘行功’、‘献心’，免除灾难。钱拿的少了，他告诉你，太圣老君说你心'不诚'。好嘛，拿钱来吧，直到你倾家荡产才肯罢休。

"要是谁家的姑娘、媳妇长得好看，让他惦记上也就倒霉了。怎么呢？他就说你有大灾，这是神仙说的。你说，谁听了能不害怕呢？怎么办呢？必须加入一贯道才能避免祸灾。女人入道有个仪式，必须由点传师给她'度化'。怎么'度化'呢？就是跟他睡觉。"

"睡觉？怎么睡觉就是度化呢？"苏婴大惑不解，拧着眉头问道。

戴老姨说："就是让他祸祸。"

"祸祸？"苏婴还是不解。

戴老姨没有见过如此不通世情的女孩，索性就说明白了吧："就是让他奸污！他说他就是神的化身，经他度化，身体里就有了神的精液，就有了神的护佑，就可以消灾避难。王万金祸祸的大闺女、小媳妇就没数了。论他的罪过，枪毙三回五回都有富余。"

华苏婴听着早已羞得满面通红，睁不开眼睛，用双手捂住脸抬不起头来。石进城见她这个样子，实在于心不忍，想立即换下一个话题，因说："好！明天王万金就交给我们男生，批斗批判不需要你们女生参与。"

华苏婴把脸捂了很久，终于红潮退去，放下双手说："你们可以代替我批斗王万金，但是代替不了我参加三大革命斗争，更代替不了我提高思想觉悟。"

说罢，她拿起名单，正容问道："下面一个，大耍？混混？狗食？狗烂儿？白钱儿？这么多，他们都是些什么人？"

戴老姨说："噢，大耍儿，就是大流氓。天津卫最有名的大流氓袁文会听说过吧？他就是大耍儿起家。我们这个单子上有两个大耍儿，全天津卫也是有了名的。一个叫'瞎二囊子'，另一个叫'刘铁手'。瞎二囊子姓窦，大名叫窦乃鳌，是个独眼龙，只有一只眼。那一只眼哪去了？当年跟人玩死签，对方剁下了自己一个手指头递给他，看他敢接不敢接。按照道上的规矩很明白，他必须接过来，并且拿出一手儿比对方更狠的招儿来——人家剁下了一个手指头，你最少就得剁俩，要不然就是输了。你猜怎么着？他伸手接过来，扔嘴里连骨头带肉嘎巴嘎巴给嚼着吃了，连个核儿也不吐。围观的一看，好么！这招儿还从来没见过！这叫嘛玩意儿呢？有的起哄，有的叫好——反正看热闹的就怕事小。剁手指头的人不干了，我剁了一个手指头，你也得还给我点嘛啊！张着手找他要东西。你猜怎么着？他把手搁在一个眼窝里，拿手指头一使劲，抠出来自己的一个眼珠子，就血呼啦递给了对方，说：'把这个拿着。'对方一看就傻眼了，没见过呀！他抠了一个，你要是接过来，就得抠出自己的两个眼珠子。好么！一共就有两个，两个都抠出来，不就瞎了吗？愣是没敢接，这就算是输了。你猜怎么着？这事还没完，谁也没想到，那个眼珠子他一张嘴，扔嘴里给吃了。打那起，'瞎二囊子'这个名号就算叫响了，成了谁也惹不起的人。"

华苏婴对这样的事情闻所未闻，这样的行为也无法理解，听得她发毛都直立起来。

戴老姨继续说："刘铁手只有一只手。那只手呢？在他们家一个玻璃匣子里边供着呢。怎么回事呢？也是跟人玩死签。门前架起一个油锅，烧得冒了烟。他把一串铜钱撒到锅里，跟对方说，你们谁能用手把铜钱捞出来，谁捞出来那铜钱就归谁了。人家一看直摇头，谁也不敢。他说，看我的。说着，把手伸到油锅里一划拉，捞出来一大把铜钱，说：'拿去给兄弟们花去！'那滚烫的铜钱，对方愣是没人敢接，他把铜钱往旁边一撂，跟着又把手伸到油锅里一捞，又捞出一大把铜钱。就这样一直把油锅里的铜钱都捞得一个不剩。对方直到最后也没人敢接过铜钱。这就是认输了。完事后，他那只手也就不能要了，都炸成大麻花了！他叫人把那只手锯下来，找人打了一个玻璃匣子，紫檀木镶边，象牙做托儿，把那只手放在里边，从此就摆在他的家条案上当佛龛供着。你说，有这么一只手在家里供着，谁还敢惹他？

"这两个大耍仗着自己的名声，手底下聚集一群地痞流氓，抢占地盘，欺行霸市。解放后这两个大耍儿名下都没有多少财产，定的成分都是'城市贫民'，也算是无产阶级，历次政治运动都跟他们不沾边，直到现在，嘛事也没有，你们说，这不是太便宜他们了吗？"

甄土改气愤地说：“哪里有这么便宜的事！”

戴老姨叮嘱说：“我最担心的就是这两个人。俗话说，横的怕愣的，愣的怕不要命的。别的还倒好说，一个瞎二囊子、一个刘铁手，就是那个不要命的。还有王万金，太狡猾了，一不小心就让他跑了。明天去抓他们的时候，他能老老实实让我们抓吗？”

甄土改轻蔑地说：“那很容易，敌人不投降，就叫他灭亡！”

石进城对甄土改说：“我们也不可轻敌。一会儿要拟定一个详细的计划。”

华苏婴说：“下一个，摇姐是什么？”

戴老姨说：“窑姐，就是妓女，是窑子里卖淫的。窑子是土话，就是妓院。”

华苏婴又被羞得满面通红。继续问道：“老宝？”

戴老姨说：“老鸨，就是老鸨子，窑子的女掌柜，安排窑姐接客的，都叫她妈妈，她负责打理窑子里的生意。”

华苏婴红着脸继续问：“什么是破鞋？”

戴老姨说：“破鞋你们都不懂吗？唉！也真的是糟蹋了你们这些个好孩子！破鞋就是女人乱搞男女关系，逮谁跟谁来。今天跟这个，明天又跟那个。就像是破鞋，谁得着谁穿。”

华苏婴再一阵脸红之后继续问道：“什么是仙人跳？”

戴老姨说：“仙人跳可是有点麻烦，一句话说不清。打个比方吧：这是个两口子合谋的买卖，女人卖淫，拉客到家里上炕办事，关键时刻男人再来捉奸。捉住后就说是嫖客强奸了良家妇女，定要扭送见官。嫖客必定求饶。好吧，饶你可以，拿钱来吧？这样赚的钱就比卖淫可就多多了。这就叫仙人跳。”

华苏婴不知是气愤还是害羞，脸色又涨红了起来，说：“世界上居然有这么肮脏无耻的生意！现在他们还在继续做这种生意吗？”

戴老姨说：“要是现在不做了那我们就不提他们了，只要运动一来，他们就老实几天，只要运动一过去，他们就接着干老本行。”

华苏婴长出了一口气说：“什么是‘拉偏套’？”

“还是打个比方说吧：夫妻俩过日子，家里穷，孩子多，日子艰难。这时候另一个男人帮助这家子过日子，帮着干活，也贴补些钱粮。可别以为这是学雷锋做好事呢！就凭着帮人过日子，就睡人家的女人。两个人合用一个女人，一个是合法的男人，另一个就叫'拉偏套'的。"

华苏婴继续道："真是太可恶了！下面一个，野鸡是什么？"

"野鸡就是街头窑姐啊！没有固定的窑子，在大街上拉客，拉上客人就领回家里办事，就叫野鸡。"戴老姨回答说。

华苏婴连连摇着头，问："鸭子呢？"

"鸭子就是男窑姐，侍候女嫖客的。"戴老姨说得非常委婉。

华苏婴听罢，只能明白个大概，也不便深究。继续问道："兔子是什么？"

戴老姨狠狠地扇了自己一个嘴巴说："我这张臭嘴啊，这个比前边的更恶心。兔子就是鸡奸犯。"

华苏婴说："鸡奸犯？"

"就是男的跟男的干那事，肏屁股。"戴老姨吭吭哧哧说。

华苏婴脸色变得苍白，虽然对戴老姨的解释不知究竟，也不想寻根究底。遂继续问道："皮条客？"

"就是拉皮条的，中间介绍人。专门给窑姐、破鞋、兔子、鸭子拉关系、配对儿的。拉成了，他有抽头。"

华苏婴听着，一阵脸红，一阵脸白，一阵阵觉得恶心。忽然觉得肠胃紧缩，一股热流涌了上来，她立即用手捂住嘴，大步窜到门外，"哇"的一声，呕吐了出来。

石进城和甄土改见状立即跟着跑了出来。石进城为她轻轻拍后背，说："哪儿不舒服吗？"

华苏婴依然止不住呕吐，腹内翻江倒海，食物吐完吐胃液，直吐到无物可吐才勉强停下来，已是嘴唇苍白，周身颤抖。

戴老姨不知道发生了什么事情，急火火凑过来说："是食物中毒了吧？中午吃了不干净的东西？赶紧去医院看看吧！"

石进城取来一杯冷水，给她漱口，许久，华苏婴才站立起来，用手帕擦了擦嘴说："好了，这一关总要过的。"

第 18 章　他们转头看时，被女儿的样子惊呆了

毛泽东思想红卫兵成立之后，他们接到了大串联的通知。第二天，她带领着毛泽东思想红卫兵一起去了北京。八月十八日她参加了毛主席接见红卫兵的盛典。她被那宏大的声势所震撼。见到了毛主席，真切地感到天安门城楼把角处那个挥舞着帽子的绿色小人儿就是真理、正义的化身。她感到自己的思想、灵魂、生命已经归属于他，或者说是他的魂灵已经附在了她的体内，这个皮囊都归属于他，这一生甘愿为他粉身碎骨，她将无所畏惧。

他们参观了北京中学红卫兵文化大革命的成果展。说是展览，其实是北京几所中学的礼堂或者仓库，之所以称为"展览"，只因为那里是红卫兵对牛鬼蛇神实施专政的场所。这些成果集中表现了一个主题，这个主题是用人血写在一堵石头墙上的大字：红色恐怖万岁！

接下来的行动必须要统一一下思想。他们的观点分为两种，第一种认为，他们需要继续串联，把全国各地文化大革命的经验都学到手，再带回本校的文化大革命当中去；第二种认为，自己学校已经落在了革命形势的后边，必须立即赶回学校，完成自己的使命。随即全体毛泽东思想红卫兵在北京投票做出决议，第二种观点获得多数票。他们全体立即返校，掀起了革命高潮。

从北京回到家里，她把被褥打成了一个铺盖卷，连同脸盆、洗漱用具装到一个网兜里，搬到学校去住了。临出门之前她提着网兜，拉开客厅的门，跟华鹰和安娜打了个招呼说："我搬学校去住了。有事到学校找我。"

他们转头看时，被女儿的样子惊呆了——这还是自己的女儿吗？头发短得比男孩还短，凸凹不齐，显然是她们红卫兵自己的杰作；一身绿军装，胳膊上戴着红袖章，更令他们吃惊的是她的眼睛，那是野性，是冷酷，夹杂着坚定。

他们只看到了女儿的外表，却难以揣测在她的心里究竟发生了什么。他们知道这个女儿已经不在他们掌控之中了——想到此心里突然空了。

他们知道北京发生了什么。特别是知道在卞仲耘身上发生了什么。他们知道 8 月 5 日卞仲耘被红卫兵打死，他们也知道 8 月 18 日毛主席对红卫兵说"要武嘛！"他们知道毛主席知道卞仲耘被红卫兵打死之后还要告诉红卫兵要武，于是他们知道了毛主席要红卫兵干什么。但不知道毛主席到底要干什么。

和卞仲耘一样，华膺也是校长；和卞仲耘一样，安娜也是女教师；和打死卞仲耘的女学生一样，女儿也是红卫兵。于是他们知道了不久在自己家里将要发生什么。但他们又"坚定"地相信，那样的事情不会发生在自己的家庭——他们对自己的家庭教育，与其说具有信心，毋宁说心存侥幸——侥幸毕竟是侥幸，因此侥幸无法驱除心中的疑虑和恐惧，他们惴惴其栗地等候着将要发生的事情发生。

红卫兵成立不久，学校就停课了。几十个大教室都空了出来。华苏婴跟她的红卫兵战友就搬到教室里去住——八张课桌就可以拼出一个单人床。一个教室就可以住下全体十几个红卫兵女生。男生住在另一间教室。她觉得这才是革命闯将的生活，执行任务效率高，一声集合令，一分钟之后就能出发——温情的家总跟革命闯将不大协调。

戴老姨走后，他们召开了全体会议。对明天的抓捕行动做了具体安排。第一天最为重要。一定要给所有牛鬼蛇神一个下马威，为后继的工作开出一条路来。他们根据捉拿难度和人物的重要程度把名单上的每个人都编上了号。这编号也就是抓捕顺序。一号人物是瞎二囊子，二号是刘铁手，三号是王万金。因为他们三个最凶很，最狡猾，罪恶也最大，把他们拿下，后面的局面自然定会势如破竹。他们做了非常详尽的预案。一个一个地假设发生的情景，分别想出应对措施。

华苏婴提出一个情景："我们去抓刘铁手，假如他在家门口架起一口铁锅，把油烧热，用另一只手在油锅里捞铜钱，我们怎么办？"

甄士改说："那就让他多捞几下嘛！"顿时引起一阵笑声。

华苏婴又提出另一个问题，她说："假如瞎二囊子再抠出自己的另一只眼珠子我们怎么应对？"

问题并没有带来恐怖，甄土改说："眼珠子算什么？让他把心肝肺也抠出来！"顿时引起大家的一阵笑声。

华苏婴提出："假如他们掏出菜刀或者匕首，奋起拼命怎么办？"突然出现的是一片寂静。显然这个情景还没有可靠的应对预案。有人提议说，他们有武器，我们也要有武器。于是派人去体育器械库房，把军训练习刺杀的步枪运来，这种步枪与真枪长短一样，用硬木制成，重量与真枪一样，枪头是用黑色橡胶制作的头，发给每人一支。

这还是不够，他们力气太大，我们谁能阻挡？

对了，我们学校有两位篮球校队的中锋，他们身高都在一米九以上。还有两位，一位是市铅球冠军，另一位是市铁饼冠军。让这四位同学走在队伍前列。

华苏婴说，可他们不是我们的成员怎么办？

石进城说，这个容易，我们可以破格录取，不管他们是什么家庭出身，哼！太抬举了他们，让他们加入我们红卫兵组织，想必他们不会不同意！

遂立即派人去跟他们联系，果然不出石进城的预料，他们非常高兴地加入了"毛泽东思想红卫兵"。

铅球冠军虽然也是不到二十岁的中学生，却生的如同相扑运动员。他得知了情况，瓮声瓮气地说："有我呢，还怕什么瞎二囊子、刘铁手？我捻死他像捻死个臭虫。"

当四位体育健将站在一起的时候，他们看到了四座小山！四座铁塔！大家感到了万无一失。一切安排就绪，各自去准备明天的横扫一切牛鬼蛇神的首日战斗。

按照约定，天还没亮，戴老姨早早地就穿戴整齐，戴上红卫兵袖章、毛主席像章，兜里揣上红宝书，来到司令部等待出发。毛泽东思想红卫兵此时也已经准备就绪。

往日的李公楼前街，此时虽是黎明前的黑夜，一扯三间门脸的豆腐坊早已亮起四个 200 瓦的大灯泡，把三间大堂和门前照得通亮。门前的煎饼果子摊、炸果子摊、烙烧饼炉子、茶鸡蛋摊、烙大饼的摊已经点起雪白耀眼的汽灯，灶上冒起了蒸汽，蒸汽携带着香味飘到远方——小摊贩们已经开始打理生意了。

然而今天则大不相同。连日来人们早已嗅到大革命将要爆发的气息，小摊小贩一个也没有出现。豆腐坊察觉到门前的冷落，那 200 瓦的大灯泡一个也没亮，整条街空空荡荡。昏暗的路灯下阒无一人。

从新开路方向传来了雄壮且阴沉的歌声，那是集体合唱的声音，由远及近，歌声夹杂着凌乱的脚步声：

革命不是请客吃饭，

不是做文章，

不是绘画绣花，

……

革命是暴动，

是一个阶级推翻一个阶级的暴烈的行动！

歌声一遍又一遍随着脚步不停地前进而渐渐加大、清晰。昏暗的路灯下已经看到他们的队伍，每个人都扛着一杆拼刺木枪，最前面两个人打着两杆红旗，红旗上金色的毛体字印着"卫国道中学毛泽东思想红卫兵"的字样。红旗后面却是戴老姨紧跟着旗手，她用手、也用嘴指挥者队伍的去向。歌声突然停止，队伍加快了步伐，拐进了一个胡同，在街面上消失。队伍继续前行，七拐八拐，最终停在了一条深巷的大门前。

戴老姨用手指了一下大门说："这就是瞎二囊子的家。"说罢，却退回到队伍中去，显然是害怕被大门里边的人看见，藏了起来。

大门没上闩，开着一道窄缝，显然刚刚有人出入过，没有把门带严。旗手一边一个站在大门两侧，其后就是那四条大汉走到门前停住，一边两个分开站立，各自把枪持成临战状态，警惕着突然有人从门中闯出袭击。

后面的红卫兵依次分为两排，让出一条道来，只见华苏婴从后面穿过两排队伍走来。她身穿一身绿军装，臂戴红袖章，胸前别着大号毛主席像章，腰间扎着武装带，英姿勃发，威风凛凛。高声道："听老子的命令：一分队守住胡同口两头，二分队绕到后院守住后门，不要让他逃走！三分队、四分队跟我行动！"她抬脚踹开半掩着的门，走进院子。后面的红卫兵紧紧跟随，呼啦啦拥进院来。

瞎二囊子家是独门独院，院内六七间房，门户紧闭，门窗挂着蓝色布帘，里里外外不见一个人。这时候正房屋的门"吱纽"的一声开了，有灯光从门中照出，一个五十岁左右的女人走了出来。这女人穿着青色大襟袄，青色免腰裤，扎着裤脚，裤脚下一双小脚裹得干净利落。脑后留着民国缵，耳垂戴着一副小小的金耳环，金光耀眼。

见到满院子的红卫兵，她就知道了是怎么回事儿，说："你们是来找窦乃鳌的吧，他天不亮就出去了。"她声音很平静，好像在跟来串门的街坊说话。

华苏婴说："逃跑了吗？他逃到哪里去了，你要好好交代。否则与他同罪！"

那女人说："他没告诉我，我不知道。"

华苏婴见没找到人，说了一声："给老子搜！"

众红卫兵一起搜了起来。二十多人搜查一个小院，只需几分钟时间，房前房后，屋里屋外，犄角旮旯，箱子柜子，厨房茅房就都搜了一个遍，并没有找到人。

华苏婴颇为愤怒，本指望首战告捷，提提士气，没想到他如此狡猾，让她扑了空！遂说道："第四分队留下把家抄了。其余一二三分队跟老子一起去执行二号任务。"

说罢，带领着三个分队呼啦啦走出院子，列队继续前行。戴老姨从队伍中钻出来，再次走到队伍前边旗手之后，引领着队伍往刘铁手家走去。这边四分队留下抄家。

刘铁手家离这里不远，三拐两拐，不消两分钟就来到他家的大门前。他家也是独门独院。戴老姨指着大门说了一句"这是刘铁手的家"之后，便又缩回到队伍深处。令人吃惊的是，遇到的情况跟瞎二囊子家一样——人不在了！

这是抓捕计划当中最凶悍的两个人。因此把全部兵力都带了出来，却不想双双扑空。华苏婴气愤至极，说："第三分队留下抄家，其余跟老子去执行三号任务。留下抄家的有情况随时派遣联络员向老子汇报！”

队伍依照前次的章法走出刘铁手家的胡同就上了前街，戴老姨引领着队伍走在前面。“莫非有人通风报信，或者走漏了消息？”她心里想着。街上路灯刚刚熄灭，而天光还没大亮，恰是黑洞洞的时候，只能看见道路。街上静悄悄的没有行人。戴老姨突然停了下来，身体缩成一团，往后退进了队伍里面。

“怎么啦？”华苏婴从刘铁手家出来，一直走在队伍前面，戴老姨往后缩，却恰好撞进她的怀中。戴老姨惊悚地指着前边，说：“看！”

借着微弱的天光，远远看见两个人，却看不清他们的面目。

“是瞎二囊子和刘铁手！”戴老姨的声音如同耳语，她说着继续往队伍里深处退缩。

华苏婴说：“好！立即抓捕！”说着便第一个冲上前去，因为预先设定，四个健将重点保护着总司令，因此华苏婴此时是赤手空拳！四个健将立即追上前去，高叫道：“华司令不可冒险！”

华苏婴哪里肯听？话音未落，已经冲到了瞎二囊子和刘铁手近前，四个保镖也随后跟上，前后左右护住华苏婴。眼前景象却让他们大为诧异。

只见瞎二囊子和刘铁手二人手里各自拿着一把竹枝大扫帚正在扫马路。刘铁手虽然只有一只手，另一只胳膊只剩下半截枯噪，仅存的一只手握着扫帚上端，却用那残肢推动扫帚，完成扫街动作，干瘪枯萎的残肢已经被竹枝磨得血肉模糊，样子甚是可怜。

往年的八月，天气炎热，二人通常的衣着必定是双梁黑色纳帮牛鼻梁洒鞋，白布袜，青绸裤，杭罗布料制成的中式短袖米色褂，袖口宽大，四寸长的疙瘩袢不系，敞着怀，戴水晶茶色墨镜。此时却大不然，不仅仅墨镜没戴，衣着也大出意料。不知道从哪里找来，这肯定不是他们的衣裳，各自穿了一身打着补丁褪了色的蓝色制服，每人一双旧球鞋。他们身后，是扫过的干净街道，身前是还没扫的路面，两把扫帚下面，是被扫到一起的垃圾——砖头瓦块、污纸、瓜皮、烂菜叶等物肮脏不堪。

　　见到红卫兵就站在眼前，他们停止了打扫，低眉顺眼地看着眼前的垃圾，像是两条落魄的流浪狗，偷窥着眼前的人群。

　　"谁是窦乃鳌？"华苏婴问。

　　"我是我是。"瞎二囊子答道，却不敢抬头。

　　"要不要把另一只眼珠子自己抠出来向红卫兵示示威？"

　　"不敢不敢。那是年轻时候犯浑。"

　　"刘铁手！"

　　"是我是我。"

　　"今天怎么这么勤快，谁让你们来扫马路的？"

　　"没人让，是自个儿来的。过去作恶太多，现在来赎罪。"

　　华苏婴听了回答，感到很泄气，一场期待已久的激烈战斗就这样消失了？似乎于心不甘。

　　甄土改走过来说："还不给老子跪下向红卫兵请罪！"

　　二人手一松，扫帚吧嗒吧嗒倒在了地上。咕噔、咕噔，二人就地跪倒在垃圾堆上，一迭连声地说："向红卫兵小将请罪，向毛主席请罪！"一边说，一边作揖磕头。

　　华苏婴向后面一挥手说："绑上带走！"

　　甄土改走到二人身后，一脚踹到瞎二囊子后背，瞎二囊子向前一趴，脸摔到了垃圾堆上；他又起一脚踹到刘铁手的后背，刘铁手向前一趴，脸也摔到了垃圾堆上。二人任由自己的脸贴在肮脏、黏湿、污秽的垃圾上，不仰头，不躲避，他们故意做出惨状，要的就是这个效果。红卫兵小将们看得十分开心。

　　随后上来四个红卫兵，手里提着绳子，抹肩头，拢二臂，在胳膊上缠绕几周后，再从肩膀绕过来，单脚蹬着后背把绳子刹紧，转眼间把二人绑成了两个粽子。

　　此时已有稀稀落落早起上街的人走来，围成一个圈看热闹。

　　这时候第三、四分队前来报告，报告人双手捧着一个玻璃匣子，挤进圈儿内，高声说道："报告华总司令，窦乃鳌、刘铁手家已经抄查完毕，这是从刘铁手家抄出来的玻璃匣子。"

　　众人仔细观看，玻璃匣子非常精致，紫檀做框，镶嵌着玻璃，黄铜活做成的把角，云状门鼻儿、钉锦儿，上面挂着一把黄铜锁。隔着玻璃看到，里边两块象牙雕刻而成的托架，金黄色的锦缎托着一只绛紫色干枯的人手，像一只鸡爪。

华苏婴接过玻璃匣子说："这就是刘铁手欺压百姓的铁证！让我们把它好好保存起来，作为阶级斗争的活标本！"众人小心翼翼把匣子拿到了一边。

四个分队已经再次聚齐，正要出发去抓捕三号人物王万金，突然场子外有人高声叫道："报告总司令，王万金押到！"围观的人圈立即闪出一个宽宽的豁口，前面走的是一个五六十岁的男人，后面两个红卫兵用练习刺杀的木质步枪押着。华苏婴问道："在哪里抓获的？"

报告人是第三分队长，答道："在公共厕所！"

甄士改说："你怎么知道他是王万金？"

"报告副总司令，我们抄完家上厕所，看见一个人在里边打扫，我们还以为是清洁工人，没想到他看见我们两个，咕噔一声就跪下了。我问他为什么下跪？他说，罪人王万金向红卫兵小将请罪。"

"为什么不上绑？"华苏婴问道。

"报告总司令，你看他的样子怎么绑？"三分队长答道。

众人一齐看时，他浑身上下沾满粪便，脸上、手上的稀屎还在慢慢往下滴落，破旧的蓝色制服几乎变成了屎黄色，这是他故意做出的惨状，他相信自己的惨状会换得怜悯。

众人顿时哄堂大笑。华苏婴强忍着笑，说："押走！"

正如他们所期待的，前三号人物被抓以后，出现了一个势如破竹的局面。他们乘胜追击，立即执行抓捕计划的第二步——分组行动——这样效率高，要在今天完成全部抓捕任务。

他们每组十几个人。每抓来一个人，先由二人押送到前街的核心——文化馆前。其余八人留下抄家。

所谓抄家，无非是把家中所有东西都翻一个遍，把值钱的东西抄走，把罪证——例如电台，旧报纸，委任状，金银器具等等带到批斗现场，供批判使用，把"四旧"当场烧毁——这在全国任何一个地方都大致如此，无须一一尽述。

第 19 章　只要给他们一杆崇高的旗帜，

他们将把卑劣发挥到极致！

　　文化馆解放前是一个天主教教堂。这是前街上唯一一座楼房，因此格外引人瞩目。这是一座不大的二层小楼，当初建造完全是按照西方天主教堂的规格。楼正门前面，走下七八蹬青石台阶便是一个小广场。小广场大约能够容纳前街当年的所有居民。广场再往前，到了广场的边界，那就是前街。跨过前街，是一块叫作"停车场"的空地，建造时是为了给前来教堂礼拜的人停车之用的，停汽车、马车、人力车。解放后，教堂被关闭了，改成了文化馆。来文化馆的人都没有车，所以这停车场一直空着。

　　平时，小广场偶尔会免费放映一些露天电影，有时候也在文化馆门前搭起台来唱戏。京剧、评剧、河北梆子都有，《霸王别姬》《玉堂春》《秦香莲》《牧羊圈》《打金枝》等等。近年来也演现代戏，《夺印》《野火春风斗古城》《千万不要忘记》，甚至还演过话剧《日出》《雷雨》《龙须沟》等等。每逢放电影或是演戏，那就是前街人的节日，小广场都会挤满了人，热闹非常。然而比起即将发生的批斗大会则显得大为逊色。

　　此时已经天光大亮。人民得知将在这里批斗牛鬼蛇神，男女老幼奔走相告，纷纷涌到这里看热闹。

　　抓来的牛鬼蛇神无处安放，停车场恰好派上了用场。一百多人一一被按倒跪在柏油地上，执行如下程序：

　　第一，剪头发。红卫兵手拿剪刀、理发推子，尽情地发挥着自己的想象。有的剃成"阴阳头"，就是一边剃光，另一边留着；有的中间剃光，四周留着；有的剃成纳粹党旗符号图形。千姿百态，怎么开心怎么来。

第二，画鬼脸。用学校美术课用的油画颜料、红墨水，蓝墨水把牛鬼蛇神的脸画成形形色色的妖魔鬼怪。

第三，挂牌子。一块木牌，十来斤，一根细铁丝穿在两端，挂在脖子上。牌子上写着"流氓恶棍窦乃鳌""封建把头刘铁手""一贯道点传师强奸犯王万金""皮条客×××"等等。名字用红笔画叉。

有一个姿色出众的女人挂着的"牌子"颇具创意。这应当属于"现代艺术"，尽管那个时候"现代艺术"还没有传到李公楼，然而这里的人民与现代艺术大师心是相通的，他们的作品与任何一个现代艺术名作相比都毫不逊色，甚至都远胜一筹。

她挂的说是"牌子"，实际上没有木牌，有的只是一根铁丝，悬挂着三样东西：整砖，镐头，和一双破旧的高跟鞋。总重量不少于十公斤，细细的铁丝勒在她雪白的脖颈上，瞬间就有殷红的血流了下来。一只鞋底的脚掌处写着一个"林"字，另一只脚掌处写着一个"韵"字，那是她的名字，她叫林韵。设计者奇思妙想，观赏者心有灵犀，人民居然能够从表意扑朔迷离的牌子中准确解读出创作者的意思，"专搞破鞋"！

第四，戴高帽子，用纸板做成的各式各样的帽子，三尺左右高。上边写着罪名和人名。

如同在全国任何一个地方都能看到的对待牛鬼蛇神的方法一样，花样大同小异，如上四项必不可少。

傍晚时分，名单上 106 个牛鬼蛇神悉数抓到，在停车场跪成了一片。高高的白纸帽子，参差错落宛如一片白色的森林。此时的他们已经不再是人，而是人民的专政对象——牛鬼蛇神。十里八街看热闹的人如潮水涌动，他们也不再是"人"，而是"人民"。人民把跪在地上的牛鬼蛇神团团围住，有的穿行其间。任何一个"人民"都可以以"人民"的名义随意地摧残他们、侮辱他们。搧他们耳光；让他们自搧耳光；几个人比赛左右开弓抽他们耳光看谁抽的声音更响亮；打得他们鼻口喷血、啐他们一脸黏痰然后让他们吃掉；让他们自报罪名：我是反革命，我是流氓，我是窑姐，我是野鸡，我是破鞋，我是王八蛋；让他们自己辱骂自己"操我妈！"，"操我八辈祖宗！"

　　顺从的牛鬼蛇神自然会少吃苦头，不顺从的便是自找倒霉，最终依然要顺从才能被饶过。不管在人民心中，还是在牛鬼蛇神心中，在这个过程当中，都完成了对尊严的价值重新判定，换言之，就是重新思考尊严到底能值多少钱？

　　人民口里说着卑污的言辞，眼睛里闪烁着快乐的光芒。对女人，他们用尽猥亵调戏的本领，尽情侮辱以获取欢乐。见到鲜血喷流，他们快乐得颤抖。人在这个时候，所谓善良、同情、尊重、不忍等等一切人所具有的文明特征都消失了，或者他们从来就不曾有过。

　　然而也有例外，他们的善良与同情偏偏施于瞎二囊子和刘铁手，且不说动手打他们，连走近也胆战心惊。尽管他们同样也戴着高帽，挂着牌子，绑缚着双臂，跪在柏油地上，只要瞎二囊子撩起仅有的一只眼睛的眼皮，周围的人民都会远远地逃离，唯恐进入他那一只眼的视线。只要刘铁手轻轻地咳嗽一声，人民也都会集体打一个寒颤。

　　夜幕降临，文化馆门前已经搭好了戏台。同平时演戏一样，戏台上亮起了四盏雪亮的嘎斯灯，光芒耀眼。戏台两侧架着四只高音喇叭，里边不停地播放着毛主席语录歌，音量放到了不能再大，使得交谈必须对着耳朵高喊。戏台中央摆放着一个讲台，讲台上摆放着两个麦克风。

　　得知今晚要批斗牛鬼蛇神，各家各户早早吃罢晚饭，怀着他们从来没有过的心境——惊恐和欢乐——离开家门。正值盛夏，他们提着蒲扇，穿着裤衩背心，有的索性光着脊梁涌入广场。于是小小的广场就被挤得密不透风。

　　石进城看时间差不多了，走到讲台前，歌曲随之停止。他轻轻把麦克风用手抬起，高音喇叭顿时"翁"地响起一声刺耳的噪音，这儿的噪音又传回麦克风，经过扩音器放大，喇叭再次响起更大的噪音，噪音再次经过扩音器放大，又送回喇叭……如此反复，噪音越来越大，台下的人民扛不住噪音的折磨，焦躁地用双手捂住耳朵。不知道反复了多少个回合，终于渐渐停止。这一连串噪音虽非故意制造，却使得人民散乱的精神顿时齐聚到了台上。

　　石进城将嘴紧紧对准麦克风提高嗓门说道："无产阶级革命派同

志们、战友们，伟大领袖毛主席教导我们说：'革命不是请客吃饭，不是做文章，不是绘画绣花，不能那样雅致，那样从容不迫，文质彬彬，那样温良恭俭让。革命是暴动，是一个阶级推翻另一个阶级的暴烈的行动！'经过我们毛泽东思想红卫兵一天紧张激烈的战斗，在李公楼前街抓获了 106 个牛鬼蛇神，这是毛泽东思想的伟大胜利。是无产阶级文化大革命的伟大胜利！"

话音刚落，一位专门为大会设立的叫作"口号员"的男红卫兵手持一张写满口号的单子，在另一个麦克风前带领人民喊起了口号：

战无不胜的毛泽东思想万岁！

无产阶级文化大革命万岁！

横扫一切牛鬼蛇神！

把无产阶级文化大革命进行到底！

伟大的导师，伟大的领袖，伟大的统帅，伟大的舵手毛主席万岁！万万岁！

台下人民有的挥舞着红宝书，有的挥舞着蒲扇跟随着高呼口号。

"口号员"这个角色现在已经消失了，但在那个时候，却是任何大会的重要角色，其职责是在大会进展期间带领全体人员呼喊口号。所呼的口号，都是事先拟定好了的。其内容与大会进展密切相关，口号员将根据大会主题的所需，随时挑选最为适合的口号呼喊，时间长短，先喊哪个，后喊哪个，哪个开始，哪个收尾，都对大会效果有着至关重要的影响。

口号呼毕，石进城继续说道："在批斗牛鬼蛇神大会开始之前，请我们全体立正站好，首先，祝愿我们伟大领袖毛主席，我们心中最红最红的红太阳毛主席万寿无疆！万寿无疆！万寿无疆！"

台下人民跟随石进城草草地祝愿完毕。石进城继续说道："请毛泽东思想红卫兵总司令华苏婴主持会议！"

只见华苏婴从后台走到台前。人民看见一个英姿勃发，美丽异常的女红卫兵走上来，居然是"总司令"，无不惊骇，会场顿时一片安静。

她来到麦克风前，一磕脚跟，挥右臂给台下行了一个军礼，左右摆动了一下，表示把军礼送给每个角落，然后放下手臂，从上衣兜里掏出了牛鬼蛇神名单，开口念道："把流氓恶棍窦乃鳌押上台来！"

说罢就有两个男红卫兵走下台去，穿过人民，向停车场走去。

下面人头攒动，目光跟随那两个红卫兵向窦乃鳌走去。

口号员不失时机地带领人民呼喊起了口号：

横扫一切牛鬼蛇神！

打倒地痞流氓窦乃鳌！

砸烂封建把头窦乃鳌！

红烧恶霸窦乃鳌！

油炸地痞流氓窦乃鳌！

把窦乃鳌碎尸万段！

无产阶级专政万岁！万万岁！

瞎二囊子是李公楼乃至天津卫有名的地痞，百姓平日里是不敢正眼相看的。此时听到把他押上台来，人民难以按捺心中的义愤，台下顿时掀起了一阵骚动，伴随着口哨声、尖叫声，纷纷踮起脚跟向停车场张望。只见两个男红卫兵来到瞎二囊子旁边，"喷气式"如何操作，上文已经讲过，而这时力度却远胜前次：瞎二囊子坐着"飞机"，双臂被撅得直指天空，头被压得几乎啃地，一路趔趄，跌跌撞撞往戏台上押过去。会场的人民自动分开，让出了一条通往戏台的狭窄通道。

不知何时人民手里都握着皮带、树枝、木棍、藤条等各式各样的打人的家伙，显然是有备而来。知道他低着头看不见谁动了手，便放大胆子劈头盖脸向瞎二囊子的头砸下来。

人民的这种行为在民间叫作"打便宜人"。意思是打了白打，不打白不打。打人的人跟被打的人之间不需要有任何仇恨。人民之所以打他，只是因为可以打，并不承担任何后果。

当人民"打便宜人"的时候，脸上露出的表情不是发自正义感的愤怒，而是欲望获得满足的快乐！打着的，如同捡到了珍宝，没打着的，深感吃了大亏。

被打的人都是平时他们惹不起的，日子比他们过得好的，长得比她们好看的，或者比他们的女人好看的人。平时心里只有恨，而今天却可以肆意地辱骂，尽情地殴打，这是何等畅快！

瞎二囊子被押到戏台中心刚刚站定，两个红卫兵松开揪住肩膀的手，转而揪住两侧的头发，用力往后一拉，头与脖颈便折成九十度向后仰去，这叫作"亮相"，大家看到的是血肉模糊的一张脸。

华苏婴继续喊道："把封建把头、地痞流氓刘铁手押上台来！"

"把一贯道点传师、强奸犯王万金押上台来！"

随着华苏婴的每一次呼喊，都掀起一阵骚动，一阵暴打，一片狂欢，直到亮出另一张血肉模糊的脸，继而，期待着下一轮的呼喊、骚动、暴打与狂欢。

华苏婴兴奋得脸色通红，继续报着下一个："把皮条客 XXX 押上台来！"

台下一片欢呼。

"把野鸡 XXX 押上台来！"

台下又一片欢呼，夹杂着口哨与尖声怪叫。

"把鸭子男妓 XXX 押上台来！"

"把破鞋林韵押上台来！"

"把鸡奸犯兔子 XXX 押上台来！"

"把妓女 XXX 押上台来！"

台下一位中年男子听到华苏婴一连串的传唤，大叫："嚯——！这位姐姐真张得开嘴！"

另一个男子附和叫道："真不嫌牙碜！"

他们为一个亭亭玉立的女学生说出男人都难于启齿的词汇来感到羞耻而痛心疾首。

接下来的批斗会与当时全国各地的批斗会相比没有什么特殊之处，一概是无以复加的凶残，却也缺乏新意。无非是对被斗者极尽羞辱、酷虐之能事以取悦于台下的人民。

人民，只要给他们一杆崇高的旗帜，他们将把卑鄙发挥到极致！

批斗会结束时已是深夜。人民意犹未尽各自回家。这是一场狂欢的盛宴，其兴奋与喜悦远超过以往观看任何戏文。

牛鬼蛇神则不能回家，他们被红卫兵押解到文化馆附近的一个食品加工厂。

加工厂是公私合营时成立的。因为原来的食品业几乎都是私营的家庭作坊。公私合营后便把分散的加工作坊合并到了一起，修建了这个加工厂。加工厂的产品多种多样，分别给下属食品店提供商品。因此有一个非常大的车间，里面有十几口大锅，用于制作各种熟食。还有一口大锅非常特殊，里面煮的并不是食物，而是熬着一锅滚开的松香，这是褪猪毛用的。猪头通常带有很多猪毛难以褪干净，只要放到锅里滚一下，表面上便裹上了一层松香薄膜。捞出来放到旁边一口凉水缸里冷却，猪毛便与融化的松香粘付在一起，然后剥掉松香薄膜，一个雪白的猪的头颅便露了出来，上边的毛都被褪得干干净净。

平时，每天下午都会从大车间屋顶的天窗飘出各种食品的香气——猪头肉、香肠、熏肉、火腿、锅巴、香干、炸面筋……但从今天晚上开始却飘出了人血的气味。

当天夜晚，男女受刑惨烈的尖叫声一夜未停。那不是人类发出的声音，而是鬼叫、是狼嚎。

次日，大约上午十点多钟，开来了一辆蓝白色条格相间的面包车。看热闹的人知道，这是火化场的运尸体的专用车。面包车打开了后门，那个"砖镐破鞋"的女人林韵被一副担架抬上车。她不是被打死的，而是"自杀"的。昨天晚上，她一被押解到加工厂，华苏婴把她分配给四个女红卫兵负责审问。

她们一见到她那么精致的五官和那么优雅的手，心中便莫名其妙地生出要把它们毁坏的想法。女人对漂亮的女人有着天然的仇恨，特别对"不正经"的漂亮女人，这仇恨便获得了正义感与合理性。

四个红卫兵轮番提出问题让她交代，问她跟多少个男人搞过破鞋？她说她没有搞过破鞋，只是搞对象。她们不满意她的回答，让她在一百多个牛鬼蛇神的面前向毛主席请罪。

让她说："我是破鞋。"

她说："我不是破鞋，我没有罪。"

她们用三角带抽她。三角带本是机动三轮车传送动力的橡胶皮带，抡圆了一下抽在赤裸的肌肤上，就把林韵抽了一个跟头。几番皮带抽过，就昏死过去。车间里有现成的水龙头，是用来冲洗食材、冲刷地面的，水龙头上接着几十米长的胶皮管。她们就拧开水龙头，把胶皮管的出水口用手捏扁，水流就变得又急又冲。用这水流往她赤裸的肉体上刺，把她浇醒。

醒来还是让她说"我是破鞋"，她还是不说，接着是更猛烈的抽打——昏死——浇醒——说！——不说。这个过程往复循环，谁也不肯退让，审讯陷入了僵局。

"这是最后一次警告，你要是再不说，我们就采取特殊行动了！"

林韵把嘴闭得像个牡蛎。

"不要跟她废话了。"华苏婴一直在远处看着。她说着，在烧得滚开的松香锅里，舀了一铁瓢融化的松香举到她头顶，说："再不说我就浇下去了！"铁瓢里的松香微微冒着蓝烟。

"浇下来我也不说！"她在心里说，怕激怒她们她没敢说出口。

还是被女红卫兵读懂了她心里的话，她们还是被激怒了。华苏婴手中的铁瓢只那么一歪，漆黑的液体浇了下来。随着一股蓝烟，散出一股发毛燃烧的焦糊气味。她只嚎叫了一声就昏死过去。

她们把水龙头开到最大，把胶皮管头捏到最扁，用水流刺在她的头顶，松香冷却之后，剥出了一个鲜嫩粉红色的头颅。她醒来一摸，头发、眉毛都没有了。她知道再也长不出来了。她以美貌自立于人间，如今美貌没有了，活的意义也不存在了。她趁红卫兵不注意，一头撞在熬松香铁锅的锅沿上，顿时头就被劈成了两半。

第三天，依然是大约上午十点钟，蓝白格相间的运尸车又停在加工厂的门前。这次被抬进车的是豆腐坊老三。豆腐坊弟兄三个是这批牛鬼蛇神中成分最高的一家，黑名单上显示是"漏划资本家"。四个男红卫兵负责拷问他们弟兄三个。

首先拷问老大：解放初定成分时，究竟耍了什么花招，被定为了"小业主"，而没定为资本家？

老大的麻脸露出一脸的困惑，气愤地说："当年定成分时我自报的就是资本家，为的是让家里多些体面。工作队就是不干，说我吹牛屄，只有一头毛驴拉磨，不配当资本家，只给定了个小业主。不知道为嘛今天你们又偏偏要我当资本家。"

红卫兵认为他是胡说八道，哪里有人愿意当资本家的？就用三角带抽他。老三用身体挡住抽打大哥的三角带，说："当年是我出主意，偷偷卖掉了两匹大青骡子，隐瞒了财产，才被定为了小业主的。"于是三角带就都落到老三身上。问他卖骡子的钱哪里去了？老三说，有一坛子袁大头就藏在家里的炕洞里。

红卫兵听说欣喜异常。抄家已经好几天了，至今抓到的只是一群地痞流氓小混混，社会渣滓，抄家也没有找到金银财宝、变天账、房契地契、电台、报话机、枪支弹药之类有分量的东西。他们心中有一个强烈的愿望，期待着一个惊人的战果。

听说有一坛子袁大头，兴奋得跳脚。遂立即赶往老三的家里去挖。院里拉上几盏大灯，整整挖了一夜。墙被推倒，炕被掀翻，掘地三尺，一个袁大头也没有挖到，反而满目所见都是破衣烂衫、破边的碗碟等等贫穷的景象。他们知道上当了，返回加工厂，接着便是更严厉的拷打，一定要他交代出那一坛子袁大头的下落。

红卫兵拷问老五，说群众揭发他往豆浆里兑水，剥削广大人民。老五说："兑水的事是有的，赶上哪一天人多，豆浆不够卖的时候，必须兑一些水，要不然后面来的人就喝不到豆浆了。这不是为了多赚钱，只是为了顾客都能喝到豆浆。人少的时候我们还特意多给顾客，二分钱应该给小碗，我给一大碗，剩下了也没有用，反正便宜了顾客，又没便宜别人，里外里找齐了。"

红卫兵哪里肯信？资本家都是黑心肠，怎么会有如此好心？抡起三角带劈头盖脸打下来。

这时候，老三又用身体挡住落下的三角带说："兑水是我的主意，不干他的事儿。"

红卫兵问："为什么要兑水？"

老三笑说："为的是多赚钱。这么说你们满意吗？"

红卫兵问："多赚的钱哪去了？"

老三说："多赚的钱没交公，都偷偷拿回家了。把钢板儿换成毛票儿，把毛票儿换成元票，再把小票换成大票，打成捆，放在坛子里，埋在后院的柳树底下了。"

红卫兵又去挖。结果依然是一无所获。红卫兵发现老三在捉弄他们的时候，他的死期就降临了。四个红卫兵围着他，发着狠，叫着号地打。三角带，三轮车链子，练刺杀的木枪。他们觉得打得再狠也没事儿，反正昏过去有自来水可以浇活。一轮暴打之后老三又昏了过去。结果是凉水把他浇透了，他也没有醒过来。

有人看见了被抬上车的老三，大分头散落遮住了半张脸，青紫色，嘴角带着恶作剧的微笑。

他是故意替大哥和五弟去死的。被抓之前他对人说，他断定这一劫他家必定要死一个人，只要死了一个，别人就没事儿了。他说，平时我游手好闲，大哥和五弟都容让着我。我什么都不会干，死了就死了。要是大哥和五弟死了，全家人就得饿死。事实也正如他所言，自从他被送上运尸车之后，红卫兵再也没有拷打大哥和老五。

一连一星期，白天都有批斗、游街，晚上都有严刑拷打，早上都有尸体被拉去火化。死人的家属也不敢来追究死因，也不敢去火化场领取骨灰。死了就死了，只须让戴老姨跟派出所的大于说一声，让他注销户口就完事了。

与此同时，其他学校的红卫兵接连不断有惊人的战果报出来。特别是本校的死对头"毛泽东主义红卫兵"，在附近"横扫牛鬼蛇神"，今天报挖出了元宝，明天报抄出了枪支。然而毛泽东思想红卫兵这边，死了那么多人，也没有一个大战果出现，这对三位司令形成了巨大压力。

这一天下午，华苏婴、石进城和甄士改把戴老姨叫到了司令部召开了一个紧急会议，总结前一段工作的得失，要把运动推向一个新的高潮。

石进城认为："到目前为止，没有取得重大战果，是当前需要解决的大问题。人虽然抓了不少，但都是些虾米小鱼儿。"

华苏婴认为："是戴老姨的名单有问题。再往细里深究，是戴老姨对运动的理解有重大问题——只看重数量，不注重质量，名单所列的多数都是平民百姓，充其量只是小鬼儿，没有大鬼，更没有阎王。难道这么伟大的一场运动就是为了整这些地痞流氓、社会渣滓？"

甄士改说："华总司令和石副司令说得太对了，我早就觉得这个名单有问题。"

把戴老姨冤枉得一行鼻涕两行泪。可他们说的都是事实，又无言辩解。她一直觉得自己像一个领袖一样，在指导着他们的行动。首战大捷就是自己的功劳。要是没有自己提供名单，没有自己亲自引路，哪里能够一天之内就抓到一百多个牛鬼蛇神？

她抹了一把眼泪，说："你们说大战果、大战果。难道一百多个牛鬼蛇神还算不上是大战果？你们要的大战果到底是什么？"

把石进城气笑了，他敲着桌子说："你怎么连大、小都分不清呢？大战果就是，例如找到了跟台湾联络的电台；抄出国民党的委任状，抓住了美蒋潜伏下来的特务。哪怕是能够挖出了金银财宝也可以算得是真材实料的战果。你看看你这一百多个人里边有什么呢？只有几个社会渣滓，分文不值！"

第 20 章　粉笔一分两棵

　　已经是黄昏时分。戴老姨憋着一肚子委屈，嘟嘟囔囔往家走。十几天来，鞍前马后跟着你们跑，担惊受怕带着你们抓人，没黑下待白下地跟着你们审讯，手也是洗白了又染红了的。瞧一个个那个德性？都觉得自己有多了不起似的！这群狼崽子，用人朝前，不用人朝后，说翻脸就翻脸，前几天还点头哈腰求着你，把你当神仙供着，转眼就把功劳当成了罪过！没有大战果全都怪到我一个人的头上！跟我要大战果，我上哪里去找？没有就是没有，难道还让我造出一个委任状，做出一个电台来交给你们不成？

　　她越想越窝囊，气拱脑门子。从前街拐进了胡同，她万没有想到，一个天大的战果竟然撞进了她的怀里。

　　"粉笔一分两棵啊！粉笔一分两棵！"

　　胡同深处传来了吆喝声。只因她顶着一脑门子的官司往家走，耳边的叫卖声却充耳不闻。这是一个男人的声音，低沉，是纯正的天津口音，"粉笔"被他叫成"粉鼻"。他是比中等身材略高的个子，周身精瘦如铁，穿着一身青布裤褂，上面打满了各色的补丁，补丁摞着补丁。裤子很短，只刚刚没过膝盖，长裤不是长裤，短裤又不是短裤。上衣袖子也很短，刚刚盖过胳膊肘，恰恰是"捉襟见肘"的尺度。他趿拉着一双不知道是什么色的球鞋，大脚趾处都磨出了洞。他脸色很黑，兼之渍满了污泥，就显得更黑。年纪不到二十岁。两只黑手，细长的手指像两排炭条，十个指甲缝渍出了十个黑色月牙。如果他细长的手指不是握着一个正方形的粉笔盒，而是一只大碗，如果他没有不断地吆喝"粉笔一分两棵啊！"如果再背上一个口袋之类的东西，人们一定认为他是要饭的。然而他是在做买卖，他在做着世界上无论从本钱还是盈利都是最为卑微的生意——他在卖粉笔。

　　粉笔各个文具店都有的卖，两毛钱一盒，一盒一百棵。孩子们爱在墙上、地上写写画画，但他们没有两毛钱，也用不了一百棵，而文具店又不零售。然而一分钱则是每个孩子都拿得出的。这就给这个生意留下了盈利空间——一分钱两棵，卖一盒粉笔可以赚三毛钱。

"粉笔一分两棵啊！粉笔一分两棵。"他吆喝着，声音非常低沉，不像是做生意的叫卖，倒像是自言自语。他低着头走得很慢，眼睛只看着脚下，像是在想着事情。当他拐弯时，与另一个人撞了一个满怀。

"对不起，对不起！"他连忙向对方道歉，抬起头看着对方。

他撞上的正是戴老姨。戴老姨本已一肚子怨气，又被人撞了一个趔趄，正要发火时，不由得愣住了。眼前这男人的样子她似曾相识——不！不是似曾相识，而是肯定相识！这张脸唤起了她遥远的记忆，她努力在脑海深处搜索，打捞。

"你是——晋家大少吧？"她说，语气带着犹疑。

卖粉笔的愣了，乌黑的眼睛斜睨了她一眼，像是想什么事，说："对不起，您认错人了。我不姓晋。"说罢，后退一步，错开身子就走。

"对了，你是晋大同！"戴老姨终于在大海的深处打捞到了那个沉积多年的影子——十七年前在胡同里跑来跑去的小男孩——斜睨看人的眼睛，像煤炭一样黑，像怀疑，又像自信，这样的眼睛，这世界上应该只有一双。

卖粉笔的说："您是认错人了，我也不叫大同。"说罢就走了。

戴老姨迟疑了一下，也许是我认错人了？她也错过身子径直朝自己家走去，回头看时，那男子趿拉着鞋慢慢地向远处走去，传来慢悠悠的吆喝声"粉笔一分两棵啊！粉笔一分两棵！"显然他没有察觉有什么异常。

戴老姨三步并作两步走进自己家里，心已经跳到了嗓子眼儿，狂躁得坐也不是，立也不是。这是猎狗发现猎物的那种按捺不住的躁动。一个连她自己都认为荒唐的想法让她激动不已。

十七年前，戴老姨家住在宝善里一号。隔壁二号独门独院住着姓晋的一家人。对于左邻右舍而言晋家有点神秘。那么大的院子只住着一家三口人和一个中年保姆，男人还常年不在家。他在外面做什么事由？没有人知道。家里只有一个女人带着一个三岁的男孩过日子，由一个保姆伺候着。平时大门总是关着，连保姆也一样，出入总是悄无声响，并且从来记得把大门关上，给人印象好像是这个院子没有人住着。她家从来不与街坊四邻交往，使得邻居对他家有一种高不可攀的感觉。

那女主人生得小巧精致。男孩偶尔也在胡同里跑、玩。那男孩管女人叫妈妈，那女人管男孩叫大同，邻居们知道她家姓晋，那男孩就被叫作晋大少，这是当时非常通行的叫法，谁家的长子就是谁家的大少。

他家的神秘不仅仅在于与众不同的行为方式，更在于他家神秘地消失。那一年冬天，胡同里来了一个经纪人，在他家的大门贴出了出售房屋的广告：此宅出售，零整均宜，无羞钱少，价格面议。

下面小字写着面谈地址。

街坊四邻读了广告颇为吃惊：广告是说，整个一个院子都买下来也可以，只单买一两间也可以。后两句的口气好像是说"不要因为出的价钱低而不好意思开口，给钱就卖！"

于是众相邻奔走相告，纷纷来看房子。当戴老姨以及好事的街坊走进院里看房子的时候，则引起他们更大的惊奇——他们一家连同保姆搬走已经好多日子了，居然无人知晓。屋内的家具一样也没有动，就跟有人住着一模一样！只是桌面上有铜钱厚的一层灰尘，讲述着他们离开的时日。

很快这个院子就被五六家人买下，很快这五六家人陆续搬了进来。从此这里就变成了一个大杂院。很快，众相邻同新邻居混得热络起来，于是，此前那个奇异的故事就被人们淡忘了。

他们究竟为什么搬走？为什么什么东西都不带走？他们究竟搬到哪里去了？从此这一家人如同泥牛入海，再无消息。

职业的缘故，戴老姨对邻里搬出搬进有着特殊的敏锐，多数人搬家的原因也都不难理解——无非是家兴或者家败。而晋家却肯定不属此例！并且走得如此神不知鬼不觉，这在戴老姨心里一直是一个谜。唯一一个有迹可循的原因是，同年稍晚些时候，国民党败走台湾，共产党入主北京。

此时的戴老姨急得在屋里转磨，她一时拿不定主意自己该怎么做。她不敢确定卖粉笔的男子就是晋大同。那时候晋大同也才只有三岁，音容笑貌也未必记得清楚，或者说记忆未必那么可靠。十七年前，记忆中的一个三岁的男童跟眼前这个男人，岂止有天壤之别？简直就是风马牛不相及！想到此她觉得自己真的是被那个"大战果"逼疯了。

当想到放弃的时候，另一种想法却强烈地涌上心头——哪里有那么一样乌黑的眼睛和斜睨的神情！一切都能够跟她的记忆重合。不行！不能让他就这么走了。十七年都没露面，让他走掉，要是想再找到他可就如同大海里捞针一样难了。大不了就是认错了人，脸皮一厚就过去了，有嘛了不起的？但要不追个究竟让他走掉，定是追悔莫及！她这么想着，三下两下就脱下了一身绿军装，甩在炕上，换上一身便衣，推门就冲到了门外。

她沿着卖粉笔人离开的路大步流星追下去。胡同已经看到了尽头，没有人。这是一个"T"字型胡同，顶头了。左右看看横着的胡同，还是没有。拐过弯来，走到另一个胡同拐角处，看见两个小女孩拿着粉笔在地上画房子。好！这是刚刚从他手里买的粉笔。他走的就是这条路，他没有走远。

她问那两个小女孩："你们看见有个卖粉笔的哪去了吗？"

两个女孩指着前边说："朝那边走了！还不快追，慢了就买不着了！"

她顺着小女孩指引的方向走到了胡同尽头，还是左右张望，没有，还是没有。她继续追到胡同的尽头。一连拐过了五六条胡同。肯定是自己追错了方向，让他走脱了。她决定不再追了，蜘蛛网一样的胡同，像一个迷宫，错一个口也不行！她转回身往家走。她痛恨自己，为什么当时不跟上他，偏偏要回家！导致错过了机会。她扇了自己一个嘴巴。

"粉笔一分两棵啊！粉笔一分两棵。"一个低沉的声音传进她的耳朵。顺着声音她走到拐弯处，躲在墙角后，探头用一只眼睛看去，看见了卖粉笔人的背影，他趿拉着鞋，缓慢地向远处走去。

看官一定猜到了，没错，卖粉笔的就是王大毛。

文化大革命爆发了，学校停课了。他曾经跑到各个大学去看大字报，听辩论。父母不允许他参加任何组织，告诉他哪里也不要去。偏巧他在外面跑了一圈以后，觉得很无聊。那些戴着眼镜辩论的大学生，无非是从对方的言辞中抓把柄，然后借着把柄向对方发起攻击、谩骂。完全是低劣的口水仗，没有任何真实的内容，这就是大学生的水平啊？太无聊啦，于是他回到家中，再也不出去了。仅就目前而言，他正沉醉于组装半导体收音机。半导体收音机的原理早就通透了，组装一台收音机，他不必按照某个现成的线路图一个一个地把零件焊接在一起。他可以自己设计符合自己需求的半导体收音机。他对自己设计的电阻、电容、三极管的功率等等数据颇为自信。那台收音机也已经在自己心里装过了好几遍。但问题是，必须要经过实际的检验。如果组装不成功，一切都是纸上谈兵。但要把自己的设计付诸实施，却需要他最为缺少的东西——钱！于是，在红卫兵全身心投入革命大潮中的时候，他却全身心地赚钱。

其实，他清楚地记得，在他很小的时候，父亲就无数次地叮嘱过他："一定不要过马路，不要到前街那边去！"

父亲所说的马路的名字叫作"新开路"，是一条跑公共汽车的洋灰马路。路那边通着市区，路这边却通着郊区。虽然隔着这么一条马路，路两边的人就大不相同，并且路两边的人们也很少往来。

"为什么？"他问。

父亲很生气，说："什么都不为，叫你别去，你就别去！"

虽然他不愿意做自己不理解的事情，他还是始终都遵照父亲的话去做，反正那边没有什么非去不可的地方。

然而现在不一样了，他需要钱。只差一个三极管他的零件就凑齐了，只差三毛钱他就可以把劝业场五楼的那个三极管买回家了！想到此他不免有些激动。可是马路这边，买粉笔的小孩们都已经买过了。只有马路那边没有去过。他知道，零卖粉笔的人只有他一个。那边有那么多小孩，只要去一次，肯定能够把钱凑够。

"只去一次！"他暗自对自己说。就在这一天下午，他跨过了新开路，来到了前街。

显然大毛没有发现有人跟踪他。他也不觉得自己有什么值得跟踪的理由。父亲不让自己到这边来，无非是担心他学坏。只一次，即便父亲知道，想必也不会惹他生气吧？

如同所料，这边卖的真不错，满满的一盒粉笔一下午就卖光了。就是说今天下午赚了三毛钱！他满心欢喜地往家走。沿着前街走到了新开路，跨过新开路走上回家的路。然而他没有料到，在他的身后，跟着一双鹰隼样的眼睛——他成了猎物。

回到家的时候母亲正在窝棚外的大灶前煮饭，父亲还没有回来。母亲蹲着烧火，问："这么晚才回来，去哪里了？"

大毛说："去前街那边卖粉笔去了。那边卖的真不错，一盒粉笔，一下午就卖光了，赚了整整三毛钱！"

他说着，难以掩饰兴奋。但当他侧身看母亲的时候，母亲腿一软，堆乎在了地上，脸色变得白纸一样。

戴老姨潜藏在污水坑对面的杂草丛中，这一切都在她的监控范围之内。她看到了晋大同的母亲，她清楚地记得她的名字叫隋雍。是她！虽然远远隔着一个大水坑，虽然衣着、发型和年纪都已经大变，但看身量，以及慢条斯理的举止不会有错，就是她！

她暗自盘算，他家的那个保姆就不要管她了，但一定还要等待另一个人出现，否则她不能离开。她自信有足够的耐心，直到所有的猎物统统出现的时候，她才能获得出击的把握。

天渐渐地黑下来了。一切都如同戴老姨预料的一样发生着。一个男人背着一个筐，沿着铁路的路基朝窝棚走来。女人帮他卸下肩上的大筐，帮他拍打身上的尘土。俨然就是老夫老妻的行为做派。然而戴老姨在那个男人身上怎么也找不到原来那个男人的影子。

那个男人叫晋风。他每次回家都只是短暂小住。能够见到他，也只是在胡同出入走个对脸。而每逢这个时候，她在他眼里永远都是如同一个电线杆在身边划过一样被忽略。她为这被忽略感到恼火。正因如此，却引起她的更多的关注。

最多见到的是妻子迎他回家或者为他送行。虽然只是匆匆一过，但印象却十分深刻。那是一个儒雅的绅士，每次回家穿的都是长衫，戴着礼帽。由三辆人力车把他送到院子门口。他坐当中的一辆。一前一后两辆车分别坐着一个精壮的男人，戴老姨断定，他们是穿便衣的保镖，只看行为气派，他准是个军人，官小不了。

眼前隔水看见的这个男人显然比晋风矮了很多。满头散乱的花白发，和散乱的花白色胡须。又黑又瘦，佝偻着腰身。这个可怜巴巴的小老头怎么会是晋风？这不是晋风，是不是她改嫁了？换了男人？那个年代，无数国军高官仓皇落魄四处逃散，是死是活，再也没有消息。丢下在天津的家眷为了生计，妻子改嫁则是常态。莫非她也是这种情况？

想到此，她的心刷地凉了一半——要是那个男人是一个贫下中农，她所希望的大战果可就飞了！

她蹲在岸边，隔着水中的杂草缝隙继续观察着。太远了，更何况天色渐渐暗了下来，看不清面目。然而她不死心。她期待着蛛丝马迹出现，找到确凿的证据，证明那男人就是晋风。

果然蛛丝马迹出现了，比蛛丝马迹还更为微弱。她看到，那女人替那男人拍打完身上的灰尘，男人走近窝棚用手拉开窝棚门，回过身来，站在一边，让女人先进门。

她一拍大腿站了起来。没错！他就是晋风！过去每当从外面回家，都是他开门，让妻子先进门，这个习惯在普通百姓家绝对没有，因此给她留下深刻的记忆，这还跑得了是晋风？

戴老姨家也没回，直接奔向卫国道中学毛泽东思想红卫兵司令部。

传达室守夜老头认识她，问也没问就放她进了校门。远远看见左侧平房两间大教室电灯通明，教室就是他们的宿舍。一连十几天对牛鬼蛇神的严刑拷打，并没有获得令人满意的成就，他们对那一群牛鬼蛇神已经丧失了兴趣。晚上，他们只把牛鬼蛇神锁在了食品加工厂，交给了食品厂的看门人，全部红卫兵撤回到学校住宿。此时红卫兵们正在戏耍玩闹，有几个人围成圈正在打扑克。

旁边一间是戴老姨已经来过的司令部，同样电灯明亮。戴老姨推开司令部的门，见只有总司令华苏婴在里面，遂说："华司令，可了不得了，天大的好消息，这回你们不用发愁了，大战果让我找到了！"

华苏婴见她黑夜来访，断定必有大事，立即把石进城和甄土改一起召集到司令部，听取戴老姨汇报。

戴老姨一五一十把过程详细讲完，石进城听罢笑了。说："你这就是想大战果想得神经错乱了！卖粉笔的就是我们班的王大毛。一家子靠拾毛蓝过日子。您是看电影看的当了真事儿了。您早点回家歇着吧，时候不早了！"

甄土改笑得前仰后合，说："王大毛的爸爸往好了说，就是一个贫下中农，往坏了说，就是个叫花子。他要是国民党高官，满大街跑的就都是美国总统了。"

华苏婴听罢，脸涨得通红，心狂跳不止，慌里慌张地只说了一句："这不可能！"

戴老姨本来是来报功的，没想到却被奚落，气得她一跳三尺高："是我神经错乱，还是你们一脑袋糨子？说你们毛儿嫩你们还不服，你们是真的不知道阶级斗争有多复杂！告诉你们，谁也别想逃过我这两只眼，这回我要是看走了眼，你们就把这两个眼珠子剜出来扔地上当泡儿踹！"

华苏婴、石进城、甄土改三人一见戴老姨如此发誓赌咒，实在推脱不得。三人一碰眼神，华苏婴说："好！您就先回家睡觉，明天早晨，我们集合队伍抓捕王大毛的父母！"

戴老姨气得翻了白眼儿，说："明天早晨？哈！到那个时候，吃粑粑也没热乎的了！你们是怕晋风没有机会逃跑是吗？你们不好好想想晋风是谁？他的心眼子比我们四个人加一块儿还多。我认出晋大少，他回家能不跟他父母说吗？只要他一说，那晋风是个什么人物？他能想不到要发生什么事儿？十七年前他能神不知鬼不觉地消失，明天早晨他还会在窝棚里等着我们去抓他？"

华苏婴早已心慌意乱。究竟应该怎么做，她一时拿不定主意，她需要时间把事情想清楚。她说："这深更半夜的什么也看不见，无法执行抓捕任务，去了也容易让他跑掉。不如现在按兵不动，避免打草惊蛇，明天一大早我们实行抓捕。"

石进城与甄土改觉得戴老姨说得很有道理，遂对戴老姨说："那么依着你怎么办？"

"依着我？一分钟也不能耽误！立即准备手电、火把，趁他还没醒过闷儿来，全体出动，布下天罗地网，让他插上翅膀也飞不了！"

石进城听罢一拍桌子："说得对！立即执行吧！"

华苏婴再也没有阻止行动的机会。

说罢立即集合，安排对王大毛的父母实施抓捕！

第 21 章　考验真的降临了

爱情总是在两个人心里同时萌发的。

其实，王大毛心里早就有了华苏婴，华苏婴心里也早就有了王大毛。虽然他们不在同一个年级，从来没有在一起上过课。这又是一个很大的中学，从初一到高三总共有六个年级，每个年级都有五、六个班，男女学生一千八百多人，这几乎就是一个"茫茫人海"，相遇、相识几乎都是偶然。怎么会一个最为富有，最为"尊贵"家的女孩，爱上一个最为贫穷，最为"卑贱"家的男孩？更为奇怪的是，一个最为贫穷，最为"卑贱"家的男孩，怎么会有勇气爱上一个最为富有，最为"尊贵"家的女孩？难道他们之间就没有鸿沟吗？

在世俗眼里，这鸿沟太宽，太深，太长！就如同焦大不会爱上林妹妹，林妹妹也不可能爱焦大一样。然而在他们眼里这鸿沟根本就不存在。在这个"茫茫人海"中，苏婴只能爱上大毛；而大毛也只能爱上苏婴。一切也都属自然。一切都是必然。

以大毛的心性而言，普通的女孩不会进入他的视野。同班的男同学能够对全校稍微出众的女生了如指掌。哪个男生心里没有一个心中的女神？然而对于这样的事情他就像一个弱智，全然无感。上了二年初中，他连本班的女生都认不全。但在上初三的时候，也就是华苏婴刚刚进入卫国道中学不久他就发现了她。她的出现使他眼前一亮。他知道她的衣着，发式都跟其他女同学一样普通，但他能够看出她的不一般就潜藏在普普通通的衣着和发式当中。

他开始关注她的一切，他知道了她爸爸就是华膺校长；她的妈妈就是第一次上俄语课给他出难题的俄语老师；他知道她是中俄混血儿，他知道她的俄语和法语讲得跟中文一样地道，同学们读托尔斯泰、普希金、高尔基或者莫泊桑、雨果等人的著作都是读中文译本，而她却是在读俄语或者法语原著；他知道她的父母都是高知，也是高干，在这个平民子弟中学里，这两样只占一样也足以让人感到高不可攀了，而她居然占了两样。他知道她会弹钢琴，会画油画，会雕塑，会打网球——这些都是过去资本家少爷小姐才能玩的东西，工农家庭的孩子连想都不敢想。奇怪的是，这一切都没有使他自惭形秽，反而令他感到欣喜。或许每个人与生俱来都有一定的底气，这就是王大毛的底气。

全校师生几乎任何人都不可能不关注到王大毛。原因很简单，与其说是因为他特立独行，天马行空，不如说是因为他的贫穷——那不仅仅是一般的贫穷，而是比最贫穷的还要贫穷多少倍！苏婴也没有例外，首先关注到他是因为他的贫穷，然而不同的却是，同是贫穷在她那里所引发的情感与众人是大不相同的。

她第一次关注他是看到了他的衣服。那天是刚刚上中学不久，见到了迎面走来的他。他怎么会穿这么破烂的衣服呢？是不是因为他长得太快了？裤子很短，只刚刚没过膝盖；褂子也很短，袖子刚刚没过胳膊肘。那衣服怎么会这么破？她几乎不能够辨别出那衣服原来是哪块布，是哪个颜色！这些只在她面前一闪而过，大眼睛里便充满了泪水。这双眼睛来到这个世界不是寻找金钱、地位的——或许是她从来就不缺这些，而使得这些在她那里无足轻重——而是来寻找作为人最珍贵的东西的。也许就在那一瞬间他已经走进了她的内心。

他们多数的相见只是偶然相遇，在操场，在上学、放学的路上，都是邂逅，都是擦肩而过。后来她知道了他各科成绩都是满分。她见到他最多的时候是在学校图书馆。她只是偶尔去，也许一周只去一次，最多两次，在下午下课后，也就是图书馆刚刚开始接待学生的时候。但每次去都能见到他。令她惊奇的是，每次他都要还一摞书，然后借一摞书。学校图书馆一个借书证只能够借一本书。而他总有五六个借书证，那是他从同学那里借来使用的。她企图从他借的书中了解他的爱好是什么，最终结论是，他什么都爱好——他把校图书馆的书全部都读过了。同学们背地里都叫他"孔乙己"，而苏婴看他却是个神秘的智者，或者天使，白马王子。

另一个近距离的接触是在校田径运动会的跳高决赛中，这样的运动会每年只有一次，满打满算一共只有过三次，每次他都是冠军，校纪录保持者；每次她都是他忠实的观众，挤在助跑的跑道的最前面，为他加油，激动得脸色通红，看着他穿着平日的破衣烂衫，彩色的衣裤，像万国旗一样呼啦啦飘起，飞越过最后一个高度的横杆。

他们甚至没有当面说过一句话，只从相对而来，擦身而过的眼神和笑容中，阅读着对方。他从她的眼睛中读到了羔羊一样的乖顺，和小鹿般眼睛中跳动着的惊喜；她从他的眼睛中读到了兄长一样的忠厚、坚韧，和智者一样的深邃、自信。他确信她心中有了他，她也确信他心中有了她。

苏婴想象着，有一天他毕业了，要离开卫国道中学了——毕竟他比她高两个年级，会早两年离开学校，那一天，他会来找她，对她说，留个通信地址吧。于是，他就把事先写好通信地址的一页纸给了她；她会早早地把地址写在一张纸上，等着他的到来，到时候她只须从书包里取出来交给他就行。苏婴确信这件事情有一天必定会发生。

大毛想象着，有一天毕业了，他要离开卫国道中学了，他就去找她，跟她说，我要走了，留个通信地址吧。他相信她一定不会因为他来找她感到吃惊。他就把事先写好地址的一页纸交给她，她会从书包里取出早已写好地址的一页纸交给他。

有三年的时间他们沉浸在心有灵犀与心照不宣的爱慕当中，各自珍藏着这个秘密，就连彼此也不要说破。这便有了神秘感，他们喜欢这神秘感，珍惜这神秘感。

其实，许多事情都是依照幻想的样子发生的。在此后并不许久的一天，大毛真的来找苏婴了，他说，我要走了，留个通信地址吧！一切都跟幻想中一模一样。然而一切又都发生在巨大的变故之后，又和幻想的不一样。那个巨大变故就从今天开始，眼前她所要面对的事情，就是那个变故的开始。这是一次考验！

她清醒地意识到自己将来会经历考验，这是过去曾经跟父亲、母亲讨论过的事情。她觉得自己已经准备好了。可它来得太快，太突然了，令她无暇思考，措手不及。

其实，她已经做出了选择，那是无须思考，而是性格，或者说是血液里流淌着的东西为她做出的决定。她试图把抓捕行动推迟到明天早晨，她对同伙们说："这深更半夜的什么也看不见，无法执行抓捕任务，去了也容易让他跑掉。不如现在按兵不动，避免打草惊蛇，明天一大早我们实行抓捕。"如果同伙们采纳了她的意见，她就趁黑夜悄悄跑去窝棚，给他送个信。这构思清晰地在他脑际掠过，并且还伴随着一丝崇高的激动与自豪的窃喜。

这建议却被戴老姨发疯一样的训斥阻挡了回去，于是，她已经失去了再坚持的余地。

然而现在怎么办？这难道就是父亲所说的那个"无法逃避的人生困境"吗？她清楚地记得自己曾经对这"困境"不屑一顾。

"这算什么困境？"当时她这样说。她心里早已经打定了"忠于真理"和"忠于爱情"的主意。不管放弃多大的利益，甚至牺牲生命也在所不惜。不！不是在所不惜，而是何等快意！她早就渴望着有这样一个机会为真理，为爱情献身。

然而现在，真理和爱情并不在天平的同一个盘子里，而是分别在同一个天平的两端。她要在两个盘子之间选择一个。

她清楚地知道，爱情是真切的爱情，是铭心刻骨的爱情，她愿意为它付出一切。然而，如果他的父亲真的就是国民党特务，他正在做着颠覆红色江山的勾当，这该如何选择？

当她把红色革命江山，把伟大领袖毛主席放到真理的盘子里的时候，天平的另一端便高高地翘了起来。

或许，她什么都没有想，只是随波逐流地做了事态下她只能做的事情。然而这考验毕竟发生了，只要你做了事情，就是你接受了考验，考验的结果就无法逃避。

戴老姨没有看错，王大毛就是十七年前的晋大同，他的父亲就是晋风，母亲就是隋雍。然而她猜错了的却是——他们没有连夜逃跑。

窝棚里没有通电，只有一盏油灯，灯火如同豆粒般大小，从容地摇摆着。五个孩子堆在角落，都已经入睡。晋风听到妻子跟他讲了大毛卖粉笔遇到了戴老姨的事情。晋风并没有吃惊，他似乎知道自己逃不掉文化大革命这一劫。

　　此时他又把自己的打算在心里重复了一遍，他的第一反应依然是连夜跑掉，这个计划在他脑子里已经翻腾过无数遍了，结论都是一样的，一定要跑！不跑活不了！

　　可继续想下去，怎么跑？往哪跑？跑出后怎么安身？且不说现在拉家带口，哪怕是他孤身一人，哪怕自己变成一只老鼠，在当今的局势下，也无处藏身。接下来他便看到了事情的尽头。

　　他问妻子："害怕吗？"

　　妻说："怕。"

　　他把妻揽在臂弯，说："我们生在一起，死在一起，不怕。"像哄孩子。

　　妻微微颔首，轻声说："我们在一起，批斗，剪头发，游街，粉身碎骨我都不怕。"他把妻子搂得更紧。

　　她继续说："我只怕离开我的五个孩子。"接着是沉默。

　　良久，晋风说："孩子们已经长大了，最小的也十三岁了。他们从小在最严酷的条件下长大。他们过的是老鼠、蟑螂一样的生活。因此他们的生命力远远超过常人。我们没有给他们留下任何财产，但是在多年的生活中，我们一刻也没有忘记培养他们的精神品质。多年来，不管我们多么艰难，我们都不要官府补助，不申请助学金。这些都是在保护孩子们的心灵不受屈辱。我们多次给他们讲过，不食周粟，不受嗟来之食的气节操守，养育着他们自尊，自爱，自强不息的心志。你知道，他们每一个都聪明过人。他们会活下去，他们不会比其他人活得差。"

　　妻子却摇着头说："你说的都对。但是我们的身份暴露以后，他们就不再是贫农的子女，而立即变成了反革命的后代，成了狗崽子，连畜生都不如的人！任何人，任何时候都可以凌辱他们。我们的孩子虽然在贫穷中长大，但是不如你所说——贫穷不一定使他们变得坚强，反而让他们变得脆弱。他们每一个都有一颗高傲的心，这样的心最容易破碎。他们忍受得了贫穷，但忍受得了凌辱吗？他们会怎样活下去？我们已经看得很清楚了。我们做的事情，自己承担后果，我们没有怨言。凭什么让孩子们承担后果？"

晋风用力点着头叹道："是呀！不能让他们承担后果。"

"有没有不让他们承担后果的办法？"妻子说。

晋风嗫嚅道："也许有。"

"如果有，我愿意拿命去换！"妻子说。

晋风说："我们一起去换！"

接着是长久的沉默，直到听见外面的脚步声。

"他们来了。" 晋风说。

窝棚的缝隙中透进来外面亮起的火把，听到嘈杂的脚步声间杂着木枪碰撞的声音就在耳边。

一个女学生的声音叫道："给老子盯紧，手拉手缩小包围圈，一个也不能跑掉！"

大毛早就醒了，他听出了这是她的声音，一字字像一串子弹穿透了他的心脏，他咬住牙，合上眼睛忍受着疼痛。

"我们该出去了！"晋风说着，夫妻起身披上打满各色补丁的上衣。晋风推开窝棚的门，外面一团团火把，照得黑影憧憧，无数条手电筒的光柱直射在他和她的脸上。

晋风用手遮住射向眼睛的光柱："知道你们要来，恭候好久了。孩子们在睡觉，请不要惊扰他们，我跟你们走。"

华苏婴举着手电筒直射在晋风脸上说："让戴主任确认一下人对不对！"

戴老姨挤过人群，一迭连声地叫道："来来来！让我来看看！让我来看看！"走到跟前，用手电筒照着晋风的脸说："还认识我吗？你是晋风对不对？"

晋风直视着她，没有回答，然而她的目光却逃避了。

戴老姨又用手电筒照着隋雍的脸说："还认识我吗？你是晋太太对不对？"隋雍看也没有看她。

华苏婴说："好，人已经抓获，听老子的命令：二分队、三分队、四分队继续包围看守窝棚，不许走掉一个人。等待天亮搜查。一分队把人绑上带走！"话音刚落，三个分队前后左右把窝棚紧紧围住。

戴老姨举着手电，离开隋雍，拨开门前的人群说道："来来来来！

让我看看晋家大少爷。你不是说你不姓晋吗？你不是说你也不叫大同吗？……"

戴老姨把头探进门里，却被一股气息顶了回来，她捂着口鼻，叫道："我那妈哟！你这是狐狸窝呀！"门前的红卫兵听了笑作一团。

她指着门内道："我告诉你晋大同，你就是有七十二变也逃不出我的这火眼金睛！"

石进城、甄土改各自提着一卷粗大的绳子，来绑晋风、隋雍。晋风走上前来拦住甄土改说："她是个女人，你家也有母亲、姐妹，她这么弱小，受不了捆绑。绑我可以。她跑不了。"

甄土改抖着绳子说："这是无产阶级专政，跑得了跑不了都要绑的！"

晋风再无话。五个孩子早已经被惊醒，他们不知道发生了什么事情，蜷缩在窝棚的一角，赤着嶙峋的臂膀，大毛揪过一团乌黑的棉花套给四毛、五毛围在身上。十只乌黑的眼睛惊恐地看着门外闪来闪去的手电筒光柱，看着跳动的火把，和火把下簇拥着他们父母的人群。他们都是一起上课的同学，现在却是掌握着他们生杀大权的红卫兵。

华苏婴的手电光柱射向门内，在蜷缩的兄弟五人的脸上巡回了一个圈。她不敢多看，立即收回了光柱。

大毛用手掌挡住射向自己脸上的光柱，他看清了她就是华苏婴。手电光只在他脸上慌张地划过，只这一瞬，大毛心里的梦就碎成了渣儿。

五个儿子眼看着红卫兵把他们的父亲母亲五花大绑绑起来，谁也没有吱声。他们不知道他们的父母犯了什么罪，父亲只是一个农场的农工，母亲只是一个拾毛蓝的妇女。怎么就值得他们大动干戈？家庭出身，他们从没有怀疑过，父亲是贫农，现在还在当农民。打从他们上小学填表，一直填的都是"贫农"。难道这个样子还够不上贫农吗？

已经走出去很远，隋雍又回过头来看一眼她的五个孩子，似乎这就是永别。火把和手电筒的光柱闪烁着，簇拥着晋风夫妻消失在茫茫夜空中。

晋风夫妻被押解到食品加工厂，已经有红卫兵拿钥匙开锁，打开车间沉重的铁门，夫妻二人没有松绑就被揉了进去，铁门"哗楞"一声关上，随即是插上插销，上锁，和渐渐远去脚步的声音。

随着晋风夫妻的骨肉撞击在水泥地上的钝响，激起"嗡！"的一声轰鸣，那是苍蝇炸窝的声音。他们没有经历过如此规模宏大的苍蝇的轰鸣，顿时发毛都直立起来，激起一身鸡皮疙瘩。这声音立即引起了连锁反应，临近的另一群苍蝇又被激起，飞翔——又激起另一群临近的苍蝇——又飞翔……。极近处和极远处，整个世界都充满着苍蝇飞翔的声音。随着轰鸣的炸起，因为昏暗，苍蝇们看不清飞行路线，便四处乱撞，如同暴雨一样撞击在他们身上、手上、脸上，钻进衣服里，鼻孔和耳朵里。他们只能一动不动静静地等待。

许久，苍蝇各就各位安顿了下来。一股熟悉的气味进入晋风的鼻息——从尸横遍野的战场上走出来的人都知道这是什么气味，是人血的气味，是腐烂尸体的气味，那气味辣眼。

车间顶端是一个通风天窗，天窗上挂着一只昏黄的灯泡，这是这个大车间里唯一的光源，庞大的空间一团幽暗。借着光源，他看见水泥地上横七竖八躺满了人。没有人的地方地势较低，汪着一片片血水。

铁门开闭的动静也没有引起地上人的任何反应，他无法判断那些躺在地上的人是死了还是睡着。他怕妻子害怕，靠在妻子身边轻轻说："不怕！这里都是跟我们一样的人，没有人伤害我们。"

终于找到了一个靠墙的地方坐了下来。接下来的时光便是等待着提审、批斗、逼供、用刑。无论如何此刻是属于他们自己的时光，他们可以用这时光想一想如何应对将要发生的事情。

第 22 章　不食周粟

　　天刚刚大亮，惊人的好消息就传到了"思想兵"司令部——搜查窝棚获得了重大战果，搜到了一部电台和一张委任状。

　　委任状是一张贴在门背后不大的残破旧纸，被无数层杂乱无章的破纸覆盖，那些破纸新旧不一，都是奖状。说那是门，其实只是几块烂糟木板钉到了一起，被作为门来使用的。奖状都是几个孩子拿回家的——数学竞赛第一名、期末考试第一名，物理，化学统考第一名等等等等。五个孩子，十多年，所有奖状都贴在了这里，这是他家的光荣榜，整个一块门板，从上到下贴得满满的，新的覆盖着旧的，像一块云母一样层层叠加。这个家庭，除了智商一无所有。

　　人刚刚被抓走，司令部就传来命令：反正人已经先抓了，证据必须要找到！这扇门是他家唯一一个有字迹的地方，证据只能在这里找。红卫兵企图在这里找到类似于反动标语之类的东西，可以作为反革命的铁证。于是抄家的红卫兵就一层一层往下剥门板上的纸，仔细辨认字迹，无非都是各科考试的奖状。已经剥到最后一层，这一层是暗黄色的旧纸，没有字迹——这就是说搜查已经扑空。在他们几乎放弃了希望的时候，却突然看到残破旧纸上隐约的字迹——原来这一张是字迹朝下贴在门板上的纸，小得只有奖状的四分之一。这引起了他们的兴趣，他们倒要看看朝下的字迹究竟写的是什么！

　　纸贴得很牢，木板又十分粗糙，边缘以及四个角紧紧地扒紧木板，没有任何缝隙可以下手揭开。纸很糟，如果用水果刀从边缘翘起，稍稍一碰肯定就会掉下一块残片，不行。有人出主意说，用水喷，把糨糊洇透。这个方法果然有效，经水一洇，糨糊被稀释，纸不再那么酥脆。他们小心翼翼地把它揭下来，居然非常完整，字迹清晰，毫发未损！当他们阅读纸上的字迹时，却惊得他们目瞪口呆。

　　那是竖行印着的繁体字，字迹工整，不难辨认：

国民政府军事委员会委任状

……

下面盖有国民政府军事委员会印章和蒋中正的毛笔字签名。他们立即意识到这是非同小可的证据。他们虽然没有见过真的委任状，但他们确信这就是真的委任状！

这一张破旧的纸使他们心惊胆战——居然这就是蒋介石亲自颁发给晋风的委任状！这张破旧的纸片，人民公敌蒋介石曾亲手摸过，"蒋中正"三个字就是蒋介石亲自写在上面的——想到此不由得毛骨悚然。

电台是在窝棚角落找到的。一个木头盒子，外面插着耳机，四个黑色的旋钮。盒子里面密密麻麻装满电器零件。

惊心动魄的事实给红卫兵小将们上了一堂生动的阶级斗争教育课——阶级敌人无时无刻不在企图推翻无产阶级政权，复辟资本主义！他们真切地感到，毛主席发动无产阶级文化大革命是无比英明的，是完全必要的，是非常及时的。

这是一个爆炸性的消息。无疑，给等待"大战果"已久的毛泽东思想红卫兵注射了一支兴奋剂。司令部决定，立即贴出海报，今天晚上召开批斗大会，他们已经迫不及待。

批斗大会盛况空前。此前曾经开过多次批斗大会，批斗对象都是前期抓到的形形色色的牛鬼蛇神。起初人民对那些牛鬼蛇神充满了兴趣，曾经每一场都把小广场挤得爆满。但随着批斗会越开越多，批斗对象却依然是那些旧人，如同一出戏看过多遍一样，人民逐渐丧失了兴趣，最后一次批斗会，当把百十个牛鬼蛇神押上台后，居然发现台下还没有台上人多。

这次却大不相同了，人民早就见到了海报，得知今晚将有国民党大人物出场，并且这个大人物充满了传奇色彩。人民争相奔走相告，把听说的故事添油加醋，说得惊心动魄。

当日，天不黑就把小广场挤得水泄不通。后续涌来的人流不能进入广场，便往广场两侧的街面延伸，整整一条街便都黑压压地挤满了看热闹的人民。

　　戏台四个角落新增了四只探照灯直射戏台中央，照得睁不开眼。原先被抓的 106 个牛鬼蛇神，除去死掉的现在只剩 87 个，每个人都带着又高又尖的帽子，挂着木牌在停车场候着。如同前次批斗会一样，由红卫兵总司令华苏婴逐个宣布名字，逐个押上台来。如同前文所述，每押上一个来，台下都伴随着一阵欢呼，一阵口哨，一阵笑声，一阵暴打——人民是乐此不疲的。八十多人挤挤插插地站满了戏台，每一个都是鼻青脸肿，高高的帽子组成了一个"白桦林"——这一次，这些人都降级成为了"陪绑"。

　　终于轮到主角出场。华苏婴宣布："把国民党战犯、美蒋潜伏特务、历史反革命，现行反革命晋风押上台来！把国民党战犯的臭婆娘、历史反革命，现行反革命隋雍押上台来！"

　　口号员带领高呼口号，人民却无心跟随呼喊。齐刷刷地拧过脖子朝后方停车场看去，只见晋风和隋雍身穿着打满各色补丁的衣裤，带着高帽，挂着木牌候在那里，因为要"坐飞机"已经去掉了绑绳。

　　这时候，晋风听到传唤，悄悄对妻子说："轮到我们了，不怕啊，孩子在看着我们，不能给他们丢脸。"

　　妻子还没来得及点一下头，他们的双臂已经被四个身材魁梧的红卫兵撅到了天上，随即按着他们瘦骨嶙峋的双肩，像拎着两个纸人一般，做着"喷气式"忽悠悠白发随风飘舞。令人吃惊的是，人民让开了宽宽的通道，手持皮带，木棍，藤条，掸子等器械等待"打便宜人"的人民居然忘记了挥舞他们手中的器械。直到晋风夫妻一直被押送到戏台中央站定，居然无一人动手。

　　仅仅十余天时间，剪头发，画鬼脸的风潮已经过去，晋风夫妻并没有被剪头发，也没有画鬼脸。华苏婴命令："让晋风和隋雍抬起头来，让广大革命群众认识一下他们的反动嘴脸！"

　　四个红卫兵像皮影艺人摆弄驴皮影人儿一般，只用手轻轻提弄，他们的腰与腿就撅成九十度；另一只手捏住头发，轻轻一拉，头和身体便形成了另一个九十度仰了起来，那是两张瘦小、布满褶皱的脸。

　　人民张着大嘴直愣愣盯着台上，台下如同深山古洞一样寂静，人民已经窒息。

　　亮相过后，押解的红卫兵退到一边，晋风、隋雍终于可以直起腰来，他们整一整衣服，抻一抻袖子，用手提一提沉重的木牌，缓解一下铁丝勒在脖颈上的疼痛。

　　由于昨晚匆忙决定连夜抓捕，上午又忙于批斗大会的筹备，红卫兵没有机会审问晋风夫妻，因此，他们对晋风夫妻的历史，诸如他们担任什么职位？做过什么事情？乃至为什么隐姓埋名潜伏下来？潜伏后又有哪些活动等等一无所知。于是，批斗大会，便不由自主地变成了审问大会。

　　华苏婴、石进城、甄土改三人并排站在麦克风前。华苏婴和石进城负责审讯，甄土改在一把椅子上坐定，翻开笔记本，拧开自来水钢笔笔帽准备记录。

　　华苏婴首先发问："晋风！隋雍！你们听着：现在，我代表红卫兵，代表广大革命群众对你们施行审问。你们知道我党的政策是坦白从宽，抗拒从严。你们要老实交代自己的罪行，争取宽大处理。你们可听清楚了没有？"话音一落，台下鸦雀无声。人民屏住呼吸，等待回答。

　　晋风直起腰身，人民突然发现，这小老头双眼烁烁闪光，没有丝毫畏惧的迹象，他平静、坦然，全然不像是在被审问。如果一定要寻找一个词来形容他的样子，那么只有一个成语最为恰当——器宇轩昂。他平静地说道："听清楚了。但我只愿坦白，不求宽大。请开始吧！"声音不大，台下却听得字字真切。跟着涌起一片嘈杂声，显然人民对他的回答不知所云。

　　华苏婴也大为不解："坦白从宽，是我党历来的政策，只要你老老实实坦白罪行，从宽处理是政府对你的宽恕。难道你拒绝宽大处理吗？"

　　"是的，我拒绝宽大处理。"

　　华苏婴以为自己听错了，因问道："宽大处理不好吗？为什么拒绝？"

　　晋风答道："宽大处理当然不好！中原逐鹿，必有胜负。成王败寇，也理所当然。身为败军之将，阶下囚徒，能有机会坦白真情，我愿已足。至于如何处理，贵党自有刑律，只需量刑定罪而已。无论定为何罪，我都甘愿承受。至于你所讲的，以坦白做交易，换取宽大处理，是刑事罪犯之所为，本人恕不领受。"

这一番话与通常的理解有着完全不同的逻辑，台下却有人听得真切，理解得清楚，居然有人高声叫道："有种！"

石进城听懂了他的话，忍不住气愤地说："你不要太狂妄！等到定罪的时候不要后悔！"

晋风微笑道："不会的。"

石进城说："好！你回答我的问题，你是哪一年潜伏下来的？是接受了谁的委派？现在跟谁联络？"

晋风说："若说'潜伏'实在愧不敢当。坦白实情，只能叫作仓皇逃命。民国三十八年一月十日，徐蚌会战国军彻底溃败。我丢弃军服，身着便装，昼伏夜行，步行二十一天才回到天津。当时天津还在党国掌控之中。我料定共产党不久将夺取天下。我作为贵党宿敌，唯一的选择是，让晋风从世界上消失！于是，我挈妇将雏，改名更姓逃到乡村。那一年是西元 1949 年 1 月。"

正在记录的甄土改停下手中的笔，笑道："从那时起你就叫王家贵了，是不是？"台下一阵哄笑。晋风却不以为这值得嘲笑，坦然答道："是的，我改姓更名叫王家贵。"

甄土改继续说道："哼！看你狂妄的样子，我还以为你是一个英雄，原来你只是一个贪生怕死的逃兵。在国民党溃败之时，不能与将士一起血战到底，杀身成仁，为你的党国尽忠。这些丢人现眼的事居然有脸在大庭广众之下说！"台下发出寥落的笑声。

晋风褶皱的脸顿时变得通红，不知道是因为气愤还是羞愧，说道："娃娃！你没上过战场，你也懂得什么叫作血战到底，杀身成仁？我身为国军将领，直到打完最后一发炮弹，最后一颗子弹，直到与将士们一同死去，请问这算不算血战到底？算不算为党国尽忠？可是苍天留我不死，我活过来的时候，看到的却是另一番景象——战斗、厮杀、流血、输赢，一切都已经结束了。尸横遍野的阵地一片寂静，无人占领，无人看管。我记起来是共军赢了，可我是活着的，我没有受重伤，没有人抓我，我想去哪里就去哪里。在贵党的教育中，难道在战场上只有一死才算为国尽忠吗？那时候，我家有妻子和两岁的幼子需要我抚养，没有我，他们将无法生存。大丈夫生于天地之间，除了为国尽忠之外，还有没有为人之夫、为人之父的责任？难道你以为活着比死去更容易吗？"

甄土改本想在人格上羞辱他一下，压一压他的士气，没有想到这个叫花子一样的小老头话锋会如此雄健，一时不知从哪里反驳。

石进城见偏离了话题，轻轻拉了一下他的衣襟，对晋风说："你不要转移话题，掩盖罪行。回答我的问题：你潜伏下来是接受了谁的委派？跟谁联络？"

晋风说："我苟活下来目的只有一个——抚养幼子长大成人。从来就没有接受什么人的'委派'，也不跟任何人联络。"

石进城说："你刚刚还说'愿意坦白'，可现在就在遮遮掩掩，显然是撒谎！你说没有接受委派，你怎么解释这些东西——把证据拿上来！"一个红卫兵走上前来，把委任状递给了石进城。"你看看这是什么？"

委任状和电台是在晋风夫妻被押走以后才搜到的，因此晋风对此一无所知，他疑惑地把拿上来的证据看了一眼说："不知道。"

石进城小心翼翼地打开，将字迹面向台下说："好！你居然敢说不知道！这就是晋风保存的委任状，我来读一下：

国民政府军事委员会委任状

兹任命晋风为第十八兵团司令

此状

委员长蒋中正
中华民国三十七年十一月"

石进城把委任状展开放到晋风面前："难道这委任状是假的吗？难道蒋介石的签名是假的吗？难道这军事委员会的大印也是假的吗？"

台下一片寂静，人民被眼前残酷的阶级斗争事实惊呆了，看着台上等待着晋风的解释。

晋风没想到他家会搜出委任状，一时语塞："这……委任状确实是真的，但我真的不知道家里还有这种东西留存到今天。道理很简单——国民政府逃亡后，这些东西就都是我们的罪证，销毁还怕来不及，哪里会特意保存？这是怎么留存下来，我真的不知道。"

华苏婴认为晋风在撒谎，并且被撒谎激怒了。她掏出红宝书，带领人民一起高呼口号：

坦白从宽！

抗拒从严！

顽抗到底！

死路一条！

敌人不投降！

就叫他灭亡！

口号呼喊得人民群情激愤，随着口号声起伏，台下的砖头，瓦片，西红柿，西瓜皮如同下雨一样投向晋风夫妻。晋风夫妻无处躲藏，只用手护住脸，任凭那些东西乱飞。

口号刚停，隋雍说道："这事我知道。民国三十七年冬天刚刚逃进窝棚，正是腊月，天太冷，门板漏风。没有窗户纸，我就把手头仅有的纸张糊到了门上挡风。后来被孩子们的奖状覆盖，就把它忘记了。并非特意保存。"

石进城说："你就不要辩解了！还有比这更清楚的吗？委任状是在你家里搜到的，并且藏在了最隐秘的地方，明摆着，这是等着变天！"

晋风说："你如此理解，我无可辩驳！我甘愿承担私藏委任状的后果。"

甄土改暂停记录冷笑说："只怕这个后果你承担不起吧？私藏委任状就是企图推翻共产党，复辟蒋家王朝。一个现行反革命，一个历史反革命，两顶帽子，哪一个也够枪毙一回的！"

晋风笑道："是我的，我领受就是了。"

石进城继续追问：“这一张委任状，蒋介石任命你为第十八兵团司令，这个十八兵团是个什么组织？有多少成员？蒋介石交给你的任务是什么？”石进城以为“十八兵团”就是晋风潜伏下来的特务组织，要是能够破获这个特务组织，可是一个重大战果！

晋风说：“这是我接受的最后一张委任状。‘十八兵团’不是什么特务组织，是一个集团军。民国三十七年底，国共两党在徐州摆开战场。委员长整合军力，调三个重型装备军，一个坦克师组成第十八兵团，任命我为司令，直属刘峙将军指挥。任务是阻击粟裕，镇守徐州。”

一番话把三个红卫兵司令都惊呆了，他们没有想到眼前这个叫花子一样的小老头居然是个指挥三个军和一个师的集团军司令！甄士改立即把他的话记录下来。石进城说：“这么说你是一个战犯？”

晋风说：“败军之将，理所当然就是战犯。”

“这么说，你手上沾满了革命先烈的献血？”

“不仅仅如此。听说过‘一将成名万骨枯’吗？一将失败更是万骨枯。在我指挥下杀死的日军，共军，以及捐躯的我军将士数以万计。不管是共军、日军还是我军士兵都是人命。那些阴魂不会饶恕我，仅此一罪，我百死莫赎。”

石进城说：“如此说来，你罪大恶极！”

晋风说：“此言不虚。”

石进城说：“好！认罪就好！下一个问题，”说罢朝后台一摆手。一个红卫兵把从他家搜出来的电台抱了上来，呈到他面前。“这个东西你认得吧？你家里还有高高的天线。我们已经测试过了，这个东西加上天线，可以收到任何一个短波电台的信号——台湾、香港、金门、美国，反动派们每天都在呼叫，都在使用密码向潜伏的特务下达任务，这些我们都了如指掌。你需要交代的，是你的代号，你的任务！你的上级，你的下线，你的电台密码！”

晋风看了“电台”笑了：“哈哈！看样子你们没有见过真的电台。这是我儿子做的收音机。零件都是破烂市买来的次等品。这样的东西怎么可能是电台？充其量只是一个劣质收音机而已。至于你所说的，海外每天都在向国内特务呼叫，下达任务这些事情，我从来不关心，也不知道。自从徐蚌会战之后，我于国事已经尽忠，使命已经完成。此后我所关心的，只是抚养幼子长大成人。十七年来，每天竭尽心力，终日辛劳，所做的，无非是如何在自留地里能多收几颗土豆，多结几个倭瓜，河沟里能多捉几条泥鳅，田埂上能多挖几颗野菜。为的只是填饱妻儿的肚皮而已。其余早已不再挂怀。"

石进城大笑："哈哈！说的这一套，无非是要掩盖你的真实身份，你以为我们会相信吗？这种刘备种菜的骗人把戏，看过小人书的人都懂得，能骗得过谁？你装扮得越穷，就越有迷惑性，十七年了，应该说你很成功。但是今天不一样了，当你的委任状和电台被找到以后，你还能瞒得过去吗？"

晋风说："你如此认为，我无可辩驳。"

石进城说："难道这不是事实吗！好！现在再揭露你的另一个事实！"说罢，朝台后一摆手。

卫国道中学总务处的马主任手里拿着一张讲稿，走到麦克风前，说："由于工作原因，我一直掌管着全校的助学金的审批工作。按照国家政策，凡是家庭每月人均收入在 8 元以下的学生，都有资格每月获得助学金 3 元。他家王家贵一人工作，每月收入 27 元，全家平均每人不足 4 元。但是他的五个孩子多年来一直拒绝申请奖学金。按照国家政策，凡是家庭平均月收入在 8 元以下的，国家给予补助到 8 元。但是他从来拒绝申请生活补助金。现成的钱不要，他却说，每日竭尽心力，只是为了一个土豆，一个倭瓜，只是为了填饱妻儿的肚皮。这岂不是自相矛盾？这些事情发生在一个国民党高级战犯的身上，不能不引起我们的深思！这到底是为什么？"

一番话说得会场安静下来。须臾，台下有人议论："这不明摆着？只要申请，就要查家庭出身。他这样的身份，躲还来不及呢，还敢招惹人来查他？"

"就是，多一事不如少一事。"

"这不明摆着，装得越穷越安全。"

石进城走到麦克风前说："毛主席教导我们说：'被推翻的资产阶

级，他们人还在，心不死，他们无时无刻不想夺回他们失去的天堂。'请大家想一想，为什么他对自己这么残忍？分明就是卧薪尝胆，激励自己不忘推翻共产党，复辟蒋家王朝，晋风！你说是也不是！"

晋风冷笑了一下说："你这样理解，自然符合你的道理，我百口莫辩。不过，卧薪尝胆？你过于高抬我了，对我不合适。我这只能叫作'不食周粟'。"

"不吃粥素？助学金是对你们的救助，你还要挑食？你想吃荤的"甄士改说。

华苏婴紧皱眉头说："你说'不食周粟'是什么意思？"

晋风呵呵一笑，道："我虽为败军之将，但信仰始终不曾动摇。不食周粟，只表明在信仰上不能与贵党苟同而已。别无它意。"

石进城厉声问道："那么你的信仰是什么？你不能苟同的信仰又是什么？"

话音刚落，还没等晋风回答，台下忽然有人举起一只手来高声叫道："我来替他解释一下！"

众人转头看时，那人正从人群中挤出来，向台上走去。在他身后，还有三个人跟着一起走到台口，依次登上台去。领头的不到二十岁，最小的只有十三四岁，走到晋风和隋雍身边平行站定。只见这四个孩子衣衫褴褛，补丁摞着补丁，头发蓬乱，面色黧黑，这简直就是一群小叫花子。台上的红卫兵们都认得，这四个孩子正是晋风和隋雍的儿子——王大毛、王二毛、王三毛和王四毛。

晋风和隋雍见儿子们走上台来，大为惊讶，互相对视一眼，目光一齐落到王大毛身上。晋风厉声问道："你来干什么！"

王大毛走到麦克风前，台上台下顿时鸦雀无声。

"我来解释一下：'不食周粟'是一个典故：讲的是，过去有那么哥俩是殷朝人。殷朝后来让周朝给灭了，这哥俩心里不服，从此不吃周朝的粮食，最后生生饿死了。从我们小时候他就给我们讲这个故事，意思是明摆着的——他说的'周粟'就是社会主义新中国的粟。'不食周粟'就是不接受社会主义的救济！他的信仰就是国民党的信仰，不能苟同的信仰，就是共产党的信仰。"

晋风听罢连连点头说："好！解得彻，解得切！这正是我的意思！"

石进城说："太猖狂了！在批斗你的大会上居然敢大放厥词！"

王大毛说罢离开麦克风走到父亲、母亲前面，说："从我懂事的时候开始，你就不停地给我们讲'不食周粟'的故事。到今天我才明白，在你那里'不食周粟'是什么意思。你知道为了你的所谓'气节'，我们过的是什么日子吗？我们兄弟五人，三四岁的时候就开始背着大筐到垃圾堆拾毛蓝。吃糠咽菜，挨饿受冻。我们过的是猪狗不如的日子，是蟑螂、臭虫、老鼠都不如的日子。这些也到罢了。你知道不知道，我们是在人们的白眼下长大的？你知道不知道，我们像大粪、像狗屎、像瘟疫一样，人们见了我们都躲着走？你们常说'贫穷励志'！教导我们有气节，有尊严，原来你的气节、尊严就是反对共产党，仇恨社会主义！反对毛主席！因为你的'不食周粟'，社会主义的阳光雨露被你一手遮蔽；党的关怀、毛主席的恩情被你一手剥夺！我们生在新社会，长在红旗下，阳光雨露都是党恩，你有什么权力剥夺？"

说到此，突然向前一步，手指着父亲的脸，厉声叫道："我问你，你有什么权力让我们不食周粟？"

然后又指着母亲的脸叫道："你有什么权力让我们不食周粟？"

说罢，转过脸，面向父亲厉声叫道："我让你不食周粟！"

随着话语出口，抡起炭条一样的右手，只听"啪"的一声，一个嘴巴扇在父亲的左脸上。

"我让你不食周粟！"随着话语出口，抡起左手，又是"啪"的一声，一个嘴巴扇在父亲的右脸上。

晋风的双颊渐渐泛出了红色，那红色由浅及深，图案由模糊渐渐清晰，每侧隆起一个深红色的五指掌纹。须臾，嘴角涌出一道血的溪流，渐渐流淌，穿过稀疏花白的胡须，滴落到地上。

接着，大毛走到母亲面前说："我让你不食周粟！"随着话语出口，抡起炭条一样的右手，只听"啪"的一声，一个嘴巴扇在母亲的左脸上。母亲一个趔趄险些摔倒，她调整脚步，回到儿子面前，稳稳站住，把脸伸了过去。

晋风冲到儿子与妻子中间，脖颈上挂着的木牌晃来晃去。面向王大毛轻声说："余下的打我吧，她太弱小，禁不住。她的那一份我替她。"

"闪开！"王大毛说。

隋雍向前一步，对丈夫吼道："闪开！该是我的我来承担！"话语不容置疑。

晋风只好带着摇摆的牌子回到原位。

"我让你不食周粟！"随着话语出口，抡起左手，又是"啪"的一声，一个嘴巴搧在母亲的右脸上。顿时，隋雍的双颊也现出了红色隆起的五指掌纹。须臾，嘴角涌出一道血的溪流，渐渐流淌到下巴，滴落到地上。

随后，王二毛走到父亲面前，说了同样的话，做了同样的事情。顿时，晋风的双颊又印出了另一个红色隆起的五指掌纹，叠加在原有的掌纹上；嘴角血的溪流加快了流淌，穿过稀疏花白胡须，滴落到地上。

接着，王二毛走到母亲面前，说了同样的话，做了同样的事情。顿时，隋雍的双颊又印出了另一个红色隆起的五指掌纹，叠加在原有的掌纹上；嘴角血的溪流加快了流淌，渐渐流淌到下巴，滴落到地上。

王三毛、王四毛怒吼着同样的话语，做了同样的事情。他们双颊上的印章已经无法辨别五指的印迹。

会场凝固了。人民不知道眼前发生了什么，都看傻了。他们被这亘古未曾发生过的事情惊呆了。眼睛纷纷落在晋风和隋雍二人的脸上，企图看明白他们的表情，却惊诧地发现他们分明是在微笑。

兄弟四人搧罢了嘴巴，一起走到讲台前。王大毛走到麦克风前："我代表我的三个弟弟，王二毛、王三毛、王四毛严正声明：从今天起，以至永远，同晋风断绝父子关系，同隋雍断绝母子关系。同这个反动家庭实行最彻底的决裂！并且向红卫兵强烈要求，立即枪毙晋风，枪毙隋雍！"说着，从裤兜里掏出红宝书，挥舞着喊起了口号：

打倒晋风！

打倒隋雍！

枪毙晋风！

枪毙隋雍！

无产阶级专政万岁！

无产阶级文化大革命万岁！

毛主席万岁，万岁，万万岁！

喊罢口号，离开麦克风，带领着三个弟弟走下台去，头也不回，消失在沸腾的人民当中。

第 23 章　　当她觉得自己正在走向天堂时，

她却正在走向地狱

批斗大会散得比过去的戏还晚。把牛鬼蛇神关押到食品加工厂后已是深夜，路上早已不见了行人。红卫兵们三一群、五一伙地走在回学校的路上，情绪却依然沉浸在批斗会的亢奋中。

石进城说："太可惜了，草率！鲁莽！无知！我们都是蠢猪，笨蛋！"他悔恨交加，捶胸顿足。

甄土改说："这是怎么啦？批斗会开得很成功啊！"

"成功？你管这叫成功？"进城说。

"审出了一个潜伏十七年的国民党集团军司令来，还不算成功？"土改说。

进城长叹一声，说："难道你真的不知道，今天我们弄出了多大的纰漏？不假，晋风是集团军司令，但他已经落到了我们手里，他跑不了。可是我们怎么处理的？我们急急火火就开了批斗会，会前，他是多大的爵位，有多重要，我们一无所知，审是审出来了，可所有人也都知道了！"

"知道又怎么样？不开批斗会，他怎么会坦白他的身份？"土改说。

进城摇着头说："怎么样？哼！现在无人不知我们抓到了一个集团军司令，消息传出去，惊动了上边。市里，甚至中央，随时都有可能把晋风带走。这么大的案子，在全国也没几个。可我们呢？他潜伏下来的任务是什么？他的上级，下级是谁？联络方式，电台密码，执行过什么任务？这是一个庞大的特务集团，我们什么都没有拿到手。你想想，假如明天一早上边来人，一辆小车把他接走，我们就弄得个狗咬尿泡——空欢喜一场！"

"空欢喜？不空欢喜又怎么样？"土改说。

进城摇着头说："你傻啊？这么大的功劳，接走就没我们什么事儿啦！闹革命也是要凭功受赏的。现在各级领导都给打倒了，运动结束后，各级组织都要重建，谁来重建？被打倒的老人不可能。只能是运动中表现突出的人上位。没有点特殊贡献连门也没有！如今，我们高中已经毕业，在学校待不了几天了，该为自己想想后路喽！"

黑暗中土改侧目看了一眼进城，尽管进城的话仅仅是点到为止。土改却全然领悟了。原来他想了这么多！

沉默许久，土改说："这也不怪我们，事先谁能料到，一个叫花子一样的小老头，竟然是个集团军司令。好在现在晋风还在我们手里，接他的人还没来，一切都没有耽误。"

石进城眼珠一转，咬牙发狠说道："我们必须抓紧时间，把该拿到手的东西都拿到手。"

"要不，我们连夜审问？"土改说。

进城瞅了一眼七零八落的红卫兵队伍，摇了摇头。

华苏婴一直低着头走路，虽就在他们身旁，他们的谈话却全然没有听见。她表面看似平静，心却狂跳不止。回想着一天发生的事情，只有当一切都已经过去，平静下来时她才意识到自己刚刚经历过的凶险。

她为自己庆幸，也为自己后怕。庆幸自己没有强行阻止抓捕王大毛父母的行动，庆幸自己没有贸然忠于那个虚无缥缈的"爱情"，去给王大毛送信儿。否则，自己将亲手放走一个国民党战犯，特务，做出背叛国家，背叛毛主席的事情——这还倒在其次，万一被人识破，你岂不是为了爱情放走了敌人，你岂不是叛徒、内奸、罪犯！

你不是已经试图阻止立即抓捕，并寻找机会给他送信了吗？

她不由得倒吸一口冷气，太惊险了！其实阻止和不阻止，送信与不送信只在一念之差，但结果却是天壤之别！那就是一失足成千古恨啊！她觉得心如同擂鼓一样跳动，后背发凉，出了一身冷汗。她做了一次深呼吸，只有如此才能稍稍缓解紧张情绪。

这些天，见到了许多血，许多尸体，本以为自己已经经历了血与火、生与死的考验。现在看来，那又算得了什么呢？阶级斗争如此复杂、残酷，要在着残酷的斗争中锻炼、成长、成熟，就要接受更加严酷的考验！她默默叮嘱自己："华苏婴啊华苏婴！你需要冷酷、再冷酷，坚定、再坚定！在革命的路上，容不下一丝一毫的温情！任何温情都会让你陷入万劫不复的深渊！"

人生怎么会如此荒诞？当她认为自己大彻大悟，正在走向天堂时，她却正在走向地狱。

第 24 章　上苍仁厚，赐我五毛

深夜，晋风醒了。醒来的时间恰好是他要求自己醒来的时间。他早就习惯于没有表，凭经验他知道大约是两三点钟，离天亮还早。赶在天亮前他还要完成一件事情。

他欠起身靠在墙上，伸出双手往左右摸索。他先摸到了潮湿冰冷的水泥地面，再往远处，右手找到了躺在水泥地面的妻子。侧过头来，借着屋顶昏暗的灯光看见，她呼吸微弱、均匀。她还睡着，很安详。

他屏住呼吸仔细听着周围，不远处有微弱的鼾声，除了这鼾声是一片寂静，有了这鼾声便更加寂静。牛鬼蛇神们都睡着。

他们都累了。一大早就被押解到了广场等候被批斗，在那里跪了整整一天，傍晚批斗会才开始，却一直开到深夜，他们才被押解回来。明天将发生什么？他们知道。审问、拷打、批斗、游街……，如同每天的两顿窝头咸菜一样，成为他们的家常便饭。

近来他们悟出了一个道理——不光身体运动耗费体力，疼痛更加耗费体力。挨过一顿暴打以后，疼痛将把体力耗尽。周身酸痛、瘫软、困倦，如同被抽干了骨髓。他们心里清楚，必须抓紧时间睡觉，养精蓄锐。有了体力，才能够扛得过下一轮折磨。因此，当他们被押解进入食品加工厂大车间后，给铁门上锁的声音还没停下来，有人已经扑在水泥地上睡着了。

"让她再睡一会儿，时间还来得及。"想着他的计划，心里盘算着。看了看妻子的脸，本来瘦小、憔悴的脸此时大出了一倍——那是四个儿子轮番抽的。不由得他摸了摸自己的脸，肿胀、火辣辣地疼。眼睛需用力睁开方能掀开一道狭窄的缝隙，视野才能透过缝隙进入眼底。颧骨、下巴锋利的棱角都被臃肿的肌肉淹没，嘴唇翻卷着，他想象着这样的嘴还能不能把话说清楚。

这可是被自己的儿子打的！这仅仅是开始。不用说，接下来儿子们还要揭发他，出卖他，批判他，甚至严刑拷打他，让他罪加一等，甚至把他们送上刑场，大毛不是强烈要求枪毙晋风，枪毙隋雍了吗？

战场上，他能够凝聚千军万马的意志，众志成城，直到最后全军战死也没有人背叛；在家里，五个儿子，却遭到四个儿子的背叛、出卖。

哼！他用鼻子轻蔑地笑了一声，他在嘲笑他的儿子，嘲笑自己，嘲笑这个世界，嘲笑人类。

他们为什么要这样做？噢，大毛说得清清楚楚，因为你反党、反社会主义、反毛泽东思想。这真的是他认为的原因吗？这个原因大毛自己相信吗？

扯淡！还有比这更简单的吗？为了保全自己，获得信任，除了出卖父母，他们没有其他筹码！入伙梁山不是需要交纳"投名状"吗？投名状就是入伙的筹码，如今父母便成为了儿子的投名状！这就不奇怪了，当他们搧他们耳光的时候，一个比一个坚决，一个比一个凶狠。因为越是凶狠，便越能够获得更多的信任，这是"正比例"关系。他们的数学都不错，算得清这笔账。

这才是真实的原因。然而那个正义的谎言是必须要有的。也许大毛当在麦克风前向台下说的时候，他真诚地相信他自己正义的谎言不是谎言，而是真的原因！扯淡！扯臊！

既是扯淡，又是扯臊！既是扯臊，又是扯淡！

"我只怕离开我的五个孩子！"妻在临出门前还这样说，好像是永别，好像是恐惧分别后的思念。那时候你想到了吗，相聚竟然来得如此迅速？你想到了吗，相聚竟然是这般情境？如果你都想到了，你还会这么说吗？

"有没有不让他们承担后果的办法？"临出门前妻还说。我说"或许有。"其实妻说的办法，我想不出来。可是儿子们想出来了！不是我们救了他们，而是他们自己拯救了自己！我们只是他们自我拯救的祭品。

如果，这个方法是我想出的该是何等完美？当时我有时间告诉他们如此如此，这般这般。若是如此，父母享有着自我牺牲的崇高，儿子也不必承担出卖父母的恶名。若如此，爱还在，亲情还在，人生的意义就都在！

他感到有一把刀刺穿了自己的心脏，血顺着前后两个刀口向外流淌，很痛。这疼痛在传导、扩散到四肢——四肢瘫软，扩散到腹腔——肝肠寸断，扩散到头颅——脑浆迸裂。他忍受不了这等疼痛，用力地摇着头，像是要把一脑袋想法抖掉。命令自己不想这些，想一些聊以自慰的事情。

凡事都得反过来想才能看得透彻。假如儿子们没有背叛他们，坚决和他们站到一起，那将会怎样呢？他想，就他多年付出的艰辛与爱而言，那才是他应得的结果，无疑会感到快慰，自己半生所受的苦难、屈辱都得到了报偿。

可是如果真那样，儿子们的处境就完全不同了！他们就会因为父亲是反革命，而成为狗崽子，终生是人下人。如果这样的事情成为事实，他会觉得对不起他们，他将在儿子面前永远抬不起头，他将永远不可能在儿子面前堂堂正正地做一个父亲，即使死也赎不回这些罪过。

他长长地舒了一口气，现在还不是最坏的结果。

况且，并不是五个儿子都背叛了我们，而是只有四个！我还有五毛！

他心里突然流过一道暖流。尽管有四个背叛他，仅仅这一个儿子就足以抚平他心上的伤口。一个忠诚所给予他的温暖，就足以抵偿那四个背叛给予他的心寒。有这样一个儿子，让他快慰，让他自豪！

上苍仁厚，赐我五毛！

他把双臂紧紧抱拢，想象着如同抱着瘦骨嶙峋的五毛——他只有十二岁，在他心里，他还那么小，还是一个婴儿——怎么会如此忠诚，如此刚强？他周身颤抖，泪如雨下！

但是，五毛将怎样度过他的一生？上苍恩赐了我这安慰，而五毛却会终生被众人侮辱、欺凌，永世不得翻身。这安慰的代价也太大了吧？他的心突然感到一阵剧痛，这痛比想到四个儿子背叛时候的痛还要痛。至此他才知道，大毛他们没有做错。

五毛啊五毛，你为什么不跟哥哥们一起上台，搧我们的嘴巴，跟我们断绝关系呢？爸爸妈妈不会怪你的呀！

何况，你们是五个人，我们只有两个；你们的生命刚刚开始，我们的生命已经进入尾声。用两个进入尾声的生命，换取五个刚刚开始的生命，怎么算都划得来。

现在就是最好的结果了——四个儿子一起背叛，使我减少了愧疚，减少了负罪感。仅仅一个儿子的忠诚，就足以抚平心里的创伤——应该知足，应该感谢上苍的眷顾了！

妻醒了，胖乎乎的脸，她用力睁眼，睁开了，却依旧如同合着，居然笑了，像个婴儿。

他伸手拉起妻，让她的头靠在自己肩窝里。

"你在等我？"她说。他微微点头。

他轻轻捧着她肿胀着的脸颊："疼吗？"

"嗯。"她轻轻地点头，震动他的肩头也跟着一起微颤。

"那你为什么让我闪开？"

"有些事情是不能由他人代替的，比如，挨儿子的耳光。"妻说。

他点点头："是啊！替代不了。你怪他们吗？"

她摇摇头，"他们做的，正是我想要他们做的。我知道这是大毛的决定。由大哥带着他们生活，我放心了。我欣慰我们的默契——母子连心嘛。我感谢大毛，他担起了本是我们的责任。"她微微笑了一下。

他沉默了。他懂得她的意思。良久才说："我没有你善良。"

她沉默了。她懂得他的意思。良久才说："这不怪你。"

他点点头说："谢谢你懂得。"

她摇摇头说："不用谢。你怪他们吗？"

他说："有五毛在，我不怪。"

她说："懂了。我刚刚梦见了五毛。"

他说："他怎么样了？"

她说："只他一个人卧在窝棚角落，像是一条流浪狗。哥哥们都搬走了。我说，不要不理你的四个哥哥，这不怪他们。在这个世界上，除了他们你再无亲人。他一个字也不说，像是没有听见我的话。"

他说："梦是心头想，我最担心的就是他们兄弟成仇。我更担心大毛，将来世事若有变迁，对父母的悔愧会把大毛撕碎。他将无颜再见五毛。"

她说："我还是最担心五毛。他才那么大，他怎么当那个狗崽子？"

他说："五毛的心性比他们都强大，不会比他们过得差。"

许久，她说："我信你的。我们走吧？"

他点点头。

第 25 章　遗　言

三个红卫兵司令来到食品加工厂的时候天还没有大亮。他们是提前来做准备工作的，最重要的是点火生炉子，把那一大锅松香熬开。

加工厂有两个门，一大一小，都被油漆成了大红色。以往白天大门是开着的，整天汽车、马车、三轮车、手推车等各种车辆进货、出货络绎不绝。自从横扫牛鬼蛇神掀起高潮，许多业主、商贩被抓、被斗、被关，铺子纷纷关了门，摊子被砸了。趸货的不来了，加工厂的产品自然也就无处出售，处于半停工状态。

砰砰砰！石进城敲响了那个侧门。上班时间还不到，两个门都关着。保卫科的人都认识他们，平时只须稍等一会儿就会有人来开门。

果然不大一会儿，吱钮一声小门开了一道缝，来的却不是保卫科的人。门开得很拘谨，狭窄的门缝里闪过半张脸来，这半张脸让华苏婴惊喜得叫出声来："戴主任！这么早您怎么来了？"

戴老姨打开门，说："我怎么来了？我不来行吗？我也算是看透了，在外人看来，你们三个司令，风风火火，红红绿绿，风风光光的，可实际上哪件事要是我操心不到，天大的事也都会让你们给耽误了。要是真的撒手不管，还指不定会耽误多大的事呢！"

三个人听出了端底，不由得在戴老姨身后相互挤眉弄眼偷笑。他们心里明白，前天开会还在说戴老姨开的名单都是虾米小鱼，分文不值，可是戴老姨居然能凭一己之力，跟踪王大毛，力排众议，硬是揪出了一个国民党集团军司令，潜伏的特务集团！可是，到目前为止，她连一句顺耳的话都没听到，她义愤难平！

华苏婴吐了一下舌头，连忙安慰说："您的贡献我们心中都是有数的。今天我们能取得这么大的成就，哪一点也离不开您的指导。您别着急，等文化大革命取得最后胜利的时候，我们一定向上级给您请功。那时候，说不定还会给您发一个文革英雄的大勋章呢！"

甄土改与石进城又是摇头，又是跺脚，你怎么跟她说这些，让她长脸呢！华苏婴却不明白为什么制止她，一直把要说的话说完。

华苏婴真诚的抚慰，使戴老姨心里熨帖许多，渐渐平复了心情，说："昨天王大毛上台，一通嘴巴子一搧，把大事都耽误了。我们虽然抓住了晋风，可是他一句有用的话也没吐。我正要去学校找你们，立即开审啊！你们知道今天的审问有多重要吗？可别高兴太早了，嘛事赶早不赶晚，夜长了梦多，别以为晋风这两口子都攥在我们手心里，我告诉你们说，煮熟了的鸭子还能扑棱一下就飞了呢！"

华苏婴惊奇地问："您怎么担心他会飞了呢？"

戴老姨说："这我见的多了。他这么大的爵位，昨天批斗会一开，转眼就传到上边去了，传到北京也说不定。分分钟都有可能开来一辆汽车把他接走，要是真的这样，这一通我们就都白忙活了。这么大的一块肥肉，谁不惦记着呀？"

华苏婴说："您怎么跟我们想到一起去了呢？"

甄土改问道："你这么早来这里干嘛呢？"

戴老姨神秘地笑了："我先把审问用的东西准备好，到时候好用！你们是读着书、看着电影长大的，可你千万别信那里边说的那一套，那都不是真事儿——江姐、许云峰、华子良受尽酷刑也不招供，那都是编的。那还是人吗？不是我拍老腔，这种事我见得多了。听说过吗，'只有不够毒的刑，没有撬不开的嘴'。今天他开口不开口全靠那一锅松香了。我们把火点着，锅底下蹿着火苗儿，那锅里松香咕嘟咕嘟冒着泡儿，爆出蓝烟儿，鬼见了都愁得慌。把隋雍脱光了衣裳，舀一瓢冒泡的松香在她脑袋顶上一晃悠，我就不信晋风他不招！不信你等着瞧！别磨蹭了，紧麻动手吧。"

说着话，来到厂院库房。戴老姨说："这是劈柴和煤，都给你们准备好了。把煤筐和劈柴搬到车间门口。我去拿钥匙，开门，立即生炉子点火，烧开那一大锅松香可得一阵子呢！"

门开了，一道光线从门缝射进昏暗的车间，当他们走进去，光线像电影院背后的放映孔，在地上投射下三个修长的黑影。里面静悄悄的，牛鬼蛇神们还在睡着，只有他们"咚咚"的脚步声，伴随着被惊动的苍蝇飞翔的声音。当他们的瞳孔适应了黑暗——放大到足以看清物体的时候，把他们惊得毛骨悚然。

华苏婴"啊！"地一声惊叫，抱着的劈柴瓣子哗啦啦滚落在地上。一股殷红的血流如同小河一样蜿蜒曲折从车间最深处流淌到了脚前。小河足有一尺宽，一指深。血已经凝固，不再流动，上面粘着一层品种各异、来这里觅食的苍蝇——彪悍的大马苍蝇、妖艳的绿豆蝇、晶莹剔透的果蝇，有的已经死亡，有的被黏稠的血粘住，还在挣扎，但已经不能脱身；偶有零星几个在小河上空盘旋、俯冲、翱翔，画圈儿，发出"嗡嗡"的声响，只因它们还没有吃饱。

他们镇静了一下，从惊慌中摆脱，脚步追随着目光沿着血的小河溯源而上，一直走到发源地——车间最深处的角落。小河的源头是两条缀满各种颜色补丁的裤管，一条是晋风的右腿，一条是隋雍的左腿。晋风靠墙角坐着，九十度的墙角左右拥护着他，使他没有倒下。妻子靠在了他左侧身上，他双臂拢着她，手腕松软下垂。脸色蜡黄，眼角和前额的皱纹全部展开，暴露出隐藏在沟壑中的白色；隋雍脸色像雪一样白。他们神情安详，如同睡着。

两条裤管流出两条小河，不远便汇聚成了一条。

晋风身边地上丢着一片带血的飞鹰牌剃须刀片，刀片上印着血色的、清晰的指纹。一定是隋雍先使用刀片割断了大腿根部的动脉——只需一厘米刀口，血液便会决堤一样奔涌出来，然后把刀片交给了丈夫。他们打满各色补丁的衣着整理得非常肆致——显然，在他们割断腿部动脉之后依然有充裕的时间整理衣裤，有时间说说悄悄话。

在晋风身旁的地面上，有两个血写的字，字有手掌大小，这两个字是"痛快！"

在隋雍身旁的地面上，有一竖行血写的字："大毛妈妈不怪你。"

两个人的十指都被血染红。

戴老姨拍掌顿足道："完啦完啦完啦！我说嘛来着——煮熟的鸭子真的飞了！"

"痛快？让他得意了一回！"甄士改说。

"他太狡猾，我们想到的他都想到了！"石进城说。

华苏婴是下死决心来迎接这场考验的。然而这场考验究竟意味着什么？有多么残酷？将对她的魂灵发生怎样的影响？她并没有真的察觉。她所认识到只有一点——她要赢得这场考验以证实自己对毛主席的忠诚！

然而考验突然消失了，鼓足的勇气突然被泄掉，她一下子就瘫软在地上。这时候她才知道，自己始终在恐惧去做那件极端残忍的事情。一种解脱让她感到从来没有过如此轻松。

石进城在地上捡起一把炊帚，蘸着黏稠的血浆在水泥墙上写下六个大字——"红色恐怖万岁！"

第 26 章　歧视链——老鼠生儿打地洞

　　红卫兵已经两个礼拜没露面儿了，保卫科长郭寇心中很是忿忿不平：这些人就拽甩给我了，好像是应当合份的！这算怎么回事呢？

　　自从红卫兵把车间借去关押牛鬼蛇神，车间的钥匙始终在保卫科放着，他们来，有事儿，就到保卫科拿钥匙；办完事，就把钥匙丢回保卫科走人，连个招呼都不打。前些日子每天都有批斗，游街，审问。不是牛鬼蛇神被押出、押进，就是车间里鬼哭狼嚎。总归，他们每天来人，郭寇还并不觉得对这群牛鬼蛇神自己还担着看管的责任。

　　其实保卫科对牛鬼蛇神所管的事并不多，每天开两次门，上午 9 点和下午 5 点。每次开门，既是开饭，又是放风。开饭，每顿是两个窝头，搭一块咸菜，或者一块酱豆腐，由加工厂食堂按数送来。每人每天八两粮票和一毛二分钱，叫作"草料钱"，是家属已经提前交纳过的；放风，抓紧时间上厕所，他们都很自觉——此外是不管另行开门的。

　　牛鬼蛇神都非常听话，乖顺得如同病猫。每逢放风，车间门打开，过一阵子才会有人走出来。上厕所，领饭，然后蔫溜地回到车间里边去，啃自个儿的窝头。从不乱走，也没人说话，更不用担心他们闹事，逃跑。他们知道闹事就是身上痒痒了，找打呢；逃跑，当今的天下，没有粮票，饭也吃不上；没有身份证件，一分钱也赚不到；何况都在搞文化大革命，到处都在抓人，天下虽大，何处可以容身？跑就是找死。唯一的法子就是在这里忍着。虽然他们不归保卫科管，但他们知道，他们惹不起保卫科的人。

　　保卫科的人其实就是厂里的几个地痞、流氓、狗食、狗烂之类的人。他们在车间工作的时候，不好好干活，横行霸道，没人惹得起。厂领导很会因人制宜，充分发挥他们的长处。别看他们干活不行，看厂护院却比那些老实的工人强多了。于是就把他们从车间调到保卫科。之所以让郭寇当科长，就因为他是地痞中的地痞，流氓里的流氓，只有他能够镇乎住他们。现在做了科长，沾上了官面的身份的边儿，虽是地痞流氓，却具有了合法性，普通的地痞流氓惹不起他。

郭寇当科长之前，厂里经常丢东西。夜里常常有人跳墙进来，撬开库房，白面、白糖，五十斤一袋，整袋整袋地往外扛；猪肉，一扇就是半只猪，整扇整扇地往外顺；豆油三百斤一桶，墙里墙外一边架一块跳板，顺着跳板滚上去，再顺着跳板滚下来，就跟搬运自己的东西一样理所当然。盗贼就是附近的地痞流氓，都不是善茬，没人敢管他们。

自从郭寇当科长以后，他在厂里养了两只大狼狗。那狗，立耳朵，黄毛黑背，正宗的"铁包金"，黑嘴头子，起名一个叫"阿英"，另一只叫"阿雄"。厂里有的是猪肉、牛肉的下脚料，用来喂狗，不用增加开支。

平时喂狗，其实那就是一种示威，演给盗贼看的：他们事先扎了一个稻草人，把稻草人的胸部扒开，把猪肝、牛肉塞进去，绑好，然后给稻草人穿上裤褂，戴上帽子，穿戴打扮仿照着街头的地痞流氓装束，把稻草人戳在大门前。先把狗饿上两天。平时狗就用大铁链子拴着，另一头锁在大柳树上。喂狗时，一开脖锁，阿英、阿雄就咆哮着窜过去，把稻草人衣服撕得粉碎，扒开胸腔，掏里边的肉吃。日子不多这两条狼狗就变了模样：个头儿像小牛一般大小，周身闪亮，竖着耳朵，黑嘴头子时常沾着血迹，眼睛里闪烁的不是家畜、而是野兽的光芒。

白天狗锁着，晚上厂子一关大门，就把狗放开，让它们在厂子里边四处巡察。从此以后，厂里再也没丢过东西。盗贼虽然跟保卫科的人一样也都是地痞流氓，狗食狗烂，但他们惹不起保卫科的人——人家好歹占着官面的势力呢！

这都是前几年的事情。

那天批斗会散场，这是第一次把牛鬼蛇神押到这里来——红卫兵提前跟厂方谈好了，借用大车间关押牛鬼蛇神。保卫科知道红卫兵要来，加工厂的大门没上锁，就那么虚掩着，门前还留着灯。

　　石进城在前，甄土改在后，当中一队红卫兵，端着木枪，押解着一队牛鬼蛇神来到加工厂。石进城推开大门便径直向里走。那两条大狼狗见来了生人，"嗡"的一声就朝石进城扑来，他往后一闪，一个趔趄，若不是牛鬼蛇神在后面接住，定准摔个大仰巴叉。石进城还没有来得及站稳，两条大狼狗，呲着白牙，疯了一样轮番向他扑来。幸亏有铁链子栓着，没能伤着人。那两只狗力气忒大，拉着铁链子震得大柳树梢"哗哗"地响。把石进城吓了一个真魂出窍。

　　郭寇没回家，知道红卫兵要来，在保卫科里等着。听见狗叫，叼着烟卷慢条斯理地走出来，把阿英、阿雄喝住，抚摸着它们的头，对石进城说："来，倒是言语一声呀！"他没把这个小个子中学生放在眼里。

　　石进城狠狠地捌了他一眼，一声没吭。把牛鬼蛇神锁进大车间后，他叫上甄土改，和两个红卫兵，把消防箱的门砸开，取出里面的镐头、斧子，把阿英、阿雄打成了烂泥，然后把血淋淋的两条死狗扔到了保卫科门前，一句话没说就走了。

　　郭寇听着屋门外两条狗惨叫，没敢露头，大气都没敢出。可这并不等于郭寇心里边没窝火。打狗看主人，是谁都懂得的道理，这分明是红卫兵当着全厂人的面打了郭寇的脸，这火窝大了！可是郭寇惹不起红卫兵。不光是郭寇惹不起，说来也怪，狗虽然被打死了，可厂里的东西连一根猪毛也没丢过。

　　这事口耳相传，添油加醋，不胫而走，兼之后来十几天里，每天都有尸体从这里拉走，坊间送了石进城一个外号叫作"铁血魔头"。

　　还是红卫兵横啊！咱惹不起还躲不起嘛！郭寇心里说。

　　因此郭寇就当没发生这件事，胳膊折了袖里吞，狗的事跟谁也不提。对红卫兵态度，既不冷淡，也不热情，客客气气，来你就来，走你就走，你爱干嘛就干嘛，我该管的事还得管好，让你挑不出毛病。

　　可是坐下来细想，还不仅是惹不起，而且还躲不起。他们的事不能不管吧？眼下就有一百个牛鬼蛇神在你这关着，每天开门、关门，他们的吃喝拉撒都是你的事儿吧？你要是不管，出了事儿，比如有人逃跑了，比如有人自杀，有人放火，就得你兜着。

可现在不一样了，红卫兵整整两个礼拜没露面，郭寇心理便失去了平衡——谁的孩子谁抱走，好么，一百来号人，拽给我了，连个招呼都不打，出点事儿算谁的！

"老鬞，今天你嘛也别干了，去把那个戴老婆子给我叫来，现在就去！"郭寇忍了好几天了，终于沉不住气了。这天一早刚上班，郭寇就下了命令。

老鬞姓曾，名字叫曾树文。可人们既不叫他"老曾"，也不叫他"老树文"，而是把"树文"两个字拼到一起，叫他"老 shún"，二声字，阳平声调。在北方的意思是"长相难看"，也是"不吉利"的意思。这个字只存在于口语当中，字典上没有这个字，现在迫不得已把它写作"鬞"。曾树文就被叫作"老鬞"，大家认为无论是从相貌，还是人品而言这个名字非常合适，于是就势不可挡通行起来。时间久叫惯了，他也并不计较。

老鬞年轻时候也是个琉球嘎杂子，只爱跟着地痞流氓在一起混，今年已经四十好几，家里也是老婆孩子一大堆了，只还是不着调。在车间偷懒耍滑，什么活交到他手里肯定都给干砸了。车间主任说他："除了做醋不酸，做嘛嘛都酸。"嘛活也不敢派给他，他就乐得清闲。可是郭寇却偏偏看上了他的能力，把他从车间调到了保卫科。

"我说科长，他们不来多好，多消停呀！你找她干嘛？"老鬞说。

"干嘛？是她带着红卫兵把车间给借走的。现在一百来号人在这里边安营下寨了。人抓来了，该审的审，该判的判，该枪毙的枪毙，对不对？我这是车间，不是监狱！冤有头债有主，是她办的这个事，现在都搁在我身上了，我倒要问问她这算怎么回事？"

老鬞说："我看这事不好办。为嘛呢？你没看见戴老婆子带着红箍呢吗？跟那群学生一模一样的，他们是一伙的，咱们惹得起人家吗？你忘了阿英、阿雄是怎么死的？弄不好一翻脸，把咱俩也关进去，咱都没地方喊冤。那帮人在里边待着就待着呗，反正车间闲着也是闲着。"

郭寇说："你还真信她是红卫兵呀？那群学生们不过是看她有用，拿她当狗使唤，才发给她个红箍。她还真的狗仗人势，觉着自己不来呆了，上蹿下跳的就显她了。不信你等着瞧，等她没用了的时候，红卫兵要是不一脚把她踢一边儿去算我看走了眼。你传我的话，就说我叫她到厂子来一趟。"

老鬈一歪头，把牙花子嘬得山响，就是不动身。郭寇冷冷地说："说句痛快话你去不去？不去，有的是人愿意去！"

老鬈懂得这话里边的意思——不听话，就别在保卫科混了。不在保卫科混了去哪？下车间干活呗！老鬈知道，郭寇是个说得出来就做得出来的人。遂一迭连声地说："别别别！我去我去还不行吗？给我个地址。"

郭寇瞪了他一眼说："地址？算了，还是让别人去吧！"

他知道郭寇恼了，再啰嗦，恐怕连转圜的余地都没有了，遂立即说道："我去！"说罢"噌"地一声站起来，推开门就走了。

郭寇在办公室里待着，过了中午还是不见老鬈回来，郭寇心里的火一阵一阵往上窜。心里暗自决定，下班前要是不回来，明天就把他从保卫科踢到车间去！

下午四点半，离下班只有半个钟头，老鬈回来了。郭寇说："你还回来干嘛？直接回家得了。"

老鬈看郭寇铁青的脸就知道他火了，立即说："好么，我能回家么？我知道你等我回话呢，我紧赶慢赶，赶着回来跟你汇报呢！"

郭寇说："少跟我废话，戴老婆子呢？"

老鬈说："科长，这事儿不像你想的那么简单，太复杂了！这一天，我是马不停蹄地跑，把鞋底子都磨薄了。"

老鬈从别人的办公桌上端起一个把儿缸子，揭开盖儿，幸好里边还有茶底儿，一仰脖子"咕噔咕噔"喝完，说：

"科长，你别着急，人，我是没找来，可这个事让我办妥当了。今天亏了你是派我去了，换另一个人也弄不明白怎么回事！

"今天打从这儿出去我就奔派出所了。派出所所长大于让我去居委会找她，她是那的主任，准在那呢。打派出所出来，我直接就奔了居委会了。居委会的一个老婆子跟我说：'你找戴老姨？我还找她呢！她一个多月没露面了！现在她在哪？我还想问你呢！你还不知道嘛，她在了红卫兵了，带着个大红箍，整天东跑西颠忙着逮人呢。你要是非找她不可，就到她家里去看看，说不定能碰上。你找她干嘛？'

"我哪有工夫跟她逗闷子？我跟她要了个地址，打居委会出来，直接就奔她家了。她住一个大杂院里，一打听，人家告诉我说'这就是戴老姨家。'我一看，好家伙，门，挂着门帘子，窗户，挂着窗户帘子，捂得严严实实连个缝也不露，里边是嘛情况？一点也看不出来。我心想，大白天的，这是怎么啦？焖臭豆腐呢！

"你别着急呀科长，这怎么是废话呢？一句废话也没有！

"我敲门，没人理；又敲，还没人理。门可没上锁，里边明明有人。我猜，她琢磨着，敲一会没人理，就自个走了。我心里话说：走？没门儿！我就使劲地敲，你不开门我就没完没了地敲，我倒要看看最后谁宁得过谁。

"敲着敲着我听见里边有动静了，一会儿，门插销响，哈！你认屉了吧？接着，门开了一道缝，屋子里黢黑，从门帘子后边钻出一个脑瓜子，紧接着涌出来一股子被窝味儿，差点没把我熏死！屋里是嘛情况？一点也看不见。可我一看这张脸，好嘛，差点没把我吓死——跟个鬼似的。

"是她，不是她是谁？可跟上次来的时候模样大不一样了。那真是面如黄钱纸，唇似蓝靛青，脸儿黄里透着黑，脑门子上三个火罐子的印，紫黑色的；罐子印周围、两边太阳穴密密麻麻挤着满天星红点，日子多了，那些个星星都变成紫黑色的。我以为是见着鬼了！她要是不说话，我根本就认不出来是她。前几天还挺着胸脯，东蹿西跳的，今儿个是怎么了？

"她问我找谁？我说，就找你！接着，我就把你的话一五一十，原封不动地跟她说了。我说，我是食品加工厂保卫科的！我们科长派我来找你，你跟我们厂里借的车间，现在里边还关着一百个牛鬼蛇神呢。你们拍拍屁股走人了，两个礼拜不露面，这算怎么回事？我们郭科长让你立即去一趟。

"她说她病了，去不了。我看她那样子不像是说瞎话。我说，病了也不行啊，病了你也的办事呀！她说，那车间不是她借的，是红卫兵借的。我说，你不就是红卫兵吗？我看见你好几回了，带着红箍，跑前跑后地，到处抓人。没有你，红卫兵能找到我们厂来吗？她说，我不是红卫兵。当初红卫兵求到我头上来了，我只是给他们帮个忙。那一百多个人不是我抓的，也不归我管。

"科长，瞧你说的，我哪能白跑一趟？她说下大天来也没用！我见她说'我不是红卫兵'，我心里就有谱了，对！我不怕她了——红卫兵我惹不起，我还惹不起你？我跟她说，你少跟我一推六二五！车间是你借的，你跑不了，今儿个你就得跟我走一趟！

"我这一横，你猜她怎么着？她立刻就软下来了。她说：'我跟你去了也没用，我做不了这个主。再说了，你看我现在这个模样，出去还不把人吓着？你要是非得找能做主的人，你就去卫国道中学红卫兵司令部，找华苏婴，她是总司令，是个女的，还有石进城和甄土改，这两个是副总司令。人是他们抓的，车间是他们借的。怎么办全凭他们一句话。'我一想，她说的也对，咱们不是要把车间要回来吗？她做不了主，就是我拿绳子把她绑来也解决不了问题。我不跟她瞎耽误工夫，这事还得跑一趟卫国道中学。

"你说嘛？我去了没有？我去了！不光是去了，并且还把这个事彻底弄明白了。当时，我灵机一动，冤有头债有主，干脆我就去卫国道中学找他们总司令。"

郭寇沉不住气了："少说废话！出去一天也没办成一件事，你有功了是吗？"

老鬓笑了："科长，我真的有功了！这一趟卫国道中学我没白跑！"

郭寇早已不耐烦："找到他们总司令了吗？"

老鬓摇头道："没找到。"

郭寇急了，手指着门喝道："你给我滚出去，明天上车间报道去！"

老鬓说："你急嘛呢？你听我跟您说，红卫兵司令我是一个也没找到，可是比找到人还痛快！简单捷说，我直接就奔卫国道中学去了，到传达室打听红卫兵司令部在哪。传达室看门的是个退休补差的老头。他问我：'你是找思想兵呢，还是找主义兵？'

"好么，一句话把我问懵了。我说：'嘛是思想兵，嘛是主义兵？

我就找红卫兵。'

　　"老头说：我们学校的红卫兵有两个，一个叫毛泽东思想红卫兵，简称思想兵；另一个叫毛泽东主义红卫兵，简称主义兵。这两个都是红卫兵，你要找哪个？我不能随便指给你，免得你找错了惹乱子。为嘛呢？别看都是红卫兵，这俩可是死对头。思想兵都是干部子女，他们仗着父母过去参加过革命，他们天生就是革命派，自己最牛屄。运动一来，他们第一个成立了红卫兵。简单说吧，运动一开始，思想兵一天的工夫就抓了一百零八个牛鬼蛇神，囚在食品厂大车间里。晚上开批斗会，白天严刑拷打。白公馆、渣滓洞的刑法要是跟他们比就不算嘛了。用给猪褪毛的大锅把松香烧开了给人褪毛。每天早晨，火化车整车整车地往外拉尸体，跟面口袋一样码着，这些人都是平民百姓。

　　"主义兵呢？成立的比思想兵晚了一天，就起了这个名字。你一听就知道，主义比思想牛屄多了，对不对？他们都是工人、贫下中农，穷三代出身，天生的无产阶级。他们觉得自己天生的正确，也是自己最牛屄。你想想，两个牛屄到了一块能有好吗？运动一来，两支红卫兵就开始了抓人、整人的比赛。一个比一个抓得多，一个比一个整得狠。

　　"也没有道理可讲，这两个天生就是冤家对头。要是一个说这是黑的，另一个一定说是白的；一个说对的，另一个一定说是错的；一个说是好的，另一个一定说好个屄；一个说香的，另一个就说是臭狗屎。

　　"说说也就算了，嘴上痛快一下也没嘛大不了的。可是偏不！心里边有那么一股子邪劲儿，不压你一头不痛快。也就是两个礼拜以前吧，思想兵的两个副司令，一个叫石进城，一个叫甄土改，带着几个弟兄把一条标语贴到了主义兵的司令部楼上了。四层楼，从楼顶一直贴到楼底，一张大字报纸就写一个字，二里地以外都能看见。这条标语写的是嘛呢？是：龙生龙，凤生凤，老鼠生儿打地洞。

　　"主义兵这边一看就受不了了。别看都是红卫兵，在他们心里都是分高低贵贱的。你想啊，革命干部出身的思想兵，江山是他们爹妈打下来的，能瞧得起你主义兵吗？你们工人农民再怎么说，水大也漫不过桥去，你还能跟革干子弟相比？这条标语不是揭人老底儿吗？龙是谁？凤是谁？这不是明摆着说革命干部吗？老鼠是谁？主义兵这边都是无产阶级出身，你想呀，城市的无产阶级哪有体面的事由呀？拉胶皮的，扛大个儿的，赶大车的，扫马路的，掏大粪的，要饭的，拾毛蓝的，但凡有一点点本钱，做个小买卖，哪怕是卖个糖、卖个豆儿也比无产阶级强。虽然嘴上说无产阶级是领导阶级，可他们自己心里边总是牛屄不起来，总觉得低人一等。俗话说，打人别打脸，说话别揭短。这个标语可不光是打了脸，并且还戳了心窝子，捅了肺管子。

"你想想，只要是个红卫兵，哪个是省油的灯？平白无故地还要杀七个、宰八个呢，能咽下这口气吗？主义兵就商量，也想给那边贴一条标语，还击一下，可是想了半天也想不出解气的词儿来。主义兵的总司令叫刘树强，最是个不省事的主儿，他说，不是显摆你们爹妈是革命干部吗？太好了！这不是自己往套儿里钻吗？现在风向转了，'横扫一切牛鬼蛇神'结束了，现在是'要革那些过去革过命的人的命'，听明白了吗？这话有点绕。说白了，你过去革过命，现在要革的就是你的命。换句话说，叫作整党内走资本主义道路的当权派。风水轮流转，现在轮到你们倒霉了！你们的爹、你们的妈哪个跑得了？先把他们爹妈都抓了，把家抄了，批斗会开了，把走资派的性质那么一定，我看你们还往哪跑？还想当龙呀，凤的？做梦吧，乖乖地给我当狗崽子，只许老老实实，不许乱说乱动！

"弟兄们一听可乐坏了！这个过瘾，解恨！刻不容缓，立即动手。

"这招可是够黑的啊！我都奇了怪了，照说还都是孩子，最大不过是十七八岁吧？哪来的这么多坏心眼儿？这么心狠手黑都是娘胎里带的。

"这时候思想兵那边得到一个绝密消息，有一个潜伏了十七年国民党高级战犯，被他们发现了行踪。这一下子把他们忙的昏天黑地。连夜抓捕，得准备东西吧？火把，手电筒，绳子，都准备好已经是半夜了。紧接着就是抓捕，抄家、开批斗会、审讯。忙得连个插针的空也没有。

“那些天思想兵一个总司令，两个副总司令那叫一个风光！出来进去，红旗遮天蔽日，真是烈火烹油，呼风唤雨，一呼百应。

“谁也没想到，你前边抓国民党战犯，后面让人把你老窝给端了：一个总司令、两个副总司令，三个人的爹妈都被主义兵给抓了，家也给抄了。整个校园铺天盖地都是打倒他们爹妈的大字报。

“当天下午就是游街，意图是明摆着的：就要把这个声势给造出去，把‘走资派’的罪名给你坐实了，让你翻不过案来。那声势可就大了去了！五辆大解放牌汽车，每辆车两边都站满了牛鬼蛇神。总司令的爸爸是学校的校长，当然是走资派；她妈妈是个俄罗斯女人，给打成了苏联特务；两个副总司令的爸爸都在车上押着，挂着牌子，做着飞机。这还不算完，批斗会还没开。

“照说抄完家紧跟着要开批斗会，可是现在已经好几天了，批斗会为嘛还按着不开呢？因为狗崽子找不着了，批斗会不能少了他们！狗崽子是谁？就是华苏婴、石进城和甄土改呀！三个总司令转眼就变成了三个狗崽子。可是狗崽子跑哪去了？早都没影儿了。主义兵找不到人，就联络公安局下了通缉令，捉拿总司令华苏婴、两个副总司令石进城和甄土改。看见那张通缉令了吗？就在那贴着，上边贴着照片，下边盖着公安局的大印。现在他们都成了通缉犯了。通缉令下了好几天了，可是人，连个影儿也找不到。

“有意思吧？螳螂捕蝉黄雀在后，昨天还风风火火抓人，今天就被人风风火火地抓。黄雀后边还不知道有谁呢。等着瞧吧，热闹还在后边呢！

“对了，你刚刚说你要找谁？是找司令？是谁的司令？”

老鬓说到此处突然停了下来，从兜里摸出一盒烟，抽出一支递给郭寇，把一支斜叼在自己嘴角，摸出火柴给郭寇点着，自己也用同一根火柴点着，用力地吸着，一脸得意的笑容，意味深长地看着郭寇。

郭寇是何等人？是头顶拍一拍、脚底板咚咚响的人。听着，眼珠子不停地转。他长长地吐了一口烟，站起身说：“漂亮！太漂亮啦！这才几天的工夫？风向说转就转了！回家，明天一早放人！”

第 27 章　歧视链

——在外边混先得弄明白自个行老几

　　二天一早，郭寇跟厂长提出释放牛鬼蛇神的建议，厂长正为此事发愁：放人，他不敢，万一红卫兵回来要人可就麻烦了；不放人，这是食品加工厂，随时都有可能复工，他要提前做好准备。正当进退两难之际，听了郭寇汇报的情况，喜出望外。遂说："今天你就把这个事儿给办了，千万别忘了把人头儿留个底子。"

　　跟往日一样，早饭依旧是两个窝头一块咸菜。今天为了放人，比平日早了一点。郭寇站在笸箩旁边，微笑着对排队领饭的队伍说："这可是最后一顿饭了。"一句话把全体牛鬼蛇神吓得一愣。

　　郭寇嘴角一抽，笑了一下，说："不是那个意思啊，别多想！今天我决定放你们回家。"他指了指身边桌子上的名单，继续说道："回去以后别忘了自己是什么人，别忘了认真反省，加强改造，别忘了这次的教训，要痛改前非，重新做人。在那个名单上签个字，吃完饭就可以走了。"

　　这时瞎二囊子已经把饭领到手里，举着窝头问："不吃饭可以走吗？"

　　郭寇打了个锛儿，说："噢，当然可以。"

　　刘铁手，王万金也已经把饭领到手。瞎二囊子见说，随手把窝头往地上一扔，那窝头"咕噜噜"滚出去老远。他走到桌子前签了字，说："我可真走啦。"说罢转身就走。

　　郭寇恭敬地说："您走好，以后有事言语一声。"

　　瞎二囊子、刘铁手、王万金被抓前，自己主动上街扫马路、掏厕所，被抓时下跪磕头的故事早就被添油加醋传遍大街小巷，郭寇早已听说过。在郭寇的理解中，他们已经被红卫兵吓破了胆，打断了脊梁骨，彻底屁了。虽然你曾是混混儿的翘楚，江湖领袖，牛屄一时，可毕竟"落配的凤凰不如鸡"。我如今是保卫科长，对于你们，不仅仅是"县官"，而且是现管，我想把你怎么样，就能怎么样。是红卫兵抓的你，是我把你放了——这恩惠可不算小。尽管如此，我没有居高临下地看待你，对你如同过去一样地恭敬，并且告诉你，以后有事尽管开口。这话传出去，我郭寇够大气！够局气！给足了你面子！在道上，这份儿说到哪儿都亮得过去！他如此想着，便不免有骄矜的颜色和语气流露出来，这在落难的瞎二囊子心里格外敏感。

同样的事情在瞎二囊子那里却有着不同的理解。在他眼里，江湖中最值钱的就是脸面。当初他用一只眼珠子挣下了这个脸面，如今要保持这个荣誉就是丢掉性命也是在所不辞的。至于扫马路，下跪并非吓破了胆。老话讲，光棍不跟势力斗，识时务者为俊杰。大丈夫能折能弯，乃是英雄本色。在街面混，这点事儿都看得懂啊？

郭寇的话在瞎二囊子耳朵里怎么听也大不受用。

"你——这是跟我说话呢？"瞎二囊子见说，停下脚步，扭转身来，撩起一只眼皮，乜斜着郭寇，慢悠悠地说。

"是窦爷，有事您尽管言语。"郭寇说。

"世道真是变了？多咱轮到你跟我这么说话了？"

瞎二囊子这张肥胖的黑脸已经够郭寇毛骨悚然的了，听这话若更让他四肢发软。刘铁手和王万金在后面已签完了字，用鼻孔笑着。

王万金笑道："这就叫'穷人炸富，狗穿皮裤'！"居然笑出声来。

郭寇瞬间一股恼火撞上头顶，却也意识到自己话语的唐突，强压住了恼火，连连说："不敢不敢。"

瞎二囊子说："这才几天呀，你真的忘了自个行老几了？'有事儿言语一声'，我的事儿，跟你言语，你兜得住吗？"

郭寇此时吓得敛声屏气，一个字也不敢回。

瞎二囊子哼了一声说："记着啊，出来混，先得弄明白了自个儿行老几。"

王万金意味深长地点头道："嗯！这话是金玉良言，价值千金！"

刘铁手道："这句话可值了钱了——够你享用一辈子的。"

瞎二囊子说："二位，还磨蹭嘛？赶紧回家吧——吃碗嘎巴菜还来得及。"

王万金说："好嘞，咱们走着？"

刘铁手说："走着！"

说罢三人转身扬长而去。

郭寇跟随在身后，还在琢磨瞎二囊子的话，连连说道："前辈教训的是，明白了明白了。"说着三人已经走远。

牛鬼蛇神走后，郭寇清点名单。名单人数108人，只有97人签字。其余11人死亡。郭寇在在押人员签字处一概写上"死因不详"。

郭寇填写完毕，把名单交送厂长办公室以备后查。

活着的都遍体鳞伤，鼻青脸肿，他们不仅仅精神上被批倒批臭，肉体更是体无完肤。只有瞎二囊子、刘铁手、王万金三人没受重伤，只在押上台时被围观人民打了一阵，伤口现在已经愈合。

关押初期，所有家人都送饭来。但红卫兵强制执行伙食统一管理。每人每天只需交八两粮票和一毛二分钱，叫作"草料钱"。因为是"牛鬼蛇神"，不要送饭，送来也是白送，立即倒进垃圾箱里。家人交过"草料钱"之后就不再送饭。只有瞎二囊子一人，"草料钱"虽已交过，一日三餐仍有一个小脚女人送来。虽然当面就被倒进垃圾箱，但从未缺少过一顿。

当天下午，厂部派人清洗车间。车间本来就是加工熟食产品的，自来水龙头、胶皮管、大棕刷、清洁剂都是现成的，不用半天就把车间洗刷得干干净净。不久，各食品店、摊点逐渐开业，前来趸货，食品加工厂随即恢复生产。大车间屋顶的天窗又飘出诱人的香气——香干儿、豆腐丝、炸面筋、猪头肉、玫瑰肠、熏肉、火腿等的气味——素的荤的都有。

呻吟嚎叫已经停止，血迹已经擦干，何况又飘出肉香？这里曾经发生的事，则如同被冲刷掉的血迹一样，很快被人民忘记。此后再也没有红卫兵回来，询问108个牛鬼蛇神的下落。李公楼前街"横扫一切牛鬼蛇神"的剧目至此合上了大幕。相同的事件在全国各地都有发生，历史上把这个事件叫作"红八月"。

第28章　避灾祸戴老姨蛰伏

　　华苏婴、石进城、甄土改见晋风夫妻已死，遂吩咐戴老姨给火化场打电话来车拉走尸体。并商定，立即返回学校，通知"思想兵"取消今天的审讯行动。

　　返回学校的路上，各自低头走路，各自回顾着各自的惊恐，并无话说。

　　刚刚从前街拐弯，上了新开路，便看见路已经被人群拥堵得不能通过。四人提起脚跟往前看，在新开路正当中，两辆解放牌卡车，尾帮撂下，两尾相对，恰好拼成一个戏台。侧帮上的标语斗大的字写着"打倒刘少奇"，最后一个字"奇"字颇有创意，歪歪斜斜，这么看似是个"奇"字，那么看却又像是个"狗"字。

　　戏台上面正在上演活报剧：四个红卫兵手里各自拿着一个巨大蘸水钢笔、带刺刀的步枪、弯把的镰刀和巨大的铁锤，轮流着砍刺一个男人。这个男人戴着一顶三尺高的帽子，上面写着"中国赫鲁晓夫"。只见他大红鼻子头上点着黑点，很像一个巨大的草莓；头发雪白，从高帽子中刺出来，呲着两颗大板牙。一看便知是国家主席刘少奇。这个刘少奇扭动四肢，呲牙咧嘴，丑态百出。

　　其实华苏婴、石进城和甄土改都已经认定那个被打倒的人是刘少奇无疑，但心里依然充满疑惑，不久前还亲眼看见毛主席和刘少奇在天安门城楼上亲切交谈呢，怎么几天的工夫就翻脸了？形势的变化也太难以捉摸了！

　　戴老姨更不相信，回过头来问："这是打倒谁呀？"

　　石进城眼睛看着台上，轻轻说："刘少奇！这你还看不出来？"眼珠子却都不转过去看她。

　　戴老姨其实已经看出那是刘少奇，只是不敢相信，听了石进城的回答，唰一下脸色变得苍白。她强迫自己冷静了一下，说："我得回家看看，我先走了。"说罢，不等三人回答，掉转头甩开双脚向家里跑去。

戴老姨夫上班去了，小臭儿和老肥也没在家，家门上着锁。她掏钥匙却找不到在哪个兜里，手忙脚乱终于掏出钥匙后，手却颤抖得无法自持，哆里哆嗦，几经尝试，终于拧开锁头，拉门进屋，回手把门关上，然后把门帘挂上，窗帘挂上。仍不放心，把门帘、窗帘的两侧左右拉扯，直到确信门窗没有缝隙可以偷窥时，才咕噔一声坐在床上。不到一秒钟，又腾一下跳起，搬了一个凳子，趾着凳子把墙上的刘少奇像摘下来。下了凳子，拆下镜框背板，把刘少奇画像团成一团，划着一根火柴点着画像，心急火燎地等着画像慢慢变成了灰烬，这才瘫软倒在炕上。

那个时候寻常百姓家里是不挂领袖像的。而戴老姨家与众不同，不仅挂领袖像，而且挂了两个。在正面墙上，两个巨大的玻璃镜框并排挂着，一个镜框里镶的是毛主席像，另一个镶的是刘主席像，占据了半面墙。

毛主席的像已经挂上很久了，刘主席的画像则刚刚挂上几年。那一年她得知刘少奇被确立为毛主席接班人的时候，刘少奇的像便悄悄地出现在她家墙上。走进院子大门，从她家门前经过，只消稍一侧头，就能透过门窗玻璃的反射，看见屋里面两位领袖在镜框里并排挂着。看见过的人不由得暗自猜测，她倒是很有远见，连毛主席身后的事情都给自己安排好了！

话不知道是怎么传出来的，左邻右舍无人不知，戴老姨家是刘少奇的亲戚！并且这亲戚并不远，有根有据，用不了几竿子就能打上。事情是否真实并不重要，反正戴老姨自己感觉良好，觉得在街坊四邻的心目中自己享受着皇亲国戚的荣誉。

今天刘少奇突然成为了"中国的赫鲁晓夫"，对于戴老姨而言如同晴天霹雳，这不要了命吗？这事如果没人理会，自然可以混过去，不久就会被大家忘记，但那毕竟是侥幸。

倘若等来的不是侥幸，而是有人以此为由整她，要把她打成反革命，只需一句话——理由是现成的：她时常跟大家说："毛主席三天不学习就赶不上刘少奇！”这话大家肯定都记得，这要是上纲上线，她逃不掉！并且他家挂着刘少奇像便是佐证，并且广大人民群众无人不知她是刘少奇的亲戚。她断定他们不会闭口不言——她并不缺少仇人，这她心里清楚。

把刘少奇画像销毁后，她一连一个星期没敢出屋。出屋干嘛？你有一个短儿在人家手里攥着，谁想收拾你，随时随地都能收拾你。干嘛还要在人眼皮子下面晃呢？那岂不是给人家提醒？怕人忘了你是刘少奇的亲戚？怕人忘了你家里还挂着刘少奇的像呢！她坚信不在众人面前露面，让人们把她忘了是最安全的办法。

门窗必须挡住外来的视线，不能让外人看见屋里。虽然刘少奇的像已经不在了，但是，人们看惯了你家墙上挂着两张像，现在怎么改成一张了？最好让他们嘛也看不见。

可是戴老姨夫、小臭儿、老肥总不能不出门吧？既然必须出门，那也必须尽量减少。即便是出门，也只趁着一早、一晚没人的时候，蔫溜地把门开一道缝，悄悄挤出去。像猫一样轻盈，像贼一样警惕。

几天来戴老姨陷入了极端恐惧之中，她知道，只要有人提一个头抓她，定会有很多人响应，她的下场定将比她抓过的下场最惨的人还要惨。两天后，她偏头疼，疼得脑浆迸裂，吃了一大把镇痛片也没有止住疼痛。接着便暴发火眼，两只眼睛像是两颗红果，几天后嘴里长满了大燎泡。只要屋外有脚步声，便以为是来人抓她，吓得用被把头蒙上。

戴老姨夫虽整天也不说一句话，但只要开口便能说中要害。他说：“你的病前前后后我都看在眼里，怎么个情况我心里跟明镜一样。这是几件事垛积在一块了。一来呢，是这张像的惊吓，来得太突然；二来呢，多少天了，你在外面看到了太多不干净的东西——血光、死人，都是阴魂、邪气，食品加工厂死了那么多人，他们能甘心吗？不会啊！他们阴魂不散，总会闹出点事儿来。现在，像，咱们已经摘了，过些天人们就忘了，用不着为那张像担惊受怕。剩下的就是那些阴魂、邪气了。这也不是嘛大不了的事，咱们有的是办法对乎它。刮痧，放血，拔罐子都有驱邪功能。”

戴老姨夫虽然从不读书，却能顶半个中医，拔罐子、放血、刮痧都能上得了手。于是就使出全套本领给她治疗。先在脑门上拔了三个罐子，然后在罐子的缝隙间挤了"满天星"红点，在后背刮痧，走罐，几乎把通身都弄得紫青，最后在手指、脚趾放血。

手段都使过了，接下来就是等待效果。这些法子过去一贯灵，而这次等了好几天却都没有功效，头依旧疼，嘴里的燎泡好了旧的又起新的。更为严重的是，胆子越发地小，总觉得有人来抓她，吓得昼夜不能安睡。

一天，戴老姨夫说："这些法子治得了身，治不了心。这些天，你身上的邪祟驱的差不多了，可是心上邪魔还没有驱除，必须想法子把这心魔驱除掉才行。"

戴老姨说："你说得太对了！我这就是心魔，可这心魔怎么驱呢？"

戴老姨夫说："在我看来，这个并不是难事，现在我们就有现成的降魔大神，比钟馗，尉迟恭灵验了不知道有多少呢！"

戴老姨听了不仅没有欢喜，反而忧上心来："我可跟你说好了，现在不同从前，不兴求神问卜，设坛做法那一套。你还嫌我们家事少怎么的？弄不好给我们扣上搞封建迷信活动的帽子，把我们抓进去！"

戴老姨夫"噗嗤"笑出了声："你说的这点事儿我还能不懂？你放心，我们请的可不是一般的神，谁也不敢说我们搞迷信活动。"

"那是谁呢？"

戴老姨夫说："是毛主席！你仔细想想，自古以来，妖魔鬼怪，魑魅魍魉常常兴妖作怪，就连狐狸、黄鼠狼、蛤蟆、老鼠大眼贼儿都很有些法力，常常弄出点事儿来。可是自从毛主席登基坐殿以来，你还见过那些邪门歪道的事吗？没了吧？都让毛主席给镇住了。咱们，不信鬼，不信神，只信毛主席。咱们把毛主席请到家里，为咱们做主，所有的妖魔鬼怪都得跑得远远的！"

戴老姨想了想说："还真的！这法子我一听就知道肯定灵验。"

当时商量议定，只等一切准备停当。

天渐渐暗下来，各家还都没有开灯。黑洞洞的院子，没有一个人。突然亮光一闪，像是天上的闪电，不同的只是亮起来，再没有熄灭。原来是戴老姨家开灯了！岂止是开灯了，而且是开了比平时亮了几倍的灯。居住大杂院，各家只要开灯，都先把门窗帘子挂上，否则外面黑，屋里亮，屋里的一切行动都被外人看得清清楚楚，而屋里人全不察觉，那种被参观的景象，实在令人难堪。

这亮光惊动了全院的人，他家黑了好多天了，今天这是怎么了？不由得开门到屋外看个究竟。

只见戴老姨家封闭了多日门帘、窗帘一概撤掉了，屋内灯光格外明亮，屋外已经黑透，她一家人行动举止便暴露无遗，院内的人站在窗外，就如同观看电影。工夫不大，戴老姨家门前便站满了观赏的同院人。

大家惊奇地发现，她家正面墙上的刘少奇像不见了，毛主席像被移到了正中。毛主席像前摆着一个八仙桌子，桌子靠墙陈放，桌面上满满当当，摆着四盘果碟，分别是苹果、香蕉、白皮儿、槽子糕。果碟前摆放着一碗大米饭和一碗红烧肉，中间放了一双筷子。再往前，当中摆着一个香炉，炉中插着三支香，香刚刚点燃，长长的香杆，顶端燃着微微的暗火，火头飘出三缕青烟。

此时全家都已各就各位，戴老姨、戴老姨夫和小臭儿面对毛主席像站立。老肥侧立在一边，手里握着一本《毛主席语录》，举在了头顶侧前方，高声说道："手捧红宝书，心向北京城。首先，让我们怀着无限热爱、无限忠诚、无限信仰、无限崇拜的心情，敬祝伟大的领袖、伟大的导师、伟大的统帅、伟大的舵手，我们心中最红最红的红太阳毛主席万寿无疆！"由于声音过大，院外听得清清楚楚。

老肥脸上不由自主浮现出无比庄严与神圣的表情，让院子中的人深感差异：这孩子是怎么了？

屋内其他三人早已手握着毛主席语录，如同老肥一样的姿势准备停当。老肥话音一落，三人便一起高声呼道："万寿无疆！万寿无疆！万寿无疆！"

屋内三呼已毕，老肥继续说道："让我们放声高唱《大海航行靠舵手》"遂起头唱道："大海航行靠舵手——预备——起！"

接着四口人一起唱起了《大海航行靠舵手》。

看官一定猜到戴老姨一家正在干什么。前文已经提过，当时流行的两种"祝祷"形式，一种叫作"早请示"发生在早晨；另一种叫作"晚汇报"发生在晚上，戴老姨一家正在做的就是"晚汇报"。

歌声刚停，老肥便带领全家依照"晚汇报"的格式，齐声朗读毛主席语录"老三段"，然后是"新三段"。一切按部就班，有条不紊，肃穆庄严。晚汇报在继续。

窗外看客一阵笑得前仰后合，一阵又起一身鸡皮疙瘩——这一家子是疯了？还是傻了？

然而，戴老姨一家是真诚的。他们对毛主席的崇拜是真诚的。他们要让大家知道，他们对毛主席的崇拜有多么真诚。

自这天起，戴老姨一家每天都大张旗鼓地实行"早请示"和"晚汇报"。说来也倒灵验，她的病情大为好转，嘴里的大燎泡渐渐平复；偏头疼一天好似一天。从此以后戴老姨开始大门不出，二门不迈，每天除了早请示，晚汇报之外，经常给毛主席换换果碟，一早一晚上两炷香。居委会不去了。食品加工厂派老鬓来找她，她也推脱有病不能出门，再也不登卫国道中学的大门，更不登食品加工厂的大门。自己心中暗下决心，外边的事儿今后再也不掺乎了，不是闹着玩儿的，弄不好把自己小命儿搭上。

从此戴老姨开始了她为时两年的蛰伏。直到毛主席颁下另一道指示，才使她再次走上了政治舞台。

第 29 章　请同学们放了他，他不是故意的

　　安娜是做好一切准备迎接红卫兵到来的。她知道外面发生了什么事情，甚至知道食品加工厂发生了什么事情。因此，这"一切"应该包括所有发生过的事情，尤其是发生在所有女人身上的事情。包括发生在跟她身份相同的卞仲耘老师身上的事情。不！这远远不够，卞仲耘老师所受的只是暴行酷虐。没有剃阴阳头，没有被剥光衣服，没有侮辱，也没有自辱。因此必须包括发生在隋雍身上的事情，和发生在林韵身上的事情。

　　在这些准备当中，她没有心存侥幸，因为她知道，运动在发展，残忍也在发展，前边已经发生过的残忍，现在已经算不上残忍。她将要面对的红卫兵比卞仲耘所面对的红卫兵，以及林韵所面对的红卫兵更加残忍。

　　这些准备说复杂，它们多种多样，难以尽数，说简单却也很简单，简单到只有一条底线，那就是宁可死，也不要辱没尊严。

　　当心理准备完成了的时候，恐惧反而消失了。她感到了一种坦然，她微微地笑了，有些激动，她觉得自己将面临一个考验，既然考验不可回避，那就让它早些到来吧！"让暴风雨来得更猛烈些吧！"她想起了高尔基的名言。

　　华膺所想的跟安娜大体相同。他始终自诩学贯中西，没有看不明白的古今之变，也没有理解不了的世故人情。然而文化大革命降临，他却十分困惑。他看不明白毛主席要干什么。更不明白毛主席为什么要这么干。他只得把关于文化大革命的两个纲领性文件，一个是《五一六通知》，另一个是《十六条》，拿来反复研读。一行行读下去，读下去，他试图从字缝里读出字来。终于他明白了，毛主席这么干就是他对现存的一切早已厌倦，他要摧毁旧世界，建立一个新世界！现存的一切是什么？两个纲领说得清楚，不仅仅包含了现存的文化，也包

含了他所亲手建立的国家体制和官僚体系！而自己不仅仅代表了现存的文化，并且也是官僚体系中的一份子。想到此，对自己的境遇和下场也就不心存侥幸了。

他清楚地知道更惨烈、更残酷的事情还在后面。因此，在这一点上他跟安娜完全一致——他对自己只有一个要求：不苟且。

当这些心理准备完成之后，他也感到了坦然。唯一担心的还是女儿，其实岂止是担心？他知道林韵的死、晋风夫妻的死跟女儿有直接关系。他清楚，就是女儿杀了他们！她是总司令，是直接责任人！他深知那不是她的本性，她天性纯真善良，极富同情心。但是，能够把一个天性善良、极富同情心的天真女孩都变成一个恶魔，那个力量岂不是更可怕？究竟是什么把她变成了这样？他不知道，以他学贯中西的学识也看不懂这件事。他也没有任何办法把她拉回来。

他无法预测女儿将继续变成什么样子，将经历什么。然而有一点他心里是清晰无误的，或者说是一个不祥的预感——历史不会饶过她——且不要看女儿现在是大红大紫，风光无限的红卫兵总司令，将来她将遭遇无限凶险。究竟那些凶险是什么？他不知道。

在毛泽东思想红卫兵横扫社会上牛鬼蛇神的时候，毛泽东主义红卫兵正在横扫本校的牛鬼蛇神。此时卫国道中学一百五十名教师，仅仅两个星期的时间已经"揪出"了五十多个牛鬼蛇神，并且这个数字还在增加。他预料到的，一切都恰如他的预料。

华膺见红卫兵闯进他的客厅，把他包围了起来，没有起身，只坐在沙发上平静地说："知道同学们要来，等了好几天了。要干什么你们尽管说，我会配合你们。"

学校停课已经一个月了。刚刚停课的时候，他觉得还有好多校务需要自己处理，但没有想到突然一下，学校的一切都不归自己控制了。在他眼里，红卫兵简直就是胡作非为，而他作为校长却又无法禁止。眼不见心不乱，不如回家坐看事态发展——反正自己无所作为，倒也并无愧疚。

"华校长不愧是留苏专家，聪明透顶，说得好！您和华安娜老师先做点儿准备，把衣服换一下，把这两个头衔儿缝在自己衣服上。您二位现在的睡衣睡裤恐怕不大合适住牛棚吧？"

"主义兵"兵总司令刘树强说，语气阴阳怪气。说罢，把一卷布片丢到了茶几上。

"好，谢谢你为我们着想。"华膺打开布卷，里面是两大、两小四块白色的布片，上面有墨汁写成的字迹。一大、一小是一套，上面的字迹完全一样，只是大小不同。

一套是这个样子：

走资本主义道路的当权派
反动学术权威
历史反革命+现行反革命

华膺

另一套是这个样子：

假布尔什维克真托洛斯基分子
反动学术权威
苏联克格勃特务
历史反革命+现行反革命

安娜·华

名字用红笔画圈，打叉。按照规制，大号的用针线缝在后背，小号的缝在左侧胸前。这就是牛鬼蛇神的标准配置。

"安娜，你去找两件衣服，把这'身份证'缝上去。缝好，我们试一试合适不合适。"华膺微笑着，把手里的布片交给安娜。

安娜就去找衣服、针线。全家衣物全归她掌管，很快她就找到了两套过去参加义务劳动的衣服。华膺的是一套蓝色中山装，已经褪了颜色。自己的一套也是洗得发白的蓝色便装。然后坐在窗前明亮处缝起来。针黹是她少年时期必修的家政课程，看得出她使用针线指法优雅娴熟。只是当年学习针黹时没有想到，居然有一天会派上这样的用场。

"下面还有什么吩咐？"华膺对刘树强说，非常和蔼。

"您很船儿亮，识时务者为俊杰，这样少吃不少亏。下面要把头发剪一下。"说着向后一挥手，过来两个红卫兵，一男，一女，手里拿着剪子。

华膺说："刘树强，我给你提个醒儿，像'船儿亮'这样的词语是街头地痞流氓使用的，一个高中生使用很不适宜，这样的词语会降低你的品格。"说罢，自己移到了一把椅子上，等候着给他剪阴阳头。

刘树强听了教导顿时恨从心来，咬牙说："像您这样的资产阶级绅士，自然看不惯我的地方很多。一个词儿算什么？如果您这都看不惯，以后看不惯的事情还多着呢！还不给老子上？"

他有些恼羞成怒，对拿剪子的同伙命令道。

安娜还没有缝完，用她深灰色的大眼睛瞥了一眼提着剪子站在她身旁的女生，说："杜俊芝你听着，你也是女人，你也有母亲，姐妹。给女人剪阴阳头是对女人的侮辱，这么简单的道理你心里自然懂得。当你懂得这个道理之后还要去做的话，那就不再是侮辱我，而是侮辱你自己！老老实实在一边等着，等我缝完才可以开始！"

杜俊芝听罢义愤填膺："你以为你是谁？我是有母亲、姐妹，但你能跟她们比吗？她们三代都是无产阶级，你是什么人？你是封建沙俄的遗少，贵族小姐，现在你是牛鬼蛇神，你有什么资格跟她们比？"

安娜冷笑一声说："哼！说得真好！看样子你提前还是做了一点功课！既然你知道我是沙俄遗少，你就老老实实在一边等着！沙俄遗少是不接受野蛮行为的。"

杜俊芝提着剪刀，不知道该动手还是等着，眼睛看着刘树强。

刘树强说："够了！对你已经够客气的了，红卫兵小将的忍耐是有限度的，不要得寸进尺！你以为你还是苏联专家？还可以居高临下？告诉你，世道变了，不是以前了。你要是需要帮忙，我这里不缺人手！"说罢用下巴示意旁边的几个女生一起上。

几个女红卫兵正要抬脚向前，安娜说："站住！不用劳动你们，开始吧！"

说罢放下手中的针线，挺直腰板，优雅的双手伸向脑后盘着的大发髻，雪白修长的手指娴熟地摘下发卡，顿时，一条金色的瀑布倾泻而下，直垂到座位下面。与此同时，另外两条瀑布也随之倾泻了下来——那是她的眼泪。

工夫不大，华膺被剪成"山涧式"阴阳头——只在头顶开出一道沟渠，由于故意而为，剪掉的区域长短不齐，头皮一片青，一片白，像生了斑秃疮；安娜则被剪成一侧阴，一侧阳。阳侧虽然剪光，但有长有短，颜色深浅不一，像狸花猫。阴侧则故意剪成七长八短，凌乱不堪。

刘树强见剪完了头发，笑着说："给安娜老师把镜子拿来，让她欣赏一下自己沙俄大小姐的尊容！"

华膺说："刘树强，你是个败类！"

刘树强怒不可遏，咆哮道："败类？我就是败类！在你眼里，像我们这样的人不管怎么样也只能当败类！"

此时安娜却已经止住了流泪，说："杜俊芝，把镜子拿来，让我好好看看你们的罪恶！"说罢冷笑着。

拿着镜子走在半路的杜俊芝听到说："你想看却偏不让你看！"说罢，索性把镜子又放回了原位。

华膺说："接下来呢？"

刘树强说："接下来可就没有这么温情了。听老子的命令，把家给我抄了！凡是'四旧''封资修''帝修反'的东西一概拿到院子烧掉，仔细金银细软一概带走！我倒要看看你这个封资修的老窝藏了些什么值钱的东西！"

话音刚落，十几个红卫兵一起动手。虽然抄家他们已经是行家里手，翻箱倒柜更是轻车熟路，然而像这样意大利小楼还是第一次经手。客厅挂的列宾的画他们根本不认识，被扔到院子当中，等待焚烧。

刘树强走到那幅华世奎的条幅前说："这是什么反动标语？"说

罢便试图读懂文字的意思。那条幅全文是"华膺雅嘱 苟余情其信姱以练要兮，长顑颔亦何伤 华世奎"。然而他连上边的字也认不全，更不用说懂得那两句屈原的诗究竟寄托了华膺的何等情怀。羞恼之下命令手下将条幅摘下扔到院子里一起烧掉。

贝多芬的雕塑被推倒，摔断了头颅。

一个红卫兵掀起覆盖钢琴的绒布，惊叹道："哇！快看看这大家伙是什么玩意儿？"

他见过钢琴，但没有见过三角钢琴。刘树强听说过三角钢琴，也没有见过，猜测这必定就是了，说："你家也太腐败了吧？音乐学院也没有一台三角钢琴，居然你家里独占一台！"说罢，搬起地板上断下的贝多芬雕像人头，向钢琴音箱砸下去。顿时，随着音箱暴烈的巨响，一个音乐史上从来没有人演奏过的和弦被演奏了出来——那是人类可以识别的所有声音的频率——从最低音到最高音所有琴弦一起共鸣，那是震慑心魄、震撼世界的声音。

最后抄到的是书房。推开门，把全体红卫兵都惊呆了，比学校的图书馆的书还多！居然多数都是外文书！刘树强说："哈哈！原来你们的反动思想都是从这里学来的。给老子上，统统搬到院子里烧！"

因为门只能有一人通过，十几个红卫兵只能排队依次进入书房，在取书的梯凳上像码砖一样把书摞起，码到顶住下巴的高度，双手搬起，堆到院子当中。不消十分钟工夫，院子就堆起了一座书山。

他们取出火柴，从书中撕下几张散页作为引火柴点着，却无论如何也点燃不了砖头一样坚硬的书籍。有人从厨房取来食油，浇在小山上，好歹燃起了火苗，渐渐形成了"呼呼"作响的火势，成了一座火焰山。书还在源源不断地从书房搬来丢到火焰山上。

火焰山的高度还在增加。搬书的红卫兵们已经满头大汗。刘树强搬来高高的一摞书，那书几乎挡住了视线。走到火堆旁，"呼啦"一声把书扔到了火焰中。

"刘树强！打……打……打倒刘树强！"秃着半边脑袋的安娜结结巴巴地吼道，显然喊出这样的口号她感到了口生，好像念到了一个外国语的生词，音节在嘴里磕磕绊绊。

众人停住了搬书的脚步，惊诧的目光一齐聚向安娜。

安娜继续说："依照你整人的逻辑，现在你就是现行反革命！还不快把他抓起来！"

刘树强被她的话惊呆了，对！那个年月每个人随时都有可能成为反革命。谁听了这样的话也会心惊胆战。他看了看自己丢到火焰山上的书，没有发现什么不对，瞬间回过神来，笑道："你不要猖狂，不要忘了你不再是苏联专家！我也不再是你班里的劣等生。你现在是牛鬼蛇神！牛鬼蛇神！知道吗？"

安娜说："牛鬼蛇神也依然有捍卫马列主义的职责！我教了你六年俄语，你居然连《列宁全集》《资本论》这几个字你也不认得，你胆敢烧毁马克思和列宁的著作，你不是反革命，谁是反革命？揪出刘树强！打倒现行反革命刘树强！"她不再感到磕磕绊绊，这样的生词只要重复几遍，就可以脱口而出，毫无障碍！

刘树强脸色瞬间变得毫无血色。众人齐齐看着他，他们知道，刘树强今天是在劫难逃了。

他突然跪到火焰山旁，在低处避开上窜的火苗，把刚刚自己丢进去的书，一本一本往外捡。他听到了头发燃烧吱吱的声响，闻到了头发燃烧的焦煳气味，感到手被火舌灼伤的疼痛，眉毛也被烧焦。或许他什么也没有感到，他只知道，只有把那几本书抢救出来，才可避免灭顶之灾。

安娜还在呐喊，声嘶力竭："揪出现行反革命刘树强！打倒现行反革命刘树强！你们还不动手把他抓起来！"

两个红卫兵放下手中的书，向刘树强走去，一左一右，拧住了他的胳膊。其他人也丢下书，向刘树强围了过去。刘树强试图挣脱被拧住的手，向火焰扑去，抢那几本正在燃烧的书。

"住手！"一声高叫令全场人震惊，人们纷纷转过头，向声音发出的方向看去。剃了阴阳头的华膺说话了，"他不是故意的，请同学们把他放了。"

这分明依旧是校长的语气，平静，又不容置疑。他转向安娜说："你刚才也说了，他连那几个字也不认得。不认得，就是说他不是故意的。是的，依照他的逻辑，完全可以把他打成反革命。但是，既然我们知道他的逻辑是错的，就不应该以其人之道还治其人。如果我们也依照他的逻辑做事，岂不是我们跟他们一样野蛮？另外，马克思、列宁的书不可以烧，难道其他书就可以烧吗？"

场面顿时僵化了，红卫兵们不知道该不该听从华膺的话。

安娜看着丈夫，上牙齿咬住下嘴唇，须臾，一股血流从下唇缓缓流出，渐渐留到下巴，滴落在地面。她用力地点着头，说："你说得对，他不是故意的。请同学们把他放了。"说罢眼泪却奔涌而出。

维克多·雨果在《悲惨世界》中写道：铁石的心肝是可以被感化的，而木头心肝则无法被感化。

然而，卞福汝主教依然感化了铁石心肝的冉阿让；冉阿让感化了木头心肝的沙威。

华膺究竟能不能感化刘树强呢？在这个世界上，再也没有比"感化"的力量更微弱的了。它只能作用于人的心肝。对于没有心肝的人，感化便无所作为！

然而华膺夫妇并非要感化红卫兵，在他们心里，他是校长，她是教师。他们必须，也只能做正确的事情，他们要为人师表，他们要用自己的行为告诉他们的学生们，应该怎样做事，怎样做人。

然而他们的学生不仅仅没有被感化，并且没有学会怎样做事，也没有学会怎样做人！

两个红卫兵松开手，刘树强直起腰身，活动一下被扭疼的臂膀，叫道："还愣着干嘛？继续抄家！"

令红卫兵失望的是，居然没有抄出任何金银财宝，就连值钱的首饰、衣物、用具也没有一件。只有一个十二万元存款的人民银行的存折。

刘树强数着存折上数字的位数，那个数字远远超过了他的想象力，他被那个数字惊呆了："十二万元！这是多少劳动人民的血汗啊！你不是走资派，谁是走资派！不打倒你，打倒谁！"

在安娜和华膺的卧室里，他们找到了一个牛皮手提箱。手提箱已经老旧，但丝毫掩饰不住皮箱的考究：锁，提手，铆钉都是黄铜制作。

打开皮箱，里边装的是华膺和安娜结婚时所穿的衣服，和结婚照：华膺的黑色西装、皮鞋和礼帽；安娜的拖地长裙、首饰、高跟鞋——这是另一个世界的服饰。

见到了这些东西他们大喜过望，这是资产阶级生活方式的铁证，也将是批斗会要给他们使用的行头。

刘树强用两个手指头尖捏起胸罩，把手提得高过头顶说："看这个东西稀奇古怪的是什么？"说罢又像是害怕那个东西伤害到自己似的，两指一松，把它坠落到箱子里，说道："把箱子封好带走！"

第 30 章　士可杀，不可辱

　　下午两点整，运输二厂的五辆解放牌卡车准时到达卫国道中学礼堂门前，弄得校园爆土狼烟。下午的程序是游街示众。主角是华膺和华安娜，陪绑的是全校的五十多个牛鬼蛇神。

　　汽车刚刚停稳，一群红卫兵拿着事先写好的标语，提着冒热气的糨糊桶和刷子、笤帚来到卡车边，匆忙往车上贴标语。第一辆上的一侧标语是"打倒走资派华膺！"另一侧是"打倒苏修特务安娜·华！"第二辆车的一侧标语是"打倒思想极端反动的反动分子方舟！"每辆车前后左右都贴得满满的，像是纸糊的汽车。不同的只是，第一辆车的前方绑了两个高音喇叭，那是准备在游街行走期间为宣布罪行、高喊口号准备的。

　　刘树强双手掐着腰站在礼堂门口，左顾右盼掌控着事态进展。

　　须臾标语贴毕。只见刘树强像警察指挥交通一样，左手向右一摆，右手向左一摆，左右两侧便随之有了行动。

　　华膺夫妇抄家后并没有被押进"牛棚"，而是被暂时关到了礼堂，由二男、二女四个红卫兵看守，等待着下午游街。随着刘树强的指挥，华膺夫妇被四个红卫兵一边一个押解走出礼堂；于此同时，一队牛鬼蛇神，每一个都穿着黑色、灰色或者蓝色的旧制服，胸前和后背都缝有白底黑字的"身份证"。因为每人都由两个红卫兵押解，队伍便放大了两倍，显得逶迤浩荡向前行进。

　　他们前后排序是依据罪行的轻重，罪行的最重的排在第一个。这支队伍的第一个就是方舟！任何第一都是价值的标志，从行走的姿态看，他似乎为这个第一感到了荣耀。

　　方舟的队伍从左面而来，要上第二辆车；华膺夫妇从右面而来，要上第一辆车。于是，两支队伍便有了一个迎面的交会。

　　华膺停住了脚步，一个一个地看着他曾经领导过的下属们擦身而过，目送着他们登上汽车，像是检阅自己的队伍。而每一个从他身边走过的人，彷徨的眼神回避着他的目光，只如同身边没有他的存在。

方舟！你怎么被排在了第一位？是呀，不管是当老师，写文章，作诗，还是当牛鬼蛇神，不管怎么排，只有你才配这个位置！

怎么，你的脸怎么变得这么苍白？没有一点血色。看神情这却不像是恐惧的颜色。是呀，本来它就很白，加上两个星期不见天日，如此苍白也理所当然的。然而这更冷峻，更文雅、更高贵了。

怎么，你的胡须这么长？过去你总是把它们刮得干干净净，两腮、下巴都是青青的。我还没有见过留着胡须的你。我喜欢死你现在这个样子了！这才是男人，这才是诗人的样子！有气概，有风度，更大气，更美！美得让人流泪。以后等运动过去了，你就把胡子留着，像泰戈尔，像托尔斯泰。你的胡须是黑色的，不弯曲，会比他们更有气派，更漂亮。

怎么，你脸上横七竖八地这么多伤痕？别人也有，只是你的更多，更深。我知道了，是因为你不服他们的"管教"，不认罪，他们才给你留下了这样的痕迹。不要担心，伤口都会平复，不会在你的脸上留下痕迹的。其实即便留下痕迹也并不影响你的仪容。每一道伤疤都记录着你的心志刚毅，证明着你不曾屈服。

方舟慢慢地走过来，他的目光一直看着华膺，毫无躲闪；华膺也一直看着他，目光温柔。就这样二目相对地走着。走到身边时，突然他的眼睛却闪出了一道亮光，那道光狡黠，轻蔑。

我读得懂那道亮光的意思，你在说："校长，你终于来了？我等了你好久，我知道你要来。你来了我就不寂寞了，哪怕每天只看你一眼。不要担心，我这不是好好的？不要害怕，他们只有这两下子，最坏也不过是我这个样子了。"

方舟看到了校长。看到校长居然没有一丝落魄的样子，方舟却一点也不吃惊，他心里边的校长本来就应该是这个气度。

突然他看到校长的眼睛闪出一道亮光，我读得懂这道亮光的意思，你在说："方舟！又有新诗了吗？如果有，那一定是你最好的一首。不要把它忘了，把它记在心里，以后念给我听！"

"别磨蹭，不是让你们晒痒痒来了。快上车！"刘树强吼着，指挥着。

华膺、安娜被推搡着上了第一辆车，被推向了车斗的最前端。

"低下头把牌子挂上！"押解他们的红卫兵说道。牌子是他们提前准备好的。

他们低下头，牌子挂在了他们的脖颈上。

这么大一辆车只为我们两个人存在，够排场的！这么多年，自从推辞掉了那辆伏尔加轿车，我们再没独享过专车，今天是对我们的补偿吗？

方舟被押上了第二辆车，挂上了牌子，被推到了车的最前端。其他人则被排在车斗两侧。四辆车，每辆车上十二、三个人。每一个人后面都有两个红卫兵撅起他们的双臂，揪住他们的头发，这是标准的"喷气式"。

一切准备停当，刘树强一声令下："出发！"

说罢，他跳上第一辆车门下的踏板，步伐轻盈，右手抓住车窗。汽车发动了引擎，一阵黑烟汽车开始踽踽而行。车头的大喇叭随着响起了口号声。

这一路从校门出来，取道卫国道，经唐家口，过新地道，经大王庄，沿海河东岸，至解放桥过桥，直奔市委大楼；然后从市委回到海河边，沿海河西岸，过狮子林桥，经过华膺的居所民主道，这是游街的第二主题——在街坊邻里中把他们搞臭；再取道新开路，回卫国道，最终回到卫国道中学。这一行程，一路上口号不断，围观人民夹道欢呼，不时有砖头瓦块、烂西红柿、西瓜皮投向车上，砖头瓦块在牛鬼蛇神的头上留下凸起的爆栗；西红柿则化作黏稠的液体在他们脸上，身上滴落。

回到卫国道中学已经是下午五点。华膺和安娜依然被押解进礼堂，牛鬼蛇神被押进了牛棚。

牛棚的规矩跟食品加工厂大致相同：男女混居，如果没有批斗、游街、提审，每天只开两次门。每次开门，既是开饭，又是放风。晚饭由校外食堂送来，是标准的"牢饭"：两个窝头，一块咸菜。

晚上，安娜接到了一个特殊任务——教唱歌。

牛鬼蛇神每天有两次请罪，一天中第一件事情就是向毛主席请罪，这叫作"早请罪"；晚上的最后一件事情也是向毛主席请罪，叫作"晚请罪"。这是"早请示""晚汇报"的变体——牛鬼蛇神执行前者，革命群众执行后者。

以前的"早请罪"和"晚请罪"都没有唱歌这一项。因为《东方红》和《大海航行靠舵手》是歌颂领袖的，都不适合牛鬼蛇神唱。今天有人得到了从北京传来的一个歌谱，叫作《牛鬼蛇神请罪歌》，也叫《嚎歌》。北京的"早请罪"和"晚请罪"都要唱这首歌。刘树强见到这个谱子大喜过望，决定立即在本校牛鬼蛇神的请罪中加入这个程序。

然而牛鬼蛇神不会唱怎么办？红卫兵中不乏识简谱的人。但他们都不愿意一句一句地教唱这首歌。因为，他们不是牛鬼蛇神，每一句都不符合他们的身份。因此，必须找一个牛鬼蛇神，懂得简谱，能够教唱的人。刘树强想起了安娜："这事儿就得让她来，你不是贵族吗？你不是牛逼吗？你不是不服吗？就得让你亲口数落数落你自己，灭一灭你的气焰！"

晚上，五十多个牛鬼蛇神被押到了礼堂，这是每天他们请罪的地方。

牛鬼蛇神走进礼堂的时候便发现今天和往日有所不同：台下在毛主席石膏像的侧面放了一台立式钢琴，这是平时上音乐课用的，现在被抬到了礼堂。显然红卫兵们早有准备。

晚请罪由杜俊芝主持，她并不上台，只站在台下最前面。她命令全体牛鬼蛇神面向毛主席石膏像立正站好，低头猫腰。然后说："华安娜站出来。"安娜本就站在第一排，遂向前迈了一步。

"今天给你一个将功折罪的机会，这里有钢琴，你来教全体'老鬼'唱歌。""老鬼"是对牛鬼蛇神的简称。杜俊芝说罢，把一张手抄的歌谱递给了安娜。

安娜接过手中，看到的是这张手抄的歌谱：

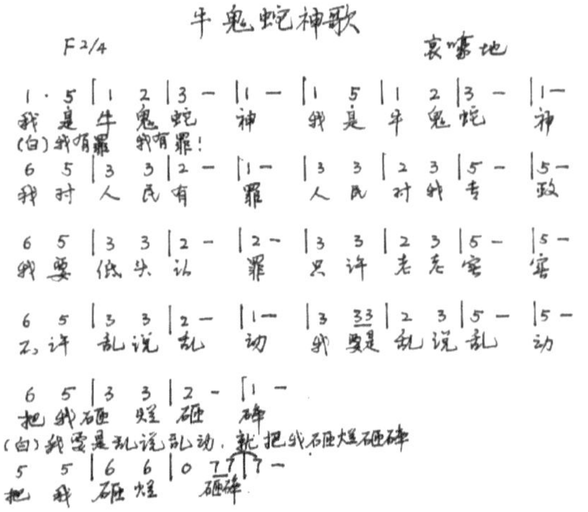

安娜说："这歌我不能教。"说罢，把歌谱还给了杜俊芝。

杜俊芝拿过歌谱，说："不教？你家里不是有钢琴吗？你不是会弹钢琴吗？这个歌谱你不认识吗？"

安娜差点笑出了声："钢琴从来不是弹这种曲子的，钢琴也从来不会照着这种谱子弹。"牛鬼蛇神发出一阵节制的哄笑。

杜俊芝的脸腾的一下从发际红到了脖子根儿，她知道自己露怯了，在"老鬼"面前。这很是刺伤了她的自尊心。她镇静了一下说："你连谱子都不认识吗？"

安娜说："我当然认识。你是高一的学生，简谱你也应该认识，你为什么不教？"

杜俊芝笑了，说："我教？我不是牛鬼蛇神，我怎么能教？"

"好，你还懂得不是牛鬼蛇神，不能教。我告诉你，同样的道理，我也不是牛鬼蛇神，当然我也不能教。"

杜俊芝说："你知道不听话的后果吗？"

"我甘愿承担。"

杜俊芝解下腰间的铁扣武装带，对头一折，握住两端的铁扣，抡圆了朝安娜脸上抽过去。

武装带正在落下，华膺抢了上去，用自己的身体挡住飞落的武装带，高喊道："毛主席教导我们要文斗不要武斗！"

杜俊芝没有打到安娜，却抽在了华膺的胸上，于是更加恼火："你如果再阻拦，我连你一块抽！"

华膺站在杜俊芝面前，用身体护住安娜，并不接她的话茬，只继续喊道："毛主席教导我们要文斗不要武斗！"

刘树强看不下去了："我还没有见过这么猖狂的走资派，还反了你了？"

说罢闯过来，解下腰中的武装带，把两头对折抓在手中，朝着华膺的头上抽去。说时迟那时快，从旁边窜过一个人来，一头钻进了华膺和落下来的皮带之间，那皮带"啪"的一声落在了那个人的头上，顿时额角掀起了一块白皮，瞬间白皮下涌出了血流。刘树强看时，却是方舟。

所有红卫兵都被惊呆了，这是谁？真的活腻歪了？所有牛鬼蛇神都被惊呆了，每当开会他们都尽可能缩首缩尾，都唯恐殃及自己，方舟疯了？怎么敢引火烧身？所有眼睛都看向方舟！他漆黑如同煤炭一样的眼睛闪闪发光，面对刘树强高呼："要文斗不要武斗！"随着呼喊，脚跟也被踮起。

刘树强说："你要找倒霉吗？"

方舟说："你们不能打华校长！这样的脑袋全中国只有一个，他精通五种外国语，全世界的文化都在里面装着，这是国宝，打坏了再也找不到第二个了。我这颗脑袋不值钱，我用它换，要打你们打它。"他指着自己的头说。

刘树强冷笑一声道："你倒不傻，拿不值钱的换，你替得了吗？闪开！"

"你住手我就闪开！"

刘树强吼道："来人！把他弄一边去！"

两个红卫兵过来，扭住方舟的双臂，扯到一边，往上一撅，他头就低了下去，再往上一撅，嘴便啃到了地面，嘴脸沾满了泥土，方舟却不停叫道："毛主席教导我们要文斗不要武斗！"

刘树强吼道："还不让他给我安静点？"于是他的嘴便被死死戳到了地面，地面塞住了双唇，再也无法开合，不能制造出语言的声音。

方舟撤开后，刘树强面对着华膺，他哼了一声说道："闪开。"

华膺高叫道："要文斗不要武斗！这是毛主席的教导，你敢不听！"

刘树强冷笑说："毛主席还说，要武嘛！她更适合这一句！"说着，一把手扭住华膺的一只胳膊，扯到一边，将那只胳膊往后一撅，华膺痛得立即弯下腰去。用力往空中再一撅，华膺的脸就铲到了地面。口中依然不停地喊道："要文斗不要武斗！"

刘树强把牙咬得咯咯作响，说："我让你要文斗！我让你不要武斗！我让你要文斗！我让你不要武斗！"随着每一句话出口，华膺的脸一下又一下铲向了地面，嘴巴啃到了尘土，再也没有发声的空间。

随后叫两个红卫兵过来把华膺交给他们说："给老子按住了，让他安静地待着！"然后转过身来平静地说："好了，现在继续学唱歌。"

华膺撤开后，安娜面前再无人遮挡。杜俊芝走上前来说："我问你到底教不教？"

"你分明知道，这歌是自侮自辱的歌，士可杀，不可辱的道理你应该懂得！"

杜俊芝冷笑说："你还懂得这句话，士可杀，不可辱？你学问不小啊？我让你士可杀，我让你不可辱！"

随着话语出口，"啪！"的一声，皮带抽到了安娜的左脸上，如同爆响了一支炮仗，声音传到了礼堂对面的墙，被反弹回来相同炮仗的声音，在人们耳畔回响。一道红色的檩子缓缓凸了起来。

"毛主席万岁！"安娜高声叫道，

"我再问你教不教？"

"士可杀，不可辱！"

"我倒要看看可辱不可辱！"又是"啪！"的一声，声音更加响亮，礼堂的墙反弹回更加响亮的回音。皮带抽到了安娜的右脸上，又一道红色的檩子凸了起来。

"毛主席万岁！"安娜高声叫道。她以为这样的口号能够制止杜俊芝打人，没想到适得其反，却激怒了她，使她打得更加用力。

索性杜俊芝不再继续问"教不教"，挥舞着皮带向安娜的脸左一下、右一下连续不断抽下去。每抽一下，叫一句："我让你士可杀！我让你不可辱！"

"毛主席万岁！"每一下落到自己的脸上，安娜都高叫一声。

"我让你不可辱！"

"毛主席万岁！"

"我让你不可辱！"

"毛主席万岁！"

"我让你不可辱！"

"毛主席万万岁！"

"我让你不可辱！"

"毛主席万万万万岁！"这是女人洋腔洋调的吼叫。

皮带一下比一下狠。"毛主席万岁！"叫声一声比一声高，那已经不是人类发声器官发出的声音，那是野兽的嚎叫。

许久，杜俊芝住手了。她累了，她需要停下缓一口气，胸脯一高一低地起伏着。

牛鬼蛇神们都看傻了，低眉顺眼，不时偷偷撩起眼皮偷觑一眼杜俊芝，小心翼翼地呼吸着，唯恐弄出声响，招祸及身。

杜俊芝喘息方定，说："好，我们接着来！刚才那是最客气的，我用的是这头，你还别不领情。我再问你教不教，不教，我就要用这头儿了。"说罢，她掉转皮带，松开对折的铁扣，握住另一头。一抖，两个铁扣相撞，发出金属碰撞的声音。

"要文斗不要武斗！"华膺见情况不好，如果是铁扣抽到脸上，那将是何等后果？遂高呼道。

刘树强说："把他给老子按住！"华膺的嘴再次被饿到了水泥地面不能发声。

"要文斗不要武斗！"方舟喊道。于是方舟的嘴也再次被饿到了水泥地面不能发声。

"你教不教？"杜俊芝轻轻问道。

"你不要多费口舌了。"安娜说。

"我让你不教！我让你不教！我让你不教！……！"突然她撒起了"摇头疯"，抡起皮带左右开弓，连续不断地向安娜头上抽去。

"毛主席万岁！毛主席万岁！毛主席万岁！……！"

一连串铁扣在安娜的头上飞来飞去。每挨一下安娜呼喊一声"毛主席万岁！"那野兽再次嚎叫起来。

这皮带的铁扣非同小可！如同刀片一样把皮肉撕裂，掀起，又把掀起的皮肉再撕裂，掀起。不消一分钟工夫，安娜的头就成了血葫芦。

杜俊芝气喘吁吁停下来。安娜已经不是野兽的嚎叫，而是口中血泡的呜噜："毛主席万岁，毛主席万岁！……"唇边的血液被喉咙发出的词汇拱起，吹成血泡，血泡涨破；再拱起，再涨破。血泡崩裂将血星崩在杜俊芝的身上，脸上。

华膺的嘴被死死按在地皮上，他左扭，右移，用力腾挪出空间叫道："你们是法西斯，刽子手！屠夫！禽兽！"话语从唇齿与泥土之间喷出，字句并不清楚。但还是被刘树强听了出来。

他走过去，揪住头发，轻轻提起华膺的头，给他的嘴以足够的空间："你说什么？老子让你清清楚楚地再说一遍！"

"你们是法西斯，刽子手！屠夫！禽兽！畜生不如！"华膺一字一顿地说。每一个字都清晰无比。

"哼！一副没见过世面的样子！这就算得上刽子手了？真是笑话！告诉你，今天不是才第一天吗？这才刚开始，以后我会让你长长见识的，好不好？她不是说士可杀，不可辱吗？我倒要看看可辱不可辱！"

说罢走到礼堂中央，说道："今天的晚请罪进行得不顺利。教唱歌，学唱歌，是今天的任务，不容过夜！但是，华安娜出自反动本性，拒绝教唱《请罪歌》，阻碍了晚请罪的进程。好，她拒绝，我要看看你们拒绝不拒绝。全体牛鬼蛇神听老子的命令：立正！"

下面有缓缓地"立正"脚步声。

"给毛主席跪下！"刘树强高叫道。

零星地有人陆续跪下。刘树强的目光扫视着人群，扫到哪里，就如同机关枪扫到哪里，那里的人就纷纷跪了下去。随着刘树强的目光所及，终于全部跪下，只剩下第一排的三个人没有下跪，他们是：华膺、安娜和方舟。华膺、方舟被扭着胳膊，安娜直立站在那里。

刘树强说："把他俩放开。"红卫兵遂把华膺、方舟放开。

"跪下！"刘树强指着方舟说。

"下跪是封建社会遗留下来的余毒，是封建社会朝拜帝王、乞求妖魔鬼怪的礼仪。现在你让我们给毛主席下跪，毛主席是人民领袖，下跪是对毛主席的侮辱。我不能下跪！"方舟说。

华膺高叫道："解得切！解得彻！"

刘树强冷笑说："哈哈！嘛时候了？你还跩上了？"

杜俊芝走过来，指着方舟，手指已经触碰到了他的鼻子说："方舟！我看你是好了疮疤忘了疼啊，你又欠抽了吧？给老子跪下！"

方舟仿佛没有听见，连眼珠子也不转过去。她被蔑视激怒了，从旁边一个弟兄手里夺过一杆拼刺木枪，向方舟腿后就是一枪托子。方舟腿一软"咕噔"一声跪在地上。他挣扎着要站起来，被旁边的红卫兵死死按在地上跪着。

刘树强见状说道："还有两个胆敢不给毛主席下跪的，怎么办？"

话音刚落，两个持枪的红卫兵走过来，用枪托子朝着华膺和安娜的腿后砸了下去。华膺和安娜应声跪在了地上。两个红卫兵趁势把他二人按住，又有两个红卫兵走过来，一边一个，按住他们的肩膀。他们虽挣扎，却不可能再站起来。

刘树强说："好！你们就在这里跪着，我倒要看看华安娜教不教《请罪歌》？教，大家好好学唱歌，学会了，回去睡觉；不教，就这样跪下去，跪到天亮，跪到明天，跪到永远！"

安娜懵了！她不明白他这是要干什么。在她的教养，她的文化积累，她的生活经验中没有足够的智慧去理解刘树强的行为。那首歌每一句都是在亲口侮辱自己，诅咒自己。在她的逻辑中，如果我接受教歌，不仅仅侮辱了自己，也是带领着大家侮辱他们自己。我不接受教歌，是我捍卫了自己的尊严，也是保护大家的尊严，我跟大家站在一起，大家肯定是支持我的。

刘树强为什么要惩罚大家？因为我不教歌，所以让大家跪着——这是什么逻辑？

她突然明白，这正是刘树强的计谋，他用绑架大家的方法逼迫我屈服。但是，如果我屈服了，那岂不是要我带领大家一起侮辱他们自己的尊严？

人们意识到事态进入了一个僵局！不教唱歌，刘树强不会罢休；教唱歌不可能，安娜不会屈服。五十多个牛鬼蛇神跪在地上，礼堂一片安静。

"我来教！"有人在最后排说话了，是一个女人的声音，声音清脆悦耳。

大家回头看时，跪在后排的周聪老师已经站了起来。她不到三十岁，从音乐学院毕业就被分配到这里教音乐一直到今天。同大家一样她被剪了阴阳头，穿着一身男式蓝制服，胸前和后背都缝着"身份证"。她的"身份证"上写着一个奇怪的头衔"资产阶级野狐狸"。

"不就是教唱歌吗？教就得了，有什么大不了的？跟'杀啦，辱啦'有嘛关系？我是音乐老师，我会弹琴，我也认识简谱，我还是牛鬼蛇神，我教正合适！"

"就是嘛，有什么大不了的？不就是唱歌嘛！唱就得了！"跪着的人群一片附和声。

"要是早点把歌唱了，哪有这么多事儿呀？"

"真是的。"不仅仅是附和，简直就是责怪。

周聪受到附和声的鼓励，秃着半边脑袋，不等允许，径直向前走来，不秃的一边头发随着步子上下起伏。她自信不会受到阻拦。

走到钢琴旁边，她说："现在有人教歌了，应当让大家站起来。"刘树强愣在那里，不知道这个逻辑成立不成立。

"就是嘛！"又是一片附和声。

周聪没有等他允许，就说："请大家站起来吧。"

大家陆续站了起来。刘树强并没有阻拦。接着是众人如遇大赦的愉悦。

周聪对杜俊芝说："请把歌谱给我。"杜俊芝正愣在一边，见说，遂把歌谱交给了她。

她走到钢琴旁边，恰便似平日里给学生上音乐课一般，坐在琴凳上，揭开琴盖，把歌谱放在谱架上，一切都从容不迫，不像是做一件自辱的事情，倒像是执行着神圣的使命。她说："现在我来教大家唱《牛鬼蛇神请罪歌》。我先唱一遍，大家先有个完整的印象，然后我们再一句一句地学。"语气和蔼得像是对待年幼的学生。

说罢，钢琴响起了，周聪的美声唱法也随之响起：

"我是牛鬼蛇神，

我是牛鬼蛇神。

我有罪，我有罪！

我对人民有罪，

人民对我专政！

我要低头认罪，

只许老老实实，

不许乱说乱动。

我要是乱说乱动，

把我砸烂砸碎，

把我砸烂砸碎！"

礼堂里一切声音都静止了，只有她庄严的琴声和歌声。

须臾，周聪老师唱罢，说："下面我唱一句，你们跟着我学唱一句。"于是下面响起了一片清理喉咙中杂物的声音。

随后，礼堂里响起了嘹亮的歌声，从远处听来，像是有千万人歌唱。歌声并不像是《请罪歌》歌谱所注释的"悲怆地号丧"。而是带有激动，亢奋和如遇大赦的庆幸。

华膺、方舟和安娜因为反抗，在大家被允许起立的时候没有被允许，依然跪在原地，每人由两个红卫兵按住肩膀。听到了这嘹亮的歌声，他们胸中的浩然正气登时荡然无存。

第 31 章　尊严与活着

半夜，安娜突然发起烧来。

本来，请罪完毕回到"牛棚"已经很晚。华膺与安娜最先走进牛棚，被眼前的景象惊呆了。他们傻愣愣地站在门口，后来的"老鬼"陆续走进，从他们旁边擦身而过，眼睛居然如同没有看见他们一般，径直走了过去，唯恐与他发生交集。

这是他们第一次走进牛棚，所谓牛棚，其实就是学校存放杂物的库房。同其他老鬼不同，他们还没有安排好过夜的地方，面对一片水泥地面，他们束手无策，想象不出来这样的地方该怎么坐卧，度过那漫长的夜，更何况安娜早已遍体鳞伤。

先进去的"老鬼"们见他们有意在此安顿住处，遂走过来把自己的草垫子卷起来搬迁到远处，躲避他们，如同躲避瘟疫一般，他们突然发现，自己成为了牛鬼蛇神中的牛鬼蛇神。搬走的老鬼，各自打开草卷，躺下尽早休息，他们知道明天还有批斗大会，今天必须养精蓄锐。

还是周聪落落大方，走过时居然关照了一下，她说："别跟他们戗着，胳膊还能拧过大腿吗？识时务者为俊杰，该认的就得认，不认，到了还不是自个儿吃亏？不就是服个软儿吗？有嘛大不了的？"

她觉得她掌握了真理，倒像她是校长，教导着下属教师。华膺和安娜并没有因为她为他们解围而对她有任何感激的表示。看到方舟跑前跑后，周聪说："有方老师在这里照应，我也插不上手。我先走了。"遂道别去自己的地方安歇了。华膺和安娜并没有从她那里得到一丝安慰，他们听出了她语气中带有对他们的蔑视。她究竟蔑视他们什么呢？他们心里清楚，她蔑视他们坚持不该坚持的东西，他们不谙世事，不该在该低头时不低头，连这么简单的道理都不懂。

方舟一走进牛棚就开始忙起来。他对眼下的境况十分清楚。

　　他说："校长，我们必须先给安娜老师清洗伤口，否则会发炎。我第一天给关进这里也是这个样子。幸亏那边有个自来水龙头，可以清洗伤口，虽然不是纯净水，也比带着血好多了。不清洗干净招苍蝇。不过不要担心，皮带打的，伤口都比较浅，不会有危险。"

　　他扶着安娜坐下，靠在墙上。他有一个手帕大小的白色小毛巾，在他手里那几乎是一个宝贝。他在龙头下洗了又洗，冲了又冲，只怕带有脏东西会引起发炎。不过这已经是这里可以使用的最洁净的东西了。他用这块小毛巾擦洗安娜头上的血迹，擦一下，毛巾换一个位置，毛巾沾满了血迹的时候，便跑去水龙头处冲洗。在水龙头和安娜之间来回奔跑了一阵以后，伤口终于清洗干净了。他把小毛巾冲洗干净之后，冷敷在安娜头上肿得最严重的地方。

　　华膺面对这样残酷的环境成了一个废物，只是东张西望，无所措手足。

　　方舟说："校长，你不能光这么傻站着，你来替我给安娜老师做冷敷，这很重要，可以避免伤口充血，浮肿，避免发炎。毛巾热了，就去水龙头那里冲洗降温，然后再敷上，不能停下来。冷敷做得越好，伤口恢复越快。我来安排你们歇息的地方。没事儿，有我在不要担心。我去拿几个草袋子。"华膺有了事情做，便不再坐立不安。

　　方舟说完就匆忙向乱七八糟的杂物堆走去。须臾，他搬来一大摞草袋子。草袋子是防洪用的，那年老下大雨，各个单位都储存一些。草袋子用稻草编成，看着是一片草垫子，实际是一个口袋，可以在开口处撑开，里面装上泥土，洪水来时可以用它筑起挡水堤坝。

　　方舟说："铺的、盖的还有枕头都在这里。这是好东西。这比你们的席梦思床舒服多了。我知道你不信，过几天你就信了。"

　　说罢，他忙着把草袋子在自己的位置旁边铺好了两个睡觉的地方，把一个草袋子折成四折，放到靠墙处说"这是枕头。"又在旁边丢下两个草袋子，说"这是被子。我是第一个被关进这里边的，那时候只有我一个人。我也跟你一样，傻眼了。什么都没有，怎么过夜？就躺在水泥地上吗？我就在这里找呀找。不是我没有看见这草袋子，看见了，可就是没想到这东西会这么好。直到夜里冻得受不了了的时候，我就把一个草袋子披在身上，没想到这东西这么暖和，它可以发热。于是我就把它们铺上，用它们盖上。还觉得不够舒服，还缺个枕头。我就又起身去取了一个草袋子，折成四折，高度正合适。后来的人都是跟我学的。这里存放着这么多草袋子，好像是有人提前就知道我们会来这里过夜，事先给我们准备下的。"

库房有一个照明灯，是彻夜不息的，大约只有 15W。借着昏黄灯光，他俩扶着安娜移到新安置的"铺位"坐下、躺下。见安娜皱着的眉头渐渐舒展，呼吸平稳，渐渐睡着了。他们不再紧张。

牛鬼蛇神从来不会失眠。那边传来了鼾声。方舟和华膺还要为安娜冷敷伤口，不能睡觉。他们可以小声说几句话。

"校长，有件事情我想不明白，为什么杜俊芝那么恨我？女生一般不打男老师，她也不打。但是她专门打我，下手比谁都狠，看这些伤都是她打的。她是我的课代表，她学习不好，数理化都是一塌糊涂，可她只喜欢语文课。我对她的鼓励最多，又让她当语文课代表。可这构不成因果关系——我对她最好，她对我最狠。"

华膺说："她爱你你知道吗？"

方舟说："不知道。"

华膺说："她爱你，你漠视了她。这就是因果关系。"

方舟沉默了。

安娜动了一下，说："水，我渴。"

方舟用吃饭的粗瓷大碗跑去水龙头打水。

华膺看到安娜的脸时被吓坏了：横七竖八的伤口肿胀起来，伤口向外流淌黄水。他轻轻摸一下她的额头，烫手。华膺害怕了，她发烧了，她发烧了！

方舟回来了，手里端着满满的一大碗凉水，他知道重伤之后会渴，很渴。

"她发烧了，这很危险。把他们叫来，让他们叫救护车来！"

方舟把大碗递给安娜，说："少喝一点点，喝多了伤口会肿得更大。安娜接过碗来，只喝了两小口就自己停下了。

"救护车？你以为我们还是人吗？不是了，我们是牛鬼蛇神。千万不要叫他们来，那会自找倒霉。这样的事情已经发生过好多次了，没有例外的。这里已经死了七八个人了。不过是叫火化车拉走，就完事了。我们能自己挺过去，是最好的办法。惊动他们只能更糟。依我的经历看，安娜老师没事。她身体底子好，一定没事。今天一夜是关键。如果后半夜退烧了，就是没事了。"

华膺说："可是明天还会有批斗会。那是专为我们设置的批斗会。她能够扛过今天，能扛过明天吗？"

方舟说："能扛过今天，才能去扛明天。我们只能扛一天算一天。明天我们尽量保护她，不要让她挨打。现在休息最珍贵。我们继续给她冷敷降温，千万不要惊动他们，一旦他们被惊动，最珍贵的休息时间也会失去。"

安娜睁开眼睛说："不怕，我没事。我心里有数。你们不要担心。"

果然如同方舟的预料，天蒙蒙亮的时候，安娜的体温没有继续升高，脸也没有继续发肿。方舟说："这就稳定了。至少还有两个小时才到'早请罪'的时间。批斗会在 10 点钟左右。我们还有时间好好地睡一觉。迎接今天的战斗。"华膺和安娜像乖孩子一样用力点着头，把草袋子给自己盖好，闭上了眼睛。

早上八点"早请罪"准时进行，周聪弹琴，带领着牛鬼蛇神唱《请罪歌》。按照事先商议好的，华膺、安娜和方舟采取滥竽充数的方法，假唱，不出声。于是"早请罪"混过来了。安娜看出来了，虽然大家什么都不说，每张脸上都写着：就你多事！不由得觉得自己很是狼狈。

早请罪完毕便宣布开饭。吃完两个窝头和一块咸菜，全体牛鬼蛇神战战兢兢地等候着恐怖时刻的降临。批斗会他们都参加过多次，每次把他们押上台，走过通道时人民群众的一痛棍棒暴打都如同走过一道鬼门关。现在的头脸，旧伤口刚刚愈合，谁也不知道走过通道后将变成什么样子。越是时间临近，便越害怕。吃罢饭便蔫蔫儿地坐在自己的草垫子上发愁。知识分子总会用知识改变命运，物理老师告诉大家，经过他周密的计算，在那一条通道上，减少棍棒击中概率的唯一方法就是快走——速度越快，挨打越少。他列出了一个方程式，在水泥地上解给老鬼们看。从此，每个牛鬼蛇神只要一被押上通道，便憋足一口气，拼命往前跑，把押解他的两个红卫兵扯得一路趔趄。

"批斗会取消了！"一个老鬼说。

众人喜出望外，又不敢相信："谁说的？你怎么知道的？"

那个老鬼说："往日开批斗会，这个时候外面早就一片人声嘈杂，今天外面静悄悄的没有动静。肯定是取消了。"

一会，果然牛棚的门外有了响声，有人把门锁上，走了。

牛鬼蛇神们如遇大赦，虽然没有通知，他们断定今天没事儿了。

接下来的两天都发生了相同的事情。牛鬼蛇神们都知道躲过了初一，躲不过十五，但毕竟是躲过一天是一天，华膺、安娜和方舟更是如此。安娜虽然退了烧，但伤口依然肿得很厉害，此时再吃一顿棍棒，会把伤口再度掀开，伤口愈合就更加困难。批斗会开得越晚，她便可以获得越多的恢复时间。

他们不是教徒，不会祈祷，他们只会在心里默默地期望，其实这就是祈祷。

这三天刘树强比往日还要忙些。他在排兵布阵，四处探访，八方联络，抓捕失踪的三个狗崽子。他一定要把他们三个抓捕归案，同他们的父母一起押到批斗大会的台上才解心头之恨。况且这不仅仅是心头之恨的事。他知道他们三个的父母都有深厚的根基，他们跑了，不仅仅意味着他们逃脱了惩罚，更意味着他们获得了美好的前途。那前途是自己梦寐以求，但永远也无法实现的，比如走后门参军了。想到此，心头如同被蝎子蜇了一般疼痛，他绝不肯善罢甘休。

第四天，早上八点早请罪提前举行。早请罪完毕，一个红卫兵前来通知：今天提前开饭，吃完饭抓紧时间为批斗会做好准备。批斗会前牛鬼蛇神有很多事情要做，要上厕所，画鬼脸，挂牌子，戴高帽等等。顿时全体牛鬼蛇神进入恐怖状态。

安娜的窝头还没吃完，只见到杜俊芝带领着三个女红卫兵提着一个皮箱子来到她身边，说："别吃了，现在给你梳妆打扮一下，准备做新娘了。"

安娜知道抄家那天箱子被他们拿走，今天在这里突然看见，心中怒火依然压制不住。虽然早已给自己定下了规矩——无论遇到多恶劣的境遇也绝不发怒，但这境遇还是出乎预料。

安娜说："杜俊芝，你也是女人。你将来也要嫁人，也要办婚礼，穿结婚礼服的。如果你不想要别人糟蹋你心中神圣的东西，你就不要糟蹋她人神圣的东西。这是最简单的道理，你应该懂得。"

杜俊芝说："哟！我哪里会有你这么高级的礼服穿呀？"说罢一变脸色："不要忘了你是什么人。你现在是走资派的老婆，是苏修特务，现在我来对你实行无产阶级专政。你应该明白不听话是什么下场。"

安娜说："你要怎样？"

杜俊芝说："我要你把这套行头换上。听话呢，嘛事没有，不听话呢，我来帮你换上。就这么简单。"

安娜说："没问题，请你让这里的男人都出去，暂时回避一下。"话语变得很平静，这已经是安娜最大限度的让步了。

她依然没有想到杜俊芝说："你现在哪里有这么尊贵呀？"说罢对身边的三个女红卫兵说："上，给老子脱！"

女人对漂亮的女人有着天然的仇恨，更何况是一直高高在上的漂亮女人？那三个女红卫兵齐声答道："好！"说罢，不由分说把安娜按住就要脱上衣。安娜怒不可遏，正要反抗，华膺说道："安娜，我们说好了的，不反抗。"

昨天一夜华膺已经想明白了，要想活着度过这一劫，唯一的办法就是屈服，反过来说就是，如果不屈服，就只有死！

其实，昨天一夜华膺明白得并不彻底。他没有像窦乃鳌、刘铁手、王万金一样明白得那么透彻，他没有像他们一样，已经想明白了一个铁律：尊严和活着不能得兼，尊严保留越多，活着的可能便越小；彻底放弃尊严，便可获得活着的最大可能。然而他却不甘心放弃尊严。他总想在留有一点尊严的情况下还能够活下来。他没有想明白屈服的边界在哪里。更没有想到屈服根本就没有边界。因此，他不会像窦乃鳌、刘铁手、王万金一样尽情糟践自己，以换取最大的生存机会。

几天前，他听到了林韵的故事，也听到了晋风和隋雍的故事。他对林韵、晋风和隋雍敬佩不已。然而他知道，自己还没有做好死的准备。他认为自己还没有到达他们的那个境地。他还要走走看，他试图以有限度的屈服换得活着。

安娜默默地点了点头，遂一动不动，由着他们把衣服剥光，把婚纱礼服换上，就像殡仪师为死人穿上寿衣。

恍惚间看到剥她衣服的不是杜俊芝，而是自己的女儿，不由得心中便痛恨起了女儿，宽恕了杜俊芝。

那一套婚纱是安娜二十年前的衣服。即便是在当时，也是要先用束带把腰部束紧，那白色的拖地长裙才能系上后背的纽带，更何况二十年后她已经历了生育，虽未发胖，毕竟已是中年妇女。

然而这恰恰是她们想要的效果，后背的纽带系不上，就让她裸露着后背。

耳环已经十七年不戴，耳洞早已弥合，她们就用耳环新戳了一个洞把耳环带上。血珠溅在她们手指上，她们感到惊悸，同时也感到与惊悸同等强烈的快感。

头饰，安娜半边头发已经被剪光，头饰便无处依附。她们就找了一根麻绳绑在了头上。

手套戴不进去，只要用力，可以撑大，可以撕开。

"这是什么怪物？"杜俊芝拿起一只金色的镶嵌着无数宝石的高跟鞋说。她们没有见过后跟六寸高的鞋。在她们眼里那几乎不是鞋。

安娜已经二十年没有穿过那双高跟鞋了，脚比那个时候大了很多。她们硬把安娜的双脚塞了进去，安娜一声不吭。鞋已经穿了进去，安娜却无论如何也站不住——她的脚踝没有力量撑住六寸高的鞋跟。

"这又是什么怪物？"杜俊芝用手指捏起一个胸罩。她们就把胸罩给安娜穿在了纱裙的外面。

她们用红墨水给她涂唇，涂成血盆大口。蓝墨水给她画眉，画成扫帚眉。

她们精心地给她打扮着。她们不是要她美，而是要她丑。她丑了，她们很惬意。那她就由着她们捉弄。她察觉到了她们纵情地糟蹋自己，她们十分开心，兴味盎然，乐此不疲。她也因为不反抗换得了不挨打——这是一笔交易，虽然，没有明码标价，付出了什么，换得了什么，她心里是清楚的。

华膺被押在队伍最前面，安娜跟在第二位。她几乎不是用鞋底，而是用鞋帮与地面接触，左一拐，右一崴，东倒西歪走到了礼堂后门。稍后，当会场宣布"押上台来"时，"老鬼"们要从后门进入，穿过会场的中轴线——那就是鬼门关了。

礼堂里已经人声鼎沸。这是一个能够容纳二千人的礼堂。往常开会都由学生自己带椅子，分班级坐好。今天不再分班级，不带椅子，一概站立。礼堂是一个狭窄细长的大厅，二千多人吵吵嚷嚷，乱七八糟、乌泱乌泱地挤在里面。人民都密集地拥挤在中轴线附近。他们知道，一会老鬼们将从这里经过。他们已经做好准备，藤条、皮带、桌子腿儿，椅子称儿，带钉子的桌子腿和椅子称儿，等待着"打便宜人"。他们是学生，他们对于"打便宜人"的热情毫不逊于前街人。

与前街文化馆广场的批斗会大同小异，牛鬼蛇神挂着木牌，被撅成"喷气式"，一个一个被押进会场。不同的是，这里主角最先登场。华膺第一，安娜第二，方舟第三，石进城的父亲石得财第四，甄土改的父亲甄有田第五，四十几个牛鬼蛇神从后门依次进入礼堂。

华膺刚刚进门就有无数棍棒降落下来，随着红卫兵呼喝"闪开"的声音，人群沿着中轴线"呼啦啦"闪开一条狭窄的通道。华膺通过，安娜通过，方舟通过，每一个人通过，中轴线附近便掀起一波棍棒的浪潮。随着棍棒地飞舞，吐沫、黏痰一起飞向他们的头顶。一波未平，一波又起，直到最后一个牛鬼蛇神被押到台上。

虽然他们已经用尽智慧，避免挨打，但鬼门关毕竟是鬼门关。站到台上的牛鬼蛇神轻者鼻青脸肿，重者血肉横飞。他们喘息稍定，接下来还要听天由命。

然而刘树强最关切的并不是这些囊中之物，而是三个"狗崽子"的下落。

第 32 章　这一切都不真实

　　那天戴老姨匆匆跑掉之后，石进城突然对华苏婴说："你先回学校吧，我有点事儿，我们学校见！"说罢就挤出人群匆匆走了。甄土改说："我也得回家看看。"说罢也匆匆走了。

　　华苏婴孤身一人走回学校。一进大门就感到有些不对。上午十点，两个红卫兵营地每天都正是最热闹的时候，总有人出出进进，打打闹闹。而此时，那么大的一个校园却一个人影也看不见，安静得像荒郊野外。

　　"嘣嘣嘣嘣！"她转过头来，是传达室看门大爷在敲玻璃，向她招手。大爷指着传达室对面的墙让她看。她顺着手指的方向，于是就看见了那张通缉令。上面有三个人的照片，第一个是谁？两条垂到肩膀的发辫扎着大蝴蝶结，那么小一个小姑娘，天真地笑着，通缉令就为了捉拿她吗？她看到照片下面印着"华苏婴"三个字，才意识到那是自己。那是刚上初中时的照片，那年十三岁，不知道他们是从哪里找到的，也许是校务处，反正他们占领了学校的每一个地方。

　　这两个人就是石进城和甄土改吗？分明是两个毛头小子。她觉得通缉令很好玩，像是恶作剧，是哪个同学贴出来吓唬他们玩儿的，不是真事儿。再往下看，右下端公安局又圆又红的印章告诉她，这是真事。

　　"嘣嘣嘣嘣！"玻璃又响了起来。她回过头来看大爷。玻璃窗里面的大爷急急地向她做着手势，却又不时地向校园里面看，他怕被别人看见他给她通信儿，牵连自己。她明白了大爷的意思：快跑，他们在抓你！一会儿他们会回来，那就跑不了了。

　　"我？逃跑？"她指着自己的鼻子说，口型很夸张，却没有声音——她知道大爷怕与她沾上干系，没有出声。大爷狠狠地点着头。她觉得"逃跑"这个行为永远也不会属于自己。她朝大爷笑了笑。径直朝"营房"走去，把大爷急得在玻璃窗里面捶胸顿足。

她要看看他们在干什么，本来说好了的，9 点钟他们要到食品加工厂集合，一起审讯晋风和隋雍的，她赶回来是向大家报信的，今天的审讯取消了。

两个当作宿舍的教室一片狼藉。一早她离开的时候这里还好好的，红卫兵战友们还在睡觉，这么会儿的工夫，怎么会这样了？这里到底发生了什么？门窗的玻璃全部被捣碎，留在门窗上的玻璃茬儿像无数利刃，跌落的碎玻璃飞溅得满地都是。当作床的桌子东倒西歪，再也不见一张拼成的床。地上废纸、牙膏、破碎的暖水瓶、肥皂盒，脏袜子，到处都是，被褥散乱在地上。啊！地上有血迹。她明白了，今天早晨，在她和石进城、甄土改离开学校，去了食品加工厂之后，他们遭到了袭击，他们落荒而逃了。

她立即想到了他们正在抓捕石进城和甄土改！她必须去通知石进城和甄土改，让他们跑，她却没有想到自己跑，好像通缉令上没有她似的。如果他俩被抓到，他们一定不会轻饶。于是，她快步向车棚走去，她有自行车，她要立即骑车去石进城和甄土改的家。她恍惚觉得自己像是个电影里的地下党，冒着生命危险去通知同志立即转移。这工作很有神秘感，崇高感。她依然摆脱不掉做游戏的影子。

石进城的家在哪里？她隐约记得他说过，在文化馆旁边的一个胡同。她没有在胡同里面生活过，密如蛛网的胡同对于她来说像是个大迷宫，拐不了几个弯儿就迷路了。但是现在，文化馆她还是能够找到。

那个胡同叫什么名字来着？噢！对了，叫"信义里"！门牌几号？他从来也没说过。管它是几号，到那里再说，反正就是在那条胡同里。哪怕挨门挨户地问也一定能够找到。

自行车骑得飞快。她不时地还回过头来看一看，是否有人跟踪，却一点也不害怕，虽然明知道这不是游戏，只是比做游戏更惊险，更刺激而已。

一走进胡同他就看见了一家的大门口贴满了大字报，糨糊还在沿着纸边滴落，洇得墨迹散开，字迹模糊，他们刚刚离开这里。她必须先要辨认这是不是石进城的家。"打倒走资派石得财！"这条大字标语让她确认这就是他家的院子。

她把自行车停在了门口，走进院子。这是一个大杂院，里面住着好几家人。正房门前堆放着乱七八糟的东西，她知道这是刚刚被红卫兵扔出来的，对这她很熟悉。这肯定就是他的家了。

一个小脚老太太正在收拾东西，看见她却吓得"哇！"的一声叫了起来，她以为红卫兵又回来了。华苏婴知道是自己胳膊上的红袖章把她吓着了。她拉着小脚老太太走进屋，好像她是这里的主人，而那个老太太才是外人。她用手遮住半边嘴，悄悄地对她说："奶奶您好。您别怕，我跟他们不是一伙儿的，我跟石进城才是一伙儿的。您是石进城的奶奶吗？"

那老太太见说跟石进城是一伙的，便放了心，说："俺是他娘。"这是口音浓重的山东话。

她依然听懂了，说："对不起，伯母，我还以为您是他的奶奶呢。"

小脚老太太说："这不怪你，打从我进了城，人家都说我是他爹的娘，是他的奶奶。"

她说："时间紧张，不容我们多说话。石进城在家吗？"

石妈妈说："你找他干什么？"

她悄悄地说："请您告诉他，千万不要回家，更不要回学校。他们正在抓他。您告诉他找个地方藏起来。他们抓到他，不会轻饶他。"

老太太笑了，笑得"咯儿咯儿"的，说："他们来不及啦！俺家进城不在家，这会子正在火车上呢！他爹早就给他找好了地方，去参军了。地点保密，连我也不知道在哪。等他们知道的时候，他已经是解放军了，谁敢抓解放军？"老太太难掩得意，笑得很陶醉。好像是家中遭难越惨，便显得决策越英明，因而越加得意。

华苏婴还是觉得这一切都不是真实发生的事情——这小脚老太太不真实，她说的事情不真实，连自己是不是自己也不清楚，像是虚幻的场景，虚幻的人物，虚幻的故事。她悄悄地掐了一下自己的腿，疼的。这怎么会是真的呢？

然而她还是被这不真实的一切刺痛了，鼻子一酸掉下泪来。

为了不让老太太看见眼泪，她扭过头去，什么也没说，甚至没有跟小脚老太太告辞，转身走出屋门，走出院门，骑上自行车走了。她记得自己还有任务，是自己给自己派的任务，这任务是崇高的，这崇高能够安慰自己——她还要去找甄土改，通知他立即转移，每一分钟对他而言都很重要。并不是每一个人都像石进城那样为自己盘算得这么周全，而对同志的安危毫不顾及。你不需要，有人需要。心里这样想着，面颊却淌着泪。

她把车蹬得飞快，她也不知道为什么要蹬这么快，是为了减轻甄土改的危险？还是为了减轻刚刚的刺痛？胡同里的地面疙里疙瘩的，车颠得坐不住，她都全然不觉得，只是朝着他家的方向蹬，蹬下去。

找到甄土改的家完全是有得天助。她不知道他家的地址。只知道他家的大概位置。突然她看到一家大门口贴着大字报，一条横幅标语跨过大门，左边一半，右边一半——"打倒蜕化变质"大门另侧是"分子甄有田！"这世界上姓甄的没有几个，她断定这就是甄土改的家。

走进大门，里边的情况跟石进城家几乎一样：家刚刚被抄过。他们动作真快，抓人，抄家，几处同时下手。不同的是，当她敲响屋门时，走出的是一个年轻女人。她说："大姐，您是甄土改的姐姐吗？"

那女人说："我有那么年轻吗？我是她的母亲。"

她说："对不起，伯母，我还以为您是他姐姐呢！"

那女人说："这不怪你，很多人都这么说。打我来到他们家，就没人认为我是他妈。我不是她的亲妈，他亲妈在乡下。"

她把那女人拉进屋里，用手遮住半边嘴，悄悄对她说："时间很紧张，容不得我们多说话，您告诉甄土改千万不要回来，也不要去学校，找个地方藏起来。他们在抓他，抓到了不会轻饶他的。"

甄土改的母亲说："他们抓不到他了，他已经远走高飞了。他爸爸早就给他找好地方参军，今天去部队报到。等他们知道的时候，他已经是军人了。谁敢抓解放军？找死呢？可这话说回来，他倒是远走高飞了，可他作下的祸，全由我来担着。他前脚走，后脚人家就把家给抄了。他爹当个芝麻粒大的官儿，也成了走资派。他要是不在学校里作，会有这些事儿吗？他奔自己的前程去了，我成了反革命家属，我招谁惹谁了？"那女人絮絮叨叨继续说着，后边的话华苏婴全都没有听见。

那种虚幻的感觉又涌上脑际。这女人一定是假的。她讲的故事也一定是假的。甚至自己也是假的。我是谁？我为什么来到这个世界？我在这里做什么？他们是谁？他们来到这个世界干什么？他们都是假的，一切都是假的，只有我是真的。他们都是来骗我的。

她什么也没有说，也没有跟那女人道别，转身走出了屋门，走出了大门。她一脚踢起了车梯，骑上去，不管路多么颠簸，也不管去往何方，只管把车蹬得飞快！她登上了一条大道，大道不知不觉变成了小道，她知道路边就是海河，可她从来没有见过这么窄的海河，没有栏杆的海河。她不知道自己走了有多远，四面已经荒凉，不见人烟。这正是她要去的地方。她把车梯支起，坐在了河边。

既然不相信这些事情是真的，为什么还止不住泪水流淌？这里没有人，是一个可以痛痛快快哭的地方。这一场哭不同寻常，哽噎抽搐，涕泗滂沱。她有生以来还没有这么哭过。

许久哭罢，她才想到自己为什么会哭，只因为你太傻！幸亏这不是跟他们一起搞地下工作，如果是，他们都会是叛徒，把你出卖给敌人，他们去领赏！可你还要去救他们。

此时，她才想到自己也不能回家，家的附近早有人埋伏在暗处，只等她回去捉拿。学校更不能去，回去无非是自投罗网。被他们捉住，他们也不会轻饶了她，她知道被抓意味着什么，她抓过人，也抓过女人，并且亲自对待过被抓的女人，她想到了林韵、隋雍，更何况自己是总司令。她并没有为自己准备好后路，正因如此才使自己身处险境。然而她并不为此悔恨，她喜欢自己的傻，讨厌他们的精明。如果傻和倒霉一定相互伴随，她也不愿意选择精明。由此产生了一种蔑视，她蔑视石进城和甄土改，她觉得自己很伟大，他们很渺小，很可怜。

回家！爱抓抓，爱打打，爱杀杀！不管是什么后果也要回家。家里有爸爸、妈妈，他们永远也不会欺骗自己。她离开家已经很久了，她从来没有这么长时间离开家。她想家了，想爸爸，妈妈了。她恨不得立即见到他们，扑在他们怀里痛哭一场。

华苏婴回到家里的时候已是傍晚时分，看到院子里的火堆还在冒烟，这才意识到家里发生了什么事情，这些本该早就预料到，可她丝毫也没有料到。他们那么纯真、忠诚、善良，他们的历史那么清白，在他们的身上找不到一星半点被抓，被斗的理由，她又怎么预料到他们会被抓被斗呢？

她还是觉得这一切都不是真事。这就是那个家吗？它可以是那个样子，也可以是这个样子？这岂不不可思议？为了证实这是真实的，她走向火堆，蹲下来把手放在火堆上端，火堆依然燃烧着暗火，热烘烘的，沉重的呼吸吹到上面，随之飘起大片的灰烬翩翩飞舞，飘到远方。她把手伸了进去。"丝"的一声响，伴随着焦糊的气味，她感到了剧痛。她知道了真实的残酷。

然而，并没有如同她想象的那样一走进家门就有人来把她抓走。他们在忙别的事情，顾不过来抓她；或者，他们觉得她不敢回家，可她却偏偏回来了。

那是什么？火堆旁边居然有一本书，是搬书的人粗心或是匆忙，把它掉在火堆旁边没有捡起扔进火堆，使它幸存着。捡起来拍打一下灰尘，两个角已被烧焦，书面落满灰烬。用袖子拂去灰烬，那原来不是一本书，而是一个日记本。打开日记本，里面是她熟悉的父亲的俄语、也有法语的笔迹。她如获至宝，她知道父亲一定非常珍惜这本日记，父亲一定以为这本日记已经被烧毁了，将来她把这个日记本交给父亲，他会多么高兴。

她把它拿回了自己的房间。这里虽然已经被抄过，一切都已经底儿朝天，但床还在，她可以在这里安身。她怕他们来抓她时把日记本抄走，把它藏在了床垫下的隔层。然后，她就在自己的房间里等待着他们来抓。反正，爸爸妈妈都被抓走了，自己被抓走一定会跟他们关在一起，那时候就可以见到爸爸妈妈了。

一天过去了，他们没有来。两天，他们没有来。三天，他们还没有来。第三天傍晚，她听到大门外面有动静，仔细听，几个人叽叽喳喳在大门口说话，她听到了杜俊芝的声音。她知道他们是来抓她的，她一点也没有惊慌。你们早就该来了，我早就准备好跟你们走了。她没有动，依旧躺在床上，等着他们进来。只要他们一进来，她就起身跟他们走。

许久，他们依然没有进来，说话的声音却渐渐远去，消失。她很奇怪，他们到底干什么来了？遂起身下楼，来到大门口，他们已经远去，不见了踪影。回转身准备回屋，却看见铁栅栏门侧的石头柱上贴着一张大字报。借着路灯，字迹还能看得清楚。那是一张海报：

兹定于明天上午 10 点，在卫国道中学礼堂召开批斗大会，批斗走资派华膺和苏修特务安娜·沃尔孔斯卡娅。欢迎广大革命群众踊跃参加。

1966 年 9 月 X 日
卫国道中学毛泽东主义红卫兵

第 33 章　石碾下的谷粒儿

最后一个人被押上台来之后，批判发言便正式开始。

出乎大家预料的是，第一个上台发言的并不是本校的师生，而是来自校外的——方舟的妻子。她穿了一身蓝色劳动布背带工装衣裤，一看便知是一个技术女工。

今天方舟运气不太好，在押上台来时，尽管他遵照物理老师教授的公式——用尽全力加速往前奔跑，但还是被带钉子的椅子称打在了后脑勺。一股热流立即涌了出来，顺着后耳际向下爬行，他知道那是血，胳膊被扭住，不能捂住伤口，棍棒继续暴雨一样降落。当时他疼得眼前一黑，脚下就乱了，身子一软向一边栽下去，被两个押解他的红卫兵拧住胳膊将他拖住，直拉到台上，他才没有倒在半路。

此时他站在台上，眯着眼睛，横死一条心：爱说啥说啥，反正我什么也不听，什么也不想，只用全部精力抵御疼痛。血流还在沿着耳际向下流动，痒痒的，像是一只虫子爬动，至下颏处点点滴落。突然他听到杜俊芝尖厉的声音说："下面请方舟的爱人发言！"

他的心猛然一惊，你怎么来啦？不是告诉你我没事儿，在家好好等着，我过几天就会回去的吗？

这真是一个漂亮的女人！尽管头发散乱，面容憔悴，一副失魂落魄的样子，却丝毫掩盖不住她的姿容，反而越是悲惨便越是惹人怜惜。她的容貌立即使得会场出奇地安静下来，大家静静地等候着她的发言。人民好奇地猜测着，长成这样的人说话会是什么声音？她将说出什么样的话？

她走到麦克风前，清了清喉咙说："我不是来批判方舟的。今天我来要做两件事，第一件事，我带来一摞他写的东西，这里有没有反动言论我不知道，我看不懂，也懒怠看。早就跟他说了，什么诗的干的，别好歹地乱写，不当吃不当喝的，惹了祸就不轻。你不怕枪毙，我还怕陪绑呢，他就是不听。俗话说，背人没好事，好事不背人。她背着我在家里的墙上挖了一个洞，把这些东西藏在里边，用砖堵死，外面抹上白灰。抄家时没发现。是我觉得墙湿乎乎一片，有点蹊跷，把砖撬开，发现里边藏了这么多稿子。现在我把这些东西交给红卫兵小将和广大革命师生，有嘛反动言论，你们该批判的批判，该烧毁的烧毁；该掉脑袋也都是自己惹的，怪不得别人。我把这个交给你们，也不是出卖他，谁的孩子谁抱走，谁的事谁担着。别有胆子做贼，没胆子见官。免得以后在家里翻出来这些东西，不明不白的我说不清。"

方舟脸色变得惨白。

方舟妻子继续说："第二件事是，我刚刚从法院过来，我的离婚申请法院已经批准，这是离婚证，两份，一人一份。一份由我保存，另一份交给方舟，我放在这儿，一会散会他拿走。就是说从我拿到这个证件的那一刻起，我跟方舟已经断绝了关系，他是他，我是我，我跟他井水不犯河水。他的罪行由他自己一个人担着，该判判，该杀杀，跟我，和我肚子里的孩子没有任何关系。我说完了，不耽误你们开会。"

说罢，把一本离婚证丢到桌子上面，转身走下台去，头也不回。台下的人民让出一条通道，张着大嘴，目送着她走出会场。

方舟乌黑的眼睛突然翻白，晃了一下向一侧倾倒下去，"咚——咚"的两声响，先是胸骨撞到了台面，接着是头撞到了台面。他已经不省人事，牙关紧咬，嘴角流出了鲜血。两个红卫兵要扶起他来，哪里还能够站立？刚刚松手，他又倒下。刘树强跑过来，指挥着窝胳膊，弯腿，掐人中，好一阵方舟才苏醒过来。将他扶起，但他却不能站立。索性由两个红卫兵架着胳膊，直立在台上。

批斗会继续进行。

刘树强走到麦克风前，咳了一声，说："请革命师生看一看这个头顶花冠，脚穿高跟鞋，身穿婚纱的妖婆是谁？她就是封建沙皇俄国贵族的余孽小姐，安娜·沃尔孔斯卡娅。抄她家时令我们不敢相信，在我们中国这样一个社会主义国家里，居然有人过着如此奢侈糜烂的生活。他一家三口人，居然住着一座意大利洋楼！"

台下"嗡！"的一声乱了。因为他们多数都是一家十口、八口人，祖孙三代同居一间只有十平方米小屋的平民百姓。人民为华膺一家的腐朽生活感到了惊讶。

刘树强继续说道："她们睡的是席梦思软床，弹的是连歌舞团、音乐学院都没有一台的三角钢琴，她家里的封资修书籍比我们校图书馆还多，她家使用着电冰箱，电风扇。更令人不敢相信的是，从她家抄出十二万元人民银行的存折！"

台下人民的情绪已经沸腾。他们听到这个数字，发出一片唏嘘惊叹，他们被惊得睁大眼睛，张大嘴巴，许久合拢不上。他们被这个数字激怒了。

"广大革命师生同志们、同学们，无产阶级革命派的战友们，"刘树强继续说道："十二万元！请算一算是多少劳动人民的血汗。以一个普通工人每月 50 块工资计算，这是 200 年的工资！我们一个普通工人，不吃不喝地工作，要干五辈子、六辈子才能挣这么多钱！请问：在资产阶级当权派的统治下，这世界上还有没有公平二字？"

台下的怒火被点燃了。

刘树强越说越气愤，眼睛喷射着怒火，声音变得尖利嘶哑："她吃的是中国劳动人民的肉，喝的是中国劳动人民的血，毛主席如果不发动文化大革命，把她揪出来，他们会把我们的血汗吸干！像这样的吸血鬼、害人虫我们应该把她怎么办？"

台下的人民早已热血沸腾，怒不可遏，手里的砖头、瓦块，桌子腿铺天盖地向安娜和华膺扔来。有人高喊："打死她！"有人高喊："砸烂她的狗头！"人民受到了启发，便一起喊道："打死她！打死她！打死她！"声音震耳欲聋，要把礼堂屋顶掀翻。

安娜在瑟瑟发抖。她感到了人民的正义，她也觉得刘树强讲得非常正确，她也被自己的罪行激怒。

有人搬来了一张课桌，这是学生单人使用的课桌，桌面只有一尺多宽，一尺多长，摆在安娜身边。刘树强说："打死她是她罪有应得，党的政策是'要文斗，不要武斗'，现在我们请妖婆安娜·沃尔孔斯卡娅站到课桌上来！让广大革命群众看看她的丑恶嘴脸好不好？"

人民依旧齐声高呼："打死她！打死她！打死她！"

两个红卫兵把她搡上了课桌。

那是谁走了过来？脖颈上的木牌前后晃荡着，带动得头颅前后摇摆，木牌上写着"走资派华膺"。他一步跨到课桌前，用身体护住安娜，说："同学们请冷静一下，你们看她穿的是什么鞋？平地尚且站不住，要让她站到桌子上去太危险了，弄不好要出人命的。"

刘树强笑道："出人命还是出狗命？"台下哄堂大笑。

华膺正色说："当然是人命！批倒批臭需要摆事实，讲道理，不是侮辱人，不是搞体罚。这不符合政策。"

刘树强幡然变色，声音突然高了几倍，说道："够了！你以为你是谁呀？你以为你还是校长老爷吗？你不要搞错！你不要她上去，这可别怪我，不仅她必须上去，你也得陪着她站上去！"

又一张课桌被搬了上来，放在华膺旁边。华膺说："我穿的是平底鞋，我站上去可以，请让她下来。"

刘树强说："你站上去是你应得的下场，她站上去是她应得的下场。谁也代替不了谁！"四个红卫兵不由分说把华膺搡上了桌子。

礼堂主席台地面乃是红砖墁地，地面高低不平，桌子的四条腿无论如何也只能有三条腿同时着地，一条腿悬空。安娜穿着六寸高的高跟鞋，脚踝已经崴出了血，站在平地两脚本就已经颤颤巍巍，东倒西歪。现在站在一尺六寸宽的课桌上，课桌前后"嘎登嘎登"摇个不停。她咬紧牙关，集中精力维持着平衡，课桌却始终在"嘎登嘎登"作响。

全校师生看到平时优雅的女教师，现在变成一个妖婆，战战兢兢，哆里哆嗦，狼狈不堪无不觉得十分解恨，痛快非常。

突然，一个红卫兵从后台门走了上来，来到刘树强身边，用手遮住嘴巴，耳语了几句，刘树强连连点头，惊喜异常，悄声对那人说了几句，那人点头会意，直起身走进后台去了。

刘树强走到桌前，嘴巴对准麦克风，看他的表情，人们知道发生了振奋人心的事情，会场立即从沸腾中安静下来。他清了清喉咙，由于激动，声音有些颤抖，说："我宣布一个振奋人心的消息：走资本主义道路当权派石得财的狗崽子石进城，经过我们毛泽东主义红卫兵的跟踪侦破，现在已经从南京军区押回本校，接受革命师生的审判！现在，把狗崽子石进城押上台来！"

刘树强之所以要千方百计把石进城抓回，不仅仅是因为石进城在"主义兵"司令部门前贴了那条"龙生龙、凤生凤，老鼠生儿打地洞"的标语，狠狠地刺伤了他的自尊心，更为重要的是为了扑灭自己心中燃烧着的妒火。

大学停止了招生之后，所有初中高中毕业生都寄希望于招工。然而工厂停工，在职工人都没有活干，招工已经不可能。此时的报纸广播"到农村去，到边疆去，到祖国最需要的地方去"等口号叫得越来越响，紧锣密鼓地制造着上山下乡的气氛。所有中学生心里都明镜一样：他们面临的下场就是去农村、去边疆当一辈子农民。

然而还有一条路可以逃避上山下乡，那就是参军。参军最差的结果是，即便在部队里得不到任何升迁、提拔，服三年兵役后便可以退伍回到参军前的地方——下乡当农民的命运就可以逃掉了。然而参军对于广大中学生而言则是既不可望、更不可及的非分之想，因为每年征兵的数量极其有限，连百分之一都不到。此外，除了极其严格的体检之外还有极其严格的政审。然而这一切依然构不成参军的基本条件。它的基本条件则是一个看不见摸不着的东西——后门。

当华苏婴、石进城、甄土改失踪之后，刘树强立即想到，没有疑问他们已经参军去了。他知道他们的父母都是当官的，都有本事把子女弄到部队去。他知道他们的子女去参军跟普通的工农子弟参军是不一样的。工农子弟即便是侥幸能够被选中参军，也都是去野战军，或者工程部队。不是去炮火横飞的越南战场，就是成为工程兵，闷在山洞里打石头。所求无非是将来退伍，能够在城里分得一个工作。而干部子弟参军都是去部队机关、医院、文艺团体等等，并且不久就会被提拔成为职业军人、技术干部，成为新贵族。

每想至此他的心就如同针扎一样疼痛。究竟凭什么你们就可以到军队，并且可以逃避战争，避免苦役？凭什么你们就可以被提干，而我就要去边疆当炮灰，去农村当一辈子农民？边疆即便要去，也要一起去！农民即便要当，我也要拉上你一起当！就是死，我也要拉上一个垫背的！

通缉令下达后，石进城、甄土改、华苏婴却是如同泥牛入海，连一点可供追踪的痕迹都没有。派出所去过了，户口没有迁，学校的档案也没有动。因此他们去了哪里便断掉了线索。民政局去过，那是负责征兵的政府机构，他们说，今年的征兵指标还没有下达，参军的一个也没有走。这条线索又断掉了。

就在大失所望之际，有本部红卫兵报告，就在石进城失踪前两天，他家开来了一辆军用吉普车，那吉普车布满泥土，显然是长途驾驶才会有这个样子。报告人说，那车牌一看便知是南京军区的。他亲眼看见石得财提着两个旅行包从车里下来，他下了车，军车就开走了，显然他是出了远门，那吉普车是送他回家的。

南京军区的车把石得财送回家，然后石进城就失踪了。石得财去了哪里？他干嘛去了？这还用问吗！刘树强大喜过望，连夜召开会议，精选四名能言善辩的干将，携带上公安局的通缉令，连夜乘车去南京军区要人。如果不给人，就直接转道北京，上告到中央军委，告南京军区干扰地方文化大革命，军内走资派窝藏反革命！这么大的事儿看他南京军区兜得住兜不住！

人派出去之后，刘树强下令，批斗会推迟，等石进城被押解回校再举行。

经过两天焦虑的等待，终于在昨天晚上派出的人打来了长途电话，告知石进城已经抓获，并且被开除了军籍。今天乘坐晚车连夜赶回天津，明天一早即可押解到学校。刘树强决定，立即发出海报，明天召开批斗大会。

哈哈！把已经参了军，走上贵族之路的石进城揪了回来，开除了军籍，这是何等正义，何等大快人心！现在，你成为了我的阶下囚，你的小命儿攥在了我的手心儿里，我想把你怎么样，就能把你怎么样。你不是说"龙生龙，凤生凤，老鼠生儿打地洞吗？"今天我倒要看看谁是龙，谁是凤，谁是老鼠，谁打洞！想到此，他激动得浑身颤抖。

这样想的不仅仅是刘树强一个人，全校工农子弟的学生们都这么想，而他们是绝大多数。因此把石进城从部队揪回学校批斗是人心大快的事情。

台下鸦雀无声，能够听到的只有他们自己的心跳，他们太激动了，他们倒要看看坊间盛传的红卫兵"铁血魔头"今天是个什么样子！

派出的四个人下了火车，马不停蹄，押着石进城直接赶赴批斗会现场。石进城被两个男红卫兵一边一个，做着"喷气式"，挂着牌子，从后台押了上来。一身崭新的军装，被揪得七扭八歪，全是褶子。胸前的五个扣子有两个已经不见了。衣服被他们撕扯着，露出一只黑瘦的肩膀。领子被撕破，那是领章被撕掉留下的痕迹。军帽还戴着，这也是红卫兵故意留在他头上的。他们要让大家看到：军帽正前方被撕破一个三角口子，露出里面白色的里子，那是帽徽被撕下留下的痕迹。解放军是个神圣的组织，领章帽徽是它的象征，不容有任何坏人佩戴。因此，在抓捕军人时，第一件事便是把他的领章、帽徽撕掉，以免解放军受到玷污。

拥挤在人群中的华苏婴，穿过手臂的森林缝隙，静静地看着台上发生的一切。

怎么，才几天的时间，你就落魄成了这样子？衣冠不整，面无血色，甚至连嘴唇，本来它们有些黑紫色，都变得惨白。你的才华和气度哪里去了？你的铁血和冷峻哪里去了？你不是自诩意志坚强吗？可看现在的样子你不是那种人。你只是在得势的时候才那样，而在失势的时候就是今天丧家犬的样子。在你被押上台来的时候，你如同一具尸体被拖拉着，一只脚叠在另一只脚上，掀起一溜尘土。死刑犯被押赴刑场也不过是如此吧？你不是老谋深算吗？没想到吧？你的谋略全部落入了刘树强的手掌心！真是螳螂捕蝉黄雀在后！

大喇叭里继续响着刘树强的声音："石进城原是我校毛泽东思想红卫兵的副总司令，人称外号'铁血魔头'。文化大革命伊始，他伙同总司令华苏婴、另一个副总司令甄土改借横扫牛鬼蛇神之机，在李公楼前街大肆抓捕平民百姓，私设公堂，严刑拷打普通民众，以红色恐怖为名，行白色恐怖之实，仅在十天时间内，整死十多条人命。就是这个铁血魔头石进城带领他的手下，居然用给猪头褪毛的松香锅给人褪毛。用人血在墙上写下'红色恐怖万岁'的大字标语，其残忍令人毛骨悚然。他们的行为败坏了红卫兵的名声，扰乱了文化大革命的进程，转移了斗争大方向，破坏了毛主席的伟大战略部署。为逃避罪责，由其父走资派石得财出面，勾结军内走资派，通过非法手段，混入解放军队伍。经过我们同所在部队的严正交涉，南京军区已经开除了石进城的军籍，交给我们毛泽东主义红卫兵处理。这正是机关算尽太聪明，反误了卿卿性命！就是这样一个机会主义分子，今天混进解放军队伍，明天还要被提干，担任军队领导职务，掌握我们国家的命运。毛主席如果不发动文化大革命，国家的前途就会掌握在这些人手里，这样的事情我们能够答应吗？"

台下沸腾起来，两千人振臂高呼："不答应！"那是发自肺腑的声音。

谁说刘树强没有文化？ "机关算尽太聪明，反误了卿卿性命"这两句跩得怎么那么精彩、贴切！他对人心洞察得那么深切、细微。台下都是在校中学生，他们面临着相同的厄运——上山下乡。他们最痛恨的就是能够逃脱共同厄运的人。他句句话都说到了广大同学的心坎上，如果石进城现在在人群当中，他们一定会把他撕成碎片！

台下继续沸腾着，他们高呼"打死他！打死他！打死他！"

石进城浑身瘫软成一滩烂泥，全靠身边两个押解红卫兵的把持，否则早就堆在地上。

刘树强抓住时机，带领大家喊起了口号：

"打倒走资派石得财！

打倒铁血魔头石进城！

打倒机会主义分子石进城！

打倒狗崽子石进城！

打倒恐怖分子石进城！

无产阶级文化大革命万岁！

毛主席万岁，万岁，万万岁！"

刘树强接着说："抬起头来，让革命师生看一看他的丑恶嘴脸！"

两个红卫兵扭住他的胳膊，揪住他的头发，往后一拉，那张毫无血色的脸被扯起来，毫无支撑力的头颅朝向台下人群。

突然石进城拼命挣扎，他要干什么？

他张开了嘴巴，喊起了口号，声音嘶哑，但身边人还能听清，他反复吼着只有一句："我要揭发石得财！"

他的声音被台下的热潮淹没了，他依然不停地喊着，挣扎着，没有人理会，他就不停地挣扎，不停地呼喊。全场的口号声渐渐地停了下来，注意力都集中在他身上，他嘶哑的声音还在吼着："我要揭发石得财！"

刘树强听得心头一喜。朝台下挥了挥手，人们安静下来。他走过去让押解石进城的两个红卫兵把手松开，说："石进城你给我听着：坦白从宽，抗拒从严，受蒙蔽无罪，反戈一击有功！你不仅仅要揭发石得财，你还要揭发华苏婴，揭发甄土改，揭发他们的罪行！全校革命师生要看你的表现，你要如实交代，你是怎么混进解放军队伍中去的。如果你有立功表现，会受到宽大处理。有话到这里来说。"他用手指着麦克风说，他并非要给予他宽大处理，而是要给他机会，让他把丑出尽。

台下人停止了沸腾，睁大眼睛，张开嘴巴，等着他说什么。

石进城被松开，把上衣扯扯正，走到麦克风前说："我要揭发石得财的罪行，我混进解放军队伍，完全是他一人策划，一手操作。他勾结的一个军内走资派许政委，是淮海战场上他的战友。这一切都是石得财和军内走资派所为，从来没有跟我商量过，我是受蒙蔽的。现在我郑重宣布，同石得财断绝父子关系，同反动家庭实行最彻底的决裂。认真揭发石得财和军内走资派的罪行，争取宽大处理。"

石得财被激怒了，他拧过脖颈，面对石进城说："你狗日的胡说八道！是你天天逼着我，给你办参军，今天全都推到我身上！没良心的东西！"

刘树强开心地笑着，说："我有一事不明，你走了，可是天津的户口，档案还都保留着，这是怎么回事？"

石进城说："许政委说，天津那边的户籍、档案就在那放着吧，为了不打草惊蛇，户籍、档案我重新给他弄一个。"

刘树强被惊呆了，说："户籍你们也能重新建一个吗？"

石进城说："许政委说，那就是一张纸，让他们写一张就行了。"

在刘树强心里，户籍是如同性命一样重要的东西，没有它，人便没有办法活着。然而许政委却可以一句话就重新弄了一个！

刘树强说："你有何德何能，让许政委大费周章，偏偏要你？"

石进城说："许政委说了，思来想去，还是用我们自己的孩子可靠！"

刘树强示意台下安静下来，继续问道，说："还有一件事情你要揭发检举，华苏婴和甄土改去了哪里？"

石进城说："怎么，他们也失踪了吗？"

刘树强说："难道你们没有合谋吗？"

石进城冷笑一声，说："哼！这种事也能跟他人讲吗？他们肯定也参军了。他们的家庭背景都比我强，特别是华苏婴，参军还不是太容易了！"

一番话句句锤在刘树强的心上。虽然他们是自己手下的囚徒，虽然自己是红卫兵总司令，他却感到自己只是石碾下的一颗谷粒儿，不管自己此生怎么努力也都无法翻身。

台下的同学们也被这番话激怒了，他们再次沸腾起来，砖头瓦块如同飞蝗一样从台下投向华膺，投向安娜，投向石得财，投向甄有田。

刘树强带领着人民喊起了口号：

打倒走资派！

砸烂走资派！

把走资派打倒在地，再踏上千万只脚！

让他们永世不得翻身！

石进城被两个红卫兵押了下去，批斗会还在继续。

第 34 章　云端的华膺喷了一口血

这许久华膺和安娜一直在课桌上站着。华膺眼睛须臾不敢离开脚下的桌面，否则就会眩晕，打晃，会一头栽下来。他只偶尔瞥一眼妻子，她的处境要比自己艰难得多，因为那一双高跟鞋。她腿抖得越来越厉害，课桌发出"噔噔"响声，他心急如焚。一个许久没有想透彻的问题，只在这一瞬间突然想透彻了：原来他们要的就是你屈服，就是要你像癞皮狗一样祈求。尊严与活着是一个二选一的选择题！既然如此，我宁可选择死亡！

道理想通后行事便不再沉重，言语也不再嗫嚅。他说："我向你们提出严正交涉，要求你们必须让我们从桌子上下来，这样太危险，这是法西斯行为！"

刘树强说："你胆敢污蔑红卫兵是法西斯？好！你要想下来并不难，只要你揭发她的罪行，我立即让你下来。这对你来说不是难事儿，就这么简单。"

他转脸面向华安娜说："只要你揭发华膺的反动罪行，我也可以立即放你下来。"

华膺说："好，一言为定！"

刘树强冷笑说："一言为定！"

华膺说："好！我来揭发华安娜的罪行，你给我听好了：华安娜是优秀的苏共党员，也是优秀的中共党员。为了帮助中国的社会主义建设事业，1949 年，她抛弃自己优渥的故国生活，离乡背井来到中国。多年来，她翻译了多种马克思、列宁、斯大林的著作，为中国共产党的理论建设做出了杰出的贡献。她热爱毛主席，热爱中国共产党，热爱社会主义中国，热爱中国人民。在卫国道中学任教期间，她热爱学生，忠于教育事业，业务水平出类拔萃，教育质量杰出超群，历来受到学生们的赞扬和爱戴。"

刘树强怒了，他认为华膺愚弄了他。说："叫你给她唱赞歌来了是吗？好，再搬一个课桌来，让他站上去，让他把赞歌的调子唱得再高一点！"

旁边的红卫兵应声搬来一个课桌，让华膺下来，把课桌摆了上去，再把华膺揪到了两层课桌的上面。说道："好！赞歌你继续唱！"

华膺站在两个摆在一起的课桌之上，桌子前后左右不停摇摆，桌子腿"噔噔噔噔"不停地响。华膺身体东扭西歪在寻找着平衡。

"你倒是接着唱啊！"刘树强吼道。

华膺说道："华安娜生活简朴，不尚奢华。她拒绝了国家分派给她的伏尔加轿车和专职司机，拒绝使用国家派给她的家政人员，拒绝接受国家给予的国外专家特供。这些都是她应该得到的待遇，但一概被她谢绝。自己从不使用劳务人员，一切家务都自己做，乐于同普通中国劳苦大众同甘苦，共患难。即便在三年困难时期也都没有接受过国家配给她的食品特供。她始终以中国平民百姓的生活标准要求自己，同中国人民同呼吸，共命运。她省吃俭用，工资绝大部分存入银行，支援国家建设，十七年一共存款十二万元。这就是我认识的华安娜。我向全校师生，以我的人格保证，我刚刚说的每一句都是真的。你要我揭发华安娜的罪行，她罪恶滔天，罄竹难书，这只是她全部罪行的一小部分。如果需要我继续揭发，还有无数她的罪行不为广大师生所知。"华膺字字句句说得真真切切。台下却奇怪地一片安静，听得入了神。

刘树强听着，在华膺站立的课桌前走来走去，见华膺停下来，他说："好！很好！我来问问广大革命师生，你们相信他这一套吗？"

台下一片安静。

突然有人答道："相信！"

紧接着一片附和之声："相信！"

刘树强摇着头说："我再问一遍：他老实不老实？"

台下齐声回答道："不老实！"

刘树强转向华膺说："听见革命群众的呼声了吗？再加上一个桌子冤枉你吗？如果你继续猖狂，我就继续给你加桌子，桌子我有的是，看你猖狂到几时！"

华膺说："那就来吧！"说罢华膺自己爬下桌子。

一个相同的课桌被搬来，摞到华膺刚刚站立的课桌上面。

华膺说："请给我另一个课桌，我好蹬着上去。"

旁边的红卫兵见他真的要自己爬上去，立即搬来了另一个课桌，放在旁边。

华膺蹬着课桌，站上了三层课桌的上面。桌子腿承重之后，便开始抖得"噔噔"作响。华膺的两条腿也在不停地抖动，却始终找不到平衡点，抖动在持续着。

刘树强笑道："你先在那待会儿。"转向安娜，说："看见他了吗？这就是他猖狂的后果。现在该你了。你来揭发华膺的罪行。"

安娜站在一层课桌上，瞥了一眼侧面，看到的却是华膺的双脚。她的脚踝一直在扭来扭去，浑身抖得更加厉害。

刘树强冷冷地说："你要不要也给他歌一歌功，颂一颂德？"

安娜说："他哪里是歌功颂德？不过是讲了几句真话。"

刘树强笑了，说："好！你要不要也来讲几句真话？"

安娜说："当然我只会讲真话。"

台下突然安静下来，兴味盎然地等候着安娜讲真话，猜测着她也会怎样赞扬华膺，然后也会被撧上两层课桌上去。

安娜的嘴却紧紧把嘴闭得像一只牡蛎。

许久，刘树强不耐烦了，吼道："不说是不是？搬桌子来！"

桌子搬来了，三下五除二，安娜被撧上了两层课桌。她哆里哆嗦站在高高的课桌上，低头俯视一眼台下，数千双仰视的眼睛。

刘树强说："你不是要讲真话吗？不讲？是不是桌子不够高呀？来人！把桌子搬来！"一个红卫兵早已迫不及待，瞬间把又一张课桌搬到了台上，放在安娜站立的课桌旁边。

安娜依然把嘴紧紧闭得像一只牡蛎。

或许，最不该发生的是随后刮来的那一阵风，或许就是那阵风成为了压倒骆驼的最后一根稻草。然而那阵风却真的刮了过来！

一阵风刮来，在台上盘旋，把她长长的裙裾高高扬起，直盖到脸上，下体便失去了遮挡。她慌了，连忙用双手紧紧把裙裾按下，这是女人的本能的反应，如同当年玛丽莲·梦露按住裙裾。

台下掀起一阵骚动。

刘树强说："你讲不讲？"

那只牡蛎突然开口了，说："他反党，反社会主义，反毛主席，反毛泽东思想！"

刘树强几乎不敢相信自己的耳朵："你说什么？再重复一遍！"

台下一片宁静，人们张着大嘴不知道发生了什么。

安娜稍稍停顿了一下，仰头看了一眼华膺。说道："他不仅仅反党，反社会主义，反毛主席，他还反斯大林，反列宁，反马克思主义。"

刘树强一直逼着安娜揭发华膺，他希望能揭发出重大政治问题来。但此时，真的揭发出如此重大的政治问题时，他反而不敢相信，以为遭到了安娜的愚弄："这可是重大政治问题，不是随便可以说的！"

安娜说："我知道这是重大政治问题，我对每一句话负责。他说毛主席、斯大林、列宁都不懂马克思主义，都是机会主义份子。马克思不懂得人类文明。"

刘树强欣喜异常，说："好！揭发的好！她揭发华膺有立功表现，先让她下来。"

红卫兵七手八脚把安娜从桌子上扶了下来。

刘树强说："你说话要有证据！"

台下一片安静，人民睁大了眼睛，支棱着耳朵等候安娜回答。安娜却张了张嘴，说："我讲的句句是实情。你们要证据我没有，但我就是证人。"

"我有证据！"突然听到台下有人高声叫道。这是清脆的女人的声音。台上人往台下看，台下数千张脸回过头去，只见一个瘦高女学生高高举起一只手，她身穿一身绿军装，留着超短的头发，正朝台上走来。

礼堂中轴线附近的人群"呼啦啦"为她让开了一条路。她在路中走得飞快，短发也被速度带起的风吹到了后边。台下师生们都认得她就是毛泽东思想红卫兵总司令华苏婴，刚刚，台上的事情过于激烈，人们并没有发现她就在人群当中。谁也不知道这几天她经历怎样的颠覆与折磨，短短的三天她的脸瘦得只剩下窄窄一小条。

她走到台上，站到麦克风前说："刘树强，你不是胁迫公安局发下通缉令要捉拿我吗？不是每个人都像石进城一样是机会主义者，我就在这里，我没有去参军，也没有逃跑，我在家里等了你三天你都没来抓我。你不用担心，我跑不了。你不是要证据吗？我这里有。"

说罢，从衣兜掏出了一个厚厚的硬皮本子，本子的角已经被烧焦。她说："这就是证据。这是华膺的日记本，从你们烧毁的书堆旁捡到的。"

高空中的华膺已经呆若木鸡，他无论如何也没有料到女儿会在这个时候出现。她手里拿着的正是他的日记本。显然她已经读过了那厚厚的一大本日记。多年来他一直小心翼翼地藏着，因为那里面隐藏着一个真实的自己。

华苏婴说："日记时间是 1953 年到 1960 年。是用俄语、英语、法语和德语写下的。你们不是要华膺反党，反毛主席，反斯大林，反列宁，反马克思主义的证据吗？我来读几段你们听。"

台上、台下全部窒息了。

"这一段用俄语写的。我给大家翻译一下，这一段说：1956 年 5 月 5 日，毛主席接见苏联哲学家帕威尔·尤金，谈及哲学。个别与一般。毛习惯使用'普遍性与特殊性'，谈到'个别与一般'，他听不懂。'普遍性与特殊性'的说法把哲学庸俗化。毛没有抽象思考的能力。"

"另一段也是用俄语写的。我给大家翻译一下，这一段说：1956 年 5 月 5 日，跟尤金谈到《资本论》，尤金谈到'社会必要劳动时间'，毛主席没有弄懂这个概念。他没有抽象思维能力，他不可能懂得经济学。"

"下面这一段是法语写的。这段说，1958 年 6 月 12 日。读毛主席《矛盾论》，毛主席不知道什么是哲学。毛主席的哲学概念，形而上学、辩证法，都是错误的：他认为哲学的目的是指导革命走向成功的工具，辩证法能够使人变聪明。荒唐，庸俗。下面是中文：毛主席对哲学一窍不通。他敢于大谈哲学的原因恰恰就是因为他不懂哲学。"

华苏婴说到此时脸已经变得毫无血色，嘴唇颤抖着说道："已经够了，我不敢重复他的反动言论，因为每一句都是对毛主席的恶毒攻击。这一本日记到处都是反党，反毛主席，反列宁，反斯大林的言论。仅仅这三条就够了。其余我会以大字报的形式把他的原文翻译出来，供广大革命师生批判！要证据，这本日记就是铁的证据。"

说罢转头向安娜说："我问你，他是个反革命你知道不知道？"

安娜点点头说："知道。"

华苏婴说："你是什么时候知道的？"

安娜说："早就知道。"

华苏婴说："家里藏着一个反革命，为什么你要隐瞒到今天？你为什么对我也要隐瞒？为什么你不揭发他，把他送进监狱？还是你们两个是同伙？"

安娜泪流满面，说："既然你一定要知道为什么隐瞒到今天，那我就告诉你，不是为了别的，都是为了你，为了保护你幼小的心灵不受伤害。"

华苏婴眉毛拧成疙瘩，大笑说："哈哈！你倒也冠冕堂皇！你在包庇一个反革命分子，难道你还要把罪责推到我身上吗？"说着气得脸色苍白，流出了眼泪。

安娜张口结舌，无言以对。

华苏婴转头仰面向高台上的华膺说："这本日记都是你的真心话吗？"

华膺点头说："是。"

华苏婴手指着华膺，咬牙切齿地说："你居然胆敢反对伟大领袖毛主席！平时你伪装成马列主义理论家，装作热爱党，热爱毛主席，时常教导我要忠于真理，而实质上你却是一个十足的反革命！你是个大骗子，伪君子！"她已经声嘶力竭。

她扭转身来面向台下说："谁反对毛主席就砸烂谁的狗头！我提

议，立即逮捕三反分子华膺，立即枪毙华膺。我宣布，从现在起，我同华膺断绝父女关系，同华安娜断绝母女关系，跟这个反革命家庭实行最彻底的决裂。我将继续揭发他们的罪行，深刻批判他们的反动言论。在自己身上肃清他们的流毒！"

礼堂里怎么会突然下雨了？华苏婴，刘树强，杜俊芝以及台上的红卫兵都感到有雨滴落到脸上。他们不约而同地摸一下脸上的雨滴，一看，手上却划出无数道血痕。没有人看到，那是云端的华膺喷了一口血，血化成了红色的雾，从空中飘落下来。

突然，三层桌子上的华膺一晃，桌子轰然向左侧倒去，他却向右坠落了下来。

第 35 章　来自天际的追问

　　第二天早晨，牛棚里抬出了方舟的尸体。他自杀了，他坐在自己的铺位——一片草袋子上，用一根草绳系在自来水管子上，套住脖子，臀部悬空，一点声响也没出。老鬼们全然没有察觉，以为他还坐在那里等待两个窝头和一块咸菜。火化场开来了蓝白格相间的运尸车把他拉走了。给他的定性是：现行反革命，自绝于人民自绝于党，畏罪自杀。

　　运尸车刚刚开走，老鬼们开饭了。每天开饭也是放风，这个时间允许他们上厕所，领窝头咸菜，他们可以随便走走。突然周聪叫道："看！有人要跳楼！"

　　老鬼们应声抬头看时，四层楼房的顶上，把角处站立着一个人。早晨的太阳比楼顶还低一些。从下面照在他身上。只见他须发皆白，闪着银色的光。

　　有人说："那是华膺！"

　　"不可能，华校长是满头黑发，怎么会是他？"

　　又有人说："就是他，不会错！"

　　人的头发一夜之间就能变白。伍子胥过文昭关一夜白头；《悲惨世界》里的冉阿让去认罪，也是一夜白了头。

　　然而比起华膺，伍子胥和冉阿让的愁都算得了什么？卫国道中学的学生和老师都能见证，华膺就是在那一夜，满头黑发，一脸胡须全部变得雪白！

　　突然那人向前飞了起来，白发飘在脑后，接着一个缓缓的抛物线向下降落，白发在头顶飘浮，闪着银光。大家看得清清楚楚，他在降落，都张大了嘴巴，没能喊出声；大家听得清清楚楚，他在云端高声吼着："你到底是为了什么？"

　　声音遥远且又清晰，缥缥缈缈，像是来自天际，看见的、听见的人都不懂，他们不知道这句话是在向谁追问。

这世界上只有两个人能够听懂华膺的追问，这两个人一个是华安娜，另一个就是华苏婴。

昨天批斗大会上华膺从三层课桌上跌落下来没有摔死。台上、台下慌乱成一团，许多人拥挤着走到台上看个究竟，摔死没有？混乱中他醒了过来。躺了一会他坐了起来。伤到了哪里却无人询问。反正他醒了，反正他还活着，反正凭他的罪行他是个必死之人，一个必死之人，哪里受伤还重要吗？台下师生在混乱中纷纷离去，大会再也无法继续，便不宣而散了。

刘树强是个心细如发的人，考虑到华安娜揭发了华膺那么严重的罪行，或者说是她把他置于死地，日后也绝无翻身的可能，显然他们已经不能继续关在同一个牛棚了，为防止发生意外，他命令手下把华安娜关在另外一个小屋里。

会后刘树强并没有把华苏婴关进牛棚，为鼓励她反戈一击，坐实华膺的犯罪事实，没有关押她。或许这并不是重要理由。重要的理由是，她彻底服了，换句话说，她的脊梁骨已经断了！她为了表达归顺的忠心，她出卖了她的父亲！因此，她再没有反水的余地了，关她已经没有必要。但要求她必须继续揭发批判华膺和华安娜的反革命罪行。

当周聪高叫："看！有人要跳楼！"的时候，安娜刚刚接过两个窝头和一块咸菜，接着便听见来自天际的追问，抬头看去，她看到了华膺在降落，她闭上了眼睛，滚下两串泪珠，落在地上摔得粉碎；他听清楚了他的追问，她知道他在追问谁，也知道他在追问什么。顿时窝头和咸菜从她修长的指间脱落，掉在地上，金黄色的窝头滚满了黑色的泥土，怎么也吹打不净了。

那时，华苏婴刚刚贴完批判父亲的大字报。

这是她第一天贴出批判华膺的大字报。早晨，她把昨夜已经写好的大字报卷好，夹在自行车后衣架上就来到学校。在"主义兵"司令部里，糨糊、刷子、笤帚这些用具都是现成的，他们为她提供了方便。

大字报贴在楼根底儿，楼顶把角处，也就是华膺起跳的地方，就在她头顶的侧面，若不用力仰头，楼顶的景象全然看不见。她用笤帚把最后一张大字报在墙上展平，突然听到旁边的人一声惊叫，她沿着旁边人的目光，仰头向天空看去，看见了一道白光从楼顶坠落下来。她没有看清楚发生了什么，她不需要看清楚发生了什么，她就准确无误地知道发生了什么——在她的预感中，这一幕已经上演了许多次。

接着她耳边响起了一个声音："你到底是为了什么？"

那声音震耳欲聋，随后便是没完没了的回声，重复着这来自天际的追问。她知道那声音是在追问她，与旁人无关。她也知道那声音是在追问他们曾经讨论过的问题：你是"正义选择"还是"利益选择"？你将你的父亲置于死地，究竟是出自什么目的？是出自忠于真理，捍卫信仰吗？那么你就是大义灭亲，你无比崇高，无比纯洁。但是，但是或许不是！或许这只是一个借口，是一张遮羞布。或许是，只有将你的父亲置于死地，你才能洗白自己，逃过劫难，获得生路！那么这就是背叛父母，出卖至亲，灭绝人伦。你卑贱至极，无耻透顶！

"你到底是为了什么？"那声音继续在天空回荡着。她把修长的手指伸进头发，死死抓住，仿佛要拉自己离开人间。

"你到底是为了什么——"

那来自天际的声音不依不饶地在追问，她无法回避，必须回答。

"我是正义选择！大义灭亲！"她用尽全力高声回答，但同时她感到每个字都说不实在，虚虚的，飘飘的。她没有撒过谎，但她知道撒谎就是这样的感觉。

她又答道："我是利益选择！出卖至亲！"

她用尽全力呼喊，却感到无比的冤屈，涕泗横流。

"你到底是为了什么——"那声音还在追问。

她颓然瘫倒在地上，高声叫道："我不知道，我不知道！"

"既然你不知道，你必须证明你自己！证明自己！证明自己……"那来自天际的声音渐渐去远，终于消失。

华膺没有死。大约是因为他跳得太理性了，身体没有漂移，没有倾斜，身体与地面呈垂直角度坠落，直直地落在花坛里，两条腿同时着地，胫骨、腓骨一共四根骨头全部折断。四根雪白的骨头茬刺破迎面骨前的肌肉，直插进花坛的泥土里。这一切有效地缓冲了身体降落的力量，保护了他的内脏和大脑没有受到伤害。落在地上时他依然很清醒，他清楚地看见四根骨茬刺出来，骨头雪白，肉也雪白，随后才慢慢地洇出来殷红的血。

一夜都没有想明白，愁白了须发，坠落时还在向天追问的问题，只在空中坠落的几秒钟之间就彻底想明白了。

"你到底为了什么？"这是一个何等荒诞的问题！

他知道有了妻子的人证，和女儿提供的日记作为物证，他绝无活路，但此时此刻，他却深深后悔，即便是身受极刑，也不该去追问妻子和女儿。难道她们说的不是真的吗？既然都是真的，你为什么不敢去承担真实的后果？既然是真的，她们就没有撒谎。她们就是忠于真理，他们做的就是正义选择！

这不容置疑。既然不容置疑，为什么还要追问呢？

来观看的人已经围成了一个圆，有老师，也有学生，自己正在圆心。他们只是惊讶，没有人帮他做什么，他那么大的罪恶，不配被帮。他清醒地意识到，自己应该尽快地处理一下伤口。他用力后仰，终于坐在了地上。把双腿的骨头从泥土里拔了出来，脚已经折叠到了后边。这不行，脚应该回到它们应有的位置。他双手搬起左腿，腾出右手捉住左脚后跟，用力向前一推，"咔嚓"一声骨头交错的声响，小腿被扳直，脚回到了应有的位置。他又用同样的动作把右脚扳直，回归到应有的位置。由于肌肉收缩，折断的胫骨、腓骨没有足够的空间对接，只能交错地重叠在小腿的肌肉里，小腿便只有原来一半的长度。他知道这种情况需要至少两个人对面用力，把肌肉拉到足够的长度才能使骨头对接，然后打上石膏，才能长好，那太奢望了，他现在是必死之人，不会有人帮他做这些。好歹双脚回归了应有的角度，这就是眼下最好的状态了。他松了口气，他对自己很满意。他也没有想到自己会如此坚强，勇敢。这勇气来自哪里？来自于死亡！同死亡相比，这便显得微不足道。

"这是畏罪自杀！"人圈中有人说道。

"自杀未遂！"另一个人说。

"还不如死了好。老婆孩子都出卖了他，活着还有嘛意思！"他清楚地听到有人说着。接着感到了困倦，感到了伤口疼，或许是刚刚他把所有的气力都用光了，他感到了疲惫不堪，需要休息一下，于是他睡着了。

在后续的若干天中，华苏婴的大字报成为了卫国道中学的热点专栏，每天准时在固定地点贴出新的内容。内容分为三个部分，一，华膺日记俄文或者法文原文；二，华苏婴的中文翻译；三，华苏婴的批判文字。

大家如同期待着长篇小说连载一样，每天早晨都挤得黑压压在这里等待阅读。华苏婴也没有让广大读者失望，每天都有新的内容令大家惊奇不已。

每天大字报贴出，有众人围观阅读时，她都会觉得心情宁静，她感觉到自己当时交出华膺日记，同父母断绝关系，是一个正确的抉择，现在揭发批判他们，是做着一件正确的事情。然而这宁静却保持不久，每到下午便觉得惶惶然不可终日。夜里常常被那句来自天际的追问惊醒。每当此时，她都要打开华膺的日记本，当她读到那些反动透顶的言论时，才能够重新确认自己"为了真理"的答案不容置疑。然后，专心致志把这答案千百次地念诵，乃至放声高叫："为了真理，为了真理，为了真理！为了真理！"一刻不停，不留任何空隙让杂念插进，以此来回答那来自天际的追问，只有如此才会使自己重新平静下来。

不久，"查抄办"来人了。来人很是客气，既是公事公办，也不缺乏同情，对她说："这个房子已经被查抄，没收充公了，不再归华膺所有，因此你也不能继续住在这里了，这是国家分配给你的新住所，你必须立即从这里搬走。"

说罢递给她一张单子。接过一看，上面写着她新住所的地址，和每月必须支付的两毛五分钱房租。房租缴纳截止日期，是明天。右下角盖着一个又圆又红的印章，表明这张单子的真实性与合法性。

她说："我一分钱也没有，拿什么交房租？交不上房租我能住在那里吗？"

“查抄办”的人说：“当然不行。但是你今天可以先去街道办事处申请最低生活费，像你这种，父母被关押，自己没有收入的子女，可以按最低生活补助算。每月可以领到八块钱。办完这个手续后，你立即就可以领到八块钱，然后到房管局缴纳房租，你就可以住在那里了。最近办理这个手续的很多，你这种情况不会遇到麻烦的。”

搬出这里并不麻烦，她已经有了经验，如同上次搬到学校去居住一样，把被褥打成一个铺盖卷儿，装进一个网兜，再装上脸盆牙刷就齐了。把网兜放到自行车后衣架上，还没有离开，“查抄办”就给房门、院门上了锁，贴上了封条。

按照“查抄办”同志的指示，先到街道办事处申请最低生活费，再到房管局缴纳房租，一切顺利，下午就去寻找她的新住所。

新住所并不远，当她确认了街名和门牌后，面对眼前的建筑，她却产生了怀疑——刚刚从一所小洋楼搬出来，眼前分明又是另一所小洋楼，这还有什么必要？她心存犹疑推开院门，看见房门上用黑色墨汁歪歪扭扭地赫然写着两个大字，顿时打消了她的疑虑——“狗窝”。

原来这里面住着三十多个来自不同家庭的狗崽子，每人分得与铺盖展开所占大小相等的面积。厨房、餐厅、卧室、厕所、楼道，只要能够塞下一个人的铺盖，那里便已经有了一套铺盖。她并不觉得“狗窝”这两个字对她有什么敌意或者侮辱。相反，见到了这两个字顿时感到与同类待在一起的亲切和安全。这两个字一定是他们自己写在门上的，这里面分明住着一群豁达和幽默的人。她在心里笑了。

她的“房间”其实并不是一个房间。这是一个二层小楼，木头楼梯呈 45 度拾级而上，通往二楼，在楼梯的底下就形成了一块直角三角形的空间。墙上贴着一张纸条，纸条上写着“华苏婴”三个字，显然这就是自己的“狗窝”了。

这里真的不错。地面是木地板，不凉也不潮，并且有足够铺开她单人褥子的面积。她把头安排在直角一边，脚在锐角一边，即便拳腿，楼梯也不会磕到膝盖。躺在褥子上面，眼前便是倒置的楼梯。楼梯是木头的，很容易钉上钉子，把床单挂在钉子上就是一个帘子。这地方白天都是黑洞洞的，很是隐秘，她有点喜欢这个地方了。

她在这里安顿了下来，开始了为期两年的狗崽子生活。直到有一天毛主席下达了那道震惊世界的指示。

华鹰醒过来时不知道已经过去了多久。察觉到自己已经不在花坛的地面上，而是被人抬到了他的铺位——草袋子上。这几天人们一直以为，他不一定活的过来，路过他身边时，不时走过去用手去探测他的鼻息，确认他是否还活着，便悄悄离去。

醒来后第一个感觉是渴。老鬼们都不敢理他，坐在他们自己的铺位上眯着眼睛装睡。他感到心里一阵冰冷。摇摇头重新整理一下情绪，对自己说："你还不够坚强！"

他必须自己"走"到自来水龙头去取水。腿折断了怎么走？他想到了孔乙己，孔乙己不是双腿都断了，自己还能去咸亨酒店喝老酒的吗？我也一定能！于是他想到了手，手也是可以用来走路的。他用手"走"到了水龙头边。先喝足了，又接满一碗放在地上，挪一步身子，挪一下碗，终于挪到了自己的铺位。

接下来感觉到了饿。他左右环顾寻找可以吃的东西。突然发现在他的铺位枕头边有许多窝头，他欣喜若狂——那简直就是黄澄澄的一座金山！一只碗里还有好几块咸菜。他突然明白了，那一定是老鬼们替他把饭打了回来，放在身边，等着他醒来吃的。他感到心里有一股暖流流过，眼睛却流出了两股暖流。他数了数窝头的数量，整整十个——这个数字可以推算出他昏死的时间——四个窝头是一天，八个窝头是两天，另外两个是今天早晨的。他整整昏死了四十八个小时！

不能再等了，他需要立即补充食物，他知道，养好断腿全靠食物提供营养。令他惊奇的是，他的饭量变得奇大，窝头变得十分香甜。一会的工夫四个窝头就吃下了肚。不能再吃了，他叮嘱自己，他从来没有一次吃过这么多东西，需要等一等，看看消化的情况再说，这时刻不能吃出病来，病了没有人管。他强忍着食欲把窝头放回床边。刚刚过了一小会，便又觉得饥肠辘辘。他忍不住窝头的诱惑，犹豫再三，终于决定再吃一个，只一个！不会有问题。于是他又吃了一个，还是那样香甜。吃完不久他觉得困了。他刚刚放平了身子就睡着了。

醒来已经过了开饭的时间，周聪给他带回来他的两个窝头。他又吃了五个窝头。还剩下三个。所剩不多了，他盘算着，需要慢慢地往里搭着吃。现在饭量增大了，一次吃完，没有剩余的窝头补充，肯定要挨饿了。

伤筋动骨一百天。一百天后，他靠着窝头养好了骨折的腿。但他永远也站不起来了。胫骨、腓骨没有对茬接上，而是重叠罗列长到了一起。小腿只有半截小腿的长度，而中间各自鼓起一个大包。他对这结果并不感到懊恼，相反却感到庆幸，在这种状态下恢复成这个样子简直就是奇迹！

他必须解决行走的问题。他又想到了孔乙己，他是怎么来到咸亨酒店的？噢！他找来了一个草袋子和两根草绳。草袋子对折，坐在上面，软软乎乎，热热乎乎，舒舒服服。两根草绳穿过草袋子，结一个套，跨在肩上，就像穿背带裤，草袋子便可以走到哪里都跟到哪里。他又找到了两块半头砖，抓在手里，用砖头拄地，不至把手硌伤。

养伤期间，他从来没有缺席过任何一次批斗会，不是他不想缺席，而是红卫兵不允许他缺席。在所有的反革命当中，罪行都是他人捕风捉影，牵强附会强加在反革命身上的，而华膺的"罪行"，却都是有确凿证据的；别的反革命分子都不承认自己罪行，而华膺却供认不讳；别的反革命分子都是老老实实低头认罪的，而华膺从来不认为自己有罪。他是反革命的极品，是反革命中的稀缺物种——批斗会缺了他就会黯然失色。

起初的批斗会伤口还没有愈合，他无法上台，不仅站立不住，也坐不住。红卫兵便在仓库里找来防洪抬土的箩筐，把他放进箩筐抬上批斗台，一路行走，筐底滴下一路脓血。

伤口渐渐愈合，他终于可以双手拄着两块半头砖，身下垫着草袋子，像孔乙己走进咸亨酒店一样，自己"走"上批斗台。尽管如此，一路上照样会有棍棒、皮带，像暴雨一样落在他的头上。

身边的老鬼们虽同为牛鬼蛇神，却对他避之如蛇蝎，唯恐与他沾上干系，加重自己的罪行，只有周聪偶尔来照应一两句话，不过也只是点到为止，并无多余。

值得庆幸的是，他有过目不忘的本领，过去读过的书都在心里装着，于是，他想读哪一本书，就能够把那本书从脑海里调出来。没有批斗会的时候，他有的是时间读书。

然而读书并不能填满他的全部精神世界。很多时候他感到孤独，妻子和女儿都在关键时刻离开了他，跟他断绝了关系。他已经死过一回，不想再死一回。他必须孤独凄惨地活着，更何况他已经身患严重的残疾，很多时候他需要帮助。

直到有一天，上天垂怜，给他送来了一个天使。

第 36 章　你等等，我改主意了

　　在李公楼前街文化馆的侧面有一条胡同叫作"奎兴里"，在奎星里有一所小学校叫作"奎兴里小学"，奎兴里小学六年级一班有三个要好的少年，他们是齐虫氓、鲁小班和王五毛。因为性格投契，兼之读过几本《三国》《水浒》《三侠剑》之类的书，深深为书中的哥们儿义气所感染。虽然没有举办过焚香盟誓的结拜仪式，但内心中他们自认为自己就是书中结义的兄弟，生死与共，永不离弃是他们各自心中的誓言，也是心中的愿望。这种情感来自于内心深处，便比具有一个焚香盟誓的仪式更为牢固。依据年龄大小，鲁小班是大哥，齐虫氓是二哥，王五毛是小弟，互相以兄弟相称。其实他们都是同岁人，那一年他们十三岁。

　　他们的情谊并非只来源于少年意气，更多的却是来自于惺惺相惜。

　　鲁小班的父亲是个八级钳工，仿佛天底下的东西就没有他的手做不出来的。小班从父亲那里继承心灵手巧的素质，天生就是一个能工巧匠。他做的航空模型，航海模型在少年宫里是挂了号的，每次少年宫参加全国比赛，送出的参赛作品都是他的。

　　齐虫氓喜欢玩电器。当时社会有那么一股子潮流——自己组装电器，他们管组装叫作"攒"。虫氓从三年级就开始攒矿石收音机，一上手就进入了一个痴迷的状态，常常为了实验一个线路一个人鼓捣到天亮。到六年级已经是远近闻名的电器玩家。凡是玩家流行的电器，诸如报话机、电话、变压器、半导体收音机、电马达他都能攒。特别是变压器，当时为了省电，各家都喜欢用一个低压小灯泡照明，这就需要有一个变压器，当时俗称叫"洩力"。他能够准确地计算出洩力的输出电压与电流，这，许多高中生的电器玩家也晕菜。左邻右舍各家都有一个洩力，都是虫氓做的。于是在电器玩家的圈子里他就有了些名气，许多人要做变压器，都要找他帮助计算，然后依照设计自己动手。远近圈子里比他玩得更好的只有一个人，这个人就是王大毛，可大毛是高三的学生，比蚩氓高了六个年级。

王五毛不会做航模，也不会做电器，他只爱读书。小班和蚩氓也爱读书，但跟五毛没法比，五毛读得又快，记得又准，又牢，在小班和蚩氓眼里，他天生就是一个读书的虫子。一茬一茬流行的书，小班和蚩氓也都读过，之所以读过主要是因为有五毛的推荐。而五毛书的来源却又是他的大哥王大毛。

学校的图书馆发给每个同学只有一个借书证，一个借书证只能借一本书。一本书不够大毛读，他就向从来不借书的同学借图书证。于是大毛每周都能够从学校图书馆抱回一摞书。五毛就跟着一起读。太深的他读不懂，文史类的书通常都没有问题。一来二去就把周围的书读光了。若论读书，同龄人视他如天人。

在班里三个人的学习成绩都是最靠前的，但三人却都不是"一道杠""两道杠""三道杠"，甚至连个红领巾都戴不上。并不是因为他们调皮捣蛋，而是他们对戴那些个东西实在没有兴趣。最不能容忍的是，只要戴那些东西就要开会，他们有太多好玩儿的事情去做，舍不得把时间放在开会上。

在老师和同学眼里，他们三个就是奇怪的存在，想不明白他们一天到晚在鼓捣些什么，因此也就当他们不存在——班里的活动从来不找他们，反正他们也不调皮捣蛋，爱干嘛就干嘛吧。

在六年级下学期，这三个少年相约好，一起考进同一所中学，这是他们三个共同选定的，这个学校是天津一中。之所以选中这所学校不仅仅因为这是一个重点中学，另一个原因是当时的一中是一所男校，他们喜欢男校的风格。

准备考中学的那段日子，是他们上学以来从来没有过的用功日子。以前也参加过高难度的考试，五毛、蚩氓都多次参加过区里的、市里的、全国的数学比赛。那样高难度的考试他们都没有用功准备过。但这次不一样了，因为弟兄三个有盟约——一起上一中！如果自己考不上，就要与弟兄分开，他们每一个都舍不得离开每一个。

当年小学升中学的考试只考两科——语文和算数。不过题量不小。考试时间是每场 90 分钟，卷子只有一页，不过很长，一米长，答卷时，卷首在桌面，卷尾拖到地面——当时被称为"米卷"。因为"米卷"能够划分人的等级，决定人的命运，因此，只要一提"米卷"人民就肃然起敬了。

准备考试的方法也并不复杂，除了把课本弄透之外，最有效的就是把往年的"米卷"找来做。当他们把往年七、八份"米卷"都做过时，他们找到了自信。

在他们做好了一切准备迎接升学考试的时候，文化大革命爆发了。停课了，考试取消了，接着就是大串联。国家规定小学生不允许串联。不上课了，也不让串联，突然间他们有了大量的时间。

白天他们像撒缰的野马一样到处疯跑，去南开大学、天津大学、市委看大字报，听辩论。去劝业场抢传单，抢来的传单存多了再把它们撒出去；看抄家，看批斗会，看给牛鬼蛇神剪头发；有时候也去野外，在稻田里去摸泥鳅，钓蜻蜓，粘知了；有时候去海河游泳，买一毛钱西红柿，从解放桥上丢到河里，把裤衩背心扎成一个小团系在腰间，然后从桥上跳下去，一边游，一边捞西红柿吃。顺流而下，游到大同道爬上来，躺在岸边晒太阳，等着晾干裤衩背心，然后穿上回家。

虿氓家有一个只有八平方米的小屋，晚上他们可以独占，那里就成了他们的天堂。在小屋他们可以读白天看抄家时偷来的书，越是批判的东西越是爱看；小班家里有一台手摇留声机，小班把它搬到虿氓家的小屋来，偷偷地听抄家时偷来的唱片。留声机声音太大，被邻居听见举报可不是小事——对门就住着戴老姨，他们就把喇叭盖拧开，在里面塞上棉花，用棉花的多少调节音量大小。越是不让听的音乐便越是爱听。越是音量小，听得越是真切，记忆越是深刻。

从抄家物品堆里偷来的书、唱片内容乱七八糟，什么都有。书有《封神榜》《三侠五义》《苦菜花》《红旗谱》；也有莎士比亚、托尔斯泰、巴尔扎克、狄更斯的著作。唱片有四大名旦、四大须生；有刘保全、小彩舞；也有周璇，有肖邦、施特劳斯、贝多芬。其实在他们还没有读过、听过这些东西之前，就知道这些"四旧""封资修"不让看的东西肯定是好东西——这是通过直觉和天性得出的判断。读过、听过这些东西之后他们才知道，那些让看的东西，没有好东西。

把他们说成如胶似漆并不为过，每天形影不离，晚上在一起待到很晚才恋恋不舍地各自回家。特别是五毛的父母被抓走以后，大毛要他跟四个哥哥一起同父母断绝关系，出乎他四个哥哥的预料，五毛却同他的四个哥哥断绝了关系。这一决定赢得了小班和蚩氓的顶礼膜拜，他们没有想到这个面黄肌瘦，衣衫褴褛，可怜巴巴的小兄弟居然会做出这么个惊天动地的决定！从此，他们爱这个小兄弟就像爱一个珍宝。

打从的四个哥哥跟父母断绝关系之后，他们都得到了"党恩"的沐浴，每月可以领到八块钱的生活费，和每月 4 块钱的助学金。而五毛呢，因为不肯与父母断绝关系，就成为了一个地地道道的"狗崽子"，不仅仅没有生活费、助学金，他还必须搬出窝棚，从此他无"家"可归了。

蚩氓的父母——齐伯和齐婶与小班的父母——鲁伯父、鲁伯母为了把五毛抢到自家居住险些没闹翻。最后他们打出一个结果——每家住一个礼拜，轮着！从此，齐鲁两家待五毛如同己出。在五毛出入齐鲁两家时，在齐伯和鲁伯父眼睛里闪烁的并不是同情、怜悯的目光，而是崇敬和爱惜的光芒。鲁伯父说："这是一颗仁义的种子，不能让他灭了。"而齐伯却说："在一个盛产跳蚤的年头，我却有幸收获了龙种！"

与红卫兵突然兴起的同时，地痞流氓也在一夜之间突然兴起。红卫兵打砸抢烧杀，满街红绿走旌旗，风风火火，这是官方的势力，没人惹得起；凡加入不了红卫兵的学生则多数都加入到了地痞流氓的队伍。他们打架斗殴，争夺地盘，偷盗抢劫，强奸妇女，无恶不作，这是民间的势力，也没人惹得起。两股势力争奇斗艳，各领风骚。这时节，如果谁家孩子既不是红卫兵，也不是流氓，在学校里，甚至在社会上就无法生存，男孩会无缘无故地被抢劫，被殴打，女孩会被侮辱。因此，无数好孩子都陆续变坏了，直到很难找到好孩子。

　　蚩氓和五毛的父母政治上都有问题，因此他们加入不了红卫兵，其实，即便他们的父母没有问题，他们也不会参加红卫兵，他们看不起红卫兵；同时他们也不可能成为地痞流氓，因为他们也看不起地痞流氓。过去，他们虽然连个红领巾也戴不上，但凭着自己的才智，始终带领着学生的潮流，不管是学习成绩，还是读书、做航模、玩无线电，他们都远远地把同学丢在后边。这世事变化太快，这才几天的工夫？转眼间他们就感到了自己被时代潮流甩了出来。当今的潮流，风起云涌，波澜壮阔，尽管他们对此满怀蔑视，然而事实却是，他们已经被蔑视，被冷落。

　　然而眼下急需解决的却不是"被冷落"问题，而是生存问题。

　　那天，他们去鬼市买东西被人"洗"了。"洗"是当时小流氓的黑话，意思就是洗劫钱财。三人身上存了半年的几毛钱被人洗劫一空，不仅如此，每个人还都挨了几个"嘎脖儿"，嘎得他们一溜趔趄，倒退老远，险些跌倒。当他们刚刚站定时，洗劫他们的一个小流氓用大拇指指着自己的鼻子说："我行不更名坐不改姓，我叫'南市二炮'，这点码子（钱）我拿走用了，有尿现在就尿，没尿就去找人，我随时候着。"当时小班要跟他们拼命，被蚩氓按住了。

　　三个人垂头丧气回到蚩氓家的小屋，门还没有关上，小班就对蚩氓咆哮起来："你干嘛要拦我？不就是死吗！这口气你咽得下去，我咽不下去！"

　　五毛说："大哥你别发火，二哥拦得对。这口气我们必须咽下去。他们人多，我们人少；他们拿着家伙，我们赤手空拳；他们多少练过两下子，我们嘛也不会，那还不是白吃亏？死我们都不怕，但要看这条命拼得值不值。难道我们的命就只为拼掉那几个小混混吗？"小班听他说的有理，遂坐在铺上，胸脯依然起伏难平。

　　蚩氓说："大哥你觉得窝囊，我也觉得窝囊。不管怎么说，我们也得想个彻底的法子了。这个问题不解决，今天碰上了'南市二炮'，明天还会遇上三炮、四炮，没完没了。这不是今天一天的事儿，这是个将来怎么活着的问题。现在就要商量一下，想出个彻底的法子来。"

　　小班又咆哮起来："不就是当流氓吗？有嘛可怕的！我们一起去

当流氓！”

五毛说：“大哥你别发火。我们再想一想，即便是当流氓，也要弄明白这个流氓怎么当。”

蛋氓说：“大哥说的对，人善有人欺，马善有人骑。之所以有人欺负我们，只因为我们软弱无能。我说三条办法，定能彻底解决这个问题！”

小班说：“好！只要能彻底解决，三十条也行！”

五毛也支棱着耳朵说：“二哥快说。”

蛋氓说：“第一，我们必须能打。现在没有讲理的地方，是拳头说了算。因此我们必须要找个地方学武艺。小流氓不是动不动就说‘玩拳’还是‘玩跤’吗？我们就去学打拳和摔跤。我就不信我们脑瓜比他们好使唤，打拳摔跤就不如他们！”

五毛说：“二哥说的好！”

小班说：“好法子！接着说，第二呢？”

蛋氓说：“我们要出名。找一个大流氓打一场大的，把他打服，让他们知道我们的厉害。”

小班、蛋氓听罢都说：“没错，出了名就没人敢惹。说第三！”

蛋氓咬着牙，黑虎着眼说：“是！第三，要准备杀人！”

小班和五毛听说，大出意料。小班说：“杀人？”

蛋氓说：“是杀人！我说的是要彻底解决问题，就要准备杀人！如果不准备杀人，就是不彻底。五毛刚才说的好，我们的命比他们值钱，我们来到世界上，不是为了拼掉几个小混混儿的。可是，到一定时候，你不杀他，他不知道你的厉害。只要你敢杀人，谁都怕你！”

小班说：“说的好！不用多，只要捅一个以后就没事了！”

蛋氓缓了一口气说：“但是，我们心里必须清楚，不到万不得已，不能轻易捅人。”

小班说：“说得太好了，有了这一条就到底了。”

五毛说：“我们提前把这些事情都想明白了，到时候才不会乱。二哥快说我们该怎么办吧。”

蛋氓说：“好，第一说的是要能打，就得找个师傅学武艺。找谁呢？现在有个现成的师傅，是可以去拜的。二班的孙逸华你们都认识吧？他就住在我家旁边，孙家大院你们都知道的，那就是他的家。我打一年级家庭小组学习就在他们家，一连四年。他佩服我会玩电器，我敬佩他的武功，就成了特好的朋友。只是我们两个路子不一样，五年级时候分班，不在一个班了，后来交往不多，不过交情一直都跟以前一样。我们两家是世交。他父亲孙大爷对我特别好，从眼神里我看得出来，我到他家他就欢喜，见我要走就舍不得。常常说让逸华多多跟我在一起玩。他家是武术世家，要说来头可就大了去了，只是我爸爸不让我随便跟外人说。他家里有个练武场，刀枪剑戟十八般兵器，石锁，砘子，沙袋，跤衣都是齐全的。他家的工夫是武术加摔跤，外带气功，都是自家独门秘传。逸华自三岁跟孙大爷学武，他家教极严，不管在外受到怎样的欺负，也不许逸华动手，怕伤着人。今天晚上我就去求孙大爷，请他收下我们几个徒弟。"

小班见说，来了兴致，说："你怎么不早说呢？今晚我也跟你一起去。"

蛊氓连忙说："不行不行，可不能乱来。孙家武功，渊源极深，名气极大。我爸爸说，从解放后，孙大爷就退出江湖了。现在的社会，孙大爷不愿意让人知道他的过去。就连逸华练武也都是关起门来偷偷练，不让外人知道。收徒弟，对老爷子是件大事，收不收我实在是心里没底。我再带着生人去，这事就弄砸了。"

五毛颇为自信地说："大哥你就不要去了。孙老伯父定会收下二哥。"

蛊氓说："凭什么？"

五毛睁大眼睛看着蛊氓，一字一句地说："就凭他喜欢你！我敢打赌！"

小班说："说的好！"

蛊氓说："还是不赌吧，让我去试试吧。"

三人商议已定，当天晚上，蛊氓去孙家请求拜师，小班和五毛在小屋里等候着结果，虽然二人声称敢于打赌，依旧还是提心吊胆。

当晚，蛊氓来到孙家大院。大门关着，敲门后是逸华开的门，见是蚩氓十分高兴，说："好久没见了，不上课了，我们也见不着面了。最近玩些个嘛新奇玩意儿？又鼓捣出什么神器来没有？"

蚩氓说："哪有什么新鲜玩意儿？只给街坊邻居缠几个变压器。你在家干点嘛呢？"

逸华说："嗨！别提了，外边乱了，家父不让出门，在家里快憋出犄角来了。待着浑身皱巴，没事打两套拳，疏松一下筋骨。你怎么想起来串门子呢？想必是有事儿吧？"

蚩氓说："确实有事儿，想求孙大爷一件事，还不知道能不能答应。"

说着话来到堂屋，孙大爷像接待大人一样，让蚩氓坐在八仙桌子旁一把官帽椅上，自己坐在另一边。蚩氓哪里敢坐？只在一边站着。

孙大爷说："让你坐你就坐。你若不坐，我也只能站着。"蚩氓无奈，只得斜签着坐了。逸华却去倒茶，然后侧立在孙大爷身后侍候着。

蚩氓讲了今天遇到的故事，说明了来意。孙大爷却收敛了笑容，捋着五缕胡须说："贤侄知道，我孙家武功从不传外人，这是祖上的家训，不能违背的。其实倒不是要保守独家秘诀，只是因为孙家武功都是实战技能，没有花拳绣腿，极易伤人。传给外人怕出去惹祸。你说你们想来拜师学武，为的是今天被人无端抢劫了，要找那帮子人讨回公道。你知道几毛钱在人的一生中能占多大的分量？一辈子要吃的大亏多着呢，要是几毛钱的亏都吃不了，你将如何度过这一生呢？我从来觉得贤侄会有大出息，你的事没有不答应的。只是拜师学武这件事不行。几毛钱不是大事，被人打几下也没嘛不得了的，心里不介意也就过去了。一辈子的道，长着呢，回家好好念书才是正经事。"说着起身说："逸华替我送送蚩氓。"

蚩氓站起身，面带愧色地说："孙大爷教导得太对了！听你老人家一席话，胜读十年书，让我受益一辈子。真的很惭愧，我们三个人还是年青不懂事，平白地给你老人家添麻烦了，望你老不要责怪。我回去会把你老的教诲讲给小班和五毛，他们也会感激你老人家的。"说着起身告别，逸华走在蚩氓前面引路，出屋去开大门。

孙大爷也起身说：“等等！你刚说的两个人，是谁？”

蚩氓说：“是我要好的两个同学，逸华也是认识的，一个叫鲁小班，另一个是王五毛。”

孙大爷听罢，仿佛被电击了一下，说道：“你说的王五毛可是晋将军的幼子五毛吗？”

蚩氓一愣，说：“是他，你老人家也知道五毛的父亲？”

孙大爷说：“你等等，我改主意了。这三个徒弟我收下了！”

蚩氓不解，问道：“为什么？”

孙大爷说：“晋将军幼子五毛并非常人，无论伯夷叔齐，还是颜回曾参，比起任何一个古贤人都毫不逊色。为了仁义二字同四个哥哥断绝了关系，那么小的年纪，在世界上已经再无一个亲人了，因此，我不能让他再受一丁点委屈。今天有五毛投到我的门下拜我为师，是我三生有幸，收他为徒，并非我施恩于他，而是他让我孙家门楣生辉！恕我粗心，险些被我推辞掉。明天一早你们就来，上午收徒，下午授业！”

蚩氓一时不知道发生了什么事情，在一旁愣了半晌，才喜出望外，道谢出来。

回到小屋，同小班、五毛把经过讲了，三人惊喜自不必说。第二天一早，穿戴整齐，来到孙家大院拜师，从即日起孙大爷亲自教授三人，并不让逸华插手。

孙大爷在教授武功之前，首先立了一道规矩：任何时候只能自卫，不能主动攻击他人，当自己危险解除之后，应当立即收手。因此，三人的初衷——定要打出一片名望之心就此放过，不能再提。

孙大爷教给他们的所谓武功，在孙家武功里，其实只不过是一些擒拿，推手，和一些简单的摔跤技法而已。孙大爷乃武术大家，深知武行博大精深，想学出点模样来必须从幼年开始，并且还要看天赋，并非每个人都能出类拔萃。自家乃武术世家，历代儿孙个个习武，体魄和悟性极佳者，几代人中才只出来逸华一个，更何况其他人家？现在蚩氓三人年纪都已经十三岁，过了开蒙习武的最佳年龄。仅以习武的要求而言，三人除小班较为杰出之外，蚩氓和五毛都是中人之才。

并且收下这三个徒弟，其目的并非为了让他们承传祖业的。因此所授武功，只要可以防身，不再受人欺负就足够了。

尽管孙大爷要求并不高，但毕竟这是武术世家的传授，好歹学点皮毛在街头混混儿眼里也已是武林高手了。每天学些简单的踢腿、劈叉、站桩等基本功课后，便是砘子、石锁、沙袋等力量练习。晚上便是一些实用技能。仅仅半年之后，三个人大有长进，连走路的姿势也很有些"练家子"的模样了。

三人中小班天赋最佳，学得最好。即便是身体羸弱的五毛，也健壮了许多，大约三五个同龄人也靠近不得。且不说小混混胆敢上前找茬，就是看见他们也会远远躲避。此事搁下不表。

第 37 章　复课闹革命

　　革命进行得如火如荼，而每个人又都在为自己的后路做着准备。

　　除了毛主席的梦，所有人的梦都破灭了。小学生的中学梦破灭了；中学生的大学梦破灭了；大学生的专家梦破灭了；各级学生就连留在城里当一个普通工人的梦也都破灭了。如今只剩下了一条道——当农民了。于是又在破碎的旧梦废墟上编织着新梦——能不能不当农民？即便当农民，能不能不干农活？

　　猪往前拱，鸡往后刨，各有各的道行。

　　许多人学起了手风琴，全国有那么多毛泽东思想宣传队，每个宣传队至少得有一个手风琴吧？如果手风琴拉得好，就有可能被部队选中去当文艺兵——这太美妙了！或者，即便不能去当文艺兵，就是到了乡下也可以进宣传队，至少可以待在县城，不干农活——退而求其次，那也比下地好多了。同样的思路，有人学唱歌，有人学跳舞，有人学京胡，有人学小提琴，编织的是同样的梦。

　　小班编织的梦是当木匠，蛐蛐的梦是当电工——有门手艺压身，到哪也饿不着。其实五毛还拿不定主意，他不爱当木匠，也不爱当电工，他的心不在这儿。然而，反正跟两个哥哥在一起就很快活，学电工有点深奥，要不然就学木匠吧。

　　天还没亮，鬼市儿就早已黑影重重，开始了它繁忙的生意。红卫兵"破四旧"刚刚砸了很多古旧家具，几经辗转，很快这些破碎家具的零件变成木料就流落到了鬼市——桌子腿、椅子称、条案帮，都是花梨、紫檀的！这是做刨床子、锯拐的好材料。因为突然多起来，价钱变得特便宜，二三毛钱一斤！小班今天要为五毛选两块刨床和锯拐的材料，鲁伯父将给他制作一套木匠工具。蛐蛐今天要买一批矽钢片和漆包线为几个邻居"缠洩力"。

　　到了鬼市他们就分开了。小班带着五毛去趸摸木料，蛐蛐去找他的矽钢片和漆包线。说好完事在街口碰头。等东西都买好了的时候，五毛却不见了。

左等不来，右等也不来，二人便分头去找。蚩氓终于看见他蹲在一个小摊儿边，眼睛直勾勾地盯着地面。叫他，他也听不见。蚩氓走近小摊，只见地上铺着一块烂麻袋片，上面放着几本破书。蚩氓说："五毛，回家了。"

五毛就是不挪窝。

蚩氓说："看嘛呢？"

五毛说："一本字帖，我要买下来，可这位大爷就是不卖！"

"你这孩子说话可得有良心呀！怎么是我不卖呢？我要五毛钱，多吗？这是赶上现在的年头——这东西不值钱了。要是搁过去，五毛钱？五十块也拿不下来。听你说话，也不是外行人，你只给我五分钱，你这叫买吗？这不跟抢劫一样吗？"卖字帖的大爷愤愤地辩白着。

蚩氓说："我们走吧，不卖我们就不买了。"

五毛说："那不行！这本帖我找了好多日子，今天好容易碰上，不能错过。过了这个村，就没有这个店了。"

蚩氓这才说："我来看看这是嘛好东西？"

蚩氓接过来看时，只见封面一行竖字写着《天一阁藏丰坊刻本兰亭序》。遵照父亲的要求，蚩氓打小一直是在"写大仿"的。齐伯只是不想把孩子拘束得太紧，只要不丢下，隔三差五写上几张，也就不再苛刻要求。尽管蚩氓一直学的是正楷，临的是欧阳询《九成宫》，从未写过王体行书，但毕竟对书法颇有宿慧，打开这本字帖只觉得眼前一亮——太漂亮了！这是原拓本，不是印刷品。拓工、裱工都是一流。立即就舍不得放下了。因说："大爷，这本字帖我们要了。让我们凑凑钱。"

说着就把兜里的钱都掏了出来，与五毛的加在一起只有一毛五分钱。遂说："大爷，对不起，我们实在凑不够五毛钱了。一毛五卖给我们吧，我们太喜欢这本字帖了。"大爷看着他们直摇头。

这时候，只见小班抱着两根又粗又长的桌子腿儿远远走了过来。

蚕氓立即说："好了，大爷别急，我大哥来了，说不定能凑够五毛钱给您。"

小班走得满头大汗，说："你们在这儿磨蹭嘛呢！让我这一通找！"

蚕氓连忙说明了原委，并问他还有多少钱。小班说："刚刚买刨子料都花了，大概只剩下几个钢板儿了。"

说着把木料戳在地上，就往兜里掏。裤子兜，褂子兜都翻了过来，只掏出一毛钱钢板儿。

蚕氓把钱接过放到一起，大大小小一把钢板儿，放到手心，伸到大爷眼前，说："大爷，您也看见了，都在这儿了。就委屈您了，少要点，两毛五，卖给我们吧。"

这时候旁边围了好几个人看热闹，也有人撺掇大爷："卖了吧，看这三个孩子兜都翻过来了，真的是没钱了。"

"这年头，好孩子才喜欢这东西呢！"另一个插话道。

"唉！现在，这样的好孩子不多喽！都成了地痞流氓了！谁还有心思练毛笔字啊？"又有另一个说。

大爷听着，不断地点着头说："好啊，好啊！今个算我赶上了。看来这东西我要是不给你们就犯了众怒。可是我要是收了你们这两毛五分钱，我还落个是卖的！连点功德也落不下，平白显得我太没人味儿了。得！就冲这句话'好孩子才喜欢这东西呢！'今儿个，我就把它送给你们了。钱，留着回家路上坐个电车用吧，宝贝儿！"

三个人一定要给钱，大爷哪里肯要？于是三人千恩万谢，拿了字帖回到家来。

从此，五毛就像被那本字帖摄去了魂魄。不管是住在蚕氓家，还是小班家，每天在捡来的传单，旧报纸上面临写，写得如痴如醉，似傻若狂。就连行止坐卧，手指也在划个不停。小班买来刨子料后没几天，鲁伯父就把一整套木匠工具给他准备齐全。叫是学木匠这件事早就被五毛丢到了九霄云外，那一套精致的木匠工具连看也不看一眼。

忽然一天学校来了通知，要"复课闹革命"。在家闲散了两年的学生都要回到学校上课了。

兄弟三人本是小学六年级学生，通知说，现在已经升入中学了。

因为废除了考试，小学六年级升入中学便不再根据考试成绩好坏进入不同的中学"分槽喂养"，而是根据居住地就近入学，统一进入指定的中学，坊间叫作"一锅端"。奎兴里小学六年级这一锅学生，就被"端"进了卫国道中学。

卫国道中学本是一所末流中学，小班、蚩氓、五毛本是打算进入顶尖中学的，如今接到通知，要到卫国道中学报到，如同吞下了一坨狗屎。接到通知后一连几个礼拜也不去学校报到。怎奈"复课闹革命"是个政治任务，学校、街道都不断督促，如果届时不去报到，就按自愿退学计算。三人无奈也只得到学校去看看，这时候，其他同学已经上课好几个星期了。

他们走进教室时，郭小寇正站在讲台上，指手画脚地招呼着大家坐好，准备开始"天天读"。如今的看官或许有所不知，这"天天读"是当时所有单位每天开始课业的第一件事。

郭小寇乃是食品加工厂保卫科长郭寇之子。长得活脱脱与其父如同一个模子扣出来的——蜡黄脸，薄嘴唇，薄眼皮，薄耳朵片子，鼻如刀削，腮如刀削——薄薄浅浅的一个人。

打从阿英、阿雄被石进城活活打死，郭寇便总结出了一个结论——红卫兵为嘛谁也惹不起？那是因为他们沾了官方潮流的势力。要想吃得开，就必须依仗这股子势力。因此便一力撺掇郭小寇当红卫兵。郭寇乃是三代无产阶级出身，参加红卫兵的资格是硬邦邦的。因此郭小寇便挑头在奎兴里小学成立了红卫兵，因为他是倡导者，自然就成了奎兴里小学红卫兵的总司令。在过去一年多的时间里，领尽风骚，把奎兴里小学的校长，老师整得死去活来，年纪虽然不大，早已是整人的高手。

如今升入了中学，他带着小学红卫兵的组织关系来到卫国道中学，自然加入了"主义兵"行列，在刘树强麾下听命。

由于备战的原因，学校一概改为军队编制：一个年级叫作一个连，一个班叫作一个排。如今的郭小寇便是排长。眼下他正站在讲台中央主持班务，班主任老师王连昌却站在讲台一边为他站台。

小班、蚩氓、五毛三人走进教室时，只见小寇右臂上戴着红卫兵袖章，胸前还别着一枚"卫国道中学"的校徽。三人不由得噗嗤笑了。

小班说："哟！还戴上校徽啦！不来呆，上中学啦！"话音未落，有人跟着一阵哄笑。

上小学时大家都在一个班，谁都知道谁是怎么回事——小寇学习成绩极差，如果凭考试成绩入学，他多半考不上中学——那时候没有普及中学，并不是谁想上中学，就能够上的。考不上中学怎么办！这一直是小寇的一块心病——要是连个中学都考不上，那可是丢人现眼的事情。如今顺利地进入卫国道中学在他心里是一件值得炫耀的事情。这时候新生刚刚入学，大家都没有校徽，他却从哪里弄来一个校徽，别在了胸前显眼的地方，深以为荣。而五毛三人却为自己进入卫国道中学颇以为耻。

小寇听到了五毛的话，也听到了大家的哄笑，蜡黄的脸泛起了红晕，他强压着怒火，若无其事，继续招呼着大家安静下来。

教室的桌椅横七竖八散乱放着，有的四张桌子，也有六张、八张拼成一个台面，台面上放着大字报纸和毛笔、墨汁。显然大家正在分组写大字报，也指不定是批判哪个老师，校长的。

"这是谁写的？"五毛往教室后面走，侧身挤过一张台面，看见台上的大字报刚刚开了一个头，墨迹还没干，说道。

旁边人说："字写成这样，还能是谁？"

小班说："是脚丫子写的吧？"

五毛说："脚丫子也写不了这么寒碜。"大家笑得前仰后合，目光齐聚郭小寇。

小寇薄薄的嘴唇变得惨白，气得哆嗦。

天天读按时开始。随着小寇的口令，一步步执行着规定程序：全体起立，祝愿毛主席万寿无疆，祝愿林副主席身体健康，高唱《东方红》，全体朗读毛主席语录"老三段"，"新三段"，一切按部就班，有条不紊。

五毛三人对此虽无兴趣，但也必须跟随着一起行动，不敢违拗。

须臾，天天读规定程序完成之后，班主任王连昌老师开始给大家读报，小寇站在讲台中央，皱着眉头，眼睛转来转去。

五毛见桌子上有毛笔，墨汁和纸，深感十分遂意，技痒难挠，便拿起毛笔蘸着墨汁，在纸上随意写着。他不想写成什么文章，只是为了写字。王连昌读什么他就写什么，完全没有目的地写着，只要写字，他就愉快。

王连昌滔滔不绝地读着；五毛笔走龙蛇；小寇却始终在一旁瞄着。

突然讲台"啪"的一声巨响，"激灵"一下，大家被吓了一跳，不知道发生了什么事情。王连昌老师也被迫停止了读报。是郭小寇拍了一下桌子，溅起粉笔沫在空中飞舞。

"请大家注意了！现在，有人在大庭广众之下写反动标语，攻击我们伟大领袖毛主席！"郭小寇高声叫道，吐沫星儿随之飞溅到了讲台。

大家又是一阵哄笑。有同学不耐烦了，说："养乎孩子不叫养乎孩子——吓人。别炸毛子好不好？"

另一个同学说："这叫炸毛子吗？这叫诈尸。"又是一阵哄笑。

郭小寇跳下讲台，三两步窜到五毛桌前，一把抄起桌上的纸，那是五毛刚刚在上面写过字的纸，高声叫道："看看这是什么？这是什么！"他把那张纸高高举起，字迹对着大家说："铁证如山，这不是反动标语又是什么？"

大家看时，只见纸上写着："祝毛主席万寿无疆岂有此理……"。大家看到了问题的严重性，顿时收敛了笑容，一张张脸变得惨白，一双双眼睛惊恐万状。

小班站了起来说："这算什么反动标语？这只是随手写的，两句不相干的话，不要硬往一起扯！"

小寇说："好一个随手写的！随手写的就有这么反动，如果不是随手写的那该会有多反动！"

虫氓突然蹿过去，要抢过那张纸来，把它撕毁，撕毁了就再也没有证据，五毛就可以躲过这一劫。却被小寇猛然躲过，说："好呀！你还要销毁证据！告诉你，连你一块抓！"说完，他转身跑出教室。

须臾，四个高年级红卫兵跟在他身后走进教室。其中两个走过来，拧住五毛的胳膊，把他带了出去。另外一个说："刚才谁为他辩解来着？谁企图销毁证据来着？"

小寇指着小班和蚩氓说："就是这二位。"

那两个高年级红卫兵向门口一扭头，说："好吧，跟我们走一趟吧。"说罢，把小班和蚩氓带走了。

全班同学惊魂未定。有人说："证据让人家抓住了，逃不掉了。"

"谁让他手欠的？这不是自作自受吗？"又有人说。

王老师也被吓得脸色惨白，走到了讲台，严正地说："班里出现了这么重大的反革命事件，令人感到触目惊心。王五毛的父亲是畏罪自杀的国民党战犯，他的四个哥哥都同反动家庭断绝了关系，只有他没有，这是什么意思？这表明了他跟他的父母站在同一个反动立场上的决心。我们把这一系列事件联系到一起，让我们看到，这绝不是一个偶然事件。这是阶级斗争的必然结果。让我们看到，反动派以及他们的后代，不甘心他们灭亡，他们总要寻求机会，负隅顽抗，攻击伟大领袖毛主席。现在我们就要召开现场批判会，批判王五毛的反动罪行，批判鲁小班、齐蚩氓为他辩护，企图销毁证据的反动行为。"

教室里顿时静得如同深山古洞，批判会开着，谁也不发言。他们并非同情五毛，而是害怕说错话被打成反革命。

从此，牛棚里又多了一个反革命。他成了卫国道中学年龄最小的反革命，人们给他起了一个外号叫"小反"，那一年他十四岁。他就是上苍给华膺送去的天使。

晚上五毛被操进牛棚，昏暗灯光下一圈老鬼们听到了动静，都闷声不语，坐在自己的草垫子上，只撩了撩眼皮，随即把眼皮撂下，继续打自己的盹。

五毛站在门口，正无所适从。华校长拄着两块半头砖把身子移开了草垫子，让出了自己的"铺位"，说："孩子，上这儿来，快坐下！"

五毛依旧站着，惊恐的眼睛环顾着四周。

"放心吧，这里没有人欺负你。"华校长看他目光惊恐，说。

五毛坐在了华校长的草袋子旁边，低着头抠手，他不知道自己该做点什么。

华校长不错眼珠地看着五毛，这么破的衣服，这么小的身量，眼睛里渐渐涌满泪水。打从楼顶跳下来以后，他觉得自己的眼睛已经成了两口枯井，不再具有流泪的功能，没想到此时居然泪如泉涌。

"喝水吗？我去给你打水。"说罢，从地上捡起一个把儿缸子叼在嘴上，牙齿撞在把儿缸子上发出"磕隆"一声响，双手拄着那两块半头砖向水龙头一挪一擦"走"去。

五毛"腾"的一下跳了起来："您给我打水？不管怎么样也应该我给您打水才对！"

他跳到华校长面前拦住了他的去路。四目相对了许久，华校长说："这没什么，我给自己也是这样打水的。今天你刚来，我应该接待你。"

五毛接过了把儿缸子，去到水龙头那里，自己喝了，又打了水，放在华校长"床头"，自己也坐了下来。

"为什么把你关进来？"华校长说。

五毛说："他们说我写反动标语。"

"你写了没有？"

"写了。"

"你写的什么？"

"王老师在念报纸，他念什么我就写什么，我就是爱写毛笔字。于是，就把'岂有此理'写到了'敬祝毛主席万寿无疆'的后面。"

许久，华校长说："我叫华膺，你叫什么名字？"

五毛说："王五毛。"

华校长像是被电击了一样，惊恐地看着五毛："五毛！你就是五毛？你的事情我都知道。好孩子，快让我抱抱。"

抱着这一把干柴样的身躯，如同抱着至宝，轻轻说道："晋将军你好福气啊！"说罢居然像狼一样"嗷嗷"地悲号起来。

在未来的一年多的时间里，五毛和华膺像真的父子一样相依为命，五毛侍候华膺，在他身边跑前跑后；华膺教他读书，度过了他们一生中最为艰难的日子，其实那才是他们一生中最幸福的时光。

小班和蛊氓被红卫兵押走，被狠狠地训斥了一顿，并警告他们，如果再有为反革命辩护，企图销毁证据的行为，与反革命同罪。

　　二人回家说与父母。鲁伯父、鲁伯母与齐伯父、齐伯母急忙聚到一起商议营救方法，却唯有捶胸顿足，痛哭流涕而已。大骂："这个天杀的郭小寇，老天怎么造出这么个谬种！"深知那张证据抓在人家手里，即便是活神仙也无计可施。

　　第二天，五毛被命去淘厕所。此时的牛鬼蛇神已经不同以前，以前只是整天锁在牛棚。而现在，每天除请罪之外都要干体力活，诸如扫操场，扫楼道，掏厕所之类的活，认为这有助于思想改造。

　　厕所在平房区。因为两千名学生共同使用，所以这个厕所颇具规模。厕所下是一个巨大的粪池，上面用水泥板架出五十个茅坑，粪便直接排入粪池。

　　学校旁边就是一个农场，名叫"阳光社"，两千人的粪便成为了阳光社的主要肥料来源。过去每天都由阳光社来人将粪便掏出，运到一百米远的一个沤肥坑里。红卫兵认为，越是脏臭累的活越有利于牛鬼蛇神思想改造，于是他们通知农场，不要再派人来掏粪，此工作由本校牛鬼蛇神承担。

　　因为五毛是刚刚揪出的现行反革命，罪行严重，于是就把这个最脏最重的活派给了他。

　　清晨，第一天掏粪，才知道掏粪是个技术活。粪勺从粪坑中提起，倒进桶里，无论怎么小心也难免溅得满身满脸。粪池中的粪便经粪勺搅动，恶臭熏天。好在五毛从小拾毛蓝，在垃圾堆里长大，已经有克服恶臭的能力。他缓缓呼吸，避开恶臭的气流，一会就习惯了这熏天的恶臭。

　　也是第一天他知道粪有这么沉重！好容易掏满了两桶，拿起扁担，挂上钩，却无论如何也站不起来。估算一下，大约只能挑动半桶。他必须把粪桶中的粪再倒回粪池一半，才有可能挑得起来。于是，一只手提起桶梁，另只手抠住桶底把粪倒回粪池。那粪桶太重了，他用尽浑身力气，抠住桶底，一用力，桶中浓稠的粪便"嘟"的一声坠进了粪池，立即溅起一个粗大的粪柱，直冲脸上而来，躲闪不及，直溅到脸上，沿着肩膀、前胸、后背向下流淌，打满各色补丁的衣服顿时变成了黄色。

尽管五毛从三岁起就拾毛蓝，哪里脏，哪里臭就往哪里钻。脏、累、臭对他早已习惯，但还是没有经过这大粪的洗礼。忽然一阵恼怒涌上心来，他把手中的粪桶用力摔倒在地上，一脚踹翻了另一个粪桶，他对天高叫，但却只能叫出"哇！"的一声，连究竟抱怨什么，痛恨什么也吼不出来。

许久，他重新冷静了下来，他想到粪还是要掏，这么一大池子，他必须在今天把它统统挑到沤肥坑里去。否则，明天会有新的粪便进来，工作量就会加倍，更加完不成。没有人会来帮助他。他必须自己把活干完。

因此他必须坚强。他必须重整旗鼓。厕所里有个自来水龙头，他先到那里把自己洗洗干净。然后从头再来。冲掉身上的粪便之后，衣服都已经湿透，湿透就湿透，总比带着满身大粪好些。

他已经有了一些经验，他顺利地掏了两个半桶粪。扁担挂上钩，放到肩膀上，蹲下，用力一起，两只桶离开了地面。他有了信心，这样我就可以把这一池子粪挑完了。

他摇摇晃晃向阳光社的积肥坑走去。粪桶却不听使唤，东倒西歪，摇摇摆摆。他只背过大筐，对于担担子没有经验。他必须停一下，让粪桶停止乱摆。再起步，好多了。粪桶渐渐顺从了。没有什么过不去的关，一切都会好起来。他想着，却听到身后有人高叫道："小反！"

他恍惚觉得这是在叫他，顺着声音看去，远远看见郭小寇刚刚从厕所走出来，还在打理没有系好的裤子。

"过来过来过来！"小寇说着。

五毛慢慢下蹲，放下粪桶。慢慢走了过去。

小寇说："告诉我，叫什么名字？"

五毛说："这你知道。"

小寇说："我问的是你！"

五毛回答："王五毛。"

小寇问道："你爸爸叫什么名字？"

五毛说："晋风。"

小寇问道："你犯的什么罪？"

五毛回答："我没犯罪。"

小寇说："没犯罪怎么会把你抓起来了？"

五毛说："那不是犯罪。"

小寇说："你写反动标语，诽谤毛主席，还冤枉你了？"凶狠的目光死盯着五毛。

五毛说："你心里明白，那不是真的。"说着，目光也死死盯着小寇的眼睛，两道寒光带着藐视。

四目相对，凛冽的目光透过对方瞳孔，瞳孔的后面便是灵魂了——假如它存在的话，于是便成为了灵魂的交锋。灵魂毕竟是灵魂。在灵魂的底层，哪怕是再卑劣的灵魂底层，终究会写着真假，善恶，美丑这几个字。

一群人围了上来，圈成一个圆形，把他们围在圆心。交锋目光对峙着，小寇不退让，五毛也绝不退让。四周变得寂静，大约相持了一个世纪。

突然小寇的目光渐渐游移闪烁，出现了彷徨——他受不了灵魂底层的责问。

但游移期间他看见了围观的人群——他们都是同校的同学。他们被这个小反革命的反抗惊呆了，他们见过被斗的、被打的、被凌辱的不计其数。但还从来没有见过有谁敢于如此跟红卫兵对峙。他们都知道小寇在仗势欺人，或许他们心中还有不平，还有同情和气愤，然而他们却闭口无言，没有一个人为五毛说话。他们围观，只是为了看一看热闹。当郭小寇的目光再次回到五毛的脸上时，那目光恢复了自信，比起刚才，又挟带着野蛮。

"啪！"一个嘴巴抡在五毛的脸上。"还反了你了！敢跟老子较劲！"说罢，右手掐住五毛的脖子，说："看着我！你不就是不服吗？我要让你知道知道不服的后果。"

说罢，抡起左手，左右开弓，连续不断地搧着五毛的嘴巴。血从嘴角流出来，五毛的眼睛依然盯着他。

"我让你不服！"左边一个嘴巴，"我让你不服！"右边一个嘴巴。

只要五毛的眼睛继续盯着他，嘴巴就不停地搐着。不知道搐了多久，也不知道搐了多少个嘴巴，终于五毛的眼睛离开了小寇的眼睛，移向了地面。终于闭上，不再看他。

郭小寇停止了搐嘴巴，松开了掐住五毛脖子的手。抖着打疼了的手。说："我再问你一遍，叫什么名字？"

"王五毛。"

"你爸爸叫什么名字？"

"晋风。"

"你犯的什么罪？"

"写反动标语。"

"这样多好？早这样少吃多少亏！唱个《请罪歌》给老子听听。"

五毛开始唱《请罪歌》。

五毛唱着，郭小寇却走进厕所，少顷，手里拿着一根木棍出来，那是一根破旧笤帚的木把，上面沾满了屎尿。歌唱完了，小寇说："叼着。"

五毛接过，张开嘴叼在嘴里。小寇说："没让你叼这头，叼下面那头！"那头被屎糊着，看不见木头。五毛皱了一下眉头。

小寇说："叼还是不叼？"五毛掉过木棍，叼住了那头。

小寇说："围操场跑一圈。"

五毛叼着棍，"颠颠儿"地向操场跑道跑去。打满各色补丁的衣服湿漉漉沾着没有冲干净的屎尿，后背缝着一块白布，白布上墨迹写着"小反革命 王五毛"。那根屎棍在嘴下东摇西摆。

一圈跑回来，屎棍还在嘴里叼着。小寇说："早这样没有这么多麻烦。时间是你耽误的，任务还要照样完成。这一池粪要是掏不干净，看我怎么收拾你！"说罢，摇摇摆摆走了。

五毛没有去挑粪桶，而是走进了厕所。这时候各班已经开始了"天天读"，教室里传来了此起彼伏的"敬祝毛主席万寿无疆，万寿无疆，万寿无疆！"的祝祷，和高唱《东方红》的歌声，短时间不会有人到这里来。

怎么会走到如此地步？他在回想。耳边却回响着一个人的声音：“谁让你手欠的？”

是啊！如果自己不爱写字，哪里会有这些事情？他悔恨交加，就是这只手，都是它惹的祸。如果当初跟大哥学木匠该有多好？你是鬼催的，竟昏了头偏要学什么王羲之！偏要写什么《兰亭序》！他悔恨交加，痛不欲生。突然他看见厕所墙角有一把铁铲子，那是打扫厕所的工具，如果有屎拉在了茅坑外边，用它来铲进坑里，现在它上面沾满了干屎。他走过去，把它抓在左手，把右手的食指放到茅坑旁的水泥台上。

“都是你惹得祸！”他高叫一声，向食指切了下去。“咔嚓”一声，食指被切断半截，滚在茅坑边，他站起身，一脚把断指踢进茅坑里。他要斩断祸根，他发誓，一辈子不再写字！

他从破衣服上撕下一条布，包扎了伤口。开始掏粪。直到把粪池掏光，把厕所打扫干净，整理好粪桶、粪勺，一个人回到牛棚。

五毛回来天已经很晚了，华校长没有睡，等着五毛回来。门开了，见五毛走了进来。衣服上都是粪，粪上都是血。把华膺吓了一跳：“这是怎么啦孩子？”

五毛说：“没怎么，我剁掉了一个手指头。”

华校长说：“什么？你疯了！为什么？”

五毛说：“都是它惹的祸。把它剁掉，从今以后我再也不写字了。”

华校长说：“手指呢？”

五毛说：“让我踢进了粪坑。”

华校长说：“你应该上医院，打破伤风针，消毒，包扎。这太危险了！”急得他双手顿地。

五毛说：“华校长您放心吧。我从小过的是蟑螂一样的日子。您见过蟑螂掉了一个爪儿就死了的吗？没有，它会活的好好的。我没有那么娇气，我会好好的。”

华校长说：“孩子，你糊涂了。你没有错，错的是他们，应该受惩罚的是他们。你为什么要惩罚自己呢？”

两天以后，学校为王五毛举办了批斗会专场，批判反革命第二代妄图变天、大写反动标语的罪行。其实，全校师生无人不知，那条反动标语根本不是王五毛的本意，而是有人故意陷害。这不是多么难以识别的事情，如同炭黑雪白，火热冰冷，饭香屎臭的人间常识一样，不需要思考就可以清楚辨别。然而他们却都认为这是"铁证如山"。并且批斗会群情吠吠，发言者义正词严。唯独没有一个人站出来讲一句"这不是真的！"太遗憾了！出来人讲话的事情没有发生。他们当中有几百名老师，都是受过良好教育的知书达理的知识分子。有数千名学生。还有作为领导阶级的工人。这个种族对真假已经麻木！漠视真假的种族难道会有前途吗？

从此以后，只要有批斗会，五毛都会跟随众多牛鬼蛇神一起被押上批斗台。押上台时被"打便宜人"的人民一通暴打。没有批斗会的时候，每天都要掏干净那个两千多人使用的厕所。并且随时都会有人拿他寻开心：

见他挑着粪桶走来，把他叫住。

"站住小反！你叫什么名字？"

"王五毛。"

"你爸爸叫什么名字？"

"晋风。"

"他犯的是什么罪？"

"历史反革命，现行反革命，国民党战犯。"

"你犯的是什么罪？"

"现行反革命罪。"

"唱一个请罪歌。"

"我是牛鬼蛇神……，……"

"叼着这根屎棍围操场跑一圈。"

五毛就口叼着屎棍围着操场跑一圈。然后他们笑着，满意地离开。这，成为了王五毛的保留节目。无数人，无数次、被无数人，为了找乐子，呼喝着这么做。一年四季，每月，每天，每天若干次！但从来不曾有人制止过，一次也不曾！

终于还是毛主席的一道"最新指示"拯救了他。

第 38 章　王五毛遇大赦

　　对五毛而言，今年的冬天格外寒冷，逼近年底，已经是滴水成冰时节。

　　掏了一天的大粪回到牛棚，两个窝头不足以补偿失去的热量。尽管蚕氓和小班送来了厚厚的被褥，瘦弱的身体许久也暖不过来水泥地上冰冷的被窝。为了减少热量消耗，他和华校长的被窝紧紧靠着，两个"铺位"就变成了一个。

　　"挤过来孩子。"华校长说。许久才感到对方被窝体温传过来。

　　突然远处传来锣鼓、鞭炮的声响，听不真切。昏暗的灯光下，先是华膺坐了起来，披上棉袄，靠在了身后的墙上。五毛也跟着坐了起来。

　　牛棚的老鬼已经减去大半。一年前，因为毛主席"复课闹革命"的指示下达，上课的老师不够用，于是把一些"表现好"的老师临时解放出来，让他们戴着帽子给学生上课，以观后效。周聪就是因为表现突出而被第一个放出去的。被解放的老鬼们暗自庆幸自己"好好表现"，终于修得了正果，然后感激涕零地离开了牛棚，过上了自由的日子。顿时牛棚冷清了下来。而华膺是铁证如山的反革命，也是死不改悔的走资派；五毛是证据确凿的现行反革命，因而依然被关着。

　　老鬼们也都陆续坐了起来。他们知道每逢有这样的动静，必有"最新指示"降下来。很可能关乎他们的命运，或凶，或吉，或死，或生，明天便见分晓，只在于这一道指示讲了什么。

　　老鬼们都支棱着耳朵听着外面的动静。有汽车升进了校园，漆黑的窗外汽车灯光晃来晃去。鞭炮锣鼓声渐渐密集起来。有高音喇叭一板一眼地朗诵着什么，声音时高时低，时缓时疾，飘飘忽忽，一遍又一遍地重复着，时不时被鞭炮和锣鼓声打断。

　　"是毛主席最新指示。"华膺轻声说。五毛的头斜靠在他的肩头。

灯光不再闪烁，鞭炮锣鼓声渐渐远去。不知道听过了多少遍，华膺有过目成诵的本领，终于从断断续续的声音中，把那道最新指示在心里拼凑齐全。

"听着孩子，我把最新指示念给你听。"声音近似嗫嚅，却字字清楚：

"知识青年到农村去，接受贫下中农的再教育，很有必要。要说服城里干部和其他人，把自己初中、高中、大学毕业的子女，送到乡下去，来一个动员。各地农村的同志应当欢迎他们去。"

他缓缓念着，揣摩着字字句句的深意，在一个博古通今的人眼里，能从字缝里读出字来，他读得懂每一个字暗藏的玄机。他约略知道了将要发生的事情。

许久，五毛说："华校长，这么说我得救了！"

他颠着屁股说，眼睛闪着泪光。如果不是在被窝里，他一定已经跳了起来。华膺把他拢在怀里，说："是的，孩子，差不多，或者肯定是！"他有些语无伦次。

说着却留下了眼泪——他已经意识到身边这个比自己亲生女儿要可靠一万倍的孩子不久将要离开自己了，不免伤感。

并排而坐，五毛没有看见华膺的泪。

"天亮我就去报名。六九届虽然还没有毕业，我就说我愿意提前落实毛主席的指示，去接受贫下中农的再教育。不行我就写血书，表决心，他们不会不同意吧？"

五毛说罢，询问的目光转向华膺，却看见了黑暗中华膺的眼睛闪着泪光，突然一转说："您要是不愿意我走，我就不走了，我跟您作伴，要走咱们一块走！"

华膺说："傻孩子，我想到你就要自由了，高兴还来不及，怎么会不愿意你走呢？先睡觉，天亮去报名，有了准确的消息再说。"

这一夜华膺没能入睡。

戴老姨排门告示之后，蚩氓妈妈不敢怠慢，立即着手打理晚饭。饭罢，天怡、蚩氓、天慧三人齐齐坐在收音机前，准备好纸笔，等待接收"最新指示"。

　　所谓"最新指示"乃是毛主席的一大发明。历代皇帝颁发圣旨都是通过它的官僚系统逐级向下传达的。而"最新指示"却大不相同，它是由国家最高首脑——毛主席，直接向最底层的平民百姓喊话，中间跳过了全部党政官僚系统，堪称是今古奇观。

　　无独有偶，与其极为相似的，只有二十多年前日本昭和天皇颁布《终战诏书》。《终战诏书》是天皇把自己的讲话刻成唱片，通过广播电台播放唱片，直接向全体臣民喊话，完成圣旨传达的。之所以如此，实出被逼无奈，原因也并不复杂：天皇对传达旨意的各级大臣失去了信任，担心旨意被篡改，或者匿旨不发。故而对全体臣民直接喊话，抛开了中间的层层关卡。这就把所有执行旨意的官员置于广大臣民的监督之下，任何人都失去了篡改圣旨，抗旨不遵的可能。

　　"最新指示"在这一点上与《终战诏书》的颁布别无二致。毛主席发动文化大革命乃是凭他一己之力向全党，全政府系统宣战。上至中央，下至最基层的任何一个党政机构都在被砸烂之列，所有的党政官员均不足信。而他相信的则是红卫兵和革命群众。于是他只能放弃使用政府官僚系统传达旨意的旧办法，而采取直接通过广播电台向全体臣民喊话的方式传达他的旨意，这每一道旨意，就是一道"最新指示"。

　　每道"最新指示"下达都具有神秘色彩。先有各层机构通知各家各户听广播，并没有正式的纸质文件下达。广播则是用"记录新闻"播放。所谓"记录新闻"现在早已被淘汰了。那个时候信息传播依然是依靠"耳听，笔录"的方式。记录新闻就是，每句话用较慢的语速，念两遍，以便能够被准确地笔录下来，最后再以正常语速核对一遍。全国各地彻夜不息争相传达的，就是这个亿万民众各自记录下来的文本，因此它就有一个全民互相监督的作用，因而也不会被篡改。第二天报纸才把"最新指示"刊登出来。

　　"最新指示"颁发都是在晚上八、九点钟，每逢这个时刻，中国大地，全体人民都做着同一件事情：听广播，做笔录。笔录之后，他们争分夺秒跑到各自的单位去刻钢板，用油印机印刷成传单，然后上街散发。与此同时还有庆祝最新指示发表的游行。那时刻热闹非凡，超过任何盛大节日。所有马路上都缓慢行驶着宣传汽车，汽车上张灯结彩，架着高音喇叭，以最大音量播放着"最新指示"，声音震耳欲聋，一遍遍，一刻不停。空中飘舞着传单，像雪花飞舞；街道上锣鼓喧天，鞭炮齐鸣，直闹到深夜。

与此同时，各个学校的中学生、小学生纷纷上街，把守在各个交通路口要道，截住过往行人，强迫他们背诵刚刚颁发的"最新指示"，背不下来不准回家！直到背下来为止——这叫作"宣传毛主席指示不过夜"。

当事态形成风潮时，任何人都无法置身事外。

天怡、蚩氓、天慧三人记录完毕，匆匆起身出门，他们要赶到学校去，刻钢板，印传单，把"最新指示"散发出去。还要参加庆祝游行。

三人正要出门，父亲伸手把他们拦住，说："再核对一遍再走！刻钢板也要多加小心，错一个字就会招来杀身之祸啊！"

三个孩子遂又一字一句核对了一遍之后，才匆匆向学校跑去。

蚩童、天美到小屋去玩了，只剩齐伯和齐婶，屋里顿时清静下来。

"砰砰砰"听见有人轻轻敲门。齐婶知道，这一定是秦伯伯来串门。每逢"最新指示"颁布后，他都要来跟齐伯揣度一番。

齐婶见秦伯伯进来，遂说："惟均来啦？快找个地方坐下，看这屋里乱的，连个坐的地方都没有。"

说罢，连忙给他腾了一个可以坐下的地方。

秦伯忙说："嫂子别管我，让我随意吧。"说罢坐了下来。齐婶便去沏茶。

"秦伯伯"是蚩氓对他的称呼，他大名叫作秦惟均。他生得剑眉虎目，十分英武。与齐伯是莫逆之交，齐伯大名叫作齐士弘。

惟均与士弘二人年龄相仿，自幼甚为投契，一起长大，一起读私塾，兼之少年意气，二人一直以兄弟相称。

士弘少时念书颇有天赋。当时家里虽不是大富，却也算得上是殷实人家。士弘的父亲便打定主意，想试一试这孩子的脑力——倒要看看他念书能走多远。六岁便请了一个专管开蒙，专教他一人。当他把

《中庸》《大学》念完，私塾先生对齐爷说："这孩子我教不了他了，他脑筋阔了去了，我摸不着底，我不能耽误了他的前程。将来必定是洋学的天下，你老不如让他去念念洋学，庶几知道他能走多远。"

士弘进洋学上一年级时已经十多岁。同班同学多数都是七岁、八岁。幸好当时准许跳级，士弘只用两年时间就念完了小学六年级的课程，然后就是上中学，大学。

"卢沟桥事变"，使士弘与惟均各奔东西。惟均当兵去了前线。士弘当时正在南开大学经济系一年级。为逃避日军轰炸，南开大学与北京、清华三所大学合并成立西南联大，士弘便跟随学校辗转到昆明完成学业。

二人再度重逢，乃是殊途同归——各自作为败军之将仓皇落魄逃回了天津。先是士弘，国军辽沈失守，他供职的邮政储金汇业局接到南京的命令，要他们把所有储备黄金装上飞机，护送飞往台湾。士弘便是护送人员之一。而士弘彼时，父亲已经去世，天津家中有寡母和两个弟弟全靠他每月寄钱过活。大弟九岁，小弟只有五岁。他知道只要他一脚踏上那架飞机，此一去恐怕永无归日。寡母和两个弟弟无人抚养，他们将怎样生活下去？各种情况他都做过假设。或许母亲会带着两个弟弟改嫁？想至此就如同一把锥子扎到了心脏，这绝对不能接受；否则母亲只能带着弟弟沿街乞讨？顿时周身发毛都竖立起来，这不是乱猜，而是必然结果。如果这两个选择都放弃，就只有饿死一条路了。假如真的这样，他在这个世界上就再没有一个亲人了。士弘深知忠孝不能两全，他在这个关口选择了后者——在飞机起飞前的那天夜里，孤身一人逃离了沈阳，昼伏夜行回到了家里，当时天津还没有沦陷。从此靠着带回来的钱做些生意，帮着母亲将两个弟弟拉扯长大成人。

几个月后，惟均也从徐蚌战场仓皇落魄逃回天津。此时惟均的妻子早已带着三岁的孩子"走道"了，嫁到哪里去了？再也找不到任何消息。惟均对妻子并没有任何责怪，反而说她"识时务，明大理，自奔前程去了。"随后自己另谋生计，搬到附近的一个院子里，与士弘为邻，再次娶妻。又生有一个女儿，取名叫秦娥，与蚩氓同龄。

须臾，齐婶端上一壶茶来放在桌上，说："你们聊着，我去跟秦婶说会儿话。"齐婶知道，他们今天一定会聊得很久，不便在旁边陪着。

惟均说："那敢自好，娥子去学校了，她一个人在家正闷得慌呢。"齐婶遂推门去了惟均家里。

远处隐隐传来锣鼓、鞭炮和高音喇叭的声音。

此时此刻，神州亿万人家都关起门来窃窃私语，咀嚼圣旨，揣摩上意。

士弘说："'圣旨'听了？"

"能不听吗？"惟均哂笑说。

"怎么样？"

"太高啦！"惟均惊叹说，"简直就是快刀斩乱麻，霹雳手段呀！那天我们还说，眼下这是多少乱子呀？桩桩件件都是无解的事情，谁能想到这圣旨一下，桩桩件件都迎刃而解！这学问可大了去了！"

士弘连连点头，笑说："我倒想听你说说到底学问大在哪里？"

惟均说："我虽念书不多，可是'飞鸟尽，良弓藏；狡兔死，走狗烹'的典故还知道。当初要干掉刘少奇，干掉各级官僚系统，要破四旧立四新，需要一条恶狗，就启用了红卫兵。可现在，刘少奇已经干掉了，官僚系统已经砸烂，四旧该砸的都砸了，该烧的都烧了。红卫兵没用了，可老毛也没想到，红卫兵成了势，天不怕，地不怕，打砸抢烧杀，不服天朝管，这不是养虎成患了吗？怎么办呢？都给他们抓起来？不行啊！红卫兵是自己的私家军，红卫兵红卫兵，就是毛主席的红色卫兵啊！不能自剪羽翼啊！不能打击忠于自己的人啊！你不是豪情万丈吗？好吧，都给我到农村种地去吧！你说，这不是'狡兔死，走狗烹'吗？这学问不小吧？"

士弘连连点头，说："是是是，当然是不小。"

惟均冷笑说："这也还算不上嘛，大学问还在后头呢！"

士弘说："噢？"

惟均说："那是自然！我都奇怪了，打从文化大革命开始以来，到底是从哪里一下子冒出来这么多地痞流氓？莫非说每个人内心里边都是一个流氓？公检法一被砸烂，天下没人管得了了，心里的那个流氓就都钻出来了。你看看现在的学生，一头是红卫兵，打砸抢杀烧；另一头是流氓，聚众斗殴，抢劫偷盗，强奸妇女。两头加一块，这就是天下大乱啊！可是圣旨这么一下，我让你们折腾，都给我到乡下折腾去吧！大哥不信你等着瞧，用不了几天，学生一走，立马天下太平！"

士弘连连点头说："嗯，我怎么不信！这学问确实不小！"

惟均说："可比起后边的，这还都算不上嘛呢！"

"噢？后边还有？"士弘说。

惟均说："要不说学问大了去了呢！"

士弘说："啊？快说来听听！"

惟均说："大哥注意没有——现在学校里边总共有多少毕业的学生？我给你算算啊，三年文化大革命，到今天有三届大学生、三届高中生，还有三届初中生。他们都毕业了，都到了上班挣钱，养家糊口的岁数！　可是现在百业萧条，别说招工，就是在职的都没活干！你说，这么多学生想就业，往哪塞？塞不出去，谁养活得了他们？这事就是活神仙来了也没法子啊！可是圣旨一下，九届毕业生都给我种地去！再说当今天下跟过去大不一样，是普天之下莫非王土，率土之滨莫非王臣，农民想不要都不行！转眼之间，就业问题就这么解决了！你说这是多大的学问！"

士弘点头说："是啊，这手段确实是旷古未闻啊！"

"一道圣旨，办了这么多事，桩桩件件都比天大。"

士弘说："以我看还不止这些啊。"

惟均惊奇地说："噢？还有呢？大哥快说说。"

士弘说："有，就是备战啊！"

"备战？"惟均说。

士弘说："对，备战！备战闹了不是一天两天了。你看看现在街道上、工厂里、机关、学校，到处都在挖防空洞，就连你家、我家，我们脚底下都挖成防空洞了。再看看咱家的窗户、门的玻璃，都贴着米字格，预防空袭。天天都有防空演习，防原子弹爆炸演习；跟军工有关系的大厂，第一机床厂，砂轮厂，精密仪器厂都迁到大后方去了。天天说战争一触即发，这句话可不是说着玩儿的。"

惟均深深点头说："是啊！当年日本人还不是说来就来了？准备打仗不是玩虚的。"

士弘说："可是你想，只要一开打，免不了就要扔原子弹。往哪扔？当然是大城市。城市的初中、高中、大学毕业生是国家最有文化、最有活力的人。打仗，他们是最得力的兵源，战争结束后重建国家，他们又是最强有力的建设者。可是只要原子弹一扔，这些人瞬间都会化成灰烬。所以啊，必须把他们找地方保护起来。藏哪？广大的农村，边疆，那里地广人稀，原子弹绝不会丢到那里。不打仗的时候种地，自己养活自己，打起仗来他们就是后备兵源！战争结束，国家跑不了是一片焦土，重建国家还要指着这些人。"

惟均连连点头说："啊！这可算得上是深谋远虑了！这道圣旨深不见底啊！"

士弘说："是啊！还有一层，你注意到没有？老毛不说'知识青年到农村去，为打仗做好准备'。"

惟均大笑，说："哈哈，那能说吗？别把老百姓惊着。"

士弘说："对呀！可他也不说'知识青年到农村去，搞好那里的文化大革命'。"

惟均说："哈哈，那当然也不能说啊！这一群红卫兵到农村去，把农村搞个天翻地覆还了得？城市停工停产好歹还有粮食吃，农村要是停工停产，全国就没了饭吃啊！"

士弘说："这不能说，那不能说，可怎么说呢？他说'知识青年到农村去，接受贫下中农的再教育'！你咂摸咂摸这滋味。"

惟均惊叹说："大哥你不说，我还没理会这句，经你一说，好家伙，这学问可太大了吧？"

士弘说："这话是说，上山下乡不是就业问题，不是治安问题，也不是备战问题，而是一个道德问题。贫下中农是谁？是天底下最贫苦的人，向他们学习，接受他们的再教育，不知不觉这里边就有了信仰的味道。是为了你们的成长，人格完善。你看看，这思想境界可就不一样了。"

惟均连连点头，说："嗯，有点意思！"

"这倒让我想起《论语》里的一句话来。"士弘说。

"哪句？"

"民可使由之，不可使知之。"

惟均把炕桌一拍，说："绝了！古圣人的智慧，运用得炉火纯青！服了，彻底服了！"

"是啊，可事情到这儿还没完。还有一句话你留神了没有，叫'来一个动员'？你想想，老毛要的这个'动员'，是什么样的动员？他知道不知道这句话一出，下边会发生什么？"士弘说。

惟均连连点头，说："他怎么能不知道？这句话可不是善茬啊！嘛叫作霹雳手段呢？领教了，领教了！"

外面锣鼓声渐渐稀疏，时间已是深夜。士弘道："你看，我们光顾着说话了，我们的孩子怎么办还没辙呢！别光顾了说，我们也得提前做点准备了。"

惟均长叹一声道："大哥你总比我强，你五个孩子，总不会都走了吧？我只有一个，还是女孩。你也知道，女孩要是长得好看了一点简直就是罪孽，这孩子从小给我惹了多少麻烦你知道。现在，让她孤身一人到那蛮荒之地去，能有好吗？想起来就愁得慌！"

士弘说："我也不比你强。我家天怡是初中毕业生，肯定是逃不掉的。可是她腱鞘炎那么厉害，连碗也端不住，去抢锄头？你看这势头了吗？要说走，也就在几天之内了。我还真的不知道怎么办呢！"

说着话，胡同里传来脚步声，是游行的孩子们回来了，惟均说："不早了，我也该回去了。"说罢告辞，起身离去。

第二天一早，五毛爬起来就去了学校革委会。外面早就锣鼓喧天了。还不到半小时就兴高采烈地跑了回来，说："华校长，我提出申请后，他们报到了革委会主任那里。郭寇登时就同意了。"

"郭寇是谁？"华膺说。

"您还不知道，郭寇就是郭小寇的爸爸啊！自从毛主席发布最新指示'工人阶级必须领导一切'之后，工人宣传队就进驻学校了，郭寇是工宣队队长，革委会主任，是学校的一把手。"

华膺说："噢，原来是这样！他说了什么？"

"他说，像你这样出身反动家庭，本人又有现行反革命活动的狗崽子，最适合到偏僻山区去接受改造了。我说，这么说就是接受我报名了？他说，这是嘛好事啊？我还留着你？"

华膺问："什么时候走？"

五毛说："十天以后，过完元旦，一月二号上火车。说是要赶在春节前，跟贫下中农过一个革命化的春节。"

"去哪里？"华膺问。

"河北省青龙县。其实我不在乎去哪里。只要能让我走，哪都行。我告诉您个好消息。我看见苏婴姐姐了，她也是来报名的。"五毛说。

华膺像被雷击了一下，身子向后一闪，幸亏是坐在草墩儿上，否则一定会一头栽倒。他张了几下嘴，居然一句话也说不出来，半晌才说："她好吗？"他嘴唇在颤抖，喉头在哽咽。

五毛说："看样子很好。我俩去得早，报名处只有我们两个人。我叫她，苏婴姐姐。她说，你是谁？我说，我是王五毛。她吃了一惊，说，你就是王大毛的弟弟王五毛？你的四个哥哥都上台，跟父母断绝了关系，只有你没去？你就是那个没跟父母断绝关系的王五毛？我说，没错，就是我。她半天没说话。"

"他没有提起我吗？"华膺说。

"没有，可是我提起您了。我告诉她，我现在就跟华校长住在一起，华校长挺好的，你放心吧。"五毛说。

"她说什么？"华膺说。

"她只愣了一下，什么也没说。"五毛说。

华膺专注地听着，眼睛突然现出一片茫然。

五毛说："苏婴姐姐好像要岔开话题，问我说，你也去青龙插队？我说，是。她说，你还是个小孩儿，这么弱小，你行吗？我说，没问题。她说，今后我们就在一起战天斗地，改造世界观了。我说，是啊。她说，我们青龙县见！说完她就匆匆走了。我急着把这个消息告诉您，就立即回来了。"

华膺说："这么说她也去青龙插队？"

"是。我们会坐同一列火车出发，我争取跟苏婴姐姐分到一起。您放心，有我在，苏婴姐姐不会受委屈的。"五毛说。

华膺使劲摇摇头，仿佛要把一段思绪甩掉，说："我们不提她了，说说你吧。就要孤身一人到一个陌生的地方去了，那地方遥远、贫穷、落后，没有亲人。你也要准备一下了。"

五毛笑了，说："准备？我早就准备好了，不管我走到哪，也不会比我过去的日子更坏了吧？郭寇说，我今天就可以出去。一会吃过早饭，我要去跟我父母告个别。"

华膺一惊，说："啊？晋将军和夫人有人安葬吗？"

"有！"五毛说

"墓地在哪里？有机会我也要去祭拜一下。"

五毛说："在一个只有我知道的地方，以后有机会，我带您去。"

"是你把他们安葬的？"华膺说

五毛说："是。那天我去了火葬场，找他们要我父母的骨灰。他们把我领到一片荒草地，指着地上的骨灰说'这就是'。骨灰还没熄火，大块的骨头像是火炭一样燃烧着。我没有钱买骨灰盒，就等火灭了，把骨灰用衣服兜了回来，在副食店讨了一个装酱豆腐的坛子。这东西比骨灰盒可好多了，用一个碗扣住，用黄泥封住口，不怕日晒雨淋，埋在地里，做了一个记号，以免以后找不着。

"然后，我要去告诉蚩氓和小班，还有齐伯父、齐伯母，鲁伯父、鲁伯母，另外，还要去跟师傅告别。回来就呆在您的身边，哪里也不去。"

华膺说："傻孩子，我哪能把你独占？你说的这些人，如同你的亲生父母，亲生兄弟。你出事以后，他们想尽办法营救你。你需要跟他们多待一呆。还有，你的四个哥哥呢？"

五毛的眼光暗淡了，说："世界上我没有那四个哥哥。"

第 39 章　我跟大姐一起走

士弘一夜辗转反侧，终于在天快亮时想出了一个好主意。他知道天怡必须走，可是，天怡自幼体弱，现在又得了腱鞘炎，平时手腕肿着一个大疙瘩，不要说去干农活，眼下就是端碗、使筷子都会疼得掉下汗珠子。

他想出了一个解决方案：让蚩氓顶替大姐去——一个男孩，吃苦就吃苦，吃亏就吃亏，还能怎么样？但他想了一夜也没有想好怎么跟儿子谈。

当他决定跟儿子谈的时候，他却觉得自己理亏——都是自己的儿女，在父母心里都应该有相同的分量，一碗水应该端平。怎么会到关键时刻，你会舍弃一个，去拯救另一个？这对蚩氓不公平。想到这里，前边所想好的一切道理就全被自己推翻了。

可是时间不等人。今天必须要带着蚩氓去天怡的学校报名。现在学校正掀起报名高潮，去晚了会耽误顶替的机会。跟儿子，不管怎么谈也必须谈，再好的言辞也掩盖不了事实，对儿子的亏欠明摆着，如果还想掩盖，那就更愧对儿子了。只希望，只希望儿子能够懂得，做父亲的那一点点苦衷。他硬着头皮把蚩氓叫到了小屋里。

"爸爸要跟你谈一个重要的事情。"话一出口，便有些心虚，随之脸就红了起来。

蚩氓还从来没有见过父亲这般模样，便猜到了一半。昨天"最新指示"下达后，他也在盘算这件事情。

士弘说："大姐必须上山下乡，你知道吗？"

"知道。"

"大姐有腱鞘炎，干不了农活，你知道吗？"

"知道。"

"大姐是女孩，到农村会被人欺负，你知道吗？"

“知道。您就直说吧，您要我怎么样？”蚩氓说。

士弘说：“我要你今天跟我一起去大姐的学校，你报名，替她走。你是男孩，现在需要你有个担当。”士弘心一横，豁出去了，索性说了出来，顿觉得轻松了许多。

蚩氓点点头，说：“我明白了，要我有担当。我也问您几个问题好吗？”

“好。”士弘说。

见儿子要问问题，他并没有感到紧张，反而突然感到一种解脱——把一切都摊开，这是最好的办法，承担我应该承担的亏欠和愧疚，或许儿子也能懂得自己的苦衷——这虽然有些残酷——但他喜欢这样的坦诚，父子间不容许给未来留下任何芥蒂。

蚩氓说：“我顶替大姐下乡不是暂时的，而是一辈子的事情，就是说，我顶替大姐当一辈子农民，您知道吗？”

“知道。”士弘突然感到了话题比自己事先预料的要沉重得多！

蚩氓说：“在我和大姐之间只允许留下一个，舍弃另一个，您决定把大姐留下，把我舍弃，是不是？”

士弘说：“不是！这不是二选一，不是留下谁、舍弃谁的问题，而是……”

蚩氓没有听完父亲的话，继续说：“对，这的确不是二选一的问题。事实是，命运已经选择要留下我，而您却要反过来把我舍弃！这比二选一还要坏，这才是事实对吗？”蚩氓眼里噙满了泪水。

士弘说：“你怎么可以这样想？事情不是这样的。”

“不是这样又是什么样？”蚩氓高声叫起来。

士弘感到了被质询，反倒不再唯唯诺诺，说：“听着！有一层道理你必须懂得，我们是一家人，我们的命运是绑在一起的。活在这个世界上，我们像小草儿，像蚂蚁一样弱小。应付七灾八难，除了这个家，我们可以依靠的东西没有啦！今天，下乡这件事落到了大姐的头上，但是她没有力量承担，她去就得死，而你去，就死不了！我是父亲，我要考虑的是一个家的整体得失，而不是一个人的得失。就这么简单！”

　　"我要您直接回答我——是不是要舍弃我！"说着眼里含着泪。

　　士弘也忍不住流下了泪，厉声说："好！你一定要听这个回答，我就告诉你：是！现在就是要舍弃你。不过你要明白，如果事情不是这样，而是相反——你去就得死，而大姐去就死不了的话，我会做出同样的选择——舍弃她！"话说出来，士弘深感轻松了许多。

　　小屋内顿时安静了下来，谁也没有话说。许久，蛊氓抹了一把眼泪说："好！您讲得道理我都明白了！不过您想过没有，不管是我，还是大姐，在您那里都只是您棋盘上的一颗棋子。你舍弃一个棋子，是为了救活另一个棋子。不管是舍弃谁，拯救谁，都取决于您的意志，您想过没想过棋子的感受？您觉得这样做公平吗？"

　　士弘再次感到了问题的严肃，感到儿子的问题咄咄逼人。虽然被问得狼狈，他却喜欢儿子这种性格，最好的应对不是回避，而是直接面对，不需要辩解，哪怕自己理亏。遂说："你说的对，那么你说怎样才能公平？"

　　蛊氓说："由弃子来决定！"

　　士弘一愣，他完全没有想到儿子会说出这样的看法来。虽然否定了自己的看法，但自己却没有反驳的理由。既然如此，就应该听从。因说："对！你说的很好。现在这样决定：你说去，就去；你说不去，从此不再提起这件事，好不好？"说罢，他感到无比轻松。

　　蛊氓说："好！我很敬佩您这么痛快地接受我的意见。我没有想到我的爸爸这么了不起。我告诉您，我爱这个家，我也爱大姐，为这个家，为了大姐，别说是替大姐上山下乡，就是死我都心甘情愿。这个事情包在我身上了，我去顶替大姐报名。如果学校不允许顶替，我就跟大姐一起去，有我在大姐身边，您就放心，我会保护好大姐。现在我们就走，去大姐学校报名。"

　　谈出这样的结果大出士弘的意料，这个结果比他预想的好太多。

　　蛊氓同父亲来到天怡所在中学时，只见校门口光荣榜、决心书，红的、白的大字报贴满了大门两侧。校园内红旗飘舞，高音喇叭最大音量播放着毛主席语录歌。来来往往的学生，三五成群，出出进进。

　　经过询问，二人来到报名处的摊子前。摊子摆在办公室前，由两个办公桌拼在一起，桌前坐着几个老师。背后的墙上贴着一张大红纸，纸上写着：

报　名　处

呼伦贝尔大草原，辽阔富庶的祖国北部边疆

报名截止日期：1968 年 12 月 25 日

销户口截止日期：1968 年 12 月 30 日

出发日期：1969 年 1 月 5 日

与贫下中牧一起过一个革命化的春节！

名额有限，报名从速！

第二十八中学革命委员会

1968 年 12 月 22 日

周围围了一大圈人，他们交谈着关于大草原的情况。

桌子前站立着一位五十岁左右的男老师，戴着镜片厚厚的圆框眼镜，正在侃侃而谈："是的！是的！一年四季天天吃肉！"他眼球突出，显得神情十分认真，让人感到'吃肉'是一件多么庄严的事情。

虿氓挤到桌子前，问道："老师，我们学校还有去别的地方的吗？"显然他对呼伦贝尔不满意。

那位戴眼镜的老师说："放着呼伦贝尔这么好的地方你不去，你要去哪里？我们学校很幸运分到了这里！你哪也不要去！就去这里！其他学校你听听吧：有的去陕北！黄土高原！一年也吃不到一顿肉！一顿也吃不上哟！有的去山西！那是穷山恶水！还出刁民！一年也吃不上几顿饱饭！呼伦贝尔，是最富庶的地方！牧民非常单纯！还善良！一年四季天天吃肉！你是来报名的吗？"

虿氓说："是。"

"我怎么没见过你？"

虿氓说："我不是这个学校的，我是来顶替我姐姐报名的。"

"你姐姐是哪个班的？"

虿氓说："初二三班，齐天怡。"

旁边一个女老师立即在花名册上找到了齐天怡的名字。

313

戴眼镜的男老师说："你是哪届的毕业生？"

蚩氓说："我是新初一的，还没有毕业。"

男老师的眼睛瞪得跳出了眼眶，说："你'六九届'呀！还没有毕业你来凑什么热闹！到时候兴许政策改了，不上山下乡了呢？你后悔不后悔？现在还没轮到你，干嘛自己找上门来呢？"

蚩氓说："那不行，我姐姐有病，不能从事体力劳动，您看这里有医院的证明。不就是一个下乡名额嘛，我来顶这个名额。"

戴眼镜的男老师被惊着了，一副肃然起敬的样子，说："我没听错吧？世界上还有这样的事儿？古有花木兰替父从军，今有小弟弟替姐姐上山下乡！我怎么没见过你呢？"

"我是卫国道中学的。"蚩氓说。

戴眼镜老师说："我说的呢！告诉你，顶替不可能。"

蚩氓和父亲失望之余有些不信，他们还要找到一个权威部门把消息坐实。他们来到了学校革命委员会。当时的校长办公室现在改成了革委会。革委会主任就是最高首脑。在毛主席发布"工人阶级必须领导一切"的指示后，革委会主任都是"工宣队"的领队担任。革委会主任戴着一个将近一尺宽的大红袖章，上面印着"毛泽东思想工宣队"的字样。

主任听了情况之后说："接受贫下中农的再教育是每个学生的事情，改造世界观谁也替不了谁，你们回去立即通知齐天怡来报到。25号停止报名，一到日子，没报名的同学档案关系一概交给街道处理，转为社会青年，那个时候就不按学生处理了。"

消息确凿了之后，父子二人悻悻地离开学校回家，商议着下一步怎么办。

士弘一脸愁苦，说："你说呼伦贝尔，大姐报名不报名？"

蚩氓说："就这么一会的工夫，您就让那个戴眼镜的老师忽悠进去了。本来我们逃避报名的，现在您已经在想，要不要报名了！"

士弘说："可是，如果25号以前不报名，呼伦贝尔名额满了，我们又扛不过去，反而要去更差的地方，不是更糟糕。"

蚩氓说："爸，您也太天真了吧？他把呼伦贝尔吹得跟天堂一样，就是为了糊弄着大家赶快报名。现在，那个去陕北的学校报名处，也站着一个老师，恬着脸对大家说，我们学校很幸运，分到了好地方，我们这个地方怎么怎么怎么好，名额有限，报名晚了就去不成了；那个去山西的学校也有一个老师站在那说着同样的话。他们就是要把学生都糊弄走了，他们好去表功。"

士弘说："那位戴眼镜的老师是个读书人的样子，有你说的那么坏吗？"

"只能比我说的更坏。知识分子比普通百姓要坏得多。"蚩氓说。

"你这想法是哪来的？"

"书上看来的。托尔斯泰和毛主席都这么说过。托尔斯泰说：作家的道德比普通人坏得多。毛主席也说知识越多越反动。"蚩氓说。

"托尔斯泰的什么书这么说过？"

"他的《忏悔录》。"

"你是哪里弄到的这些书？"

"看红卫兵抄家的时候从书堆里偷的。"

士弘说："你看到的也是这样吗？"

蚩氓说："比这还要坏。五毛被打成反革命，谁都知道他写的不是反动标语，我们班主任老师王连昌完全可以证明那不是故意写的。如果他当场作证，完全可以改变局面。可是他为了保护自己，把自己摘出来，不仅仅没有伸手拉一把，反而落井下石，一通上纲上线，硬是把反动标语给坐实了。他们心里没有正义，没有真理，没有担当。他们的知识和智慧都用在了为自己利益的算计上。"

士弘沉默了，他没有想到儿子会如此成熟，成熟得如此可怕！

蚩氓说："最坏的结果就是去呼伦贝尔，还能更坏吗？有这个垫底，我们什么都不怕！爸您别担心，这件事我们必须推着走，能走一步算一步。呼伦贝尔坚决不报名，反正我们有正当理由，我们有医院证明，又有伤情在那摆着。实在扛不过去，我就跟大姐一起走，去哪都行。有我在大姐受不了委屈。"

士弘听儿子一番话如同吃了一副定心丸，打定主意不报名，只在家里准备应对。

第 40 章　拔 钉 子

　　戴老姨是发过誓再不参与政治活动的。这次排门告示也只是不得已出来应个景儿。然而事态的发展却让她身不由己再次卷了进来。

　　小臭儿和老肥报名去了黑龙江兵团。小臭儿是"高中毕业"，老肥是"初中毕业"，这在"最新指示"上是点了名的，想不走，连一点理由也找不出来。加上戴老姨与刘少奇的亲戚关系还没撕捋干净，唯恐因此引火烧身。反正是天塌砸大家，走就走吧！尽管如此想着，然而当她看到户口本儿子和女儿的那两页被扯掉时，就好像扯去了她的心肝。这也倒罢了！而真的让她咽不下这口气的是，居然有人赖着不走！

　　郭寇终于如愿以偿占上了官方的势力，现在他当上了卫国道中学革委会主任。在毛主席发出"工人阶级必须领导一切"的最新指示之后，厂里接到上级指示，命令本厂派出既有思想觉悟，又有工作能力的数名工人，组成"工人宣传队"，进驻卫国道中学，领导那里的文化大革命。

　　厂领导认为，只有郭寇有政治头脑，有能力领导知识分子的文化大革命，于是就派郭寇作为"工宣队"的队长，带领着本厂保卫科的老鬻等一干人等进驻了卫国道中学。当时学校革命委员会刚刚成立，他理所当然就成为了革命委员会的主任。

　　毛主席最新指示下达一个星期后，"钉子户"逐渐显现出来。"钉子户"数量不多，影响却很坏，特别是在运动初期，各家各户都在互相观望，一家不走，影响一大片。钉子不拔，上山下乡运动则无法推行下去。在市革委会的领导下，天津市掀起了一个"拔钉子"运动。

　　按照市革委会的统一部署，卫国道中学成立了"九结合动员小组。"何谓"九结合"？这是市革委会精心搭配的九个方面的人员，他们是：

工宣队代表；

军宣队代表；

公安局代表；

居委会代表；

父亲工作单位领导；

母亲工作单位领导；

红卫兵代表；

教师代表；

医生代表。

钉子户们一听这九种人员配备就早已心灰大半。这九种人功能齐全，各司其职。

工宣队乃是毛主席刚刚授权'必须领导一切'的阶级，正在不可一世的巅峰，手臂上戴一个"工宣队"的大红袖章，是一言九鼎的角色，只需看他们一眼也令人胆寒；

军宣队代表乃是现役军人，只穿着这一身军装，走进你的家里，坐在你家炕上也会让你恐惧；

公安局代表乃是警察，除有震慑作用之外还有另一个特殊功能，如果你同意走，他当场就可以把户籍给你注销掉；

居委会代表则是如同戴老姨一般的人物，他们站在官方立场，目的是要把你弄走，并且她熟悉你家的一切，因此，你的各种理由她都有理由给你反驳回去；

父亲母亲工作单位的代表更是十分关键的人物，他们有停止发放工资的权力，这俗称叫作"端鸟食罐"，如果你坚决不让孩子走，就停发你的工资，断掉你的生活来源，也就是剥夺了你生存的权利，这是最有效的一招；

所谓红卫兵代表，实则是下一届学生，他们是刚刚升入了中学的学生，在全国他们都有一个统一的称呼叫作"六九届"，此时是公元1968 年，他们明年才毕业，故尚不在上山下乡之列。他们当中有的就是红卫兵。他们在文化革命初期，横扫一切牛鬼蛇神，实施红色恐怖，早已积累了丰富的整人经验。如果你不走，他们则用红卫兵横扫一切牛鬼蛇神的方法，贴大字报，抄家，开批斗会，游街，把你打成反革命，直到你不再抗拒为止；

医生代表则是其他人所不能代替的，假如你不走，理由是你身患重病，不能参加重体力劳动。这时候医生就派上了用场，让他当场给你检查身体，当然他会说你没有病，这样，你就失去了不走的理由。

拔钉子动员大会在卫国道礼堂举行。下面坐着四百多名"六九届"学生，分成二十个组，准备分别进入不同的家庭。每个组都配有"九结合"的各种成员。

郭寇臂戴大红袖章，来到主席台桌前。他搬起麦克风，对准自己的嘴巴，阴沉着脸说道："拔钉子运动就要开始行动了。首先我们自己必须有一个清楚的认识：我们的目标就是一个不留，一个不剩！因此，也要让钉子户们不要心存侥幸。清楚地让他们知道，谁胆敢破坏毛主席上山下乡的战略部署，就让他不得好死，家破人亡！有了明确的目标，至于用什么办法，你们自己去想。只要保证完成任务，就都是好办法。

"另外，我跟参加拔钉子的同学们撂个底：这一拨走了之后，明年'六九届'就要分配了。怎么分配？完全根据你们的个人表现。谁参军，谁留城，谁上山下乡，完全看你现在的表现。即便是到农村去，也会有不同的对待，比如，有的地方远，有的地方近，有的地方富，有的地方穷，都是要区别对待的。同学们要好好表现，不要等到分配的时候后悔也就都没用了！"

他的话在六九届同学心里点燃了希望的烈火，唤起了他们掌握自己前途命运的愿望。

接着"九结合"的各路代表上台发言，表决心。

散会后，各个街道居委会主任提交了钉子户名单。在戴老姨钉子户名单上，第一行便歪歪扭扭地写着：齐天怡，第二十八中学，地址，宝善里一号。

郭寇讲话时，王连昌老师在台前显眼之处认真地做着笔记。现在他领导着一个分队，除了本班学生外，九结合其余人等都在他的领导下听命。他接到的第一个任务便是齐天怡。于是立即召开分队会议研究行动方案。

"我们的步骤很清晰，只要大家记住我下面说的这一句话，就没有拔不掉的钉子。"王连昌老师兴致勃勃地说着。对于将要致他人于死地，兴奋得令他颤抖。他已经有了一个完整的计划。他先把本班同学分成三个小组，每组八小时轮流上岗，一天二十四小时三班倒。他把"三班倒"时间表安排好之后，开始安排发言的顺序。他部署得十分详实周密，每一步都写到纸上，落实到人头上。

他说："我们的方法很简单，只有四个字叫作'先礼后兵'。所谓'先礼'就是先讲道理，问清情况，究竟为什么赖着不走？他总会给个回答吧？如果他说有病，我们这里有医生，立即检查身体，把这个理由给他堵回去。如果说是父母的原因，好，这里有父母单位的领导给他做工作。工作做不通，就'端鸟食罐'，断他的工资。如果他同意报名了，我们这里有警察，立即就要把户口注销了，避免他反悔。如果是这样，问题就解决了，这是最顺利的情况。但是，讲道理不是万能的。道理讲不通，'后兵'，这就没有那么客气了。只要我们进入他家，一天二十四小时朗读毛主席语录不能中断。我们已经排好了名单，一个人念完了，下一个要跟上，不能冷场。三天拿不下来就五天，这个法子叫'熬鹰'，反正我们是三班倒，轮流上岗，轮流休息，到点下班，他们只有一个班，看谁熬得过谁！另外我们不能光指望着熬垮他。在'熬鹰'过程中，要向他提出问题，逼着他们说话，只要说话，就会出错。一旦被我们抓住把柄，立即给他们'上纲上线'，如果抓住反动言论，哈哈！这就好办了，我们就用不着跟他们点灯熬油地浪费时间了。拉到外面，带上高帽子，挂上牌子召开批斗会，直接打他一个反革命，这时候他想走，也没有那么容易了。记住郭主任讲的那句话：谁不执行毛主席的指示就叫他不得好死，家破人亡。"

一切部署完毕，只等晚上八点，第一组进驻齐天怡家。

齐家父母早就知道今天要来人动员，遂早早吃过晚饭，收拾停当等待他们到来，蛊氓吃罢饭就出去别家拔钉子了。士弘嘱咐天怡把医院诊断证明拿在手头，准备给他们看，以期得到宽待。

第一组组长是个男生，名叫高大可，是蛊氓的好朋友。上小学时，因为当时教室不够用，需两个班共用一个教室。因此学生只上半天课。另外半天在家庭小组做作业，每五六个同学组成一个小组，集中到某个同学家里，这叫作"家庭学习小组"。高大可小学五年级开始，两年来一直在蚩氓家参加小组学习。齐伯母待大可如同自己的孩子一样，大可与蚩氓一家兄弟姐妹相处与自己家兄弟姐妹无异。

晚上八点，高大可带领动员小组的十个同学来到蚩氓家门口，同学们正要推门进入，大可却横跨一步，把大家拦在了门前，说："有几句话交代一下：你们也都知道，蚩氓是我的哥们儿，他姐姐就是我姐姐。今天你们进去，我要你们都给我闭嘴。谁要想立功受奖，将来分配时得点好处，我告诉你，这不是地方。"

一个同学说："王老师安排得好好的，该谁发言的时候就要发言，你要我们闭嘴，要是他追究下来怎么办？"

大可说："追究下来你让他找我。"说罢转身敲响了蚩氓家的门。

众人都知道高大可在玩闹界有份儿，谁也没敢再言语。

当十个学生走进屋时，十平米的屋子里，炕上是篮子，地上是篮子，桌子上是篮子，椅子上是篮子。天慧、蚩童被打发到小屋，天怡在炕上围着棉被坐着等着动员小组到来。

蚩氓妈妈见有人敲门，推开门说："哟，是大可来啦，快进来，找个地方坐下。"说着招呼其他同学进屋。

大可一进门就叫了一声"伯母"，叫了一声"伯父"，又叫了一声"大姐"，接着说："给你老添乱来了。"说着脸就红了。一头扎到旮旯，找了一个矮板凳坐了下来。

十个小组成员终于落座，却一个个低着头，一言不发，弄得蚩氓妈妈莫名其妙。

这时又有人敲门。蚩氓妈妈忙去开门，来人是王连昌老师，后面跟着几个人，王连昌说道："我是他们的老师，后面的几位有革委会、军宣队、派出所所长。"他把几个名头大的放在了前面，显然要震慑一下，"你就是钉子户齐天怡的家长吧？我们特地拔钉子来了。"话中含着一种杀气。

蚩氓妈妈忙说："快请进来，我们也正等着你们呢。"

　　说着话一干人挤进屋内，他们是一个工宣队代表，一个军宣队代表，一个警察——是派出所所长大于，一个穿着白大褂戴眼镜的女医生，和居委会代表戴老姨，加上他们提前联系好的齐士弘工作单位的领导。因为蜚讥妈妈没有工作，因此本应该是"九结合"的，却只有八个人到场。

　　这是典型的"一间屋子半间炕"的房子。仅仅十平米的屋子，被一张通铺占去了一半，二十几个人挤进屋里，早已插脚不下。于是他们只能肩靠肩，背挨背戳在那里。屋里顿时安静下来。

　　王连昌看到安静下来很是惊异，说："高大可，怎么还不开始呢！"

　　大可坐在地上的小板凳上，仰头说："怎么开始？"

　　王连昌说："按照计划呀？把毛主席的教导读起来呀！"说着他从胸前的小兜往外掏名单。

　　大可说："明摆着人家有病，不能干农活嘛！"

　　王连昌说："有病也不能他们说了算啊！我们这里有大夫。"

　　蜚讥妈妈连忙接过来说："是有病，但凡能够走我们早就报名了，还用给政府添麻烦吗？我们有医院的证明，就在这儿，您看看。"说着从天怡手中接过医院诊断证明递给王连昌。

　　王连昌接过证明看了看说："这是三个月前的证明，现在已经过期了。"

　　蜚讥妈妈说："三个月就过期了？可是病更厉害了呀！那好吧，你们有大夫，各位老师领导也能看得明白，当场给检查一下。如果你们都说没病，我们也就没有嘛可说的，报名、退户口！天怡，把手给这位医生检查检查。"

　　天怡遂把右手伸出来，众人移目看时，只见那手腕上突地肿起一个核桃大小的鼓包。那医生是个戴眼镜的文弱女士，看到先是不由得一惊，随后却收敛了惊讶，说："这应该不是什么大病，不挡吃不挡喝，到农村锻炼一下也就好了。"

　　蜚讥妈妈说："现在连个碗也端不住，还能拿锄头，动铁锹，推碾子拉磨，使唤耧犁耖耙？你当的是医生，是给人看病的，说话良心可要摆正。"

戴老姨说："依我看，她这手都是在家编篮子累的，这些年我也都看见了，打从十岁起，那么嫩的小手，每天要编四个篮子，不累伤了才怪呢！要是到了乡下，保准就能够养好了呢。"

军代表是个面色黧黑小个子军人，说着口音很重的山东话，需要认真辨别才能听懂，并且他每句话都说一个"那什么"。他说："那什么我看这个城乡差别呀，那什么是非得消灭不可的了。那什么你们城里人太尊贵啦！太娇气啦！那什么这在俺们乡下算得了什么？有点小伤小病就不下地了？那什么我们就得饿死啊！那什么正因为这个样子，毛主席才让你们上山下乡，那什么让你们接受贫下中农的再教育，那什么彻底治一治你们的娇气。"

齐伯单位的领导清了清喉咙说："老齐呀，现在事情都摆在这了，毛主席的指示，政府的意见，你是有学问人，这件事不会看不懂，落实毛主席的指示是件天大的事情，你想想能不能就在你这儿卡住？我看这样，从今天起你先不要上班了，多咱想通了多咱上班。时间你自己定，一天想不通就想两天，两天想不通就想三天。我去跟劳资科说一声，先给你办个'停薪留职'，等想通了再找我，好不好？"

众人知道，这就是所谓的"端鸟食罐"，是动员上山下乡中致命一招，见当下就使了出来。众人一阵应和："这就对了，有嘛啰嗦的？"

王连昌老师却还不甘心，说："您先等等，刚才齐天怡的母亲说什么来着？她说：'说话良心可要摆正。'我想问问，你说的良心是什么心？摆正是什么意思？难道我们落实毛主席指示，就是良心没摆正吗？"

蚩氓妈妈听出了他的杀气，已经气的脸色苍白嘴唇颤抖。但又知道，如果王连昌揪住这句话不放，只要一翻脸，今天一定会惹出大麻烦。遂忍气吞声，一句话也不再说，低头靠在墙角。

王连昌说："刚才齐天怡父亲单位领导说了，可以让他们想两天，三天，甚至更长时间，单位领导对职工的爱护我能理解。可是话说回来，落实毛主席战略部署能这么等吗？到现在毛主席指示已经下达了一个星期了，你们就成为了落实毛主席战略部署的拦路虎，绊脚石。我们的容忍不是没有限度的！"说罢，转脸向高大可说："同学们，有人对抗落实毛主席的战略部署，还污蔑红卫兵良心不正，我们应该怎么办？"他的意图十分明显——要让学生们一哄而上，执行他的"后兵"计划。

高大可听得明白，"腾"地站起身，说："王连昌！你不要把牛屎拉到马胯上，齐伯母说的话根本就没有那个意思！你不要煽风点火，你能得到嘛好处？"

王连昌厉声说："高大可！你不要犯糊涂，我给你提个醒，你不要一时意气用事，毁了自己的前途！"

高大可冷笑说："毁了又怎么样？大不了我上山下乡，也不能像你昧着良心做事！"

蚩氓妈妈担心连累高大可，遂说："大可，让你为难了！少说一句。"说着就留下了泪来！

一直坐在炕旮旯、围着棉被的天怡说："好！这位姓王的老师和你们的意思我都明白了。不就是找茬拿歪，非要把我赶走吗？不走就让我们全家没饭吃，不走就抓茬把我们打成反革命！别人倒了霉你们才开心！别高兴得太早了！你们也有兄弟姐妹，也有儿有女。俗话说，别看今天闹得欢，就怕将来拉清单。别着急，今天你们把别人按在案板上剁，你们开心了！可别忘了，别人剁你们的日子在后头呢，等轮到了时候你们谁能跑得了？我洗净了两只眼等着看你们的那一天！"

说着，她从盖在胸前的被子里掏出户口本，翻到自己那一页，"刺啦"一声撕掉，捏在手里说："你们要的就是这张纸对不对，给你们拿去。都给我滚出去！我看着你们就恶心！"说罢把那一页纸扔了出去。

大于连忙猫腰捡起那一页纸，用两个手指捏着，向众人抖个不停，两只水灵灵的大眼睛闪烁着愉悦的光彩，高兴得合不拢嘴，说："首战告捷，首战告捷！各位还愣着干嘛？还不快撤，没看姑奶奶都发火了吗？"

一屋子人瞬间走得精光。

蚩氓被分到别的小组去拔另一个钉子。回到家时已是深夜，全家都直愣愣地坐着，一言不发。只有妈妈低着头在拆棉衣服，眼泪流到了下巴，慢慢滴落。显然是在为大姐走做着准备。

"妈，没事儿，明天一早我去报名跟大姐一起走。"蚩氓说。

天怡说："傻弟弟呀，昨天你跟爸爸的谈话我都听见了。你去学校顶替我报名的事情我也都知道。你的情意姐姐领了，有你这样的好弟弟，我特别骄傲。可别忘了，你是家里的长子，不要以为只有姐姐需要你，家里更是需要你。弟弟妹妹都小，家里的日子这么难，咱们两个都走了，爸爸妈妈就更没有指望了。你放心吧，姐姐的事姐姐自己能扛。到哪不就是吃一口窝头吗？在哪还不都是一样！走一个还饶上一个，哪有那么便宜的事！"

第41章　为了你老娘的一条命，走吧！

听到毛主席指示的时候刘树强只想到了四个字"卸磨杀驴"。他知道这是毛主席动手收拾红卫兵了——这未免来得太快了吧？

此前他一直做着一个梦。他感到自己运气来了，他真切地认为自己踩上了运气的阶梯，他时常感到奇怪，怎么会如此一呼百应，一切都有如神助！这就叫"时来天地皆同力"——成立红卫兵，当上总司令，破四旧立四新，横扫牛鬼蛇神，揪走资派，当然还包括打散'思想兵'，每一步也没有错过，直到成立革命委员会，实行"三结合"，自己作为造反派领袖被结合进了新兴革命政权，真的是一气呵成，痛快淋漓，现在自己已经是卫国道中学革命委员会副主任了！

这是个多大的官？他心里常常暗自盘算着。相当于过去的副校长，或者教导主任！一个"完中"的副校长是什么级别？当然不能跟华膺比，他是延安时期的干部，又是留苏专家。来卫国道中学当校长他是自愿来的。但一般的副校长厅局级是跑不了的！这就叫不折不扣的平步青云啊！想到这里他心花怒放了。他的想法跟石进城一样，闹革命也是要论功行赏的。他希望着不久学校就要恢复秩序，郭寇和他就是学校的领导，享受着国家局级干部的待遇。

时而他又感到这不是真的。这就是黄粱美梦吧？会不会等梦一醒来，一切就都烟消云散了？他问自己。每想至此他都会暗自回答自己，不会！当年毛主席还不就是造反起家、建立的边区苏维埃政权？当时谁会认为那就是真的？可是人家就成事儿了，到今天还不是造就了铁打的江山？这道理是一模一样的。如今的革命委员会那就是将来的官府，将来不会再叫什么"校长""副校长"了，有什么奇怪的？北大，清华的红卫兵领袖，还不是都当上了北京市革委会的副主任！这就是新兴的红色革命政权，今后就是这个样！

他不再怀疑这是真的，他深感到自己家的祖坟已经青烟缭绕了。

然而毛主席的这道指示却是把他从云端打到了地下，他再次找到了碾盘下谷粒儿的感觉。

报纸广播每天都有报道，全国许多著名的红卫兵头头都带头响应毛主席的号召到乡下去，他们风风火火，轰轰烈烈地为"理想"奋斗去了。他们临行前到天安门人民英雄纪念碑前发誓，决心扎根边疆一辈子，彻底改造世界观，做一代新农民。

他不信那一套。一来他不信到边疆、农村会有什么理想；二来，他更不相信有人会相信什么"主义""信仰"。连毛主席也都一样，"主义"，"信仰"都是旗号，都是给别人看的。出来混事儿，混成了、混大了才是真格的。他认为那些有"信仰"有"主义"的人不是骗子就是傻屄。他认为毛主席的指示要求学生们"接受贫下中农的再教育"就是骗人。

卫国道中学被分配到下乡的地方是河北省北部山区。一个星期了，他没有报名。他不甘心一夜之间就变成一个农民。甄土改凭借后门去当兵了，我上天入地也没有把他抓回来。凭什么我就该去当农民？就是死，我也要蹬蹬腿儿再死！

退一步想，自己不走并非没有理由。

刘树强既是"老儿子"，又是"独生子"。他上面有六个姐姐，刘爸爸直到四十五岁才有了树强。树强的降生，使刘爸爸一辈子所有的希望都变成了现实，不仅仅传宗接代有了指望，晚年有了人侍奉，就连养老送终都有了打幡的人。自然刘爸爸、刘妈妈对树强不免颇为娇惯，六个姐姐对这个小弟弟也是爱如至宝。靠着刘爸爸一人的工资，也靠着刘妈妈做些糊纸盒的家庭活计，每天起早贪黑，月底也能关十大几块钱，兼之省吃俭用好歹把七个孩子拉扯成人。如今，刘爸爸已经退休，拿着微薄的退休金，六个姐姐已经先后出阁，只有树强与老父亲、老母亲三口人一起过活。刘家二老供养树强上到了高三，心里是有期待的，万一能考上大学，则会改换门庭，耀祖光宗；即便不能考上大学，顶不济高中毕业也能够找个体面的事由，侍奉自己安度晚年也不成问题。

谁承望毛主席的这指示一下，一辈子的如意算盘像个泡儿一样

"砰儿"一声就破了，连个影儿也找不着了。刘爸爸听到了外边风声越来越紧，感到了不妙，立即跟树强商议对策。

"儿呀，我看到街上动员的队伍过来过去，风风火火，跟抓牛鬼蛇神一模一样。会不会来我们家呀？我跟你妈都是奔七十的人了，你妈有哮喘病，我身子骨也是赖赖巴巴，眼下这家里就离不开人了。你虽有六个姐姐，可现在都是拉家带口，能不给家里添乱我也就知足了，哪里还能指望她们呢？真的就没有一点法子把你留下吗？"

树强说："照说我高中毕业是必走的。可是我们也有不走的理由：第一，独生子，父母身边只有一个孩子；第二，父母年迈多病。这还不够吗？这理由到哪也能说得过去。可是你老也知道，这运动那么一来，萝卜快了不洗泥，多充分的理由也都不算数了。不过运动也就是一阵风，刮过去就完了。所以关键就是要扛过这阵风头。你老看横扫牛鬼蛇神，揪走资派都是这样，现在那阵风过去了，斗的就斗了，没斗的也都没事儿了。"

刘爸爸说："你说的没错，土改斗地主、镇压反革命也都是一阵风，赶上风头的都丢了脑袋，躲过风头的还不活得好好的？我们好好想想，怎么才能够躲过风头呢？"

树强说："现在外头正在拔钉子，我是红卫兵总司令，我不走他们心里能舒坦吗？我就是他们心里头号的钉子，把我这颗钉子拔掉，会带动一大批人退户口，那就是他们的一个大成果了。多少人等着拿我立功受奖呢，他们不会轻易放过我。估计他们今天不来明天就会来。您只记住了这一条，不硬碰。甭管他们说嘛，就是指着鼻子骂八辈祖宗，您就当没听见。这个我有经验，他们的那两下子都是我玩剩下的，我最清楚。他们的目的就是激你火儿，逼着你说话，只要你一说话，甭管说的是嘛，东拉西扯也会给你扯上政治问题，一旦被他们抓住茬儿，接下来就不好办了。给你开批斗会，贴大字报，游街示众，打成一个反革命，关进牛棚，监狱，最后还得走——这就是他们希望出现的。我们怎么办呢？你老就拿自个儿当个聋子、哑巴，当个痴傻呆茶的残废。千万记住了，一个字也不说，他们就拿你没办法！"

刘爸爸不住地点头，说："记住了，他们来了我就把嘴缝上，你就放心吧，就是拿撬棍撬，也甭想让我开口说一个字！"

刘妈妈张着大口紧紧喘着气，她在为说话积蓄气力。喘足了之后说："户口本，户口本要藏好了，免不了要抄家。抄家咱不怕，咱家没有值钱的东西。户口本别让他们抄出来。"说罢继续喘着，把肩膀头端到了耳朵根儿。

树强说："妈说的对，你老就放心，我把它藏一个鬼都找不着的地方。"说罢拉开抽屉取出户口本。推门走了出去。他家养了几只鸡，门外用砖头垒了一个鸡窝。树强是个细心人，鸡窝又脏又臭，就是抄了家也不会抄到鸡窝来。他把户口本自己的那一页拆下来，卷成一个纸卷，猫腰把手伸进鸡窝，塞到一个砖缝里。鸡窝上面有一个专供母鸡下蛋的"产房"，里面铺满了厚厚的麦秸，他把户口本藏在了麦秸底下。即便他们找到户口本，没有自己那一页，他们也没法把自己的户口注销掉！藏罢起身，看看周围没人，回到了屋里。

定下了方针大计，又藏好了户口本，一切安排妥帖，树强遂说："我们抓紧睡觉，养足了精神迎接战斗。"

刘爸爸、刘妈妈说："对！拉灯睡觉！"

树强刚刚关灯，就听有人敲大门："刘总司令这么早就睡了？快起来吧，拔钉子的来了！"

树强开灯下地，出外打开大门，郭小寇站在外面，阴阳怪气地说："刘总司令对不起了，都是上边安排的，没法子的事儿。"

树强听他怪声怪调说话，气不打一处来，遂说："几天工夫，你小子涨行市了啊？"

小寇笑说："总司令的话差了！过去过去了，今儿个是今儿个了。到嘛时候说嘛话，才是英雄好汉。"

树强说："过去我待你不薄。"

小寇说："那都是私事。总司令是场面上的人，没听过'警察打他爹——公事公办'吗？"

刘家父母听到外面说话，起身穿衣，坐在炕上，靠墙裹着棉被等着。寒冬腊月，呼啦啦进来一大群人，把屋子里的热乎气跑得精光。刘爸爸、刘妈妈只得把棉被裹紧。登时屋里压压插插站满了人。

郭小寇是邻里间有名的"胎里坏"，像刘树强这样的风云人物如今落到他手里，任他捉弄，早就把他高兴得心痒难挠。进屋后指挥手下人立即展开了宣讲毛主席最新指示，发言人一个接着一个发言，把小小的屋子闹得沸反盈天。

二位老人却信心十足，任凭你们怎么找茬，我只打定主意装聋作哑。你们念你们的毛主席语录，我不能白白浪费时间，索性铺开摊子，糊起了纸盒。郭小寇一见，冲上前去，冷笑说："你倒是革命生产两不误啊！立即给老子收起来！"刘家二老也不恼，乖乖地收起了干活的摊子。

二位老人毕竟是六十大几的人，一到后半夜便明显打熬不住了，睏得东倒西歪，一眼不见就打起了呼噜。小寇看见，便上前用力把二老摇醒，却怎么摇也不醒。小寇索性含一口冷水喷在他们脸上，激灵一下把二老喷醒。

两天过去了，刘爸爸刘妈妈被熬得脸色蜡黄，浑身没了金星。那刘家二老也绝非等闲人物，否则也生不出刘树强这等混世魔王。不管郭小寇等人如何百般辱骂，千般挑衅，刘家三口都逆来顺受，唾面自干，严守底线，把嘴闭得像个蛤蟆，直到第三天凌晨，防线依然固若金汤。第三天，戴老姨说："今天居委会研究过了，糊纸盒的活从今天给她断掉！"

这是他家的部分生活来源，断掉这部分收入，只靠刘爸爸微薄的退休金养活不了他一家三口。刘妈妈显然听到了。她眯着双眼，身子微微一颤，却一个字也没说。

郭小寇说："既然居委会已经把糊纸盒的活停了下来，这些纸盒还放在这里干嘛？还不都给扔出去？"

炕上靠墙摞着糊好的纸盒直码到屋顶。郭小寇跳上炕，一脚踹过去，呼啦啦，纸盒像一扇墙塌了下来，砸在刘爸爸、刘妈妈头上，把二位老人埋在纸盒下面。许久才看见刘爸爸、刘妈妈从纸盒堆里钻出来，露出了两张苍白的笑脸。

郭小寇打开屋门，呼喊着红卫兵一起把纸盒扔到屋外。刘家二老只是眯缝这眼睛如同看不见，依然一声不吭。

刘爸爸单位领导开口说话了："如果今天不退户口，退休金今天也一起停发。"

这两项收入加在一起，就是他们家的全部生活来源。

刘爸爸，只撩了一下眼皮，瞥了一眼单位领导，嘴里轻轻咕哝了几下，紧接着闭上了眼睛。

郭小寇见他开口说话了，高兴得跳了起来，说："你说什么？有种的说清楚！"

刘爸爸嘴角微微一笑："我说：我要饭去，死也要死在一块！"

"你这是污蔑社会主义！"郭小寇终于抓到了把柄，"社会主义难道有要饭的吗？"

"这可就是政治问题了。"王连昌慢条斯理地说。

刘妈妈见老伴儿让人逮住了把柄，气得咬牙切齿，伸出手去掐住刘爸爸的大腿，死死掐住不撒手。刘爸爸知道自己犯了错，紧皱着眉头，紧闭双眼，忍着疼痛，任她死掐。她一边用力掐着，一边张大嘴巴喘气，肩膀使劲上耸，脑袋埋在了肩膀里。突然刘爸爸觉得她掐住自己大腿的手一松，胳膊耷拉到了炕上。睁眼一看，只见刘妈妈牙口紧咬，双腿挺直，翻了白眼儿。

刘爸爸知道不好，"腾"地跳起，叫道："树强快点！"说罢，二人一起动手窝胳膊，盘腿儿，掐人中，许久也醒不过来。刘爸爸哭天抢地，大呼道："可不得了啦！这里逼死人啦！"屋里顿时乱作一团。

郭小寇见状，说："少来这一套，这能吓得住谁？别说是装死，就是真死，也要先退了户口，再出殡！"

说罢，把同学们叫出屋来，说："她不是装死吗？我们就顺了她的意，给她出个大殡。你们几个回学校，如此如此、这般这般，准备好了，立即回来。"那几个同学心领神会，立即向学校奔去。

不消一小时，几个同学从学校转回来，带着大卷的白纸，墨汁，毛笔，糨糊，刷子，笤帚等一应什物。先把一张 1 尺宽，1.5 尺长的白纸铺到地上，小寇在当中竖排写上四个大字"恕报不週"，左下角小字落款写着"刘门于氏之丧"，这是大于告诉他们的，刘妈妈娘家姓于。这是典型的报丧帖子。贴到了大门的右侧。

街坊邻居闻讯，很快就黑压压在大门前围了一群人，惊讶不已，有人说："老太太前天还去居委会交纸盒，怎么动员的大军一到，说走就走了？"不停地唏嘘感叹。

一副对联在白纸上已经写好，上联是"上山下乡光明大道"，下联是："负隅顽抗死路一条"横批是"死有余辜"。红卫兵同学们一伙人喜不自禁、七手八脚把对联贴在门框上。接着，有人用笤帚往大门两侧墙上刷糨糊，刷完后把白纸贴在墙上，然后把整瓶的墨汁倒进大碗里，用油漆刷子蘸着墨汁，在墙上写大字标语："对抗毛主席战略部署罪该万死！""敌人不投降，就叫他灭亡！"等等口号。工夫不大，把个大门前后贴得白花花一片，像个雪胡同。

屋里刘妈妈终于苏醒了过来，却也只是上下捯气。树强已经吓傻，滴着眼泪给母亲喂水。屋门前的红卫兵举着红宝书高喊着口号。

刘爸爸说："凡事都得有个了。树强，听爸一句话，走吧，为了你妈一条命，走吧。走，兴许还能活下来，不走我们一个也活不了！"

树强泪雨滂沱，不住地点头。

刘爸爸对众人说："军阀抓差，日本人抓夫，国民党抓壮丁，也还有个'两丁抽一'在那管着。我家只有一根独苗，你们比他们还黑！"

王连昌说："大家听听这是什么话？你把落实毛主席最高指示比作军阀、日本人、国民党！这是污蔑共产党，美化日本人，歌颂国民党啊！同学们说怎么办？"

刘爸爸站在地上，跳着脚地说："王连昌你杂种禽的！我人都走了，我还怕你吗？我家三代无产阶级，你能把我怎么样？你他妈的仗着官面儿上的势力到处咬人。你一个猪狗不如的东西，也敢在我面前说三道四？王连昌我操你妈妈！我操你媳妇！我操你八辈祖宗！你别跑，我大嘴巴子抽你！"说着就向王连昌扑了过去。吓得王连昌再不敢回一个字，抱着头蹿出了小屋。

刘树强从鸡窝中把户口本和自己的那一页拿来，交给了大于。大于早已喜笑颜开，接过户口本单页，捏在指间抖个不停，说："唉！早点拿出来多好！"

第 42 章　轰轰烈烈的红卫兵运动寿终正寝

　　蚩氓正在屋里编篮子，听见有人轻轻敲门，听声音很是胆怯，抬头一看，一个蓬头垢面的人站在门前。是要饭的，蚩氓想着，起身到馇馇篮子里掰了一块窝头，要把他打发走。

　　"砰砰"门又敲了两下。蚩氓再看，却发现此人如此眼熟。愣了一下之后惊叫道："五毛！"蚩氓开门一把抱住了五毛："怎么是你？你怎么不推门直接进来，还敲什么门啊！"

　　五毛说："我的样子，害怕把伯母吓着。"

　　打从被关进牛棚一年多没有理发，头发一尺多长。棉裤、棉袄虽然是蚩氓送去的，但白天穿着它掏粪，晚上为御寒和衣而睡，现在脏得早就没有原来的模样。

　　齐伯母抱着五毛呜呜地哭得一行鼻涕两行泪。五毛说清原委之后，齐伯母立即翻箱倒柜找出蚩氓的几件旧衣服说："你带上五毛，立即去澡堂子洗个澡，理个发。这一身又是屎尿，又是虱子。有话回来再说。"

　　蚩氓说："好，我两个去找小班一起去洗澡。"

　　来到小班家，要不是蚩氓跟着，小班也会把他当成了叫花子。鲁伯母抱着五毛一边哭一边骂："郭小寇这个小杂种，他得不了好死！"

　　听清原委之后，鲁伯父说："洗完澡一起回这里，晚上我给五毛接风洗尘，咱们爷四个好好喝一杯。"说罢，打发三个孩子去郭庄子华清池澡堂子洗澡。

　　三人走后，鲁伯父跟鲁伯母商议说："五毛没爹没娘，也没有一个亲人。说话这就要走了，我们不能让孩子觉着活在世界上孤单冷清了才行。"

　　话音未落，听见有人敲门。原来是齐伯母。开门让进屋里，齐伯母说："趁着三个孩子不在家，我们商量一下怎么打点五毛下乡。我们得让五毛觉得跟有爹有妈的孩子一样才行。”

鲁伯母说：“我们也正要找你老商量这件事呢。”

齐伯母说：“我跟蚩氓爸爸商量好了。上次我们两家打过一回，你们的心意我们都知道，我们谁也不能独占这个孩子对不对？我们两家分着准备，这样公平，也免得弄重复了。一家管铺的盖的，一家管穿的戴的。行不行，要是行，你们挑一样。剩下那个我们管。”

鲁伯母说：“这个主意太好了。我们想都管，就怕你老不答应。我们也别打咕，您说让我们挑一样，我就挑穿的戴的了。”两家商议妥当齐伯母回家不提。

洗过澡、理完发，三人围着毛巾被坐在澡堂子的床上。小班叫了一壶茶，茶还没有上来，五毛站起身说：“大哥二哥，是我对不起你们。”

小班和蚩氓不解其意，说：“怎么说这个话？”

五毛说“本来我们是发过誓的，一辈子在一起，生死与共，永不分离。今天五毛先去了青龙县，违背了誓约，向大哥二哥请罪了。”说罢双手抱拳，深深鞠躬下去再不起来。小班和蚩氓也连忙双手抱拳，深深鞠躬下去。等起来时，三个人流下六行泪。

蚩氓说：“世道险恶，身不由己，这不怪你。”

小班说：“你能出来比嘛都强。插队去也比当小反革命好多了。我们两个也是早晚的事情。”

五毛说：“你们将来，就是走到天涯海角，也不要再分开了！”

蚩氓说：“不会的。”

五毛说：“真想跟你们在一起！”

说着话三人怅恨许久，起身回家。当晚鲁伯父为三人准备家宴，为五毛洗尘不提。

凭着五毛的“上山下乡证”，小班在木材厂买到了可做一个箱子的板材。亲手为五毛做了一个宽宽绰绰的大箱子。两个家的父母为五毛把要带的东西准备得齐齐全全，肆肆致致，把个大箱子塞得满满当当。

值得向看官交代的是，接下来有两件事情在这个晚上同时发生。

　　那是元旦的夜晚，也就是王五毛、刘树强、华苏婴踏上奔赴青龙县插队列车的前一天晚上，郭小寇出事儿了。

　　那天天气奇冷，又兼是节日，街面已经不见人影。晚饭过后时分，天上纷纷扬扬飘起了大片大片的雪花。当时各家使用的都是公共厕所。这个厕所不在前街的街面，而处在另一个胡同的深处，这个胡同叫作"修德里"，人们却习惯管这个胡同叫作"茅房胡同"。郭小寇在这个厕所里大便完毕，一边系裤子，一边往家走，裤子还没有打理妥当，突然背后有人，用一条带子绕住小寇的脖子，那人揪住带子两头，转身一背，小寇就被仰面朝天地背在了那人的后背。小寇刚要大叫，却被死死地勒住了喉咙，一声也发不出来，小寇心想，这是遇上"套白狼"的了。小寇双脚拖地，雪地上拖出两道沟，从茅房胡同消失了。

　　郭寇已经准备睡觉了，见儿子还不回来，嘴里嘟囔着："这倒霉孩子，拉个粑粑三个钟头，是掉粑粑坑里了？怎么还不回来！"

　　正犹豫着要不要到茅房去找。只听自家的门"哐！"的一声巨响，把玻璃震碎好几块，碎玻璃"稀里哗啦"掉了满地。根据经验，那一定是一块砖头砸在了门上。他家住在一个大杂院进门第一家。他连忙推门冲出家门，又冲出院门，试图抓住那扔砖头砸门的人。门外漆黑，寻着脚步声追了出去，哪里还见人影？职业的缘故，他并不缺乏机警。突然他停住脚步——这时候万一再有砖头扔过来，那就不是破几块玻璃的事儿了。他用双手护住脑袋，掉转身往家走，刚刚几步，却被一个软软东西绊了一个大马趴。

　　"他妈拉个屄的不长眼，谁把东西扔在胡同当间儿！"他骂着。

　　爬起来却觉得不对了，绊倒他的是个湿漉漉的麻袋，用手一摸，热咕噔，黏乎乎，一闻，是血的气味，他大约已经猜到发生了什么。连忙跑回家，叫上婆娘来到麻袋边，划火柴看个究竟。在火柴光下，他解开扎在麻袋口的绳子，一个人头露了出来，借着微弱的火柴光看，已经没了人样。再仔细看，不出预料就是郭小寇！他伸手放在鼻子边一试，热乎乎还有气呼出。再划一根火柴看，鼻子"咕噜咕噜"吹血泡，跟螃蟹似的。好！还活着！嘴被什么东西塞着，遂连忙用手往外掏，那东西挡住喘气，别再憋死。掏出来的竟是冻粑粑橛子，表皮已经融化，腻得满嘴满脸，内心里面却冰冷坚硬是个冰疙瘩。

自家的孩子，早已忘记了脏臭，郭寇用手把儿子嘴中之物掏净之后，叫婆娘与他一起企图把儿子抬到屋里，轻轻一动，听见骨头碴子"嘎嘎"作响，吓得立即放下。他顿时就明白了怎么回事儿，说了一句："老虎掉山涧里啦——伤人太重啊！"

郭寇到底是保卫科科长，头脑冷静，遇事不慌。他对婆娘说：你在这里看着，我们不知道哪里打坏了，千万别动。我去打电话叫救护车！"

婆娘早就急的"呜呜"嚎哭，一边点头一边挥手让他快去。

郭寇大步流星跑到前街，砸开公共电话老徐家的门，拿起电话簿，看清号码，拨最近的工人医院，占线；拨河东医院，还是占线；拨第一医院，依旧占线！占线就挂上，继续拨。一个医院又一个医院，把电话簿急救栏的号码拨了无数遍，手指头都拨细了，终于拨通了天津市急救中心。只听电话里一个女接线员说道："祝愿伟大领袖毛主席万寿无疆，万寿无疆，万寿无疆！"

郭寇急得一边摇头一边擦汗。但这是打电话的规矩，违背不得的。郭寇遂回复道："毛主席教导我们说：'救死扶伤实行革命的人道主义！'"

接线员说："毛主席教导我们说：'要斗私批修，要斗私批修，要斗私批修！'"

如今的看官未必明白这段对话是什么意思。这里稍作解释。当时人与人的各种交际，包括打电话，买东西，写信往来等等，总之一切语言行为，必须首先祝愿毛主席万寿无疆，然后引用毛主席语录。这是规矩。如果不遵守，对方便有足够的理由将你拒之门外。而郭寇所引用的毛主席语录则是对对方提出了要求，而这要求又是毛主席教导，你必须遵守。对方听了当然心生反感，于是回复他的毛主席语录，则是要他多多检讨自己。

郭寇说明了情况之后，听见女接线员说："所有救护车都派出去了。这里还有好几个人排在你前边。你需要等待。你留下地址，轮到你，就去那里接你。"

郭寇气炸了，说："我这里人都快死了，你要我等，等人死了你负责啊！"

女接线说："你急什么呀你？难道你还不知道，明天有一列火车上山下乡？今天晚上是有仇报仇，有冤报冤的时候。每列上山下乡火车走，头一天晚上都这样。好好想想吧，干嘛缺德事儿了！"一番话噎得郭寇干瞪眼，只好给了她地址后，回家等待。

郭小寇没有死，但留下了终生残疾。左腿右腿，大腿小腿都打成了粉碎性骨折，接骨无法把荏口完全对准，腿瘸了。

郭寇问他，是谁干的？他说，不知道。郭寇的婆娘说报案。郭寇说，报案？你也不知道是谁打的，你告谁？公检法都砸烂了，有头的案子都没人管，谁管这无头的案子？

小寇不仅仅留下了身体的残疾，也留下了心理的残疾。从此以后只要有人对他说"我打你屁尅的！"话音一落，他就会觉得两腿间有暖流通过，须臾，裤腿就会有尿流出来。

但凡刻骨铭心的爱情，总会发生两次，一次发生在梦里，另一次发生在现世。

就在同一天晚上，苏婴已经准备停当，第二天就要踏上东去的列车，奔赴偏远山区当农民了。她渴望着那里的生活，那里的战斗，她渴望着苦难，渴望着牺牲——其实这一切都是因为她，渴望着灵魂的纯净。

在"狗窝"的楼梯下，在那个"直角三角形"下的铺位侧面，她挂上了布帘——这是每天睡觉前的最后一件事情，接下来就要躺下睡觉了。被褥明天打成一个背包，一切都可以带走，这里便会留下一个空空荡荡的"直角三角形"了。

在毛主席最新指示下达以后，"狗窝"很快就空了。狗崽子们如遇大赦，争先恐后奔向了边疆，农村。往日的这个时候，还能听到脸盆、牙刷磕碰的声音，也能听到木板楼梯"嘎登嘎登"上下楼的脚步声。而今天，楼里一片漆黑，只有自己的一个小灯泡还亮着，楼里静得出奇。

她刚刚躺下，突然听到门外有人走上石阶，一步一步，脚步很轻，又很清晰。脚步停了，就停在了门前，她仿佛听到了门外人的呼吸声。

他来了！

她知道，是他来了！

这情景曾经在梦境里出现过，跟梦里一样，跟幻想的一样，他真的来了！想着，泪珠子便叽里咕噜滚了下来。

许久，"砰砰！"两声，来人在敲门。声音很轻，似乎很怯懦。苏婴的心"咚咚！咚咚！"地跳了起来，心跳声比敲门声还要响。

"砰砰！"又是两声。

苏婴披上棉袄，掀开布帘，从"直角三角形"下钻出来。她抹了一把泪，拉开门，不知何时门外竟然下起了大雪。门前灯火阑珊，天空雪片飞舞，令人眼花缭乱。灯下站着他，肩上披了一层雪。他穿着一身崭新的蓝色制服，领口揪巴着，像是别人的衣裳。她还是第一次看见他穿了一身崭新的衣服，过去都是打满各色补丁的，又破又短的衣裤。

"我要走了，来跟你告个别。"他说。

这是他们相爱几年以来第一次对话，却连一句寒暄都没有。

"去哪？"

"黑龙江兵团。"他说。

"为什么去那里？"

"因为远。我想换个地方活着，越远越好。"

她点点头，说："懂了。我也要走了。就在明天早晨。去青龙插队。"

"我知道，所以才赶来。为什么去那里？"

"因为那里穷。越穷的地方越需要我，越穷的地方越能改造世界观。"

突然话说完了！多少个日日夜夜的仰慕，思念，魂牵梦绕，就这么几句话就全都说完了！接着的是沉默，是窘迫。

大雪纷纷扬扬地下着。

四目相对，却不敢直视，四目都在闪烁，惶惑。

她忍住了哭声，却没有忍住泪水。

见她流泪他有些局促。"留个通信地址吧，别忘了给我写信。"他说着，从衣兜里掏出来一个纸条，递给她。

她接过纸条，也从自己的棉袄兜里掏出一个纸条，那是她早就准备好了的，她知道今天的一切都会发生，递给他，说："这是我的地址。我会给你写信的。你也记着给我写信。"

他接过纸条说："珍重，再见！"他伸出了右手。

她握住了他的手，那手干枯，像树枝，冰冷，像铁条，并且颤抖。她有一个冲动，想扑在他怀里，把头依偎在他的胸前，抱住他痛哭。她忍住了，说："你也！"

他猛地松开她的手，转身下楼梯，走了，头也没回。她听到他一步步踩在雪地上"吱吱"的响声，那声音越来越远，那背影渐渐消失在夜幕里。

苏婴回到"直角三角形"下边，抱头痛哭，这一番痛哭非同寻常，哽咽抽搐，泣不成声，泪如雨下。她用双拳捶胸，双掌打脸，直到泪干，力尽。

夜里她做了一个梦。梦见考场上答错了题，想把错处涂掉，改正。可就是找不到橡皮擦。铅笔盒里没有，她就在衣服兜里找，都翻遍了就是没有。交卷的铃声响了，她明明知道题答错了，也知道正确的答案，却只能把考卷交上去，她急醒了，时间已是凌晨。

冬至前后是黑夜最长的日子。列车早上六点钟开车，还不到五点钟，恰是最暗时刻，送行的人踏着积雪，从四面八方向天津东站辏齐。车站的高音喇叭播放着毛主席语录歌，声震云霄。

人们早已适应了这样的嘈杂，用更大的音量，更近的距离诉说着别离之情。

士弘却沉默着，有另一个不同的声音在心里环绕：

车辚辚，马萧萧，行人弓箭各在腰。

爷娘妻子走相送，尘埃不见咸阳桥。

牵衣顿足拦道哭，哭声直上干云霄。

……

一千年过去了，一切都一模一样。他恍惚不是在今天的路上行走，而是在远古的烟云中飘荡。

为了让五毛感到自己也跟有父母的孩子一样，齐伯父、齐伯母、鲁伯父、鲁伯母都来给他送行。

昏暗的站台上挤成了人疙瘩，每一个车窗都开到了最高位。窗内和窗外的人们在昏暗中呼喊着、哭号着。

火车汽笛响了，一声长，一声短，车轮缓缓转动，无疑这引爆了一枚巨型炸弹，那是人们的哭声。哭声惊天动地，震人心魄。有人捶胸顿足，有人以头撞击缓缓移动的车厢，撞得流血满面！

突然有人身子一挺，昏厥过去，"咚"的一生摔倒在站台上。接着又有人昏厥过去倒在站台上。昏厥的人一个接着一个倒下去。昏暗中，长长的站台一圈又一圈的人围着昏厥的人抢救。

列车"呼哧呼哧"喘着粗气，缓缓地加速，无数人哭喊着、追着列车奔跑。列车驶出了站台，一群人紧跟其后，在路基的石子上奔跑，哭喊。

突然一声尖利的巨响，车窗中的人向前猛然冲去，滚动的车轮和钢轨之间溅出了刺眼的火花，列车陡然停住。哭声戛然而止，人们惊诧，不知道发生了什么，站台上一片寂静，人们惊恐地向列车前方看去。

汽笛鸣响起来，像是暴怒，经久不息。火车头"呼哧呼哧"喘着粗气，倒退了几米停下。

前边传来消息，有人卧轨，企图阻止列车前进。卧轨的人已经从车轮下掏了出来，幸亏司机及时刹住了列车才没有轧死。站台上一片唏嘘惊叹。

许久，列车重新启动了。哭声再次响起来，却没有上一次悲壮，人们呜咽着、啜泣着，看着列车渐渐远去，消失在晨雾之中。

令齐鲁两家人深感快慰的是，五毛始终没有哭，看得出来他欣喜异常。因为别人是从人间走向地狱，而五毛却是从地狱走向天堂——虽然他们去的是同一个地方。

四天以后，在同一个车站齐家送走了齐天怡。

此后，每隔几天都有专列满载着知识青年从这里开出去，奔向深山，奔向边陲，奔向大漠，奔向草原。

仅仅十几天时间，城市突然安静下来。揪牛鬼蛇神的，斗走资派的，抄家的，开批斗会的，破四旧立四新的，以及偷盗的，抢劫的，打群架的，强奸妇女的戛然而止。"满街红绿走旌旗"的红卫兵不见了。

至此，轰轰烈烈的红卫兵运动寿终正寝。

第 43 章　落道母教导落道女

　　"老三届"和"新三届"走后，六九届如何分配就成了最大的谜团，各种说法传得沸沸扬扬。

　　一种说法是，一个不留。都是中学毕业，毛主席已经说了要接受再教育，难道还有例外？这种说法对于家里没有六九届的学生家长、特别是家里刚刚有人走掉的家长来说，特别受用——我们都走了，凭什么你就不该走呢？天塌也应该砸大家，谁也别想躲过去！戴老姨家里走了两个，自然这种想法就更为强烈。

　　而六九届学生和家长听到这个消息，不啻兜头一瓢冷水。特别是此前已经走过几个的家庭——天呐！该停停了，这样下去怎么受得了啊！

　　另一个说法是，六九届在动员上山下乡运动中立下了汗马功劳，对那些动员运动中表现杰出的，积极参加文化大革命的，将会给予奖励，把他们留在城里安排工作，表现不好的依然下乡。

　　于是，六九届的"复课闹革命"突然就红火起来。以前也曾搞过一阵"复课闹革命"，但始终也没有搞起来。每天上课只有零零落落的几个人。来的人看到，上课也只是写大字报、写批判稿，批斗老师，根本学不到什么东西，于是，来的人就越来越少。后来"复课闹革命"就无疾而终了。

　　现在不一样了！表现不好就下乡，表现好就留城，留城虽然只是可能，但毕竟是一线希望，希望的动力是无穷的。

　　在众多六九届学生都在学校积极表现自己，为争取自己美好前途的时候，可偏偏有一个女学生对什么"复课闹革命"全不放在心上，只由着自己的性情来。这个女学生名叫崔桂玲，是那种在当年天津叫作"小货儿"，北京叫作"婆子"的女孩儿。这可急坏了崔妈妈。

　　这天是个上课的日子，崔妈妈特意请假没去上班。女儿说得挺好，天天去上学。可她不信，今天她要亲眼看一下女儿到底都干了什么。

已是上午九点多钟，桂玲才刚刚从床上爬起来，伸了几个懒腰，打了几个哈欠后，看看表，便匆匆洗漱，好歹扒拉两口早饭，却并不急于打理书包课本去学校上课，偏偏在里屋对着个镜子描眉画眼。崔妈妈在外屋看在眼里，气拱脑门。又见她上上下下捯饬完毕，语录也不带，书包也不拿，像章也没戴，起身就要出门。崔妈妈实在憋不住了，一步拦在了门前，说：“你是轮船打哆嗦——浪催的啊！放着学不上，去哪浪去？”

桂玲把眼一翻说：“像当妈的说的话吗？”

“当妈的怎么啦？我说错了吗？”崔妈妈说。

“没错，我就是浪催的！上梁不正下梁歪，你出去浪的事儿以为我不知道——别乌鸦落在猪身上——看见别人黑，看不见自个儿黑！说话嘴上留点德，好歹也是你的亲闺女。”桂玲说。

崔妈妈说：“就因为是亲闺女，今天我才要管你。别狗咬吕洞宾——不识真人。我就只有你这么一个，我要是另外还有一男半女的，你爱怎么浪怎么浪，我才不管你呢！”

“我怎么啦？好像我是做了贼、养了汉赛的！”桂玲说。

崔妈妈说：“你做贼没做贼、养汉没养汉你心里明白。你好好看看你这一身打扮！像不像做贼养汉的？”

“我这一身打扮怎么啦？”

“好呗！裤子后边勒出沟来也就算了，前边也勒出沟！多好看呀？干脆光着屁股上街得啦！看看周围，有正经孩子穿成这样的吗？跟个野鸡赛的！再说你这头发吧，我就纳闷儿了，你是生在新社会，长在红旗下，旧社会的窑姐、落道邦子你没见过呀？从哪学来的呢？怎么跟过去的窑姐、落道邦子一模一样呢？前边撒那么一大绺子头发，也不怕挡住眼，走路撞电线杆子上。这还不算完，还外加上描眉画眼儿。闺女，咱才十五岁呀，才刚刚上初一，你见过十五岁的中学生描眉画眼儿的吗？就你这个样儿，让人一看就知道是个小货儿！”

桂玲见妈妈拦在门口走不出去，索性退回屋内，把双手插进紧绷在身上的裤兜里来回走柳儿，打旋，说："小货儿怎么啦？小货碍着谁了？谁爱怎么看怎么看，管得着吗？"

"别我说你一句，你有八句等着我。管不着？等到管得着的时候，你后悔都来不及了！你这就叫望乡台上打灯笼——不知死的鬼！"崔妈妈说。

桂玲说："我怎么不知死了？不就是不上学吗？不上学去还会死呀？上学的在学校都干嘛了你知道吗？贴大字报，批老师，斗校长，一个个跟个疯狗赛的，得谁咬谁，你觉得那样好你去呀！我可不去！"

"我去？我要是能替你去就好了！可惜我替不了你。我到底是哪柱香没烧到，养了这么个闺女，不走正道，专走歪门邪道呢？"崔妈妈说着，连拍大腿，急出了眼泪。

"嘛叫正道？嘛叫歪门邪道？"

崔妈妈说："我说你这孩子，怎么连好坏、香臭都分不出来了？我明白告诉你，国家指的道，就是正道；流氓，小货儿的道，就是歪门邪道。"

"照你这么说，红卫兵就是正道？想抄谁的家就抄谁的家，想弄死谁就能死谁，也算正道？"桂玲说。

崔妈妈说："红卫兵咱们管不了，咱也看不懂。咱们能管的就是咱们自个儿，眼下离毕业分配也不远了。表现好的，表现不好的，毕业分配能一样吗？"

"嘛叫表现好？红卫兵表现倒是好了，哪个得了好报？还不是乖乖地都修理地球去了？这就是报应！"桂玲说。

"话可不能这么说，红卫兵正赶风口浪尖上，他们不走谁走？可是现在情况不一样了，眼睁睁前边已经走了六届了，城市里头总不能没有人干活吧？要留，留谁？不留谁？还不明摆着？再说了，即便是不留城，下乡也是不一样的——有地方穷，有地方富，有地方近，有地方远。人分三六九等，木分花梨紫檀，表现好坏能一样对待吗？你听妈一句话，赶紧把你这一套收起来，规规矩矩地去学校上课，好好表现，现在还来得及。"崔妈妈说。

桂玲说："听你这话都不够丢人现眼的，怎么表现？"

"嘛叫丢人现眼？到时候别人留在城市里享福，你灰头土脸下乡，那才叫丢人现眼。怎么表现？我看你描眉画眼学得比谁都快，怎么表现你都不知道了，还要我手把手地教你？咱家条件多好呀！要说出身，咱们不仅仅是三代无产阶级，并且好歹也够上了'革干'。现在缺的就是个人表现，就你现在这模样，给你分配个好地方，在我这儿都说不过去。不就是积极参加文化大革命吗？有那么难吗？"

桂玲说："这就是你说的正道？明天，让我换上大肥裤子，穿上绿军装，剪一个清汤挂面头，到学校批老师，斗校长，写大字报，上台发言，我疯了还是傻了？还要脸不要脸了？我宁可下乡也不干那事！"

崔妈妈急得跺脚，说："宁可下乡？你知道乡下是嘛样？"

桂玲说："一方水土养一方人，哪的人都活着，我就不信乡下人能活，我就活不下去！"

崔妈妈说："可就有活不下去的！我们店的老齐，你也认识，他家大闺女第一批去呼伦贝尔了。年前偷着跑回来了。家里人纳闷儿呀，怎么啦？这才几天就跑回来了？撩起衣裳一看，可了不得了，浑身长满了疙瘩，枣大的、栗子大的、核桃大的、豆粒儿大的，有的流黄水，有的流白水。幸亏跑回来了，要是不跑回来，肯定就死在那了。"

"哼！就跟你亲眼看见赛的。"

崔妈妈说："我是你亲妈，我还能骗你吗？我不是吓唬你，你别不见棺材不掉泪，到时候你哭都来不及！"

桂玲跟母亲说着话，心却早就飞到了外边，此时趁母亲不备，突然闪身夺门而出，说了句："我有急事，一会就晚了。"

崔妈妈急的流出泪来，捶胸顿足说："你走了今天你就别回来！我是倒了八辈子大霉，养了你这么个不着调的玩意儿。"说着桂玲已经走远，在外逍遥不提。

第 44 章　我会过得好好的

深夜蚩氓醒了，他听见有人敲院子的大门。他没开灯，怕惊动爸妈，悄悄起来穿衣去开大门。大门打开，吃了一惊，是大姐回来了。黑暗中看见头发上挂着白霜。

士弘夫妻也被惊醒，灯绳在齐妈妈身边，她拉亮了灯坐起来，天怡已经走进了屋内。士弘夫妻做梦也没有想到女儿会这么快就回来。并且提前连一封信都没有，知道一定出了事。看见天怡，脸红得像个旱萝卜，眼睛肿得只剩下一道缝。母女抱头痛哭。许久才平静下来。

士弘试探着说："是回家过年的吧？"

天怡说："不是，是逃活命来了。"

还是士弘机警过人，让妻子立即把灯关上。

灯熄了，屋里变得一团漆黑。士弘轻声对蚩氓说："刚才你开大门的时候，有人听见吗？"

"没有。"蚩氓说。

士弘说："好，对门戴老婆子要是知道天怡回来了，她一定会报告，现在派出所正在清理知青返流，接下来她会弄一帮人天天到我们家里来动员。天怡就在家里待不住了。千万不要惊动了戴老婆子。天怡你先到小屋里边去。不能让她看见。"

妈妈最关心的是为什么这么快就回来了。天怡说："再不走，就会死在那里。"

于是全家都挪到小屋说话。

齐妈妈说："打你走后，就盼你的信，把眼都盼穿了，怎么也不给家写封信呢？"

天怡说："家里还没收到信吗？到那里第二天就写了信。可是信要等到有人去大队，才能带到大队去，还要等大队有人去公社，公社才有邮政所，才能把信发出去。现在信不是在大队，就是在公社押着呢。大雪把草原封了，没有人出门。所以你们没有收到信。"

小屋里点着一盏 12 伏的洩力灯泡。天怡轻轻撸起袖子，借着微弱的洩力灯光，看到胳膊上的疮，黄水已经湿透了内衣。掀起裤腿也是一样。浑身上下没有一块好地方。

全家谁也没有见过这种情况，不知如何是好。齐妈妈说："怎么会弄成这个样子？"

天怡说："坐了两天两夜的火车，下了火车换汽车，下了汽车换牛车。一共走了四天三夜才到生产队。到那以后，男生分了一个蒙古包，女生分了一个蒙古包。蒙古人没有房子，正赶上寒冬腊月，我们的蒙古包是生产队存在库房里的，等春天牧民迁移草场用的，又旧又破。蒙古包里就是个舞风楼，八下里透风。蒙古人没有床，连个炕也没有，就在地上铺两张羊皮就在上边睡觉。那可是呼伦贝尔呀！零下30 多度。"

齐妈妈说："就没有炉子取暖吗？"

天怡说："有，是一个铁皮炉子。烧牛粪和羊砖，羊砖就是羊粪压成的方块。牛粪羊砖都不经烧，要不停地往炉子里填。一会炉子就烧红了，热得烤脸。人总得睡觉呀，只要一停止往炉子里填牛粪，包里立即就会冷下来。

"我们一去，几个女生就被大队的几个年轻人分了：大队长的儿子叫阿斯楞，他看上了我；大队书记的儿子看上了张丽华，小队长的儿子看上了刘慧英，队里干部的儿子都看上我们当中的一个。每天喝得醉醺醺，骑着马在蒙古包前转悠，叫着我们的名字说，你是我媳妇，跟我回家吧，我家有肉吃，有奶喝。他们汉话都说不好，每天就用夹生的汉话在门口叫喊。

"我知道这一身疮在那里好不了，特意留下一些力气往回跑，要不是阿斯楞套了辆牛车，把我送到汽车站，我就只有等死了。"

妈妈已经惊慌失措。士弘说："回来就好了，明天去医院，应该不是大病，可能是水土不服，又加上天太冷所致。在家里待一阵子就会好了。"

次日去医院看病，皮肤科医生看罢大吃一惊，说从来没有见过这样的症状，因此什么药物也不敢使用。只是说"保持清洁，避免感染，进一步观察。"

天怡说："我需要开一张证明，证明有皮肤病，需要在天津养病。"

医生一听说是知青要开养病证明，把头摇得像个拨浪鼓，说："这个上级有指示，凡是知青需要回家养病的证明一概不开。"天怡无言以对。

回到家中，只好日夜藏在小屋里不敢露面。当时街道正在清理"知青返流"人口，抓得很紧，每天小脚侦缉队戴着红箍，大街小巷四处溜达，一定要赶在过年前全部遣返回农村。那戴老姨哪里是容易瞒过的人？加上他家一儿一女都没有回来，看见别人家孩子回来心里就如同蝎子蛰了一样疼痛。

晚上张伯来串门，看看屋里只有士弘，神秘地说："闺女回来啦？"

士弘看看屋外，轻轻点了一下头。

张伯用手遮住半边脸，说："我家大军也回来了。"用手指着戴老姨的门说："对门这个老货要是知道了，不把人赶走她能舒坦吗？"

士弘说："我们情况一样。天怡在呼伦贝尔水土不服，我想等开春暖和了再让她回去，可能会好一些。"

张伯说："是呀，我家大军也是水土不服，吃了就吐，喝口水也吐。这才十几天工夫，瘦得没人样儿了。"

士弘说："怎么办呢？我们得有个办法对付她呀！"

张伯神秘地说："办法我有了，我来告诉你一声。她不就是想往屋里看吗？我让她看个够！天黑的时候，我帘子也不挂，灯也不关，对门放一把椅子，往上一坐，我把裤子一脱，看吧，给你一个大鸡巴看。只一回，这老货再也不来了。"狡黠地笑着，叮嘱说："这法子灵，你也试试！"说罢起身告辞了。

张伯走后，天怡从小屋里走出来对父亲说："张伯说的我都听见了。爸，太为难你老了。我知道了，除了我自己，谁也救不了我，我知道该怎么办了，你们放心吧，我马上就回呼伦贝尔，我会活得好好的。"

一个星期后，天怡的疮稍有平复，赶在年前回呼伦贝尔了。

不久收到了天怡的来信，说她跟阿斯楞结婚了，搬进了他家的蒙古包。生活有了很大的改善，请爸爸妈妈放心。

出乎所有人的预料，华膺并没有被交送公检法处理他的案子。而是同全市的走资派一样被安排到了"五七干校"接受改造。华膺被分配到了江西的一所刚刚由劳改农场改编成的"五七干校"。

安娜去了哪里？他不知道，也没有人告诉她。自从安娜在批斗会上揭发了他的罪行之后就被关到另一个地方去了。从此以后，除了在批斗会上能够见到她之外，夫妻再也没有见过面。

因为华膺是个瘫子，不能从事农业劳动，队里没有给他安排活。每天他就在宿舍里看着老鬼们出工、收工；在屋外看着日出日落，云卷云舒。所谓"宿舍"，就是过去劳改犯居住的茅草窝棚。有时，挂着两个半头砖，像孔乙己"走"向咸亨酒店一样"走"出宿舍，在房前屋后"散步"，晒晒太阳。

已是收工时分，下地的人们还没有回来。守门的大爷在远处高喊："华校长！你的信。"

这是"五七干校"习惯的称呼——这里都是走资派，没有谁歧视谁，谁管教谁的问题，他们互相都以过去的身份称呼，"张市长""李局长""马书记"等等。

说着大爷走了过来，他知道华膺移动困难，把信交到了他的手上。

华膺的心猛烈地跳了起来。他已经好久没有收到信了，他太盼望收到那个叫作"信"的东西了！当他听到"信"这个字的时候，他暗自想着——这是女儿来的，或者是妻子来的。然而当他接过信时，只见信封上写着：

天津市卫国道中学

华膺　　　校长收

河北省青龙县双山子公社红石岭下大队

读着那颇有《兰亭序》意味的字迹，他知道，这不是女儿的字迹，也不是妻子的字迹。虽然他从来没有见过五毛的字迹，但他从五毛讲过的故事中断定，这是五毛的来信！是五毛寄到学校，由学校转到干校的。他突然喉头抽搐，嘴唇颤抖，忍不住两行热泪淌在面颊。他怕守门大爷看见他的样子，草草说了一声"谢谢"，就转过脸去，一手把信放在嘴上叼着——自从两只手用于走路之后，嘴便成了他的另外一只"手"，拤着两块砖头，向宿舍走去。

走进屋里，他关上门，双手紧紧握着那封信，轻轻说："对不起五毛！真的很对不起，五毛！我只想到信会是她们寄来的，却没有想到是你！对不起，我没有拿你当作亲人，对不起！请原谅，从今以后我会把你放在我心里最重要的位置，谁也不能替代！"

他没有想到五毛的字会如此古朴俊逸，这是再一次让他感到吃惊的事情。

信写道：

华校长您好：

告诉您一件令人高兴的事情，经过我向公社领导要求，我跟苏婴姐姐分在了同一个大队。与我们分到同一个大队的还有石进城、刘树强、杜俊芝。我知道他们跟苏婴姐姐关系不好，不过有我在，您放心，我会照顾好苏婴姐姐的。您不要担心他们，我知道，他们怕我。

再告诉您一件令人高兴的事情，为欢迎我们的到来，大队书记特地把我们五个人请到他家，在他家吃了一顿欢迎晚饭。这顿饭如同一次灵魂的洗礼，吃完这顿饭，我找到了人生的意义，那就是：为天下穷苦人做一点事情。从那一刻我才知道，过去我过的都是行尸走肉的日子。我知道了，我所受过的苦比起这里的乡亲都显得微不足道。从此以后我要开始我的新生活——真正的人的生活。

想念您的五毛
1969 年 1 月 10 日

读罢信，华膺握着信的双手微微颤抖，默默说道："祝福你孩子，沉睡在你心中的神性觉醒了。今后的日子不管多么艰苦，你都会是幸福的！"

第 45 章　这是另一个世界！

　　这是另一个世界，也是另一个人间。人生的轨迹仅仅在地图上划了短得可怜的一条线段，就完成了两个世界和两个人间的转换。

　　火车开到滦县，去青龙插队的需要全部下车，通知说，到车站前广场找郝老师，换乘去自己公社的卡车。他们下车后火车继续前行，把车上的知青送到别的地方去。

　　他们提着大包小包，逶迤走出车站，郝老师早已举着一个上写着"青龙县知青接待站"的包装纸壳做成的牌子等在出站口。于是出站的知青渐渐地在他身边聚集成了一个人群。

　　外面很冷，呼出的蒸气在睫毛上结成水珠，立即被冻成冰粒，把上下睫毛粘合在一起，使得眼睛需要几番挣扎才能睁开。

　　郝老师是县知青办公室的负责人，是一个高个子、精瘦、蜡黄脸的男人。他戴着一顶蓝色棉帽子，两只耳朵上戴着"耳包"——那是灰色兔毛做成的两个圈，套在耳朵上保温用的，尽管如此，他的耳轮依然长着一圈冻疮，像锯齿一样七出八进，淌着黄水。

　　"卫国道中学的站在这儿！"郝老师吸了一下稀鼻涕，高声叫道。呼啦啦一群人走了过来。郝老师核对了人数，说："好，人齐了，上东边那辆汽车，去双山子公社报到！"

　　车是青龙县运输队一早派来送苹果的，接到县委的命令，返程把知青捎回去。看见那几辆老掉牙的卡车，没有人不怀疑它们能够开得动，但司机师傅却充满信心。

　　卫国道中学的学生纷纷去上车，郝老师继续招呼其他人。

　　"走开！"苏婴说道。石进城提起华苏婴的旅行包，要帮她装上车，以她的教养而言，她只会说"走开"而不会说"滚开"，那太粗野了，她说不出口。如果她会，她一定会说"滚开"。进城打从一上火车就一直跟在苏婴的后面，寻找机会献殷勤。苏婴知道他在自己身边跑前跑后，却连眼珠子都不转过去。

"你最好离远点。"五毛说。

进城只好把旅行包放下，讪讪的。

人必须直立站着，挤了又挤，塞了又塞才把五十多人塞上了车斗，幸好拉苹果的车，车帮有肩膀那么高，人不会被挤出车外。起初他们抱怨挤得喘不过气。一会，车开起来他们才知道这样的好处是，无论山路如何崎岖颠簸，他们不需要维持平衡，不必担心跌倒，他们已经挤成了一个坨。

十分钟后，两侧的大山骤然高耸，须仰视才能看见天空，人们感到了惊悚。他们立即知道了拥挤更大的好处——寒冬腊月的山风刮了过来，像刀子一样锋利，再厚的棉衣也如同没穿一样，人挤在一起可以互相取暖。

今天他们凌晨 4 点钟起的床，连日来准备下乡的东西，忙得没有好好睡觉。汽车颠簸、摇摆、扭曲着，他们又从来没有坐过如此颠簸的汽车。仅仅十几分钟后，就开始有人晕车，他们喊着，要求汽车停下来下车休息、呕吐。

司机师傅是开惯山路的，他对处理这种晕车的人有着丰富的经验。他知道，必须等到一定的程度，才能停下来让他们休息一下。于是，汽车只是赶路，不予理睬。呕吐的人逐渐多起来，有人忍不住喷在前边人的身上。他们疯狂叫喊，骂娘、砸车楼子、哭嚎直到最后央求。汽车终于停下来，车上的人纷纷跳下车来，他们脸色蜡黄，呕吐得一身污秽，满车狼藉。汽车周围一片呕吐的声音。

司机气得火冒三丈，说："从来没有见过你们这样孬的人！都给我听着！现在天短，一眨眼就黑了。黑天开山路，你们也都看见了，这么窄的路，旁边就是悬崖峭壁，跑偏一点就得掉下去，掉下去就是粉身碎骨！停下来不走了中不中？我告诉你们，不中！晕车死不了人！在路上过夜就都得冻死。我们必须在天黑之前赶到公社，都给我忍着，不行就往车上吐。谁也不许乱喊乱叫，谁砸车楼子我给你扔下去喂狼！听好喽，想走的给我上车，不想走的就在这待着！"

知青们有的曾经是红卫兵，有的曾经是地痞流氓，都是天不怕，地不怕的混世魔王，此时，吓得他们一句话也不敢说，乖乖爬上车去。

山路愈加狭窄、崎岖、颠簸、陡峭。司机并没有夸张，山路的宽度比汽车两个轮子的宽度只多出一尺，再外面就是悬崖峭壁，司机的方向盘不容有丝毫差错。山鹰在脚下盘旋，汽车在山间呻吟。东摇西摆，上下起伏，简直要把人颠散揉碎。每个人腹内都在翻江倒海，要把五脏六腑都吐了出来。渐渐地车上的人已经成了一滩烂泥，汽车在抓紧时间赶路。终于在天傍黑时停在了双山子公社门前。

当晚，公社为知青准备了晚饭，是秫米干饭熬白菜——这就是当地人过年才能吃上一顿的好饭。知青们下了车，依然觉得大地在摇摆。他们早已吐得浑身没了金星，冻得浑身冰冷坚硬，谁也没有胃口吃饭。公社的张秘书把他们带进了招待所。

招待所门侧并排挂着两个牌子，一个是"双山子公社招待所"，另一个是"双山子公社大车店"，原来，招待所与大车店同是一个店家。店里东西有男、女两个房间，不管是什么人，男人进东屋，女人进西屋就是走对了。好歹男女还是分开住的。

张秘书推开男人的房间，招呼东倒西歪的知青们进屋。屋顶点着一盏昏黄的灯泡，只见一条通炕横在眼前，炕上铺着一张炕席，炕尾堆着几条乌黑的被子。早已有几个车老板盘腿坐在炕头抽旱烟，大声小气地说着话。旱烟味、脚丫味、酒气混杂在一起。更有炕席下面的跳蚤，公用被子里面的虱子都在等待着一顿丰盛的晚餐。

对于此时的知青而言，纵然有千般不好，唯独有这一般好，便足以把那千般不好都抵偿得一干二净——火炕早已烧得滚烫。

张秘书说："抓紧上炕休息，九点停电。"说罢转身走了出去。

知青们哪里还等得到九点？也顾不得公用被有多肮脏，衣服也不脱，一头倒在炕席上，只觉得爹亲娘亲也不如这热炕亲，裹上肮脏的被子，转眼就进入了梦乡。这是他们在乡下度过的第一个夜晚，也是他们有生以来睡得最为舒适的夜晚。

这一夜不同的人，各自悟出了不同的道理：

一早，苏婴醒了，她靠在墙上，把日记本放在双膝，在日记上写道："接受贫下中农的再教育，改造世界观，这仅仅是开始，战斗正未有穷期，我已经准备好了！"

刘树强想，"人分三六九等，木分花梨紫檀"，人来世间只有一次，难道我这一辈子就该在这山沟子里度过？

而对于五毛而言，这一切都不比自己有生以来度过的十五个年头更为艰难。要触动五毛，需要有更为强烈的刺激。此刻他最强烈的感受是，自己不再是"小反革命"，自己站起来了，头抬起来了，腰板直起来了，解放了！跟所有人一样成了一个平等的人！他大摇大摆地在街上溜达，看着红男绿女的知青，看着往来推车担担的农民，他心情无比舒畅。

早饭是秫米粥就咸菜，秫米是本地产的白秫米，咸菜是本地叫作"酱瓜子"的酱咸菜。秫米粥浓稠清香，与酱瓜子是最佳匹配。这是他们在乡下吃的第一顿饭，也是他们有生以来吃的最美味的一顿饭。

"吁——"一声长长的吆喝，一辆马车停在了公社大院的门前，这是一辆三套马车，黑骒子驾辕，两匹白马拉套。华苏婴、王五毛、石进城、杜俊芝和刘树强早就带着行李等在公社大院门前。昨夜睡了一夜火炕，刚刚舒舒服服地喝了一顿秫米粥，一天的疲劳已经消散。

"哪是我们红石岭下大队的知识青年？"一位赶车的老人跳下马车说。只见他中等身材，须发皆白，穿着一身黑色棉袄，外罩着一件光板羊皮坎肩，腰间扎着一根麻绳，下身黑色棉裤扎着裤脚，脚上穿着一双黑色的棉靰鞡，头上戴着一顶皮帽子，呼吸喷着白气，身体结实得像个碌碡，声音瓮声瓮气。他看着等在公社大院门前的一堆儿又一堆儿的知青，脚下放着一堆又一堆的行李，他知道这就是他要接的人。

五毛始终跟在苏婴身边跑前跑后。进城则在一边瞄着，伺机为苏婴做点事情。

"放下！"苏婴说。知道进城提起了自己的提包，眼睛依旧不看他，只看着提包。

"我来帮你装到车上。"进城说。

五毛说："让你放下，你就放下，这里没你什么事！"

进城撩了一眼五毛，说："没我的事，难道有你什么事？"却也只好放下提包，跟在她身后。

苏婴走过去说："大爷，我们是红石岭下大队的知识青年。"

大爷说："姑娘，"青龙县是满族自治县，这里多是旗人，像"姑娘"这么文雅的称呼从一个没有文化的老人嘴里说出毫不奇怪。"东西都甭管了，我来装车，你们只管上车吧！"大爷说。

"大爷，我叫华苏婴，这么冷的天，劳烦您来接我们，你老人家辛苦了。你老人家贵姓呀？"苏婴说，五毛在一旁点头附和着。

"我大名叫田忠魁，谢啥呀？辛苦的还是你们，从大城市来到我们这深山沟这一路上不容易。坐好了，我们回村了。"大爷把行李装上车，一扬鞭子，马车出发了。

苏婴、五毛坐在前边跟大爷说着话，进城在一边听着，时不时地插话。树强始终照应着俊芝，帮她装上行李后就坐在了她的身边，靠在车帮上打盹儿。

苏婴说："田大爷您怎么不上车呢？"

大爷说："我走得动，现在是上坡，让牲口省点力气。到下坡的时候我再上车。"

苏婴顿时羞愧得满脸通红。这就是贫下中农的思想境界！难怪毛主席让我们接受贫下中农的再教育，毛主席说："最干净的还是工人农民，尽管他们手是黑的，脚上有牛屎，还是比资产阶级和小资产阶级知识分子都干净。"毛主席说得千真万确呀！今天第一次接触贫下中农，就看到了差距。我们年轻人坐在车上，一位上了年纪的老人，让我们坐着，一句抱怨，批评都没有，为了让集体的牲口省点力气，自己却在路上走。真是让人羞愧难当。

她想着直起身说："大爷停下车，我也下去走。"

大爷说："快坐下姑娘，不怕的。我们山里人家接亲戚送客人也都是这样。哪里有让客人走路的理儿？"苏婴遂红着脸勉强待在了车上。

到了坡顶，眼前是一个缓缓的下坡，大爷上了马车，坐在了驭手的位置。马车开始快了起来。虽是严冬，路边山上苍松依然挺拔茂密，郁郁葱葱。

大爷说：“牲口这东西，谁对它好，它就对谁好。比人强。”

苏婴说：“田大爷你老多大年纪了？”

大爷说：“属猪的，今年整七十岁。”

苏婴大为吃惊：“啊！你老人家这么大的年纪了？这么说我们该称呼您爷爷。让我想想，我就叫您忠魁爷爷好不好？”

大爷说：“这就对了！你们的父母也不过是四十多岁，我应该是你们爷爷辈的人喽！”

苏婴目不转睛地端详着老人，每一道皱纹，每一根胡须都让她激动，颤抖。说：“毛主席要我们接受贫下中农的再教育，今天我真的看到了贫下中农的风采了！忠魁爷爷，到村里后我给您雕一个塑像，那一定会成为世界著名作品，给您画一幅油画，一定让米开朗基罗、达芬奇、列宾惭愧——我怎么就没做出这么美的作品！”

树强歪在车帮上，冷笑说：“不就是赶大车的吗？有嘛啦？又是米开朗基罗，又是达芬奇的？哪跟哪啊？别着急，过几天让你也变成这模样，也那么美！”说罢“嘿嘿”笑着。

苏婴说：“我就是要跟贫下中农划等号的，这种美不是所有人都能发现的。”

石进城附和着说：“说的好！所以才要向贫下中农学习！”

没想到忠魁爷爷说：“我可不是贫下中农，别把我归到那堆儿人里边去！”

石进城说：“那么您——你是中农？”

忠魁爷爷说：“我也不是中农。”

五个知青都傻了，他们面面相觑，他们似乎听不懂忠魁爷爷的话，他分明是不屑与贫下中农为伍。莫非大队第一天就会派一个地主、富农来接我们？

忠魁爷爷说：“告诉你们吧，我是雇农。”

苏婴高兴得跳了起来说：“忠魁爷爷您太棒了，雇农是纯粹的无产阶级。”

忠魁爷爷说：“没错，纯粹的无产阶级一点不假，我是上无片瓦，下无寸土。"说罢哈哈笑着。

石进城说："雇农跟工人阶级一样，因为他们一无所有，所以他们最具革命的彻底性，是革命的领导阶级，是真正国家的主人。"

忠魁爷爷说："主人？这你可说错了，别人都是主人，只有我是长工，扛活的。"

"雇农当然是国家的主人，新社会哪里还有长工？"石进城说。

忠魁爷爷说："长工就是长工，不光你们奇怪，公社干部，就连县长听了都奇怪。他们说，你这样的长工，别说是整个河北省，全中国也就只有你这么一个。"

苏婴拧着眉头，说："解放已经二十年了，怎么还会有长工呢？您又给谁扛活呢？"

忠魁爷爷说："给大队扛活呀！这事儿说来话长。土改那年，贫农团把地主给杀了，把地主的地给分了，也分给我五亩地。可是这个地主是我拜把子的大哥，你们说，我大哥的地我能要吗？当时呀，工作组的人劝，县里来人做工作，说：'你傻不傻啊？一辈子你也挣不出来这五亩地。所有的贫农、下中农都要了，你不要也白不要！'我说：'我大哥的地，杀了我我也不能要。'这事儿就这么搁下来了。后来成立了互助组，我没有土地入股，互助组也不要我，我就给互助组扛活。仗着我的活计好，一年到头也闲不住。互助组抢着让我干活，他们付给我工钱；后来成立了初级社，我还是没有土地入伙，初级社也不要我，我就给初级社当长工；再后来成立了人民公社，大家伙都是把自己家的地交给公社入伙，我还是没有土地，所以我就不是社员。不是社员就只能给他们当长工。后来大队置办了大车，要找车把式，我给我大哥扛活的时候，我就是车把式，大队就让我赶大车。一直到今天我也不是社员，我就是给队里扛活的。"

进城皱着眉头想了半天，说："当初你不要地主的地，是你的阶级立场出了问题。"

忠魁爷爷并不恼火，说："是，不光你这么说，当年工作组也这么说。啥叫阶级立场我不懂，我就知道，我要是要了那五亩地，活着我没脸见人，有一天我死了，没脸去见我大哥！"

五毛点头说：“要了大哥的地那还算人了？”

忠魁爷爷说：“这孩子说的话我爱听。”

进城觉得意犹未尽，说：“不仅仅是阶级立场问题，而且还充当了旧道德的守陵人。”

五毛说：“你放屁！”话一出口把五毛自己也吓了一跳。自从当上了“小反革命”，他一直是唯唯诺诺，逆来顺受，看他人脸色行事的。这三个字脱口而出，连他自己也没想到，他突然感到自己不再是以前那个小反革命，头上的紧箍咒，身上的束缚都不见了，他感到了周身的轻松，如同换了一个人，“胡说八道，你才是守陵人呢！”他咬住牙关，更坚定了自己的信心，狠狠说道。

进城也是一愣，他没想到一个懦弱得谁都可以欺侮的小反革命居然敢跟自己这样说话。说：“你一个小反革命，没有你说话的份！你忘了，几天前你还在操场叼着屎棍儿跑圈？”

一句话激怒了五毛，“你再说一句我揍你！”他在大车上跳了起来，说。

进城笑了，说：“哈！你还想揍我？好大的口气，看我揍你！“

五毛说：“好！一言为定，我们先回村子，明天我们比划比划，看谁把谁揍了。”

进城冷笑说：“得了，看看你自己的可怜样吧，我不想欺负小孩。”

五毛冷笑说：“想不想由不得你，明天早晨见。”

马车驶上一段平缓的大道，人沉默着，牲口在默默地拉车。

忠魁爷爷回味着刚才的话，许久，说：“这位年轻人，你说旧道德的守陵人这话是个啥意思？”

石进城说：“这不难理解。现在，地主阶级已经被打倒，被埋葬了，那些还守护着地主阶级旧道德的人，就是旧道德的守陵人。”

忠魁爷爷说：“经你一说，我懂了。你说我是旧道德的守陵人，不是歹话，这话我爱听！旧道德是啥呀？还不就是仁义礼智信，就是忠孝节义，就是天地良心吗？我为这守陵有啥不好的？你这么说，我觉得颜面有光啊！”

石进城不停地摇头，满脸的不屑：“这就是思想觉悟的问题啦。”

华苏婴说："忠魁爷爷，您说，您不是社员。那么您跟社员有啥不一样吗？"

忠魁爷爷说："不一样的地方可就多了。简单来说，入社就是带着你的地，你的牲口入伙，你就成了社员。那个时候，贫农、下中农都分得了地主的地，也分得了地主的牲口。地主呢？分地也不是把地主的地都分光了，也给他留下了一份，跟贫农，下中农的那一份一般多，地主、富农也有地，也有牲口入伙，他们就都是社员。我呢，啥也没有。所以呀，我就不是社员。最大的不一样是，干一样的活计，挣的不一样的工分，人家社员一天挣 10 分，我呢，一天挣 6 分，比妇女还少两分。"

苏婴听罢，气得脸色通红，说："这不公平嘛！这不就是剥削吗？"

忠魁爷爷说："公平！咋不公平呢？我跟社员出的东西不一样，人家社员出了土地，牲口，和劳动力；我只出了劳动力。当然就不能给你那么多的分，这再公平不过了！"

苏婴说："除了工分，还有啥不一样吗？"

忠魁爷爷说："还有，还有，社员开会不让我参加，我不是社员嘛！哈哈，正好，有那工夫还多睡会觉呢！选队长也不让我参加，凡是举手呀，投票呀这样的事儿都没有我的事儿。这样好，省心！"

苏婴气得胸脯一起一伏，说："他们怎么能这样！他们剥夺的是一个雇农的政治权利！"

进城紧皱眉头，说："必须要这样做的！革命一定要对背叛无产阶级的人有所惩罚！否则革命怎么会成功？这就是背叛无产阶级的下场！"

忠魁爷爷说："你们说这些话我也不懂，我也管不了那么多。我只管对得起自个儿的良心，剩下的咱管不了！"

苏婴说："到现在你老人家后悔不后悔？"

忠魁爷爷大笑起来，笑得前仰后合，说："后悔？哈哈哈哈！我后的哪门子悔呀？我这辈子就做了这么一件露脸的事，县长都说了，像我这样的，全中国就我一个，我得意还来不及呢，我还后悔？"

马车转过一个山角，眼前赫然出现一面峭壁，仰头看去，这峭壁陡然矗立，如同刀削一样，切出一块巨大的青石板，远远看去，上面隐约有凌乱的字迹。

"看见了吧？石砬子下边就是我们村了。"忠魁爷爷指着山坳下的村子说道。

俯瞰岭下，屋舍俨然。已是中午时分，有缕缕炊烟缭绕，偶尔有悠长的鸡鸣。牲口看到了村庄，不用吆喝就绷紧了套绳，加快了速度。

山里出产一种红色的泥巴，当地人管它叫作"红土子"，用水把红土子调成粥状，就是绝佳的颜料，用它在这青石板上写字，字迹鲜红，历久弥新。每逢政治运动，总会有运动的口号留在这里。经年累月字迹多了，这青石板便成了一部共和国简史，一部共和国思想史。

越走越近，石壁上字迹斑驳，参差凌乱。他们仰头辨认着，试图把字迹连成句子，把句子排出年代，把年代缀成历史。

"打倒地主，分田五亩；杀尽土豪，花子撂瓢！"石进城念出了第一句。众人不禁悚然。这是土改时候留下的标语。算起来也不过是二十年前的事情，他们仿佛看到了当年轰轰烈烈的革命，闻到了血腥的气味。

"忠魁爷爷，花子撂瓢是什么意思？"苏婴问道。

"这还不懂？叫花子要饭都端着个瓢，土改分了土地，叫花子把瓢放下了，不用讨吃要饭了。"忠魁爷爷答道。

苏婴默默点头，原来是这样！

石进城继续念道：

谁说鸡毛不能上天！

人民公社好！

每村炼出一炉钢，帝国主义着了慌！

打倒刘邓陶！

农业学大寨！

石进城一句一句地念着，不住地唏嘘感叹，说："这就是一部活历史，我们将会在这里留下点什么呢？"

"扎根农村一辈子，跟贫下中农划等号！"苏婴说，"明天我们就把这两句话写到上面去，让它成为历史的一部分！"

始终眯着眼睛的刘树强一直在听。脸上挂着不屑。知道快要进村，遂睁开眼睛，打了个哈欠，冷笑说："你能留下嘛呀？老老实实修理地球吧！"

正是午饭时分，下地人刚刚回村。偏又风和日丽，虽是隆冬，并不很冷。得知知青要进村，姑娘、小子、媳妇儿、小伙儿、老娘们、老爷们、老婆子，老头子，下地的和不下地的，能出来的都出来了，聚集在村口，等着看这百年不遇的稀罕景。小孩子们在人群里钻来钻去。看着从马车下来的五位知青，他们指手画脚，评头品足。他们看着从城里来的人，如同看见神仙下凡。

一个抱着小女孩的年轻媳妇儿说："凤头！快瞅，那姑娘长得多鸡巴俊呀！你看那脸白得，比鸡巴雪还白些个呢！"

凤头是她身边姑娘的名字，凤头手里拿着一只纳了一半的鞋底子，一边看热闹，一边张开双臂，牵扯着鞋底上的麻绳，瞅几眼知青，纳几针。

看官幸勿见怪，本地人说话有一个习惯，每一句话都带有一个"鸡巴"，不分男人女人都是如此。这样的话语丝毫没有粗野、下流的意味。话中的"鸡巴"已经跟实物没有太多关系，只是一个语气助词而已。这个语气助词的位置非常自由，放在一个句子的任何位置都是通顺的。外人初听这样的句子很不习惯。日久天长，反而觉得这是一种潇洒，一种爽快。

凤头姑娘说："二嫂子，第一眼我就看见她了，天底下咋鸡巴还有这么好看的人呢？"

二嫂子说："是呢，比鸡巴画上的仙女还好看呢！"

凤头说："你看她眼有多大！说书的说，水汪汪的大眼睛，今天见了，还真是那回事。"

二嫂子说："咋鸡巴还有一个小小子呢？看样子许有鸡巴十四五岁？"

凤头说："哪鸡巴有那么大？顶多就是鸡巴十二三。"

二嫂子说："这么小的孩子就鸡巴送到我们这儿来受苦，爹妈倒也鸡巴舍得！”

凤头说：“快看，他咋还少了一个手指头呢？”

二嫂子说：“哇！还真的，咋闹的？忒鸡巴可怜了！”

凤头说：“二嫂子，你鸡巴听说了没有？临派下来的时候，上边都是鸡巴配好了对儿来的？”

二嫂子说：“配好了对儿？我才鸡巴不信呢，那三男二女，咋鸡巴还甩了一个单儿呢？”

凤头说：“那个十二三的小小子不鸡巴算数。你看那四个，正好是两对儿，多鸡巴般配啊！”

二嫂子说：“啥鸡巴般配呀？我咋就鸡巴看不出来呢？”

凤头说：“那个穿军装的老跟那个姑娘后边，巴结着，他俩准是鸡巴一对儿。”

二嫂子说：“我看不像。上级那是鸡巴瞎了眼了，啥鸡巴眼光呀？穿军装的小子又黑又矬，又是短脸子，紫嘴唇儿，哪鸡巴配得上？就是癞蛤蟆想吃天鹅肉，巴结也是白鸡巴巴结。”

凤头说：“二嫂子，你看那两个般配不？”

二嫂子说：“这对儿还差不离。你瞅那小伙子长得倒是鸡巴不赖，可是留个大分头，像个鸡巴二流子。”

凤头说：“这姑娘模样长得也挺俊巴的，我瞅着这俩般配。”

二嫂子说：“我瞅着，般配也鸡巴白搭，那姑娘没瞅上他。”

凤头说：“你咋知道的？”

二嫂子说：“你没见那男的紧给女的溜须，溜须有啥用了？这还看不出来吗，那女的就是没瞅上！”

凤头说：“溜须咋不管用？人家大城市里头都是自由恋爱，不用媒人。相中谁了就给谁溜须。溜着溜着就成了。不信你瞅着，那女的跑不了，早晚得让那男的弄手里去。”

二嫂子说：“你年轻轻的，咋啥都懂呢？你相中谁了？赶明儿也给自个溜一个女婿？”

一句话说得凤头满脸通红，追着二嫂子说：“缺德鬼！看我撕你的嘴！”

第 46 章　盐铁论

这里依然是铁器时代。

走进村庄，便完成了两千年的穿越，回到了秦乃至更为久远。这是原始的、自给自足的农耕村落，这里的一切都不需要花钱，一切都产自土地，和双手。然而有两样东西除外——盐和铁。盐，是生活必需品；铁是生产必需品。

村里流传着一个古老的故事：新进门的儿媳妇需要接受婆婆的调教，熟悉家规。最重要的课程就是如何节俭，而节俭的核心就是如何使盐。

儿媳妇第一天做饭，把菜端到炕桌上，婆婆拿起筷子略尝了一下，把筷子往桌子上一拍，脸板得铁青，说："太咸了！这菜没法吃！"第二天，儿媳妇减少了使盐量，把饭菜端上桌。婆婆略尝了一下，又把筷子往桌上一拍，说："说了太咸太咸，你要齁死我啊！"接下来一连三天都发生了同样的事情。第四天，儿媳妇把菜端到炕桌上，婆婆拿起筷子，略尝了一下，把筷子往桌子上一拍，已是怒不可遏，说："又咸了！说你三天了就是改不了！这家迟早要败在你手里！"儿媳妇唯唯诺诺，说："妈，今天的菜就没放盐。"婆婆点点头，说："这还差不多！"

后来，故事里的媳妇儿当了婆婆，她又用同样的方法调教他的儿媳妇儿。儿媳妇儿又成了婆婆继续调教她的儿媳妇儿。这个习俗传了一代又一代，一直传到了知青们走进这个村庄。

开门七件事，柴米油盐酱醋茶，盐只排到了地四位，只因为"柴米油"都不用花钱，于是盐就排在了第一位。

"哈喇盐"是家家都要做的。哪怕过年家里杀不起猪的人家也要做。

做"哈喇盐"通常在春节前。一过腊八，家家户户就开始准备过年了。过年最为隆重的事件就是杀猪。杀猪给做哈喇盐提供了最重要的原料——猪油。

杀猪之前，先在供销社买上一批大盐。"大盐"就是盐场出产的没有被加工过的大颗粒原盐，村里人认为没有加工过的盐便宜，更重要的是够咸。数量根据家里人口多寡，人口多的要买十斤、二十斤，甚至更多，总之，这盐要够吃一年的。

猪杀下来之后，会获得很多猪油，"板油"和"链肠油"都是做哈喇盐必需的原料，板油味道纯正，是做哈喇盐的最好的原料；"链肠油"是粘连在小肠，大肠上的脂肪，味道有一些脏器味，质量稍差。

通常杀了猪的主人是舍不得把全部猪油都用于自家享用的，他们要卖掉一部分，这就给杀不起猪的家庭提供了做哈喇盐的机会——买一副板油，或者买一副链肠油。板油和链肠油是按"副"计算的，一副，就是一口猪的。

谁家的板油卖给谁家都是提前说好了的。猪一杀下来，买家早就在杀猪现场等着了。当场把油剥下来，用一根麻绳系好，提搂着交给买家。

哈喇盐做法十分简单，在锅里把猪油炼出来，取出"油梭子"，把大盐倒进锅里炒，直到把盐炒熟，把油吸进盐里边为止。然后盛进一个坛子里，封口储存。储存日久会产生一种"哈喇"味儿，哈喇味本是动物尸体腐败的气味，这恰是"哈喇盐"名称的来源——此时正是哈喇盐味道最好的时候。

哈喇盐给农家主妇打理饭菜带来了极大的方便。不管做什么菜，冬天熬白菜，炖豆腐，夏秋天熬茄子，豆角，倭瓜，角瓜，土豆，只需要用清水把菜煮熟，然后只要放进几粒哈喇盐，锅里立即便有了"荤腥"的味道，这简直是点石成金的奇迹！农家主妇只要坛子里还有哈喇盐，她们对自己主理的饭菜就有信心！就觉得没有亏待在地里劳累一天的老爷们儿和儿女！

做一坛子哈喇盐通常要吃整整一年的。偶尔也会有大手大脚的女人，提前把哈喇盐吃光，接乎不上的时候。没有荤腥的饭菜就过于淡寡了，然而也只能忍着。倘或这个时候家里来了且——本地人管来家探访的亲戚、客人都叫作"且"——主妇则会让自家的孩子拿上一个碗，到邻家"借"一把哈喇盐——待且的饭菜没有"荤腥"会让主人丢尽颜面的。而邻家从来不会吝啬，只要家里还有，总会在坛子里哗一声舀上半碗，让那孩子拿回家去。

借了哈喇盐通常是不需要还的，也绝不会有人去讨，那就太小气了。

哈喇盐做好，在当家人心里，盐的问题才刚刚解决了一半。接下来就要做酱了。

每到春暖花开的季节，村里到处都弥漫着浓烈的酱曲子味儿——恍惚间像走进了酱菜园——家家都在晒"酱引子"，酱引子是做酱发酵的曲子。做酱是个技术活，各家的方法都大同小异，当地人却说，百家酱，百家味。只要吃一口谁家的酱，就会知道这家的老娘们儿有没有灵性，也会从中知道这家日子过得怎么样了。有的家是甜、香、醇、滑、糯；有的却是苦、酸、臭、涩、稀。

酱的吃法可就多了，大葱蘸酱，萝卜蘸酱，生菜蘸酱，黄瓜蘸酱，一切蘸酱！酱还可以做"酱瓜子"——就是酱咸菜——这，在公社招待所知青们已经品尝过了。本地又以吃粥为主，只要有了酱，就不愁没有菜吃——到自留地里薅一把大葱，拔几根萝卜，洗净放在炕桌上的浅子里，再在炕桌上摆上一碟酱，对这一顿饭也就没有抱怨了。

俗语说："省了盐，酸了酱；省了柴火睡凉炕。"这是每个做酱的人都知道的道理，但还是常常有人家把酱做酸。道理很简单——盐太贵！

盐放得不够，酱不仅仅会酸，还会生蛆。每到夏天，许多家的酱缸都飘着一层活力旺盛的蛆，雪白的蛆在酱中起伏沉落，吃饱喝足后沿着缸沿向外蠕动，去完成一个破茧成蝶——变成苍蝇的升华。

农家人对蛆并不厌恶，"米里的虫子酱里的蛆"，在庄稼人嘴里是一个成语，意思是，这是理所当然的事情。如果在炕桌上的酱碗里，使大葱蘸了一下酱，发现有蛆在葱上蠕动，他们会毫无心理障碍地一口把它咬进嘴里，有滋有味地嚼着，咽下去。

然而蛆多了也会影响酱的味道，它们吃了酱中的粮食，排泄物会使酱变酸。农家人必须在酱变酸之前及时处理。对此最为成熟、有效的方法是——上磨。只要磨一转动，蛆跟酱混为一体，经过这样的处理，蛆粉身碎骨，酱还是好酱。

酱做好了，对于当家人而言，吃盐的问题还没有彻底解决——接下来就该腌咸菜了。

腌咸菜通常在秋天。本地人管咸菜不叫咸菜，而叫"瓜子"。瓜子的品种不多，通常只有"萝卜瓜子""蔓菁瓜子"和"薯瓜子"。萝卜瓜子和蔓菁瓜子并不稀奇，而"薯瓜子"应当是本地人的创造了——有谁能够想到，白薯还能腌咸菜呢？

当把哈喇盐，酱和瓜子都做好之后，吃盐的问题总算解决了。剩下的则是更为重要的东西——粮食！

周围各县流传着这样的歌谣：

一进青龙门儿，

稀粥三大盆儿，

稠的兑点水儿，

稀的照见人儿。

青龙县吃粥，是远近闻名的。这里一年四季吃粥。吃干饭，那是一种奢侈。天天吃，吃不起。

在村子里会经常听到这样的对话：

两个人一见面，一个说："吃啦？"

另一个说："吃啦。"

一个说："吃的啥？"

另一个说："干饭呗！"

一个说："别鸡巴吹牛屄了，你家吃得起干饭？"

如果谁家老娘们儿隔三岔五地做干饭吃，村里人前背后都会嘲笑她是个"败家的娘儿们"。

为什么要吃粥呢？因为粮食不够吃。同样的米吃干饭，撑不起肚皮。那种叫作"饿"的感觉简直太恐怖了！同样的米，吃粥可以混一个"肚儿圆"，那个叫作"饱"的感觉简直是太美妙了。

这里吃粥有一个制度，这是自古传承下来的。这制度是由一个职务来执行的，这个职务的名字叫作"把盆儿"。常会听到这样的对话：

一个说："你家吃粥谁把盆儿呀？"

另一个说："我妈。你家呢？"

一个说："我奶。"

这是一个神圣的职务！

一个家庭，把盆儿人通常是家里德高望重的女人。把盆儿，是一种权力，也是一种尊严。她必须对家庭中每个成员所承担的责任了如指掌，她必须对当天谁在外面支付了多大体力感同身受，她必须没有偏心，一心秉正，随时以家庭的总体利益为重。此外，她必须不存私心，爱每一个人超过爱自己——这就是尊严的来历！

日常吃粥颇有仪式感，不免有些庄严。粥在外屋灶台上熬好，盛在一个青色瓦盆里，端到屋内炕桌旁放下，把盆儿人就坐在粥盆旁边。粥盆里有一个叫作"粥瓢"的东西，是由一种长柄葫芦制成的。这种葫芦长得十分精致，那一定是造物主专门赐给人类用作盛粥工具的。葫芦的头是一个拳头大小圆圆的球形，葫芦的柄细且长。把葫芦一劈两半，恰恰可以制成两个"粥瓢"，两瓢粥恰恰可盛满一碗。

一家人在炕桌周围团团坐定，一大摞粥碗安放在桌子当中，全家人盘腿端坐在炕桌周围，安静地等待着。每个人的粥都是由把盆儿人一瓢一瓢盛到碗里，送到吃粥人手里的，平辈人和晚辈人接过粥碗一定要用双手。吃粥人自己是没有权力触摸那粥瓢的。摸了，就是僭越！会遭到家长的训斥："还有点规矩没？"会遭到全家人的白眼。粥，谁的稀，谁的稠，谁的多，谁的少，谁可以继续吃，谁该停下来，都由把盆儿人掌控，陟罚臧否全出自她手下的粥瓢。在座的都是至亲至爱，这，又是一个何等残酷的职务！

其实，吃粥依然是太奢华了！他们没有那么多粮食维持着那样的奢华！那么不吃粥吃什么？吃白薯！幸好还有白薯！

他们究竟发明了多少种白薯的吃法，没有人能说得清楚。

最普通的吃法是烀白薯。所谓"烀"，就是半蒸半煮的意思。在大锅底扣一个大碗，把洗干净的白薯放进锅里，只加浅浅的水，盖上锅盖。当锅烧开后就改成微火。揭锅时，蒸汽弥漫开来，满屋都是香甜的气味。紧贴锅底的白薯有一层烧焦的嘎嘎，味道格外香甜。把白薯取尽，锅底没烧干的水已经成为浓稠的糖浆，舀一勺放进嘴里，甜得杀口。

白薯的另一种做法是烤白薯。农家烤白薯十分省事，烧火做饭时，只需把白薯扔进灶膛，等做完饭，灶膛的余火会把白薯煨得软绵香甜。

为了储存，白薯需要晾成干。白薯干又分成生薯干，和熟薯干两种。生白薯晾成薯干是保存白薯最有效的方法。出白薯时正当秋高气爽的季节，刚刚刨出来的白薯，有虫眼的，有镐伤的放不住，必须立即晾成薯干。切薯干有一个专用的刀床，切出来的薯片薄厚均等。出白薯的季节家家都在切薯干，晾薯干。青色瓦房屋顶，晾上白色的薯干，构成了山乡的一道风景。

一旦白薯变成了生薯干就完成了一次脱胎换骨的升华。它不仅仅可以作为正经粮食长期储存，并且吃法也变得多种多样：可以用碾子破成碴子熬碴子粥，这便是米的功能；还可以磨成面，面可以做贴饽饽、烙饼、包饺子、蒸包子、擀面条、轧饸饹、摊煎饼……这便具有了一切面的功能。

熟薯干应当是白薯制品里的奢侈品种了。做法是，把白薯烀熟，切成条状，放在房顶晾干。晾好的熟薯干表面有一层白霜——那就是一层细细的白糖！咬着很劲道，越嚼越有味道。出远门，出河工，一走几天，那是随身携带最好的干粮——既不容易变质，又很扛时候。

白薯从地里运回家中，留足了切干的、下窖的，剩下的必须抓紧时间把白薯做成淀粉，越快越好，因为白薯中的淀粉在糖化，晚了出淀粉的比例会逐日下降。于是，把白薯做成淀粉，再把淀粉做成粉条，当是每年各家各户的一大壮举了。每到这个季节全村都在忙碌——这不是一家一户独立能够完成的作业，而需要几家人的合作。届时，全村组成几个班子，每个班子中，几个人专管挑水，几个人专管粉碎，有人专管过包。各家所有的容器——缸、坛、桶、梢、锅、碗、瓢、盆都盛满了过完包带水的淀粉。这要等待一宿的工夫，淀粉才能沉淀下去，水才能被篦出去，淀粉才能做成一个一个的"粉坨"。而那水，也是有营养的，可以喂猪，只是不能长期保存，很容易馊。于是做淀粉的那些日子，猪的肚子总是被灌得溜圆。

做完淀粉便可以开始做粉条了——这个工艺叫作"漏粉儿"。漏粉儿是需要有师傅的。加多少矾，多少水，烧到什么火候都是不容出错的。

在这个时候，家家户户院子里都用秸秆搭满了架子，架子上面晾着粉条——宽的，窄的，粗的，细的。

淀粉过掉后剩下的就是"粉渣"。粉渣仍然可以做出很多花样的食物。粉渣磨成面可以贴饽饽、烙饼、擀面条、轧饸烙、包饺子、蒸包子、摊煎饼等——这是白薯的另一个轮回。其实，粉渣已经没有什么营养了，它的功能却也不能忽略，是把肚皮撑起来，给人一个饱的感觉——那感觉依然令人向往。

薯干晾好、粉条做好、鲜白薯下了窖，半年的"嚼果"总算是有了着落。接下来就要收拾鲜白薯了。它是很难保存的东西，虽然家家都有"薯窖"专门用来储存白薯，但薯窖的温度湿度都很难控制，热了发芽，冷了冻伤，湿了腐烂，干了旱死。窖里的白薯必须要有有经验的人勤于管理，才能保证不坏。一不小心就会"焖窖"，一旦焖窖，满窖白薯变成一摊烂泥，小半年的口粮就会毁于一旦。因此最安全的法子是，把它放到肚子里——这是一个突击吃白薯的季节！

知青们进村的时候，农家的这些活计都已经忙完，大队书记去县里开会了，临走时说，这次开会是省里组织大队书记去大寨参观，没有十天半个月回不来。叮嘱说，关于知青的安排，等他回来处理。大队长陈大江做事很有分寸，他只需把眼前的事情安排妥当，其他不必多管。毛主席指示下得突然，知青们说来就来了，队里没有来得及给知青准备下居住的地方，因此，只得暂时分派到贫下中农家里同吃、同住。

当时，上级经常派一些人员下到村子里完成某项工作，诸如调研，估产等等。"派饭"就是解决这些人员吃饭、住宿问题通用的办法。把他们指派到某个村民家里，一起吃饭、住宿，每天按照规定交给村民一定数量的钱和粮票。知青现在所受到的待遇就是"派饭"。

反正他们第一年是有商品粮供应和固定生活费的，只要按数交钱、交粮票就行了。

陈大江是个很讲体面的人，他把知青安排在了全村最为殷实的人家里。只有五毛当场说了一句："能不能让我跟忠魁爷爷住一起？"大江犹豫了一下说："别去了，埋埋汰汰的。"五毛说："我不嫌！"大江也只好同意了。

大队的马棚旁有一间茅草房，牲口夜里要加草添料，草房是给喂牲口的人居住用的，忠魁爷爷是车倌，兼喂马，就住在这间茅草房里。屋里有灶台，有一铺炕，虽然算不上宽敞，五毛住进去也不显拥挤。忠魁爷爷认为自己跟五毛有缘，见五毛主动搬来跟自己一起住，更是喜出望外，觉得自己满面荣光，像接天神一样把他迎进屋里。不知道该怎样招待这个孩子才能够给自己解心疼，可着劲给他做最好的饭食。

"上炕暖和着，爷爷给你做大米饭。"忠魁爷爷说。

五毛说："太好了，咱这里还有大米？"

忠魁爷爷说："有！村子南边有条河，叫起河，河边有一块稻田，那稻米是清水稻，远近有名。今年一个人分了四十斤稻子呢！爷爷这里还有好东西呢！"

五毛说："啥？"

忠魁爷爷从土台子下扯出了一个瓶子和一个乌黑的猪腿，说："酒！还有腊肉！"

五毛并不推辞，由着忠魁爷爷做。

摆好了饭菜，饭是晶莹如玉的大米饭，菜是腊肉炖白菜，煨上几块冻豆腐和宽粉条。一瓶二锅头墩在炕桌上，忠魁爷爷拿出一个酒嘟噜，和两个酒盅，把酒烫得滚热，给五毛斟了一盅，也给自己满上，两人先干了一杯。忠魁爷爷说："孩子，十几啦？"

"十五。"

"这么小爹妈咋就舍得让你出来？"忠魁爷爷说。

"爹妈都死了。"

"咋死的？"

"自杀的。"

"为啥？"

"他们是潜藏的国民党战犯。被人举报了，抓起来批斗。第二天就自杀了。"

"兄弟姐妹呢？"

"有四个哥哥，我跟他们都断绝了关系。"

忠魁爷爷说："为啥？"

"他们都跟我爸爸妈妈断绝了关系，我不认他们。"五毛说。

忠魁爷爷沉默了许久。慢悠悠给五毛满上一杯酒说："爷爷敬你这一杯酒，如果你不嫌弃我这孤老头子，喝了这杯酒，你就是我的亲孙子，我就是你的亲爷爷！"说罢眼睛竟滚出泪来。

五毛说："好。按老规矩，认爷爷是要磕头的。"

忠魁爷爷说："可论德性品格，我该给你磕头。"

五毛说："为啥？"

"这多年我见得多了。论忠孝节义，你是天下第一。"

五毛说："可是论仁义礼智信，忠魁爷爷才是天下第一。县长都说了，全中国就你这么一个。现在，我们只论年纪辈分，孙子理当给爷爷磕头。不过，磕头之前，有一件事情必须让你老人家知道，恐怕以后会连累了你老人家。"

"啥事？"忠魁爷爷说。

五毛说："我是个现行反革命。下乡来到这里，是戴着帽子接受改造的。"

忠魁爷爷说："孩子，你真把你爷爷看扁了。这世道不喜好人，看人都得反着看，他们说的坏人都是好人；他们说的好人都是坏人。黑五类都是好人，红五类都是坏人，活了七十岁，这点事情还看不明白？"

五毛说："你老人家不嫌，我就给你老人家磕头了。"

说罢就在炕上，跪着给忠魁爷爷磕了三个响头。

祖孙二人又干了一杯酒。忠魁爷爷说："手指头咋缺了一个？"

五毛喝醉了，还没来得及回答忠魁爷爷的话就歪在炕上睡着了。

第 47 章　华苏婴装睡听敦伦

　　华苏婴被派到了许宗仁家。他家住着一扯五间的青砖大瓦房。此地所说的"五间"实际上只有三个单独的房间。一进门是一间，叫作"外屋"，这一间算是厨房，东侧和西侧各有一个灶台，两个灶台都可以烧火做饭，东侧的灶台烧东屋的炕；西侧的灶台烧西屋的炕。东屋和西屋算是卧房，每间都有两间屋子大小，因此说是"一扯五间"，实际上只有三个房间。

　　许宗仁刚刚娶过长房儿媳妇，西屋由长子和儿媳妇住着，许宗仁公母俩和另外的两个儿子、两个闺女六口人住在东屋，无论如何这是很宽绰的住所了。

　　苏婴走进门时正是午饭时分，许宗仁帮苏婴提着行李走进家门，许大婶早就迎了出来，一把拉住苏婴的手，上上下下地端详，也不怕苏婴难为情，说："咦！我可是没见过这么俊的姑娘，仙女怕是也没有这么好看吧！"说着转身领进大门，一掀门帘走进东屋，说："快上炕暖和着吧，这么嫩的脸蛋儿咋能扛得住山里的贼风？看把脸冻得这红，让娘老子知道，还不心疼死？看看这手，葱白儿似的，拿这手推碾子拉磨？造孽呀！"说着便把苏婴撒到了炕上。

　　只见许家大哥、两个弟弟、两个妹妹正围着炕桌盘腿坐定，等待着吃饭。刚刚过门不久的许家大嫂却在外屋灶前打理着午饭。苏婴坐在炕沿，耷拉着双腿，大婶说："快把脚也拿炕上来暖着。"苏婴听罢，急忙脱鞋。大婶忙说："这就对了，把脚也暖和暖和。你看你弟弟妹妹不都是脱了鞋的吗？"

　　苏婴果然看见一家大小都脱掉了鞋，却没有袜子，光着两支渍满黑泥的脚，脚后跟龟裂，渍满黑皴，盘腿坐在炕上。再看地上的鞋，鞋底是纳的，鞋帮也是纳的。左脚的可以穿到右脚，右脚的可以穿到左脚。心里纳闷，不由得又看了看他们的脚，原来，他们的脚左右也是有区别的，只是鞋不分左右。遂立即收拢目光，也把双腿拿到炕上，学着盘腿的姿势坐好。顿时觉得火热的炕把双腿焐得热乎乎，舒服无比。大婶又端来一个火盆，放到苏婴旁边，用两根铁箸把火拨得通红，说：“快烤烤手吧，暖和过来我们就吃饭。”

许宗仁走过来说：“先吃饭吧，肚里有了食儿，身上就暖和了。”

大婶说了句“也好”，就走到外屋去端饭。

须臾，大嫂端着一个大青瓦盆，里面盛着上尖儿的一盆红皮白薯，白薯“腾腾”冒着热气走进来，放到桌上，随后把手中抓着的一大把筷子“呼啦”一声放到桌上。然后出到外屋，须臾又端进一海碗酱瓜子丝儿放到桌上。于是全家各自拿起筷子，手抓白薯吃了起来。

苏婴也跟着拿起一块白薯，正要剥皮，却见一家人没有一个剥皮的，都是连皮一起咬到嘴里。苏婴遂也不再剥皮，学着他们的吃法吃了起来。这是苏婴在农家吃的第一顿饭。这山乡的白薯，又热又甜又软，绝非城里粮店卖的白薯可比。

小的时候粮店也曾卖过白薯，天津人管它叫“山芋”。每逢粮店通知买山芋，苏婴都像过节一样高兴。红瓤的，白瓤的，妈妈放在面包机里烤。全家当作糕点吃。吃完山芋再吃饭。饭，不因增加了山芋而有所减少——有饭，有菜，有汤，或者有粥。

正吃着，大嫂又端上来一大瓦盆白薯，刚刚那一盆已经见底，许大婶忙把空盆拎在手中，对苏婴说：“倒是也夹上一些瓜子就着吃，干吃白薯，会烧心。”

苏婴不解大婶说的“烧心”是什么意思，也只好拿筷子夹上一绺瓜子丝儿就着吃，只是觉得甜甜的白薯就着咸菜，味道不很匹配。

苏婴只吃了一块白薯，就不想再吃，心想等着吃饭吧，不管是什么饭总会还有叫作“饭”的东西吧？最好能有一碗今天早晨在公社食堂吃到的浓浓热热的粥就好了。

四、五盆白薯见底以后，大嫂端上了一大盆菜汤，盆里漂着一个粥瓢——用来盛汤使的。随后出到外屋，搬进来一大摞黑瓷大碗放在桌上。一家人各自取碗盛汤，喝得满屋“咕咚咕咚”喉咙响。大婶说：“倒也喝上一碗汤才匀溜。”苏婴遂取碗用粥瓢盛汤，那汤盆里清汤清水，一眼看到底，零星星地飘着几丝白菜叶，却找不到一个油星。盛好喝了一口，隐隐约约有些咸味，好在很热，喝在腹中暖暖和和。

此时外面"嘟嘟嘟——嘟嘟嘟——"地拉起了"溜子"。此地人管吹哨叫作"拉溜子"，这是上工的信号。许宗仁对苏婴说："姑娘在家里大婶陪你好好歇着，我们得出工去了。"说罢，许宗仁和五个孩子以及大嫂"呼啦啦"转眼间都走了，只剩下大婶收拾碗筷。苏婴忙起身帮着大婶一边收拾，一边纳闷——饭呢？怎么还没吃饭就完事儿了？后来才知道，这地方，饭就是白薯，白薯就是饭。

苏婴说："这大冬天地里还有什么活吗？"

大婶说："过去冬天没啥活计，猫冬一猫就是两三个月。现在不是学大寨吗，闹得冬天比秋天还忙。起圈，起了猪圈起马圈，起了马圈起牛圈。起完了圈就倒粪，倒完了粪就送粪，男的推小车子，妇女扁担挑，把粪送到山上去。打去年起，县里边不知道谁出的新主意——换炕。好好的炕，扒了重盘，把炕坯运走，说炕坯就是肥，一年扒两回，夏天扒一回，冬天扒一回。过两天就轮到我们家了。这炕一扒，新炕盘上，顶少也得睡三天湿炕，人在炕上，就像是锅里蒸着似的，要多难受有多难受……你看我这是说哪儿去了？"

大婶手很麻利，转眼间碗筷饭桌收拾干净，已经坐到炕上纺车旁，把纺车摇的哗楞楞响，纺起线来。

贫下中农就这么忙吗？苏婴想着，说："大婶，你纺这线有啥用呀？"

大婶说："我们不跟你们城里一样有钱买着穿。我们这里铺的盖的，身上穿的，单的棉的，都靠着这架纺车纺出来，织布机织出来。去年给你大哥娶媳妇，送彩礼的八匹小布子，把全家分的棉花都用上了还不够，还跟人借了十斤棉花。转眼又要给老二成亲了。手头不存着几匹小布子心里不踏实。冬天天短，要不紧抓挠着，两个锭子纺不完天就黑了。"

苏婴对大婶讲的一切都有着浓厚的兴趣，她有太多的问题，什么是小布子？什么是彩礼？什么是锭子？怎么织布？问个不停。苏婴说："大婶，将来我也要自己纺线织布的，您教我纺线好吗？"

大婶起身，把纺线的位置让给她坐，她学着大婶的样子纺起来。苏婴手极巧，只几下就可以拉出线来。大婶非常惊奇说："到底是城里的姑娘心灵手巧，这一上手就能拉出线来，哪个姑娘学纺线不得糟蹋几斤棉花呀？就没见过第一回摇纺车就能拉出线来的。这线虽然不匀，搭乎着织布也看不出来。"

苏婴说："那么以后我就在您家，帮您纺线，跟您学织布好不好？"

大婶说："那敢自好，就怕你们看不上我们织的布。"

苏婴说："怎么会看不上呢？大妹妹穿的那件蓝底儿白花粗布棉袄太美了，我也要做一件。"

大婶说："有啥好的？我们倒是恨不得能穿上你们的洋布、毛领子棉袄呢，可就是买不起。"

苏婴说："那好呀，赶明天我跟大妹妹换着穿，行吗？那我就跟农家女孩们一样了。"

大婶说："就是换着穿你也跟我们不一样。"

苏婴说："哪里不一样？"

大婶说："哪里都不一样！说话、走路、一举一动都不一样。城里人就是城里人，乡下人就是乡下人。生就的骨头，长就的肉，是不一样的两路人，变不了的！"

苏婴说："我们来，就是要跟贫下中农划等号的，意思是跟贫下中农变得一模一样。大婶你看着吧，不久我就跟农家女孩一样了！"

大婶说："可别着，我们乡下丫头恨不得摇身一变就成了城里姑娘呢！别说是天津那样的大城市，就是变成县城丫头也好啊！可就是祖坟上没长那根草，天生受苦的命。好模样儿的让城里姑娘变成乡下丫头，造孽啊！"

晚饭和午饭别无二致，不必详述。苏婴饿了，吃了两块白薯，又喝了一大碗菜汤，终于有了饱的感觉。

眼下需要面对的局面是睡觉。

为了节省灯油，农家收起碗筷就钻被窝。村里没有电，农家点灯用的是豆油。豆油是地里收的黄豆，在村里的油坊榨的。油灯是一只黑瓷小碗，里面放半碗豆油，用棉花搓成一个灯捻，灯捻探出碗沿，探出处就是灯火燃烧的地方。

大婶像是征求意见，又像是宣布决定，说："跟着我睡东屋吧，东屋抗热。你大哥刚娶的媳妇，让他们在西屋折腾去吧。"说着露出意味深长的笑容。然后提起苏婴的行李放到了炕头，说："你睡炕头，挨着你两个妹子，这边是你的两个弟弟，我跟你大叔睡炕尾。不早了，收拾收拾睡吧。"

说罢就走出屋去。苏婴听说过，冬天睡炕头是对客人的礼遇，只因炕头离灶台近，暖和。在自己家里，尊卑的排序也是根据离炕头远近决定的，通常是年长的位置靠近炕头。

他家，为什么大叔和大婶要睡在炕尾呢？

苏婴想着，听说"收拾收拾"睡觉，遂不敢怠慢，便准备刷牙，洗脸，洗脚。遂打开行李，拿了牙刷，挤上牙膏，拿着刷牙缸到外屋，用水瓢在缸里舀了半瓢水倒进牙缸，走到门外，下了三蹬石头台阶，走到远处，匆忙刷了牙。回身进屋时，却见两个弟弟，两个妹妹直愣愣地看着她。

大妹妹问道："大姐，你干啥呢？"

苏婴说："刷牙呀！"

"刷牙干啥？"大妹子说。

苏婴说："你们不刷牙吗？"

两个妹妹，两个弟弟一起摇着头。大妹子说："牙好好的，刷它干啥呢？"

苏婴突然明白，原来他们都是不刷牙的。

走进屋来，只见大嫂子两手各自提着一个与粥盆一样的青瓦盆，"咚咚"两声墩在地上，顿时一股骚气直冲鼻孔。说道："爹、妈，我们睡去了。"

那青瓦盆内半腰处有几圈厚厚的白霜，后来他才知道那白霜叫作"尿碱"，凭味觉猜测这一定是尿盆了——这是儿媳妇侍候公婆一天的最后一道程序。

婆婆说了句："去吧，把门关好了。"说罢却走了出去，进来时，双手提着两个形状古怪的青瓦器皿放在了炕沿上，大婶从身边过，带过一股子骚气。那器皿的样子很像是茶壶，但壶嘴比茶壶粗了很多。后来她才知道那就是"夜壶"，是男人夜里，在被窝里小便使用的容器，这容器的形状十分容易让人产生联想，故而没让儿媳妇侍候。

苏婴见他们全家没有丝毫要洗脸的迹象，自己也不便贸然洗脸。急忙把铺盖卷打开，铺开褥子，却不好首先在众目睽睽之下躺下，只摸摸索索假装干点事情，消磨时间，等着大家一起躺下。

大婶从炕尾扯过了三床兰格棉被，丢在了炕上，却见弟弟妹妹们都直挺挺地坐在炕沿，一动不动。大叔自己却坐在炕尾一袋一袋不停地抽烟。

大婶见一切准备就绪，说了一声："睡吧！"便一口气把灯吹灭。苏婴衣服也不敢脱，摸黑把褥子铺好，悄悄躺下，把被盖好。

两个妹妹就睡在自己身边，一连串令苏婴惊奇的事情发生了：

两个十五六岁的女孩，见灯已经熄灭，便开始行动。她们先把衣服脱得精光，苏婴知道了，原来她们居然没有内衣，内裤，脱掉棉裤、棉袄，便赤身裸体，光屁股睡觉！

只听得"咕隆隆"一阵声响，她们倒在炕席上，那是骨骼与炕面碰撞发出的声音。每一个部位与炕面接触，都碰撞出"咕隆隆"的响声。每一声响都让苏婴浑身紧缩，抽搐。她知道了，原来她们睡觉居然没有铺那个叫作"褥子"的东西——是肉体直接躺在炕席上！

接着是"窸窸窣窣"的揪扯被子的声音。她知道了，原来两个妹妹只有一条被子！两个弟弟也只有一条被子！再远处的大叔大婶二人也只有一条被子！

苏婴突然鼻子酸了起来，喉头抽搐，眼泪像小河一样在黑夜里流淌。

她强抑制着哽咽，不让自己出声，却让眼泪肆意流淌，不知多久，心里终于舒服了一些。渐渐听到弟弟妹妹轻轻的鼾声。她合上眼睛，却全无睡意，一天的经历在眼前一幕幕浮现。那鼾声越来越稠密。

忽听得炕尾有人说话，声音很轻，简直就是耳语："都睡了，干吧。"这是大叔的声音。

苏婴大约知道他是什么意思，她脸红了，幸亏是黑夜，没有人发现，她屏住呼吸，唯恐被他们知道自己知道了他们的行动。

"不中！没羞没臊的，让人听见了咋好？"

"咋好？爱咋着咋着。天理人伦，谁还笑话不成？"

"一边去，不中！"

"中了！"

"不中！"

"就中了！"

"就不中！"

大叔长叹一声说："苦熬一天了，就这点儿盼头，也指望不上？"

大婶也长叹一声说："老不要脸的东西！轻着点！让人听见可咋整？"

苏婴丝毫不敢动弹，屏住呼吸，唯恐心跳的声音打扰了他们。

须臾事毕，大婶撩开被子，光着屁股下炕，在青瓦盆上痛痛快快地尿了一泡尿。

许久，大叔伸手摸到了夜壶，小心谨慎地尿了一泡尿。

接着，两个弟弟两个妹妹轮番跳下炕来，在青瓦盆上肆无忌惮地尿。尿罢回到炕上继续睡觉。

大约因为听到了流水声，苏婴感到了内急。她知道大婶，妹妹怎么做的，她也知道自己照样去做才符合贫下中农的乡俗，但是鼓了几次勇气，最终还是退了下来。她非常后悔，晚饭怎么喝了那么大的一碗菜汤？如果不喝那么多菜汤，现在也不会这么急，坚持到天亮一点问题也没有。然而现在，显然是不能再等了。

她摸到了手电，她知道大叔家的厕所在哪里，她决定一定要出去解决。

外面滴水成冰。幸好睡觉前没有脱衣服，现在就省了不少事情。她穿好了鞋，戴上围巾，移步到门前，轻轻地拉开门闩，还好，没出点声响。接着轻轻拉门。"嗡——"的一声，门轴和门臼摩擦发出的响声把大婶吵醒——或许她还没有睡着。

"不怕的姑娘，就在屋里吧。外边冷，一阵风撸掉你一层皮。"

也很静，大婶的声音嗡嗡作响。

"没事大婶。"苏婴悄悄地说。

"这孩子，真是的，小心别踩空了。"大婶说着。

她拉开了堂屋的门，走下三蹬石头台阶。打着手电，向厕所走去。

光柱在漆黑的夜空中闪动，天空现出一条光柱，前边是哪里？是祥发大坑！去晚了晋风就会逃掉！不不不！那是另一个世界的记忆，现在是去厕所。

光柱惊动了村里的狗，先是一只狗"汪汪"地叫了两声。这声音惊醒了其他的狗，狗们也见到了移动的光亮，察觉了异常，全村的狗都狂吠了起来。狗吠声此起彼伏，一阵比一阵更凶猛。

这里的厕所被叫作"茅子"。茅子里面有一口大缸，埋在地下，缸沿上搭两块石板，左脚一块，右脚一块，供人站立，或者蹲下踩踏之用，两块石板间隔开一段距离，那便是屎尿落入大缸的通道。大缸周围用秸秆稀疏地围起一圈篱笆。她想，如果是白天，那稀疏的篱笆一定形同虚设，蹲在里边，无法遁形，这是多么令人难堪的境况！她庆幸这是黑夜。当下要特别小心的是，她想起大婶的话"别踩空了"。她把光柱准准地对着大缸两侧的石板，小心翼翼地踩上去，感到了石板的坚实，才把体重移过去。风并不猛烈，却无孔不入，从身体任何有缝隙的地方穿过，像锋利的刀片，所过之处无不留下切割似的疼痛。……还好，一切顺利。

回到屋里，浑身已经冻透。幸好被窝是滚热的，钻进去，蒙住头，好好缓缓。鼻子怎么了？好像有什么东西沾在上面。用手一摸，鼻尖生出一个水铃铛。耳朵怎么了？用手一摸，两只耳朵生出两个水铃铛。她突然感到腿部，臀部也隐隐作痒，作痛，用手摸去，她被吓坏了！她不知道发生了什么，手所触摸之处都起了一层水泡，她感到了疼，像是被火灼伤一样的疼痛。她强迫自己冷静下来，好好想想这是怎么回事。她想起来大婶的话"一阵风撸掉你一层皮"，这应该就是冻伤，好像并不严重，养几天一定会好的——这样想着，她期待着很快就能入睡。

半睡半醒间觉得有热流从胃中翻到喉头，在食道留下火啦啦的痛感，她被疼醒。她猜想，这大概就是大婶说的"烧心"了。她没有经验，不知道该如何应对，然而她必须应对。她没有治烧心的药，于是，忍着就是唯一的方法了。那一团团烈火在腹内燃烧，像一把小刀一次次从下至上割到喉头。她咬住牙，紧皱眉头，握紧拳头，用尽全部气力抵御着来袭的疼痛。一次过去后，刚刚做几次深深的呼吸，稍稍缓解，另一次更强烈的疼痛又悍然袭来。

她后悔没有听大婶的话，多吃几口酱瓜子。那是劳动人民从实践中总结出来的经验，一定是行之有效的，你为什么就不听？这就是不听贫下中农教导对你的惩罚！她不知道什么时候这"烧心"才会停下来。她也不知道这"烧心"会不会最终停下来。她只能耐心地忍受着，等待着不烧心的时刻到来。

那一团烈火又燃烧起来了，慢慢地，那把小刀又开始从下向上割着。不行！我必须要有一个方法，一种力量抗拒这一团烈火。对！毛主席语录！她强忍疼痛，紧皱双眉，眯上眼睛，双手合十放在脸前，像是祈祷，口里默默念道：

"下定决心，不怕牺牲，排除万难，去争取胜利！下定决心，不怕牺牲，排除万难，去争取胜利！"

不停地念着，那疼痛似乎减轻了。

外面传来了鸡叫。大概这就是通常说的"鸡叫头遍"吧？这是几点了？他不知道。

腹中烈火还在继续燃烧，小刀也不停地割着。她知道，当食物被消化完了的时候，"烧心"会停止。但她不知道，什么时候那两块白薯才能被消化完。她换了一段毛主席语录：

"往往有这种情形，有利的情况和主动的恢复，产生于再坚持一下的努力之中。"

背诵着这段，心里便有了希望。只要再坚持一下，胜利就会降临。

不知道念诵了多少遍，终于那把割上割下的小刀累了，力量渐渐小了，烧心渐渐地减轻了，停止了。迷迷糊糊睡着了。

那个旧梦又在她的梦境中出现，只是那是一次不同的考试，发现一道题做错了，她打开铅笔盒，要用橡皮擦把错误的答案擦掉，写上正确的答案，她知道正确的答案是什么，但她必须把错误的答案擦掉。可是橡皮擦不见了。它明明就在铅笔盒里，怎么会找不到了？她把铅笔盒的东西都倒了出来，还是没有。交卷的铃声响了，她急着又在身上找。把衣兜翻遍还是没有。终于急醒了。

窗户纸还是黑的，只好再次入睡。

醒来时已是天光大亮。睁开眼睛看见，长长的一条大炕空空荡荡——大叔，弟弟妹妹都已经出工去了。怎么自己连"拉溜子"都没有听见呢？

她听见外屋嘎巴嘎巴折柴火的声音，大婶正在烀白薯。飘进来的是生薯的气味，估计离吃早饭还要好一阵子。她立即坐起来写日记。

1969 年 1 月 4 日，晴。

同贫下中农划等号。你跟贫下中农的差距究竟有多大？为什么贫下中农不铺褥子你要铺褥子？为什么吃白薯贫下中农不剥皮，你要剥皮？为什么贫下中农吃白薯不烧心，你烧心？为什么贫下中农不刷牙，你刷牙？为什么你要洗脸洗脚？为什么夜里你要去外面的厕所？贫下中农都在屋里，你为什么不行？为什么贫下中农听见了"拉溜子"，你听不见？你跟贫下中农的差距要发现一个，消灭一个，这样才能逐渐缩小跟贫下中农的差距。

毛主席说："要斗私批修。"就要狠斗私字一闪念。大婶说，你穿上大妹妹的衣服也不像贫下中农，你听后为什么心里不是惭愧，而是得意呢？深挖思想根源，说明你的思想依然为你不是贫下中农而窃喜，你应该为你不是贫下中农感到自卑才对！你的感情依然是小资产阶级的，你的立足点依然没有移到贫下中农这一方来。

感谢毛主席把我送到这里来，让我知道，世界上还有人过着这样的生活，让我知道世界上还有如此纯净的心灵，让我跟他们同呼吸、共命运，给了我净化灵魂的机会。不要认为现在遇到的困难有多么大，现在只是刚刚开始。现在遇到的只是"生活关"，"劳动关"还在等待着我。雄关漫道真如铁，而今迈步从头越！毛主席的红卫兵将无所畏惧。

同一天早晨，五毛吃罢早饭来到进城所在的房前，在门口高声叫道："石进城！你出来！"

进城走出门外说："王五毛你烦不烦？我没工夫搭理你，快给我滚！再胡闹我揍你！"

五毛说："哪那么多废话？你不是铁血魔头吗？有种的就跟我走。"

"铁血魔头"这四个字给石进城提了个醒儿，他是晋风的儿子，是我抓了他的父亲，是我逼得他四个哥哥跟父母断绝关系，他父母的死我也难脱干系，是我让他家破人亡的，他是来报仇的！这就是"阶级报复"！这报复会是疯狂的！更何况，他四个哥哥都背叛了自己的父亲，只有他宁可当狗崽子也坚定地站在父母一边！这小子有骨头，不好对付。他突然紧张起来。这事不能含糊，这是阶级斗争！是你死我活，坚决不能让他得逞，趁着他还小，必须狠狠教训一顿，彻底把他治服！一定不能手软！让他一辈子见到你就心生恐惧！他暗自叮咛着自己。

村里吃罢早饭，准备出工下地的人零零落落站在村口。听见五毛在叫阵，扛着扁担，撂下小车都围了过来。招呼出工的队长停止了"拉溜子"，也站在一边看热闹。

进城见到众人围观，遂冷笑说："王五毛，你可想好了，是你来找揍的，可别怪我不客气！"说着，青紫色的嘴唇已经变得惨白。

五毛说："你少废话，快走吧。"

说着，五毛在前，进城在后，向打谷场走去。

进城今年满二十一岁，已经是健壮的成年人。而五毛刚刚十五岁，并且从小缺乏营养，长得还是一个儿童的身量。二人一前一后走着，进城虽然只是中等身材，也比五毛高出一头还多。

村里人乐不得有热闹看，有理由不去上工了，呼啦啦一片跟在后面，他们笑着，倒要看看这两个城里学生会闹出什么热闹。

来到场院，五毛左手提了提右胳膊的袖子，右手提了提左手的袖子，说："玩拳，还是玩跤你来挑。"

进城没把他当回事，只想着好好教训一下他，彻底把他打服。遂说："我嘛也不玩，我就想揍你一顿。"

说罢，伸出右手抓住五毛的左肩。只见五毛捉住了自己的手，一转脸，咕噜一声，自己一个仰面朝天滚在地上，还没明白是怎么回事。这一下进城恼了。爬起来直扑过来，五毛抓住他扑过来的胳膊，伸出一只脚，又一转脸，用力一带，进城又一个大马趴摔倒在地面。进城摔疼了，加上丢了面子，已经怒不可遏，站起来疯了一样，又向五毛扑来。五毛捉住他扑过来的手，转身一蹲，进城从五毛背上滚了过去。这一下摔狠了，进城是没有练过摔跤的人，因此不会挨摔，摔一下就很重。这一下趴在地上，嘴脸沾满了泥土。

五毛说："起来，起来呀！爬起来接着玩儿。"

进城冷静想了一下，他知道前边的三跤都是五毛借力打力，才把自己摔倒在地的。只要自己稳住了，让他借不上力气，就一定能够把他制伏。

说着慢慢爬起来，稳住步伐，一点点向五毛靠近，稳稳地双手抓住了五毛双肩的棉袄。进城毕竟身大力不亏，他把五毛拎起，左一甩，右一摆，企图把五毛按倒在地。尽管五毛双脚已经离地，但他左一躲，右一闪，进城却无论如何也没有办法把他摔在地上。几轮摔不倒五毛，进城已经气喘吁吁。

说时迟，那时快，五毛往下用力一蹲，把一只脚伸进进城双脚之间，用脚尖勾住进城的一只脚，双手突然把这只脚按住，这只脚便被紧紧锁住，想逃脱已不可能。这时五毛后腿紧绷，前腿向下一跪，身体便低了下来，用头向进城的腹部一顶，叫了一声："走！"进城应声仰面翻倒在地。

进城不知道自己怎么就被掀翻在地的，但他立即明白遇到了一个不可能战胜的对手。五毛拍了拍手上的土，又把身上的土拍净，说："三跤你没开张，不服爬起来接着玩。"

进城只是在地上喘着粗气，一言不发。

五毛说："还记得昨天你跟忠魁爷爷怎么说话的吗？今天教你懂点礼貌。以后长点记性，再那样说话，绝不轻饶！"说罢走了，肩膀一摇一摇得像个练家子。

第 48 章　天鹅链

一连五天没有见过一粒粮食，刘树强实在熬不住了。

此地依然因循旧制，双山子公社每逢农历初一、初六是集。早已打听妥当，公社有一个饭馆，只要有粮票，有钱，就可以买到那个叫作"馒头"的东西！运气好赶上杀猪，还能吃上叫作"肉"的东西。

树强家生活虽不富裕，但毕竟是独子，俗话说"穷汉养娇子"，树强自幼便是在这样的状态下长大。兼况下乡时，上面有六个出了门子的姐姐，她们商量好，谁也不许多，谁也不能少，每人出十块钱送弟弟下乡。于是树强现在身上就有了六十块钱——这在当年是一笔不小的财产。

赶集要翻两座山，步行两个多小时，天冷得嘎巴巴的。然而这一切都拦不住树强去赶集的决心。今天如果不去，就要等五天以后，现在嘴里能淡出鸟来！再忍五天？不知道还能不能熬到那一天！吃罢早饭，当下地的社员们刚刚走掉，他就去找杜俊芝，邀她一起去赶集。

不仅仅是学校在给他们分配的时候，暗自给他们配了对儿，也不仅仅是他们进村时社员们悄悄给他们配了对儿，就连他们自己心里也在暗自给自己配了对儿。上山下乡就是要扎根农村一辈子的事，眼下只有这仨公俩母，不能不为自己的前途着想啊！

其实，爱情就是癞蛤蟆对天鹅的感情。在爱情的路上，每个爱着人的都是癞蛤蟆，每个被爱的人都是天鹅。

石进城的"天鹅"是华苏婴，在刚刚成立红卫兵的时候，他就喜欢上了她。如今，最令他心虚气短的是，当时自己去参军，不仅仅没有告诉她，而且向她撒了谎。如果当初告诉了她，现在他对她的爱情就是至真至纯，毫无瑕疵的。他就可以理直气壮地追求她了。可是当时走的时候，心里想的是这一走自己将会前途无量，干大事的人，女人算得了什么？何况，如果告诉了她，走露了消息，定会坏了自己的大事！孰轻孰重他心里清楚。他并不认为自己的行为是"背叛"。反而认为这是一个干大事业的人必备的素质，没有这样的素质怎会能够成功？因此他并不后悔当初没有告诉她，只是痛恨刘树强把自己揪了回来，把自己打回了原形。

他也隐约感到，揭发自己的父母实在是丢人现眼的事情，想到此就感到在苏婴那里抬不起头来。转念想，这算得了什么？她还不是一样也揭发了自己的父母？识时务者为俊杰，在那种情况下，保存自己是大智慧。他相信她一定也是尊奉这个道理才那样做的——这，谁也别说谁。

现在，那些都已经不重要了，大潮把他们抛到了这个小山村，这就是命运的安排。身边还有谁比自己更配得上她的吗？刘树强俗不可耐，并且是他抄了她的家，把她的父母打成了走资派，现在还不知死活。是他让她变成了狗崽子，她怎么会看得上他呢？王五毛就不要提了，一个不懂事的小屁孩。最懂得她的，最能够帮助她的，最能够相依为命的，最欣赏她的就是自己。更为重要的是，我们曾经有相同的理想，一起经历过血与火的战斗洗礼。还有比这更珍贵的吗？

他知道华苏婴这样家庭出来的孩子心性高傲，看不上碌碌无为的人。在过去共事的日子里，他知道她是敬佩自己的。他给她的印象是，胸怀大志，学识广博，思想锐利，意志坚强——是那种有领袖气质的人。他感到了她对自己的敬佩，甚至是崇拜。等我做出大事业来，我会做出来的，不信赢得不了她的心。

他知道今天是赶集的日子，一早就来找华苏婴，邀她一起去赶集，一连五天吃白薯，把人淡寡得想发疯，他也打听到了，公社有一个饭馆，还有一个供销社。

苏婴这几天正沉醉于学习纺线、织布、染布和农家针线活。岭下村分为东村和西村两个部分，中间有一条小溪隔开，小溪一年四季长流水，虽是严冬，因为水的流动，只在溪边结了薄薄的一层冰，并没有封冻。横跨小溪不需要桥，只需在几块大鹅卵石上迈过，鹅卵石下是清澈的溪水，可以淘米、洗衣、饮用。

许大婶告诉苏婴西村陈立清家正在印花、染布，印的就是那种蓝底白花的布。她吃罢早饭，匆忙帮许大婶收拾了碗筷就出了门，向西村走去。

进城被分到西村居住，正要到东村去找苏婴。却只见苏婴正在鹅卵石上一跳一跳，走过小溪。她上身穿着一件家织粗布蓝底儿白花的中式家做棉袄，衬着雪白的脸。棉袄袖子稍有些短，更显得胳膊、手指格外修长，雪白。没有想到她换上农家装束竟然更加娇艳，不由得看呆了。

苏婴走过小溪，进城正拦在鹅卵石前的小路上。

"走开。"苏婴知道他来干什么，眼珠子也不转过去，淡淡地说。

进城张了张嘴，居然把邀她一起去赶集的话咽了回去。移步让开小路，看着苏婴从面前走过，用力吸着她经过带起的风。

杜俊芝的"天鹅"是石进城。今天一早，本来也是要去赶集的，她要邀进城一起去。虽然进城给她印象最深的一件事是，他对"主义兵"的一次侮辱——他带领着"思想兵"在他们司令部楼上贴上"龙生龙，凤生凤，老鼠生儿打地洞"的标语。她清楚，在他眼里，她就是打地洞的老鼠。但是她不仅仅感到了侮辱，同时也感到了自卑。她总是在"黑五类"面前感到自豪，在"红五类"面前感到自信，在"革干"面前感到自卑。她喜欢他的一身军装，比刘树强的一身蓝制服，配一条瘦腿裤不知道要高级了多少倍。她喜欢他阴沉着的脸，那是有思想，有抱负的标志，他从来不谈低级趣味的东西，而刘树强却专门对低级趣味的话题津津乐道。

她还没来得及出门，树强来了，用大拇指指着门外，眉飞色舞地说："走啊，咱们赶集去！集上有个饭馆，你点菜，我请客。"

刘树强的"天鹅"是杜俊芝。他早就看上了她，如今命运把他们抛到了这穷乡僻壤，将来要在这里成家立业，生儿育女，若能有她陪伴一生，也算得是不幸中的万幸。

俊芝对树强的心思是心知肚明的。因此她最怕的就是树强来找她，她怕让人看见，更怕让石进城看见。村里人最爱议论这种事情，让进城知道就掰扯不清了。

俊芝遂说："狗吃粑粑——还'咱咱'的，别这么说话，你是你，我是我，'咱'是谁呀？我还有事，你自个儿去吧。"脸像结了霜。

树强仍不死心，央求道："去吧，今天不去，下个集可就要等五天！你受得了吗？"

俊芝冷冷地说："有嘛受不了的？我觉得挺好的。谁受不了谁去呀！"

树强见她不去的决心已定，遂说："好吧，你要嘛东西尽管说，我给你带回来。"

俊芝说："你可千万别带，我嘛也不缺，带了也是白带！"

树强说："好吧，我给你带点吃的来吧。"说罢，没劲嗒撒地独自走上了赶集的路。

俊芝本来要去找进城一起去赶集的，现在自己说了不去赶集，如果跟进城一起去了，那么短短的一条街，就没有碰不上的。那该多么尴尬？于是只得改变了主意，再做计较。

树强起初还担心走错路，一上路就遇见许多推着独轮车的，挑着柴火的，赶着猪、赶着羊的在路上络绎不绝地走着。随便找个人一问，就有了信心，都是去赶集的，只要顺着人流走就不会错。

再过一个多月就要过年了，人们紧锣密鼓地做着准备。来到大集上，只见一条街上早已经热闹非凡。籴米的、粜豆的、卖棉花的、卖布的、卖旱烟叶子的，卖簸箕、笸箩、镰刀、镐头、镐把、扁担各种农具的，都已经摆好了摊位。

街口是供销社收购站，一排人赶着猪在排队等着交猪。收购站里面传出杀猪的叫声。树强心中暗喜——今天肯定能够吃上肉了！

青龙县是水果之乡。盛产苹果。因为是山地，阳坡的水果光照充足，果味非常浓郁，每年都有大量的高品质苹果运往内地，供应北京市场，有几个村子的著名品种成为中南海的特供。

但在水果之乡的大集上，却很难见到有苹果销售。原因很简单：高质量苹果农民都舍不得自家吃，要上交给供销社卖钱回来买盐买铁，自己吃的都是上交不合格的——有伤的、有虫的、有疤的、歪的、裂的、有老聒眼的（被乌鸦啄出洞的）——不由得令人感叹那段古歌谣：

卖盐的喝淡汤，

纺织娘没衣裳。

织席的睡土炕，

泥瓦匠住草房。

庄稼汉一辈子饿得慌！

苹果家家都有，高质量苹果即便摆到集上卖，也卖不上好价钱。因此集上只有几个零星的水果摊，卖的却是梨。这梨是山乡的特产——安梨。

树强看时间尚早，离中午吃饭还有两个小时，决定先逛一逛大集，然后去一趟供销社，给俊芝带些什么东西回去，接近中午时再去饭馆不迟。

他在一个梨摊前站住，见地上铺着一个麻袋片，上面堆放着小山一样青色的梨。树强遂问："这梨多少钱一斤？"

树强是首批知青来到山村，本地人见到这样装束的人十分新奇。卖梨的大嫂说："这东西不论斤卖，都是家里树上结的玩意，你吃多少就拿多少，钱呢，你给多少就是多少，我们不嫌少。"

树强想，山乡人确实是淳朴，有似书上说的君子国。于是说："我先尝一个行不行？好吃我就多买点。"

大嫂说："中了！不过……"

大嫂还没说完，树强拿起一个"吭嗤"就是一口。没想到这梨又酸又涩，顿时现出一脸苦相。大嫂和周围的人笑得前仰后合。

树强并没有把梨吐出来，而是忍着酸涩，嚼了几下，一直脖子咽了下去。流着眼泪，皱着眉头说："这个梨我买下了，我咬了一个梨，给你一毛钱少不少？"说着把一毛钱递给大嫂，把吃剩的梨往路边排水沟里一扔就要离开。

大嫂连忙把他拉住，把钱还给他说："一个梨咬一口，要你这么多钱，我成啥人了？"

旁边看热闹的老农说："大兄弟，这梨可好吃了。只是你的吃法不对。"

大嫂说："这个梨是为了卖的，我们在薯窖里保存，怕它冻了，冻了就放不住了。要吃的时候，从窖里拿出来，放外面冻透，然后拿井水拔上，你再尝尝。那味儿比枣花蜜还好些呢！"

树强说："真的？"

没有想到大嫂突然生起气来，说："难不成我还骗你，买不买都没关系，谁还会说瞎话骗人？"

树强不知道，此地人在那个年头还不会说假话，如果谁怀疑他的话不是真的，那将如同是对人的侮辱。

树强说："那我就买几个回去尝尝，好吃下回再多买行不行？我就买五毛钱的吧。"

大嫂见说五毛钱，高兴得不得了，一连声说："中中中。"立即拿起簸箕，叽里咕噜给树强撮了一簸箕，倒在树强的提包里。树强说："梨给的太多了！"说着还要给加钱。

大嫂说："钱给的太多了！"说着还要加些个梨。

一个要多给钱，一个要多给梨，二人就这样在街边揪打起来。许久，树强塞给大嫂一块钱，大嫂把树强的提包装得满满当当，才算完事。

树强回到村里，把梨放在外面窗台上冻了三天，那梨已经变得黢黑，像是黑色铁蛋一样硬。遵照大嫂的说法，打了一桶井水，泡在里面，一会儿，那梨的外表结了一个晶莹的冰壳。敲碎冰壳，那梨已经变得外表绵软。树强咬了一口，果汁嘭入口中，果然如同大嫂所说，比枣花蜜味道还要浓厚。树强从来没有吃过这么美味的水果。遂如同珍宝一样收好，打算给俊芝送去。

随后，有感而发，用毛主席语录改写了一首打油诗：

下定决心去赶集，不怕牺牲买个梨。

排除万难咬一口，争取胜利咽下去。

这首诗很快在知青当中流传开来，成了一个笑话——这是后话。

当下树强继续赶集，来到供销社，树强买了四斤糕点，打成一包，计划给俊芝送去。又买了两条大前门牌香烟。树强在学校时，常和小流氓们厮混，早已经学会了抽烟。现在到了农村，生活如此艰苦，前途如此渺茫，对一切都心灰意冷，自然就放弃了对自己的约束，打从一上火车就开始吸烟。在当时，抽烟不抽烟，成为判断一个知青是否放弃自我约束的标志。而当时知青，只要他不抽烟，就可以断定，那是一个志向尚存的人。

又买了四瓶红烧猪肉罐头，四瓶糖水白桃罐头，两瓶二锅头白酒，四包饼干。估计已经到了开饭的时间，遂收好物品，向饭馆走去。

树强推开饭馆门，撩开油渍乌黑的棉布门帘，刚刚进入，就听得有人叫道："哟嚯！这不是刘总司令吗？"

树强举目看时，只见大厅内，七八张桌子四面放着的条凳都被知青坐满。桌子上杯盘狼藉，打开的烟卷散落在桌面。屋内烟雾缭绕，酒气熏天，男女混杂坐着。打招呼的却是卫国道中学的一号大耍儿，名叫邢继律。他上身穿着一件藏蓝色半大衣，这件大衣前面带着披肩，背后带着中缝，下身穿着一条黑色鸡腿裤紧包双腿，裹得屁股蛋滚圆；头上留着菊花顶发型，头发发蜡打得锃亮，脚下穿着白球鞋，没有鞋带，免着舌头，黑色尼龙袜衬出脚面一个"V"形豁口，这是当年典型的"玩闹儿"的装束。

树强应道："哟嚯！没想到弟兄们在这里相聚了！"他是当过总司令的人，懂得怎样应对这种局面。遂双手抱拳，转向众人说："弟兄们这是约好了今儿个在这里聚会的？"

邢继律说："没有没有，这还要约吗？一连五天，别说荤腥，连个粮食渣都没见着，光吃山芋了，把我熬得看见活人都想咬一口。"

树强说："你咬人家干嘛呢？"

邢继律说："馋肉呀！"一句话说得哄堂大笑。

树强笑得前仰后合。

邢继律说："五天才一个集，知道这有点荤腥，闻着味就都来了！"

树强说："我是跟弟兄们想到一块儿了，这五天，嘴里都要淡出鸟来了。"

邢继律对在座的说："弟兄们都认识吧，这是卫国道中学的刘总司令？"

众人一片欢呼："认识认识。"

树强说："好汉不提当年勇，都是过去的事儿了，总司令，就别提了，别提了！"

邢继律说着话掏出烟来，抽出一支递给树强，树强连忙从背包里拿出一条刚刚买的大前门烟，双手掰开，每桌上都扔过去一盒，说道："抽这个，自个儿拿。"说着话接过邢继律递过的烟，邢继律拿过打火机打着火为他点上。拉他到自己桌子坐下。

邢继律说："虽然咱们不是一条道上的，可是刘总司令做的两件事至今让我佩服啊！"

树强说："哟嚯，还有这事？哪两件事？我倒是想听听。"

继律说："好么，人的名，树的影，特别是像刘总司令这样的人物，一个人做事，天下人都看着呢！第一件是，把那个走后门当兵的从南京军区给揪回来，那小子没少祸祸人，号称叫嘛来着？哦，叫铁血魔头。这事办得过瘾，解气，大快人心！"

树强说："这是必须的。好么，抓了一百多人，打死了十好几个，完事拍拍屁股走了，参军去了，过几年当官了，高高在上了。凭嘛呀！"

继律说："现在那位铁血魔头呢？"

树强笑说："跟我在一个村，要修理地球也得一块修啊！"

继律说："这就对了！就为这，我敬老兄一杯。弟兄们都一块儿干一个！"

树强接过大碗，大大地喝了一口。

继律说："第二件是，拔钉子的时候，你挺到最后一分钟。这事兄弟我佩服。"

树强说："这事儿就别提了，最后还不是认栽了嘛！"

继律说："那可不是认栽，就是个蚂蚁，临死我也要蹬蹬腿吧？"

树强说："咱哥俩投缘，我就是这么想的。要不是我家老娘扛不住，他们还就拿我没辙！"

继律说："没错！老娘咱只有一个！为了保全老娘，退这一步才是俊杰。就为这个，咱们再干一杯！"说罢众人举杯干了。

继律继续说："怎么，今天自个儿来的，那位常伴儿没带出来？"

"常伴"是地痞流氓的黑话，树强知道他指的就是杜俊芝，连忙说："没有，她有点事绊住了，没来。"

继律说："这鬼地方，要吃没吃，要喝没喝，身边得有个妹子，要不这日子可怎么熬！"

弟兄们到一起有说不尽几天所见的奇闻轶事，诉不尽的苦，发不尽的牢骚，讲不完的笑话。遂你敬我一杯，我敬他一碗，喝得众人酩酊大醉。直到大集已散，饭馆关门，才依依不舍道别各自回村。

第 49 章　洗　礼

　　进村已半个月了。既不开会也不安排干活。就如同他们不存在。

　　这些天五毛每天早上起来，在马棚前打几套拳，然后，帮着忠魁爷爷铡草，打理牲口。忠魁爷爷做饭，他就帮着抱柴烧火，爷俩惺惺相惜，有说不完的话，讲不完的故事。五毛自得其乐。

　　刘树强正乐不得没人管呢。派饭虽不随心，但吃完之后，当屋里没有人的时候可以偷偷地吃一点体己，那是一个煮鸡蛋，或者几块饼干。反正，第一年有商品粮供应，快活一天算一天。再过几天就要过年了，他计划回家过年，离家这才十几天，每天想家都想得肠子疼。回去看看年迈的父母，多带一点东西回来，把将来的日子好好安排一下。即便是在这里当农民，也不能把日子过得跟农民一样！

　　石进城是胸怀大志的人。他坚信自己会干出一番大事业来。毛主席跟毛远新的谈话给了他很大的震撼，毛主席让毛远新学一点辩证法，毛主席说，我并不比别人聪明，因为我懂得辩证法。啊！难怪毛主席能取得那么大的成就，这就是秘诀——都是沾了辩证法的光！于是，他就把《矛盾论》《实践论》读了无数遍。在生活中，凡是遇到难题，他都要要求自己：使用辩证法解决这个难题。慢慢地养成了习惯，凡事都要把辩证法套进去，认识事物用辩证法，解决问题也用辩证法。他感到，自己掌握了辩证法，变得强大，自信了。

　　接下来他发现，要做大事，只零零星星地读一些马列毛的书远远不够，有一本书必须读懂，读透，这本书就是《资本论》。他买到了这本书，下决心把它啃下来。

　　他清楚，读书绝不是目的，而是成就大事业的必要准备。那么还缺什么呢？毛主席不是在写出一篇《湖南农民运动考察报告》之后，才取得了湖南农民运动的成功吗？要在中国做成大事，就必须对中国社会有全面的了解。

我学会了辩证法，读懂了《资本论》，再对中国做一个全面的考察。一个宏大的人生蓝图在他心里渐渐地清晰起来。

考察怎么做？世先有非常之人，而后有非常之事，这是他在《三国演义》里面学到的。如果只做平常的人，怎么能够做出不平凡的事情？要成功，就要跟常人不一样！他要用自己的脚板读遍中国大地。他坚信只要一步一个脚印地走，这个蓝图就能实现。

他开始学做木匠活。只要能给人做木匠活，就能有饭吃，只要我挑着木匠挑子，我就能走遍中国。想到这个宏大的计划就会使他心潮澎湃。绝大多数知青都认为上山下乡毁了自己的前程，而进城认为上山下乡恰恰给了自己实现人生蓝图一次难得的机会。

因此，他不在乎队里怎么安排知青，只安心去做自己的事情。每天吃完饭就一头扎进木工房，跟木匠厮混在一块。冬季恰好是修理农具的时候，队里的耧犁耙耙、大车小车都集中到了木工房里，大队有个木匠，所有农具归他检查，修理。修不了的，要做新的，为春耕使用做好准备。他要学会做农具，这样走到农村的时候才有更大的机会找到活干。

大队的木匠很是纳闷：他打的什么主意？是不是逃避下地，来抢我的饭碗？所以木匠很不待见他。他很快就看破了这一层，他告诉木匠，你放心，第一，我帮你干活，不要工分；第二，我也不想当木匠，你不必担心我抢你的饭碗。我只想学会怎么做农具，学会了也不会在本队使用。那木匠这才稍稍减轻了戒备。

他对报纸上宣传的"磨一手老茧，滚一身泥巴，彻底改造世界观""跟贫下中农划等号"那一套嗤之以鼻，他认为这些话是说给普通知青听的，不是说给他的。他很清楚自己的事业不是改造世界观，更不是跟农民划等号，自己是"非常之人"，要做"非常之事"的。他在为自己的事业积蓄着力量。

华苏婴是一心一意要跟贫下中农划等号的。十几天来她一直在学纺线、学织布、染布、纳鞋底，喂猪、烧火、烀白薯、贴饼子、推碾子、拉磨。她对农家的生活技能充满了兴趣。但是这些在她心里还都只是属于所谓的"生活关"。她迫不及待地等着要过"劳动关"，见这么久没有人安排下地劳动心里不免有些着急。几次到大队询问，为啥还不安排跟社员一起劳动？

大队长陈大江回答："刚刚来，先好好歇歇，熟悉熟悉情况。不要急着下地，挣工分的日子多着呢！"

她心里很疑惑——我担心挣不上工分了吗？挣工分有那么重要吗？他怎么认为我要求参加劳动是为了挣工分？她说："我不要工分，请把我安排到最苦、最累的地方去吧！"

大江很纳闷，没有人不想尽办法逃离最苦、最累的活，她怎么偏偏要去最苦、最累的地方？说："不急不急，想挣工分也不在乎这几天，眼下就过年了，等过了年再说。"

这一天等得心急，又到大队部去打问，走到门口，只听见里面七八个人正吵得面红耳赤。

岭下大队总共有三个生产队，生产队俗称小队，它们是一队，二队，三队。每个小队有三十几户人家。土地、农具、牲口、车辆都归各小队所有。分粮食、分红都是在小队结算的。因此，年终分得多少口粮，工分值多少钱都依据小队收成好坏而定。

隔窗望去，只见大队长陈大江坐在当中的条凳上，两侧歪歪斜斜摆着两溜条凳，几个人不坐着，却蹲在条凳上，有的叼着铜锅烟袋，有的抽着纸卷的大炮，满屋烟雾缭绕，看不清面目。这一定是队干部开会。苏婴怕影响开会，不敢敲门，只好站在门边，等他们散会。

听见里边一个气哼哼地说着："我们不要，谁爱要谁要！冷丁地来了五个大活人，啥都不会干，那是要挣工分、分口粮的！粥只有一盆，平白加五个碗；酱就这么一盘，硬要多加五根葱。我们不要，咋也不能牛不喝水强按头吧？"

另一个声音比较平和，慢条斯理，她听得出这是许宗仁大叔的声音："别说啥也不会干，就是会干也多打不出粮食来。地就是那么些个地，山前山后，犄角旮旯，屁股帘大小的地方都种上了一棵高粱，多一棵苗的地方也找不出来了。加人，就是跟社员抢口粮嘛。"

又一个说："不是我不要。我说要了，社员能答应吗？今年分红两毛五，明年分红变两毛了，咋办？日子咋过？"

接着一片嘈杂说："不要，说啥也不能要！"

陈大江阴着脸一言不发，直等众人都说完了，咳嗽一声。众人吓得一激灵，才觉得情况不妙了，屋内突然鸦雀无声。大江说："跟你好好商量吧，你就蹬着鼻子上脸，不知好歹。毛主席的指示在开头已经跟你都说过了。毛主席说的啥？说你们要'欢迎'。听懂了吧？'欢迎'，这是硬指标，要得要，不要也得要。好好想想这事你能抗得过去吗？你要硬是抗着不要，那就是耗子舔猫屁——找死呢。我拿根麻绳把你绑了送公社去，说你破坏毛主席战略部署，那个时候你可别改嘴！"

顿时一片安静。过了好一会，听见许宗仁说："唉！天塌砸大家，摊上了，咋办？我说，要是要，我们都得要，谁也别多，谁也别少，咱么均摊！"

另一个声音说："均摊好！可咋均摊呀？三个男的，两个女的，里边还有一个小孩儿，咋均摊？"

许宗仁说："我出个主意，一个小队，分给一男一女，剩下那个小孩给另一个小队。中不？"

一个说："中！我要那个小孩！"

另一个说："那不中，凭啥呀？我还想要那个小孩呢！"

三个队长又争得急赤白脸。

大江说话了："都别鸡巴吵了！听我的，一队，我给你刘树强和杜俊芝，二队，给你石进城和华苏婴，三队，给你王五毛。"

两个队都说："凭啥把王五毛给他呢？"

大江说："我们轮着，一年轮换一回，三年轮一圈，谁也不吃亏。这还有话说吗？"

几个人都说："这还中了。"

大江说："好，下边把他们的工分给评一下。"

三个队的队长都说："工分大队就不要管了，我们小队评吧。"

大江冷笑一声，说："你们憋的啥屁，还能瞒得过我？还不是想能少给就少给，能不给就不给？今天我跟你把话搁在这儿，把你们那点小算盘都给我收起来。咱双山子公社十七个大队，哪个大队都有几个知青。你苛扣了知青的工分，事儿传出去，公社追下来找不到你们，他得找我，是不是？我能饶了你们哪个？这分也不用评了，我说个数，中也得中，不中也得中。前三个月，社员男的十分，男知青给八分；社员女的八分，女知青给六分；王五毛按一半给，给五分。三个月以后，跟社员找齐。王五毛跟妇女找齐。谁少给了一分，让我知道，缺一罚十，不信你就试试！散会！"

众人正要起身离开，华苏婴推门进来。只见她泪流满面，说："大爷，大叔们，你们刚刚的话我都听到了。对不起，给你们添麻烦了。我们是来接受你们再教育的，不能给你们增加负担。我不要工分，只要能分给我口粮，有饭吃就行。现在干活肯定不如社员，可是我会努力学，很快我就能学会，我努力争取，不成为你们的负担。"

大江皱着眉头、斜着眼睛瞥着几个队长说："听见了吧？你们呀，咋活的？真他妈不够给我丢人的！"那几个队长灰溜溜走掉了。

书记从大寨回来了。抓的第一件事就是给知青安排住宿。村里有一座最好的院落，以前是地主许义清的房子，许义清土改被打死了，全家被赶到了磨坊去住，这套房子就拆成几份分给贫下中农。当时分给谁，谁都不敢要。多年来居然没人敢住，说是里边经常闹神闹鬼，于是一直作为公产，大队当作仓库使用。书记派人把屋子腾清，重新稳了锅，盘了炕，把炕烧干。重新糊上窗户纸，铺上新买的两领炕席。仅仅几天的时间就把个屋子收拾得里外全新。

这不愧是全村最好的房子。一扯七间大瓦房，磨砖对缝，鲤鱼脊，瓦当，滴水齐全。门前四蹬青石板台阶。屋内一搂粗的松木房柁，十寸粗笔直的松木房檩，四村粗的松木椽子。院内东西两侧各自一扯三间厢房，南边一扯五间倒座，都是青堂瓦舍。

书记又派人去公社粮站把知青的商品粮买回来。安排他们轮流做饭。又有人送来一马车松枝干柴——这种柴火，容易点燃，火硬，经烧，做完饭还能够从灶膛掏出燃烧的火炭，放到火盆里，端到屋内取暖。有了自己的住所，男生住东边屋，女生住西屋，有了自己的锅灶、粮食、柴火，知青结束了漫长的吃派饭、与老乡全家混居的日子。他们再也不需要一天三顿白薯，吃得天天烧心，再也不要夜听鼾声、尿声、敦伦声了。然而，搬进新家的第一顿饭却是在书记家吃的，那顿饭令他们终生难忘。

知青们走到许书记家时，正是中午，书记已经等在门口迎接了。全村只有一家人住着茅草房，这家就是大队书记许学清的家。房子的墙是用石头砌起来的——石头是山村最便宜的建筑材料；屋顶由黄色的茅草铺就。屋子不高，门由几块杨木板子拼成，不高，进门需要低头才能进入。

只见许书记中等往上的身材，浑身精瘦如铁，腰板笔管条直，瘦长脸儿，古铜色脸膛，满脸皱纹如刀斧削刻，一双眼睛清澈如水。穿一身黑色家织布棉裤棉袄。见到他们走来，一一跟他们握手说道："快进屋暖和着。"

许书记跟苏婴握手，只这一瞬间，苏婴已经泣不成声；

许书记跟五毛握手，只这一瞬间，五毛已经泪流成河；

如果没有体温，那就是钢铁或者岩石！这要干多少活，吃多少苦才能把人类的手变成这个样子？手的本来面目完全被老茧覆盖，十指被老茧重塑成方楞形状，摸上去如同触摸钢锉。苏婴的手，五毛的手，在这钢钳子一样的手中，像棉花瓜一样软绵无力。

这双手震撼着每一个人的心，然而却是不同的震撼。

我吃的苦再多，也赶不上农民的十分之一，百分之一。五毛想。

看到这双手，苏婴感到的是自己有罪，我要赎罪！

石进城想，这样的手就能拯救中国吗？不可能，连一个村子，甚至连自己也拯救不了。拯救中国需要智慧，需要手段！他轻蔑地笑了。

一个念头在刘树强脑际闪过，不能啊！就是死，我不能沦落成这个样子！

杜俊芝想，他还是书记呢？还得亲自下地干活，混得真惨啊！

正值中午，因为窗户太小，屋里却是黑洞洞的。

锅上雾气腾腾。书记的妻正在地上烧火。她是个瘫痪人，双腿跪在地上，臀部坐在自己的小腿上，双手协助着膝盖在地上走来走去。摸抓着柴火填进灶膛，掀起锅盖，照应着锅里的饭食。日常，她要做饭，洗衣，缝补，纺线，织布，磨米，做酱……做着健全妇女所做的一切。眼下，她头发散乱，虽只是中年妇女，却白了大半，上面挂着草屑，面色蜡黄，两只眼睛，奇黑，奇大，像两口枯井，像两个深渊。若死死盯住那深渊，那里边找不到一丝希望——铁石心肠也会被这两只眼睛击得粉碎！

五毛捂住嘴，害怕哭出声来；苏婴"咕咚"跪在她的旁边，帮她掀起锅盖，泪水如同小河在脸颊上流淌；树强和俊芝捂着鼻子，回避着屋里酸臭的气味；进城看到了这一切，然而他并不为这一切所动。

学清书记有四个孩子——两个儿子，一个八岁，一个六岁，两个女儿，一个十二岁，一个十岁。五毛知道，书记的小儿子是收养的，他最为娇惯的却偏偏就是这个儿子。两个女儿都在炕上，围着一条棉被。知青们不久前刚刚知道，只要是在家围着棉被的，不要询问，那就是因为没有裤子，只能光着屁股呆在炕上。

炕上！那也叫作"炕"？那就是一个黄土搭起的台子。通常的炕都有一条五寸宽，二寸厚的木料做成的炕沿，这条炕没有炕沿——因为那根木料造价太高！通常的炕上都有炕席，苏婴曾经为许大婶家睡觉身体直接躺在炕席上哭得一塌糊涂，而与这条炕相比，炕席则显得何等豪华、奢侈——这条炕上没有炕席！他们睡觉肉体就直接躺在土台上。

饭是这个山村最为豪华的饭了——水豆腐，秫米干饭，酱瓜子。更为豪华的是，还有一大碗鸡蛋羹——通常庄稼人家里都养几只鸡，而鸡蛋从来是舍不得自己吃的。他们要拿到供销社卖钱，用钱买盐、买铁。

饭菜已经摆上了炕桌，是书记的妻子手柱着地端上来的。桌子当中一个青色瓦盆，上面放一只柳条浅子，浅子上堆满刚刚出锅的，雪白的水豆腐；另一个青色瓦盆中是刚刚出锅的白秫米干饭；旁边一只黑釉大碗，里面是酱瓜子打卤——这是吃水豆腐的卤子。

山村的规矩，有客人吃饭，女人和孩子是不能上桌的。于是，四个孩子团坐在炕尾，八只眼睛巴巴地盯着桌上的美食；一个女人，拖着瘫软的双腿，用手行走，往来于炕桌和灶台之间服侍着。

苏婴被请到了炕桌正面。却双手捂着双眼，哭得双肩不停地抽搐，颤抖着说："快让大婶上炕歇会吧！我去烧火做饭！"说罢，"呜呜"忍不住哭出声来。五毛在旁边也在不停地抹泪。

大婶却平静地说："姑娘不怕的。我不累，好多年了，惯了。"

于是问起大婶的腿是什么病。书记说："三年前，开始有点腿软，后来就慢慢地站不起来了。县医院，秦皇岛医院都去过了，片子也照了好几张。就是找不到是哪的毛病。庄稼人，总要照顾家，日子就这么过下来了。今天我们不提这些事儿。"

许久苏婴才平复下来，说："一定要让大婶和弟弟妹妹们一起吃，否则我们怎么吃得下去？"

书记说："一来呢，这是欢迎你们的饭，孩崽子、老娘们上来我们就说不成事儿了。二来呢，我们都是一样的饭食，没有偏了你们。"知青们这才勉强坐了下来。

书记说："吃过这顿饭我们就是一家人了。都说山村苦。可我们还是有名的富裕村。再往深山里边走，比我们更苦的地方多着呐！我们村一个工折合两毛多钱。深山里边一个工只有几分钱。你们来的时候正赶上吃薯的季节，家家吃薯，顿顿吃薯。吃得惯吗？肯定把你们吃惨了——烧心是少不了的。你们抱怨天天吃薯，可是深山里边的，不要说薯，粉渣也吃不上。"

他们觉得自己已经抵达地狱，却没有想到在地狱的下面还有十七层！

苏婴说："烧心了怎么办？"

书记说："吃薯的时候，多就点酱瓜子。烧心上来的时候，吃萝卜，萝卜助消化。再不行，喝口碱水就好了。"

苏婴如获至宝，连连点头。

进城听说苏婴烧心，说："我带来了苏打片。回头我给你送去。"

苏婴却仿佛没有听见。

书记说："说是扎根农村一辈子，依我看，少则二三年，多则四五年，到时候你们都要回去的。因此，在这里好好劳动并不那么重要，重要的是养好身体，别受伤，别生病。走的时候，结结实实的。

我就能跟你们父母交代了。以后想起来，在咱们山村里没受委屈，留下个好念想，我就心满意足了。遇到难事找我，别硬挺着，没有解决不了的事情。吃吧！这水豆腐是咱们青龙有名的饭食。山村里待客最好的东西了。"

说罢，他教给他们水豆腐的吃法，怎么吧豆腐搛到自己碗里，怎么浇卤子，怎么就着干饭吃。

这时候大婶挪了进来，端上一碗热气腾腾的鸡蛋羹。

书记说："趁热吃。"

几个人都是吃过鸡蛋羹的。却没想到这鸡蛋羹居然如此鲜嫩无比。你一勺，我一勺吃起来。书记说："加上一点瓜子卤味道更好。"于是几个人都试着舀了一勺放到自己碗里，又加了一点瓜子卤。果然味道很好。正在赞不绝口时，忽听得炕尾"哇！"的一声一个孩子哭了起来。五个知青，十只眼睛一起向炕尾看过去，

只见书记小儿子咧着大嘴，哭得"哇哇"的，两行滚圆的泪珠儿从小脏脸儿上滚下来，滚过鼻涕嘎巴渍得油亮的棉袄前襟，掉到炕上摔成八瓣。

苏婴忙问："弟弟怎么啦？"

孩子哭说："过了印儿了！过了印儿了！"

苏婴说："啥过印儿了？"

孩子说："鸡蛋羹过印儿了！妈在碗里划了印儿，妈说这边他们吃，那边给我吃。你们过印儿了！"说着，哭着，把嘴撇得像个瓢一样。其余两个姐姐一个哥哥六只眼睛睁得滚圆，惊恐地侧视着爹，他们知道弟弟给爹丢了脸，唯恐爹发火。

书记见状，下炕走到炕尾，一把把小儿子的头拢到自己怀里，孩子双手抱着爹的腰，把脸贴在爹的前襟上，哭得越发冤枉。

书记说："过印儿怕啥的？蛋羹就是给哥哥姐姐们吃的，咋这小家子气？等哥哥姐姐走了，让妈单做一碗给你吃。不哭！"

孩子听说"单做一碗"，立即破涕为笑。知青们倍感愧疚，闷声吃饭。

这天晚上，五毛给华校长，给蚩氓和小班各写了一封信。

第 50 章　劳动关

　　这是苏婴第一天参加劳动，活计是挑粪。

　　俗话说"庄稼一枝花，全靠粪当家。"在山区，粪就更加重要了。山区土壤多是沙石组成，土地本身几乎不能提供任何养分——你施多少肥，它就给你长多少庄稼！往地里送粪就成为了冬天最重要的活计——要趁着地里没有庄稼生长的时候，把粪送到地里去。明年能吃多少粮，全看现在能送多少粪！

　　粪都堆在村里，地都在山上。能进独轮车的地块，是较为平坦的地块，往那里送粪是男劳力的活计；陡峭的、不能行走车辆的地块，只能用人担。现在妇女们承担的就是这个活。

　　青龙县素有"八山一水一分田之称"，这里最为缺乏的就是土地！土地已经被利用到了极致——山旮旯，石头缝，凡是能放下屁股的一块地方，都种上了一棵玉米，或者几棵高粱。这些地块不仅仅小，并且都悬挂在山腰、山顶上。粪，也就要沿着千曲百折的山路送到山腰、山顶。

　　此时，女打头的粪筐三两下就已装满，她的筐比别人都装得更满，拍得更瓷实，那就是两座小山！打头的要身先士卒，历来如此。然后，她双手掐着腰，张望着人群，等着她们装筐。当她看到别人筐装得差不多时，她拾起了扁担，用她尖利的嗓音，长长地吼道："都鸡巴上肩喽——！"声音一落，一杀腰，便第一个担起了担子，摇着硕大的臀部，向山根底走去。

　　十几个女人，二十几个女人，一个接着一个把腰杀下去，把扁担担在肩上，摇着臀部跟在她的身后，排成一行，像雁阵。她们穿着蓝棉裤，花棉袄，围着红头巾。红扑扑的脸膛像熟透的大红苹果。她们步伐一致，距离相等，一担粪，百十斤，扁担颤颤悠悠，身子一摇一摇，手臂一摆一摆，渐渐走到山根底，一条山路曲曲折折展现在眼前。为了减缓山坡的陡峭，那山路左一折，右一折，曲曲折折不知道折了多少折。走到最为陡峭处，曲折的山路结束了，接着的叫作"梯子蹬"。其实，那已经不是路，而是在岩石间开凿出来的石头台阶。

担着百十斤的担子，需要使用一种特殊的技术叫作"荡秋千"的才能拾级而上。每一步都要蹬上一层尺把高的台阶，这时不能使蛮劲，而要把筐前后"荡"起，当粪筐向上荡的时候，恰是借力向上攀登好时机，这时候可以借助担子向上摆动的力量，轻松登上台阶。身子向前摆，粪筐向后荡；粪筐向前荡，身子向后摆。在山腰，荡呀！摆呀！荡呀！终于把粪荡到了山顶。

山村都是"骣穿"棉衣棉裤的，此时汗水已把棉衣湿透，粘贴在肉上。人在山顶一露头，只需一阵山风掠过，棉衣立即结成冰壳儿，像铠甲一样坚硬，糊在前胸，贴在后背，粘在大臂、小臂、大腿、小腿上，于是人就被装在一个坚硬的冰壳中。这时候千万不能停下喘口气，这不是喘息的时候。必须立即把粪倒掉，抓紧下山，躲开山风，才有可能用体温融化那坚硬的铠甲，用体温蒸发掉融化的水分。回到山下，接着，便是另一担粪，那将是另一个轮回！

山村的姑娘、媳妇都是三岁就开始上山捡柴，搂树叶的。她们从小练就了在山上干活的体魄。而苏婴没有。平路上尽管迤逦歪斜，毕竟还可以跟上队伍的节奏。她不会"荡秋千"，但她必须跟上荡秋千的队伍，才能不挡住后边人的路，因此她必须使蛮力登上山顶，她便需要花费山村姑娘几倍的力气才能跟上队伍。她的肩头没有老茧，只能用嫩肉硬扛扁担，肩膀磨疼了，从脖颈处伸进手去一摸，满手是血。血水把衣服与伤口粘在一起。轻轻一动，衣服便撕裂伤口，旧伤口变成了新伤口。

每当艰难的时候，她有两大法宝去战胜困难，那是屡试不爽的灵丹妙药。

第一个法宝是，在心里默默背诵毛主席语录。她经常背诵的语录是：

下定决心，不怕牺牲，排除万难，去争取胜利！

每上一蹬阶梯背诵一句，一遍背诵完毕就再从头再来，直到粪筐被担到山顶。

人对毛主席语录也有"抗药性"，老背诵同一段，效果就会衰减，于是就换另外一段：

中国人连死都不怕，还怕困难吗？

再次衰减了，就再换一段：

一不怕苦，二不怕死！

每当坚持不下去的时候，她还有另一段毛主席语录效果很好，她要省着使用，不到最艰难的时刻，不能轻易使用，这一段就是：

往往有这种情形，有利的情况和主动的恢复，产生于再坚持一下的努力之中。

累了背，饿了背，睏了背，冷了背，热了背，烧心疼痛难忍时背，每当背诵这几段毛主席语录，都会使她勇气倍增，靠着背诵毛主席语录她战胜了无数艰难困苦。

另一个法宝是"斗私批修"。

为什么贫下中农能做到的事情你做不到？说明你跟贫下中农还有差距。要跟贫下中农划等号，就不要忽略任何一点细微的差别！斗私批修，就要狠斗私字一闪念，在灵魂深处爆发革命，要敢于对自己的私心杂念刺刀见红。任何时候想多休息一会儿，想在筐里少装一点粪，哪怕只有一闪念，都不能轻易放过，一旦发现，一定要批倒斗臭，对私心杂念绝不姑息容忍。斗倒了私心，就获得了力量。她尝到了斗私批修的甜头——越累，越饿，越睏，越冷，越烧心，灵魂便越纯洁，越纯洁便越幸福，于是，越痛苦便越幸福！痛苦就是幸福！

每天当夜深人静时，她都会思念毛主席。每当想起毛主席，她都会有一种幸福的暖流涌遍身心。她思念毛主席思念得痛彻心扉，想得肝肠寸断。她深知，自己灵魂的纯洁是毛主席给的，因此她要无限忠于毛主席，她甘愿为毛主席去死！

不久，她收到了王大毛的来信。信很简短，他说："这里是反修的第一线，隔河可以看到苏联边民破冰捕鱼，可见苏联边境士兵换岗。连队里战备抓得很紧。真想寻机会跟他们聊聊天。"

为什么希望跟他们聊天呢？噢，他俄语很好，聊天自然没有问题，他想了解一下那边的情况？苏婴回了信，也很简短，说："这里是战天斗地的战场，更是葬送旧观念的祭坛。我正在努力跟贫下中农划等号，这是非常艰巨并使人感到幸福的使命。每一天都经历着血与火的洗礼。"

在苏婴挑着胆子往山上送粪时，五毛正在推小车往山上送粪。五毛本来就是苦孩子，曾经沧海难为水，现在所有的艰难困苦对于他而言都算不上什么，更何况，跟过去相比，现在没有落在他身上的白眼，没有屈辱。更何况，自从他跟许书记握手的那一刻，他就找到了生活的意义。他要为身边这些穷苦人谋利益，哪怕一丝半毫也心甘情愿。

石进城对队里的安排置若罔闻，每天依旧一头扎进木匠房去给木匠帮忙。他不要工分，只要不赶他走怎么都行。他心里只有两件事，一件事是完成自己的宏伟事业；另一件事是得到华苏婴。他深信女人是仰慕英雄的。只要自己能干出一番轰轰烈烈的事业，华苏婴一定会投入自己的怀抱。

刘树强打算回家过年去了，来找杜俊芝。说："回家过年咱俩一块走吧，下了汽车换火车，你自己一个人走我不放心，路上好有个照应。"

俊芝正色说："早就跟你说过了，你就是不改，说话别'咱咱'的好不好？都老大不小了，咱是谁啊？现在又都在一块住着，这么说话让人听见算怎么回事？你要走，走你的。我用不着你照顾！"

对这抢白树强并没感到尴尬，他自信，她逃不出他的手心儿。他相信自己的实力远胜过石进城，石进城好高骛远，那一套太虚。都当了农民了，把日子过好才是真格的。更让他有信心的是，他清楚石进城心里装着的不是她，而是华苏婴。

不急。他想。

他坚信自己不会看走眼——她是个务实的人，跟虚头巴脑的华苏婴不一样。只要自己把日子过得跟铁打的一样，总有一天她会自己找上门来。

于是等了几天，见俊芝还没有回家探亲的迹象，自己打理行装，独自回家过年去了。

树强走后，俊芝来找进城，说："回家过年咱俩一块走吧，路上下了汽车换火车，也好有个照应。"

进城说："什么时候走你告诉我一声，我去送你。什么时候回来提前来个信儿，我去接你。我今年不打算回去了。"

俊芝笑着说："你真的打算在这跟贫下中农过一个革命化的春节了？"

进城说："那是一定的。"

俊芝见进城跟自己不凉不热，多一句话也没有，只好讪讪告辞。次日，进城送她上了汽车，回家过年去了。

第51章　那种人生正悄悄向他走来

蚩氓收到五毛的来信觉得非常奇怪，这才离开几天时间，朝夕相处的小兄弟怎么会有这么大的变化？

五毛信中说：

在书记家吃了一顿欢迎午餐。这顿饭如同一次灵魂的洗礼，吃完这顿饭，我找到了人生的意义，那就是：为天下穷苦人做一点事情。从那一刻起我知道，过去我过的都是行尸走肉的日子。我知道了，我所受过的苦比起天下穷苦人所受的苦都显得微不足道。从此以后我要开始新生活——真正的人的生活。

五毛在那里究竟看到了什么？在书记家吃的是什么饭？那饭怎么会有这么大的魔力？那究竟是一个怎样神奇的世界，居然能够使人发生翻天覆地的变化？什么"灵魂的洗礼"，"人生的意义"，都是他们过去交往中不曾谈到的词汇，他对五毛的精神世界充满了兴趣。在他的潜意识里，他正渴望着那些词汇所表达的人生，渴望着开启新的生活。

其实，那种人生正悄悄向他走来。

六九届的分配之谜是由一次"选调"揭开的。

正如人们所料，六九届果然有一次留城的机会。但不是全部，而只是从六九届当中选拔出最"优秀"的一小部分，这个过程叫作"选调"。所谓"优秀"，就是指在文化大革命中表现突出的，越是积极参加红卫兵，参与揪斗牛鬼蛇神，揪斗走资派的，即被认为表现越好；越不积极参加文化大革命的即被认为表现越坏。其实是，作为正常人而言，你表现越坏，就被认为你表现越好；你表现越好，就被认为你表现越坏。毕业分配是睚眦必报的。这一次选拔留城就业的，都是文化大革命的积极分子。

郭小寇是红卫兵首领，又在"拔钉子"运动中立下了汗马功劳，理所当然被选调留城，分配在副食品商店当售货员。高大可虽然出身很好，复课闹革命表现也不错，只是因为在"拔钉子"运动中立场出了问题而没有被选中。齐蚩氓、鲁小班因为在文化大革命中是逍遥派，复课闹革命不积极，故而也没有被选中。

被选中的"六九届"学生们志得意满地去上班了。

没有被选中的学生和家长全部坠入焦虑的等待中。他们焦虑着那悬而未决的命运。

突然一天，学校来了一个通知，让他们到学校听报告。这是什么报告？每个人都惴惴不安，他们期望着再来另一次留城"选调"；又担心着再掀起一次上山下乡的高潮。

来到学校才知道，内蒙古生产建设兵团来招兵了。

作报告的是一个女兵团战士，她的名字叫左红梅，仅仅听这名字就叫同学们唏嘘不已。名字叫成了这个样的人，该讲出什么样的话来？她敦实的身材，脑后梳着两条又细又黄的短辫，穿着一身退了色的土黄色兵团服，胸前戴着一个烧饼大小的毛主席像章。蚩氓被她那像熟透了的红苹果一样圆圆的脸膛，和淳朴得直勾勾的眼睛深深地感动了。他不敢相信人类还会有这样的眼神，纯真、坚定、质朴，看了这样的眼睛会使人觉得自己灵魂不干净而自惭形秽。

她绘声绘色地讲着他们在边疆的战斗生活。她所讲的一切，给同学们打开了另一个世界，那是一个完全不同的，令人向往的世界。那是一望无际的大草原，草原上奔跑着骏马，放牧着牛羊；有一条恢宏浩瀚的河从草原上流过，那就是中华民族的母亲河——黄河；河水不仅仅灌溉着肥沃的河套平原，并且还盛产大鲤鱼，那大鲤鱼味道鲜美，打捞不尽，个头有孩子那么大；河套平原有千里麦浪，有吃不完的大白馒头，丢在地上当球踢；那里还有吃不完的牛羊肉，冬天宰杀季节牛羊肉码成垛，堆成山。

她讲人生、理想、战斗。那里是有志青年奋斗，拼搏，奉献的战场。讲屯垦戍边，反修防修；讲《军队的女儿》，讲保尔·柯察金，讲无愧无悔的人生；她讲在兵团怎么战天斗地——冷了想想罗盛教，热了想想邱少云，渴了想想上甘岭，饿了想想长征路。讲他们在艰苦环境中改造世界观，锤炼一颗忠于毛主席的红心。她的口头禅是"一切围绕红太阳转，要在转字上狠下工夫"，每隔几句话就要把这句话重复一遍，每一遍都充满了激情。

终于讲完了，她说："让我给同学们唱一首我们兵团战士的歌吧。这首歌的名字叫《兵团战歌》"说罢，她满怀激情地唱道：

> 蓝天做账地作床，
>
> 黄沙拌饭可口香。
>
> 狂风为我送歌声，
>
> 广阔沙漠好战场。
>
> 要用我们奔腾的汗水，
>
> 把库布齐沙漠来浇灌。
>
> 要用我们战斗的歌声，
>
> 唤醒沉睡的阴山。
>
> 兵团战士斗志昂，
>
> 革命意志坚如刚。
>
> 战天斗地决心大，
>
> 愿把热血洒边疆。

她唱得沉醉动情，憨直的眼睛里闪着泪光——那泪究竟是为什么流？是为历尽磨难不曾屈服的自豪而流？还是为受尽苦痛的冤屈而流？

她的歌唤起了蚩氓对新生活的向往，那是一个同眼前的世界完全不同的世界。在她的报告里听到，那个世界里，人有理想，有灵魂。同那个世界相比，眼前的这个世界，庸俗不堪，令人生厌。蚩氓决心已定，要到那个世界去，用自己年轻的生命去拼一回！

王连昌老师说："不要做着后面还有选调留城的美梦了！兵团后面就是插队，过了这个村，就没有这个店了！不要再犹豫了，立即报名，名额满了就会去不成了。内蒙兵团不是随便什么人都可以去的，它隶属于北京军区，政审十分严格，待遇也是插队落户无法比的，除了没有领章帽徽，一切都跟解放军一模一样，发军装，吃商品粮，每月还有津贴费。你们不是渴望参军吗？现在机会来了，还犹豫什么！"

所有同学都报了名，他们知道，在余下的前途中，这就是最好的前途了。特别是出身不好的同学报名特别积极。他们意识到，如果这个机会抓不住，他们就只能插队落户去了。

第二天被内蒙兵团录取的名单公布出来，名单仅仅占了所有同学的一半。齐蛀氓、鲁小班、秦娥、孙逸华被批准，他们成为了毕业分配的第二等级。余下的同学则是出身不好的、表现不好的，他们成为了这次毕业分配的第三等级，等待他们的是去山西插队落户。

蛀氓为了减少父母犹豫不决的痛苦，把户口本从家里偷出来，把户口销掉之后，才拿着录取通知书给妈妈看，这时候离出发只有五天时间了。

妈妈一个字也没说，眼泪"刷"地流了下来。她背过脸去，蛀氓看到她双肩在抽搐。她知道这一切都不可避免，心里早有准备，但是事情真的降临，依然痛苦万分。她抹了一把泪，说："一天好日子也没过过就走了。"

她知道她现在该做什么，说罢上炕来，从被阁子中取出棉被拆了起来，瞬间背面上就滚满了泪珠子。

她说："拿着通知书，去煤场找你爸，跟单位借钱，准备东西。"

第 52 章　临行前的叮嘱

爸爸之所以被调到煤场打煤球，完全是赖海仁来外调引起的。他是齐家的丧门星。打从他来过，便给齐家的屋顶蒙上了一层阴霾。

那是两年前的事情。

"朱总理是去了台湾，还是留了下来？"在十一经路百货商场的小会议室里，赖海仁开门见山提出了问题。顿时士弘冒出一头汗来。

"不知道。飞机明天一早起飞，我头天晚上就离开了沈阳。因此，朱总理去没去台湾我不知道。"见赖海仁询问，也只能如实回答。

赖海仁是十五年前士弘在沈阳邮政储金汇业局的老同事、老朋友。士弘得知赖海仁来外调，就如同头上炸了痱子，有如万根毒针刺向头皮一样，脑袋嗡的一声就大了，他知道他刻意隐瞒的一段往事再也隐瞒不住了。

"你是朱总理的助理，当了他多半个的家。他就从来没有跟你谈过，他是走，还是不走吗？"老赖对士弘的回答有些失望，但又不死心，企图继续追问出一些线索。

"没有谈过。南京的命令是下达给他的，押送黄金飞往台湾，他是负责人，他不去就没有人交差。因此我断定他是走了。但真的走了还是没走，因为我提前离开了，没有亲眼看见，我只能说不知道。"士弘说。

老赖说："这次来外调，只为落实一个问题，朱总理走了，还是没走？你没有提供可靠的证据，所以这依然是个悬案。他跟你有过联络吗？"

"没有。"士弘说。

"老赖收起了笔记本，非常失望，说："就这样吧。以后如果你有了他的消息，立即向组织汇报。"

外调结束后，士弘说："我们老朋友十五年没见面了，到我家坐一坐吃顿饭吧。”

老赖明知道此番外调将会给士弘带来毁灭性的伤害，然而他居然毫无愧色地来了。在士弘家两人喝得酩酊大醉，禁不住说起了真心话。老赖说：“我都奇怪了，怎么你到哪都比我混得好？这么大的百货公司，总经理当着，比过去也不差啥！”

士弘说：“就为这，你专程来害我吗？你就是我的丧门星。你知道你走后，我会怎么样？你能不能替我考虑考虑？你不来会死吗？”

老赖说：“这怪我吗？人往高处走，水往低处流。你混得这么好，我也要好好混是不是？谁怪得上谁？要怪就怪你自己当年没有走！你要是走了，在那边高官得坐，骏马得骑，我现在想找你也找不到哟！”

赖海仁走后不久，士弘就从百货商场的总经理降为了总会计。又过了几个月，从百货商场调到了副食商店，当片儿经理，管理八个商店。又过了半年，成为了副食商店的总会计，管理着八个商店的账目。没有撤职，只是工作调动，就这样三调两调，仅仅两年的时间，就调到了煤场打煤球，很明显这是劳动改造的性质。接下来将发生什么？士弘大约料到了——往轻里说，你失去了上边的信任，没有可能被重新启用；往重里说，你摊上了重大嫌疑，你对组织隐瞒了一段重要的经历，你是不是潜伏下来的特务？接下来，被抓，被审，入狱，都难以避免。他看到了前途的终点——这辈子完了。

每想至此，士弘心如刀割。两年来心里一直在想一个问题：当年该不该回来？其实，当年决定回来的时候，今天的局面就已经预料到了。尽管如此，当时的决定依然是回来。只要母亲和弟弟能够活下来，自己付出多大的代价都心甘情愿。现在，母亲和弟弟都活得好好的。两个弟弟都已经结婚生子。一切代价都得到了补偿，有什么后悔的呢？尽管不后悔，心情却依然如同灌了铅一样沉重，无法摆脱。

蛊氓远远看见父亲在煤场的角落里筛煤。煤堆山一样高，山脚下斜立着一个大筛子。父亲把煤一锨一锨扬到筛子上端，煤块在筛子上面滑落下来，煤沫便落到了筛子下面。看得出父亲的任务是要把筛出的煤沫打成煤球。旁边有刚刚打好的煤球，湿漉漉的冒着蒸汽。

蚩氓看见父亲一脸煤末都遮盖不住的阴沉，几乎不敢跟父亲开口，不仅仅没有给父亲一点安慰，反而要给父亲增加负担——借钱！——这是何等令人难堪的事情！

父亲知道他来干什么。还没等蚩氓开口，就说道："儿子，走了好！爸爸成了这个样，你能有什么前途？走，或许还有活路，不走只有死路一条。走吧，自己去闯一番天下吧！"说罢便放下手中的铁锨，带着蚩氓去财会科借钱。依照政策，每个知青可以凭"上山下乡证明"在父亲所在单位借到 50 块钱，分期偿还，每月还 5 块，十个月还清。

晚上，家里只有士弘和齐婶，秦伯伯来了，只见他原本白镜子般的脸色，却满面通红，原本清澈明亮的虎目，却挂着血丝，显然他喝了不少酒。士弘连忙给他让座。

齐婶说："惟均来了，快坐下。"说着就一边沏茶，一边说："秦婶准备得怎么样了？"

秦伯说："唉！正忙着呢，我也插不上手，让她自己忙着吧。大嫂你这儿忙得怎么样了？"

齐婶说："这是怎么话说的，满打满算，从批准到出发只有五天时间。铺的、盖的，棉的、单的，鞋脚、袜脚，光拆拆洗洗这五天也够紧的，还有乱七八糟用的东西呢？该拆的都拆了，洗了，还没来得及做呢。"

秦伯说："当妈的就是想得周到。我怎么也想不齐全这些事儿。"

齐婶说："我这算不上周到，好在我家蚩氓是个臭小子，怎么说也好对乎。你家娥子是女孩，就更要想得周全些。"

秦伯伯长叹一声，说："是呀！大嫂说的太对了，男孩可比女孩省心多了。我正为这事儿发愁呢！总想跟大哥，大嫂合计一下。"说着面带难色。

士弘说："这是多大的事情，把你愁成这样？"

秦伯伯说："好歹是去兵团，不是去插队落户。兵团实行军事化管理，生活还有保障；最让我踏实的是，跟蚩氓在同一个团，同一个连。大哥大嫂你们说，这不是老天爷长眼了吗？有蚩氓在身边照应着，我还有嘛放心不下的呢？"

齐婶说："惟均说的太对了。我听说两个孩子分在了一个连，把我高兴得半宿没合眼。不幸里边还有这么一个万幸。"

士弘说："这么好的事，你怎么还发愁呢？"

秦伯伯说："我是军人，带过兵，打过仗，丘八的那点事我清楚。俗话说'当兵当三年，见了母猪当貂蝉。'这是说正规军，都是男人，没有女的，就成了这个样儿。可兵团就不一样了，当官的都是军人，还都是男的。这些城市里的十七八岁，花儿朵儿一样的女孩那么一去，那些土八路哪里见过？手里边有权力，又在那个天高皇帝远的地方，大哥、大嫂你们就好好想想吧，能有好吗？"

士弘说："这一层我还真没想过。"

秦伯伯说："大哥别怪我说你，就因为你家不是闺女，这事就不上心。说着话就要走了，越是临近了，我越是坐立不安，有个事总想跟大哥大嫂商量一下。"

士弘说："有嘛事你就直说，咱两家还要吞吞吐吐的吗？"

秦伯伯说："我看咱家这两个孩子，这就叫青梅竹马，打小在一块玩，一块上学。两个人好的，比亲兄妹还好。老早我就想，这俩孩子你说是相貌，还是脾气秉性，哪就有这么投缘的呢？简直就是天生的一对。可我一直想，这事不用咱们管，就让他们水到渠成吧。可是现在情况不一样了。还有这么三两天，说走就走了，不能等了。我不怕大哥大嫂怪罪，你们看行不行，临走之前，咱们把这个事给挑明了，到了那边互相照应着也是名正言顺。"

齐婶见说乐得合不拢嘴，说："那赶自好，这话正说到我心里去了。我早就有这个想法，可一直也不敢提。为嘛呢？你家娥子那是远近都知道的漂亮孩子。就怕我家蚩氓配不上呢。"

秦伯伯说："大嫂说的跟我想的一模一样——我还怕我家娥子配不上你家蚩氓呢！你家蚩氓，看那骨架子、灵性、气度，没有三辈五辈的积淀，绝出不来这个样子。大嫂这么一说，我心里就有了底。咱们跟孩子透个气儿，听听他们的想法。要是他们心里也有这意思，咱们就在临走之前把这事定下来，我心里也就踏实了。"

士弘说："我也曾经闪过这个念头。可是你看我家日子过成这样，就怕娥子跟着我家受了委屈，所以就搁在脑后了。"

秦伯伯说："大哥你可别这么说，我看的不是当下日子过得嘛样，那都是暂时的。我看的就是人的种，种好，是要千秋万代传下去的，这东西千金万金换不来。"

士弘说："你要这么说，我看行。这个事你先别跟你家娥子透，这样的事总要男孩子先有意，再跟女孩说，女孩总比男孩尊贵不是吗？怎么也应该是凤求凰，不能弄成凰求凤啊。"

秦伯伯说："还是大哥替孩子想得周到，我先替娥子谢谢了。"说罢，高兴得合不拢嘴，连说："大哥大嫂，这事就这么办，明天我听你们的回话。"说罢，也不似往日那般屁股沉，遂起身告辞。士弘齐婶说："好，你听我的信吧。"

如同所有做母亲的一样，此时崔妈妈也正在絮絮叨叨，恨不得把一辈子的生存经验都传授给女儿。

崔妈妈说："这是怎么话说的，说走就要走了。打从接到通知书，我是睁眼泪儿，合眼泪儿。一想起你要走，我的心就跟让狼掏去了一样。早听我一句话，上山下乡怎么轮也轮不到咱头上啊！"

桂玲说："得了吧妈，早知道尿炕还不睡觉了呢！都是过去的事儿了，你有完没完了？都说过八百遍了。"

崔妈妈说："我是后悔呀！悔不该没把你看住了，要不然哪会有今天——改了名字，改档案，改了档案，转学校，费了九牛二虎的力气，也没逃掉上山下乡，才混得去内蒙古！"

桂玲说："改名字可是你的主意，别现在又算在了我的头上。我还不愿意改呢！"

崔妈妈说："你以为我愿意给你改名字呀？你知道改个名字有多难！要不是你爸爸的战友在公安局，改名字连门都没有！可是不改名字行吗？人的名，树的影儿，只要一提崔桂玲这三个字，远近都知道是一个小货儿。人分三六九等，木分花梨紫檀，小货你还想去兵团？老老实实去山西插队吧！可名字这么一改，情况就不一样了，咱就是另一个人了。再说了，咱们不光改了名字，咱还转了学校，到了卫国道中学，谁也不认识你，你也都谁也不认识。再说了，咱还不光转了学校，咱还改了档案，你爸爸的战友跟我说了，过去你在学校的鉴定对你很不利，好几张，都给拿出来了，咱就可以重打锣鼓另开张，咱就是一个新人了。我可给你提个醒儿，现在咱不叫'崔桂玲'，咱叫'崔璨'了。多好听的名字啊！"

桂玲说："叫了十好几年的名字，还能说忘就忘了的？"

崔妈妈说："唉！忘得了也得忘，忘不了也得忘。你的录取通知书上写的就是'崔璨'，到了内蒙古，连长点名，叫'崔璨'！你就得答'到！'别回过头找人，谁是崔璨呀？那可就露馅儿了。从今以后崔桂玲就从这个世界上消失了，懂吗？"

桂玲笑了，笑得"嘎嘎"的，说："这倒挺好玩儿的，就跟特务潜伏似的，都得起一个代号，崔璨，像个女特务的名。"

崔妈妈把脸一沉，说："还真的一点也不假，就是潜伏，我还得提醒你，你的头发也得改改样儿了，要是不改，人家一看就都明白了，你还是一个小货。明天一早，顶着门去理发店，照着红卫兵的发型剪一个。另外，你的那些个鸡腿裤，流氓褂子也都别带着了。从今天开始，咱就是个规矩孩子了，妈求你了，行吗？"说着又掉下泪来。

桂玲也不免动情道："你说的这些我都懂，你就放心吧，这回我肯定干出个样儿来给你看看，不让你觉得，白为我操了这么多的心。"

崔妈妈见女儿学乖了，反而更加伤心，说："可你这么一走，就是到天边上去了，那边有多苦有多难，我也帮不上你，一切全靠你自个了。上回跟你说的，齐经理的大闺女，回到呼伦贝尔就跟蒙古人结婚了，走的时候病还没好，结婚以后有人照顾了，一身疮慢慢好起来了。这事，你可千万别笑话人家，你知道她心里有多苦？这就叫万般无奈啊，这一辈子就这么毁了！我也是反过来调过去地想，这就叫识时务者为俊杰，为了活着，也刚强不得，不嫁人，难道真的去死吗？照说呢，当妈的不该教给你这些。"

桂玲说："你以为我就那么傻吗？这点事还看不明白？要是我，我也会嫁给蒙古人，不就是跟老坦儿上炕睡觉吗？跟谁也都是那么点事，有嘛大不了的？先得活下来再说啊！"

崔妈妈连连点头，说："听你这么说，我倒是放心不少。可是兵团更有兵团的难处，有句话听说过没有，叫作'当兵当三年，见了母猪当貂蝉'？"

桂玲笑说："这是嘛意思呢？"

崔妈妈说："兵团当官的都是军人，在部队时没有女人。现如今突然地来到了兵团，十七八岁城市的女学生，哪个不是如花似玉？"

桂玲说："那又能怎么样？"

崔妈妈说："怎么样？我告诉你吧，男人掌管世界，女人掌管男人。这句话明白吗？英雄还难过美人关呢，更不用说那一帮土八路！"

崔妈妈意味深长地启发着女儿，依然见她没有入扣。遂长叹一声说："唉！其实人这一辈子好多事儿，就是那么一层窗户纸。要是没人把这一层窗户纸给你捅破了，不知道得吃多少亏也悟不出道理来。换句话说吧，要是咱们模样寒碜就嘛也不要说了，认命了。可偏偏不是这样，就凭咱们这锦缎样的身子，花朵样的脸儿，在外边要是吃了亏，受了苦，那就不能怪别人了。"

其实，说话时崔妈妈心里很是纠结：担心女儿听不明白，就想尽量把话说得清楚一些。但说得太清楚了，却又难以启齿，于是免不了吞吞吐吐，欲言又止。毕竟桂玲天资聪颖，悟性过人。立即一把捂住崔妈妈的嘴说："得啦呀！还不赶快打住？再说下去就不像当妈的说的话了。你的意思我明白，你就是一个榜样，要我跟你学，靠上一个有权有势的人，嫁给他，这个人就是我爸爸！别以为我不懂事，我也是看着你走过来的，我知道你心里也有喜欢的人，也有爱情。"

崔妈妈冷笑一声，说："要不是你明天就要到天边去了，我才不跟你说这些！哼！爱情，那个东西太虚，不当吃，不当喝。我告诉你，男女间就是那么一点事儿，跟谁都一样。你可得看明白了，到时候可别犯糊涂！"

"可你一辈子总跟做贼似的，你心里就不苦吗？"桂玲说。

"闺女，你还是太年轻，想不明白这些事。告诉你到底的话，嘛叫爱情？那是吃饱了，喝足了才有的事。可是你总得先吃饱了喝足了才行啊！"

第 53 章　他还是放不下啊！

蛀氓回来的很晚。父亲一直在等他，跟他谈秦伯伯托付的事情。

听罢父亲吭吭哧哧的询问，蛀氓笑说："爸您想哪去了？我说的喜欢，是哥哥喜欢妹妹的那种喜欢，不是您说的那样。我们是一起长大的，她就跟亲妹妹一样，怎么可能产生那种感情呢？"

父亲有些失望，却又很欣慰，叹说："原来是这样！这就叫思无邪啊！真是好孩子，感情太纯洁了，是我粗心了。只是不知道娥子是不是也这么想。"

"爸您放心，娥子是个纯而又纯的孩子，肯定也是这么想的，这个我是清楚的。"

父亲说："那就好，只是你秦伯伯那里怎么跟他交代？你知道，娥子因为长得太好看了，给他惹了多少麻烦！打十三四岁开始，出门都要有你秦伯伯亲自当保镖，否则就会有坏人侵犯。如今就要到那蛮荒之地去了，实在让他放心不下。他把希望都寄托在你身上，没想到又让他扑空了。"

蛀氓说："我当哥的照顾娥子也理所当然啊！还有一件事情秦伯伯不知道。如果知道了，肯定也就放心了。"

父亲说："那是什么事呢？"

"娥子有男朋友。"蛀氓说。

父亲说："那不就更糟了？你要是把这个事告诉他，他还不得急死？那个男朋友是谁？长的嘛样？靠得住靠不住？人品怎么样？秦伯伯你还不知道？他不是个一般的人，能够入他法眼的人这世界上也没有几个，你别以为他看中你了，就可以随便看得上别人。我跟他一起长大，我是知道他的。他的心比天还高。他二十几岁就当上团长，也曾经前途无量。只是时运不济，世道变了，现在才屈心抑志，在这里窝着。更何况，娥子天生丽质，他能让随便一个男人就把他女儿领走？”

蚩氓笑了，说：“是呀，当爸爸的，就是女儿嫁给个王子他也觉得不值。可是这人不一样，我敢担保他会满意。”

“这个人是谁？我认识不认识？”

蚩氓说：“孙逸华，孙大爷家的华子。”

父亲眼前一亮，说：“你说的是孙家的华子？怎么会是他呢？真是老天爷有眼，怎么就会让这两个孩子走到一块去了！”

蚩氓很是吃惊，说：“啊？您也不了解华子，怎么对他这么信任？”

父亲连连点头，说：“我了解华子这孩子，是从咱两家祖辈的交情开始的。你爷爷和他爷爷就是好朋友。他家的江湖名望极大，解放后，孙大爷看到，武行兴盛的世道已经过去了，因此，他把过去的江湖的交往都断掉了，其实也是因名望太大，担心给自己惹麻烦。过去的事情一概不提，只在家里保留小小的一块练武场，为的只是教华子武功用。你知道他家过去有多大名望吗？”

蚩氓摇头说：“不知道。只是我曾经在他家小组学习，觉得他家跟别家大不一样。最特别的是，孙大爷有两个媳妇，我们叫她们‘大娘’和‘二娘’。我也不懂，只是猜测，过去普通人家不会有两个媳妇的。另外，他家吃的、穿的跟平常人家都不一样，满屋子的紫檀家具，古董陈设非常讲究，绝不是普通人家能比的。特别让我注意的是，他家有一张大照片，是一个留着山羊胡子的老头，供在八仙桌子上，有时候还给相片上香。”

父亲说：“哈哈，现在是已经没落后的家了，你还觉得不一般，想想老儿年间该是个什么样？那个老头不是等闲人物，他就是天下闻名的‘虎头少保’，现在知道这个人的已经不多了。在当年，他是天下第一的武林领袖，霍元甲也甘拜下风的。他是孙大爷的父亲，是华子的爷爷。老爷子在世时，他不光是武功好，并且德行好。七十岁时曾经打败日本武士，为中国的抗战赢得了自信，一时名满天下。他不仅仅是武林领袖，黑社会，杂八地，地痞流氓，混混儿也都奉他为精神领袖。你看华子长得像不像那个老人？”

蚩氓说："我只看了一眼就发现，简直就如同一个人！"

父亲说："当初，老爷子在世时，孙家支脉也算旺盛，继承祖业习武的也不在少数。但几代人里，儿孙也有十几个，竟然都是才华平庸。孙大爷虽然有两房妻子，却只有华子一个儿子，没有想到这个孩子酷似他的祖父，不仅仅身材长相极像，体魄、才华和毅力也酷似祖父，就连说话的声音都一样，全家人都当他是祖父的转世灵童。"

蚩氓说："您知道华子的武功怎么样吗？"

父亲说："当然知道。华子出生的时候孙大爷已经五十多岁，遇上这么好的材料，如获至宝，把他当成孙家武功的继承人来调教。打三岁起就开始教授武功。到现在嘛，我看，他已经超过他父亲了。"

蚩氓说："有这样的人保护着娥子，秦伯伯还有嘛不放心的呢？"

父亲说："是呀，那孩子不仅仅武功好，相貌出众，而且还懂礼貌，有教养，还没见过这么懂规矩的孩子呢！每次看到华子都让我想起一句古人的诗句，'生子当如孙仲谋'！"

蚩氓说："得，把自己的儿子比下去了吧？"

父亲说："一种家传绝技从来都不单纯是一种技巧，而是伴随一种家风，一种处世哲学作为它的根基一起存在的。"

蚩氓说："您看得深。您看他文革以来，冒出来那么多地痞、流氓，打架斗殴，称王称霸，他掺乎过吗？从来没有。遇到小流氓找他麻烦，他都躲着，让着，宁肯自己挨打吃亏，从来不还手。"

父亲说："那是孙家的规矩，不许跟武行外的人动武。我有些奇怪，娥子一个女孩子家，又不在一个班里，怎么会跟孙家少爷交上了朋友呢？"

蚩氓说："唉！说是碰巧了，其实细想起来，就是必然！一个是最漂亮的女孩儿，一个是最有名的流氓，还有一个武林高手，这三个人发生的故事坐家里也能想象出来。"

父亲说："到底发生了什么？"

蚩氓说："那一天我没去上学，我也是听同学讲给我的。那天放学，娥子刚出学校门口，迎面被一个人拦住了。看那一身穿戴就知道是个流氓。后来才知道他是当时卫国道中学最有名的玩闹，叫马六。

上山下乡以后，邢继律那一批'老三届'大流氓走了，马六这群'六九届'的小流氓就升级成了大流氓，没有比他名声更大的了。

"其实马六知道有一个漂亮女孩，早就垂涎三尺了，在校门口等了好几天了，专门来劫娥子的。马六走过来说：'果然名不虚传，这么亮的盘子，这么顺的条子，我还从来没见过呢。跟哥哥搭个'常伴儿'吧，哥哥会好好疼你。'说着话嘴脸也就不像样了，跟着就动手动脚。这时候周围已经围了一圈同学。

"您可能想不到，娥子平时是多乖顺的孩子，哪知遇到事儿她可是特刚烈。马六跟她刚动手，她抬手就给马六一个嘴巴，把马六打了一个趔趄。"

父亲说："我怎么想不到？随她爸爸呀！现在你看到的秦伯伯在外面跟个面人儿似的，当年可不是这个样子，当过独立团团长，杀人如麻。现在他这叫作蛰伏，是尺蠖之屈，龙蛇之蛰，不过是把锋芒暂时收了起来而已，不知道哪一天就会爆发出来。"

虫氓说："这时候围了一大圈人，见马六挨了打都跟着叫好，起哄。马六从来没丢过这么大的面子，一定要当着众人把面子找回来。他说，哥哥今天要你是要定了，说着就凑过脸来，非要亲个嘴。怎么这么巧，这时候华子从人群中走出来了。华子说：'这位同学放规矩点，怎么可以当众耍流氓呢？'马六说：'你是谁呀？挡横呀怎么着？报个名来。'华子说：'我是谁不重要，像你这样的下流行为，不管是谁也可以管教你。'马六说：'你要是想挡横，咱俩就先玩玩。说着就给华子来了一个掖脖。'

"不用说您也想象得出来，马六那个掖脖还没碰到华子，被华子轻轻一带，就给他扔到了地上。马六虽然是打架斗殴的高手，可哪里是华子的对手？那天华子没费吹灰之力，一连扔了马六五六个跟头。马六知道遇上了高手，再打下去也是自找倒霉，只好找个台阶溜走，临走时说：'好，你等着我！'华子说：'我叫孙逸华，不服随时来找我。'马六冲开人群走了，人群一哄而散。华子对娥子说：'我送你回家吧，免得这小子再找麻烦。'说完把娥子直送到家门口。从今以后，每天华子都远远地护送娥子上学、放学，马六也再没有来找麻烦。

　　"没想到几天以后的一个晚上，华子在家听到有人敲门。打开大门，黑灯影下站着马六，不用问也知道他是来干什么的。马六二话没说，从怀里抽出了一把大菜刀，说：'今天咱两个玩玩这个！'孙大爷早就教过华子'死签'的玩法和规矩。

　　"华子说：'你知道玩这个的规矩吗？不知道我来教教你？'马六说：'你说怎么玩？听你的。'华子说：'这样，我让你挑，是我先剁你，还是你先剁我？'马六一愣，没见过这种玩法，说：'我先剁你！'华子说：'好，我让你先剁我三刀，然后我剁你三刀。这六刀剁完了还不服，就下一轮接着剁。直到有一个服了为止。这玩法行吗？来，你先来吧。'说罢，华子把头伸了过去。

　　"马六轮起菜刀朝着华子的头顶就是一刀，血顺着脸就流下来了。华子动也没动，笑着说：'好，接着来！'马六抢起菜刀又是一刀剁在头顶。那菜刀'当啷'一声掉到了地上。华子捡起菜刀，递给马六，说：'手别哆嗦，还差一刀呢！接着来！'马六见华子满脸是血，哪里还敢接那把菜刀？撒腿就跑了。

　　"说来也巧，当晚，恰好有巡街的工人纠察队从这里经过，看见有人跑，手上都是血，就把马六抓起来了，顺着来路一找，地上的菜刀，血迹都是证据，立即把他押到派出所，当时正赶上整顿社会治安，严厉打击刑事犯罪分子，派出所审讯完毕，现场拍了照片，认为案情重大，连夜把马六押解到了分局，等待审判，这就是持刀行凶，故意杀人罪，并且证据确凿。

　　"马六跑了以后，华子脱掉褂子，堵住刀口，自己走到医院，缝了三十多针，自己走回家里。第二天这件事就传开了。

　　"孙大爷得知事情的全过程，捋着山羊胡子想了半天，说：'马六是个好孩子。'一句话把华子说懵了。华子说：'马六欺男霸女，是个十足的地痞流氓，枪毙了也是活该，你老人家怎么还说他是个好孩子呢？'孙大爷说：'孟夫子说，人跟禽兽的差别很少，如果有的话，那就是人有恻隐之心，而禽兽没有。马六弃刀而逃，我们可以认为是他害怕了，屄了。其实这就是恻隐之心。恻隐之心就是善根。所以我说他是个好孩子。想一想，要不是他有恻隐之心，你们那天会是什么样的结果呢？不是你劈了他，就是他劈了你。那结局还怎么收拾？因此我们应该感激他认输逃跑。至于找个漂亮女孩子玩玩，打架斗殴这些事儿，你说，世道乱了，贼盗蜂起，有点血性的男孩子还不就该是这个样子？现在他怎么样了？'华子说：'时候赶的不好，正赶上严打，弄不好得枪毙。'

"孙大爷听说会枪毙，把他急坏了。起身就去了公安局。许多事情都不敢想象——您猜猜公安局会怎么对待孙大爷？"

父亲说："这我还能猜不到？远接高迎呗！"

蚩氓说："您怎么会猜得这么准？"

父亲说："你可不知道过去孙大爷的名望，不仅仅是江湖上，黑道上，就连官面上有时候遇到难事，都要找孙大爷，现在公安局还有不少老人儿，孙大爷的分量在他们心里是有数的。"

蚩氓说："真让您说对了。公安局长见孙大爷来了，说：'有多大的事儿劳您亲自跑一趟，让您公子来一趟，或捎个话，叫我上您家里说去，没有办不了的事儿。您这么一来，显得我对前辈不恭敬似的。'孙大爷说：'没那么多事儿。一来事急，怕把事耽误了；二来事儿闹的不小，必须亲自跑一趟。事儿没有那么大，本来是两个孩子打赌斗狠，一不小心就弄成了这个样。我家儿子也有责任，是我没管教好，请你们多担待。'接着，以受害者家长的身份为马六担保，硬是把他保了出来。

"马六出来后才知道孙家的名望。又得知是孙家把他保出来的，更是服得五体投地。当天买了一条恒大烟和一盒点心到孙家去道谢。一进门就给孙大爷跪下了，把头磕得咚咚响，说，我彻底服了，从今以后给你老人家牵马坠镫也心甘情愿。从此以后，跟华子结拜成了兄弟。

"故事到这还没完。不久，华子的伤口好了。孙大爷说：'现在是时候去访一访天下豪杰了。如果有人问起你的名号，不要把孙家露出去，只说叫华子就好。不要把人打伤，只是比比武，让他们知道，不要称王称霸，不要为所欲为就行了。

"有了父亲的允准，华子背上一个背包，里面装上两件褡裤，两副拳击手套，把有名有号的玩闹访了一个遍。这个时候，华子跟马六玩死签的故事早就被人添油加醋，传遍了天津市。那些流氓头头，见人来访，自称是华子，头顶又带有两道疤痕，不等交手，就先服了，然后结为兄弟。"

父亲听罢，沉吟半晌，长叹一声说："唉！他还是没放下啊！"

蛋氓一愣，说："没放下什么？"

父亲说："我本以为孙大爷已经看破世事变更，退出了江湖，听你说的这些事，我才知道，他还是放不下江湖上的荣耀啊！"

蛋氓摇着头说："为什么一定要放下呢？"

父亲说："当今共产党一统天下，不可能容得下一个叫作江湖的势力存在着。孙大爷退出江湖，是明智之举。想不到他按捺不住要露头，弄不好会给他带来大的灾祸。"

次日傍晚，秦伯伯来到了蛋氓家，一进门与士弘说："我们都自作聪明了吧？"

士弘说："是呀！我们是瞎操心了。儿女婚事自古有几个遂了父母心愿的？"

说着二人无可奈何地笑着。

第54章　从今天起我这条命就是你的了

　　明天就要启程了，如同崔妈妈一样，所有父母都要把自己最珍贵的话叮嘱给孩子。父亲对茧氓说："带上几本书，不管多忙、多累也不要忘了读书。不要管报纸上说'知识越多越反动'，将来最缺的必定是肚子里的书。你只有小学毕业，对于一辈子来说，那点书不够用。好书不能带，能带的没有好书。把一部《脂砚斋重评石头记》带着，这是毛主席倡导读的书，有人举报你，你就把毛主席端出来，好歹能够混得过去。把一本《鲁迅小说集》带上，这也是不多的没被禁的好书。另外，带上《九成宫》字帖，毛笔、毛边纸和墨盒。为什么让你写《九成宫》呢？只因你的天性叛逆，不爱循规蹈矩，而《九成宫》偏偏又是法度最为严谨的字体。明白这些，目的也就清楚了，就是要让你的反叛性格受到法度的规范——其实练字就是修身。那边究竟有多忙，我们无法预测。我也不能要求你每天必须写多少字。不忘了，不管发生什么事情，做一个好人是最重要的。时不时把写的大仿给我寄一张来让我看看。"茧氓听着，一一点头答应。

　　母亲叮嘱说："今后缝缝补补都要自己做了。俗话说，笑破不笑补，贵洁不贵华。不管多忙也不能穿露着肉的衣裳，衣裳也不能脏着穿，让人笑话。顶针、针线都放到针线包里了。干活累，出汗多，被褥容易馊，要经常晒，经常拆洗。缝衣裳的时候针不滑快，扎不透，拔不动，就在头皮上划两下就好了。另外，把你爸爸的蓝制服棉袄带上，放在身边。虽然是旧的，但都拆洗干净了，路上会穿上的。"

　　茧氓说："现在已经四月底了，哪里还用得上那么厚的棉袄？秋天棉衣就会发下来了，不用带了。"

　　母亲说："饱捎干粮，热捎衣。你这是往北边走，越走越冷，带着没错。"茧氓只好装在随身带的旅行包里。

　　茧氓没有让父母送，他怕他们受不了开车时的刺激。爸爸一早就去煤场打煤球去了，故意躲开了告别。妈妈只送到胡同口，从此，儿子的远去背影就印在她的梦中。每逢想念儿子，就站到胡同口张望。

如同每一列上山下乡的专列开出一样，车上车下哭天怆地，不必赘述。

列车刚刚驶出天津站，令人惊奇的事情发生了：刚刚哭得痛不欲生的同学们突然像是逃出笼子的鸟，变得欢天喜地。他们在车厢里串来串去，大呼小叫，寻找着自己相好的同学。他们从行李架上把旅行包不停地搬上搬下，从里面拿出各色的糕点、水果、奶糖分送给同学们吃，跟别人交换着吃。更令人吃惊的是，几乎每个男生都大模大样地抽烟，女生也有抽烟的，他们掏出香烟让来让去，熟练且夸张地喷云吐雾，叼着烟卷在车厢里走来走去，不仅仅没有一点羞耻感，反而感到是一种资格、荣耀，车厢被他们弄得乌烟瘴气。

蚕民和小班不抽烟，坐在自己的座位上，接受着抽烟人投来蔑视的目光——不抽烟反而成了人群中的异类。

餐车服务员推着车送来盒饭，盒饭盛在铝制饭盒里，每盒三毛钱，不要粮票。米饭，白菜粉条，里面还有粉肠。蚕民和小班每人要了两盒，都吃光，还没饱。送饭的已经过去，也只得如此。

"同学要喝水吗？"一个女生的声音，亲切、悦耳。蚕民刚刚吃完，正想水喝，听见有人问，抬头看见，她高挑身材，肌肤丰润，穿着一身半新不旧的军装，弯弯的眉毛，细长的眼睛，梳着两条短辫子，左鬓留出一绺头发垂下来，几乎遮住一只眼。她提着一只印着铁路标志的大铁壶，挨着座位给同学们送水。她说罢，头微微斜侧，看着蚕民，那是在倾听，眼睛似乎都会说话。

看官一定猜出来了，她就是崔桂玲！眼下的桂玲摇身一变，已经与往日判若两人。她眉毛也不描，眼睛也不画，那一身半新不旧的军装，朴素、精干，与当下的主流意识形态的审美高度契合，虽然梳着两条良家女孩最为常见的短辫，却有遮住一只眼睛的那一绺头发，表明由江湖归顺朝廷的不心甘情愿，以及自我拘束之后对自由风流的留恋。然而蚕民对这些却一无所知。

蚕民连忙说："要，请给我倒一点。"说罢把饭盒盖儿垫到了饭盒底，伸了过去。

"你把饭盒放到桌上，我给你倒，水热，小心烫手。"她说着，见蚩氓把饭盒放到了餐桌上，遂稳稳地倒了浅浅的半饭盒水，说："多了烫手，你先喝着，我送过去，一会我还会回来，再倒。"说着调皮地一笑，走到了下一个座位。蚩氓被她的体贴入微感动了。

须臾，她又回来送水，给蚩氓倒完水后，蚩氓问："你是列车员吗？"

"你看像吗？"她说。

蚩氓摇头说："不像啊？"

"我们是同学啊，我叫崔璨，你怎么会不认识我呢？"她说。

蚩氓皱着眉头说："我很少去上课，好多同学都不认识。"

她说："这就不奇怪了。你叫什么名字？"

"齐蚩氓，他叫鲁小班。"蚩氓说。

"现在我们就认识了，我们大草原见！"说罢提着大铁壶渐渐走远。

这是知青专列，不知道穿过了多少个山洞，车上的人已经折腾累了。有的在自己的座位上东倒西歪睡着了；没睡着的也没有了精神。

车窗外已是黑夜，列车加快了速度，隔着车窗可看到窗外灯火掠过。时而依稀听到列车前方传来汽笛在寂静的山野里的鸣响，呜——呜！遥远悠长。

突然，有人读起诗来。蚩氓侧脸看去，读诗人就坐在侧面的座位上，他穿着一身洗白了的黄军装，戴着一个同样颜色的军帽，戴着白框近视眼镜，镜片厚厚的。红扑扑的脸，厚厚的嘴唇，比中等身材还要瘦小一些。年纪显然要比六九届大好几岁，昏黄的灯光下，声音不大，像是自己默读：

在九曲黄河的上游，

在西去列车的窗口……

是大西北一个平静的夏夜，

是高原上月在中天的时候。

一站站灯火扑来，象流萤飞走，

一重重山岭闪过，似浪涛奔流……

啊，在这样的路上，这样的时候，

在这一节车厢，这一个窗口——

你可曾看见：那些年轻人闪亮的眼睛

在遥望六盘山高耸的峰头？

你可曾想见：那些年青人火热的胸口

在渴念人生路上第一个战斗？

你可曾听到啊，在车厢里：

仿佛响起井冈山拂晓攻击的怒吼？

你可曾望到啊，灯光下：

好像举起南泥湾披荆斩棘的镢头？

啊，大西北这个平静的夏夜，

啊，西去列车这不平静的窗口！

一路上，扬旗起落

苏州……郑州……兰州……

一路上，倾心交谈

人生……革命……战斗……

但是，"接着讲吧，接着讲吧！

那杆血染的红旗以后怎么样啊，以后？……"

"说下去吧，说下去吧！

那把汗浸的镢头开啊、开到什么时候？……"

"以后，以后……那红旗啊--

红旗插上了天安门的城楼……"

"以后，以后……那南泥湾的镢头啊

开出今天沙漠上第一块绿洲……"

啊，祖国的万里江山！……

啊，革命的滚滚洪流！……

"现在，红旗和镢头，已传到你们的手。

现在，荒原上的新战役，正把你们等候！

……

啊，祖国的万里江山、万里江山啊！……

啊，革命的滚滚洪流、滚滚洪流！……

现在，让我们把窗帘打开吧，

看车窗外，已是朝霞满天的时候！

来，让我们高声歌唱啊——

鲜红的太阳照遍全球！

蛀氓静静地听着，一直听到读完最后一句。他被这诗感动了。满车的同学，他们无不认为自己下乡是一场劫难。被发配边疆，是受了天大的不公。他们为此抱怨，为此痛恨，为此痛哭，甚至为此放纵自己，因此而自甘堕落。

而这首诗所讲的却大不一样。一切苦难和不公转眼间都烟消云散了，变成了崇高伟大事业的一部分！究竟哪个是真的？哪个是假的？他想不明白。

"这位同学，你读的是什么诗？"蛀氓自信读过不少书，却不知道这首诗，遂侧身问道。

"这是贺敬之的《西去列车的窗口》。"读诗人说。

蛀氓说："好诗呀！'一站站灯火扑来，象流萤飞走，一重重山岭闪过，似浪涛奔流。'感受很像我们的列车。"

读诗人说："你好记性，真的太像了！"

蛀氓说："你是哪个学校的？"

读诗人说："我们是同学呀！我们还会在一个连队。我叫牛邦瑞。"

又是一个不认识的同学！蛀氓想，因为自己经常不去上学。错过了这么好的同学。遂说："我们交个朋友吧，我叫齐蛀氓，说不定我们还会在一个连呢！"

牛邦瑞说："说交朋友我们就远了，我们肯定是同一个连的战友！以后我们要在一起战天斗地呢！"

蛀氓说："好，我们大草原见！"

已经是深夜，列车突然熄灭了大灯，车厢里变得幽黑，只有几只微弱的灯亮着。温度突然降了下来。每个人都感到了寒意，纷纷取出衣服穿上。车窗上结满蒸汽，窗外的景色渐渐朦胧起来。蚩氓到行李架上取出爸爸的蓝色制服棉袄穿在身上，他重复着妈妈的话："饱捎干粮，热捎衣。"妈妈在干什么呢？想着，靠在椅背上渐渐睡着了。

列车刹车把蚩氓摇醒。虽然他穿着厚厚的棉袄，依然感到寒意。车窗上结了厚厚的冰凌花，看不到窗外的景色。趴在玻璃上哈了一阵气，终于化开了一个洞。隔洞向外看去，外面天光尚未大亮，长长的站台，冷冷清清没有一个人。站牌写着"集宁站"。

手脚已经冻僵，他决定起来走走，或许可以暖和一些，于是站起身来向厕所走去。厕所的旁边就是锅炉房，前边是狭窄的过道，只能有一人通过，却被一个坐在地上的人挡住。那人把头深深地埋在两腿之间，半尺长的头发，棕黄色，乱糟糟像一个鸟窝。他穿着一身黑色夹裤褂，袖子，裤腿都比身体短了一截，裸露出一截胳膊和腿，光脚穿着一双露出大脚趾的球鞋，脚脖子渍满了黑皴。因为锅炉房门有些暖和，他侧身紧紧地贴在锅炉房的门上取暖，尽管如此，浑身依然抖作一团。

这不是邻居陆家的孩子陆小龙吗？蚩氓垂手摸着他的头发说："小龙，你不在座位上待着，怎么跑这来了？"

小龙抬起头，睁开奇大的两只眼睛，看着蚩氓，好像有些惊恐。一皱鼻子吸回垂下的鼻涕，说："锅炉房还有点热气，我在这里暖和暖和——挡你道了吧？"说着话站了起来，才看见他面黄肌瘦，嘴唇惨白，浑身瑟瑟发抖，牙齿"嘚嘚"发出撞击的声音。

蚩氓脱下制服棉袄，从身后给小龙裹在身上，说："快穿上。走，我们回座位上去，这里离车门近，风大，比座位上还冷。等一会锅炉房开门，我们打一杯开水喝，就暖和过来了。"

小龙见棉袄裹到了自己身上，有些不知所措，说："蚩氓，棉袄还是你穿着吧，我冻惯了没事，看把你冻坏了。"说着就往下脱。

蚩氓双臂把他搂住，说："我穿的比你多多了。走！我们回座位上去。"说着帮小龙把棉袄裹紧，拉着他回到座位上。原来小龙的座位就在不远，蚩氓说："我们坐到一起挤着更暖和。"蚩氓旁边原是小班，已经给他腾出了位置，于是三个人就挤在了一个两个人的座位上，把小龙夹在中间。挤到一起才发现，小龙的身体还在发抖，瘦得只有一把骨头。

过了许久，小龙咬着牙说："从今天起，我这条命就是你的了。"说着眼里含着泪。

蚩氓说："我们从小是同学，不说这个话。出来时你怎么没带棉衣裳呢？"

小龙说："你是饱汉子不知饿汉子饥。我家的情况你还不知道？每人身上只有一件衣裳。天气暖和了，把棉花掏出去，棉袄就成了夹袄，棉裤就成了夹裤。等到冬天天气冷了，再把棉花缝进去，夹袄就成了棉袄，夹裤就成了棉裤。在家时，天已经暖和，棉花已经被掏出去了。"

蚩氓说："你怎么没跟小兔、大龙一起走？跟两个哥哥在一起总有个照应啊？"

小龙说："跟他一起走？我的吃的、穿的都会被他们抢走。我家十一个男孩，一个女孩。前边走了五个——大鼠、大牛、大虎、小兔、大龙都走了，五个人去了五个不一样的地方，谁跟谁都不愿意在一起，为嘛呢？大鱼吃小鱼，小鱼吃虾米，虾米吃薄泥。哪个小鱼愿意跟大鱼在一起？"

蚩氓说："怎么会是这样呢？你爸妈怎么也不管呢？"

小龙说："管？怎么管？他们就是更大的鱼！我爸妈经常说，儿女多，凉水不敢喝。他们怕儿女跟他们抢吃抢喝，买了点心，趁我们不在家，俩人偷着吃。他们管？谁听他们的？像你这样的，这么冷的天，把棉袄从身上脱下来给我穿，我还从来没见过。有人疼，这个话听说过，这个滋味没尝过。这滋味真不错！就为了这个，从今天起，我这条命就是你的了。"他轻轻说着，三个人紧紧抱在一起。

第 55 章　蛮荒时代

如果说来到青龙县是回到了远古，那么来到达拉图则是走进了蛮荒。

在库布齐沙漠北部边缘，一场沙尘暴正肆虐地刮着。这样的沙尘暴每年都要刮无数次，而初春季节却异常猛烈。大漠中的沙尘暴，又岂止是天昏地暗？狂风袭来，人畜像纸人纸马一样随风漂移。天地如同混沌未开。

一辆解放牌军用卡车在混沌中逆风而行，它要把三十九名卫国道中学的知青送到他们的驻地，他们是内蒙兵团二师二十团九连第一批兵团战士。所谓"驻地"，只是一片荒原，那是军方在地图上画的一个小小的圆圈，那个地方叫作"达拉图"。

草原上本没有汽车行走的道路，有的只是木轮牛车压出的两道车辙，这就是最大的路，汽车只能行走在车辙上。又恰逢返浆季节，车辙如同松软的泥塘。行走至低洼处，轮胎便开始打滑。即便开足了马力，轮胎也只在车辙中空转，把稀泥抛向后方，旋转的轮胎渐渐陷下去，陷下去，最终趴在泥滩上。这时候需要全体下车，把汽车从泥沼中推出，走上较为坚硬、平坦的地段，人才能上车，汽车才能继续前进。

汽车不知道误住了多少次。从团部到达拉图 30 公里的路程，整整开了一个下午。接近黄昏时分，汽车在混沌的天地之间停了下来，司机大陈跳下车，吼道："到了！快下车吧！"他的脸糊满了黄土，像一尊泥塑，只看见嘴巴和眼睛三个窟窿。

1969 年 1 月 24 日，经毛泽东亲自批示，中共中央、国务院、中央军委发布命令，成立内蒙古生产建设兵团。

这是一支古老的军队，在形制上它的存在可追溯到两千年前，那时它被称为屯田军。

这又是一支崭新的军队，因为它刚刚建立，此时它被称为建设兵团。

从毛泽东"知识青年到农村去"最新指示下达后仅仅一年多的时间，在中国大地上成立了十一个建设兵团，他们的宗旨与古人别无二致，都是"屯垦戍边，寓兵于农"。内蒙古兵团只是其中的一个。

没有疑问这是为了应对一触即发的中苏战争而筹建的一支部队。战争不爆发，他们作为储备兵源，开荒耕种，自给自足，以减少军费开支；战争一旦爆发，他们立即可以投入战场，参加战斗。

在短短不到一年的时间内，内蒙古生产建设兵团的六个师已经组建完毕。十万大军分布在广袤的内蒙古大地上，城镇乡村，到处都可以看到身穿兵团服的兵团战士，他们都是来自北京、上海、天津、杭州、青岛等大城市的知识青年。在内蒙古大地上，不分昼夜，到处都可以听到拖拉机开荒的马达轰鸣。亘古以来这片沉睡的大地、山川、大漠被惊醒，从此不得安宁。

黄河"几字弯"的南岸，与库布齐沙漠的北畔，两条曲线夹持着一条东西走向的狭长地段。这地段蜿蜒曲折，长达数百公里；宽处可达十多公里，而狭窄处，两条曲线几乎相交。它的北侧有黄河天堑，阻隔了京包兰铁路所挟带的现代文明南下；南侧则有库布齐沙漠，阻隔着中原文明的北上。很久以来，这里人们过着闭塞且安宁的生活，使这里成为现代文明的真空地带。

也是这块小小的狭长地段，被军方决策人判定是苏军袭击北京的必经之地。故此，在这里部署了三个团，一万五千人作为阻击苏军进军北京的兵力，提前在这里安营下寨，建造营房，构筑工事，等待着苏军的到来。而此时，第一批将要驻扎在这里的兵团战士正在向这里走来。

三十九名知青纷纷跳下车来，四面所见是昏黄的大幕。耳边狂风呼啸，却隐隐听见有锣鼓敲打的声响——那锣鼓一定很小，"叮儿叮儿当儿当儿"地敲着，若不细听，那声音几乎被呼啸的狂风淹没。再细听，隐约听到有人呼喊口号："欢迎九连新战友到来！""紧跟毛主席战略部署！""扎根边疆！保卫边疆！"那是个女人的尖利声音，仿佛在哪里听到过。

　　混沌的大幕中晃着几个朦胧的人影，几乎要撞到脸上，才看清，一个是女的，敦实的身材，穿着洗白了的兵团服，红苹果一样的脸，手里拿着脸盆口大小的一个鼓，胡乱地敲着，再仔细辨认，才看出，她就是到卫国道中学宣传招兵的左红梅，口号就出自她的喉咙。她现在是这里的三排长。

　　一个男的，也穿着一身旧兵团服，手中提着一个碗口大的小锣，随意地敲着，仔细看才看清，他长着圆脸盘，黑红色，后来才知道，他叫王智长，是一排长。

　　另有一个男的，也穿着洗白了的兵团服，高高的个子，瘦长脸，后来知道，他名字叫付恩同，是后来的三班长。

　　因为二十团是内蒙兵团最后组建的团，它的兵团战士都是六九届学生，平均年龄只有十七岁，并且文化水平只有小学毕业。为了改变二十团战士年龄小，文化水平低的状态，为了帮助二十团组建，上级从已经成立了一年多的老团选拔一批骨干到这里担任排长、班长，他们都是"老三届"学生，多数曾经是红卫兵。到兵团后他们表现出色，分别入了党或者入了团。成为了兵团文化的集中代表。他们被称作"老团骨干"。左红梅、王智长和付恩同就是"老团骨干"的一员。

　　又听得另一个人用一口浓重的山西话高声喊道："我代表九连党支部欢迎新战士！"像是女人的声音。人们随声看去，只见他长得五短身材，面色黧黑，目光质朴，表情忠厚，厚厚的嘴唇，又显得格外质朴、刚毅。他穿着崭新的国防绿军装，戴着鲜红的领章帽徽。他就是九连指导员郭栋梁。

　　刚刚下车的人们面目渍满黄土，像是一群泥塑，他们拍打着身上的沙土，吐着嘴里的泥沙，在指导员的引领下，走进了一间平顶土坯房。原来那是一间教室。屋内前边是黄土抹的墙面，墙面被涂黑，这就是黑板，黑板上面贴着一张毛主席像。黑板前摆放着一块土坯架起的白茬木板，显然那就是讲台；讲台前摆放着五六排白茬木板，架在土坯墩上——这应当就是课桌；课桌后有一条土坯砌起的土台——这应当就是课椅了。

　　走进屋来，男同学把行李丢在地上，便纷纷掏出了烟卷，这个说"抽我的"，那个也说"抽我的"，一阵谦让之后纷纷点着，开始喷云吐雾。蚩氓、小班和小龙不吸烟，为躲避烟熏，只好站在门口。蚩氓看见黄泥墙上有器物划出的字迹，那字迹大多数都是一串串的蒙古语，并不认识。在杂乱的蒙古字迹中发现了一片毛笔写的汉字。那字迹虽然七扭八歪，但仔细辨认却都能认得。蚩氓默默读道：

　　还了我山山不在，西下美女谁不爱。

　　秀才出门要坐车，尔字旁边立一人。

　　蚩氓立即就看出了这不过是一首简单的字谜诗，谜底是"我要透你"四个字没有疑问，却不明白着个"透"是个什么意思。遂询问了当地人才知道，透，在本地方言中就是肏的意思。他笑了，仿佛看到了激荡在人们心中的欲望。

　　烟雾却越来越呛，遂与小班、小龙推开门走到外面透一透气。

　　俗语说"狂风怕日落"，此地也是如此。沙尘暴说停就停，转眼间就停得一丝风都没有。世界清晰起来，首先映入眼帘的是，在教室的旁边有一个孤独的平顶小土屋，小得可怜，狭窄并且低矮的木门，人都要低头猫腰才能进入，这就是跟大队借来的房子，现在是九连的连部，指导员和连长住在里面，并且在里面办公。屋门侧面，一幅鲜红的大字标语刷在黄泥墙上，蚩氓不由得默默读道："热血育肥边疆土，忠骨筑成反修城"。读罢，倒吸一口冷气，突然明白，在将要开幕的那场戏中自己将充当的角色是血肉，和忠骨。

　　教室周围围满了前来看热闹的村民，他们都是蒙古人，男人、女人、老人、孩子，围着汽车——他们从来没有见过这可以跑动的庞然大物，憨直的目光中透着惊恐，"叽里咕噜"说着蒙古语表达着他们的惊骇。

　　已是四月底，他们却一概穿着白茬的羊皮袍子，羊皮裤子，周身没有一丝棉布。热了就解开大襟，向里面透一透冷风，凉快一下；冷了就系上人襟暖和一下。每人颧骨处都有两团高原红，上面布满血丝。

汽车启动了，大陈要趁着天亮赶回团部，好在返回汽车是空载，不会有误车的担忧。围观的孩子们听到了马达轰鸣，汽车移动，吓得捂住了耳朵，躲到了母亲身后，惊恐万状，偷偷看着汽车扬起一溜沙尘，渐渐消失在大漠边缘。

一两支烟之后，教室里抽烟的同学们待不住了。窦小鳌是窦乃鳌的儿子，长得酷似其父，除多了一只眼睛，活脱就是一个小瞎二囊子。他打开行李，从中掏出来的却是一对哑铃，和一对花砖。走到教室门前，脱光了膀子，亮出一身黑腱子肉来，说："几天不练浑身皱吧。"便认认真真地练起了哑铃，各种动作练罢一套后，拿起花砖，站好骑马蹲裆式，双臂一左一右，轮流捣起了花砖，那花砖被他旋转着推出收回，"嗖嗖"作响。

教室里的知青们早已走了出来，围作一圈观看。蒙古村民则在圈外围成更大的一圈观看。他们莫名其妙，天下怎么会有这样的人？还会有人做这样的事？

练过哑铃花砖，窦小鳌回到教室，从行李中取出了一套摔跤专用的衣服——褡裢。他把两副褡裢打着旋丢到地上，在教室前摆开了摔跤的"场子"。

刘胜利是刘铁手的儿子，长得瘦高挑身材，水蛇腰，溜肩膀，白净脸儿，眉清目秀，若不是眼里透着一丝流气，一眼看去活脱脱就是一个文弱书生。他见小鳌放下了哑铃，便走来拾起一只来试了一试，太重了，自己玩不动，便龇牙咧嘴，放到了地上。

蒋春龙看见褡裢丢在了地上，遂脱光上衣，走进场内，提起一件褡裢，双手"呼啦"猛然抖一下尘土，一转脸就穿在了自己身上，一边系着腰带，一边绕圈走场。

另一边，从人群中走出了另一位同学，只见他中等身材，面白如玉，眉清目秀，走进场中。看走像，俨然是武术行里拜过师傅的练家子模样，他脱光了上衣，亮出一身雪白的腱子肉，真是一副好身材！随后捡起了另一件褡裢穿上，在场中走圈。大家都认识，他名叫张明玉。

指导员正在筹备欢迎仪式，恰好从这里走过，眼前的景象把他惊呆了：只见两个知青，脱光了上衣，穿上褡裢，煞紧腰带，不停地走圈，几圈之后，忽而调转身子，对面而立，炸起了双臂，左右跳动，摇头晃脑，装模作样，不知道他们要做何等勾当。看了一会，把指导员气乐了。摇摇头叹道："天津那地方，就是一个动物园！"

说罢，掏出了哨子"嘟嘟嘟——"吹了起来。大家专注他时，听他说道："九连全体战士，在大队部门前集合！"只一会时间，全体知青散乱地聚集到大队部门前，在指导员指挥下好歹站成了两排。

大队书记名叫巴图，汉人都叫他"巴书记"。如同所有蒙古人一样，他穿着一身白茬羊皮皮裤和白茬羊皮袍子。圆圆的、大大的、红红的脸膛，伟岸的身材，壮硕得像一座山。蒙古人能够当书记的，汉话说的都很好。只见他身后跟着两个十三四岁的蒙古小姑娘。小姑娘穿着皮袍、皮裤，其中一个手里托着一只银盘，盘子上面托着一把闪亮的银壶和一只银杯。巴书记双手放在两个小姑娘后背，来到队伍前面，低头对小姑娘轻声咕哝了一句蒙古话。小姑娘便开始用羊羔一样的声音唱起歌来。

听到唱的是蒙古歌，大家惊喜地睁大眼睛，果然蒙古人能歌善舞！那歌声婉转悠扬，美妙至极。一个男生名叫燕北，忍不住走出队伍，把耳朵凑到小姑娘跟前，唯恐丢下一个音符。听见小姑娘唱道：

哈格依尤达哄达亨达

阿萨路嘚满吉

赛罗罗外冬赛嘿哈那个嘟

哈那拉太达奈拉多，索多呵

赛罗罗外冬赛

两个小姑娘继续唱着，巴书记说："这是咱们达拉图人欢迎尊贵客人的仪式——给客人敬下马酒。她们唱的歌是我们伊克昭盟人欢迎客人的歌，叫作《金杯银杯》。"听到蒙古歌，得知还要敬下马酒，众人惊喜得搓手跳脚。

巴书记说："我来教给你们咋介喝这下马酒。"

两个小姑娘依然唱着，一个拖着托盘，另一个已经在银盘上斟满了一杯酒，双手端起酒杯递给了巴书记。巴书记接过酒杯，说："我们接过酒杯，喝酒前我们要先敬天！用这个指头，"说着，他示意用右手的无名指，在酒杯里轻轻蘸了一下酒，将手举过头顶，向空中一弹；接着说："再敬地！"又用无名指在酒杯里蘸了一下酒，附身鞠躬，向地面轻轻一弹；"然后敬主人。"说着又把无名指在酒杯里蘸了一下，在小姑娘的前额轻轻一抹。"最后敬自己。"说着，又把无名指在酒杯里蘸了一下，轻轻抹在自己前额。然后，双手举起酒杯，把酒一饮而尽。知青们兴致盎然地听着，看着，跃跃欲试。

巴书记酒杯已经干掉，转身把酒杯还给身后的小姑娘。小姑娘拿起酒壶重新把酒杯斟满。走过来，站在最前面的是秦娥。

秦娥听得巴书记讲，敬天、敬地，敬主人，敬自己，这正合她的心愿，自己刚刚走上人生之路，命运前途都在未卜之中，不由得感到了一种神圣与敬畏。因此，顾不得自己从来没有喝过白酒，仿照巴书记的样子，接过酒杯，一股庄严感涌上心头，一丝不苟地敬了天，敬了地，敬了小姑娘和自己，然后举起酒杯一饮而尽。那只银杯却偏偏有小碗儿大小，一杯酒下去，顿时觉得胃里燃起了大火，烧得雪白的面颊飘起了彩云。

两个蒙古小姑娘唱着，一个一个排着敬下去，有秦娥在先，无形中增加了庄重的气氛，特别是女生，她们从来没有喝过白酒，却也不愿推辞，一个接着一个喝下去。有的，虽然不能喝干，却也认真地喝一口，才把杯子还给小姑娘。

这时，小姑娘来到左红梅面前，口里还在默默地唱着，双手把酒送到她面前，她却把脖子拧到了一边，酒杯也不接，气哼哼说道："敬天敬地敬自己，为什么不敬毛主席？敬天敬地，是不是搞封建迷信？革命队伍不能搞这一套！"

一番话出口，小姑娘不懂得汉话，却也猜到出了事故。

付恩同说："这是旧风俗、就习惯，属于四旧，这酒不能喝！"

"对！这酒坚决不能喝！"王智长说。

刘胜利在一旁哈哈大笑，说："哥们儿，姐们儿，阶级觉悟可够高的啊！连好歹香臭都分不清了，人家好心好意为你接风，是高看你一眼，你说人家搞四旧，驴屄拉到了马胯上——哪挨着哪啊？这不是狗坐轿——不识抬举嘛！"众人听了哈哈大笑。

两个小姑娘不知道是否该继续下去，惊恐地回头望着巴书记。指导员说："这是少数民族的风俗习惯，不管是不是四旧，我们也要尊重。"

巴书记乐呵呵把手一摆，说："唱起来，唱起来！继续敬酒。有谁不愿意喝下马酒，就让他自己走开，我们不勉强。"小姑娘见说，重新唱起了敬酒歌，走到了下一个继续敬下去。

依照本地蒙古人招待客人最为豪华的规格，晚宴是"双全羊手把肉"。所谓"双全羊"是说必须要一只山羊，一只绵羊。此时，两只又肥又大的活羊已经准备好，拴在大队部门外待杀。巴书记看下马酒已经敬完，对祁民道尔吉说了句："杀羊吧。"

祁民道尔吉是巴书记特地请来的做"手扒全羊"的高手，他四十岁左右，因为自幼骑马，长着O型腿，走路摇摇摆摆。一看便知是一个非常精干的蒙古人。

听说要杀羊，同学们急忙围过来观看。

祁民道尔吉接到巴书记指示，先把一只山羊拖到平地，从腰间抽出一把小尖刀，还没等看清楚他的动作，便已经把羊割断了喉咙，丢在了沙包上，那羊在地上流血，抽搐，他转身拖过另一只绵羊，同样的动作，又把绵羊撂倒在沙包上。大约只用十分钟的时间，两只羊已经剥完皮，只用小小的一铜盆水，便把两只羊的下水洗净，羊皮平铺在沙包上，整只的羊肉、头蹄下水干干净净地摆放在两张羊皮上。

大队部并没有桌椅，只在地上铺了一圈白毡子——这是他们在蒙古包里席地议事的习惯。巴书记让大家在毡子上盘腿而坐。一圈毡子当中，早就摆好了一把大铜壶，里面是滚烫的奶茶，壶的周围摆好了一圈几十个茶碗。铜盘子中奶制品堆成了小山，那是酥油、酪蛋子、奶皮子、奶豆腐，还有一盘炒米。

巴书记说："先把茶倒上，暖暖地喝上一碗，再吃上一些些奶皮子、酪蛋子。等个一阵阵，羊肉就好了。"

同学们早就听说过蒙古人待客的奶茶、奶皮子、炒米、酪蛋子香甜无比，纷纷饶有兴致地斟满茶，放到嘴边，碗未沾唇，只闻到那碗有一股子强烈的羊膻味，便悄悄地把碗放下。有的动作稍快，喝了一口，却"噗！"的一声喷了出来。那茶又腥又膻，又苦又涩，还很咸。

巴书记见状笑得前仰后合，说："哈哈，咱们蒙古人的茶就是这个味道了。如今只是你们喝不惯，等你喝惯了的时候，不管多忙，也要先把茶喝好！"

有同学说："膻味也就算了，怎么还是咸的？这里的水是咸的吗？"

巴图书记指着窗外说："这沙畔畔前面的草原叫'布拉滩'。'布拉'在蒙古语里面就是'泉子'的意思——布拉滩就是泉滩。在布拉滩上，大大小小的泉子有几千个，几万个。咱们喝的水，是布拉滩的泉水。清澈甘甜，无处能比。茶嘛，俗话说：'茶无盐，不如水；人无钱，不如鬼。'这蒙古人的茶里面一定是要放盐的。有盐，茶才有味道，等你喝惯了的时候，没有盐的茶你也不要喝！"

左红梅插话说："茶无盐，不如水；人无钱，不如鬼。这是什么思想？把这种思想灌输给兵团战士影响太坏了。"

王智长紧皱眉头，摇着头安抚左红梅说："算了算了，这里是蛮荒之地，思想觉悟也就是这水平。"

巴书记听到，却不理睬，继续耐心地教大家如何吃奶制品。他双指捏起一片奶皮子，放进嘴里，眯着眼睛，细细地咀嚼，颧骨上两块丰厚的肌肉微微颤抖，体味着奶皮子的味道，颇为沉醉。

知青们也学着他的样子，拿起一片放进嘴里，还没有嚼，随即吐了出来，只觉得又酸又臭，干哕不止。

此时，厨房里面正在烹制着今日的大餐——双全羊手把肉。

说是厨房，其实就是一间五六平方米的小土坯房，里面有一个灶台，灶台上安放着一口大锅，锅的大小足够放开两支整个的肥羊。锅里早已装着半锅冷水，屋角堆放着大块的干牛粪，祁民道尔吉用油乎乎的手，抓起牛粪填到灶膛，点燃。仅十几分钟之后，大铁锅开始呲边儿了，祁民道尔吉用他刚刚抓过牛粪的双手，抓起肥羊，稳稳地顺进锅里。须臾，锅里渐渐浮起一层厚厚的血沫，混杂着羊粪渣沫漂浮在大锅周围。祁民道尔吉拿起一把柳条编制的笊篱，把血沫轻巧地捞出，泼到门外。门外看他烧火的兵团战士，把眉头拧成了疙瘩，厌恶得满脸怪相。

欢迎晚餐开始了。先是巴书记讲话，他说："毛主席教导我们说：'军民团结如一人，试看天下谁能敌。'咱们达拉图大队是一个蒙古族的大队，全大队 100%都是蒙古人。我代表全大队蒙古族社员欢迎九连新战士来到达拉图扎根边疆，建设边疆，保卫边疆。今后，我们就要在同一块天底下做营生了，跟我们社员免不了磕磕碰碰。如果遇到自己解决不了的事情，一定要向大队报告，我和指导员，连长一搭搭解决这些问题，不要把矛盾弄大，没有解决不了的问题。为了我们民族大团结，我代表达拉图社员，用最好的美酒，最肥的羊肉，欢迎九连全体战士到来！"

接下来是指导员讲话，他的汉话还没有巴图书记讲得好，他有一个口头语是"什么的话"。他说："感谢巴图书记的话对我们的招待。我们的话，面对的不仅仅是一个军民团结的问题，也还是的话，一个民族团结的问题。只有的话，搞好了民族团结，才能的话，实现军民团结。我们的话民族不同，生活习惯的话不同，希望的话我们一起，尊重相互的习惯。有利于民族团结的事情多做，不利于民族团结的话不做。让我们团结在一起，共同完成守卫边疆的任务。"

巴书记和指导员讲完话，只见祁民道尔吉提着一个黑乎乎的大木盘子，上面布满血迹和油污，然而却是刚刚清洗过——上面还带着未干的水渍，走进大队部，他把盘子安放到人群中央，起身离开。转眼间回来，用两把铁钩勾着一只整羊，那整羊冒着热气，下面淌着血水，"哐！"的一声丢在了木盘上，说了句："这是山羊！"说罢离开。转眼间，又用铁钩勾着另一只整羊丢在木盘上，说了句："这是绵羊！"说罢，又拿出一个小盘子，盘上放着许多刀子，分发给每个人一把。那刀子十分考究，有的镶着碧玺、翡翠、红宝石、蓝宝石，有的镶着银饰，一看便知是蒙古人的心爱之物，现在从各家各户借来临时使用的。一会，那大木盘子下面便积了一层鲜红的血水。

只见祁民道尔吉拿起一把刀子，在羊身上小心翼翼割下两片肉来，走到屋外，口里用蒙古话念念有词，把一块扔到了房顶，把另一块肉丢到屋前。众人看见大为不解，问："这是干什么？"巴书记说："这是我们蒙古人的习惯，一块肉是敬天，一块肉是敬地，甚时候也不能少。"

左红梅黑虎着脸说："是可忍孰不可忍！我倒要问一问，这个老汉是什么成分？"

巴书记说："甚成分你不要管，人活在天地之间，天和地养活了我们，最重要的一件事情就是要敬天敬地。"

左红梅说："毛主席说，与天斗其乐无穷，与地斗其乐无穷，我们兵团战士就是不敬天，不敬地，我们就是要向天地宣战！"

巴书记哈哈大笑，说："可不敢向天地宣战，可不敢！人怎么会打得过天和地呢？要遭报应的。可不敢，可不敢。"

左红梅还要反驳，郭指导员摆手说："我们还是要尊重少数民族的风俗习惯的。"左红梅方才罢休。

巴书记向祁民道尔吉要了一把刀子，转向兵团战士，说："这是我们蒙古人招待最尊贵客人的宴席，必是要一只山羊，一只绵羊，才是最为鲜美的吃法。"说罢，拿刀子在那只绵羊的尾部轻轻一划，一块一寸宽、二寸长的白油便割了下来。顿时刀口处有毛细血管流出了鲜红的血丝。一圈兵团战士，纷纷把眉头皱成一团，满脸苦相，看着巴书记像看着一个怪物。

巴书记说："一只绵羊只有这么一条肉是最鲜美的。这一块羊肉永远是给宴席中最尊贵客人的。这个碗里是咸盐，甚调料也不要，有了调料就把鲜味盖住了，只蘸上一点点咸盐最好。"说罢，蘸上了一点点盐，拿到指导员面前，请指导员吃。指导员一脸苦相，把头摇得像个拨浪鼓，一迭连声地说："不行不行，我们山西人是吃面长大的，这个我不行，巴书记你请吧！"

巴书记看到窦小鳌坐在自己身边，把那块羊油递到他的面前，说："这后生又高又壮，你来把它吃下吧。"

窦小鳌见巴书记把肉送到自己嘴边，把嘴一捂，跳起来，一个箭步窜到外面，屋内却听得一阵阵"哇哇！"的呕吐声。

巴书记哈哈笑起来，说：“原来你们都不行！我吃给你们看。”说罢，吸溜一口，吸着上面滴落的鲜血，吃进嘴里，嘴唇拢着流出的油汁，嚼得十分沉醉。

祁民道尔吉双手端着一个铜盆进来了，铜盆里满满装着两只羊的下水，放到木盘旁边，说道：“趁热吃哇！吃哇！”

知青们一个接着一个跳将起来，堵着嘴往外跑。外面已经是“哇！哇！”作呕之声不断。

付恩同是北京老高三的学生，他来兵团已经一年多了，但一直在黄河北岸的河套农垦区，没有见过蒙古人如此吃肉。他忍不住恶心跑到外面，说：“茹毛饮血，这就是野人，野人啊！”

屋里人早已跑掉大半。巴书记手握刀子，吃得正酣。一边吃，一边夸奖祁民道尔吉手艺高超：“这火候将将好。”再看身边，只剩下几个九连新兵，学着他的样子，吃得正香。

秦娥左手抓着一只羊腿，右手握着一把刀子，走到屋外。刚刚喝了一满杯高度白酒，雪白的脸泛出微微红晕，说：“你们是傻子啊？这么好吃的东西怎么不吃呢？”

崔璨也举着一块羊腿，一边大嚼一边说：“真的好吃，不信你们尝尝就知道了。”

一个叫柳卓儿的女生皱着鼻子说：“盘子里还有羊粪蛋儿呢，恶心死了！”

秦娥说：“有羊粪也要吃！巴书记说了，羊是吃草的，羊粪蛋也不脏。”

柳卓儿笑说：“你就着羊粪蛋一块吃吧，吃死你！”

付恩同说：“几万年才进化成文明人，一天的时间就退化成了野人了。”

崔璨说：“去做你的文明人吧！我宁可当野人也要吃。”说着哈哈大笑，一起回到屋里。

这里，小龙正抱着一个羊腿大嚼，他还不会使刀子割着吃，只是用牙啃，吃得大口满腮，说：“从来没有吃过这么香的羊肉。”

蚩珉说：“慢点吃，小心消化不动。”

小龙拍着自己的肚子说："你放心把，我肚子里边长着小刀呢，吃石头子儿都能给它消化了。"

几人吃得手上、脸上、嘴上都是油。蚩氓说："你们尝尝这粉色的肉，生的，反而更嫩。"秦娥听罢，说："是吗？我来尝尝。"说着拿着刀子在整羊深处割那鲜红的肉。

楚卿连忙说："你小心点，当心割了手！"

秦娥说："放心吧，我小心着呢！"说罢，一块粉红的后腿肉被割了下来，有血流出来，显然是一块半生肉，蘸了一点盐，放到嘴里大嚼。说："真的是生肉更鲜更嫩！你怎么不早告诉我！"

巴书记听罢，连连点头，说："嗯，这后生和这女子会吃肉。吃肉就要吃这样鲜嫩的火候。俗语说得好，蒙人不嫌肉生，汉人不嫌面生。汉人吃肉，就是糟蹋，多鲜嫩的肉都要炖煮得稀巴烂，全毁了。"

这时候，指导员在外面急得来回转圈，天已经黑透，他还有太多的事情要完成。实在沉不住气了，推门走进大队部观看。巴书记见是指导员，连忙说："指导员，还没见你吃呢，你就走了，快进来吃肉哇！"

指导员说："差不多就结束吧？今天我们还要分房子呢！这么多人怎么安排？天都黑了！"

巴书记说："唉！多大的事情呀？看把你急的！来来来！你尽管坐下吃肉，这些事情交给我，你放心，我保证让他们住得好好的。今天兵团战士们第一天来，长圆也要让他们把这第一顿肉吃好。"

指导员见说不动巴书记，便对正在吃肉的九连新兵说："十分钟以后全连集合。"说罢推门走了出去。

巴书记说："管球他，我们吃好喝好。"

第56章　九连的任务

不消十分钟外面果然响起了哨声。巴书记放下手中的刀子，用皮袍袖子擦了擦嘴，笑说："不要把指导员急坏吧，我们也吃好了，快去集合吧。"

指导员正急得团团转。新组建的九连没有自己的房子，今天又是新兵第一天到达，所有新兵必须借住在跟老乡"号"来的房子里。他想象不出，这一群红男绿女，同另一个世界的蒙古人，将怎样在同一个屋顶下相处。他已经看出来了，这些新兵不怎么着调，跟他过去带过的兵大不一样。要把他们带好，自己心里着实没底。

此时，兵团战士已经三一群五一伙，零零落落地集合在了大队部门前，指导员发现，一群老乡也三五成群地站在了大队部门前——这是巴书记早就安排好了的。

巴书记从教室里走出来，见指导员急得走来走去，笑说："指导员不要着急。我已经都安排好了，你放心，按照你的要求，这些人家都是贫下中牧，阶级成分不会有问题。我们这么办：我要几个后生，你就给我几个后生；我要几个女子，你就给我几个女子。让房东把他们领走。只要一阵阵，问题就解决了。"指导员连连点头称是。

接着，巴书记叫："门肯道葛淘！"一个蒙古老汉站了出来，说："我家要六个后生。"指导员就拨给他六个男生。门肯道葛淘领着六个知青走了。巴书记接着叫人，另一个蒙古老乡说："我要四个女子。"指导员就给了他四个女生。

果然只用了几分钟时间，一拨一拨，全体新兵都被老乡领走了。每领走一拨，指导员再三叮嘱："安顿好被褥，一个小时以后，到大队部参加晚点名！"

大家都很奇怪，人都在，还点什么名？等到他们回来才知道，原来"晚点名"是部队生活的一个程序，其实与"点名"无关，而是每天晚上的总结例会。

在教室里，讲台上点着一盏马灯，照得满墙都是人影。指导员，连长，三个老团骨干都早已到场，站在了教室前面。桌子和凳子上坐满了九连新兵，左红梅主持了晚点名。

她站在讲桌前，掏出了毛主席语录，说道："首先，让我们全体起立，手捧红宝书，心向北京城，心中想念毛主席。同志们，这是我们在祖国的北部边陲，第一次向毛主席汇报工作，让我感到无比激动、无比荣耀。让我们举起红宝书，祝愿我们伟大的导师、伟大的领袖、伟大的统帅、伟大的舵手，我们心中最红最红的红太阳毛主席万寿无疆！万寿无疆！万寿无疆！"

大家虽然在学校中也都无数次经历过天天读，晚汇报，但像她这样沉醉到肉麻也还没有见过。不由得互相挤眉弄眼，做怪脸，吐舌头。如同看人裸衣昼行。

三番祝愿之后，开始学习毛主席语录。她带领着，读了一段又一段，没完没了。陈连长在一边已经等得不耐烦了。说："差不多就完了，毛主席语录读太多了也理解不了，让大家好好消化消化。让我们谈工作吧。"左红梅才勉强作罢。

连长名叫陈忠义，是抗美援朝的战斗英雄。他中等身材，体格健壮。说着一口四川话，一见便知是爽快的军人性格。他穿着一身浅黄色人字呢旧军装，在解放军改为国防绿军装之后，这种军装已经是旧款，很少有人穿了。然而每逢大场合，他却总要穿上这身旧款军装。同指导员穿的新款国防绿军装大不相同，这种军装是土黄色的，上衣领口处有专门用来挂肩章用的两个小洞。现在的军人都没有军衔，而他是授过军衔的，这是他身份和资格的标志，展示着他昔日的辉煌。

他确实受过军衔！在三十岁的时候他的军衔已经晋升到了大尉——一杠四星！在他那个年龄，这个军衔是年轻有为，前途无量的标志！这个军衔的平均职位是营长，而他现在的职位却只是连长，并且是农垦兵团的连长，如果没有这身军装，他过去的荣耀都会被埋没，他不甘心被埋没。

其实，早在朝鲜战场的时候他就是连长，并且立有两次二等功。

从朝鲜战场归来至今，转眼已经十六年过去，期间有无数次升迁的机会，当年他的通讯员在那些机会当中赶上了他，超过了他，现在都当了营长，而那些升迁的机会却没有光顾到他，他依然是连长。

连长是部队里最辛苦的职位，特别是在野战部队，连长要带领战士们出操、训练，摸爬滚打，起床要比战士早，睡觉要比战士晚，军事动作连长要亲自做示范。现在他已经快五十岁的人了，还当连长，无疑是一件非常吃力的差事。

内蒙兵团组建，短时间内要在北京军区各部队抽调数千名的现役干部，这是个不小的数字。顿时，这成为了北京部队"甩包袱"的大好机会。

从战争年代走过来的军队，多年来积累了大量的"提不上来，放不下去"的干部。陈连长就成了"包袱"。军队建设面临着一个现代化的问题。像他这样的放牛娃出身，大字认识不了几个，显然是不能继续提拔的。然而让他解甲归田又实在缺乏理由——他的工作一直非常积极努力，在他身上几乎找不到一点错误，况且，他是革命的功臣呀！部队的待遇那么高，地方的条件那么差。他除了打仗之外什么都不会。让他回到老家去，怎么下得去手啊？

内蒙兵团组建，给了北京军区一个安置他的大好机会。

陈连长心里并非不清楚自己的处境，兵团是一个非正式部队，打从被调到兵团的第一天开始，他就清醒地意识到，自己的军旅前途到此为止了。他心里非常明白，部队，不是养老的地方。

然而，作为"放牛娃"出身的他能够在军队做到这个职位，他是满足的，甚至是骄傲的。在他的理念中，他的一切都是党和毛主席给的。如今别说是派到兵团屯垦戍边，就是这条命，只要毛主席说要，他也心甘情愿给！

陈连长开始讲话："同志们，从今天开始，我们就是革命战士了。"语气和蔼感人，"知道毛主席为什么把我们安放在这里吗？为了打仗。我们这里离蒙古国边境只有 200 公里。就在 200 公里以外的地方，苏修部署了一百万摩托化部队。我们这里是苏修进攻北京的一条重要路线。特别是冬天，当黄河封冻以后，苏修的坦克可以直接从黄河上开过来，进攻北京。战争一旦打响，我们这里就是前线，就是战场，战斗就发生在这里！"他把桌子敲得"咚咚"作响，"当苏修进攻我们的时候，知道我们的作用是什么吗？"

教室里突然静得能够听到呼吸，听到心跳，刚刚"叽叽喳喳"的新兵，顿时变得脸色惨白。

"炮灰。"刘胜利答道，声音很小，怯生生的。在学校上课时，他就喜欢给老师接下茬，他把老师当做逗哏的，把自己是捧哏的，现在他把学校的习惯端到了这里。所有的目光都变得惊恐，向他看去。惊恐是因为突然意识到自己成为了炮灰，也因为刘胜利说破了这个事实，担心连长大发雷霆。

显然这不是连长期待的答案，他摇着头，很失望，说："我们是战士，怎么会是炮灰呢？"

"苏联是坦克部队，我们就是一堆肉，不是炮灰是嘛呢？"刘胜利答道。

连长长长地叹了一口气，继续讲着："你说的不是没有道理。你没上过战场，不懂得战争是怎么一回事，我是身经百战的，我来告诉你，战争需要有炮灰，这是最简单的道理，没有炮灰，就没有战争的胜利！为了战争的胜利，我们要甘愿当炮灰！我们必须懂得这个道理。"

"为嘛偏偏让我们当炮灰呢？"刘胜利说。

"是革命的需要！是上级的决定！我们是军人，执行命令是军人的天职，必须的，没有商量的！"

下面一片寂静，他们第一次感到，过去战争只是说一说，现在离自己这么近。他们脸色苍白，睁大眼睛看着连长。

"但是我们不是白白送命，我们为战争赢得了时间。我们的作用，就是在这一带拖住苏修，给党中央，毛主席转移赢得时间。苏修从这条路线进攻北京，一定是在黄河封冻以后。现在是四月，离黄河封冻只有七个月的时间。我们必须在这七个月的时间里做好准备。七个月！同志们，你们知道我们有多少事情要完成吗？

"第一，我们没有住的地方。现在住在老乡家里，分散在几公里的沙漠边，集合一次就需要一个小时，怎么能够打仗呢？因此我们要盖起自己的营房。现在是四月份，土地刚刚解冻，是开始盖房子的最好时节；这里的天气到了十月份就要上冻了，那时候水泥，白灰都会上冻，一旦上冻都要失效，就不能施工盖房子了。因此我们必须在十月份之前把房子盖好。五月，我们连队要增加到 250 人！这就是说，入冬之前我们要为 250 人盖好新营房。我们只有六个月的时间！这任务有多艰巨大家知道吗？"

"刚刚知道！"刘胜利的声音，拖着长腔。不由得大家一阵哄笑。

连长继续讲道："很好，我希望每个同志都知道。盖房子需要什么东西呢？我们要烧砖，烧砖就需要砖坯。我们还需要土坯。脱坯，除了脱坯还是脱坯！没有坯就不能盖房子！这是目前最为艰巨的任务，同志们呀！你们知道脱坯是一个什么样的工作吗？"

刘胜利答道："能不知道吗？"还是只有他一个人回答，拖着长腔，有些怪声怪气。连长忍不住问："好啊！你来说说脱坯是一个什么样的工作？"

"是天底下最累的活，'四大累'脱坯占了两个！"刘胜利说。

连长没有听说过'四大累'，饶有兴致地问："'四大累'是啥子呢？"

"连长您就别问了，话有点糙。"刘胜利憋着一脸坏笑说。

连长说："你说吧，不怪你。"

"和大泥，脱大坯，养活孩子扇大扇。"刘胜利说。

顿时男生一片哄笑，女生捂着嘴偷笑。

连长笑喷了，却强板着面孔说："刘胜利呀，刘胜利！这里是革命部队，还有那么多女同志，你的嘴巴怎么就没有把门的呢？"

刘胜利咧着嘴笑道："这怎么能怪我呢？您让我说的，我说了，您又怪我嘴没把门的，还讲理不讲理了？"

连长说："让你说，也要有分寸。当着女同志，怎么可以说下流话呢？"

大家早已笑得前仰后合，蒋春龙说："连长您不知道，这话在他嘴里就算不上下流话！"

连长笑出了眼泪，强敛笑容说："讲几句下流话算不上是缺点错误。俗话说'坏小子出好的，淘女子出巧的'，战场上爱讲下流话的战士，都是机灵鬼，鬼点子多，战场上特别能打仗。我们言归正传，不久我们就要开始脱坯大会战了，刘胜利，我倒要看看你在脱坯大会战中能不能给我冲在前边！"

大家都笑了，蒋春龙说："要是吃饭，他肯定冲在前边，干活，连长您就别指望他了。"说得大家哄堂大笑。

连长收敛了笑容，继续讲下去："第二，我们要开荒！要把这茫茫的草原统统烧掉，开出 6000 亩土地来。这 6000 亩土地上级已经规划给了我们，现在付恩同正在丈量土地，画地图。我在兵团司令部培训的时候，何德能总司令对我们讲：中央筹建内蒙古兵团，难道就是为了让我们种那点地，打那点粮食吗？不是！苏修打进来，我们不能让他们一马平川，开着坦克车就直接进入北京城！

"这 6000 亩土地就在苏修进攻北京的必经之路上！我们要给他们制造障碍。我们要在这 6000 亩土地上，挖出纵横交错的大渠来，这些渠就是工事，就是战壕，这就是我们的战场，我们要跟苏修在这里展开阻击战，游击战，地雷战！同志们，6000 亩土地啊！要挖出干渠，斗渠，支渠，我们的任务太重啦！我们的时间太紧了！我们要把一天当两天过，要把黑夜当白天过，要争分夺秒。我们只有把战壕都挖好，苏修打过来的时候，我们才能让他们瘫痪在这里，才能为党中央转移赢得时间。同志们呀！保卫毛主席的时候到了！是好样的，我一声命令，就给我冲上去！

"我是连长，基建和开荒这两大任务都由我负责，从明天开始，我和同志们一起战斗！明天六点钟起床，为脱坯大会战做好准备，一分钟也不能耽误了！"

连长已经讲得清清楚楚，然而一群懵懂少年，他们只上过小学，他们几乎不知道连长的话意味着什么。

连长说："我的话讲完了。下面请指导员作指示。"说罢退到一边。

指导员走到讲台前，清了清喉咙，说："刚才连长讲，我们要盖营房，除此之外，我们还要盖厕所，盖马概，盖厨房，盖餐厅。”

话音未落，刘胜利搭下茬说：“指导员，马概是个嘛东西？”

“这你也不知道，马概就是马住的地方呀！”指导员说。

刘胜利说：“您说的那个概字，是不是一个‘厂’字下边一个既然的‘既’字？”

指导员嫣然一笑，说：“你说的对，这个字你也认识？”

“我不光认识，我还知道那个字不念‘概’，应该念‘厩’！”刘胜利说。

下面一阵哄笑。

一层羞恼从指导员的黑脸上掠过，他继续说：“连长讲的工作非常重要，但是，那些都是业务，都是军事。业务和军事千头万绪，再重要也不能冲击了政治。越是在时间紧，任务重的时候，越要警惕，不能走上业务挂帅、军事挂帅的歪门牙道上去。”

“是‘歪门邪道’！那个字不念‘牙’。” 刘胜利纠正说。

指导员摇了摇头，一阵愠怒从脸上掠过，继续说：“我们要头脑清醒，冷静，只要政治挂了帅，再艰巨的任务都会顺利完成。

“兵团有兵团的章程，兵团的纪律。今天时间紧，事情多，我先简单地宣布几条眼下必须执行的纪律，其他的我们以后再说：

“第一条，从明天开始，天天读每天一小时要雷打不动。任务再重，时间再紧，也不能冲击了学习毛主席著作的时间；

“第二条，不许谈恋爱；

“第三条，不许抽烟；

“第四条，不许唱黄色歌曲。

“第五条，不许看黄色书籍。

“第六条，不许偷听敌台广播。我知道你们当中有人带来了半导体收音机。但是，那是用来倾听党中央、毛主席的声音的。我们这里离苏修很近，边疆又没有干扰台，这里偷听敌台，比北京还要容易，还要清楚。所以，有收音机的人听广播就要让大家都能听到，自觉地把自己放到广大革命同志的监督之下。不能偷偷摸摸，鬼鬼祟祟偷听。”

刘胜利纠正道："应该是鬼鬼祟祟，不是鬼鬼崇崇。"

指导员狠狠地捩了他一眼，说："最后一条，不许随地大小便！"

听罢大家哄堂大笑。

指导员也抿着嘴笑了，说："这不是玩笑话，再重复一遍：不许随地大小便。为什么？因为蒙古人最爱干净。"大家以为他说反话，又是哄堂大笑。

"他们认为牛和羊吃的是草，粪便是干净的。人吃的是肉，是粮食，粪便是最脏的。我们住在蒙古老乡家里，蒙古人都没有厕所，屋里也不允许放尿盆。尊重他们的习惯，房子周围绝不允许大小便。我们大小便的话，一定要远远地离开他们的房子。这一条非常重要，你们不要当作儿戏！违反了这一条就破坏了民族关系，也破坏了军民关系，谁违反了，一定军法处置！"说罢，宣布散会。大家回到各自居住的老乡家不提。

从出发到今天，一路数千里舟车劳顿，已经经历了四天的颠簸，他们真的累了。现在住的虽然是"号"来的房子，但毕竟是一个安身之所，他们至少要在这里住几个月的时间，这里就是"家"了。

老门肯家住着一明两暗的三间土坯房。为了迎接兵团战士们的到来，他跟三个儿子、一个女儿和一个刚刚娶过门的儿媳妇，一共七口人都合并到了西屋去住，给兵团战士腾出了单独一间房子居住，老门肯也是尽力了！

蒙古人刚刚结束游牧生活不久，他们定居的房子都很小。老门肯家的一明两暗，已经是达拉图最宽绰的居所了。其实也不过只是三间小小的土坯房，每间只有七八平方米。

夜里，蚩氓被尿憋醒了。晚饭他吃了很多肉，回到老门肯家里觉得十分口渴。老门肯的妻子为他们熬了一大锅奶茶，他们喝了很多。他想起了指导员的话，不能随地大小便。于是心里有点怵，他知道外面很冷，并且外面就是荒原，据说沙漠里有狼，心里很害怕。

就在这时，小班和小龙翻了个身坐了起来。蚩氓心里一阵高兴，三个人互相壮胆，决定到外面去撒尿。蚩氓说："多穿点衣裳，外面冷。"说着三人披上了棉袄，光着下身，悄悄下炕，开门来到屋外。

外面冷风刺骨，顿时冻得周身颤抖。地面都是黄沙，反射着天光，院门都能看得清楚。这是第一次撒尿，他们也不知道该走多远，便一直往远处走，直到担心回来找不到家门时才放心地把尿撒了。

他们顺着原路，摸回老门肯的房子，走进院门，正要进屋，突然"哗啦啦"的声音如同天降暴雨，一股水流从天上浇了下来，直浇到三人的头顶，幸亏反应敏捷，及时后退了几步，才躲开水流。恰是深夜，那水流撞击在地面，声音格外地响。抬头看，只见东屋窗户纸被捅破一个洞，破洞处探出一条鸡巴，一条尿柱正哗哗向外流淌。

等了好一阵，终于停止，三人以为已经完事，刚要往前走，突然又有一股尿流喷射过来。三人急忙躲闪，才没尿到身上。三、四次补射之后停下。三人才放心摸进门去，只见炕上人都睡着，并不知道是谁撒的尿。也无心探个究竟，上炕继续睡觉。

第二天天还没亮，环绕着达拉图响起了哨子声音。全体九连战士急忙起床，连长带着全连战士出操。这是一群散漫的学生，站无站相，走无走相，并且他们全无愿望要成为一个军人。要把一群这样的人调教成军人，不是短时间能够完成的。陈连长从来也没有遇到过这样的兵，也无心强求。只带着他们在沙漠边跑了四十分钟后，回到教室，开始天天读。

天天读由左红梅主持，按照惯例，三次祝愿毛主席万寿无疆，三次祝愿林副主席身体健康，高唱《东方红》，背诵老三段，新三段，一切按部就班之后，她说："今天我们要学唱一首革命歌曲。从今天开始，我们上下工的路上，要做到歌声不断；三顿开饭之前，我们要大唱革命歌曲，然后才能开饭。今天我们就要学一首歌，叫作《革命的大家庭》。"说罢便一句一句地教了起来。那歌儿唱道：

革命的大家庭充满阳光，

官兵互爱像兄弟一个样。

有了困难，大家相上，

有了荣誉，大家相让。

连队的生活多么温暖，哎咳！

团结就有力量，

团结就有力量！

大家四天都没有吃过正常的饭菜，天不亮又被叫起集合出操，困饿交加，哪里有精神唱歌？可是左红梅却十分执着，不学会绝不善罢甘休。好在歌词和曲调都很简单，一两遍就能滥竽充数地唱了下来，左红梅终于满意，宣布天天读结束，现在到外面集合，准备开饭。

此时天光已经大亮，九连战士乱七八糟在站成一队等待吃饭。一轮红日从东面乌拉山顶升了起来，把人影七长八短地投在地上。这是九连战士第一次开饭。司务长是一个邢台农村的退伍老兵，小瘦脸上面长着小鼻子小眼儿，虽然比知青们年龄大十几岁，但大家都叫他小崔。

九连的伙房是跟大队借来的一间土坯房，里面蒸汽氤氲，朦胧可见小崔和另一个炊事员忙碌的身影，馒头刚刚下屉。

二人抬出了一个大笸箩，由一个小棉被盖着，下面就是馒头。然后又提来两只铁桶，里面是笼笼糊糊的糜子米粥。接着又抬出一个大号的铝盆，里面是炒萝卜干与海带丝。

为了展示自己天天读的成就，左红梅偏偏要大家唱今天刚刚学会的歌。她起了头以后，大家没精打采地唱了一个乱七八糟。这时候连长等不及了，说："立即开饭，不要影响出工。"左红梅只好放弃唱歌，让大家吃饭。

他们已经五天没有吃到正经饭了，此时的饭菜十分对大家的口味。男生一圈，女生一圈，蹲在笸箩旁边吃得正香。忽听得刘胜利高声叫道："快看啊！四条半腿的驴！"

听到呼喊，纷纷抬头看去，只见一头毛驴，正在追赶另一头毛驴。陈连长认得这头毛驴名叫"一个蛋"，是团部分配给九连的。之所以叫它"一个蛋"，因为它只有一只睾丸，另一只睾丸被骟掉了。

草原的驴通常分为三种，"草驴"，"叫驴"和"骟驴"。"草驴"就是母驴，通常都不阉割；而公驴到一岁多的时候就要经过一次筛选。品种优良，生长壮硕的可以留下来做种驴，这种驴被叫作"叫驴"；而此外的公驴就要被阉割，原因是它们不够优秀，要剥夺它们的交配权，阻止它们的基因繁衍下去。这种驴被叫作"骟驴"。另一个原因是，被阉割后的毛驴余生就会变得十分平静——只剩下吃草和干活两件事情，再也别无他想，因而格外温顺。

本来一个蛋应当属于骟驴行列，但当时给它做绝育手术的是兵团兽医培训班的实习生，活没做干净，只割掉了它的一个蛋，身体里隐藏着一个蛋，就混入了"骟驴"行列，这才有了现在的冲动。

这畜生挺着又粗又长的胯下之物，俨然如同半条驴腿，那东西雄赳赳，气昂昂，往上一翘一翘地敲打着肚皮。那被它追赶的草驴显然并不心甘情愿以身相许，拼命奔跑，企图逃脱，一个蛋却穷追不舍，偏要霸王硬上弓。

男生看了，不免身体里也生出了一个蛋的冲动；女生却不敢直视，不住偷看，直把脸羞得通红。连长见状，大叫："刘胜利，你不要耍流氓！"

刘胜利一脸坏笑，说："明明是驴耍流氓，怎么怪我？"

连长高声喊："全体九连战士听我的命令：立正！向后转！低头吃饭！不许偷看！"

全连"哈哈哈哈"笑得直不起腰。

连长又叫道："王智长，还不立即给我赶走？伤风败俗，影响太坏了！"

王智长听到命令，顺手抄起一把铁锹，追去。两头毛驴一前一后，围着大队部绕了两个圈子，草驴拼命逃跑，坚决不从。一个蛋不达目的誓不罢休。草驴一面跑着，一面向后尥蹶子；一个蛋追着，咬着，扬起一溜尘土，直追到库步其沙漠那边去了。

吃完饭，立即整队，由连长带队直奔达拉图一队——那是九连营房的基建地，离达拉图大队八里半远。从今天开始，每天吃罢早饭，全体九连战士要步行八里半地去工地干活；每天晚上收工，他们要再步行八里半地回到达拉图大队，吃饭，休息。八里半，要走近一个小时。

第 57 章　纠　纷

连长刚刚出发，两个蒙古老乡来到连部找指导员告状。

一个是老门肯，他脸色铁青，"呼呼"地喘着粗气，一副怒不可遏样子。他说："今天晚上我家里不能再见到他们，让他们立即搬走！"

指导员忙问，出了什么事。老门肯说："自从盘古开天地，三皇五帝到如今，谁见过鸡巴捅破窗户纸撒尿的？我家屋里，女娃娃，新媳妇都有了，我要问问，你们在自己家里也这样撒尿了？如今，窗户纸捅了个大洞洞，我的院子骚臭不能住人了。甚也不要说了，快快让他们搬走，一天也不能多住了！"

指导员连忙道歉，说："对不起，是我们的工作没有做好。我会调查清楚是谁干的，让他给您道歉，严肃处理。"

老门肯把手一摆，说："道歉就算球了，只要搬走就好了。"听口气这已经无可挽回。

指导员的头"嗡"一下就炸了。蒙古人家的房子都不宽裕，这又是一个很小的村子，能"号"到房子本来就很难，不久还会有二百多新兵会陆续到来，让他们住哪？只有一条路，就是在老乡那里"号"到更多的房子。现在这一泡尿把后路都给堵死了，总不能住在荒原上吧？歌可以那么唱"蓝天做帐地作床"，可现在夜里气温还能达到零下 10 度，眼下且不说连队没有医生，附近三五十里之内也没有一个可以看病的地方。有人病了怎么办？病倒一大片怎么办？盖房、开荒、挖战壕任务怎么完成？

郭指导员从部队被调到兵团，也属于被部队甩包袱之列。他的梦想就是，在兵团出色地完成任务，有朝一日能够重新回到正规部队去。但是眼前，这么一泡尿就要把他的前程毁掉！他最担心的就是让他退伍回老家，他既不会种地，也没有任何养家糊口的本事，那就是万劫不复！想到此，他恨得牙根痒痒，恨不得立即就找出那个撒尿的人，把他撕成碎片！

指导员千赔礼，万道歉，老门肯还是坚持让住在他家的六个人搬出去，没有商量的余地。指导员也只能答应下来，低三下四地把老门肯送出连部。

老门肯前脚走，祁民道尔吉后脚迈动 O 型腿，摇摇摆摆跨过连部的门槛，走了进来。指导员问他出了什么事。他汉语说的不很好，结结巴巴地说："毁啦，毁啦！你们的叫驴，把我的草驴给配上了。"

指导员莫名其妙，说："配上了，又怎么啦？"

"我的草驴今年要怀骡驹驹。你们的叫驴配上了，就怀不成骡驹驹，只能下驴儿子了。"说到此他捶胸顿足，口中不停地说："毁了！毁了，全都毁下了！"

指导员不知道发生了什么事情，一边安抚，一边带他到大队部去弄个明白。好在大队部就在附近，恰好巴书记正在队部，祁老汉就用蒙古语跟巴书记"叽里咕噜"地说了一阵子。

巴书记听了祁老汉的话，笑得前仰后合。看到老祁说得涕泗横流，起身抚着他的后背说："不怕，解放军是讲理的。我们跟他们商量，让他们赔偿损失。"说罢，他转脸对指导员笑着说："你家的毛驴惹了祸了！把人家的发财梦给打碎了。"

指导员如坠五里云雾，说："我们的毛驴本事也够大的，怎么会把他的发财梦都给毁了？"

巴书记说："指导员我来问你，你家的毛驴是'骟驴'吗？"

"是呀？我们的驴是团部分配下来的，清单上写的清楚是骟驴。"指导员说。

巴书记说："不对了，祁老汉查看过了，你们的那个毛驴确实骟过，但是它身上还藏着一个蛋。这是甚意思呢？就是说，它表面上看起来不会交配，但实际上它有交配的本事，它就是一个隐藏的大流氓。"说罢大笑。

指导员恍然大悟，说："噢！巴书记说的可能是对的。那驴有个外号叫'一个蛋'，今天早饭时间，我亲眼看见它追着一头母驴，要做坏事。"说着，指导员羞得满脸通红，抿着嘴笑了。

“这就对了！人家祁老汉的草驴刚好发情，拴在门前，正要去跟一匹好种马交配，为的是要怀上一个骡驹驹，你家的一个蛋抢先给配上了，骡驹驹就要不成了。”巴书记说。

“毛驴又不懂事，跟我们有什么关系？”

巴书记说：“草原上是有规矩的，儿马，叫驴，种驼都要拴好，不能让它乱跑。你家的一个蛋毛驴没有拴好，坏了人家的大事！老祁家有两个闺女，都十二三岁了，几年后要聘闺女，要打首饰，擀毡子，做嫁妆，盖房子都指望这个骡驹驹，养上三年，卖给解放军，刚刚赶上聘闺女。好好的计划都给毁了。”

指导员的头“嗡！”的一声又炸了。这不仅仅是军民关系，还是民族关系，都是非常敏感的问题，最好的解决方法只能是赔偿人家。但连里哪里有钱？免不了要向团部打报告。打了报告上级就要追究责任，没有管理好连队的牲畜，这就是一个事故。他先要弄明白这个事故有多大，遂说：“按道理我们应该赔偿损失。一个骡驹驹多少钱？”

巴书记笑说：“不怕！你们兵团财大气粗！不在乎这点钱。这么说吧，每年解放军都要到草原征收军马、军骡。骡子值钱，一个三岁的骡子卖给解放军 1000 块。这个没有怀上的骡驹驹最多赔偿 500 块。”

指导员心头一紧，五百块！这是要杀人呐！我上哪弄这么多钱？

从大队部出来，指导员顶着一脑门子官司急急忙忙往工地跑，他要跟连长商议一下事情怎么办，他不能等到天黑，天黑就晚了，这事今天就要做出决定。还要看看这一帮人干起活来是什么样子。这几天所见，特别是今天早上的事情让他大失所望——人是这样的人，驴是这样的驴——这就是手中握有的战斗力。以这样的战斗力去完成一个那样繁重的任务！他看到了自己的前景，感到了恐惧。

他一边走一边盘算。他首先想到的是瞒过去，不汇报。神不知，鬼不觉，不留任何痕迹。他清楚，向上级汇报，对他一点好处都没有，九连组建这才几天？你就捅出两个这么大的漏子。团里要解决这个问题，把你撤掉是最好的方法。你是一把手，推不掉责任的！把你撤掉，另派一个指导员来，既肃清了影响，又便于展开后边的工作。想到此他冒出一身冷汗。

可他知道这事瞒不住！一来，肯定再也号不到房子，住房问题怎么解决？这不是他能力范围之内的事情，无论如何也不能让二百多人露宿在荒漠边上。还有，驴呢？他没有地方能挪出 500 块钱来赔偿人家。但是不赔，这事情一定会闹到团部去，那岂不是更加糟糕？思来想去，向团部汇报是不可避免的了。他长叹一声——这个关是一定要闯的！

陈连长带领九连战士来到营建工地，是来准备脱坯场地的。过几天大批新兵到来，立即就要展开一场"脱坯大会战"，脱坯场地要平整好，水源也要准备好，另外，脱坯的工具也要准备齐全，不能到时候窝工。

事无巨细，千头万绪，桩桩件件都事关工程进展，马虎不得。

任务安排下去之后，连长早已累得气喘吁吁。点燃一支恒大牌香烟，一边悠闲地吸着，一边在大堤上来回踱步。远远看到指导员沿着大堤走了过来，走得满头是汗。连长猜到出了事，遂立即迎了过去。两人在大堤上商定了解决方案。指导员带上付恩同立即返回。付恩同是老高三的学生，文化水平很高，故此凡是连里写写算算的事情，都由他来做。现在他正在丈量土地，叫他回去是起草报告的。

晚点名上，三祝毛主席万寿无疆，三祝林副主席身体健康之后，又读了几段毛主席语录，接着是连长讲话，他大发雷霆，说："今天我们连里出了一件大事，蒙古老乡把我们轰出来了。我们的八路军、解放军、就是在朝鲜的志愿军也从来没有发生过这样的事情！啥子事呢？有人隔着窗户撒尿，还把窗户纸捅了一个大窟窿。"

刘胜利搭话茬说："拿嘛捅的？"下面一阵哄笑。

陈连长狠狠瞪了他一眼，继续说："对啊，拿啥子捅的很重要！人家家里有女孩子，有新媳妇，同志们啊，这件事情很严重，你违反了'三大纪律八项注意'的第七条，这就是调戏妇女！指导员在分房子的时候三令五申，不能随地大小便，不能随地大小便！嘴都说破了！可你倒好，在人家屋里撒尿！你破坏了军民关系，破坏了民族关系。这还不是最严重的。最严重的是，接下来我们还有 200 多个新兵要住在达拉图。现在，人家把我们轰出来了，我们再也号不到房子了，我们住在哪里？你来告诉我！这要是发生在战场上，当场我就枪毙了你！"油灯下，几十只恐怖的眼睛看着连长，吓得脸色惨白。

指导员说："是自首，还是等人揭发，你们自己决定。"

大家你看看我，我看看你，寂静无声。

连长说："没有那么复杂，谁尿的，有种的给我站出来！"

话音未落，窦小鳌晃着膀子站了起来，说："不就是尿了一泡尿嘛，大惊小怪的，好汉做事好汉当，是我尿的，要杀要剐我担着。"

连长勃然大怒："王智长！把他绑起来关到仓库里，等待团部处理意见。"

王智长拿绳子把窦小鳌绑得结结实实，押进仓库，绑到了柱子上，以防他逃跑，或者自杀。连长随后把住在老门肯家的六个人分散到其他家去住，然后宣布解散。

向团部打的两个报告已经起草好，一个毛驴事件，一个是撒尿事件，只要在上面填上撒尿人的名字就可以报送团部了。指导员派付恩同明天一早出发，步行六十里，把报告送到团部。

次日下午，九连的两份报告送上了牛政委的案头。

牛政委是一位五十多岁的军人，是一位资深的政治干部。打从他从事政治工作开始，他清楚地感到自己有着出众的政治头脑，或者说那叫政治才华！这是以政治工作为终生事业的人最重要的资质。他自知文化程度并不高，只有两年私塾底子，但毕竟是识文断字的人！那个时候八路军中认识字的人本来就不多，能识文断字的人就都当作文化人使用。兼况他生性聪敏好学，这些年来多次参加各种党校学习，文化程度切实提高了不少。并且，在那个年头，军长不识几个字的也是司空见惯的。

他深知文化程度高低与政治素质高低是完全不同的两码事，甚至他相信，文化水平越高，政治素质反而越低——都是念书念傻了，这种人他见的多了，眼下他的搭档任团长就是个例子，他倒是大学毕业，但每到关键时刻，在政治素质上总是差那么一口气。

他自认为自己是既有大格局，又有小格局的全才。在他那里，所谓大格局，是指能够看懂大势所趋，看懂世事变迁；所谓小格局，他认为自己人情世故，家长里短无所不通，在处理上下级关系上他都能够得心应手。

他二十五岁就当上了团政委，自此他觉得自己天生就是从事政治工作的料。就在他认为自己前途广大，踌躇满志的二十年中，有一件事情始终困惑着他：与自己同等级别的同志都先后有所升迁，有的甚至扶摇直上，而自己这个团政委一当就是二十多年。

早年间，上级首长从来都把最艰难的任务派给自己，从首长们的眼神中看得出来，他们欣赏自己的能力，是随时打算对自己委以重任的。但事实是，重任是完成了，却没有换来他所期待的提拔。就在壮志未酬的岁月里，不知不觉头顶已经白雪皑皑。

如同所有现役军人干部一样，他心里清楚，如今被调到兵团，实质上是部队甩包袱。多年来，内心一直觉得自己是部队的骨干，是中坚力量，怎么转眼就成了被甩掉的包袱了呢？事情来得太突然，这个落差实在太大，需要一定的勇气才能够接受这个事实。这样的事情假如发生在别人身上，凭着敏锐的判断能力，他会断定此人的军旅前途到此为止了。但对于自己而言，却没有做出这样的结论。他觉得自己还有戏，只要自己能够出色完成兵团的任务，将来回到正规部队，继续自己的政治生涯都不成问题。但重要的是，兵团的事情一定要做好！因此，打从他接手二十团政委的工作，始终兢兢业业，殚精竭虑，唯恐出现任何纰漏。

牛政委看罢九连的报告心中暗喜。他点燃一支香烟，深深地吸了一口，悠然自得地吐着烟雾。其实他正在等着这样一个典型的出现，就像一只猎狗等待着猎物的出现，而那个猎物恰如所料地按时出现了一样，他找到了全局在握的感觉。

他看了看手表，晚上 8 点钟，开会的时间到了，他把报告丢在办公桌上，仰靠在椅子背上等待着党委委员的到来。党委委员共有五个人，牛政委是党委书记，任团长是副书记，马主任是政治处主任，罗处长是后勤处处长，和吕参谋长。

牛政委主持会议，显然他对事件的发生喜形于色了。

"这一泡尿尿的好啊！这个窦小鳌给我们送来了一个典型！本来这是一件坏事，但我们要善于把坏事变成好事。我们要对典型事件的出现具有敏锐的洞察力，明察秋毫，不能错过时机。通过对典型事件的处理，达到以点带面的效果。实现教育全团干部、战士的目的，进而推进连队的素质建设。这就是'矛盾的特殊性和普遍性'的关系，是辩证唯物主义的认识论和这一理论所必然产生的方法论。"他口若悬河地说着，除了任团长听懂了他的话之外，其他几位党委委员一概不明觉厉。

他没有读过几本书，但在历年的党校学习中却零零碎碎地学过一些唯物论、辩证法的基本常识。他深知这一套东西的重要性。他深信共产党就是靠着这一套东西的指导才步步走向成功的，这简直就是获胜的法宝。因此他对唯物论、辩证法确实狠狠地下过工夫。马列的原著他看不明白，他所读的，除了党校发的一些《唯物辩证法十讲》《唯物论常识》之类的小册子之外，最为高深的著作就是毛主席的《实践论》和《矛盾论》了。尽管下了那么大的苦工夫，尽管《实践论》和《矛盾论》也只是通俗读物，然而他清楚，那一套东西自己依然没有弄明白。尽管如此，他知道，在讲话中自觉地使用这一套乃是政治工作者看家的本领。有了这一套，自然而然地就显示了对党的事业的信仰与忠诚，显示着天然的正确性，同时也显示了工作能力的出类拔萃。

"因此我提议，给窦小鳌记大过处分，处分下达时通报全团，同时，责成政治处立即组织一次全团巡回批斗大会。在团部，以及东三连，西三连分别召开三场巡回批斗大会，把窦小鳌押送到现场。以大批判开路，要把声势造足，要让广大兵团战士对军法感到畏惧！让他们认识到军队的纪律不是儿戏！起到杀一儆百的作用。借着这个契机推动其他工作展开。"

话音刚落，马主任鼓起掌来。随之罗处长也跟着鼓起掌来。

马主任说："我先做个自我批评：对于这个事情我没有政委看得这么深这么透。既没有看到它的严重性，也没有看到作为典型对全团后续工作的推动作用。归根结底，就是马列主义水平不够高。我从政委的讲话中学到了很多东西。"

罗处长也随声附和，说："我也深有同感呀！归根结底，还是马列主义水平不够高，毛主席著作学得不够好，用得不够活所致啊！"

接下来是沉默。

许久，任团长说："我说一点不同意见吧。我看这件事的实质是，一个不谙世事的青年学生，可能在家过惯了娇生惯养的日子，初到兵团，一时不适应部队生活，触犯了纪律。整个事情充其量就是一泡尿的事情。我们通过批评教育的方法，一定能够帮他改正错误。因此，我们最好不要一棒子打死。至于事情造成的恶劣影响，我认为蒙古老乡都是通情达理的，通过赔礼道歉是完全可以挽回影响，恢复良好的军民关系的。"

他稍为停了一下，继续说："换一个角度，我们设身处地为窦小鳌想一下，一个十六七岁的青年学生，抱着一腔热情投身保卫边疆的行列，因为一时不小心，触犯了纪律，受了一个记大过处分，这一辈子都很难翻身了。前途没有了，希望没有了，一生背着这么一个沉重的包袱，这可以毁掉他的一生！希望政委和在座同志们认真考虑一下，对窦小鳌还是应该以教育为主，以惩罚为辅。本着治病救人的原则。不给予'记大过'这么严重的处罚，给他一个全团通报批评，也照样可以达到教育全团战士的作用。另外，现在因为一泡尿，又是记大过，又是全团巡回批斗，我们把最重的处罚都用尽了，将来有人犯了更严重的错误，我们怎么处理？"

政委"哼"的一声笑了，环视一周后说："其他同志怎么看？"

马主任说："我还是赞成政委的处理意见。一来呢，这是全团第一起破坏军民关系的事件，事件发生前，团党委，连首长都曾经三令五申，如果第一起我们刹不住车，接下来会发生更为严重的事情，我们很难遏制住这个势头。值得注意的是，这不仅仅是军民关系，而且是民族关系，是解放军跟蒙古民族的关系。现在苏修在蒙古国屯兵百万，千万不要忘了，他们也是蒙古人！如果我们不加严惩，伤害了民族感情，一旦战争打起来，我们怎么能够稳定住蒙古人的情绪？"

罗处长说："我是做军需工作的，不能不从这方面思考问题。这件事情的影响比我们想象的要大得多。不久，第二批、第三批新兵就要到来了。这些人住在哪里？原计划是住在老乡家里，一直到 10 月份我们的营房盖好，居住问题是已经解决了的。但是，这个事情一出来，再跟老乡号房子就不那么容易了。九连的报告也提到了这个问题，他们向后勤处提出申请，要求调拨四顶军用帐篷。现在上级给我的配置中就没有帐篷这一项！毛主席说，不打无准备之仗，我们后勤处必须立即向上级打报告，申请军用帐篷。这不是小事，再过几天新兵就来了，把他们丢在荒野行吗？是要出大事的！"

任团长说："我同意马主任、罗处长的分析。但还是觉得对窦小鳌的处理过于严厉了。军民关系可以通过我们的后续工作弥补。新兵的居住问题我们也要提前做好准备。我的意见是，给他一个改正错误的机会。"

牛政委长叹一声，说："唉！古人说'慈不掌兵，义不理财。'老任呀，我可要批评你一句了，知识分子小布尔乔亚的思想有时候要坏大事的呀！"

一句话说得任团长满面羞愧，再不坚持自己的意见。

牛政委继续说："郭栋梁是怎么搞的？这才刚刚几天的时间，奇奇怪怪的事情都出在九连！第二份报告说什么，老乡要求赔偿骒驹子？搞什么鬼名堂！连自己的毛驴都管不住，这个指导员是怎么当的？要是他不想干了，我就另找人干！"

任团长说："政委，这个报告我也看了。郭栋梁最后的辩解不是没有道理：他说，团部分派的毛驴是一头骟驴，在分派牲畜的清单上也写得清清楚楚。责任确实不在他身上，而在我们的兽医身上，都是刚刚从下面调来的实习兽医，是阉割手术做得不彻底造成的。"

政委说："你说的也有道理。后勤处你们说这事情怎么处理？"

罗处长说："国家征购军骒是两到三岁左右的，平均 1000 块一匹。我们赔他 500 块总算不亏待他。这也是军民关系，民族关系的一部分，赔少了显然也会有不良影响。"

牛政委说："好，就这样吧。司令部明天起草一个决定，给窦小鳌记大过处分，同时组织召开全团的巡回批斗大会，十个连队，东三连一次，西三连一次，团部加上团部周围的四个连队召开一次，把声势做大，把文章做足。后勤处做好两件事，第一件事，向师部物资处打报告，申请军用帐篷。这个事嘛，倒给我提了一个醒，我们的战士住在老乡家里，像羊拉屎一样太分散，不便于管理，集合一次需要一个小时，打起仗来怎么办？另外，百姓家里，我们的战士十七八岁，男男女女都有，出点事情就不是小事。如果我们能够申请到足够的帐篷，我们索性不跟老乡号房子了，我们就在工地架起帐篷，这样每天可以赢得一个多小时施工的时间。帐篷的数量嘛，你们计算一下，写申请要把困难写足，你跟人家要东西还羞羞答答，人家怎么会给你？越多越好，最好能够让我们的人都住进去！第二件事，给九连拨 500 元，怎么下账你们自己决定。就这样，没有事情就散会吧。"

第 58 章　只那一瞬间他们就长大了

　　第一场批斗窦小鳖的大会在上午举行。这是二十团建立以来的第一场批斗大会，此后，他还要被押解到东三连和团部，总共开三场批斗大会。

　　一大早团部开来了一辆解放牌汽车和一辆吉普车。吉普车上下来的是牛政委、司令部吕参谋长，和政治处杨干事。牛政委是二十团的最高长官，看到他来参加批斗大会，人们就知道事情的严重性。卡车上是警卫排三十个士兵，他们全副武装，背着子弹带和步枪。下了车他们就把折叠着的刺刀打开，然后，在大队部前每隔五米站立一人，三十个人守护着通往沙漠的路！显然将要去沙漠那边干事，干什么事？

　　今天没有出工，吃罢早饭就在达拉图大队部门前集合，坐下。穿着皮袍子的蒙古村民密密麻麻围了一圈，惊恐地看着所发生的一切，年老的牧民都知道，过去枪毙人就是这个阵势，莫非今天又要枪毙人？村民惊恐的眼睛看着将要发生的一切。

　　须臾，解放渠大堤远处扬起了黄尘，一辆解放牌卡车拉着七连和八连的全体士兵向会场开来。汽车开到大队部前，战士们下了车，整队后进入会场坐下。

　　连长见一切准备就绪，走到台前宣布："把破坏军民关系的窦小鳖押上台来。"警卫排的两个士兵背着枪，早已从库房把窦小鳖提出来，那窦小鳖五花大绑，等在了一旁，听到命令，遂各自捉住窦小鳖的一只胳膊押送到前边。窦小鳖先傻了眼，看架势会被拉到沙漠边去枪毙，遂被吓得软了腿，东倒西歪乱了脚步，许久才立稳脚跟。

　　全连战士吓得脸色蜡渣黄。他们的成长、成熟是通过这样的方式完成的——只那一瞬间他们就长大了。

　　批判发言都是连里提前安排好的。指导员指定了两个重点发言人，一个是付恩同，被排在了第一个。当中是七连和八连代表发言。最后一个是齐蚩氓，因为蚩氓与小鳌同住在老门肯家里，并且那天夜里他和另外两个人都是走到外面撒的尿，无疑由他来批判发言更有教育意义。指导员把这任务派给了他，特地叮嘱，你这篇稿子是重点发言，一定要有杀伤力。

齐蚩氓没有想到因为一泡尿把事情闹成这么大。他为自己那天夜里到外面去撒尿感到庆幸，也感到后怕。

但写批判稿把他难住了，他想不出怎么才能有杀伤力。首先是引用毛主席语录感到为难，他把"红宝书"从头翻到尾，也没有找到合适的段子。最后只好把："知识青年到农村去，接受贫下中农的再教育，很有必要"写在稿纸上，自己也觉得力量不够，只好又加了一段："要斗私批修！"虽然还不满意，但好歹也扯上了关系。

接下来，他不知道怎么上纲上线。反正就是一泡尿，军民关系，民族关系别人肯定都会扯上，自己再这样写也觉得无趣。还能怎么样？他写了不满意，撕掉再写，地上扔了无数个纸团，写到半夜才把稿子写完，却只有短短的半页纸。写完最后读一遍，出乎意料的是，突然感到非常满意。

发言开始了，付恩同提着一摞批判稿走上前去，读罢一页又一页。从国际形势讲到国内形势，又从国内形势讲到兵团形势，都是不常见的漂亮词汇。不知道他从哪里得到的消息，居然对窦小鳌的父亲了如指掌。说他父亲是旧社会封建把头，地痞流氓的首领，外号叫瞎二囊子。为了与地痞流氓争夺势力范围，自己把自己的眼珠子扣出来吃掉。而他则继承了他父亲的恶习，做了封建把头的孝子贤孙，是地痞流氓的残渣余孽。接下来便是上纲上线。说他"破坏了军民关系，破坏了民族大团结""破坏毛主席伟大战略部署"，"破坏边疆建设"，"做了帝修反想做而不能做的事情"，"给阶级敌人充当了马前卒"。

七八个人发言之后，最后轮到了齐蚩氓。听罢前边发言，他反而有了信心。即便是付恩同——全连最有水平的发言，他觉得不过都是讲空话、扣大帽子而已。他读罢了毛主席语录，他说："窦小鳌我来问你：在自己家里你是不是也隔着窗户撒尿？我断定不会！原因很简单，如果你隔着窗户撒尿，你爸爸会揍你。"顿时哄堂大笑。

"不应该隔着窗户撒尿这是常识，但是你住在别人家里，你就偏偏隔着窗户撒尿。这说明了什么？说明你对蒙古老乡不尊重，你没有像爱护自己的家一样爱护别人的家。你想过没有，老门肯一家为了让我们有安身的地方，自己一家八口人挤在一间小屋里，他们克服了多大的困难？这是多么深的情意？如果没有蒙古老乡让我们住进他们温暖的家，我们就只能露宿荒原。我们应该用自己的行动报答人家的恩情才对。你把人家对你的情意看得分文不值。你不仅仅不知恩图报，反而恩将仇报！你不仅仅破坏了兵团纪律，你还伤害了蒙古乡亲们的心，你让我们全体兵团战士没有颜面面对蒙古老乡。因此，你必须认真反省，充分认识到错误的严重性，必须认真给老门肯一家赔礼道歉，给蒙古老乡道歉，给全体兵团战士道歉！你必须从心里真正地尊重蒙古老乡，请求他们的原谅！"

懂汉话的老乡在一边听着，连连点头，说这个后生说的好。

窦小鳌听着，哭得一行鼻涕两行泪，突然"咕咚"一声跪倒在地上，给台下磕头，说："老门肯，我错了！达拉图的老乡，我对不起你们！九连的兄弟姐妹们，我对不起你们，给你们丢脸了！"

齐蛀虻发完言走下来，指导员把他叫住，竖起了大拇指说："好啊，这稿子写的才叫好！"

散会了，两个背枪的士兵扭着窦小鳌的胳膊，押上了解放牌卡车。牛政委突然决定，要带上齐蛀虻参加后两场批斗会，作为本连战友发言。齐蛀虻遂登上汽车，汽车扬起烟尘，向东三连开去。

巡回批斗会最后一场在团部召开，这是规模最大，声势最大的一场批斗会，有四个连队，加上团部直属各部门人员参加。

最后一个发言结束，在一片口号喊过之后，杨干事宣布了团党委给予窦小鳌记大过处分的决定。杨干事长得又高又瘦，讲话口若悬河。他担心新兵们不知道"记大过"是什么意思，着重解释说："什么是'记大过'呢？就是行政处分的最高级别，比它再严重的就要交军事法庭判决了。"

窦小鳌一直悬挂着的心终于放了下来。既然处分是记大过，就不会枪毙。杨干事告诉他："你的唯一出路就是好好表现，戴罪立功！才有希望把处分撤掉。否则你会背一辈子！"从此，为了立功赎罪，把处分撤掉，窦小鳌变成了一个干活的机器。

枪毙人的气氛是杨干事一手策划的。他对牛政委"把声势做大，把文章做足"的指示心领神会。要的就是这种恐怖的效果。

团部批下 500 元赔偿祁民道尔吉。连里又请当地兽医给一个蛋做第二次绝育手术，从此以后，一个蛋开始了它只有吃草和干活的平静生活。

一切如同牛政委所料，巡回批斗会开完以后，全团的军纪面貌焕然一新，团党委命令各连党支部，抓住批判大会打开的大好局面，立即掀起"脱坯大会战"。

九连申请军用帐篷的报告没有批下来，居住问题只好自己解决。达拉图百姓住房本来就非常紧张，兼之窦小鳌事件的不良影响，所号来的房子远不够居住。眼看着新兵就要到来，住所还没有着落，把连长、指导员急得像热锅蚂蚁一样，依然无计可施，只好求救于大队书记，让他说服社员多接收一些人。巴书记一听就乐了。他说："你们咋介不早说呀！我这里有现成的办法。我们不要住进社员家里啊！达拉图的蒙古人在几年前过的还是游牧生活，家家都有蒙古包。现在刚刚盖房子定居不久。蒙古包虽然好几年不用了，不免破旧，但毕竟可以遮风避雨。现在天气越来越暖和了，跟牧民借来用一下，到冬天房子盖好了还给他们，一点问题都没有。这件事交给我吧。"顿时把指导员和连长高兴得合不上嘴。

巴书记只跟牧民说了一声，到下午，陆陆续续蒙古人就赶着驴车、牛车把自家的蒙古包送到了连部门前。指导员、连长千恩万谢。蒙古人做事实在，定要帮助把蒙古包架好，并亲自教给兵团战士怎么使用才肯罢休。于是不出两天，施工基地附近，在绿色的草原上支起了一个个白色的蒙古包，成为草原的一道风景。

从此，九连战士分为两地驻扎，一部分仍然住在达拉图大队老乡家中，另一部分住在草原上的蒙古包中。居所已安排妥当，只等新兵到来。

不久，天津、北京两批新兵陆续到来。九连已经有二百多人，连领导把这些人分成四个排。一排、二排是男排；三排、四排是女排。每个排四个班，每个班十人，并且排长、副排长；班长、副班长一一任命齐全。与此同时，成立了炊事班，小崔任司务长。团部又拨下来两挂大车，几十匹马，依照团部的编制，九连成立了马车班，任命孙逸华为马车班班长，派到团部参加驭手学习班，学习赶大车技术。

九连安顿下来了，开始了按部就班的生活。

第 59 章　梦境布拉滩

　　一连两个星期，每天除了天天读和训练，就是在沙尘暴中脱坯。大草原是什么样子？沙漠是什么样子？那些向往已久的地方却还从来没有去看过。

　　星期日休息，吃两顿饭。晚饭过后齐蚩氓走出蒙古包，刚刚还是昏天黑地的沙尘暴突然停了下来，停得干干净净，混沌的天地不见了，眼前出现的是一个极其清净透明的世界。他顿时被眼前的景象惊呆了，这不是现实世界，而是梦境中的景象，恍恍惚惚好像来过这里，然而他清楚记得，打从出生直到离开家，就从来没有离开过他生长的城市，这究竟是怎么回事？那一定是上辈子的记忆。

　　不知何时绿草已经铺满了草原。这就是布拉滩的草，不高，只长得厚密，把土地覆盖起来，不露一点泥土，踩上去如同踏在厚实的地毯上，再使劲也踩不到底。这厚密的草一概碧绿，像是刚刚被水洗过，向四周延伸：向南、向北，碧草与蓝天相接；向东，数里外碧草止于浩浩荡荡的母亲河——黄河，隔黄河向东远处望去，隔过寥落的村庄，隐隐约约有山峦起伏，那就是乌拉山；向西，是库布其沙漠，碧绿与金黄衔接。天，怎么会这么蓝？让人怀疑这不是真的。

　　在库布齐沙漠边缘的绿色草地上，有一座小小的黄色的土坯房，房子侧面，有稀疏的柳条扎成的羊圈。

　　已是牛羊归圈时分。远处不时传来蒙古人吆喝牲口的声音："勒勒勒勒……"声音那么遥远，悠长，在草原上回荡，仿佛来自另一个世界。

　　一会传来"哞——"一声牛叫，那是母牛在呼唤她的幼犊，温柔，慈祥。不时传来"咩——"的一声羊羔叫，奶声奶气的，听了叫人心醉，那是羊羔在寻找他的母亲。

　　有了这些叫声布拉滩反而显得更加宁静。

不知何时马兰花已经开放。这里三丛，那边五簇，参差错落，像是园艺师的精心布局，纹丝不乱，装点着布拉滩，使得平坦的草原显得生动、精致，生机盎然。

蛋虼不由自主走近一簇马兰花，蹲下仔细端详着。洁净，幽雅，不染纤尘。他不忍触碰，又不忍离去。突然怦然心动——摘一束带回去插在瓶里，花一定能够开很久！

他小心翼翼地一根根精心挑选含苞未放的花蕾，从根部掐断花茎。终于攒了满满的一把，用一根马兰叶绑成一个花束。

再靠近库布齐沙漠是一片水域，莫非这就是蒙古人说的布拉滩上的"河"吗？它并没有河与河岸的分别，放眼望去，看不到源于何处，止于何方。

他想起巴书记的话："布拉"在蒙古语里是"泉"的意思。"布拉滩"就是泉滩。

每逢春天滩上都会出现无数泉眼。这些泉眼小的径如手指，大的能容马蹄。清澈的甘泉从这无数泉眼中汩汩涌出，沿着碧绿草场漫延开去，时宽时窄，时缓时疾，毫无收敛。河面曲曲折折，映照着蓝天和白云，一直延伸到草原与地平线衔接处。他感到了造物主的挥霍与放荡不羁。

趟过河不远处就是库布齐沙漠。他要去看看那向往已久的神秘地方。

脱掉崭新的军用胶鞋，挽起草绿色军装裤腿，一只手举着花束，另一只手提着两只鞋，乍撒着双臂，踏进水里。河水最深处只达膝盖，清澈见底。脚踩在河底厚厚的青草上，如同踩上柔软的地毯，不会有丝毫淤泥泛起。突然踩到一个较大的泉眼，于是就把脚伸进去。清凉的泉水从脚趾缝间流过，清洌却直渗到心里。

此时殷红的太阳有牛车轱辘大小，只剩下半个，正在慢慢地融入金色的沙漠。牛羊都已经归圈，布拉滩异常宁静。

忽然从远处传来了歌声，是从绿草和沙漠衔接处的小土房处传来。由于远，歌声时断时续。仔细听，听得出那是两个女孩子和一个男人的声音。再听，仿佛还有胡琴伴奏！他唯恐歌声停歇，匆匆向那土房走去，那歌声渐渐清晰起来。他担心自己的动静打断的歌声，临近土房，悄悄绕到红柳条扎起的后院，跪在地上，隔着红柳条缝隙向屋前的庭院看去。

拉琴的不就是祁民道尔吉吗？叫他"老汉"，其实最多只有四十岁；唱歌的不就是唱《金杯银杯》的两个小姑娘吗？

祁老汉坐在一个老旧木凳上正拉着一把四胡。蚩氓从来没有见过这样原始的乐器，难道那也可以叫作"琴"？琴担子，是一根红柳棍！四个琴轴是四根红柳棍！琴弓还是一根红柳棍，弯成弓，绑上马尾。琴桶，是四块白木板合成，蒙上一块原色的羊皮。那曲折、嘶哑的旋律就由这样的乐器奏出，简直要把人的心撕碎。

此时，歌曲的前奏正在那琴弦上悠悠荡起，这旋律自由散漫，找不到拍节，只是吱吱嗡嗡，曲曲折折，直到把你的心揉搓够了，曲调却突然一转，变得节奏鲜明，两句之后，声调突然向下一滑，那两个小姑娘却紧接着用玻璃样的嗓音唱道：

（蒙古语）姑苏呦察罕门痕达拉，
索拉地索兰多罗。
乌鲁呦努达里巴扎呐，松格拉。
库尼百地音门痕达拉。
祁老汉用他砂砾一样的喉咙一起合唱：
乌鲁呦努达里巴扎那呐，松格拉。
库尼百地音门痕达拉。
乌鲁呦努达里巴扎那呐，松格拉。
库尼百地音门痕达拉。

一段唱完，前奏再次响起，然后又唱起了第二段。

同样的旋律，他们唱了一段又一段，像是在讲述一个曲折哀婉的故事，也不知道唱了多少段，故事终于讲完，歌声缓缓停歇，四胡也慢慢地收住琴弓。许久小姑娘和老汉谁也不动，傻傻地待在那里——他们依然沉浸在歌的境界里。那歌声仿佛依然在布拉滩上空环绕回响，经久不散。

蛍氓傻了。呆呆地跪在柳笆前，直愣愣地待着。

突然有人从身后蒙住了他的眼睛，这是小时候常常玩的把戏，只有猜出蒙眼睛的是谁，那人才会把手放开。其实，他一被蒙住，就知道是秦娥，他们是从小一起玩耍惯了的。他却灵机一动，故意说："小龙，快放开吧！"

秦娥依然不放开，却听到旁边有人笑，那笑声清脆，显然是女生的声音。

蛍氓说："不是小龙？那肯定就是秦娥！"他知道身边还有外人，没有叫她"娥子"。

她突然把手松开，笑说："算你猜对了！"

蛍氓转过身才看到，秦娥身边还站着一个女生，他认得是欢迎晚宴上一起吃生肉的楚卿。楚卿一只手提着一双绿色胶鞋，绿色军裤卷到膝盖以上，光着两只雪白的脚踩在绿草地上，蛍氓不由得看呆了，怎么会有这么好看的脚呢？觉得有一股奇异液体在身体里流淌。

楚卿却收敛了笑容，她早就看出蛍氓是故意猜错，哄秦娥玩呢，露出惊奇的神情。说："你们一直都是这么玩的吗？"

蛍氓连忙回过神来，还未及回答，秦娥说："是呀？这么玩有什么不好吗？"

楚卿连连点头说："好呀，太好了！只是，从小也没有人跟我这么玩儿过。在学校里，男女生从来都是不说话的。"

秦娥看出楚卿有些失落，说："在学校我们也是一样。可在家里就不一样了。"

蛍氓也看出来楚卿对他们有些羡慕，说："是呀，以后我们一起这么玩儿！"

楚卿点头，说："好！好！你手里是什么？"

蛍氓把花束伸在楚卿面前，说："是刚刚采的马兰花，好看吧？插在罐头瓶里，里面放上水，能开好久呢！"

楚卿说："太美了。我怎么就没想到采一些呢？"

蛍氓说："你喜欢就送给你吧！"说着伸手把花束递到楚卿面前。

楚卿红着脸说："那我可就真要了？别怪我贪婪，这花真的太好看了。”说着接过花束，又说：“谢谢！”

蚩氓说：“不用谢。草原上有的是呢。马兰花开后还会有许多别的野花。我们可以随时来采，你喜欢我可以采了给你们送去，保你瓶子里鲜花不断。”

楚卿连连点头说：“那可太好了！”

蚩氓说：“你们是什么时候来的？我怎么一点也没有发现呢？”

秦娥说：“你中了魔法啦，要不是我来拯救你，你就动不了啦。”

楚卿笑着说：“是呀！我们就一直在你的身后，你听得太专注了。”

“是呀，只听说过蒙古人能歌善舞，今天总算是见识了，和我们汉人不一样，人家一张口就把人的魂儿抓去了。”蚩氓说。

楚卿说：“是呀，我听着只想哭。”

蚩氓说：“这到底是个什么歌？好像是在讲一个长长的故事。我们去问问吧？”

楚卿和秦娥说：“对！我们去问问！”说着，三人穿上鞋，拿着花，向屋门前走去。

祁老汉刚刚得到赔偿他的毛驴款 500 块钱，对兵团颇有好感。见来了三个兵团战士，连忙让进屋里，说：“快上炕，快上炕！”

这是一间不足八平方米的土坯房。门是几块歪七扭八的木板拼接而成，又窄又矮，蚩氓需猫腰才能进去。田字格的小木窗，窗纸已经破碎剥落。屋里有一条土炕，上面铺着两块牛毛毡子，炕的里面，堆放着几张渍满油污的羊皮——那就是他们的铺盖。

这就是普通蒙古人的家吗？难道这也叫作家？他们已经贫穷到了无可附加的地步！这样小屋居然能够产生如此美妙的音乐，蚩氓的心好像被锥子扎了一下，鼻子一酸，险些落下泪来。

屋里有一股强烈的羊膻味，他们各自忍着，连眉头也不皱一下，唯恐让人家看出自己有任何厌恶的感觉，大大方方盘腿坐在炕上。

屋里还有另外两个更小的女孩，和一个中年妇女，都穿着皮衣皮裤。最小的女孩刚刚会走路，在炕上来回跑着。祁老汉介绍说，那中年女人是他的妻子，四个女孩是他的女儿。说到孩子，他一脸苦笑说：“大半辈子过来了，只有四个女娃，没有男娃。在离这里七十里的沙漠里，有一座古老的喇嘛寺叫作什拉召。那里有一个一百多岁的老喇嘛，他能知道人的前三世、和后三生。我去拜过他，向他求子，老喇嘛说你不要急，你命里有一个男娃了，只是还没有来。他让我好好等着。他还说，佛祖会派一个菩萨把我那男娃亲自送到我手里。可是前年来的又是一个女娃。那个老喇嘛一百多岁了，敢定他是老糊涂了，跟我胡说了。"

蚩氓听他如此虔诚又如此渴望，流下泪来，连忙说："一定会来，一定会来！一百多岁的老喇嘛，就是活神仙，他的话不会错！"

秦娥和楚卿也连忙附和说："等你家生男娃的时候，我们来给你祝贺！"

祁老汉听得要给他来祝贺，好像那男娃娃有了指望，顿时脸上有了喜色。

炕头边是一个锅灶，上面正冒着热气。祁老汉说："看见你们过来了，给你们熬了一锅茶。"接着咕哝着蒙古话，吩咐他的妻子去做什么事情。吩咐罢，自己坐在炕上，一边跟蚩氓三人聊天，一边点亮一盏油灯，拿起一个羊骨头制作的烟袋，那烟袋叫作"羊棒"，那羊棒的"烟锅"极小，是子弹壳做成，装满烟草，只够吸一口烟，因此又叫作"一口香"。

他的妻子是一个矮个子罗圈腿女人，听罢他的吩咐，答应了一声，来到灶边，提起一个铜制小桶，一拐一拐向羊圈走去。

屋门开着，蚩氓看着她走到羊圈，捉羊，蹲下，把铜桶夹在自己两腿中间，给羊挤奶。须臾，她一拐一拐地回来，把锅揭开，把铜桶里的奶倒进锅里。伸手又抓了一块牛粪投进灶堂，须臾锅里的奶茶就翻滚起来。放进几颗盐粒之后，拿出碗来，用铁勺一碗碗盛满茶，双手递到三人手里，说："请喝哇，请喝哇！"

三人连忙起身双手接过茶来，捧在手中，一边轻轻吹，一边喝着。那茶虽然有些羊膻味，但忍住了这膻味，接下来便是很醇厚的味道。

喝着茶，蚩氓问起了这歌的来历。

说起歌，祁老汉却收敛了笑容，用蹩脚的汉语说："这是咱们布拉滩的歌，不知道从甚时候起，这个歌就在布拉滩流传，不知道流传了多少年，多少代。布拉滩的蒙古人都会唱。歌唱的是，春天来了，布拉滩的草绿了。一个女女，和一个后生都到沙畔畔放羊。女女爱上了后生，后生也爱上了女女。秋天来了，布拉滩的草黄了。他们都要回个个儿的家了。他们相约好，明年还到这沙畔畔放羊。冬天过去了，布拉滩的草又绿了。女女来到沙畔畔等那后生。她唱着去年唱过的歌，等哇等哇。等到了秋天那后生还没来。来年女女又到沙畔畔等那后生，后生还是没有来。就这样，那女女等了一年又一年，唱着当年唱过的歌等那后生，一直等到人也老了，天也老了，还没等来。"

听罢祁老汉讲解，三人不由得黯然神伤，秦娥说："那男孩为什么没来呢？"

"不知道。这就是命！"祁老汉说。

三人都沉默了，这该不是我们命运的谶语吧？

告别出来，天已经黑了下来。走在回连的路上，趟水过河，月亮沉浸在静静的水里，被他们踏出的环环涟漪揉碎。草原的空气缓缓地流淌着，一阵凉，一阵热。

楚卿问蚩氓："现在读什么书呢？"

秦娥说："我哥读的书可多了。只是半导体收音机的书他就有一大摞。"

楚卿说："哇！你喜欢半导体收音机？"

秦娥说："不只是喜欢，他还会自己做呢！做电话，做变压器，做电机，做半导体收音机。"

楚卿说："太神奇了！我身边玩半导体的也有那么几个人，都是老三届的高才生，他们可神气了。我们六九届连个边也巴不上。"

蚩氓说："那都是玩儿，算不上读书。说读书，红卫兵抄家时，从抄来的书堆里偷过一些书看，乱七八糟的什么都有，哪跟哪也不挨着，也算不上读书。"

楚卿说："那你一定读的书很广。你带来什么好书吗？"

蚩氓说："咳！别提了，临来内蒙时，爸爸叮嘱说，多忙多累也别忘了读书。你只有小学毕业，肚子里的书太少，不够使的。可让我带几本书的时候，又挑不出能带的，都是毒草，怕惹来麻烦。挑来挑去只挑了三本书。"

楚卿说："怎么这么巧？跟我家发生的事一模一样！我爸爸也说，不管多忙多累也不能忘了读书，可到了选书的时候，却挑不出来能带的书。你带的是哪三本书？"

秦娥见他俩聊得投机，静静地在一边听着，不再说话。

蛋氓说："一本是《脂砚斋重评石头记》。"

楚卿说："这是什么书？我怎么都没听说过？"

蛋氓说："就是一个叫脂砚斋的人批的《红楼梦》，《石头记》是它的另一个书名，只有前八十回。爸爸说这本书带着不怕，是毛主席推荐读的书，有毛主席这块挡箭牌，谁也不敢说什么。还有一本是《鲁迅小说集》，爸爸说，毛主席对鲁迅评价很高，也倡导读鲁迅的书，带着不怕。还有一本就不是书了。"

楚卿兴味盎然地问："那是什么？"

蛋氓说："是一本字帖，欧阳询的《九成宫》拓片。爸爸让我不要把毛笔字丢下，就带了本字帖来。"

楚卿说："啊？来兵团你还练毛笔字？还带来什么什么拓片？"

蛋氓笑了，说："还说呢，到这儿已经一个多月了，连一张大仿也没写。"

楚卿说："你读的书跟我的同学们读的书大不相同哎！"

蛋氓说："是吗？他们读的是什么书？"

楚卿说："他们读的是《红岩》《红日》《红旗谱》《苦菜花》《青春之歌》《暴风骤雨》《敌后武工队》这些。"

蛋氓笑了，说："这些是小学三、四年级时候读过的书，太浅了，不能算数的。你有什么好书借给我看看吗？"

楚卿听了蛋氓的这三本书，心里暗自惊奇——都是六九届的，他读的书怎么那么高深？遂说："我也只带了四本书，只是没有你的那么高深。一本托尔斯泰的《复活》，一本是雨果的《悲惨世界》，还有《牛虻》和《钢铁是怎样炼成的》。"

蛋氓听说这四本书，心里也是暗自敬佩，说："啊！还说你的书不高深，托尔斯泰的书我是读过一本的，是从抄家烧书的火堆里抢出来，偷回家的，那本书叫《忏悔录》，让我一夜之间长成了大人！"

楚卿说："啊？有这么厉害的书？我也该读一读。"

蚩氓说："可惜当初没敢带来。因为是托尔斯泰的，是毒草。你这几本书可要小心保存着，让人知道就会惹麻烦。"

楚卿说："不怕的，我压在箱子底儿，没人知道。"

蚩氓说："这几本书我只看过《钢铁是怎样炼成的》，其他都没看过，能不能借给我看看？保证不会让人发现！"

楚卿说："当然没问题，我们换着看吧！先把《石头记》借给我。"

说着话已经到了驻扎蒙古包的地方，女生的蒙古包在西侧不远处，该是分手的时候了，蚩氓说："明天晚饭后，我们在这里交换书好吗？我给你《石头记》。"

楚卿说："好！我给你《牛虻》好吗？"

蚩氓说："好！别忘了尽快把花插到瓶子里。"

楚卿说："那当然。再次谢谢你的花，太美了！"说罢把花拿到鼻子前闻了闻。与秦娥向自己的蒙古包走去。蚩氓目送她们走远，才回自己蒙古包。

秦娥已经半天不说一句话了，离开蚩氓后，突然问道："我哥怎么样？"

楚卿说："太棒了，跟那些在火车上抽烟的男生比起来，他就像是另一个世界的人。让我想起一个成语。"

秦娥说："哪个成语？"

楚卿说："玉树临风，让我感到了那种气息。"

秦娥见说只默默点头。

说着话已经来到自己蒙古包门前，战友们已经入睡，楚卿把手放在嘴边轻轻"嘘——"了一声，二人蹑手蹑脚走进去。小小的蒙古包住着一个班的十个人。连里早就下了通知，明天要召开脱坯大会战的誓师大会。接下来的日子就是不分昼夜地脱坯。她们要抓紧时间给自己身体积蓄一点力量，迎接明天繁重的劳作。

黑暗中楚卿摸到一个罐头瓶，加上水，小心翼翼把马兰花插在瓶里，放在枕头边，闻着花的气息入睡了。

第 60 章　我们怎么才能帮上她呢

　　脱坯大会战的誓师大会在晚上举行。蒙古包群的中心，是一块草场，被当作操场使用。是全连出操、开会的地方。集合整队以后，命令大家坐下。天已经黑下来了，会场周围燃起了四堆篝火，照得人脸忽明忽暗。

　　三排长左红梅说："三排的战友们，我来起头，我们唱一支革命歌曲：王杰活在我心中，预备起！"三排跟着唱了起来：

王杰活在我心中，
永做毛主席的好学生。
革命不怕苦，
怕苦怎革命！
兵团战士志气大，
革命路上永不停！

　　一排长王智长也不示弱。歌声刚停，他说："我们唱一首《蓝天做帐》我来起头：蓝天做帐地作床，预备起！"一排跟着唱了起来。

蓝天做帐地做床

⋯⋯

　　歌声刚刚停止，左红梅说："全连同志们，让我们一起高唱一首《革命的大家庭》我来起头：革命的大家庭，预备起！"全连跟着唱了起来：

革命的大家庭充满阳光，
官兵互爱像兄弟一个样。
有了困难，大家相上，
有了荣誉，大家相让。

连队的生活多么温暖，哎咳！
团结就有力量，
团结就有力量！

左红梅又说道："让我们再唱一首毛主席语录歌《下定决心》，我来起头：下定决心，预备起！"全连跟着唱道：

下定决心，
不怕牺牲，
排除万难，
去争取胜利！

歌声还没停，左红梅叫道："再来一遍！"

连长早已不耐烦，歌声未停，他向大家摆摆手，说："得了得了得了！革命歌曲也唱不出坯来！我们还有正事呢！"歌声零零落落停了下来。

连长一张焦虑的脸被篝火照得通红，他走到台前，他说："同志们！冬天能不能有房子住，就看现在我们能不能把坯脱出来。脱出坯来，盖好房子，到冬天我们搬进暖暖和和的自己的营房；脱不出坯来，到时候天寒地冻，会冻死在蒙古包里！我们面对的是绝境，不是生，就是死！生和死就攥在我们自己手里！坯场就是战场，现在到了冲锋陷阵的时候了，是英雄还是狗熊，要死还是要活就看你们的了！"

接着，都是提前安排好的，每个班的班长代表本班上台表决心。每天每人的定额被一封封决心书从 150 块抬到了 250 块！

最后上台表决心的是三排长左红梅。她别出心裁，把"决心书"变成了"挑战书"，她代表全体女生向男生提出挑战。

她说："我们妇女不仅仅要顶半边天，而且要顶多半边天！我代表全体妇女向男排提出挑战：我们妇女要超过你们男人，每人每天要脱坯 260 块！你们男人敢不敢应战？是时候了，是骡子是马拉出来遛遛！"

秦娥听到她口口声声说"我们妇女"紧皱眉头，一脸苦相。在她心里，自己还是女孩子，叫她女生、女兵、甚至叫她“女人”都行，怎么会突然成为“妇女”了呢？遂偷偷对楚卿悄悄说：“我们都是‘妇女’了！”说罢，吐着舌头做了一个怪脸，楚卿也一脸苦相，向她轻轻摇头，用眼睛瞥了一眼左红梅，示意不要惹她。

听到 260 块的指标，全体女生都吃惊地张大了嘴巴，把眼睛瞪大：我们哪有男生力气大呀？能跟男生打个平手已经很难了，为什么偏要超过男生呢？

刘胜利一脸嘎笑，说：“嚯！这是要干嘛？要翻过身来肏爷们儿吗？”

引起一阵哄笑。

一排长王智长嘴角挂着一丝坏笑，站在后边，远远地高声叫道：“我们应战 270 块！”

左红梅哪里肯示弱？当场高叫：“我们 280 块！”

王智长叫道：“我们 290 块！”

左红梅鼻子哼了一声，叫道：“我们 350 块！”

王智长顿了一下，突然不再应战，把左红梅撂在那里，突然冷场了。一会，王智长说：“好样的！支持女排每人每天 350 块！要说到做到，不要放空炮！”说罢得意得大笑起来。

左红梅说：“我向毛主席保证，放空炮的是孬种！男人们敢不敢应战？”

王智长笑着说：“我们也向毛主席保证，坚决不应战！”全体男生见左红梅上了当，哄堂大笑。

女生们气得咬牙切齿，暗自叫苦——你左红梅要表现自己，别把我们都拉进去！

连长心里有数，只要完成定额 250 块，坯就够用的了。他也知道 250 块已经很难完成了。左红梅突然叫出每人每天 350 块，弄不好反而是瞎捣乱。他清了清喉咙说：“这里不是吹牛屄的地方，军中无戏言！刚刚决心书说的 250 块我看是完全可以完成的，现在我把它定为定额。每人每天 250 块，每天，班长要向排长交够你们班的数；排长要向连长交够你们排的数。这是最底线，少一块也不行！刚才一排长说 290 块，三排长说 350 块，连领导是欢迎的，干革命就要有这样的精神，我等着你们完成你们的挑战，不要放空炮！这里有一块黑板报，那是我们的擂台榜，我们每天要评出一个脱坯状元来。我们要给他评功授奖！下面请指导员讲话！"

指导员走上前来，闪烁的眼睛在躲避着与他对视的目光，说："每一个同志都要完成定额，并且还要争取为连队建设多做贡献。每一块坯都是射向敌人的一发子弹，多脱出一块坯来，就等于多消灭一个帝修反。现在我宣布：从明天起，取消早操，起床后就去坯场；'天天读'改为'战地天天读'，我们一边脱坯，一边背诵毛主席语录，要让毛主席语录的声音在工地上响起来！现在听我的命令：全体起立！"

大家都站了起来。

指导员说："让我们一起背诵毛主席语录，作为我们的誓言！我来起个头：下定决心，一二："

大家知道这是大会的最后一道程序，背完这段语录就该睡觉去了，遂一起字字铿锵背诵道：

下定决心，不怕牺牲，排除万难，去争取胜利！

散会了，人群中一片愁云惨雾。特别是女生，以前脱坯都是大家混在一起干，不计数，干到天黑就收工。她们也从来没有完成过这么大的数量。250 块就像一座大山压在她们的心头。

楚卿是九班班长，回到蒙古包就跟大家商量。她说："愁也没用。我们得想办法才行。我们脱坯十多天了，每个人都有一些经验，我们交流一下，一个窍门能省很多力气！"

副班长乔世红说："就是，愁也愁不出坯来，还是得想法子。我先说我的经验，我的窍门就是挖小堆土，和泥，脱坯都在泥堆周围，多一步道也不走！力气省一点是一点！这样可以缩短运泥的距离。泥用完了，坯就脱在和泥的地方。"

大家听了，眼前一亮，说："对呀！我怎么没想到呢！"

有人说："我发明了'抱泥法'，以前我们都是合作，一个人用铁锹供泥，一个人脱坯。这样太费时间。我的'抱泥法'就是各自为战，不用铁锹运泥，双手加小臂，一抱恰好就是一块坯的泥，省时又省力，明天我做给你们看。特别是世红说的小堆和泥，非常适合我的‘抱泥法’。”大家一致说：太好了！

又有人说：“备料时，挖一层土，放一层草，再挖一层土，再放一层草，这样和泥时就省事儿了。”大家又是一致说好。

楚卿说：“不知道大家发现没有，备料，最重要的就是，一定要挖到黄胶泥，不要沙质土。胶泥容易和泥，又不沾坯模子，这就省了一道往坯模子上刷水的工序。另外呢，土挖好了，浇水要慢慢浇，土是有缝隙的，水会自己渗到里面。因此浇完水千万别动它，让它自己洇着。这个时候我们可以回去吃饭。让泥焖得透透的，几乎不用和泥，就可以脱坯了。”

乔世红说：“没错，黄胶泥好使是肯定的。要是挖不到黄胶泥怎么办？”

楚卿说：“你放心，布拉滩是黄河冲积形成的。总是一层黄泥，一层沙土。如果这里没有，就换个地方，或者往深处挖一点，一定会挖到黄泥层。只要挖到黄泥层，有些沙土也不怕，混在一起都好使。”

为了迎接明天第一天会战，她们早早地吹灯休息了。

次日天刚蒙蒙亮，当楚卿带领九班战士来到脱坯场时，看到左红梅已经在那里干得满头大汗了。她是三排长，按照连里的惯例，排长是不计数的，她只要到各个班里帮一下落后的战士，就算是体面地完成了本职工作，各个排长都是这么干的。但是她不，她要给全连树立一个榜样。她给自己开辟了一块场地，此时，正在吭吭哧哧挖土备料。

过去干活总是班长带头。现在，既然已经有了定额，各个班长也乐得省事，干脆把任务落实到每个人头上，实行起了承包制，不管是谁，只要脱够了 250 块坯，就是回家睡觉也没人管你。这个办法真灵，一下子就把大家的积极性都调动起来了。每个人都为自己开辟了一片场地，各自为战，从来就没有见过干活会有这么大的积极性。

按照昨天交流经验的做法，楚卿把土挖成小堆，每堆都是一层土，一层麦秸，一共五六层。一小时后，估计土已经够一天使用的，就开始浇水。

蓄水坑表面结着一层冰。楚卿走到坑边，用铁锹把冰敲破，冰层如同玻璃板叠在水面。然后用脸盆取一盆水，端到土堆旁，为了让水能够渗进土里，她慢慢地把水倒在土上，很是悠闲。全班都学着她的样子，慢慢悠悠地干着。

这时候，附近左红梅也挖完了土，那堆土像一座小山，都是沙土块。她瞥了一眼慢慢悠悠浇水的楚卿，并不说什么，看得出却是一脸不屑的样子。只见她把铁锹"啪"的一声往旁边一丢，那铁锹应声倒在地上。左脚一踩右脚的鞋跟，右脚一踩左脚的鞋跟，"啪！啪！"两声，两只鞋被踢到了一边。她袜子也没穿，光着脚踩在地上，提起一只铁桶，三步并作两步走到水坑边。连眼睛都不眨一眨，一脚踏进水坑冰面上。嘴里不停的念叨着："革命加拼命，拼命干革命！宁可前进一步死，绝不后退半步生！……"冰板炸裂，交错撞击在她浑圆的小腿肚子上，冰板像刀子一样立即割出横七竖八的血口子。

众人被她的行为惊呆了！停下了手中的活，呆愣愣地看着她，冰碴每一下撞到她的腿上，都引起众人一次皱眉，一次闭眼。而左红梅自己脸上却如同什么都没有发生，好像那腿不是她的腿，好像那腿就不是腿，而是木桩子。

她弯腰打上水来，"噔噔噔噔"几步提到土堆旁，只把桶底朝天一扣，"哗"地浇在土堆上，冲得黄泥水四处流淌，接着，提着水桶又一次踏入冰水里。

十班长柳卓儿被感动得流下了眼泪，哽咽着对班里的人说："这才是干革命的样子！"说罢，学着左红梅的样子脱掉鞋袜，她提起水桶，踏进冰里，龇牙咧嘴，颤颤巍巍打上半桶水来。

许多女生们看到她的做法，深感愧疚，觉得自己很懦弱，渺小，感到了自己资产阶级思想很严重。都学着她的样子脱鞋、光脚下到了水坑里。

崔璨被左红梅吓傻了。干革命一定要这样吗？她可不愿意做那样的人。那样活着还不如死了好。她故装作全没看见，左红梅全然感动不了她。

乔世红也给感动了，她要脱鞋下水。楚卿拉了一下她的衣襟，向大家摇头示意不要学她，悄悄说："我们用不着。"

班里人会意地点点头，继续慢条斯理的打水、浇水。

"差不多都浇透了，让它慢慢洇着，我们回去吃饭吧。"楚卿说着，带领全班走了。瞬间工地上就只剩下了左红梅一人在那里浇水。

大概就是因为楚卿没有下水，并且阻止他人下水，左红梅感觉这是对自己的蔑视，心里窝了一口气。早饭过后，上工的号声刚刚响过，楚卿和左红梅就都出现在脱坯场上。她们俩谁都没有声明这是比赛，但旁边的人都看出来了，这分明就是一场比赛。

左红梅干活是不要命的。她和泥，腰杀得很低，黄色的短发被汗水浸透，散乱贴在脸的两侧，汗水从鼻子尖，下巴滴落，顾不上擦。手中的三齿像雨点一样敲打在泥上。因为她的土都是沙土，没有吃透水，里面都是干土坷垃，因此和泥非常费力。她时不时翻过三齿，用三齿背敲碎干土块儿。她干活不惜力气，每个动作都争分夺秒，都是拼命的节奏，不心疼自己。

而看楚卿干活则是一种享受。她慢慢悠悠，却又干净利落，没有任何多余动作。她采用了"抱泥法"，一抱恰好就是一块坯，只一会的工夫一排坯就整整齐齐地出现在她的手底下。

接近中午，楚卿直起了腰，用沾满泥的手点数，250 块坯已经完成。

左红梅要把所有的泥都和好才开始脱坯。这时候，她才把泥和完，刚刚开始脱坯。她光着脚，裤腿挽到膝盖以上，在泥水中往返奔跑，孤零零的几块坯歪歪扭扭地摆在远处的草地上。

楚卿洗洗手，看也没看左红梅一眼，走了。

她提着铁锹来到乔世红的坯场，乔世红这时候已经快干完了。楚卿拿起铁锹，给她供泥，乔世红抹平、脱模，速度一下就快了起来。一会乔世红也完成了 250 块。然后起身去帮助别人，直到全班都干完，大家一起洗手收工，打饭吃饭，回到蒙古包里休息。

晚上收工以后，排行榜登上了黑板报。出人意料的是，窦小鳌创造了最高纪录，500 块；左红梅第二，完成了她的承诺，350 块。她从早晨一直干到天黑看不见才收工。

晚点名在操场举行，四周的几堆篝火再次燃了起来。陈连长表扬了会战第一天就创造纪录的窦小鳖，说他有戴罪立功的表现，特别提出表扬。但是戴罪立功不是一天两天的事情，是一个长期改造自己的过程。从此，他成了一个脱坯奴隶。

表扬了左红梅。一个女同志，超额完成任务。号召大家向他学习。

全连只有一个人没有完成任务，她是十班的康小妹。十班长是柳卓儿，个人定额250块宣布以后，她就对班里说："这下子好了，谁想偷懒耍滑也办不到了。我们自个干自个的，谁干不够数，自个跟连长交代去，谁也帮不了谁的忙。"她没有帮助康小妹，全班谁都没有帮助康小妹。康小妹直干到天黑收工只干出了一百多块。

连长为此大发雷霆，与其说连长那是批评，不如说是辱骂。骂她是"蠢猪""笨蛋""懒婆娘"。还上纲上线说她"破坏连队建设"。他意识到，这是一个不良倾向的开端，必须死死堵住，不能留出任何余地。今天有一个人不完成任务，如果被容忍，如果不狠狠地刹住这个苗头，明天就会有十个，后天就会有一百个。这样蔓延下去，后果将会不可控制。

他先让康小妹站到队伍前面来，说她"偷懒耍滑"。

"我没有偷懒耍滑！"康小妹说。

连长说："大家都能完成任务，只有你没有完成，大家都长两只手，你也长了两只手，这不是偷懒耍滑是什么？"

康小妹冤枉得放声大哭。

连长说："哭也没用！如果再不完成任务，我就要开批判会，批斗会，把你押上台，挂牌子，戴高帽子！九连不允许有这种情况存在！"

篝火闪烁下，大家吓得脸色苍白。

好歹晚点名快要结束了。按照惯例，在结束前，连长总要问一下各排长是否有话要说。通常排长们都说"没事"，大家都盼望早点回去休息——排长们怕挨骂。今天左红梅却出乎意料讲了话。她说："我来说几句！一切围绕红太阳转，要在转字上狠下工夫。在脱坯大会战中，能挑千斤担不挑九百九。挑了九百九，等于留一手。留一手就是对毛主席不忠，对连队建设不尽责……"

她还要继续说下去，被连长拦了下来，连长说："能够完成任务就是好同志。你想多干，你自己去干，不要多管闲事。"说完宣布解散。

天上已经出满了星星，在回"家"的路上秦娥对楚卿说："你没听出来左红梅话里有话吗？"

"怎么能听不出来？"楚卿说。

秦娥说："以后我们不跟左红梅较劲了，她爱下冰河就下冰河，爱上刀山下火海就让她去下！"

楚卿说："你说的对，明天，我们离她远远的，让她看不见我们。唉，你认识康小妹吗？"

"认识啊，我们是邻居，上小学时候我们还在一个班。"秦娥说。

楚卿说："康小妹到底是怎么回事？"

"实际上康小妹有点心智不全。在学校，她比同班同学大三四岁，她一路留级，六年级她上了三年，就是毕业不了，要不是文化大革命一锅端，她现在还在上小学。他上面有三个哥哥，家里只有这么一个最小的女儿。她越是心智不全，父母越是加倍疼爱这个傻闺女，唯恐她受委屈。"秦娥说。

楚卿说："那她应当算是残疾人，不应该上山下乡。"

"是呀！起初，她父母也有难处：小妹她平时好好的，谁也看不出来。如果算残疾人，就要到民政局去领取残疾人证件。一旦领了证件，将来找工作，甚至嫁人都要受影响。我们不当父母，怎么会懂得这些苦衷？可是毛主席指示一下，想当残疾人也不可能了——别说她这样轻微心智不全的人，傻子也开不出证明来，没有证明就要上山下乡。"秦娥说。

楚卿说："那她父母还是让她来了？"

"运动一来谁能躲得过去？比较一下，好歹兵团还有食堂管饭，还有 5 块钱津贴费，比插队落户要好点吧？连长不了解小妹的情况，只听柳卓儿汇报，就那样劈头盖脸一通臭骂，太野蛮了吧？其实，小妹她知道自己有些心智不全，自尊心就更比别人强。她知道自己手脚慢，就比所有人都更努力。但她就是能力不足，脑子笨，手脚慢，别人一天做完的事情，她要做三天。昨天刚刚把柳卓儿得罪了，在连长面前，柳卓儿能给她说好话吗？”秦娥说。

楚卿说："啊？她怎么会得罪柳卓儿呢？"

秦娥笑说："说起来笑死人了。昨天她给柳卓儿一个下不来台，大家都当笑话说。"

楚卿说："是嘛？我怎么没听说呢？"

秦娥说："你不是我们学校的，这笑话传不到你耳朵里。昨天柳卓儿给班里分饭，每人两个窝头，最后剩下两个是她自己的。分完了大家什么都没说，康小妹突然说：'你给自己留了两个最大的！'"

楚卿忍不住哈哈大笑："康小妹心眼也太直了吧？"

秦娥说："是呀，她就是心眼太直嘛！说得柳卓儿脸红一阵，白一阵的，手里颠着两个窝头说：'干活没本事，争嘴吃比谁都强！你好好看看大吗？大吗？我怎么看着一点也不大呢？你看着大给你，给你！'说完，死活要跟小妹换窝头。"

二人笑了一阵以后，突然楚卿满面愁容，说："我们怎么才能帮上她呢？"

"最好的办法是，我们偷偷地帮她完成定额，不让别人知道。"秦娥说。

楚卿说："是呀，从明天开始吧。我们到她旁边去脱坯，干完就悄悄过去帮她干。"二人商议好，次日照计划行事。

第 61 章　牛邦瑞始终是个谜

在二班人心里牛邦瑞始终是个谜。大家不知道他是哪个学校来的，也不知道他是哪届的。他对此也讳莫如深，每当涉及关于他身世的话题，都会被他不知不觉地岔过去。

这次分班，他被任命为二班班长，孔令知为副班长。二班搬进了属于"自己"的蒙古包。蒙古包都是牧民家里借来的，都很小，一个班十个人，十个褥子车辐状摆开，恰好围蒙古包一周。

第一天起床号吹响后，只有他第一个坐了起来，说："起床了！起床了！立即到外面集合！"

刘胜利是最能偷懒耍滑的人，他不仅没有起床，反而把头一蒙，被子裹得紧紧的，身子团成一团。牛邦瑞说："刘胜利，起床了！"

刘胜利说："我肚子疼！"

谁都知道他是赖着不起，都看着牛邦瑞有什么办法对付他。

牛邦瑞说："肚子疼也要起床！"

说着"呼啦"一声把他的被窝掀了。刘胜利光着身子，只穿着一个裤衩，躺在他的铺位上。蒙古包里的气温很低，只好立即穿衣服才能不冷。全班看到刘胜利被他治住，谁也不再拖延。从此后全连集合出操，二班总是第一个站好队。

不许吸烟是兵团的纪律，而绝大多数男生都吸烟，这是连长，指导员最难管制的事情。一天，窦小鳌居然当着连长的面就把烟点着，大模大样地吸起来。连长看见高喊："窦小鳌不许抽烟！"

窦小鳌说："你还抽烟呢你管我？"说完把烟放在嘴上使劲吸了一口，把烟柱高高地喷上天空。

连长说："你不要跟我学，我这是战争年代养成的习惯。"

窦小鳌说："少说废话，打两天仗就有理了？你抽就别管别人。"

说得连长无言以对。牛邦瑞在一边看见，说："窦小鳌把烟掐了。"

窦小鳖说："我要是不掐呢？"

牛邦瑞说："这是兵团的纪律，你必须掐掉。不掐你要讲出不掐的道理。"窦小鳖无言以对，乖乖地把烟掐掉。

脱坯大会战开始后，每人每天 250 块指标，这对每个人都不是轻松的。邦瑞干活手头极麻利，活干得又特别漂亮。每天都是他第一个完成自己的定额。他不像左红梅一样创纪录，放卫星。而是帮助同班战友。先帮助小龙，因为他身体羸弱，很难完成任务。然后一个一个地帮。于是，谁都不肯自己完成定额后一人回家休息。每当全班都快要完成任务之前，他都要说："小班，你先回去，到炊事班打热水。"等到大家都完成任务之后，他说："走了！回家睡觉去喽！"说罢，带领全班一起回蒙古包休息。只是不管窦小鳖，因为他要"戴罪立功"。

当大家回到蒙古包时，热水早已打来，让每个人都好好烫一烫脚，因为五月天气，光脚踩在泥水里，泥水带着冰碴，250 块坯要干 5 个小时，连骨头都凉透了。他要大家好好驱一驱寒气，为明天劳作做好准备，不伤身体。

有的人一进包里，泥腿泥脚，往自己的铺位上一躺就睡着了。邦瑞把热水为他倒好，试一试冷热适度，把他叫醒，帮他把脚放到热水盆里，给他洗脚。一边洗一边嘟囔："现在你懒了，将来落下病就不轻。现在年轻不觉得，等老了都会找上身来。俗语说，前三十年人找病，后三十年病找人。"像碎嘴的妈妈。

脱坯实行定量后，劳动量大增，饭立即就不够吃了。连女生班都开始抢饭了，男生班则抢得更凶。谁脸皮厚，谁力气大，谁手快谁就能够抢到大个的窝头，有人甚至故意从别人的窝头上抠下一块来算作自己的。而力气小的，动作慢的，只能自认倒霉。谁也没有办法制止，抢饭在持续着！

然而二班却不抢饭，也不用班长分饭，而是自己从饭盆里拿，并且每个人都选小的拿。每个人都饥肠辘辘，每个人都主动捡小的拿，把大的让给别人，其他班都为之惊奇，因为这不符合常理，太高尚了，高尚得不像人了！

起初二班也是抢饭的。那天是第一天分班打饭。

　　饭打来了，一个饭盆里面放着二十个发糕。发糕二两一个，每人两个。玉米面发糕非常松散，最容易被抓碎。饭盆还没等落地，刘胜利第一个扑了上去，朝着最大的两块伸出手去。窦小鳌力气比谁都大，跟着扑了上去，接着，孔令知、蒋春龙、陆小龙、齐蚩氓、鲁小班也沉不住气了，"呼啦"一声也扑上去，下面一个饭盆，上面九个脑袋挤在一起，十八只手伸在盆里，瞬间盆里的发糕被抓得粉碎，抢得精光。

　　牛邦瑞站在一边动也没动，也没有制止。当九个人离开饭盆时，盆里只剩下一些碎渣。牛邦瑞把发糕的渣捡进自己的饭盆，三两口吃光，一句话也没说，带着大家去坯场了。

　　这一天脱坯，牛邦瑞依然跟以往一样，第一个干完自己的定额，去帮助别人，也帮助了刘胜利。

　　再次开饭，饭打来放在地上，抢饭的人又涌了上去。这时，站在一边的人不再是牛邦瑞自己，而变成了三个人，鲁小班和齐蚩氓站在了他的身边。当七个人离开饭盆时，盆里只剩下的并不是 6 块发糕，而是碎块散渣，牛邦瑞对小班和蚩氓说："我们吃饭吧！"三人把碎渣好歹分了一下，正要吃。小龙拿过两块发糕递给牛邦瑞、小班和蚩氓说："我们四个分吧！"

　　又一次开饭了。饭打来放在地上，刘胜利扑了上去，抢饭的几个人也跟着扑了过去。这次，站在一边的不再是三个人，而是五个人，新增加的人是陆小龙和窦小鳌。小鳌本来黢黑的脸色变得铁青，眼睛小得从来看不见眼珠，此时却露出了凶狠的目光。

　　当五个人抢完饭后，所剩下的也不再是碎渣，而是整整齐齐的发糕。牛邦瑞说："我们吃饭吧！"四个人说："好。"但谁也不肯先取。牛邦瑞说："好！我先拿。"他拿了两块最小的，放在自己的饭盆里，走到一边吃了起来。接着，齐蚩氓跟上去，也拿了最小的两块。然后是鲁小班和陆小龙，最后两块最大，留给了窦小鳌，在他那看不见眼珠的眼睛里却看见了两颗泪珠。

　　于此同时，其他班也都通过抢饭的过程而逐渐形成了制度。饭打来，大家像守卫着珍宝一样守卫着饭盆，谁也不许动手。然后，由班长给大家一份一份地分，大的、小的搭配着，尽量做到平均。尽管如此，每当班长拿起一份较大的，都有几只手同时伸过去，希望接到那一份；每当班长拿起一份较小的，却都把手背到后面，等待他人接去。

这一天，二班的饭放在地上，只有刘胜利走上前去，一双贼眼在饭盆与大家之间梭巡，刚要动手拿，窦小鳌开口说话了："好意思吗？"

刘胜利的手在空中绕了一个圈，缩了回去，站在一边等着。于是全班没有一个人主动取饭。牛邦瑞说："我先拿了。"说罢，他拿了最小的两个。接着齐蚩氓，一个一个都是各自拿最小的，最后剩下的两块发糕，却是最大的。几天之后，刘胜利找到了窍门，他总是最后取饭。

晚上大家都睡了，邦瑞一天中最为轻松的时光到来了。他帮着每个人盖好被子，然后借着一盏油灯的光亮开始读书。有时候蚩氓一觉醒来，起来到外面小便，邦瑞还在读书没有入睡。

他读的书是高中课本，数理化都有。看得出他是要把自己没有上完的高中课程补齐。

蚩氓被他刻苦学习的精神所感染，每天都与他共享一盏油灯。好久没有临帖了，父亲的嘱咐他没有忘记，他打算字有了长进，给父亲寄一张回去。当他开始临帖的时候却突然发现，脱了一天坯，手指头不能屈伸，无法握笔。他忍着疼握住了笔，手却抖得不能自持，只好放弃。《石头记》已经给楚卿送去，楚卿的《牛虻》在他手里，他就开始读《牛虻》。有些书能够改变人的一生。《牛虻》就是这样的书。几天就读完了，这本书在他心里掀起了惊涛骇浪。他感到自己变成了另外一个人。那是个什么人？是牛虻？还是牛邦瑞？

当他收到五毛来信，读到五毛的话："找到了人生的意义"时，他觉得，曾经心中隐约向往的生活，现在他找到了。

有时候大家不十分劳累，睡的晚，牛邦瑞就给大家读高中课文，读诗。读《挥手之间》《雷锋之歌》《西去列车的窗口》。

深夜，有人把被子蹬了，邦瑞就给他把被子重新盖好，把被角免严实，回到灯前继续读书。牛邦瑞是个什么人？他不是小说里的英雄，不是保尔·柯察金，也不是牛虻。他每天起得最早，睡得最晚，干活最多，吃饭最少，他没有一点私心，他像兄长一样对每一个战友都格外爱护；他毫不利己，专门利人。这些恐怕保尔、牛虻也做不到。他是一个有人格魅力的人，在他的感召下，连刘胜利那样的人也学得不再偷懒耍滑，窦小鳖那样的人对他也佩服得五体投地。他们，指导员和连长的话都不听，可牛邦瑞的话却从来不违背一句。这个矮小，瘦弱的人在蛐虼心里渐渐高大起来。他也要做一个这样的人！

有多少个夜晚，他们在同一盏油灯下，听着战友们的鼾声，读书到深夜，直到远处传来老乡家的鸡鸣。

第 62 章　馒头和月亮

　　早上，一场大雨把正在脱坯的人浇了回来。眼看着天上乌云密布，一时半会雨肯定停不下来。况且，即便停下来，坯场积水，也无法继续脱坯了——没有疑问今天注定是要歇工了。自从"脱坯大会战"以来已经一个多月没有公休日了，也是天可怜见，让人们歇一天，缓口气，接下来将是何等幸福的一天！

　　九连战士们都乐颠儿了，泥腿泥脚的撒了欢儿地往回跑。雨点劈头盖脸砸下来，浑身流淌着黄泥汤，一边跑一边"嗷嗷"怪叫，那是快乐到极点的叫声。二班人回到蒙古包，他们把鞋脱下来，甩到一边，脱掉湿漉漉的衣服拽在地上，带着一身的泥水，一个"大"字平躺在自己铺位上，尽情地享受着什么都不干的幸福。

　　刘胜利高兴得在褥子上一边唱歌一边跳起了《忠字舞》：

敬爱的毛主席，

我们心中的红太阳。

敬爱的毛主席，

我们心中的红太阳。

我们有多少心中的话儿要对您讲，

我们有多少热情的歌儿要对您唱。

哎——

千万颗红心激烈地跳动，

千万张笑脸迎着红太阳。

我们衷心祝愿您老人家

万寿无疆，万寿无疆，万寿无疆！

　　跳过《忠字舞》后，觉得不够过瘾，索性唱起了"黄色"歌曲。歌是每个人都熟悉的：

太阳高高照碧空，

红梅花开一点红。

姑娘搂在我怀中，哎哟哟！

醒来才知是一场梦。

他一边唱一边跳，手舞足蹈，得意忘形，动作夸张并且沉醉。把人们逗得捧腹大笑。见众人大笑，便更加来了精神，接着唱起第二遍。

"太阳高高照碧空，

红梅花开一点红……"

他正沉醉于表演，却不知道郭指导员已经走进蒙古包站在门口，斜楞着眼盯着他，听他唱、看他耍，乌黑的脸上挂满不屑的表情。

大家看见了指导员，顿时蒙古包里空气凝固了，他们张着大嘴，睁大眼睛，大家知道，下一句歌词是"姑娘搂在我怀中，哎哟哟"，如果让指导员听见，刘胜利将面临着被批判，受处分的结局。每个人都为刘胜利捏了一把汗，但又没有办法阻止他。

刘胜利踩着舞步，转过身来，突然看见指导员站在那里，没想到他连个锛儿都没打，反而放大了嗓门，唱道：

无产阶级文化大革命，哎哟哟！

消灭了一切害人虫！

太阳高高照碧空，

红梅花开一点红。

无产阶级文化大革命，哎哟哟！

消灭了一切害人虫！

他现抓的歌词合辙押韵，接得严丝合缝。他不仅仅没有停下来，反而耍起了人来疯，加大了动作，放大了声音继续唱着，舞着——好像在说：哼！想抓住我？连门也没有啊！

蒙古包里响起了掌声，接着乐倒了一片。燕北、齐蛋氓乐出了眼泪，蒋春龙和陆小龙乐得捂住肚子，倒在地上像毛驴一样打滚儿。牛邦瑞、孔令知也乐得前仰后合。

指导员见大家乐，却不知大家为什么乐。只觉得有些不对劲儿，黑虎着脸，游移的目光扫视着大家，却又找不出毛病，连连点头说："这还差不多。"大家听了，更是笑成一团。

指导员受不了这尴尬，立即说正事："鲁小班，你会不会理发？"

大家也收敛了笑容，说："他会。"

小班说："还凑合吧。"

指导员说："好，今天就交给你一个任务，团部昨天发下来两把理发推子，反正今天干不了活了，闲着也是闲着，总得干点正事，抓紧时间整理一下军容风纪。看看你们一个个的，哪里还像个革命战士，蓬头垢面的，倒像是劳改犯。一会雨停了到外面集合，我和鲁小班给全体男排理发，这就是今天的任务！"说罢转身离开了蒙古包。

美美睡上一觉是没有指望了，于是纷纷起来，倒水，洗脸，洗头，洗脚，换上一身干净衣服。因为要到外面集合，免不了要见到女生，多少也要打理得干净一些。

刘胜利洗完头发后，照着镜子，趁着没干，恰好能够梳成了"菊花顶"，这是当年"玩儿闹"最为流行的发型。

雨一会就停了。当鲁小班走到"连部"门前时，两把椅子已经摆在门口，所谓"连部"，不过是连长、指导员临时办公的蒙古包。

指导员从连部中走出来，手里拿着两把崭新的推子，把其中一把交给鲁小班。小班接过推子，使右手"嘎登"几下，是一种锋利的手感，站到一把椅子旁边说："谁先来？"

指导员也拿着推子站在一把椅子前说："谁先来？"

顿时 100 多男生都愣住了。他们左看看指导员，右看看鲁小班，犹豫不决，不知道该坐到哪一把椅子上去！

齐蛀虻在家里时是让小班理惯了的，上前坐在了小班的椅子上说："我先来吧。"小班给他围上围布理了起来。

蛀虻的发型是中学生中常见的"一边倒"的分头，不分印。底子沿着脑后发际，一漫坡缓缓向上走。小班轻车熟路地理着，推子走得又稳又准。

刘胜利凑过来，说："嚯！手艺不赖嘛！"

小班哼了一声说："看怎么啦！"

"小班，会不会我这个样子？"胜利说。

小班说："不就是'菊花顶'吗？懒怠玩的了。不过我给你理完了，人家要是说你是小流氓，你可别怪我。"大家一阵哄笑。

胜利听罢大喜，说："那我就谢天谢地了，怎么还会怪你？也是天无绝人之路，九连要是不遇上你，我就只能当傻屄老坦儿了。"

指导员等了一阵，见没人坐在他的椅子上，只得看着小班理发，摇着头说："你那理的叫什么发？流里流气的！不像个解放军战士！谁来？看我给你做出个样子来！"说罢环顾四周，目光所及之处的人们纷纷向后退去。于是指着椅子对刘胜利说："你！坐这儿来，我给你理个革命战士的头！"

刘胜利抱头钻进了人群，说："你快饶了我吧！"

"我来，我喜欢革命战士的样子。"王智长说着，坐在指导员的椅子上。众人惊异地互相对视着。指导员给他围上围布，拿起推子，问道："你要什么样子？"

王智长说："我就要革命战士的样子！"

指导员说："这就对了！还是王排长觉悟高。"

说罢，把推子放在后脑脖子根，"嘎登嘎登"贴着头皮，一推子一直走到脑后顶端，后脑立即推出来一道白色的沟渠。接着，三下五除二，脑后，两侧一圈剃得精光，清晰可见因推子行走起伏所形成的"梯田"，像是狸花猫的花纹。接着开始理头顶，很快头顶理完，只剩下七高八低的半寸长短的头发在头顶直立着。

指导员后退一步，说："嗯！这才是革命战士的样子。精神面貌焕然一新了嘛！"说罢，左右端详着他的作品，颇为得意。

刘胜利走来，笑说："这就是革命战士的样子吗？那嘛叫老坦儿呢？"

指导员说："老坦儿？是啥意思？"

刘胜利说："老坦儿就是土鳖，土老帽儿。"

指导员笑着说："在解放军队伍里都是这个样子！像你这样的，

留着大长头发，油头粉面的，在我们那里，一个县也只有三两个人，人们都叫他们二流子。"

刘胜利说："这事儿也巧了，像你这样的头发，土头土脑，在天津市也难得一见，人们管他们叫大傻屄。"周围响起零落的哄笑。

指导员黢黑的脸上泛起一阵红晕，有沸腾的血液从皮下血管流过。低垂的眼睛瞥了一眼胜利，有一颗火星在瞳孔中闪过，瞬间消失，坠入心灵的深渊。或许，那火星将会熄灭，永远沉寂在深渊底层；然而，那火星倘若再度迸发，将是漫天大火！

王智长听说理完了，抬起双手往头上一摸，直接触到了头皮！从兜里掏出小圆镜，左右一照，脸色顿时变得通红，说："指导员，怎、怎么成这样啦？"

指导员说："你不是要革命战士的样子吗？革命战士就是这个样。"

刘胜利笑着对王排长说："这你还不懂吗，头发越短越革命！"

王智长说："比剃成光头还难看！"

刘胜利说："你还是挺有见识的！"

王智长说："得得得！干脆，这一点我也不要了，您给我剃成光头吧。"

指导员说："剃光了像个什么样子？像个光头和尚！你是排长嘛，要有排长的样子！"

王智长连连说好，回到屋里洗头去了。

指导员笑说："刘胜利，该你的了。"

胜利"滋溜"钻到了一边，说："你还不如把我杀了！"

大家也笑着说："那就真的要了他的命！"

孔令知走上前来，坐到了指导员的椅子上说："给我理，指导员！"

指导员说："你要什么样子？"

孔令知说："您给我理什么样子，我就要那个样子！"

指导员频频点头："这就对了。知识青年要改造世界观，在外表上先要有个表示啊！"说着给他围上围布，开始推了起来。

众人见孔令知坐在了指导员的椅子上，不由得纷纷挤眉弄眼，

“他可真舍得糟践自己！”有人悄悄说。

这时，小班已经给蚩氓理完，围布还没解开，燕北抢了过来，像是祈求，说：“小班给我理吧！照老样子理就行。”

燕北是音乐附中学钢琴的学生，留着长长的披肩发，两个月没有理发，越发长得像个女生的发型，两侧头发垂下，梳到耳朵后边。小班给他围上围布，前后端详一下他的发型，说：“我知道你们学艺术的要求有个性，这发型，像贝多芬，我喜欢。放心吧兄弟，没有我鲁小班理不出的发型。”

燕北说：“我知道你懂得，相信你，才敢坐在这把椅子上。”说着却偷偷瞥了一眼指导员。

指导员理得快，转眼间孔令知的一个极短的小平头已经理完，大家看着刚刚还是学生模样，转眼间变成一个土头土脑的傻小子，捧腹大笑。

一班长张明玉走上前来，说：“还是指导员理的好，短了飒利。”说着，一屁股坐在指导员的椅子上。

这时，在鲁小班的椅子边排起了长长的队，下一个就是刘胜利，再下一个是付恩同，后边是窦小鳌、蒋青峰、陆小龙。

在指导员的椅子后边也零零落落地排着几个人，他们都是要求进步、靠近领导的人。

第二天刚刚吃罢早饭，通讯员来到二班的蒙古包，说：“鲁小班、齐蚩氓到连部去一趟，指导员找你们有事。”说罢转身走了。

小班和蚩氓对视一下，不由得心里砰砰乱跳，立即回想自己做了什么错事：是不是因为昨天理发？你俩配合跟指导员打擂台？这要是认真起来，就能跟阶级斗争扯上关系！

二人惴惴不安地走进连部时，里边已经六个人在等待着指导员指示，才稍稍放下心来。

指导员说：“立即就要开始盖房子了，可是我们还没有自己的技术人才。团部组织了木瓦工培训班，从各连抽调骨干人员去学习。你们六个，去瓦匠学习班，学习泥瓦匠；鲁小班，你去铁匠、木匠学习班。你们都是连里的骨干，对你们只有一点要求，把技术给我带回来！盖好我们自己的房子，连里的基建任务就靠你们了。你们的任务很重，不要辜负党支部对你们的期望。现在就回去收拾行李，然后到伙房，每人领两个馒头路上吃，今天晚上到团部报到。抓紧时间，早点出发吧。"

七个人听罢喜出望外，高高兴兴地离开连部各自去收拾行李，准备启程。

连部只剩下了齐蚩氓，就更加惴惴不安，只好等着指导员的发落。指导员说："我知道你看过不少书，数学很好，对不对？"

蚩氓听了更觉得不安，说谁看过很多书，绝非什么好事，连忙说："没有没有！没看过什么书，数学我跟大家一样，也只是在复课闹革命时学了一点儿。"

指导员说："我这么说并不是空口无凭，我做过调查研究，你的同学都说你脑瓜好使。我要的不是谦虚。我要交给你个任务，你能不能完成？"

蚩氓说："什么任务？"

指导员长叹一声，说："唉！任务很艰巨呀！天气暖和了，连里立即就要展开'农田水利建设大会战'了。团部下达的任务，第一步，开荒，6000 亩地，要把荒滩变成耕地；第二步，挖渠，在这 6000 亩土地上挖出排灌配套的渠。这还不算什么。重要的是，我们的渠不是为了浇地用的，另有战略目的：要能够阻挡苏修的坦克从这里开过去——这渠，就要又深又宽。团部计算过，总共 30 万立方米的土方工程。"

蚩氓感到了指导员的压力，真想为指导员承担一些什么，却不知道从何处说起，心中一片茫然，说："指导员您要我做什么？您就尽管下命令。"

指导员说："我等的就是你这句话！十天以后，团部派机耕队来给我们连开荒。到时候要来四台拖拉机同时耕地。可是，我们现在，哪是我们的地，哪块地多大，在什么地方我们都不知道。因此，我们需要在十天之内，把耕地的情况弄清楚。上级给了我们一张地图。但是地图只画了几个圈圈。我们要弄明白，有多少块地，每块都要有名字，标出多少亩，位置在哪里。简单说，我们要丈量土地，画出一张地图来。等机运连来耕地的时候，他们就依据这张地图开荒耕地。"

蚕氓说："现在付恩同不是正在丈量土地吗？他做的不就是这个事吗？"

指导员说："唉！是呀，要是他能做成我就不找你了！当时交给他是因为他是个老高三的学生，没想到现在已经做了一个多月，连个眉目都没有弄出来。我想把他换下来，让他去当三班长。让你把这个活接下来，十天时间，要拿出个地图来，你行不行？"

"让我试试吧。"蚕氓说。

指导员火了，说："我要的不是你给我试试，我要的是保证，机耕队来了，你必须拿出一张地图！这个事只许成功，不许失败！"

蚕氓把心一横，说："谢谢指导员的信任，完不成任务，愿受处分！"

指导员连连点头，说："好！这才是我要的样子！完不成我要处分你！完成了任务，我给你记功。现在没有时间耽误了，立即就开始，我派崔璨给你当助手，她原来给付恩同当助手，有些情况她了解，你立即到达拉图那边的连部去，崔璨在那里等你，标志杆、米绳、一些资料都在她那里。有什么困难随时可以找我，我全力支持你完成任务。"

蚕氓说："好，那我现在就出发了！"

指导员点头说："快去吧！"

说罢蚕氓从连部出来，小班却等在门口，他背着背包，背包上扣着一个搪瓷脸盆，是远行的样子。他说："指导员找你没事吧？"他也担心指导员找蚕氓会有什么麻烦。

蚕氓说："没事儿。指导员派我丈量土地，这可够难的。我给指导员立下了军令状，完不成任务处分我。"

小班说："够难的？蚕氓说嘛呢？指导员真有眼力，九连这二百来人，除了你谁也干不成这个活儿。嘛老高三，老高四的，都是花架子！"

蚕氓说："谢谢哥哥这么信任我。你这就出发吗？"

小班说："是，出发前跟你说一声，有两件事别忘了，第一，照顾好小龙。"

蛋氓说："放心吧，别忘了，我才是他的亲哥哥。"说着调皮地笑了。

小班知道他说的是当初在火车上结为兄弟是因为蛋氓送棉袄而起。说："知道你俩更亲，可是还要凿巴这么一句才踏实。"

蛋氓说："第二件呢？"

小班说："别忘了给五毛写信，可想死他了！"

蛋氓说："我也是！现在不知道他怎么样了。放心吧，一旦他有来信，我会给你寄过去。路上多加小心，路过七连，正好是中午，在那吃个午饭，去看看高大可，给他带个好，就说我忘不了当年到我家里动员大姐的事儿。"

小班说："知道，这事你跟我说过多少回了，我对大可也是敬佩的。"

蛋氓说："不啰嗦了，我们都抓紧时间吧！"

虽然都是因为有好事而分别，二人却都流下了眼泪。

小班上路，65 里路背着行李，七八个小时的步行非常劳累，也非常无聊。幸亏恰好中午时分来到七连。没想到高大可被提拔为排长。小班转达了蛋氓的问候，大可亲自到伙房给他打了客饭招待。二人相谈甚欢，大可说："得知我们哥们都干得不错，心里真是舒坦！"约好有时间一定相聚。随后小班一路顺利，到团部报到，开始了学习木匠、铁匠的日子。

且说蛋氓急于看到原始的地图，了解自己的任务，只半小时就走到了达拉图，远远看见崔璨倚在连部小土屋的门框上，一绺子头发从鬓角垂下，遮住半只细长的眼睛，手里托着一包饼干，一边吃着，一边向大堤上张望。

崔璨就住在达拉图老乡家里，早就在连部等着呢，但并不知道指导员会派谁来。

崔璨见是蛋氓，喜出望外，把细长的眼睛睁得老大，说："怎么是你？"

蚩氓笑着说："我也没想到是我。大失所望了吧？"

崔璨说："才没有呢！高兴还来不及呢！要是再来一个付恩同那样的，那才没劲呢！你行吗？"

蚩氓说："不行也得行！我已经在指导员那里立下了军令状，十天后完不成任务受处分！"

崔璨说："啊？这么严重呢？"说着立即转过身来，推开连部的小木门，说："快进来先歇歇，喝口水，吃点东西。"

说着，把蚩氓让进连部，坐下。把手中的饼干包递到蚩氓面前，说："早晨两个窝头吃得我直打酸嗝。你等着，我去拿点东西来。"说着推门跑了出去。一小会儿工夫回来，手里拿着一盒猪肉罐头和一瓶糖水桃罐头，一整包饼干，说："你不知道吧？达拉图大队还有个供销社呢！那天我进去一看，没想到，里面还有猪肉罐头，才一块钱一罐，还有饼干，三毛六一包，不要粮票！老天爷真会可怜人。这些天窝头吃的，想死的心都有。幸亏发现了这个供销社。"

说着打开了罐头，说："白天，指导员和连长都去那边干活了，这边就咱俩，没人来。脱坯累惨了吧？那就不是人干的活。饭又不够吃的，可别把自己弄垮了。先好好歇会，好好犒劳犒劳自己再说，管它呢！"

蚩氓心头有一股暖流流过。他知道达拉图有个供销社。第一次津贴费发下来那天也曾去那里看过。他看到货架上有猪肉罐头，饼干，水果罐头等等。什么也没买，他把五块钱全部寄给了大姐。他觉得大姐插队落户，比自己艰难得多。现在，她却把这么多好东西拿来给自己吃。

崔璨说："你怎么不吃呢？"

蚩氓回过神来，说："这太奢侈了吧？"

崔璨说："奢侈？够可怜的了，还奢侈！每月五块七毛五津贴费，就是用来吃的。"

蚩氓说："五块七毛五？哪里有那么多钱？我可只有五块钱。"

崔璨说："噢！对了，我们女生比你们多七毛五那个钱。"说着调皮地向蚩氓挤了一下眼。

蚩氓说："那个钱是什么钱？"

"噢，你们没有那个。"崔璨说。

蚩氓才想到那是给女生买卫生纸的钱，不由得羞得脸通红。女生们谈起津贴费都只说"五块钱"，对"七毛五"讳莫如深，那毕竟是男女之大防啊，又正是最敏感的年纪。而崔璨却唯恐蚩氓不知道她们有"七毛五"。她笑着说："要是知道来的是你，我早该多买点东西。你怎么不吃呀？"

蚩氓说"现在没有时间吃东西了，你快把地图拿给我，我看看这个活怎么干。"

崔璨说："看把你忙的，你先吃点，我这就拿给你。"说着来到一个办公桌前，拉开抽屉，拿出两张地图来。说："你倒是吃口肉呀！"

蚩氓只拿了一块饼干应付着，接过地图，在办公桌上铺开。

崔璨说："一共有两张地图，这张是付恩同画的；另一张是从兵团司令部发下来的。"

蚩氓看时，只见一张蓝色的晒图，仔细辨认，可以看出黄河，沙漠，解放渠，树林和一条大堤，上面只画了几个圆圈。

崔璨解释说："你听说没有？当时兵团组建初期，兵团司令何德能和政委倪子文坐着直升飞机寻找建点的地方。看到一个重要的地方，就丢下一块大石头，在地图上画一个圈儿，这就是一个团部的位置；看到次等重要的地方，就丢下一块小石头，在地图上画一个小圈儿，这就是一个连的位置。然后，兵团作战处的人根据这张地图，画出了这张地图，晒成几份，我们这是一份。"

蚩氓仔细看时，发现，地界分划都是根据河流，树林，沙漠，大渠，大堤为边界而定的。

再看付恩同画的那张地图，只标明了几间沙漠边老乡的房子，水井，和几块土地的面积，多数已经标出的，都是方方正正的。然而多数土地都不规则，他都还没有丈量。

蚩氓说："有了兵团司令部的这张蓝图就好办了。我们先把这张原始地图复制一份，有没有制图纸和铅笔橡皮。"

崔璨说："有。"

蛀氓说："太好了！"说罢就开始复制地图。

他先把兵团司令部发下的地图复制了一份。然后，在复制地图上，仔细辨认，界定出属于兵团的土地后，用铅笔准确清晰地勾勒出来。然后，把兵团的土地分成不同的区域，给每块土地编号，等待命名。

大约一个小时后，蛀氓说："好了，我们立即出发，开始丈量。我们一块一块地丈量，量一块就完成一块。我们赶快走吧！"说罢站起身。

崔璨说："吃点罐头我们就走。"

蛀氓说："我不饿，先收起来，回来再吃，立即出发吧。"

说罢，崔璨提着一大卷"米绳"——那是丈量土地专用的尺子，一百米长的一卷。蛀氓扛起一捆标志杆出发了。

走在路上，崔璨说："你怎么还穿这大肥裤子呢？"

蛀氓说："什么大肥裤子？"

崔璨说："你看我的裤子。"

蛀氓说："你这是刚刚发的兵团服吗？"

崔璨说："是呀！怎么样？可身吧？"

蛀氓说："好像跟发的裤子不一样哎！怎么这么瘦呢？"

崔璨说："这就对了。发下来的裤子大肥裤裆，大肥裤腿，跟水桶赛的，显得人矮了半截，腿又粗又短，多好的身条也都给遮了。你知道吗，这裤子能改，把裤腿儿往里面缝进一寸，裆缝进两寸，立即就不一样了——人也高了，腿也长了，你看怎么样？"说着紧走两步，到蛀氓前面，扭动腰肢，前前后后给蛀氓看。

蛀氓看去，两条修长笔直的腿被裤子不松不紧包裹着，紧致浑圆的臀部现出轮廓，不由得看走了神。

崔璨捋了一下鬓角垂下的头发，说："怎么样？回头把你的裤子给我，我给你改。你这么好的身条，都让这大肥裤子给遮了。"

蛀氓回过神来，说："我倒觉得，军裤就是军裤，应该宽松一些才好看。缝瘦了，身材是显出来了，朴素大方的味道没有了。这是军裤，太瘦了有些不伦不类。再说，脱坯也蹲不下呀！我天天都要干活，我的裤子就不要缝了，先谢谢你。"

崔璨说："哎呀！还管得了那么多呀？要是顾这又顾那，用不了一年就变老坦儿了。你没觉得我们已经变了好多了吗？想起来太可怕了，这才几天呀？要是再过几年，十几年，我们跟这里的老乡变一样了，那还不如死了好呢！"

蚩氓说："是呀，你没见现在那么多人都剃了小平头吗？"

崔璨说："我就瞧不起这些人，为了讨好指导员，不怕糟蹋自己。"

说着话就来到了地里，开始测量。蚩氓一看地形便有了信心。指挥着崔璨这里拉米绳，那里插标志杆。崔璨只懂得按照他的话去做，全然不懂得为什么要那样做。

"这是要干什么呀？"崔璨问。

蚩氓说："这是要做一条直线。你把标杆插到地的尽头。两个标志杆就是一条直线。"崔璨扛着标杆，挺着胸脯，扭动腰肢，翘着丰臀，一扭一扭地向远处走着。

"这又是要干什么？"崔璨问。

蚩氓说："这是要在这条直线上做一条垂线。"

"做垂线？什么垂线？"崔璨问。

蚩氓说："垂线就是垂直于那条直线的线。"

"做垂线干嘛？"

蚩氓说："有了垂线就有了直角，我们就能把地分成一块块方正的地，测量出来它的亩数，边边角角另算就容易了。"

"噢！直角用处可真大呀！这又是干什么？"崔璨问。

蚩氓说："这是给那条直线做一条平行线。"

崔璨甚至听不懂他在说什么，问："你怎么什么都懂呢？"

蚩氓说："这些我们都学过的。复课闹革命时，有一门《农业基础课》，丈量土地是专门学过的。虽然只草草地讲了一点数学，但平面几何好歹都讲完了。只是课堂上是在黑板上画直线用直尺，我们只用两根标杆；在黑板上画弧线用圆规；在土地上划弧线，我们用米绳——把米绳栓在标志杆上，拉着米绳围着标志杆一转，弧线就画好了，好玩吧。"

崔璨说："一点都不好玩，把我都弄糊涂了。"

"我们给这块地起个名字吧。"

"这块地有什么特别的地方吗？"崔璨说。

蚩氓指着地图说："你看这块地的形状像什么？"

崔璨凑近地图看了看说："还真的，我们站在地上看不出来。太像了！"

"像什么？"

崔璨神秘地看着蚩氓说："那东西我有，你没有。"

可蚩氓偏偏天真未开，皱着眉头，一片茫然，说："这回你把我弄糊涂了。什么东西你有，我没有？"

崔璨笑说："好啦好啦，不说这个啦。我看就像大馒头，像不像？"

"像！"

"就叫'馒头滩'，好不好？"

蚩氓说："馒头滩，倒是很像，只是一点也不浪漫。"

"对，浪漫我喜欢。可是，还有比馒头更浪漫的吗？又能吃，又能摸。"

蚩氓却浑然不知道她的意思，说："有啊！叫'月亮滩'不比"馒头滩"浪漫？"

崔璨说："月亮有什么浪漫的？摸不到，吃不得。还是馒头滩好。"

这时候天色渐晚，碧蓝的天，颜色越来越深，越来越暗。果然在金色的沙漠上空显出半个月亮，那月亮又大又亮，好像伸手就可以抓到。

蚩氓说："你还说月亮不浪漫，你看看到底浪漫不浪漫！"

崔璨也被这景色震惊了，说："真漂亮唉！我不想回去了。我们到那沙峰顶上待一会好不好？"

蚩氓说："我也正想去呢！"

说着二人拄着标志杆向上沙峰攀登，陡峭的地方，他拉着她的手，一起爬上最高的一座沙峰，并肩坐在峰顶。

崔璨说："太漂亮了，有点像假的！"

蚩氓笑说："那我们就叫它馒头滩吧！"

"不行！我改了，就叫月亮滩！"崔璨说。

蚩氓说："好，听你的，就叫月亮滩！"

许久。

崔璨说："我想哭。"

蚩氓说："是，我也想哭。"

接着是沉默。

又过了许久。

蚩氓说："天黑了，我们回去吧，明天还要量更多的地呢！"

崔璨说："我倒舍不得这月亮了。"

说着话，二人扛着标志杆，杆上穿着一卷米绳，向连队走去。

测量打开了局面，剩下的就是走路和计算了。为了争取时间，每天天不亮就出发，直到天黑看不见了才收工。晚上，蚩氓要把一天测量的数据计算出来。

第63章　祈　祷

窦小鳖从坯场回来，一头栽在自己铺位上就一动不动了。

牛邦瑞说："今天多少块？"每天都是窦小鳖全连第一，为了戴罪立功，撤除记大过处分他拼命了。

小鳖一个字也没说，仿佛没有听见。

因为小鳖回来得晚，饭，牛邦瑞每天都给他放在他的铺盖旁边，通常晚饭都是两个窝头一碗玉米面粥，每天回来，第一件事就是先把饭吃掉，然后才洗脚。

邦瑞说："别懒着，打起精神先把饭吃了，吃了饭就有劲儿了。"

小鳖死猪一样躺着，哼也不哼一声。

"我来帮你把脚洗了，洗得干干净净的再歇着，躺着也舒服。"说罢提起暖壶往脸盆里倒水，再在水桶里舀些冷水，把水兑得温度适宜，端到小鳖的脚下，把盆儿放下，跪在侧面。两只脚沾满了黄泥，像是泥做的脚。邦瑞搬起一只脚来，蜷曲着放进脸盆里，这脚却毫无支撑能力，邦瑞一松手，"呱嗒"倒在一边，水被撩出很远，水盆被压翻，褥子上撒了一片湿漉漉的。

邦瑞吓了一跳："怎么了小鳖？"说着伸出手去往他身上一摸，"啊？你发烧了！"周围的人听说，纷纷起身围拢过来。蚩氓正在油灯下计算今天测量来的数据，也围了过来。

邦瑞打开自己的箱子，找到体温计，走过来夹在小鳖的腋下。然后，再去打水，给小鳖洗脚。洗完一遍，把泥水倒掉，再洗第二遍，一双脚才露出本来样子。再换一盆水，洇一条湿毛巾，给他擦洗身上、脸上的泥渍。未等擦完，急不可待，先抽出体温计一看，39度，顿时慌了手脚。

蚩氓说："我去伙房，先把饭给他热一下。吃过饭抵抗力会强一些。"说罢，拿着两个窝头和一碗玉米面粥向伙房跑去。

小鳌有气无力地说："哥几个，别担心，我没事儿。"

邦瑞对小龙、燕北说："你们照应着小鳌，我去连部看看，连长、指导员还在不在。"说罢起身出去了。这事必须向连里汇报，现在一百多人住在荒滩的蒙古包里，连里没有医护人员，附近数十里地也没有能够看病的地方，一旦出了重病号，后果将不堪设想。

蚕氓跑了回来，手里端着热腾腾一碗粥和两个窝头，说："快趁热乎吃了。有了劲儿就能扛过去了。"

小鳌摇头说："不想吃，也不想动。让我待会儿。"

蚕氓说："不想吃也得吃。肚子里有了食，就有了力气扛病了。先喝一口粥。"说着把小鳌扶着坐起来，把粥碗送到小鳌唇边，用勺一口一口喂他，只喝了几口就摇着头倒下了。

蚕氓问："你觉得哪里难受？"

小鳌说："哪都难受，骨髓抽空了，要死了。"

蚕氓说："胡说，你抓紧休息，睡一觉看看，准会好起来。"

蒙古包被掀开，邦瑞从连部回来了，蚕氓忙问："连部还有人吗？"邦瑞皱着眉头，摇摇头说："都走了。"

蚕氓说："再观察一下，小鳌体质好，说不定没事。"

邦瑞把温度计甩了又甩，看温度已经甩低了，又把温度计往小鳌身上夹。那温度计只一碰小鳌身体，水银柱就"蹭"地往上蹿。夹在他的腋下，只一小会儿，再抽出来看，又吓了一跳，40 度！"不能再等了。我们必须采取措施。"

大家都傻了，纷纷围过来，燕北说："向连里报告，听听连长指导员有什么办法。"

邦瑞说："是要报告，可一去一回需要两个小时，不知道这两个小时会发生什么变化。"

蚕氓说："只有一个办法，去八连请医生。"

"对！我现在就出发！"邦瑞说着就要往外走。

"等一下，我跟你一起去！万一迷路了，万一遇到狼，两个人好应付。"蚕氓说。

邦瑞说："好，有你跟我一起去，我就有信心了。"

依照兵团组建的正常配置，每个连都是配有一名现役军人医生的。但是眼下，九连的夏医生正在青岛征兵，还没回来。团首长明白宣布过，七连、八连、九连三个连暂时由一个医生负责，这个医生就是八连的朱医生。八连驻扎在白音布拉大队，朱医生住在白音布拉的老乡家里。团部专门给他配备了一匹战马，用于三个连队之间巡诊使用。

八连谁也没有去过。白音布拉在哪里？谁也不知道。只知道距离这里 35 里地，方向在东方。

邦瑞又给小鳌测了一下体温，40 度，没有降下来的迹象！

事不宜迟。蚩氓说："越是紧急情况越需要冷静想一想，路上会遇到什么情况。"本来每个人都从家里带来了手电，但电被耗光了之后再也没有谁更新电池，手电就不要再找了。蚩氓想到，路上会遇上狗！蒙古包里有蚩氓测量土地用的一捆标志杆，直径三厘米，两米长，打狗正合适，也可以用来探路。蚩氓随手拿上两根。说："可以出发了。"

邦瑞说话了："燕北、陆小龙，我是班长，听我的命令！你们二人立即出发，到达拉图连部向连长指导员报告现在的情况。并且告诉他们，我跟齐蚩氓已经出发了，去八连请朱医生！其他人照顾好窦小鳌！等着我们回来！"

大家说："是！你们俩也要多加小心，半道遇上狼怎么办？"

邦瑞说："有蚩氓跟我在一起，遇到狼也不怕！大家放心吧。"

燕北和小龙也抄起两根标志杆出发了。

蚩氓、邦瑞刚刚出门，经过秦娥的蒙古包，她看见蚩氓和邦瑞扛着标志杆，行色匆匆，忙问："哥，你们干嘛去？"

蚩氓脚步都没有停，匆忙说了一句："小鳌发高烧，我们去八连请医生。"说着就走上了通往东边的路。

天上没有月亮，只有星星。荒原天空上的星星又大又亮，好像伸手就能抓下一个，他们可以依靠天上的北极星辨别方向。蚩氓告诉邦瑞，只要北极星在左手偏后边，方向就不会错。

然而星星所提供的光太弱了，脚下的羊肠小路只能在漆黑的脚下显出微弱的灰白色。脚踏上这灰白色，就是走在了路上；脱离了这灰白色，就是迷了路，必须回过头来找到那微弱的灰白色。他们看着天上的北极星，又紧紧盯住脚下的灰白色，深一脚，浅一脚，跌跌撞撞，发疯一样往前跑。

秦娥看到他们苍白的脸色，猜到出了大事！回到蒙古包中对楚卿说："窦小鳌病了，牛邦瑞跟我哥去请医生，疯了一样往八连跑。我们去看看，说不定能帮上忙，他们一堆男生，照顾不好病人。"楚卿听说，"腾"一下站了起来，拉着秦娥往二班蒙古包跑去。

二班的蒙古包里，众人正围在窦小鳌旁边束手无策。

楚卿与秦娥来到蒙古包前，高声问："我们听说窦小鳌生病了，特地来看看，好些了吗？"

任何漂亮的女孩都逃不过刘胜利的两只贼眼，突然看见来了两个全连最出色的女孩，先瘫软了半边膀子，也只得强撑着应付道："好嘛呀！越烧越厉害，身上跟火炭赛的。"

连里通常男女生是不说话的，突然两个女生来到自己的宿舍，慌得蒋春龙、孔令知抓耳挠腮，不知所措。

楚卿说："你们让开，让我们来照顾他。"

两个男生闪开，楚卿和秦娥跪在小鳌旁边。刘胜利两只贼眼便不住地在二人身上、脸上溜来溜去。

秦娥用手一摸额头，吓了一跳，只见他满脸通红，嘴唇干裂，处于昏迷状态，说："这要用冷水降温，否则会把脑子烧坏的。你们立即去打一桶冷水来。有毛巾拿几块来，越多越好。"

不消几分钟时间，小鳌的头上，身上就敷上了毛巾。楚卿又怕毛巾过冷，把人激坏，就把水兑得不冷不热，轻轻在小鳌身上擦拭。

小鳌依然昏迷，口里不时嘟囔着什么，一个字也听不明白。身子软得如同一摊泥。大约一个小时之后，楚卿说："再试一次体温。"

依然在 40 多度，依然昏迷。

秦娥问："他晚上吃饭了吗？"

胜利说："只有蚩氓喂他喝了几口粥。"

秦娥突然意识到，不吃东西肯定缓不过来。说："我回去一趟，拿些白糖，喝点糖水说不定会帮他恢复过来。"说罢起身跑出了蒙古包。

走出门，没想到门外站满了人。不知道是谁告诉他们窦小鳌病危的消息，不管是男生还是女生，也不管是不是他同学校的同学，住在布拉滩蒙古包里的九连战士全部围在了二班蒙古包周围。站在外面等着小鳌的消息。有女生抽噎的声音，有的女生捂着眼睛"呜呜"哭泣。

见秦娥走出来，众人一致问："怎么样了？"

秦娥说："还没退烧，还昏迷着。我回去取白糖，他晚上饭也没吃，身体熬干了，没有气力扛病了。也许补充点营养会好起来。"说罢，匆匆向自己班的蒙古包走去。

人群听罢，纷纷散了。当秦娥回来时，人们手里捧着他们的食物，正向二班蒙古包走来。他们走到包门前，把手中的食物悄悄放下，转身站到一边。一会，门前堆了小山一样的食物。那些食物是饼干、白糖、红糖、奶粉、猪肉罐头，水果罐头、麦乳精等。有的是从家里带来的；有的是用每月 5 块钱津贴费买的，都是他们平时舍不得吃的，非到极端饥饿，极端劳累才肯吃一口的——保命的东西。

然而这并不是最珍贵的。在食物堆的旁边，堆着一些窝头，馒头。那不是完整的窝头、馒头，有的是半个，有的是四分之一，也有的只有一小块，这些食物堆在一起，黄的、白的，干裂的，不干裂的，大的，小的就如同叫花子讨来的一样。这是那些贫穷家孩子拿来的东西，他们家里买不起高级食品；也并非是他们吃剩下的东西，而是他们舍不得吃光，留下这一小块，等到夜里饿得睡不着的时候才吃的东西。

秦娥进来，孔令知立即拿暖壶，帮着沏糖水。糖水沏好，秦娥尝了一口冷热浓度，刚好适宜，拿了一个勺，跪到小鳌旁边，正要喂他。

突然小鳌打了一个冷战，浑身抽搐起来。只见他紧咬着牙关，嘴和眼睛向一边歪过去，黑厚的眼皮微微张开，露出斜抽的白眼。众人被吓得惊慌失措。楚卿跪在他身旁，流下两行泪来。两只手不停地为他四肢轻轻按摩，放松肌肉。大约三五分钟，终于停止了抽搐，身体像一摊稀泥一样瘫在褥子上。听到他的嘴却不停地嘟囔。秦娥、楚卿不由得附身在他的嘴边听，悄悄问他说："你要什么尽管说。"

他的嘴慢慢嚅动，字句模模糊糊，却能辨认："死了好，死了就不累了，不饿了，死了好，死了好，让我死……"

秦娥说："你胡说！怎么可以想死？你这么壮，你死不了！来，你太虚了，喝口糖水，会帮你扛过去。她跪在小鳌身边，轻轻地把小勺倾斜，糖水慢慢流进嘴里，却顺着嘴角流出来。

楚卿跪在他身边，用毛巾擦着他嘴角流出的糖水，已经泪流满面，轻轻地说："窦小鳌！你听我说，把糖水喝下去，你就会好起来了。你很棒，每天脱坯你都是第一。大家都知道，你那么坚强，那么勇敢，你能扛过去，这点病在你那里算不了什么，你是我们心中的英雄。对，轻轻地咽一口，你会好起来……"她一遍一遍不停地说着，像是耳语，只说给小鳌一个人听的。

突然看见小鳌的喉结上下蠕动了一下。秦娥看见了，这是吞咽动作！是他听懂了楚卿的话，这是他求生的动作。遂立即把一勺糖水喂进他的嘴里，然而糖水还是顺着嘴角流了出来。秦娥情急当中索性把勺丢到一边，自己含一口糖水，嘴对着小鳌的嘴，慢慢地压进去。糖水进到了他嘴里，果然小鳌喉结一动，把糖水咽了下去。接着又含了一口，对着小鳌的嘴压送进去，慢慢地一碗浓浓的糖水喂完了。秦娥终于松了一口气，起身到包外放松一下紧张的情绪。

刚刚出门，她被包外的景象惊呆了。茫茫的荒野，漆黑的苍穹下，亮着一片幽暗的灯火，那是一盏盏小油灯组成的，油灯闪烁，照着一张张苍白的脸，和一双双惊恐的眼睛。油灯由两只手捧着，捧灯的人跪在草地上。他们在为窦小鳌祈祷，在他身上，他们看到了自己的命运。

此时，牛邦瑞和齐蚩氓正发疯一样，跌跌撞撞地奔走在去往八连的路上。听到了狗叫，黑暗中猜测，那定是一个村子，狗疯了一样扑上来，他们两个人拿着标志杆，面向前方扑来的恶狗，而身后却成了被攻击的空当。突然狗们从后面围抄过来。一只狗叼住邦瑞的腿肚子死不撒口。蚩氓急了，他丢下了标志杆，扑到邦瑞脚下，一只手抓住狗的上颚，另一只手抓住狗的下颚，猛力一掰，狗嘴被掰开了，上下颌骨被劈开，再也合不上。紧接着，蚩氓把狗按在地上，双手抓住狗的脊背，举上头顶，猛一发力，砸在地上。一下，两下，那狗发出一声惨叫之后，就再也没有发出第二声。蚩氓把它丢到地上，那狗如同一个面口袋一样动也不动了。狗们听到了那只狗的惨叫就开始落荒而逃，当把那死狗丢到地上时，狗们已经跑得不见踪影。蚩氓此时才觉得手被狗的牙齿咬得献血流淌。

邦瑞的小腿被咬得血呼啦的，裤腿被撕烂。他索性把裤子撕成布条，把伤口包扎好，继续一瘸一拐向前赶路。

接着，再次路过村庄，再遇上狗的疯狂进攻，他们就有了经验：两个人背靠背，两根标志杆，扇面一样横扫过去，恰好画出一个同心圆。那杆子打狗再合适不过。一群狗围了上来，眼前一片闪着绿光的眼睛。只要抡圆了标志杆，横扫过去，狗们就无法靠前。一只狗被打伤，退了下去，另一群又扑了上来。然而，他们的防御是无缝隙的，狗们没有进攻的空当。他们边打边退，边退边走。狗们却依然穷追不舍，跟在后面狂吠，直到离它们的村庄远了，才不依不饶地吠着，悻悻回到它们的村子里去。

狗退却之后，他们用一根标志杆，一个人抓住一头，另一个人抓住另一头，这样才不会互相丢失，如果一个人跌倒，另一个人也能随时知道，救助。

突然邦瑞用标志杆拽住了蚩氓，悄声说："那是什么？"

"哪里？"蚩氓问。

"左前方。"邦瑞说。

蚩氓向左侧看去，前面出现四个闪烁着的光点，光点闪着幽幽的绿光，离地面半米高，那肯定不是狗，狗的眼睛没有这么亮，也没有这么大。狗沉不住气，如果是狗，早就叫起来了。那是什么？这么沉着，阴险，一声不响，默默地跟着他们，你进，它们就进，你退，它们就退。一定是狼，或者是比狼更大的野兽！

邦瑞悄声说："我们绕过去，不要招惹它们。"蚩氓"嗯"了一声。

于是，他们离开了灰白色的小路，向右侧走去。然而那四只眼睛却跟着他们向右面转过来。他们再往前走，那四只眼睛也跟着他们向前走。蛏氓拿着标志杆，面向四只眼睛，与邦瑞背靠背。邦瑞拉着蛏氓的后襟，向前走，蛏氓一步一步向后退着走。那四只绿色的眼睛追了一阵，不再追赶，渐渐消失在远方。

终于松了一口气，却突然发现，脚下的小路不见了踪影！他们盘算着，只要依照离开那条路相反的方向——就是向左，就会重新跟那条灰白色的小路汇合。然而，当他们觉得应该回到那条路上的时候，那条路却没有出现！四野一片漆黑，那小路是他们行进唯一的依据。顿时两人都出了一身冷汗。

莫非是我们错过了那条路？如此黑暗，一时疏忽，也很有可能。于是就返回去，再回去寻找。向右走了很远一段，没有找到那条路。这就是说没有错过，那条路依然在左边。对，反正路就在左面，只要一直向左走下去，就一定会与它交汇！

然而，那条灰白色的小路却一直没有出现。这是莽莽草原，四面是一片漆黑！

他们必须决定向哪个方向走！蛏氓说："只要我们朝着东南方向走，就会离八连越来越近！"邦瑞同意，于是他们再次看了一下天上的北极星，重新确认的方向，朝着东南方向走了下去。

一会走进沼泽，双脚陷进淤泥当中，幸好他们有标志杆，可以探一下淤泥的深浅，挂着它从淤泥中拔出双脚。一会儿，又走进芨芨滩，好容易穿过芨芨滩，又走进毛柳林。他们意识到随时会有危险发生，野兽，随时有可能把他们撕成碎片；或者沼泽一不留神会把他们吞噬。眼下最安全的选择，是找一块平坦的地方待着，等待天亮。

然而，他们必须走，家里有病人等着医生救命，医生早到一会，小鳌就有救了，晚到一会小鳌就没命了！

突然邦瑞停住了脚步，说："停一下，你听！是什么声音？"

蛏氓也停住了脚步，耳边顿时安静下来，可以听到极远处，极细微的声音。

"鸡打鸣？"蛏氓说。

邦瑞说："是，再等等，还会有第二声。"

许久，果然响起了第二声鸡鸣，那是从天边传来的声音，细若游丝，断断续续，但他们知道，这判断不会错。

两个人抱在一起，"呜呜"地哭了起来。

"小鳌有救了！"蚩氓说。

"小鳌有救了！"邦瑞说。

听到鸡叫，他们掰着手指头算了一下，大约晚上 10 点出发的，鸡叫头遍大约是凌晨 3 点，他们已经走了五个小时！他们在哪里？他们不知道。他们只知道，有鸡叫就有人家，有人家就可以找到八连。

不管天多黑，有了鸡鸣的指引，他们就有了前进的方向。邦瑞说："这是鸡叫头遍，过一会，鸡叫就会停下来。那时候我们又会失去向导，怎么办？"

蚩氓说："你说的太重要了。我有个办法，我们不再找那条路了，那条路对我们已经没有用了。现在必须确立一个坐标。把鸡叫的位置与我们的位置画一条线，再把北极星的位置与我们的位置画一条线，这样就出来一个夹角。鸡叫的声音可能消失，但这个夹角是不会变的。我们只要按照这个角度走，就不会错！"

邦瑞说："你太棒了。"

他们重新调整了方向之后，有了信心。继续走，又穿过了一片茇茇滩，突然蚩氓说："停一下，让我看看这地上长的是什么？"

他蹲下来，用手在地上摸来摸去。摸到了地上一垄一垄长着的幼苗。说："我们走进了麦田！"

邦瑞说："是吗？"

蚩氓说："没错！你摸摸看。"

邦瑞也蹲下摸了一阵说："没错！太好了！白音布拉是农业队，我们走进了麦田，就离村庄不太远了。"

蚩氓说："对！只要有了村庄，我们就可以敲门问路了！"

隐隐约约看见前面有房屋。走近村子，迎接他们的又是一群狂吠着的狗。奇怪的是，有狗来咬他们，他们并不感到害怕，而是欣喜若狂——有狗就有人！

他们用标志杆轰打着狗群，渐渐靠近了村子，终于走进一家院子，敲响了一个土房子的门。

蚩氓说着一口天津话："老乡，请开门，我们迷路了。"

屋子里面有了动静，是划火柴的声音。"嗤，嗤"三两声之后，隔窗看见，火柴划亮，点着了油灯。有脚步声，油灯移动，"吱"的一声门开了。开门人一手举着油灯，另一只手遮着灯光，避免照到自己的眼睛。

蚩氓看不见他的脸，只见他光着膀子，下身只穿着一条短裤。

蚩氓说："老乡，对不起打扰您了，我们迷路了。打听一下去八连怎么走？"

"你是蚩氓？"

蚩氓惊了，说："你是大可？"

大可把油灯放到地上，一把把蚩氓搂在怀里。二人激动得喉头哽咽，就要哭出声来。

大可说："这是真的吗？怎么像做梦！"

蚩氓说："是呀，我也觉得是在梦里。"

大可说："这位是？"

蚩氓说："是我的班长牛邦瑞。"

大可说："你们半夜三更到这干嘛来了？"

蚩氓说："小鳌发烧四十一度，我们是去八连请朱医生的。"

大可说："是嘛，四十一度？这事可不能耽误。八连不远了，只有六里地了。你等着，我去穿衣裳，我带你们去，我知道朱医生住在哪里。"

只一小会，大可走了出来，他披着上衣，一边系裤子一边说："跟着我，快走！"

蚩氓和邦瑞紧紧跟着大可一路趔趄，大可依旧不停地说着。

"上次见到小鳌，是两个月前，去九连开巡回批斗会，跟他连说句话的机会都没有。那时候就怕给他枪毙了。后来团里下了通报，他挨了一个记大过的处分，这才把心放了下来。这倒霉孩子，也是多灾多难，这回是怎么弄的？"大可说。

虫氓说：“累的！饿的！他为了拿掉那个处分，干活豁出命了。晚上收工回来，就蔫头耷脑的，一头栽在地上。邦瑞给他量体温就是 39 度了。接着，体温一会比一会高，临我们出门，就 41 度了。”

大可说：“现在你们就放心吧，朱医生一去，打一针，吃点药就好了。朱医生有一匹大白马，是团里专门配备给他出诊用的。他骑上大白马，一个小时就能赶到九连。小鳌公牛一样的体格，没事。”

虫氓说：“盼着是这样呢。”

大可说：“前几天，小班去团部木匠学习班，从七连过，我们哥俩一块吃了一顿饭，才知道了一点你的情况。过去老在一块玩，天天见面不觉得，这么一分开，你知道吗——人想人，想死人啊！”

虫氓说：“是呀！想起来一阵一阵肠子疼。”

大可说：“大姐在呼伦贝尔那边好吗？”

虫氓说：“好不好怎么说呢？跟当地蒙古人结婚了，是好还是不好？总算有个家，能活下来了，要不然，就得死。当初‘九结合大动员’，你左拦右挡，护着大姐，我妈妈提起‘高大可’三个字，总是赞不绝口。”

大可一声长叹：“唉！都是应该做的，伯母还夸我呢，到了也没把大姐给留住。”

说着话已经到了八连。大可带着邦瑞和虫氓，走进一家院子，敲响了大门。许久，朱医生打着手电开门，把他们让进屋里。在一盏带玻璃罩子的煤油灯下，朱医生身穿着一身崭新的军装，领章鲜红，看见他一身军装，虫氓和邦瑞感到，终于见到了亲人解放军，心中顿时踏实了许多。他中等身材，微微发胖，细皮嫩肉，唇红齿白。却不料他皱着眉头，一脸不耐烦的模样。听明原委之后他说：“你们是九连的，你们有没有连长、指导员的命令到我这里来请八连的医生？”

邦瑞说：“没有。可是，团首长说，您不只是八连的医生，是负责七连、八连、九连三个连的医生，九连有病人，当然要来请您。还需要连首长的命令吗？连首长跟我们不住在一起。高烧 41 度，情况紧急，等连首长的命令，会耽误病情。”

朱医生说：“没有他们的命令，我怎么知道生病是真的还是假的？是不是装病，泡病号？”

邦瑞说：“不是像您想象的那样，他绝对不会是泡病号的那种人。今天还是脱坯全连最高纪录呢！”

朱医生说：“对了，你刚说的，病号叫个啥名字？”

邦瑞说：“叫窦小鳌。”

朱医生说：“窦小鳌？这个名字如雷贯耳呀！是不是那个隔着窗户撒尿，全团巡回批斗的那个知青？他的爸爸是个旧社会的黑帮老大？”

邦瑞说：“就是他。”

朱医生说：“那我就更不能去了。一个受过记大过处分的人，发烧，怎么能相信是真的？”

蛊氓说：“朱医生，我们说的都是实情，体温不是他自己量的，不会是假的。请您立即出发吧，晚了就耽误了。”

朱医生说：“你们知青是怎么回事我还不知道吗？”

蛊氓说：“我们知青怎么了？”

朱医生说：“你还不清楚吗？装病的，骗病号饭的，造假假条的，哪一个不都玩得精熟？这种事我见得多了！更何况还是个受过记大过处分的人！”

蛊氓说：“记大过怎么啦？一个人受了处分就没有资格生病了吗？”

朱医生说：“你是怎么说话？”

蛊氓说：“我说的不对吗？我们走了一夜，冒着生命危险赶来请你去救命，你怀疑病是假的，不去。你还是个医生吗？你还是个人吗？”

朱医生大怒，说：“你们来冒着生命危险，难道我去就不冒着生命危险吗？我跟你们不一样，我是军人，身担着三个连队，六七百人的生命安全的责任，我能像你们一样盲目行动吗？我离开了，这里有了情况怎么办？你们不要无理取闹！”

大可说：“朱医生，我是七连的高大可，我以人格担保，他病是真的，我求求您去救救他！”

朱医生说："高大可是谁？我不认识你！这里轮不到你说话。"

邦瑞正色说："朱医生，我劝你冷静想一想，人命关天，你不去，你承担得了这个责任吗？"说罢，拉着蛀氓和大可说："好了，我们走吧，让他自己做决定！"

外面正是最黑暗的时刻。

邦瑞说："我们要抓紧赶回去照顾小鳌，现在还不知道是死是活。"

大可说："我也不留你们，你们稍等一会儿，我去伙房给你们要几个馒头带着路上吃。"

蛀氓说："有馒头太好了，我也要马上回去完成任务。有话我们以后再说。"

说着话，三个人一溜小跑回到七连伙房，大可去敲司务长的门，拿来八个馒头，给邦瑞和蛀氓装在身上，然后把他们领上通往达拉图的马车道。三人挥泪而别。

二人三口两口把馒头吞了下去。这个年纪，只要有食物不断地扔进肚子里，就会有源源不断的力气生出来。每人四个馒头下肚，立刻觉得有了劲儿，心里又惦念着小鳌，一路趔趄往回赶。

且说燕北和小龙接到牛邦瑞的命令后，一路奔跑，只半小时就来到达拉图的连部。把指导员和连长叫醒，二人商议，两个人不能都去，必须留一个人在这里守候。于是指导员跟着燕北、陆小龙一路奔跑返回布拉滩九连工地。

指导员走近二班的蒙古包时，被眼前的景象惊呆了。他看见所有人都聚集在二班蒙古包门前。他们手里捧着小小的油灯，跪在草地上默默祈祷，他看不懂这是怎么回事。但凭他的多年政治工作的嗅觉，他感到这是一件大事，他看到了人心向背，看到了自己凝聚力的散失。

他顾不得这些，连忙走进二班蒙古包，油灯下窦小鳌昏睡着。连忙询问了情况。楚卿说："喝了两碗糖水，睡着了。体温比刚才已经降下两度。"

郭指导员见说已经有所好转，一颗悬着的心放了下来。他走到蒙古包外，对跪地祈祷的战士们说："同志们，我们互相关心，互相爱护的精神是好的，值得发扬的。但是有一点我必须提出严厉的批评！都给我起来！这是搞什么鬼名堂嘛！在革命队伍中搞封建迷信的这一套是坚决不允许的！我们有战无不胜的毛泽东思想，有党的领导，就没有战胜不了的困难。现在，窦小鳌已经脱离了危险。以后再有同样的事件发生，只能依靠党的领导，决不容许再搞封建迷信的这一套！听我的命令：全体起立！向后转！回去睡觉！"众人纷纷起身，侧目看着指导员愤愤离开。

窦小鳌醒了，说肚子饿。燕北连忙把战友们送来的食物递给他，不管是馒头，窝头，吃了好多之后，说："对不起指导员，对不起弟兄们。让你们担惊受怕了。影响大家休息了。"说罢，躺下睡了。

郭指导员见已经没有危险，长长出了一口气，说："大家抓紧时间休息吧，今天还要完成任务呢！"说罢自己回到连部的蒙古包中。众人也各自睡下。

天渐渐蒙蒙亮时，突然蚩氓困意袭上身来，为了摆脱困意，他拧自己的大腿，搧自己嘴巴都没有效果，走着路就睡着了。脚下一绊，把他跌进沟里。站起身来才知道自己睡了一觉。爬出沟来，不见了邦瑞。幸亏天已经亮了，荒野上无遮无拦，远远看见邦瑞走在前边，立即加快脚步追了上去，才发现邦瑞睡得正酣，还打着呼噜。蚩氓把他摇醒。蚩氓说："刚才我也睡着了，若不是把我跌进沟里，我们就走丢了。现在，我们不能两个人同时都睡觉，我们只能轮流睡，才不会迷路。"

邦瑞说："好吧，你先睡，你在后面抓着标志杆，我牵着你，你先睡一会儿。"

蚩氓说："好。"于是，邦瑞抓着标志杆的一头，走在前面，蚩氓抓着另一头，跟在后面，一边走路，一边睡觉。睡了几里路后，蚩氓说："我睡好了，该你了。"两个人换了位置，邦瑞睡觉。

红日已经爬上乌拉山顶，照在布拉滩上。接近连队时，二人睏意全消。远远看见布拉滩上九连如同蘑菇一样的白色蒙古包，遂加快脚步奔到蒙古包前，掀开包门，里面空空荡荡，没有一个人。人呢？把他们吓坏了，莫非小鳌已经死了？

已是上午出工的时分，二人急忙来到坯场找人，远远看见大家都在挖土备料，小鳌也在其中！两人这才放下心来。

"你怎么来干活了？"邦瑞问道。

小鳌说："我没事儿了。"

蛀氓问："怎么好的？"

小鳌说："不知怎么弄的，女生知道了，送来很多吃的。秦娥和楚卿来，拿来一罐白糖，喂我喝了几碗白糖水，把他们拿来的馒头，窝头都吃了。睡了一觉，醒来就没事了。"

邦瑞说："现在你感觉怎么样？"

小鳌说："只是觉得身上没劲。放心吧，我没有那么娇气。"

蛀氓见小鳌已经没事儿了，再三叮嘱他，不要再那么拼命了，只要完成定额就行了。邦瑞说："你放心吧，今天我看着他，想拼命也不行。"

蛀氓虽然已经疲惫不堪，但离完成丈量土地的任务只有两天，他不敢耽搁，遂扛起一捆标志杆，去约定地点找崔璨，加紧丈量土地去了。

中午开饭的时候，朱医生骑着一匹大白马，那马缓步来到连部蒙古包前，他翻身下马，把马拴在门前的马桩上，走进了连部。向郭指导员询问病号的情况。郭指导员告诉他，病号已经解除了危险，现在正在坯场脱坯。

朱医生勃然大怒，说："你们跟我喊'狼来了，狼来了！'我真的来救人，结果狼没来！你来回答我，以后你们连再有人生病去找我，我到底是来，还是不来？"

郭指导员说："老朱呀老朱，你不配做个革命军人！我们的战士去请你，他们步行早就回来了，你骑着大白马现在才到。今天是没死人，让你捡了个便宜，你还跟我说三道四，不依不饶的。要是人死了，我让你回老家种地去！"

很快，秦娥、楚卿抢救窦小鳌的事情传遍了九连。大家真诚地相信，多亏有秦娥嘴对嘴喂进了一碗糖水，窦小鳌才捡回了一条命。

窦小鳌说："我窦小鳌这条命是九连的兄弟姐妹们给的，从今往后我这条命就是你们的！"

刘胜利说："哪天我也发一回烧，有一个天仙一样的妹妹也来嘴对嘴喂我糖水。"

燕北说："你就不怕把你烧死？"

胜利说："只要有秦娥跟我嘴对嘴，就是死了也值。"

窦小鳌说："你要是再敢胡说，我就把你那屎嘴给你撕烂了，你信不信？"

吓得刘胜利只有唯唯点头，再不敢说一个字。

两天之后，齐虻氓按时完成了土地丈量任务，交给了指导员一张九连地图。地图边界画得清晰明白，地块亩数计算得清清楚楚，并且纠正了原来地图水井的位置。指导员听罢虻氓讲解地图，目光长时间在虻氓身上闪烁。虻氓感到了指导员对自己的欣赏和信任。

随后，机耕队准时进驻九连，按照地图所示，开始了开荒任务。亘古以来沉睡的布拉滩被拖拉机马达声惊醒了。

第64章　说保重太虚伪

开荒的第一天就出了事。

杭盖，是一个古老的蒙古语词。它的意思是，水草丰美的地方。布拉滩就是达拉图蒙古人的杭盖。她不仅仅是牧民们祖祖辈辈赖以生存的地方，而且是他们梦中的天堂。

这天，四台75马力的履带拖拉机拖着五铧犁一路轰鸣开进了布拉滩，沙漠边缘居住的蒙古人都被吓傻了。他们没有见过这庞然大物，也不知道这庞然大物到这里来干什么。他们远远地看着拖拉机缓缓而行，吐着黑烟，他们眼睛里充满了疑虑与恐惧。

他们看见四台拖拉机首尾衔接，左右错开了机位，放下了犁铧，拖拉机手把油门加到了最大，一阵浓烟后，宽达十米的一道草场瞬间被翻卷成为黄土地。植被连根翻起，扣在泥土下面。翻起的泥土覆盖不住茂密的绿草，从两个犁铧翻起的泥土间隙刺出地面。

拖拉机在轰鸣，如此下去，布拉滩将不复存在！

牧民们愤怒了。然而出人意料的是，历史上彪悍、凶猛、残忍的成吉思汗的子孙在这个时候变得极其顺从、懦弱。他们胆小如鼠，虽然愤怒，但只是敢怒而不敢言。他们眼睁睁地看着心中的杭盖被毁灭，颓然瘫倒在地上，蒙面痛哭，却没有人敢说一句话。

四台拖拉机依然在前进，油门推杆被推到了极限，烟囱"突突"地吐着黑烟。雪亮的犁铧翻起焦黄的泥土，也是在翻绞着牧民的心。

突然，一个小老头从一人高的草丛中钻了过来，横拦在第一台拖拉机前，咕噜一声倒在地上，仰面朝天躺在履带前。

幸亏拖拉机手眼快手疾，一脚把制动踏板踩到了底，拖拉机嘎登一声停了下来，机器被憋灭了火。躺倒的小老头就在履带前面两米处。拖拉机手倒吸一口冷气，探出身子骂道："你活腻啦！"

小老头说："你们从我身上开过去吧，先轧死我，再翻布拉滩！

不轧死我，我也活不成。这布拉滩的草死掉以后，你用甚拦住这沙漠？布拉滩就都会变成沙漠。没有布拉滩，牧民们咋介活了？"

拖拉机手被这视死如归的小老头吓傻了。这要是不小心把人压死，我们可是吃不了兜着走的。但是，要耕这块地绝不是我们的事儿！我们是只管耕地的，跟当地牧民的纠纷是你们连里的事情。你们不把事情处理干净就让我们来耕地，轧死人到底算谁的？

四个拖拉机手下车一商议，别无选择——等连里把事情处理好再说吧。于是，他们二话不说，四台拖拉机倒车，摘掉犁铧挂钩，把车开回了连部。

这个机耕队是直属团部管辖，不受九连控制。因此打从机耕队一下来，九连首长就远接高迎，好吃好喝好待承，唯恐他们气不顺。

因为他们干的是技术活，对于农业连队他们内心有着天然的优越感。尽管连首长已经尽力款待他们，从来不让他们吃一口粗粮。可这机耕队不管走到哪里，哪里都是酒肉招待的，日久天长便习以为常，九连的招待便显得格外简慢，遂每天拿降百怪，稍有不顺心，找个借口就不出车，今天机油没到，明天火花塞老了。连首长除了说好话，对他们没有别的办法。

陈连长和郭指导员眼瞅看着四台拖拉机齐齐开了回来，急的如同热锅上的蚂蚁——这一天就这么白白过去了！遂立即询问情况。在听了机耕队讲述的情况之后，便知道那个以死抗耕的小老头就是富牧祁民道尔吉。立即打电话向团首长汇报。

听罢郭栋梁的汇报，电话中的政委说："我只问你一件事，那老头是什么成分？"

郭指导员打了一个锛儿，他奇怪为什么会问到这样的问题，说："是富牧。"

电话那头说："太好了！我正等着这么一个人出现，他就给我送上门来。"

郭指导员糊涂了，说："您等他干什么呀？"

牛政委说："我来问你，我们的首要任务是什么？"

"是备战！"郭指导员答道。

"我再来问你，备战的首要任务是什么？"

"是开荒。"

牛政委说："好！既然如此，一切都要为开荒耕地让路。但是自从开荒以来，从一连到十连都有村民抗耕事件出现。现在开荒仅仅是开始，抗耕事件摆不平，搞不定，将来的工作就没办法推进。"

郭指导员说："可是，可是他一个小老头能有什么用呢？"

"糊涂！我正要抓一个典型，彻底把抗耕事件解决一下，给全团完成开荒任务扫清障碍！几天来就是找不到下手的地方。这个小老头躺在拖拉机前以死相逼，论猖狂他数第一，他又偏偏是个黑五类！我到哪里去找这么合适的典型？"政委说。

郭指导员连忙说："明白明白！我们现在怎么做？"

"我交给你一个任务：现在立即把那个老头给我抓起来，打他个反革命！我派汽车随后到九连，把他带走，在二十团开批斗大会，在公社开批斗大会。要让杭锦旗的人都知道，谁抗耕，谁就是破坏毛主席战略部署，就让他粉身碎骨！在我的汽车到达前，你要把声势造足！"政委说。

郭指导员一迭连声说："是是是！明白明白！"

郭指导员放下电话，叫通讯员把一排长王智长叫来，须臾王智长到了，郭指导员说："现在你带上两个人，带上枪，把抗耕的祁民道尔吉给我抓来。政委一会就到，在政委到来之前，先打他一个反革命，把声势闹得越大越好。"

王智长心领神会，兼况他又是北京老红卫兵出身，抓人、整人是干惯了的。于是领命带上付恩同和孔令知，到库房取了两支"七二六"步枪，子弹带、武装带一应装束齐全。

两个人来到祁民道尔吉的小土房，祁老汉一看这架势就知道情况不妙，连忙把两个人往屋里让，说："快有话屋里说。"王智长一枪托子杵在他大腿上，咕噔一声祁老汉摔了个仰面朝天。王智长说："你他妈的一个富牧，胆敢破坏毛主席的战略部署，先把家给抄了。"

说着话，三人一起动手，把祁民道尔吉家的东西统统扔到了门外边。

他家中只有一个米口袋、一个面口袋、一口锅、一个挤奶桶、几块毡子、几张羊皮，此外，什么四旧，封资修之类的把柄一概全无。

四个女儿吓得蜷缩在屋子旮旯抱肩颤抖。他老伴跪在地上不停地磕头，说着蒙古话求饶。

王智长说："先给老子绑起来。"，付恩同和孔令知把他绑得结结实实，前面挂上了早就准备好了的一个牌子，牌子上写着"破坏毛主席战略部署的富农分子祁民道尔吉"，后背插上一个标牌，牌子上写着"死有余辜"，一路上连踢带踹，跌跌撞撞押解到了达拉图的九连连部，等候政委派来的汽车把他接走。

牧民们闻讯赶到，早已被吓得脸色苍白。突然看见，解放渠大堤上尘土飞扬，开来了一辆解放牌大卡车。车斗上站着十几个全副武装的兵团战士，步枪的刺刀全部打开。一声刹车声，汽车停在了大队部门口，车门打开，杨干事从驾驶室走出来，车上的兵团战士也跳下车来，在车旁持枪站成一列。

杨干事对正在等待的王智长说："反革命分子在哪里？"

王智长说："正在连部等待。"

杨干事说："好，立即押来！"

王智长与付恩同把祁民道尔吉押上汽车。持枪的兵团战士纷纷上车，紧紧把祁民道尔吉围在核心。

杨干事对围观的牧民们说："乡亲们不要紧张，事情与你们无关。反动富牧祁民道尔吉破坏毛主席的伟大战略部署，破坏备战，以死抗耕，现在要押送到团部接受审判。"说罢，走进汽车，"砰！"一声关上车门，汽车扬起一团尘土，扬长而去。

祁民道尔吉被押在汽车上，先在二十团礼堂开了批斗会，然后在独贵特拉公社、杭锦淖尔公社几十个村子轮流批斗示众。三天后被送回达拉图大队，由大队发落。巴图书记见祁老汉被押了回来，只咕哝着蒙古话训斥着，旁边的兵团人都只能听懂几个汉语词，"毛主席""解放军""兵团"。那祁老汉只是"呕嘿，呕嘿！"连连点头。

从此，二十团为开荒工作扫清了障碍，拖拉机的轰鸣声在布拉滩彻夜不息，碧绿的草原在几个月时间内变成了耕地。九连领导决定，立即抽调两个男排进入农田挖渠，开始了轰轰烈烈的农田水利建设大会战。

一天，指导员把齐蛀氓叫到连部。长叹一声说："刚刚收到团部发来的调令，你看看吧。"说罢，把一张盖有红色公章的纸递给蛀氓。

蛀氓接过调令，只见上面有铅字打印的文字：

九连党支部：

调你连男战士一名，条件如下：

1. 高举毛泽东思想伟大红旗，认真学习毛主席著作，思想健康，作风正派。

2. 有独立工作能力，工作勤奋、刻苦，有进取精神。

3. 有较高文化水平，有账目管理能力，和较强的社交能力。

到团部机关食堂任上士。收到此令，即日报到。

内蒙古生产建设兵团二师二十团司令部

指导员说："你立即收拾一下，拿着这个调令，今天就去团部报到。"

蛀氓想了想说："这么高的条件，恐怕我不够格。"

指导员说："你要是不够格的话，就没人够格了。"

蛀氓说："我们连有高中生，付恩同、牛邦瑞水平都很高。"

指导员说："高中生有什么用？能做实事才行啊！我本不想让你走，连里也要用人，可是调令来了，派个差的也应付不过去。这对你机会难得，到团部机关食堂当上士，比连升三级还多呢。到那里好好干，前途无限。是我派你去的，别给我丢脸。"

原来兵团的人员分为两个等级。一个等级是兵团战士，这个等级实行的是供给制，每月粮食定量 45 斤，其中粗粮占 70%，细粮 30%，食用油 3 两，伙食费 13.5 元，男的津贴费 5 元，女的 5.75 元。另一个等级是现役军人，他们是军人待遇，每月粮食定量也是 45 斤，100%细粮，食用油 1.5 斤。仅从国家供应当中可以看到，他们虽然同在兵团，但明显的构成尊卑贵贱大不相同的两个等级。现役军人是领导阶级，权力掌握在他们手中，他们享有着优渥的物质待遇，和高人一等的政治待遇；兵团战士是被领导阶级，特别是毛主席指示当中说知识青年"要接受贫下中农的再教育"，他们就处于被教育、被改造的地位。而改造他们的人，就是享有着崇高的声望，也享受着优渥的物质待遇的现役军人。

两个等级的标志随处可见。现役军人的军装布料又厚又密，有领章、帽徽；兵团战士服装的布料，又薄又萧，没有领章帽徽；现役军人棉衣里面填充的是一等棉花，雪白，又轻又保暖；兵团战士棉衣里面填充的是再生棉，纤维短且碎，分量重且不保暖；现役军人的大衣是新疆绵羊剪绒大衣，这种大衣凛冽寒风吹打不透；兵团战士的棉大衣续的是再生棉，这种大衣在凛冽寒风中既不挡风，又不御寒。他们吃的，穿的都大不一样。

因为他们的粮食供应不同，团部，师部，兵团司令部都设有两个食堂，一个是现役军人食堂，另一个是兵团战士食堂。从两个食堂端出的饭菜是迥然有异的。而当下齐蛋氓被调进的食堂，就是现役军人食堂，俗称叫作"机关灶"。上士，其实就是给养员，归司务长领导，负责领取供给和采购粮食、副食品、燃料；协助司务长和炊事班长调剂伙食，对炊事班有着管理责任。

齐蛋氓从连部出来，知道自己遇到了一个转机，不免暗自欢喜，脸上却不敢流露，把脸板得沉重。刚刚走出连部的蒙古包，看见崔璨挺胸翘臀，花枝招展地迎面走来，细眯的眼睛笑成两个月牙儿，说："听说你高升了？"

蛋氓板着脸说："别这么说好吗？只是换个地方干活。"

"说得倒轻巧，换个地方？九连是个嘛地方？是离团部最远，最苦的连。现在一步你就迈到团部去了。锅边儿上的小米儿——熬出来了。在机关食堂当上士，那可是团长政委吃饭的地方，精米白面，鱼山肉海，想吃嘛有嘛。从今往后不用再天天踩冰碴子脱坯，也不用再忍饥挨饿了！"崔璨说。

蛋氓说："可是调令上的条件那么高，我可不一定干得了呢！说不定干几天不合格就被退回来。"

"这个你可别担心，我就敢给你打个保票，肯定够格！你就放心吧。"她说着，靠近蚩氓，悄悄耳语说："我还真没看出来，你们家路子可够野的，这是托谁的关系？"说罢神秘地看着蚩氓。

蚩氓大惑不解，说："你说的是什么话？调我去团部是走后门吗？"

"这不是明摆着嘛？这么好的差事，平白无故就落到你头上，可能吗？"她说。

蚩氓说："怎么不可能？这里是解放军，不兴那个。"

"得啦，拿我还当外人是嘛？"崔璨说。

蚩氓说："你别想到歪处去，告诉你实话，这跟走后门一点关系都没有！"

"那你可就更了不起了？"崔璨说。

蚩氓说："为嘛呢？"

"上边看上你的本事了呗，这可比走后门更了不起！"崔璨说。

蚩氓说："其实，我哪里有什么本事？指导员偏偏让我去。"

"这就对了，在咱么连里，指导员说了算，指导员要是看上谁，谁就走运了。"说着长叹一声："唉！你走了，我可怎么办？我还得在这受苦受难。你这一走，可把我闪了一下。团部有那么多漂亮女孩儿，你到那可别把我忘了。"崔璨说着眼里汪着泪。

蚩氓说："你说的是什么话？怎么会把你忘了？"

"真的别把我忘了，有空回来看看，九连还有我们两个人的月亮滩呢！到那里好好干，干出个人样来我也脸上有光！"崔璨说。

蚩氓说："一定的！你也好好干，干好了才会有机会。"

崔璨含着泪连连点头，目送着蚩氓背影，独自怅恨了许久。

不知道怎么，仅仅几分钟的时间，蚩氓调到团部的消息传遍了全连，所过之处投来的目光全是羡慕嫉妒恨。

迎面王智长排长走了过来，连连点头说："你是烧对了哪柱香？倒也教我两手，我们老兵都没轮上，怎么就轮到你了？"

齐蚩氓大为不解，说："王排长让我教你什么？"

王排长噗嗤笑了："教教我怎么高升的啊？"

蚩氓说："这不像是王排长说的话啊！在我心里，王排长是甘心为毛主席去死，干革命不图名不图利的啊，突然让我教你怎么高升，我一时转不过这个弯儿来！"

王排长笑说："这你就不懂了，干革命也是要论功行赏的。你何德何能就这样高升了？"

蚩氓说："噢！明白了，原来王排长干革命的目的就是为了高升啊！"

王排长有点慌张，说："那也没有什么错，要不然谁还会死心塌地干革命？"

蚩氓笑说："这么说我真的要教一教你了。"

王排长说："我洗耳恭听啦！"

蚩氓说："我只懂得干好自己的事情，高升不高升，不归我管，我管不了，我也不应该贪图。你是排长，是有影响的人物，连队建设都指望着你们引领呢，你不能把人带偏了。"

说得王排长脸色一阵红一阵白，悻悻走了。

走进二班的蒙古包，此时刚刚吃罢早饭，全班人都在。

刘胜利说："哟！蚩氓回来啦？行呀你！屎壳郎变知了——一步登天了。"班里人一阵大笑。

小鳌说："闭上你那屎嘴！人家调团部眼红了？不调蚩氓调谁？调你？你自个说行吗？"

孔令知是副班长，得知蚩氓被调走，心里早就失去了平衡，说："话是不好听，可事实是真的。蚩氓运气真好，我也不知道为嘛，指导员就看上你了。"

陆小龙听不下去了，说："你眼瞎，心也瞎呀？蚩氓凭的是本事，不是给指导员拍马屁，偷偷告密。论能力，九连谁能赶得上蚩氓？我问你，九连地图是谁做的？"

牛邦瑞笑着说："做地图有那么难吗？"

小龙说："噢！班长，原来你也吃醋喝酱油呀？你俩关系那么好，照说不应该呀？"

说得牛邦瑞满脸通红。

蚩氓一边听他们说着话，一边打背包，收拾行李，说："弟兄们有机会到团部别忘了找我去玩。"

孔令知说："到那个时候你还会认得我们吗？"

蚩氓说："这是说哪里话？我们一起度过了那么多艰难的日子，怎么会忘了大家？"

说着话，蚩氓的行李收拾得差不多了。悄悄把小龙叫到外边说："小龙，哥哥对不住你，说好的不分开，我却自己一个人走了。你身小力薄，干活别逞强，悠着点，自己照顾好自己。"说着掉下泪来。

小龙说："哥哥说的哪里话？我哥哥混好了，我脸上也有光。你放心走，我会照顾好自己。"说着吸溜一下鼻子，两行泪就滚了下来。又说："这么好的事儿，我们俩哭嘛呢？"说着又破涕为笑。

蚩氓又走回包里，把小鳌叫到外边，说："好些日子了，有句话想跟你说，一直张不开口，今天就要走了，不说不行了。我在批判大会上当着全团的面发言，把你数落一通，你别记恨我。"

小鳌说："你数落得好，那是教我做人呢，我心服口服。都是批判，谁是好心，谁是歹意，我还能听不出来吗？你跟他们不一样。付恩同连我爸爸老底儿都给兜出来了，为了往上爬，至于吗？另外我还要谢谢你，过去我们俩一点交情都没有，可是在我有难的时候，你跟邦瑞两个为了救我，豁出命去八连请医生，这段恩情我忘不了，日子长着呢，我们有情后补。"说着竟然从他狭窄的眼裂中挤出两颗泪珠子。

蚩氓说："都是应该的。你不记恨我，我就放心了。"

小鳌说："我知道，像我这样在外面打打杀杀、惹是生非的人，在你们念书人眼里就是地痞流氓。所以平时我也不敢跟你交往，怕你嫌弃。"

蚩氓说："这话就说差了。过去我也不敢跟你说话，心里想，像你们这样的有胆量、有担当的英雄豪杰，看不起我这样胆小懦弱的人。"

正说着话，楚卿和秦娥来到二班蒙古包前，站在了蚩氓的背后。小鳌见到她二人，连忙躬身退让，说："你们来是……"

秦娥说："找我哥。"

小鳖说："你哥？谁是你哥？"

秦娥用眼睛告诉他是蚩氓。

小鳖说："他怎么会是你哥？他姓齐，你姓秦。"

秦娥说："你就别打听那么详细了，他就是我哥这没错。我们来帮我哥打理行李。"

小鳖正慌乱得抓耳挠腮，不知如何是好，遂说："你们忙你们的。"说着走进包里去。

蚩氓说："背包已经打好了。"

秦娥说："不行，我得看看。"说着便帮他一一查点。

蚩氓说："不要查了，我又不是小孩。现在只能带一些最简单的东西，将就几天，东西多了背不动。过几天连里有马车去团部，把箱子给我运过去，就什么都不缺了。"

秦娥说："这是水壶，带着路上喝。这是干粮，路上吃。"说着把两个馒头递给蚩氓。

蚩氓看到馒头，说："这是你的早饭？你怎么能不吃早饭？你还要去脱坯。我路过七连正好是中午，我在那里吃午饭。这馒头你必须立即吃了。"

楚卿说："七连吃午饭是个好主意。娥不吃早饭总不行。给，这是一包饼干，路上吃。六十多里路呢。"

蚩氓说："不用了，你留着吃罢，连里的饭还不够吃呢。我到团部是做火头军的，饿不着。"

秦娥说："好吧，馒头我留着，饼干你带着。"

蚩氓把饼干接过来，放进背包里。

楚卿说："我是来还书的。"说着，把书递给了蚩氓，怕人看见那本《石头记》的外表，用报纸包得不露痕迹。

蚩氓说："看完了吗？"

秦娥笑说："哪有个完。"

楚卿说："是，看了总有四五遍了，越看里边的东西越多。"

蚩氓说："你也是这样啊？那你就留着继续看，你的书还在我这里呢，我正要还给你呢。"

楚卿说："好呀！那我们就都不要还了，我把《悲惨世界》给你带来了，到那边会有时间读书的，就带着吧。"

蚩氓说："太好了。"说着把《悲惨世界》接过手中，放到背包里。说："我该上路了，你们多保重！"话一出口，却感到自己多么虚伪。十六七岁的女孩，每天要脱 250 块大坯，这是多么繁重的劳动，看着她俩憔悴的脸，想到居然自己一个人要离开她们去干轻省的活，去吃饱饭，心里悔愧交加，嗫嚅道："其实，在这么艰难的时刻，我不该离开你们。"说着落下泪来。

秦娥说："你又在说傻话，你不走，你能救得了我们吗？"

楚卿说："娥说的对，我们能逃出一个算一个。"

第 65 章　你以为这个位置是个人就可以坐的吗

在团部接待齐蛊氓的是杨干事。他和蔼可亲，平易近人，改变了蛊氓对他的印象，原来他不仅仅冷酷、凶残，他也会对人有无微不至的关怀。他就是那种对待同志像春天般的温暖，对待敌人像严冬一样残酷无情的人啊！

他说："欢迎你从基层连队到团部机关来，带来连队艰苦奋斗的工作作风。是政委得知你在九连工作很出色，亲自起草调令，把你调来，担任为首长供应膳食的工作。这个位置非常重要，也非常光荣。现在，政委去师部开会了，临行前还特地叮嘱我安顿好你的生活和工作。"

原来，政委那么高的职位，对一个普通的士兵在连队里的表现都是如此关注，了如指掌！想到此心中对团首长充满感激与敬意。

杨干事说："团首长的任务是，筹建二十团，搞好战备工作。他们从北京军区调到这艰苦的大沙漠来执行任务，吃了很多苦。因此，你的任务是，为首长提供满意的膳食，保证他们身心健康愉快。这一点你一定要有清楚的认识。"

蛊氓说："是！"其实蛊氓理解杨干事这句话的真正含义不是在此时，而是在后来发生的事情中。

杨干事说："有什么困难尽管跟我说，我会尽力帮你解决。"

蛊氓感到了杨干事既像首长，也像父兄一样的关怀，感到了解放军这个革命大家庭的温暖。连忙说："感谢杨干事的关怀。什么困难也没有，我会努力工作，不辜负首长的关怀和期待。"

杨干事带领着蛊氓见过了司务长，安顿好了住处，才离开。司务长说："先放你一天假，安排一下你自己的事情，明天再开始工作。"蛊氓见自己没有什么事情，就去看望小班和逸华。

小班正在木工房里干活，见到蛊氓到来，惊喜自不必多说。小班说："你在路上碰到逸华了没有？"

蚩氓说："没有，怎么？他不在团部了吗？"

小班说："你来得不巧，逸华的驭手学习班昨天结业，今天一早就回连了。不巧你们走的又不是同一条路。"

蚩氓说："唉！我跟逸华是两头没见着。"

小班说："不怕的，他回去就是马车班班长，以后马车会经常来团部拉东西，少不了见面的机会。五毛来信了吗？"

蚩氓说："没有，我也为这事着急，不知道他现在怎么样了。"

小班说："五毛那么弱的身体，跟农民干一样的活，他受得了吗？"

蚩氓说："五毛是吃苦长大的孩子，他一定能够扛下来。"

小班说："等有了探亲假，我们一起去青龙县看他。"

蚩氓不能在外逗留过久，聊了一阵子，必须回去了，说罢告别。

机关食堂的工作对蚩氓而言并没有什么难度。作为上士，无非是打理首长们的一日三餐，买菜做饭。尽管有些账目需要管理，却也仅仅是买粮、买菜那几笔花销。

与人的关系也是很容易相处的。炊事班都是女战士，并且，她们都是团首长从各个连队精选上来的。所谓"精选"的唯一标准就是要让首长赏心悦目。炊事班七八个女孩，个个明眸皓齿，貌美如花。如今来了一个玉树临风的男孩，兼之聪明能干，就没有人不跟他好的。

司务长是个退伍老兵，姓邹，叫邹德来。所谓退伍老兵，就是在军队服役年头已满，本应该退伍，回到自己家乡另寻生路的那些人。而他们的家乡都在农村，回去就成了普通社员。这位邹司务长的家乡是邢台山区，那是个极端贫穷的山沟。退伍前他最害怕的就是回乡务农，若真的落到那一步，这一辈子就再无出头之日。

兵团的组建，给退伍老兵的命运带来了一个大转机——退伍可以不回乡务农！在兵团可以谋得一个兵团职工的身份，那可是挣工资，吃商品粮的！比回老家当社员，简直就是天上人间了。

邹德来仗着自己在部队当过司务长，有烧火做饭的手艺。同时自己的首长被派往兵团，托着首长的关系，在兵团给他谋了这个职位。

　　邹德来非常清楚自己的职责所在，那就是想尽一切办法让首长们吃舒坦。在这个食堂吃饭的人，每个人都是首长，哪个不满意都招架不起。因此他是小心谨慎，瞄着每个人的脸色行事的。

　　按照兵团的标准配置，司务长是有一个上士作为助手的。而他的上士却一直空缺。因此，偶尔有时工作稍有欠缺，例如首长们有时候对膳食不满意时，说话便会有些微词。他便常常以这个理由跟首长们解释："这几天真是太忙了，想到了新菜下来了，可就是分不出身，让首长受屈了。应时的蔬菜就要经常有人出去买。一去就是要到包头、呼市，往返就要好几天。我走了，家里又没人照应。现在是我一个人顶着两个人的差使，又当司务长，又当上士。分得了心，也分不了身。要是有个上士，能替我出去跑跑，定不会让首长们该吃到啥的时候吃不到啥。"

　　后来，团首长决定给他从连队选一个上士的时候，他最为担心的是，派来一个废物，不仅仅帮不上他的忙，反而给他添乱。于是心里早就盘算好，一旦新上士来了，定要严格调教他——平时要让他顶一个炊事员使用，烧火、切菜、和面、揣碱、炒菜样样都得会干；出去采办的时候又能够深知行情，精打细算。

　　新上士上任了，起初他心里还挺高兴，因为这个新上士既不笨，也不懒。几天内他就学会了烧火，并且比自己烧的一点也不差——那可是自己多年练就的绝活儿，不知道他怎么就学得这么快。食堂的另一个重要技术活是发面揣碱，现役军人是 100%细粮，本地不产大米，蒸馒头是每天的作业。仅仅不到一个星期，这个新上士就把兑碱掌握得炉火纯青，能做到一勺准。每次要揣碱的时候，炊事班长总不免要叫："上士！快来兑碱水啊！"新上士几乎成为蒸馒头离不开的人。

　　其他琐碎的活，比如库房，麻袋 200 斤一个，面袋 50 斤一个，油桶 200 斤一个，女炊事员都搬不动，因此也就没人整理，库房里历来也就是那么乱着，进去插不下脚。日久习以为常，反而觉得库房本来就该是那个样子。新上士来了没有几天，也没见他有多忙，不声不响，不知不觉都给整理得井井有条，干干净净。再比如，运煤、掏炉灰，又脏，又重，女炊事员不仅仅不愿意干，她们也干不动。新上士来了，灶下的炉灰永远都是清理得干干净净，连煤堆也都堆得方方正正，像豆腐块儿一样。再比如，菜刀，过去都是钝得切不动肉时，在缸沿上来回背几下。新上士来了，每把刀都磨得锃亮，飞快，他还特地叮嘱女炊事员："刀比原来快了，小心别切手！"

另一个让他没有想到的是，这个新上士算账的能力比他要强很多。有时候，邹德来在算盘上扒拉半天也算不明白的账目，这个新上士在心里早就算清楚了。人跟人只要一过招，自己心里就会分出高低。邹德来突然意识到，这个新上士不知道比自己强了多少倍！

能力强也倒罢了，更令他难以忍受的是，炊事班的女孩子们都跟他好。对此，他本应当不足为怪，知青跟知青本来就有着相同的血缘，更何况这个新上士又是那么通透、能干。自从他来了，炊事班的气氛完全变成了另一个样子，干活的时候，再不如同以前一样沉闷，总是叽叽嘎嘎，说说笑笑。每当他听到女孩子们"上士长""上士短"地叫着的时候，他心里就如同打翻了醋坛子。

然而对于齐蚩氓而言，几天来所见到一切都大大出乎他的预料。他不敢相信，同是在兵团，同是在库布齐沙漠脚下，居然也会有天堂和地狱，神仙和小鬼儿之分。什么是天堂？什么是地狱？团部就是天堂，连队就是地狱！谁是神仙？谁是小鬼儿？现役军人就是神仙，兵团战士就是小鬼儿！

蚩氓上任第二天，邹德来带着他清点库房。

一走进库房，蚩氓傻眼了。整只的干羊肉，干牛肉码成了垛，堆成了山！从地下直码到房顶！粮食，一概是精米白面。200 斤一桶的油桶靠墙排列一溜，有豆油、花生油、胡麻油、菜籽油、葵花籽油、香油、油桶里插着手提油泵，只要把那个提手向上一拉，油桶里的油就会顺着管道流出来，用多少，就泵多少。这些东西他们想怎么吃就怎么吃，怎么吃也吃不完！在一个来自连队，几天也见不到一个油星的人眼里，这也太奢侈了吧？

每天早饭都要有炸油饼，炸馒头片儿，大米粥，糜子米粥，牛奶，豆浆，馄饨，以及从北京买进的酱菜。每天午饭，晚饭都有小炒。

蚩氓上任后第一次出差是去买韭菜。

那天政治处马主任买饭时说："这都进六月了，连个韭菜饺子还没吃上呢！"

当地的农民只种四种菜，土豆、胡萝卜、葱头、大白菜。前三种容易保存，大白菜可以做成酸菜，也可以长期保存，一吃就是一年。要想在这里农村找到韭菜，且不说有没有，这里的农民从来就没有听过"韭菜"这个词。

马主任的这句话把邹德来吓了一身冷汗，换个说法就是说"你这个司务长是怎么当的？"在二十团，除了团长和政委，就数马主任官大了，幸亏这句话是当面说出来了，要是在背后说，还不知道是什么后果！

当天晚上，邹德来就对蚩氓说："首长的愿望就是我们的职责！你明天一早就去采购，一定要把韭菜给我买回来。先去包头，包头没有就去呼和浩特，不惜一切代价，买不来韭菜就别回来见我！"

机关食堂叫车是有优先权的。第二天一早，一辆解放牌汽车就停在了机关食堂门前，专门听蚩氓指挥，去采购韭菜。

二十团处在黄河几字弯南岸，而包头，呼和浩特等等有蔬菜市场的城市都在黄河北岸。因此要开汽车去那些城市，首先需要把汽车渡过黄河去。当时黄河上没有大桥。为了备战之需，把原有的"三湖渡口"改建成了一个大型渡口。原来的三湖渡口只有两只木船。那木船最多也只能载一辆驴车，和一头毛驴渡河。改造后的三湖渡口，具有大型木船，可以同时载两辆解放牌卡车，和四辆马车，加十多匹大牲口同时渡过黄河。

那个时候的黄河，也不是如今的黄河。如今的黄河，水流平缓，如同温顺的老牛；那时的黄河，水流湍急，如咆哮的狮子。那时的黄河，水面之宽，就像庄子说的："泾流之大，两涘渚崖之间不辨牛马！"要把汽车渡过黄河，谈何容易！

这天一大早，齐蚩氓准备完毕，登上了解放卡车，坐在了副驾驶位置，卡车一路颠簸来到了三湖渡口的"离岸码头"。

三湖渡口共有四个码头，在同一岸边有两个，一个位置处于上游，叫作"离岸码头"，另一个处在下游，叫作"靠岸码头"。顾名思义，这两个码头的作用不难理解。因为黄河水流湍急，离岸码头都在上游，靠岸码头都在下游，两个码头相距数公里之远。渡船必须从离岸码头出发，一路顺流而下，而必须在船到达对岸靠岸码头之前，抵达岸边，然后才能停靠在靠岸码头。

二十团在三湖渡口设有一个"纤夫排"。每只渡船在靠岸后必须由纤夫把它沿河岸逆流而上，拉到数公里之外的离岸码头，才能够再次出发。

有谁读过列宾的《伏尔加河上的纤夫》这幅画吗？如果有，他一定被那画上的纤夫所感动！

然而列宾一定没有看见过三湖渡口上的纤夫。如果看到过，他一定会把他的得意之作付之一炬，因为他所精心描绘的纤夫，比起三湖渡口的纤夫简直就不值一提！

伏尔加河上的纤夫个个衣衫褴褛；而三湖渡口的纤夫却没有衣裳！他们的衣裳虽然也很褴褛，但他们却舍不得穿衣服，若是夏天，他们个个赤身裸体，瘦骨嶙峋，耷拉着鸡巴，叫着号子，淌在水里拉纤。

齐蛊氓的汽车到达三湖渡口时，纤夫们已经把船拉到了应有的位置，缆绳牢牢地系在河岸的木桩上，大船稳稳地停靠在了南岸的离岸码头。

蛊氓坐在驾驶室中，摇下车窗，眼看着汽车开上颤巍巍的跳板，从岸边驶上大船甲板。四个船工一齐涌上来，把四个轮胎用八块"掩木"掩稳。然后用粗绳把汽车四角紧紧绑缚在大船上。

不知道船夫们忙了些什么，只见他们在船上跑前跑后，大约不少于一个小时，终于听到船长高声喊道："撤跳！"跳板被撤掉。"解缆！"缆绳刚刚松开，岸上解缆绳的船夫还没有把绳子挽在手中，那大船便像离弦之箭一样顺流而下，船夫先把大卷的绳子扔上大船，然后纵身跳上大船。

此时，对于船夫而言，拼命的时刻到来了！船的四角，有八只大棹——他们管"桨"不叫桨，而叫作"棹"；"划桨"也不叫划桨，而叫作"扳棹"。八个巨棹，有牛车车轴般粗细。每个棹四条壮汉扳。

船长一声令下，三十二个扳棹人的吼声，惊天动地，震人心魄！那样子，娃娃和女人不敢看，会吓得哇哇哭。他们必须要赶在船流到对岸靠岸码头之前，靠到岸边。如果错过了靠岸码头的位置，下流再无靠岸码头，大船将顺流而下，那可就遇上了大麻烦！

大船终于准确地贴近靠岸码头，一阵忙乱之后，架上了跳板，汽车开下了渡船。渡河费：行人 0.1 元；马车加三匹大牲口 40 元；解放牌卡车 100 元。

担心晚到菜会卖光，蚩氓催促司机驾驶着汽车，开足马力，一路颠簸，约十点钟左右来到包头最大的蔬菜市场。难道这就是蔬菜市场吗？哪里有蔬菜？货架上空空如也，只有一堆干姜，孤零零地摆在柜台上，几个售货员坐在凳子上，男的吊着陀螺捻毛线，女的织毛衣，扯闲篇。蚩氓走过去问：“大姐，有没有韭菜？”

一个女售货员说：“九菜？一菜都没有介！哪来的九菜！有的都摆着，你个个儿看吧。”

蚩氓问：“明天一早会不会来韭菜？”

售货员说：“明天？我这里就从来没卖过韭菜！有也不能卖给你们外地人，你有副食本吗？”

于是，又开着汽车，四处寻找，打听，走街串巷，走了许多居民区副食商店，也没有找到韭菜。最后，一个老汉神秘地对他说：“你们如果一定要买到韭菜，有个地方你敢去吗？弄不好，会遇上工人纠察队抓人！每天早晨天不亮，有农民偷偷来这里卖菜，韭菜嘛，运气好你会碰上。但一定要早去，天一亮就散了。为甚了？你还不知道！工人纠察队你不怕？”

黑市，鬼市是蚩氓从小就跑惯了的，第二天天不亮，蚩氓让司机把车远远地停了，因为兵团的汽车是北京军区的牌照，商贩看见会被吓跑。

天黑巴隆冬，黑市上黑影重重。人们交头接耳，像是地下党接头。蚩氓走过去，一个个悄悄地问：“有韭菜吗？”

一路问下去，终于一个商贩说“有”。为了成交隐蔽、简捷，商贩并不带着用来衡量商品分量的称，因为那是犯法的铁证；商品也不展露在外。而是事先打成了捆，藏在麻袋中。他从麻袋里掏出小巧玲珑的一捆韭菜，那手型像是握着珍宝，说："五毛钱一捆，你要几捆？"

"你有几捆？"

"二十捆。"

"我都要了。"

那人大为惊讶，他为顺利成交欣喜。

但结账时却遇到了麻烦——蚩氓需要卖家开一张发票。

黑市做买卖是违法行为，属于"资本主义尾巴"，是"投机倒把"，又是刘少奇"三字一包"路线，批判了多少年了，政府正在严厉禁止。农民来卖点东西，冒着极大的风险。偷来的锣鼓敲不得，你还找他要发票？那不是等于给人留下罪证？可是蚩氓需要有发票才能下账。农民听说要发票，连忙缩手，把韭菜装回了麻袋，扎上口，说："算球了，算球了！我不卖了。"说罢提着口袋就走。

这可把蚩氓急坏了，连忙拉住他说："别走别走！不能开发票，打个白条也凑乎了。"

那农民突然态度变得异常坚决，死活也不卖了，说："算球了，算球了。"说着企图挣脱逃跑。

蚩氓知道农民想什么：他打了白条，跟开发票有什么区别？还不就留下了证据？如果被抓住，凭这白条他也难以逃脱！但是如果让他跑掉，第一次单独采购就要空手而归，那可不行！宁肯这些韭菜我自己掏钱也要买下来！于是说："白条我也不要了。你放心，我们是杭锦旗来的，离这里二百多里地呢！还在河那边。买完了韭菜我们就立即离开这里，你放心吧，不会出事。"

农民见如此说，好歹才算把韭菜卖给了蚩氓。蚩氓付了 10 元钱，把韭菜装进自己的麻袋中。那农民把钱揣在怀里，卷起麻袋，眨眼间就不见了踪影。

往返五百多公里，耗时两天，开着一辆解放牌卡车加一位专职司机，卡车渡河费往返花了 200 元，只买来小小的十捆韭菜。

邹德来见买来了韭菜，大喜过望，如获至宝。双手捧着韭菜，颠来颠去，如同把玩珍稀古董。对蚩氓赞不绝口："你可真有两下子！

我派你去根本就没指望你能买回韭菜来！干得好！干得好啊！"

蚩氓悄悄告诉邹德来说："因为是黑市买的，农民连个白条也不肯打。如果要白条的话，他就坚决不卖了。"

邹德来说："我说上士呀！那个白条算个球呀？你能把韭菜买回来就是大功一件了！我给你打个条子你就能下账。"

蚩氓说："司务长，渡河费就花了 200 块，还有住宿费，只买回来十块钱的韭菜，是不是不划算？"

邹德来说："你还是太嫩啦，算不明白这笔账。干我们这行的，有啥能比让首长满意更重要的吗？200 块渡河费不是咱们的成本，车是咱兵团的车，渡口是咱兵团的渡口，你不用也是白不用。那笔钱我拿到财务上去，跟住宿费一起报差旅费！团首长都是打江山的革命功臣，来到边疆抛家舍业，吃不好，喝不好，已经受了太大的委屈，给他们弄顿应季的饭菜还不是应该的？"蚩氓默默点头，他明白了一个另类的道理。

第二天中午，机关食堂售饭窗口旁的小黑板头条写道："猪肉鸡蛋韭菜三鲜馅饺子，每斤 0.6 元，60 个"。

后来蚩氓得知，库房里堆积如山的牛羊肉都是怎么来的。团部经常搞些支援当地农业生产的活动，例如给生产队耕地，耙地，质量比生产队牛拉犁耕得深、耙得细。生产队为了表示感谢，就以国家收购价拨给团部牛羊肉。国家收购价羊肉 0.29 元一斤，牛肉 0.32 元一斤，这是极其便宜的价钱，团部就把这些肉全部拨给机关食堂，由机关食堂付款，收肉，一点也没有兵团战士食堂的份儿。而耗费生产上的拖拉机和柴油费用是不计价的。

三个星期以后，政委从师部开会回来了。一下车就向杨干事询问："新来的上士怎么样了？"

杨干事说："太好了！司政后上上下下，十人见了九人夸。他来了这才几天，机关食堂发生了翻天覆地的变化！您再到那里去看看，肯定就不认得了。谁能想到他能有这么大的能量。"

政委见说，笑得满脸皱纹像一只核桃，说："噢？果然不出我的预料！先不回家了，先到机关食堂去看看。"

　　说着话，跟随着杨干事大步流星向机关食堂走去。

　　蛀佷跟司务长住同一宿舍，此时才把伙房收拾停当，回到宿舍，刚刚坐下。只听得外面浓重的山西话口音说道："我看看，我看看，看看咱们的新上士，怎么把个机关食堂变了个新模样！"

　　齐蛀佷和邹德来听出这是政委的声音，连忙站起身来，开门迎接。蛀佷走出门来，三步并作两步走到政委面前，脚跟一磕做了个立正，抬起右手给政委行了一个军礼，说道："政委好！上士齐蛀佷向政委报到！"

　　杨干事在政委身后，觉得做了一件让政委满意的事，得意地笑着。邹德来站在蛀佷身后，哈着腰，搓着手，笑容可掬。没有想到政委愣在那里，迷离的眼睛打量着齐蛀佷，半晌才说："你是谁？你怎么到这里来的？谁让你来的？"

　　蛀佷行军礼的手还没收回，被僵在了空中，一时不明白政委是什么意思，只好逐个回答政委的问题，说："我是齐蛀佷，原来是九连的战士，接到司令部的调令，是指导员派我来机关食堂任上士的。"

　　牛政委顿时气得面如锡纸，说："我不认识你，你以为这个位置是个人就可以坐的吗？岂有此理，岂有此理！"说罢一转身走了。杨干事不知道发生了什么事情，立即跟在政委身后颠颠儿地走了。邹德来也不明就里，连忙问蛀佷怎么回事，蛀佷说："你问我，我问谁去！"

第 66 章　避难所

　　午饭过后，蚩氓跟炊事员正在收拾家伙，通讯员来了，说："齐蚩氓，杨干事叫你去一趟，现在就跟我走。"蚩氓解下围裙、摘下套袖，跟着通讯员向政治处走去。

　　来到杨干事办公室门口，通讯员高喊了一声："报告！"里面说："进来！"听得出那是杨干事的声音。通讯员推门进去，说："报告杨干事，齐蚩氓带到！"杨干事说："好，你去吧！"通讯员一个向后转，离去。

　　蚩氓听通讯员说"带到"两个字便觉得事情有些蹊跷，难道我是罪犯吗？这与杨干事前两天和蔼可亲的态度大不一样啊！前两天还"如同春天般的温暖"呢，今天就"像严冬一样残酷无情"了吗？显然是杨干事要他把人"带来"的，心里大约知道将要发生什么事情，暗自叮嘱自己，来吧，别怕，无论发生什么事情，也要从容面对！想着，已经走进了办公室，见杨干事坐在办公桌旁的椅子上，别着二郎腿，看着刚刚进来的齐蚩氓，他把一条腿抖的"嘚嘚嘚嘚"作响，眉头拧成疙瘩，把五官都揪到了一起，一副焦虑的样子。他在纠结什么呢？他一定遇到了为难的事！

　　蚩氓说："杨干事，您找我？"

　　杨干事骤然松开了紧皱着的眉头，五官也随之归位，表情顿时变得轻松自如，说："是呀，听我的命令，现在你立即回去，把这几个星期的账目跟邹德来结交清楚，然后收拾行李，明天离开机关食堂，回到九连报到！"

　　蚩氓说："到九连报到？去干什么？"

　　杨干事说："干什么？你被调回到原来的连队去了，该干什么就去干什么！"

　　这是蚩氓预感到的事情，他问："为什么？"

　　杨干事一拨棱脑袋，动作十分夸张，说："什么都不为。"他说的轻松无比，好像在说一件无足轻重的事情。然而此事对于齐蛀氓而言却并非无足轻重。

　　蛀氓说："什么都不为就让我回去？我做错什么了吗？"

　　杨干事轻松地说："没有没有，这一点必须肯定。领导对你的工作一直是满意的，大家的评价也很好。只是一般的工作调动，不要想太多，啊？"

　　蛀氓说："一切都好，还让我回去，这样的道理讲得通吗？"

　　杨干事突然一拍桌子站了起来，说："你不要忘了是跟谁讲话！我是你的上级首长，执行命令是军人的天职！你作为一名兵团战士，只有执行命令的义务，没有询问为什么的资格！"

　　蛀氓被他突然放大的声音吓了一激灵，他强迫自己沉静下来，说："那不行！您必须给我一个理由，否则我回连怎么做人？跟指导员怎么交代？跟连里的战友怎么解释？"

　　"在革命队伍中，工作调动是最正常不过的事情，怎么做人？该怎么做人就怎么做人！这还要我教你吗？好好干活，努力改造世界观！指导员那里不需要你交代，我会跟他交代明白！你一个兵团战士，战友那里难道还需要解释吗？"杨干事说。

　　蛀氓说："当然需要！我必须弄明白。我来的时候，是凭着司令部的一纸调令，调我来任机关食堂上士的，现在让我回去，也请司令部给我一纸调令，说明理由，现在您空口无凭，我不能执行您的命令！"

　　杨干事长叹一声说："你不要逼我，那样对你不利。好好想想，你在食堂这种地方干了这么多日子，拿出一个理由有那么难吗？我只怕你承担不起！"

　　蛀氓说："我有什么承担不起的？"

　　"好好好！你可别怪我，你回去等着吧！"

　　齐蛀氓刚刚离开，杨干事叫来通讯员吩咐说："你叫邹德来到这里来一下。"

　　齐蛀氓跟邹德来同居一间宿舍。他回到宿舍时，邹德来刚被通讯员叫走。自己一人冷静下来想，知道回连至今已成定局，不可改变。即便是回连，也要弄个明白。他清楚，杨干事对自己的工作始终赞不绝口，怎么会无缘无故变脸了？问题只在政委身上。但自己与政委素不相识，为什么那天他见到自己就大发雷霆呢？我必须去找政委问个究竟。说去就去！

正是午休时分，司令部走廊静悄悄不见一人。来到政委办公室前正要敲门，隐约听见里面说话。这是谁？声音怎么这么熟悉？那声音说："二伯，您……"

话没说完，听政委吼道："什么'二伯'？叫我'政委'！"

那个声音说："是政委！您放心，齐蚩氓能够做到的事儿，我不会比他做的差，更不会让人们说出话来的。"

政委说："我唯一顾虑的就是，他在这里干得有声有色，上上下下都赞不绝口。突然换成你，众人会怎么看？这也难为你了，你必须让大家看到，你比他强才行啊！"

蚩氓顿时明白了一切，并且已经知道了这个替代自己的人是谁。突然，不知道为什么，一种恐惧感袭上心来。你究竟害怕什么呢？

"报告！"他站在门外叫道。

屋里突然安静下来，好像里边没有人一样安静。

蚩氓又喊了一声："报告！"声音更大了一些。

过了好一阵，听到屋里说："进来！"这是牛政委的声音。

蚩氓推门进去，牛邦瑞的脸红到了脖子根，眼睛游离闪烁，逃避着蚩氓直视的目光。

他突然明白了自己害怕什么。他害怕心中的那座大山崩塌，他害怕那神圣的友情毁灭！

这还是自己心中的那个牛邦瑞吗？牛邦瑞本来身材算不上矮小，但此时在蚩氓眼里，他岂止矮小，简直小得可怜。几个月的并肩战斗，牛邦瑞在自己心中已然是一座高高耸立的大山！他的行为举止曾经唤醒自己心中沉睡着的理想；他的人格，他的毅力感染着自己，使自己变得十倍、百倍的坚强；他成为了自己做人的榜样。他也是自己最可信赖的朋友。自己甘愿与他同甘苦、共命运。假如眼前面临的选择是，且不说这微不足道的职位，蚩氓会甘愿让给他，毫无怨言；即便是，哪怕二人只有一个生存的机会，蚩氓也会心甘情愿让给他的——因为他配。

然而现在，突然感到过去心中的一切都是假象。他过去的一切崇高行为，豪言壮语都是假的，都是为了换取一点点卑微的个人利益的手段。大山崩塌了，显露出来的就是这个猥琐的可怜虫。

恐惧发生的事情都如实发生了，大山崩塌了，友情毁灭了。那么沉重的东西就这样轻飘飘地消失了！他感到这很荒诞！

还是牛政委沉着。他说："你不是要杨干事给你一个理由吗？我已经命令他去给你做了。很快你就会拿到一个调令。现在你还有什么事情吗？"

蚩氓笑说："调令我不要了。一切我都明白了，原来牛政委你是个骗子！"说罢，转身开门就走。

政委吼说："你给我回来！你说什么？你敢给我再重复一遍！"

蚩氓停住，转过身来，一字一句地说："牛政委你是个骗子！你自己还没察觉吗？你平时教导我们大公无私，改造世界观，而你自己却在以权谋私，你敢说你不是骗子吗？你不就是让我回连吗？你还能把我怎么样？重复一遍有什么不敢？如果你爱听，我可以重复十遍。你还想听吗？"

政委愣在那里，半晌无话。蚩氓转身推门走了。

然而，蚩氓并没有明白一切！

次日一早，蚩氓打理好了行李，他不再跟杨干事要那个调令了，只想去木匠班跟小班告别一下，就回连了。没想到通讯员来了，说："齐蚩氓，杨干事叫你到他那儿去一趟。立即就去。"

来到杨干事的办公室，他依然抖着腿，说："今天你就要回去了。政委指示，这件事一定要妥善处理，既要给你一个理由，让你心服口服，也要发一个内部通报，给各级领导一个警示，一个反面教材。你要的调令已经打印出来，就封在这个信封里，你回去交给你们指导员就可以了。你询问为什么要撤你的职，这里面都写得清清楚楚。我现在就可以告诉你，理由有三条，第一，你的政治思想觉悟不高，政策观念不强，不适合担任那个职务。具体而言吧，你去包头采购，居然到黑市跟投机倒把分子勾结，你难道就不知道，三自一包，是刘少奇修正主义路线，全国上下批判了好多年了？这破坏了解放军的光辉形象，影响是非常恶劣的。第二，黑市交易，你没有收据，导致这成了一笔黑账，破坏了部队的财会制度。对于一个部队的财务工作者这是绝对不容许的。第三，你还有其他账目问题。邹德来同志反映，你私自从伙房拿走了20个馒头，没有付粮票和钱。这是什么问题？往轻里说是假公济私，严肃地说这就是贪污行为！仅仅三个星期，就犯了这么多严重的错误，你认为这理由够吗？"他扳着细长的手指，一二三数着，说得头头是道。

蚩氓早被气得脸色苍白，嘴唇颤抖。昨天你还说我什么都好，今天就捏造出三条罪状。你们怎么可以这样当面是人，背后是鬼，翻手为云，覆手为雨呢？这些话他险些脱口而出。然而，他控制住了，他强迫自己冷静下来，他知道说出这几句话会是何等畅快，但是只图畅快一时，一定会把事情弄砸——把事情解释清楚或许是眼下应该做的。

他强忍怒火等杨干事说完，说："杨干事，让我来解释一下，事情不是您所说的那样。第一条，去包头买韭菜是司务长派给我的任务，为了解决团首长吃不到新鲜蔬菜的问题，出发前，司务长再三叮嘱，包头买不到就去呼市，不惜一切代价，也要买到韭菜。并且，买回来后，司务长满意，团首长也满意，团首长都知道韭菜是黑市买来的，并且对到民间采购大加赞赏。第二，关于发票，司务长说，让首长吃上满意的饭菜是我们的头等大事，发票算个球，跟老百姓打交道从来就没有发票。他给我打一个条子就可以下账。如果没有发票就是罪状，司务长会有一百条，一千条。"

杨干事冷笑说："你觉得你的解释能够为你开脱吗？"

蚩氓已经感觉到自己的解释是何等的软弱无力。他依然想继续解释，说："第三条，情况是这样的：那天九连的马车来团部，路上误车了，到团部时已经是晚上八点多钟，公社食堂、兵团战士食堂都已经关门了。他们走了一整天，没有地方吃饭，就来找我，问我能不能买到吃的。我就去问司务长。司务长说：'这算什么事！又不是外人，你去开门，吃多少就拿多少，回头给我报个数就行了。我拿了二十个馒头不假，但是不是私自拿的，而是经过了司务长同意才拿的。并且，我给钱，给粮票。司务长说：'几个馒头，连队的弟兄们吃了就吃了，我们要是收了钱、粮票，我们的面子往哪搁？'我一定要给，司务长坚决不收。这事也就这样过去了，怎么今天又作为我的罪状给翻出来呢？"

杨干事冷笑说："馒头你拿了，钱、粮票你没给，这就是事实。还有什么可辩解的呢？本来是要让你干干净净地回去，你不干，偏要逼我给你一个理由。我已经仁至义尽，要怪，也只能怪你自己。"

蚩氓已经气昏了。他嘴唇苍白，浑身颤抖，直勾勾盯着杨干事，闪烁在眼睛里的却是鲜红的领章和帽徽，这就是自己心中高尚无比的解放军？一个粗暴的冲动在心里冒了出来，他想豁出去了，管他是谁，用最下流的污言秽语，破口大骂，爱咋着咋着！

然而他没能骂出口，原因是他不会。在他成长过程当中，每逢说出一句粗话，脏话，都要受到父亲的训斥，至今，他连那句三字国骂都不会。突然他羡慕刘胜利，他会说世界上侮辱性最强，最下流肮脏的话，要是现在，他能够用那些脏话辱骂杨干事，该是多么痛快的事情！他痛恨自己无能，责怪父亲，为什么要把自己培养成一个这样的窝囊废！

他憋了半天，终于说出了他能说的最恶毒的话："你们是流氓！"

杨干事说："你说什么？你给我说清楚！"

蚩氓说："你们是流氓！你听清楚了吗？"说罢转身往外走。

杨干事说："你给我回来！我要处分你！"

蚩氓头也没回，说："请吧！"说罢已经走出了办公室的门。

回到宿舍，跟邹德来只用了几分钟就把账目结算清楚，背起背包，去木铁匠学习班与小班做了简单的告别，就出发了。

他要步行 65 里路才能回到连里，那里将有怎样难堪的窘境要他去面对！背着背包，提着网兜，翻过一道沙梁子是一片沙枣林，小路从沙枣林穿过，茂密的沙枣树，遮住了四周的一切，这里只有自己。

突然鼻子酸了起来，一股冲动无法抑制，他张开双臂，仰天长啸："嗷——！"地大喊一声，这叫声像是狼嚎。泪水像山洪一样奔流而出。接着，颓然坐在沙包上，捂住脸，放声大哭了起来。这一哭可非同寻常，只哭得摧肝裂肺，泪水湿透了眼前一片沙子。

这样的哭是孩子的成人礼！哭过了，就长大了，成熟了——这是何等可怕的成熟！

他想了很多。他自以为自己懂得了人生，懂得了社会。人生就是要赢。社会就是要不择手段。

他想起了少年时读《三国演义》时记得的一句话，宁教我负天下人，休教天下人负我。然而那时候，他对这句话是那样的鄙夷——人怎么可以那样无耻！而眼下，他感到过去自己是那么幼稚、愚蠢；这句话说的是何等的透彻、睿智。

他想，有朝一日，你牛政委，杨干事落到我手里，我会用比你们还要下流十倍百倍的办法对待你们，绝不心慈手软。

想过了，思想和眼神，从里到外都透着冷酷。这样的哭也将是人生的歧路，不知道这条路将把他带到哪里去。

中午到达七连，高大可为他打了客饭，跟大可说明了原委后便再也没有一句话说。沉默许久，大可说："就是那天跟你一起来请医生的哥们儿牛邦瑞？"

蚩氓点点头。

大可说："我懂，我也学会了很多。蚩氓保重，没嘛大不了的事，日子还长着呢！"

蚩氓说："懂得了。"说罢，二人相拥而别。

到达九连时已是傍晚时分。蚩氓来到连部的蒙古包，把杨干事的信交给了指导员。指导员把信放在桌子上，看也不看，噗嗤一声笑了，随即收敛了笑容，对蚩氓说："事情不怪你，怪我。回班里好好工作，就当什么都没有发生，我心里有数。"

蚩氓听罢，一股暖流涌遍全身，遂说："谢谢指导员的理解和鼓励！指导员放心，我会好好干的。"

从连部出来，远远看见孙逸华站在二班的蒙古包前，得知蚩氓回来，特地从马车班前来看他，见蚩氓走过来，一把把他拥到怀里，说："是我给你惹了祸，要不是那天晚上我去找你，你也不会担上偷馒头的罪名。"

蚩氓说："逸华这话说得不对了，那天，那么晚了到团部没饭吃，不去找我，不是让我心里愧得慌？这不怪你。政委要我给牛邦瑞腾地方，总会找到理由的。这些事情你也听说了？"

逸华"哼"地冷笑一声，说："好事不出门，坏事扬千里。本来我是从来不听这些口舌是非的，可是关系到你，我才留了心。你还没回来的时候，连里就传开了，说你在团部犯了大错误，被开回来了，起初我根本不信。可是越说越像真事，连团部的内部通报的结论有几条几款都传得有根有叶的。说你勾结投机倒把分子，跟犯罪分子做交易，败坏了解放军的名誉；说你做黑账，违反了财会制度；说你偷了一筐箩馒头。一个个说起来就跟他们亲眼看见似的，有根有据的。你知道吗？你回来，称了每个人的愿。我本不该跟你说这些个，白给你添堵。说，是让你心里有个底——怎么传也就是那么一点儿事，这点事怎么说也不丢人，谁心里还没有一杆秤吗？俗话说，是非天天有，不听自然无。这点小事算得了嘛？人这一辈子，大风大浪还多着呢！我就不信，唾沫星子还能淹死人了？"

蚩氓说："逸华说的好，你放心吧，这点定力我还是有的。"

逸华说："要叫我说，你别介意，还是回来的好。是呀，团部是能吃口饱饭，可是，在当官的鼻子底下讨生活，能不变坏吗？九连是苦，是累，可是有哥们在身边守着，有难事，弟兄们一块扛，比嘛都好！人生一世为的嘛？还不就是为了情义两个字？你回来多好！想见你的时候就过来看看，说会儿话，打心里痛快！"说罢，一转身回马车班去了。

蚩氓目送着逸华离去，耳边却回响着他的话："在当官的鼻子底下讨生活，能不变坏吗？"猛然警醒，逸华已经看出来，你已经学坏了！不由得心生羞愧。

一转身却看见秦娥和楚卿站在身后，秦娥说："哥，回来了，可想死我了！"说着，两串泪珠子咕噜噜滚下来。

楚卿在一边说："我也是！回来多好啊！每天在一起心里多踏实。"蚩氓只觉得喉头哽咽，鼻子发酸，强忍着才没掉下泪来。许久，楚卿说："不怕，没什么了不起的。我们只需要堂堂正正做人，理直气壮做事。我们知道是怎么回事。走自己的路，让他们说去吧。"蚩氓的眼泪终于没有忍住。

其实她说的正是他愁的事情——他将怎样走进二班的蒙古包？怎样面对二班人？怎样面对全连的战友？怎样面对全团沸沸扬扬的议论？

他感到了怪异：同是我，只是去了一趟团部，怎么回来一切都变了？

如今的他是可以被任何一个人嘲笑的人。他有摘不清，洗不净的污秽，任何人都可在他那里找到自己的优越感。他成了全连最卑微的人。

他忍受不了这卑微，又改变不了这卑微的现状，能做的只有逃避卑微。逃到哪里去呢？他找到了一个好地方，那个地方叫作崇高。崇高是逃避卑微的避难所，活在那里面，他可以俾睨世俗，骄傲地活着。

这天晚上，他在日记本上写下了这样的话：走自己的路，让他们说去吧！

这是自欺其人？还是被逼无奈？不这样，又怎样活下去呢？

从此后，一切都是为了那个崇高。干活，第一个动手，最后一个歇手；取饭，最后一个动手；集合，第一个站到集合地点；吃完饭，他要把每个人的饭盆，饭碗洗刷干净，摆放整齐；每天抽空把蒙古包内外扫得干干净净；任务他永远是第一个完成，然后帮助他人，直到帮助最后一个人干完。他如饥似渴地、随时随地寻找着能帮助他人的事情，一旦发现，便如获至宝，如饥似渴地去做。

每天午饭后有一个小时的午休时间，别人都丢下饭碗就躺倒在自己的铺位上，抓紧时间眯瞪一会儿，去迎接将要到来的劳累和饥饿。他却先把大家的碗筷洗刷干净之后，用这一个小时的时间写一篇大仿。他记得父亲的话："练字，就是修身。"每天写完大仿，要到奔腾的黄河大渠里把笔涮干净。回到蒙古包的时候，出工号声也刚好响起。

晚上，战友们都入睡了，他开始了一天当中最为快乐的时光——读书。他自己用墨水瓶做了一个油灯。为了不影响战友们休息，他用硬纸壳做了一个遮光罩。遮光罩扣在灯上，能够把所有光线遮住，一丝不露。然后，在灯捻高度的位置开一个小圆洞，一个光柱便从圆洞中射出，那光柱格外明亮，恰好照在书上，而周围却一片漆黑，不会影响战友们休息。

周围此起彼伏的是战友们的鼾声，他却沉浸在书的世界当中。常常读到蒙古包的小窗透出微弱的曙色，才依依不舍地合上书。

一天在读《鲁迅小说集》，被《伤逝》里的一句话惊呆了。那时已经很晚，他也感到了睡意。就在这个时候读到鲁迅一句话把他惊得睡意全消："人必生活着，爱才有所付丽。"

他抱着书，心惊胆战。他知道自己心里正在萌动着爱，他清楚他爱着的女孩是谁，他也清晰地感到，他和那女孩的心是相通的，他和她一句话可以跨越万水千山。每逢见到她都有一种奇妙的暖流流遍全身。那女孩在自己心里无比神圣。自己正在鼓励着自己逐步走近那女孩的时候，读到了这句话。

就你的生存状态而言，你有资格爱那女孩吗？他问自己。

没有！这是不容置疑的答案。

回答之后，他颓然倒在了炕上。接着，他叮嘱自己，一定要远离那女孩。然后，工工整整地把这句话抄在一张纸条上，"人必生活着，爱才有所付丽"。写完，夹在书中睡着了。

第 67 章　崇高不是好玩的

　　给大家刷碗久了，大家便习以为常，认为刷碗是你应当合份的事情，哪天不刷反倒是你没尽职。每当吃完饭，张明玉、孔令知、刘胜利、蒋春龙便把饭盆饭碗往齐蚩氓眼前一推。蚩氓并不计较，把盆儿碗接过来，刷得干干净净，安放得整整齐齐。

　　屋里没有水了，张明玉会说："蚩氓，水桶可干了啊！"蚩氓便提起水桶扁担去井边打水，挑回来，说："水打回来了。"

　　打草，镰刀每天都要磨。每当蚩氓在磨自己镰刀，就会有人把镰刀丢到蚩氓身边说："这还有一把呢！"一会，蚩氓身边就横七竖八地丢了一片镰刀。他并不计较，不管有多少把镰刀，他都会认真地把每把都磨得飞快，没有一句怨言。有时候会磨到很晚，磨完，整齐地排列在墙角，等待着它的主人第二天使用。

　　不管是脱坯、挖渠、打堰子，凡是包工活，他们知道蚩氓干活特别快，干完自己的活定会来帮他们，于是就故意放慢速度，等着蚩氓来帮他。特别是蒋春龙，刘胜利，王小金每当蚩氓干完自己定额的时候，他们连一半都没完，只等着蚩氓来帮。

　　"有邮票吗？借我一张。"蒋春龙写完信，常对蚩氓说。蚩氓心里明白，你借过多少次了，从来没有还过，但蚩氓还是说："有！"然后掏出钱包，撕一张八分钱的邮票给他。

　　每当蚩氓洗衣服，都会有人丢过一条裤子，一个床单，或者几双臭袜子，短裤，说："给我也带出来吧。"

　　蚩氓心里有数，他知道这些人是故意占他的便宜，他心里却只有一丝轻蔑。他读过《悲惨世界》，他相信卞福汝主教，相信冉阿让，相信感化的力量，相信人心都是肉长的，相信他们心里也有一杆秤，难道他们占了便宜，内心深处会没有愧疚？

　　前不久，连里对二班做了一次调整。张明玉被调到二班当班长。

孔令知依然是副班长。牛邦瑞调走之后，班长空缺，孔令知是副班长，自然由他代理二班长。他心中暗自欢喜，认定了不久必定由自己补这个缺，却没想到调来了一个张明玉当班长，心中很是失落。

陆小龙因为酷爱骑马，他央告虿氓说："哥，求你一件事，你跟逸华说说，让他把我调到马班去吧。"

虿氓说："这事我不管，你自己去跟逸华说。我说反倒不好。"

小龙说："他那么大的份儿，我不敢。"

虿氓说："你尽管去，我保你成。"

小龙只得怏怏地去了，果然逸华痛快地答应了。很快逸华就跟连长说，把小龙从二班调到了马班。马班的日子比较闲散、自由，不需要起床、出操、天天读、晚汇报等等。这很遂了小龙散漫的习性。七八月份，正是草肥时节，所有骒马都不再在槽前饲养，改为草原放养，这样省去了通宵添草、加料的麻烦，只须夜间照看牲口不要跑远，清晨把它们圈回来，饮水，交给出车的驭手就可以了。

张明玉名如其人，长得面如白玉，明眸皓齿，两道剑眉显得英气逼人，长得一米七五的身高，肩宽，腰细，两块胸大肌把一号兵团服撑得胀鼓鼓的，两条笔直的腿，又曾经练过几年摔跤，走起路来英武潇洒，女生见了会有生理反应。时常有人为他的相貌惊叹——嚯！好一个美男子！虽然他也是六九届学生，他却比同学都大了一岁，因此同校的同学都当面尊称他为"大哥"，对他颇有敬畏。

九月，住在蒙古包里的九连战士搬到了简易房当中。所谓简易房，就是省工，省料，临时盖起来的土坯房。简易房虽然简易，好歹也算有了自己的房子住，总算是安顿了下来。

搬家后，连里为了立即结束散乱局面，搞了一次军容风纪的整顿，要求起床后被褥叠放整齐，要像豆腐块儿一样方正。特别是屋里不准放尿盆，夜间小便要去厕所。

陈连长讲："住在蒙古包时，你们推门就尿，看看我们的营区吧，又骚又臭，猪圈也比这干净些。现在我们有了自己的房子，这就是我们的家了，我们要在这里生活一辈子。从今天开始，绝对不允许在宿舍门前撒尿，撒尿要去厕所。谁在门前尿了让我抓住，我要让你在全连大会上做检讨，不怕丢人现眼你就继续尿！"

这天夜里蚩氓被尿憋醒了。他正活在崇高中，心里觉得我跟你们是不一样的，我要做到完美，在门口撒尿的事情不是我的所为。

他推开门，一股冷风钻了进来，他打了一个寒战，退回屋里。月光下看见，门前早已湿漉漉一片，不知道有多少人早已尿过。突然他改变了想法，这里已经是这样，我不尿，这里也不会好，我尿了，也不会更坏，不差我这一泡尿，我不尿白不尿。何况，我不尿，骚气照样熏到我。回头看看屋里人都睡着，尿了也不会有人知道。他悄悄拉开一个门缝，把鸡巴探出去，怕弄出动静，小心翼翼放出了尿流。没想到那尿柱一落地，竟然大出意料——夜深人静，砸在地上震天响。他见过窦小鳖、刘胜利夜间撒尿，响不响他们不听那一套，他们心里没有崇高，这尿该怎样撒就怎样撒，堂堂正正，痛快淋漓。而齐蚩氓却不一样，他被这响声吓了一跳，连忙憋了回去，回头往炕上瞅了瞅，幸好没有人被惊醒。遂把鸡巴贴在墙边，轻轻放出尿流，果然效果很好，尿流顺墙流到了地面，消除了声响，这才放心大胆把尿尿完，回到炕上睡下。万没想到在墙上留下了一道尿痕。

次日清晨，众人还没起床，听得张明玉大叫起来："可不得了啦！快来看，快来看！这一大泡尿尿的！"

刘胜利在被窝伸着懒腰，他听出了蹊跷，眯瞪着眼说："我说大哥，你让我们醒醒盹好不好？这一惊一乍的谁受得了？不就是一泡尿嘛？"

明玉却来了精神，像破案一样，站在门口，指着尿痕说："这一大泡尿尿的，技术可是够高的。把鸡巴贴墙边，悄悄地，神不知鬼不觉就尿完了。一般人尿不出这个水平，这是个有学问人尿的。"

谁都听得明白，他话里话外说的是谁。

蚩氓想说："是我尿的！"坦坦荡荡该有多好！

正要开口，却见明玉把鸡巴对准墙上的尿痕，"看这高度吗？比我还高两寸。这人身高应该是一米八，这到底是谁尿的呢？"

明玉对蚩氓早就心怀不满。我是班长，你每天给大家刷盆洗碗，又是干活带头，又是帮别人，装模作样、点灯熬油学习毛主席著作，你是要干嘛？要抢我的行市啊？早就存心逮他一个不是，撕破他的伪装，杀杀他的气焰，让他灰头土脸。今天总算逮住了，他不把事儿闹大不肯罢休。

孔令知也早对蛀氓心存不满，遂走到墙边，站在尿痕处，用鸡巴的位置比着尿痕说："没错！这人没有一米八也尿不了这么高。"

蛀氓见两人一唱一和，便来了气。你两个也不是不尿的人，却不当错，我平时从来不尿，只今天尿一次，你两却偏要拿我扎筏子。遂改了主意，谁都看得出来，明摆着是我尿的，我就不承认！反正你没有逮住我，你一点办法都没有。这还不够，索性今天就要玩一个颠倒黑白，硬要把这错栽到你们头上，看你能怎样！打定了主意遂在一旁冷笑。

胜利说："你俩这话我可不爱听。你们是嘛意思呢？这屋里一米八的好几个呢！明摆着话里话外含沙射影，说是我尿的对吗？你们这就多此一举了，也不想想我刘胜利是什么样的人，为了一泡尿，我至于偷偷摸摸吗？老实告诉你吧，我每天都尿，大大方方地尿，我怎么会把鸡巴贴在墙上偷偷摸摸地尿呢？我犯不上啊！"

燕北笑说："这话我也不爱听。我也一米八，我一米八怎么啦？我犯不上尿泡尿还偷偷摸摸啊！再说啦，这屋里有一个算一个，除了蛀氓没尿过，你们哪个不是天天尿？"

蛀氓笑说："没错，我也一米八，你怎么证明那就是我尿的？你又怎么证明那不是你俩尿的？"

胜利笑说："不是我说你们两个，你俩就是捏着半拉屁装紧的。你说，你俩谁没在门口尿过？尿过也就尿过，怎么还要抓别人尿呢？这就是又要当婊子，又要立牌坊，两头都让你们占了。"

明玉说："我逮住了尿尿的人，你们怎么都朝着我来了？"

胜利从炕上起来，带着一脸坏笑，说："还是让我福尔摩斯侦探一下，这到底是谁尿的吧！"说着话来到尿痕处，"张明玉、孔令知，你们两个虽然鸡巴的位置低了两寸，可是别忘了，夜里让尿憋醒，鸡巴是头朝上的，这么一尿就恰好是这个位置。"

蛀氓大笑说："到底是神探福尔摩斯，说得有理有据！"

众人一起大笑，说：“没错！就是你俩尿的！”

燕北笑说：“没错没错，你们俩到底是谁？赶紧坦白吧。”

胜利笑说：“你俩要不招，我就到连长那里举报去！让你在全连面前做检查，让你们也尝尝被人举报的滋味。”

大家你一言我一语，气得明玉白了嘴唇。

开饭号响了，谁也没有兴趣再寻开心，抄起饭盆打饭去了。一天干活，平安无事不提。晚饭后，大家都躺在炕上一动不动，天黑了也没人点灯，屋里一片死寂，跟没有人一样。

最近二班的任务是挖渠。每人每天二十二立方米土方量的任务。这是多大的劳动量？当地社员挖渠，每人每天挖四立方就记一个整劳动日的工分。九连战士的劳动量相当于社员劳动量的四五倍！

此时备战到了最紧要的关头。大渠不是根据灌溉农田所需水量设计的，而是根据苏联坦克履带的尺寸设计的，农渠要能够起到阻止坦克前进的效果。所有支渠，斗渠，毛渠都比一般农渠宽深许多。并且，六千多亩地，必须要赶在入冬前挖完，上级预计，苏联如果走这条路进攻北京，最大可能性是在冬季黄河封冻期间。

本来，兵团的粮食供应定量并不算低，每月每人 45 斤商品粮，这是最高的粮食定量了。但是因为劳动量太大，消耗多；兼之粮食供应的品种越来越差。内蒙古在短短的一年时间内，突然增加了十几万兵团战士，把粮库的底子都吃光了。于是，急忙从全国各地调粮食。各地就把陈年库存发给了内蒙古粮食局。起初吃的还是正经粮食，而现在供应的都是发霉的玉米面、高粱米。这还是好的，毕竟都还是粮食，再后来，供应的粮食主要是发霉的白薯干。突然增加的十几万人不仅仅把内蒙古粮库吃空了，也把内蒙古的物价买上去了。只有 13.5 元的伙食费，买不到什么东西就花光了。没有副食，干啃这点粮食。

每天 1.5 斤粮食，打点三顿饭。早饭几两？午饭几两？晚饭几两？司务长，连长，指导员绞尽脑汁，如同狙公赋芧，朝三暮四，朝四暮三，颠来倒去，变换方法试图找到最佳方案。“555”试过，失败了，所谓“555”就是早饭 5 两，午饭 5 两，晚饭 5 两。 “465”也试过，也失败了。现在执行的是“564”。

　　然而无论怎样颠来倒去，这一切都无济于事，道理非常简单，那一点粮食所提供的热量远远小于劳动所消耗的热量，身体处于入不敷出的状态。他们太累了，也太饿了。晚饭是四两白薯干，虫饵吃下去就如同扔进无底深渊，连响儿都没听到就没了踪影。

　　每个人都在尽力地节省体力，减少消耗。熄灯号吹过，大家都已经躺下，在黑暗中静静地忍着，等待着睡神早早降临，睡着了也好忘记饥饿。

　　虫饵觉得手脚冰凉，四肢瘫软。真想跟其他战友一样，躺在炕上一动不动，歇着，他太需要歇着了。突然想到，绝不能放纵自己，越累，越饿，越是对自己的考验。于是，翻身起来，轻轻地在窗台点着自制的小油灯，再把自制的遮光罩罩上，看看周围，光线没有泄露，屋里一片漆黑，这他就放心了，不会影响他人休息。接着，轻轻地打开了《毛泽东选集》，小心翼翼地翻动纸页，他知道，任何微弱响动都会妨碍战友入睡——极度饥饿使得他们的耳朵变得极端敏锐。他也知道，入睡，是他们多么期待早早发生的事情。

　　读书真是个忘记饥饿的好办法！他沉浸在书里，饥饿和劳累便悄悄地消失，不被察觉。他读着，遇到精彩的段落，就把它抄在笔记本上，有时，也在书页旁边写下自己的心得，却没有察觉，笔尖和纸面摩擦的声音惊扰了一个人入睡。

　　"深更半夜不睡觉，点灯熬油学毛选，给谁看呢？"这是蒋春龙的声音，夜深人静，显得声音格外响亮。他在炕上"烙大饼"已经好久了。肚子饿，心里急，恨不得马上入睡，越着急，就越睡不着，耳朵便越是敏锐。虫饵的笔尖和纸"嘁嘁喳喳"的摩擦声在他耳边环绕。一阵一阵拱他心中的怒火，他实在忍无可忍了。

　　虫饵知道这是说自己呢，可是他没指名道姓，不便搭腔。其实虫饵对于闲言碎语早已忍惯了，爱说就让他说两句，不理他，事情就过去了。他检查了一下自己的灯，没有跑光，于是继续看自己的书。

　　张明玉也没睡着，翻个身，说："得啦，少说一句吧！这么多日子都忍了，就今天忍不过去了？"这是对蒋春龙说话，谁都听得出，这不是息事宁人，是在拱火，挑事。

蒋春龙说："我不惯着这个！一天到晚假积极，假装疯魔学毛选，儿媳妇大肚子——给爷装孙子！谁看不出来？连里文书那个位子还空着，不就是想当文书了吗？卫生员位置也空着呢，要不就是想当卫生员了。做梦娶媳妇——净想美事了！"屋里有人笑出声来，原来都没睡着。一番话说得蚩氓羞愧难当，幸亏是黑夜，没人看得见。

张明玉说："得了，该说的也说了，该数落的也数落了。没人搭腔，你还能逮住蛤蟆攥出尿来？"

班里人都没睡，纷纷坐了起来，披着棉被，看着事态发展。

一番话冲了蚩氓的肺管子，心中暗自叮咛自己，要忍住，不能冲动。张明玉在一边拱火，恨不得把事情闹大，你要是一接话茬，正称了他的意。于是，继续闷头看书，一言不发。

那蒋春龙见无人搭茬越是来了精神，索性坐了起来，光着脊梁，盘腿坐在炕上，说："攥出尿来又怎么样？他倒是有尿呀！我眼里不揉沙子，还看不懂这个？天天儿的，又是给人刷盆洗碗儿，又是扫地，帮人干活，献殷勤，卖贱。以为在团部做的那点儿事别人都不知道呢？先把屁股擦干净，再来向上爬也不晚，捏着半拉屎装紧的。"

蚩氓心中突然明白了一个道理：过去自己全错了！你只对他好，他认为你讨好他；你一味忍让，他认为你懦弱可欺。你必须让他怕你，你做的那一切才有意义。好吧，今天不能再忍让了，只要他再说一句，那就是我行动的命令！

蒋春龙见齐蚩氓不搭腔，越发觉得他软弱可欺，索性不把事情闹大不肯罢休："挨肏打呼噜——假装没事人！说你啦！"围坐的人都惊呆了。

齐蚩氓慢慢地合上了书，把遮光罩拿掉，屋里顿时亮了起来，把拥被围坐的人影投在了墙上，满屋墙上便都是人影。

蚩氓"呼"地站了起来，满墙的人影在摇摆晃动。下地穿鞋走到对面炕上，站在蒋春龙对面，说："蒋春龙，你说谁呢？"

蒋春龙光着膀子，说："吆嚯！有拾金子，拾银子，没见过还有拾骂的。"

"你有种你就说出来你骂谁！"蚩氓说。

蒋春龙索性站起身，下炕，凑上前来，把脸紧紧对着蚩氓的脸，说："我就是骂你，你能尿出一丈二去？我就骂你了你能怎么样，我操你妈妈！"

话音未落，蒋春龙的面门上挨了一拳。他顿时觉得两眼冒金星，鼻子酸痛，一股热流涌了出来，用手一捂，两手鲜血，是从鼻子流出的。他火冒三丈，大骂："我操你妈妈！你敢在太岁头上动土！"

话音未落，左面颊挨了一拳，这一拳打了他一个趔趄；还没站稳，右面颊又挨了一拳，又是一个趄。蚩氓打完这两拳，向后退了两步，腾出空间，说："今天我要替你家长教育一下你！让你学会说人话！"

那蒋春龙在学校时也是个远近闻名的玩儿闹，有名的胡不拉，从来只有他欺负别人的份，哪里挨过这样的打？于是，疯了一样跳着脚直向蚩氓扑过去。

蚩氓是武术大家孙大爷的关门弟子，只是平时对人和气，众人便拿他当作了窝囊废。蚩氓见他扑过来，一侧身，把他闪过，一个勾拳打在他的软肋上，两个力量合在了一处，这一拳打重了，只打得他直不起身，喘不上气，"噗嗤"一声趴在了地上。这时候他已经满脸、满身都是血，捂着肋条呻吟："我操你妈妈！你也不打听打听我是谁！"

齐蚩氓笑说："我也是今天才知道，你是欺软怕硬的混蛋王八蛋！"

那蒋春龙猛地从地上跳起来，举起双臂说："你见过这个吗？"

蚩氓早就知道，那是玩死签用烟卷烫出的疤痕。蚩氓笑了，说："那是给自己壮胆的把戏，还不够丢人现眼。今天我要打烂你的嘴，让它不能再骂人！"说着左手一晃，春龙连忙抬手防护，蚩氓的右手勾拳打在了他的左脸上。然后，右手一晃，左手勾拳打在他的右脸上。这两下又打了他两个趔趄。

春龙疯了，不顾一切向齐蚩氓扑来。齐蚩氓辗转腾挪，左右开弓，蒋春龙只有挨打的份，没有还手的余地。

张明玉凑了上来，他挺直腰板隔在二人当中，面对着蚩氓，手指着蚩氓的鼻子说："住手！赶快给我住手！"

蚩氓感到了明玉的手指过于逼人，一手拨开他的胳膊，说："你少管闲事！”

明玉高声喝令说："嚯！还敢跟我动手？我是班长，这事正归我管！告诉你，你敢再动一下，别怪我不客气了！"

蛆氓心想，现在如果不把张明玉收拾妥当，今后他一定还会寻机闹事，一不做，二不休，索性把他一起制服，才算干净。冷笑说："你不客气？好啊！今天本不想收拾你，可你一直在添油加醋，煽风点火，这就别怪我不给你留情面了。我倒想看看，你不客气是个怎么样的不客气？"

明玉噗嗤一笑，说："很简单，我就要动手了！"

蛆氓哈哈大笑起来，说："说的好！你那两下子我见过，不过是二把刀，花拳绣腿糊弄外行的。既然你要动手，我陪你玩一回，今天咱们不见高低不拉倒。屋里太窄憋，玩不开，跟我到外面比划！"说罢，推门走到外面，高叫："张明玉！我在外面等你，有种的你就出来！"

屋外月光如洗，临屋战友们早已听到了动静，纷纷出来观看，工夫不大，二班门前就围了一群人。张明玉自以为自己是无人不知的练家子，没想到一个窝囊废竟要跟他一见高低。他被弄懵了——这到底是怎么回事？忽又想起齐蛆氓刚刚那几下拳脚，那么干净利落，不由得心里毛了。口气顿时也软了下来，说："我给你们拉架，你怎么跟我来了？"

蛆氓在门外，冷笑说："哈，不为别的，只为你不知道自己行老几，今天要让你知道知道！"

此时身边的人哪里能让张明玉出去？孔令知拦在他的面前，说："你是班长，别跟他一般见识！有理到连里去说。"

明玉说："是啊，我是班长，我要维持班里的秩序，我不跟你一般见识！"

蛆氓笑说："哈！我偏要跟你一般见识！有种就出来决个高低，没种就说一声服了，行里也不算跌份，像你这德行，王八脖子一缩那才叫丢人现眼！"

突然门关上了。屋里发生什么外面无法得知。不管蛆氓在门外怎么叫阵，明玉死活不肯出来。

突然听到陈连长高叫："妈拉个屄的深更半夜不睡觉，说明你们还有劲没地方使，谁不回屋睡觉，明天给他加 10 个土方。"

不知道谁报告了陈连长，他匆匆赶来。顿时众人逃得干干净净，蚩氓也只好偃旗息鼓。蒋春龙洗净身上血迹，上炕睡觉，一宿无事。

第二天一早，大家还没起床，就被"嚯嚯"的磨刀声吵醒。趴在被窝里睁眼看，只见蒋春龙强睁着两只乌青的眼睛，蹲在磨刀石旁，蘸着脸盆里的水，磨一把七寸尖刀，磨了这面，磨那面，磨的"嚯嚯"响，嘴里不停地念叨："今天咱白刀子进去，红刀子出来，让你知道知道马王爷几只眼。"

直到把刀磨得雪亮，飞快，又用拇指试试刀刃是否锋利，然后用毛巾仔细擦干净，见窦小鳖已经起床，提着刀子走了过去说："小鳖，你都看见了，我不能吃这亏，这事你管不管？你要是不管，我今天就给他放放血，到时候你可别怪我没告诉你。"

窦小鳖说："我看昨天打得太轻了点。平时人家对你不薄，你那良心让狗吃了？你那张屄嘴还不该好好得楞得楞吗？我告诉你，立即打住，你就算捡了个便宜。跟蚩氓动手，你这样的三个五个也白给——这你心里真没点屄数？你要是敢跟蚩氓玩黑的，我就先卸你一条腿，不信你就试试！"蒋春龙唯唯点头，只好罢休。

事情就这样过去了，影响却很深远。齐蚩氓无论如何也没有料到，从此蒋春龙没有成为敌人，反而成了自己忠实的追随者。在后来的日子里，蒋春龙偷来吃的，忘不了先给蚩氓送去。以前蚩氓帮他干活，他总是爱答不理，似乎是应当合份的。自挨打之后，再帮他干活，哪怕只给他丁点好，他总是点头哈腰，千恩万谢。

第二天，打架的事情被添油加醋传遍了九连，蚩氓感觉的到，所有人与他见面的态度和眼神都不一样了，都带有一份过去没有的尊重、谦卑、甚至谄媚。没有人再找他借邮票，也没有人再丢给他衣服让他洗。

蚩氓知道了，卞福汝主教和冉阿让那一套行不通，人就是贱。想到此顿时心里一阵凄凉。

第 68 章　吃和肏

然而近来，靠读书忘记饥饿的法子越来越不灵了。

这一天晚上，蚩氓打开书，一行行，一页页读下去，读下去。几页翻过去了，停下来回想，书里说的是什么？一点也不知道。他太累了，太饿了，坐在这读也是白浪费时间。还不如今天就放纵自己一次。于是，合上书，吹了灯，躺在炕上。虽然是初秋，却手脚冰凉，热量白天干活都耗光了。他把棉被紧紧裹在身上，恨不得立即就能入睡。可是饥饿阵阵袭来，无法摆脱。

熄灯号早就响过了，睡不着就只能忍着，没有别的法子。他静静地呼吸，只有气流穿过鼻孔的声息，大家都睡着了，全屋一片寂静。

"我操他妈个屄的！"窦小鳖在对面炕上，翻了个身，咬牙切齿嘟囔道。

燕北睡在他旁边，轻声说："小鳖，你没睡着啊？我还以为你早就睡着了呢！"

小鳖见问，一股无名火直拱脑门子，说："我睡嘛？我睡他妈个屄呀！我前心贴着后心，快饿死了，你能睡得着呀？"

屋子是对面两铺炕，没想到两铺炕的人异口同声地说："我还以为你们都睡了呢！原来都醒着呢！"

燕北说："小鳖，别发火，我也前心贴着后心呢！有哥们儿我陪着你，别发火，发火耗体力，就更饿了。"

春龙说："这他妈的可怎么办呢？"

蚩氓坐起来，划着火柴把油灯点亮，围着被坐在自己的铺位上。刚刚坐稳，却又突然站起身说："对了，我这里还有吃的东西。"说着起身找到自己的上衣，从衣兜里往外掏。

众人听说有吃的，都挽起了眼眉，披着被凑了过来，说："有吃的怎么不早说呀！"

“我不是忘了嘛！看这是嘛？”蚩氓说。

“真是的，有吃的还能忘了！”大家看时，见蚩氓手里捧着一捧玉米粒儿，手微微颤抖着，像是捧着珍宝。众人眼睛冒出亮光，忙问：“这是哪弄来的？”

蚩氓说：“上午拉沙子去马班跟车，看见马槽里有马没吃干净的马料，趁没人看见，我就敛到一起，装在兜里，这可是粮食啊！人活着靠的就是这东西。”说着双手把玉米粒小心翼翼地放到了炕沿上，移开手，炕沿上出现一座小小的金山。

窦小鳖说：“你就别啰嗦了，快说说这可怎么吃呀？”

刘胜利捏起一粒放进嘴里，“嘎锛儿”一声咬碎，说：“太硬了，跟石头子赛的，这怎么吃？”众人也瞅着那座小山发愁。

蚩氓说：“我倒有个办法，看我的。”说着就去开箱子，拿出一根大针来。说：“我们试试呀！”

说着，把一粒玉米扎在针尖上，放在油灯上烤，一边烤，一边捻动着针，那粒玉米便在豆粒儿大的火苗上旋转。转呀转，突然“砰！”的一声，爆炸了，油灯忽闪了一下，险些被炸灭。大家愣了一下神，再看针尖，居然爆出一个玉米花来，那玉米花又圆又大，众人用力吸着鼻子，捕捉着玉米花散发出的诱人香气。众人一阵欢呼：“哇！太香了！”

众人见爆出了玉米花，纷纷披着被子，团团围坐在油灯周围，屋子四面墙上便全是人影儿，随着油灯火苗的摇摆晃来晃去。

蚩氓从针头拔下那颗玉米花，传给了小鳖，说：“我们轮着烤，轮流吃。第一个你先吃，我接着烤。”

小鳖说：“那怎么行？第一个是你烤的，怎么也得你先吃，把针给我，我接着烤。”

小鳖接过针，照着蚩氓的方法，把一颗玉米粒儿扎在针尖上，在油灯上爆他那颗玉米花。

蚩氓用衣襟擦干净玉米花上的黑烟，放进嘴里，慢慢地咀嚼，“砰”的一声玉米花被咬破，一股香气溢满口腔，串遍周身，那味道太奇妙了——那是粮食的味道，是生命的源泉，是活下去的指望！

小鳖爆完自己的一粒玉米花，把大针递交给下一人。十个人围着一盏油灯，轮流用一根针爆米花吃。十双眼睛紧盯着油灯，静静地等候着那"砰！"的一声响，那意味着自己距离吃到玉米花又近了一步。

终于轮到了刘胜利，他把爆好的一粒玉米花小心翼翼地用衣角擦掉油烟，丢进嘴里嚼着。"哇！真香啊！"如同每个吃到玉米花的人一样，他情不自禁地赞叹，认真地嚼着，细细地品味着玉米花的味道，已经嚼得很碎，依然舍不得下咽，他要更久地享受这食物的味道。直到嚼得没有了味道才一直脖子，恋恋不舍地咽了下去，把嘴咂巴得山响，感叹道："粮食啊真是好东西，连牙缝里塞着的渣都是香的！"

那座金山越来越矮，玉米粒渐渐被吃光已经是深夜。

孔令知埋怨蚩氓说："你怎么不多弄点？"

众人说："就是嘛！"

蚩氓说："我哪敢呀？就这，要是有人报告给指导员，还不得开我的批斗会？"

小鳖说："那咱们就一起发个誓：今天的事，谁要是报告给老郭，谁不得好死！"大家一致同意，说："咱们拉钩上吊，谁要是报告给老郭，谁不得好死！"

对！说着，各自都伸出了小手指，分别勾在一起，异口同声说："谁要是报告给老郭，谁不得好死！"

吃完玉米花，众人意犹未尽地披着棉被回到自己的铺位。刘胜利却光着身子举着油灯，撅着屁股在地上犄角旮旯找东西。大家知道他在找什么。

"吃完了东西就想抽口烟儿，可是烟屁都藏到哪里去了？"他一边找，一边自言自语嘟囔着。

兵团战士每月一号发津贴费，每月前五天他们过的是地主一样的生活，买罐头，买饼干，五天过后就变成了贫农，到月底就变成了叫花子。刘胜利在屋里搜寻了一大圈也没有收获，急得抓耳挠腮，口里不定地念叨："齐蚩氓啊齐蚩氓，你害得我好苦！要不是你天天把地扫得干干净净，怎么会害得我连个烟屁也找不到！"说着又要到外面垃圾堆去找，找不到不肯罢休。

众人都说："别折腾啦，别人还怎么睡？快上炕忍着吧，说不定还能睡着了！"

胜利无可奈何，只好把油灯交给蚩氓，上炕钻进了被窝。蚩氓"噗"一口把灯吹灭，蒙上头等着睡神降临。

屋子顿时安静下来，却只听得两条炕上都是翻身的声音。翻过五六遍之后，听见窦小鳌说："饿死我了，这可怎么办呢？"

蚩氓索性坐了起来，把灯再次点亮，说："反正也睡不着觉，不如我们讲故事吧，每个人讲一个，说不定就把饿忘了。"

大家一致说："好主意！"

蚩氓说："我们轮流讲。把自己最拿手的故事讲出来，才能把饿忘了。"

大家一致说："好！你出的主意，当然你先讲。"说罢趴在枕头上，等着听故事。

蚩氓说："行！话说有一天，大街上有三个叫花子，紧紧跟随在另一个人的后头走着。为嘛跟着他呢？因为那个人正抽着一根烟，这三个人都在等着捡他那个烟屁。不知道走了多远，终于那人把烟屁紧嘬了三口，往地上一扔。那三个叫花子饿狼扑食一样扑了过去，三只手同时碰到了那个烟屁。这下子就热闹了，三人都说是自己先摸到的那个烟屁，互不相让，就在当街打了起来。争执不下，就去击鼓喊冤，告到了县衙门。"

大家饶有兴致地听着，孔令知说："好么，越说越玄了，县太爷还管一个烟头的事？"

小鳌说："闭上你那屄嘴，好好听着！"孔令知斜看了一眼小鳌，乖乖闭上了嘴。

蚩氓继续说道："县太爷听见有人击鼓，立即升堂。三班衙役站定，书吏坐稳，铺纸、研墨、告笔，准备记录案情。县太爷一拍惊堂木说道：'你们三人有何冤情前来击鼓？'三个人跪在堂前，一齐说：'青天老爷在上，明明是小人先捡到了这支烟屁，无奈他二人偏偏说是他们先捡到的。争执不下，故前来喊冤，请青天大老爷明断。'县太爷本是科举出身，专爱吟诗作赋。遂说：'明断倒也不难。你们三人各自以'穷'字为题，每人作一首诗来。比一比谁最穷，那烟屁就断给谁，你们说这样可算公道？'三个叫花子都说：'公道！公道！'县太爷说：'谁先来？'其中一个叫花子说：'我先来！'县太爷说：'好！快把你的诗念来！'那个叫花子说：'这有何难？只说说我的当下状况，我就赢了。'接着念道：'家住半间屋，香火当灯烛。枕着砖头睡，盖着破麻布。'

县太爷听罢，连连点头，说：'好诗，好诗！穷形尽相啊！我看你们两个都不要争了，这烟屁就断给他吧！'那两个叫花子硬是不服，问为什么。县太爷说：'难道你们还能比他更穷吗？'那两个叫花子说：'就是，我们比他可穷多了！'县太爷说：'那就赶紧把诗念来！'第二个叫花子念道：'无家也无屋，月亮当灯烛。枕着胳膊睡，盖着大胯骨。'

县太爷听罢，说：'好诗，好诗！入骨三分啊！你好歹还有半间屋可住，有香火可作蜡烛，有砖头可以做枕头，有麻布可避风寒，他却一无所有，不要争了吧？'第三个叫花子连连喊'冤枉！小人比他还穷得多呢！'县太爷说：'我就不信你会比他还穷。快快把你的诗念来！'只听第三个叫花子念道：

"家住半空悬，"

县太爷只听了这一句说：'好诗！想象无边啊！他睡在地上，尚有栖身之地，而你连一个栖身之地都没有，而是家都悬在了半空中，好诗，好诗！接着念！'

那叫花子继续念道：'家住半空悬，饿了七八年。眼看要咽气，只等这口烟。"

县太爷拍案叫绝，说：'好诗好诗！如今我把这烟屁断给他，你两个服不服？'那两个人只好认输。"

一阵笑声之后，胜利说："我就是那第三个叫花子，眼看要咽气，只等这口烟了，你把我的烟瘾又勾上来了。"

小鳖说："故事是好故事。只是烟瘾让你给勾起来了。这可怎么办呢？"

满屋人都抽烟，都说："下面再讲故事，不能带'烟'字。"

蛆氓连忙说："我不抽烟，把这个茬给忘了。怪我了！"

蒋春龙说："要想把饿给忘了，平常的故事可不行，必须得荤的，要不然怎么压得住饿呢？"

孔令知说："我这倒有一个。"

大家说："还不快说！"

令知说："好！有一个瞎子和一个瘸子想过河。可是瞎子看不见，瘸子腿坏了，蹚不了河。瘸子说，咱俩合作，我背着你，你给我指路。瞎子说，这是个好主意。走到河中间，瞎子说，前边有人洗澡。瘸子说，你怎么知道的？瞎子说，我听见的，还是女人。瘸子纳闷，说，你一个瞎子是怎么知道是女的？瞎子说，我瞎子会算卦，我一算，这是个女的。"

众人哄堂大笑，只有蛆氓莫名其妙，趴在被窝，左看看，右看看，问道："那瞎子到底是怎么知道的？"

燕北说："你平常猜谜破闷儿没人能比，怎么连这也猜不出来？"

蛆氓一脸茫然，说："到底瞎子是怎么知道的？"

胜利说："瘸子看见女的洗澡，大鸡巴就硬了，顶在瞎子后腰上了，还能不知道？"

蛆氓恍然大悟，连忙说："我真笨！"

春龙说："你这故事口味太轻，不好不好。"

令知说："我的不好，你的好，你讲啊！"

春龙说："我拙嘴笨腮讲不好。"

胜利说："你好故事讲不好是真的，荤笑话你讲得比谁也不差。"

春龙一脸坏笑，说："那我可就说了。一个哥哥把妹妹给肏了，完事后说，你比咱妈强多了。妹妹说，这用你说吗？咱爸也这么说。"

众人说："嚯！这是一家子流氓！"

胜利说："你这个故事好是好，只是太短，不过瘾。我讲一个过瘾的吧。"

听说胜利要讲故事，知道他一定不同凡响，各自挤眉弄眼，顿时安静下来。

胜利说："有三个男孩到地里拾麦穗，碰见一个大妈。天快黑了，大家都拾了不少麦穗。大妈说，咱们猜谜玩好不好？男孩说，好呀！大妈说，猜也不能白猜，我说一个谜，你们猜对了，我就把我的麦穗给你们，你们要是猜错了，就把你们的麦穗给我，行不行？男孩说，行！你说谜吧。大妈说，你们猜猜我的屄长的嘛样的？一个男孩蛮有把握地说，一道缝，长的！大妈说，不对，是圆的！那个男孩不服，说，就是长的！大妈把裤子脱下来，往地上一蹲，男孩一看果然是圆的。只好把麦穗都给了大妈。大妈对第二个男孩说，该你猜了。那个男孩立即说，圆的！大妈说，不对！大妈站起身，把裤子脱下，你看是长的！这男孩见果然是长的，只好把麦穗给了大妈。大妈对第三个男孩说，该你猜了。第三个男孩说，是长圆儿的！大妈说，不对，说着话，脱下裤子，抬起一条腿说，你看，三角的！"

一片安静，众人沉浸在一片冥想当中，想象着那个奇妙的器官。

故事一个一个讲下去，一个比一个更新奇，口味更重。

蚩氓说："我再说个谜语吧！"

大家说："好，谜语也要是荤的才行。"

蚩氓说："好，这是一首诗，打四个字，四个字凑成一句话。听好了：

还了我山山不在，西下美女谁不爱。秀才出门要坐车，尔字旁边立一人。"

众人说："这太难了吧？"

蚩氓说："不难，这是内蒙古非常有名的谜语，几乎无人不知，我第一次见到，就在达拉图教室墙上。"

胜利是破谜猜字的高手，在被窝里沉吟片刻，笑吟吟地说："我猜着了！"

众人连忙问："是什么？"

胜利说："我要透你！说咱们这边的话，谜底就是'我要肏你'。"

燕北说："没错！就是这四个字，我也猜着了。"

众人恍然大悟，连连点头称是。

孔令知说："这不是拐弯抹角地骂人吗？"

胜利说：“这怎么是骂人呢？只是说我想跟你快活一下，这是每个男人都想的事，怎么就是骂人呢？再说了，女的不也快活了吗？怎么是骂人呢？”

蛆氓说：“说起女人也快活，这倒提醒我了，想起看过的一本书，书名叫《性交以后默默死去》。”

大家一听这书名立即安静下来。

蛆氓说：“这是一个俄罗斯的故事。说有个女孩，十六岁，金发碧眼，长得很漂亮，不幸得了肺结核。那年头盘尼西林还没有发明出来，肺结核是不治之症，得上就要等死。从她得上肺结核那天起，一个年轻英俊的男医生每天都去给她看病，给她送药，照料她的生活，陪她在树林里散步。但是她的病情还是一天比一天严重，她也知道自己不久于人世了。这一天她跟医生说，我就要死了，可是我还不知道做爱是怎么样的一件事情。据说，做爱是人世间最快乐，最幸福的事情。我请求你，能不能在我死之前满足我一个要求，让我体验一下做爱的快乐，我死也就没有遗憾了。那个医生说，好，这也是我的愿望。于是男医生就跟她开始做爱，做完之后，女孩说，谢谢你，让我体验了人生最幸福的事情。医生说，不要谢，我也很快乐，很幸福。女孩听了，脸上现出满足的表情，呼吸渐渐微弱，微笑着默默死去了。”

故事讲完了，屋子里一片寂静，只有一盏油灯忽闪忽闪跳动着，许久没有声音。

突然有人说：“人生一世，草木一秋。来这世界上走一遭，到底为的嘛呢？”这是刘胜利的声音，由于安静，声音像是在旷野“嗡嗡”作响。接下来又是沉默。

许久，有人说：“是呀，活着到底为的嘛呢？”说话的是窦小鳖。

胜利说：“只为的两件事。”

大家见有了答案，十分好奇，纷纷问：“哪两件事？”

胜利说：“一个是吃，一个是肏。”

两铺炕上顿时发出一阵哄笑。

胜利“咕噜”一声从炕上坐了起来，显然他愤怒了，说：“有嘛可笑的？我就奇怪了，天底下还有比这更明白、更简单的道理吗？连猪狗都懂得，你们就不懂？反倒觉得可笑！这又不是天天读，斗私批修发言，没必要装孙子。不瞒你们说，我一天从早到晚心里想的只有这两件事。"

令知说："这也太低级下流了吧？"

胜利轻蔑地笑了，说："少你妈来这套吧！下流？吃和肏就下流了？学毛选、要求进步就上流？我一天干十八个小时活，骨头、肉都是酸的、疼的。一天饿得我死三回。眼前都是花姑娘，可就是不让搞对象，不让摸，不让碰。老实说吧，我这一张嘴，看见羊粪蛋都想吃！就这一根鸡巴，看见老鼠洞都想插进去。我不想吃，不想肏，你让我想嘛？让我想祖国的前途，人类的命运？让我想改造世界观，做革命事业的接班人？不知道哪一天苏联坦克一来，把我碾成肉泥，我没吃过，没肏过，我冤不冤啊！"

令知说："那你也是英雄！"

"我肏！"两铺炕异口同声都笑了。

胜利瞪大眼睛，说："我连个蚂蚁都不如，还他妈的是英雄？"

令知说："敌人坦克开过来，你冲上去了，你就是英雄！"

胜利说："要冲你去冲！我可不想死！我才十七岁，我还不知道肏屄是嘛滋味呢。"

"我也不想死！我也才十七岁！我还没碰过女人呢。"是燕北的声音。

"我也不想死！"这是蒋春龙的声音。

窦小鳌说："我也不想死！"

大家都说："我也不想死！"

令知说："我跟你们就是不一样！革命先烈用鲜血和生命打下了红色江山，现在轮到我们来保卫了。"

胜利哈哈大笑，说："这话要是从齐蚩氓嘴里说出来我也信，人家是真革命。"

蚩氓连忙说："别别别！你误解我了，我可没有那样的追求。说实话，我从早到晚心里也只想着吃和肏呢。"

胜利继续说："可要说你孔令知心里装着红色江山，这玩笑开大了吧？你成天介胸前戴着个毛主席像章晃来晃去，怀里揣着本毛主席语录，晚上装模作样地写雷锋日记。活不肯多干一点，饭不少吃一口。你还保卫红色江山？你骗鬼呢？"

令知诧异地看着胜利，说："你误解我了，我不是你说的那样的人。"

胜利说："你这就叫装孙子。我问你，有一种坯叫'班副坯'你知道吗？"

令知说："不知道。"

大家都笑了，说："全连都知道啊！"

"好，我来告诉你，连民工瓦匠师傅都知道。这种坯四边高，当中大凹心，用尺量，长宽高都合格，就是当中空了一半。瓦匠师傅说，这样的坯垒墙最坑人，墙里空了一半，弄不好就是房倒屋塌砸死人！这个班副不是别人，就是你孔令知。你要是心里边装着红色江山，你会脱这样的坯？"

小鳖说："他那点破事听着都恶心，快打住吧。天都快亮了，明天还有二十多立方米土方等着我们呢。"

蚩氓也跟着阻拦，说："快睡吧，今天太晚了。"

蒋春龙突然发现了什么，说："张明玉哪去了？"

胜利笑了，说："你才发现啊？他一辈子不回来才好呢！他要是在，谁还敢讲故事吗？"

大家说："就是！最好这个屋里没有他！"

想到明天还有二十二立方米土方等着他们，便没有兴致再说一个字。蚩氓吹了灯，大家一声不响躺在炕上。

其实明玉早就回来了。他在外面看到屋里亮着灯，听到有人说话，怕惊动大家，一直在外头猫着。此时，他看到屋里的灯熄灭了，又等了一会，估计大家都睡着了，才悄悄摸进屋去，上炕脱衣睡下，一夜无事。

第 69 章　就是丢了脑袋也不会丢了它

　　为了弄清楚张明玉彻夜不归干了什么，孔令知开始跟踪张明玉。为了不让张明玉发现，也为了不让班里战友发现，他先装作睡着了，等张明玉出门后悄悄起来，溜出门外。几天来，每当他走出屋门，外面黑洞洞一片，早已不见张明玉的踪影，只好自己悄悄回来。

　　这天，孔令知没有追踪到张明玉的踪影，蹑手蹑脚回到宿舍，悄悄推门，那门"吱"一声开了一道缝，他侧身挤进屋来。摸到自己的铺位，小心翼翼地脱鞋，上炕……

　　突然一个声音说道："干嘛去了？"声音慢悠悠，像是来自深山古洞，他被吓得一激灵。这是窦小鳌的声音。

　　孔令知强自冷静下来，连忙说："随便遛达遛达。"

　　"嗤！"的一声，有人划亮了火柴。孔令知看见，划火柴的是刘胜利。只见他点着了炕沿上的油灯，把油灯往孔令知这边推了推，照亮了他的脸，回到自己的褥子上，围上棉被坐着。跟着，两铺炕的人都坐了起来，拥着被，看着他。原来大家都没睡，专等着孔令知到来。

　　刘胜利说："随便遛达遛达？你还装孙子是嘛？这屋里放一个屁，老郭那边马上就听见了音儿，还闻到了味儿。没个耳报神，他怎么知道的？"

　　燕北说："你想当官，往上爬，没人拦着你。那得真凭着干活干出来，别人也服你。就你，活一点也不肯多干，饭一口也不肯少吃，你要求进步，全靠着出卖！"

　　孔令知说："这怎么是出卖呢？你们讲了那么多下流话，落后话，反动言论，我向指导员汇报，也是为了连队建设！"

　　刘胜利说："别你妈的捏着半拉屁还装紧的，爆米花你吃了，荤笑话你讲了，也听了，你也乐了。一转眼把别人给卖了，你倒成了好人。世界上不管黑道还是白道，不管江湖还是官面儿，最下贱的就是你这种人！你这种人，连窑姐儿都不如。窑姐卖的是自个儿的屄，你出卖的是别人的命。"

燕北说："既然你认为是做了一件好事，你干嘛还偷偷摸摸地做？说明你知道这事见不得人！"

窦小鳌说："还跟他费那么多唾沫星子干嘛？"

话音未落，只听呼地一下，身后有人用棉被把孔令知蒙头盖住，顿时他手脚完全无法动弹，失去了反抗能力。众人一齐涌上去，一顿拳打脚踢。起初被子里还在挣扎、叫喊、求饶。工夫不大，拳脚落在棉被上，里面一动不动。窦小鳌说："差不离了！今天只是给你捎个信儿，以后该怎么办，你好好琢磨琢磨，下回就不是这样了，到时候可别怪我没通知你。吹灯睡觉！"说罢各自回到自己的位置躺下睡觉。

在孔令知挨打的时候，没有人阻拦，劝解，显然这是他们事先筹划好的，要教训一下他。

张明玉最近经常半夜才回来。指导员在晚点名中严重警告说，有人深夜不归，在外面搞些不可见人的勾当，他听到了。以他的精明而言，他应该意识到那就是在警告他，但此时他却认为那说的不是自己，他认为自己做得天衣无缝，不可能被人察觉。究竟有什么事情可以使一个精明人变得迟钝，愚蠢呢？爱情，只有爱情。现在的他正沉浸在一场恋爱当中。

与任何美好的恋爱相比，明玉的恋爱都毫不逊色，甚至，更加纯真、激烈、浪漫。不准谈恋爱是兵团的一道铁律，决不能碰的，因此他的恋爱就多了一层"偷吃禁果"的窃喜；因为禁止谈恋爱，全连，甚至全团也都没有谈恋爱的先例，因此，他的恋爱又多了一层捷足先登的快感。

女孩叫樊纯美，是八班长。连首长之所以选她当班长是非常有眼光的，她是众所周知的所谓"嘴一份，手一份"的女孩。她不是那种肤白体嫩、明眉大眼的女孩，却是体态相貌不俗，一看便知是精力充沛，有主见的女孩。

那天开班排长会，指导员在传达团党委的指示，各个班、排长都坐在马扎上，掏出笔记本，在膝盖上开始记录，会后他们要向下传达、落实。明玉打开了笔记本，翻到了空白页，接着拧开钢笔帽，笔划在纸上，只觉得笔尖干涩，字迹却没有显现。他用力甩了几下，再写，还是写不出字来——钢笔没水了。

这时候身后伸过一只优雅的手来，一看便知，那是女孩的手。"来，把笔给我。"明玉回过头去，看见纯美用眼睛对他说。她已经拧开了自己钢笔的后盖，准备把自己钢笔里的墨水输送到他的笔里。明玉连忙也把自己钢笔的后盖拧开，递给了纯美。明玉回过头，看见纯美接过笔来，那双手是那么修长、灵巧，拿着一支自己从来没有见过的钢笔。那支笔比普通钢笔粗大很多，黑色的笔杆，却有着极细的银色横纹，一圈一圈闪着幽暗的银光。最为夺目的是金光闪闪的笔尖，没有疑问，那是一只全金笔尖钢笔。纯美继续她的动作，墨水一滴一滴从她的笔尖中涌出，一滴一滴吸入明玉的笔。她的手平稳并且准确，一滴也没有滴落在地上。

墨水一滴滴输入了明玉的笔，也滋润了明玉的心。

那时候男女之间不仅仅是授受不亲，并且连话也是没有的。也许是为了避免嫌疑，哪怕是班长，排长在一起开会，他们都是熟人，目光相遇也会形同路人，尽快移开，连个招呼也不打，连个问候都没有。纯美的行为打破了这些清规戒律，是那么自然而然，落落大方，让人觉得她心里那么干净，这才是正常的人际关系。

散会了，班排长们提着自己的马扎走出连部，明玉却故意放慢脚步，等候纯美走出来。

"谢谢你！"见纯美走了出来，明玉说。

"不谢，应该的。"说罢微微一笑，露出整齐洁白的牙齿。

"你的钢笔太高级了！"显然是没话找话。纯美只微微地点了一下头，很是得意。

再一次开班排长会，相同的事情又发生了。明玉的钢笔再一次没有墨水，纯美再一次给他输入墨水。输完，纯美意味深长地睨了他一眼。明玉知道自己故意不灌墨水的"阴谋"被识破，狼狈地笑着，挠着头皮。

散会后，纯美说："晚饭后你到伙房后面等我，我给你一点东西。"

伙房后面就是一望无际的芨芨滩。晚饭后，当炊事员们收拾完了家伙，锁上门之后，这里便是一片寂静，荒凉。

天渐渐黑下来，正是塞外莺飞草长季节，芨芨草淹没了他们的头顶。远远只能看见两个人的头在草稍间时隐时现。

她掏出一个包来递给他说：“你真有福气，赶上吃馒头，饿坏了吧，快把它吃了。”他接过包来。那是一个纯白色的手绢，包着一个馒头。接过女孩使用的手绢，不由自主地放在鼻子前深深地闻着，一股从未有过的感觉流遍全身。

“还不快吃？”她说。

“我吃？你不饿吗？”他说。

“我们女生饭量小，干活也没有你们那么累。这是我吃不了剩下的。”她说。

他打开包，大口满腮地吃起来。看见他吃得猛，她说：“慢点吃，别噎着。明天还是这个时候，还到这儿来。”说罢转身走了，头也没回，她担心被人看见。

这一夜，明玉双手抱着手绢沉醉在梦里。

也不知道这样的日子有多少天，每天他都来这里见她。她都会给他一包吃的东西。有时候是半个窝头，有时候是一把白薯干。他真的以为她吃不了，其实女生也一样，她们早就饿得不来月经了。

如同以往一样，纯美把一个小包交给明玉后，就要离开。

“你别走！”明玉说。

她转过头来，用眼睛问他：“有事吗？”

明玉说：“不想让你走。”

纯美说：“那可要找一个安全的地方，回头让人看见。”

明玉说：“我早就侦查好了。一闸旁边有一间空房子，那是汛期护堤人住的地方。现在汛期没到，房子是空的，前不着村后不着店，不会有人去那里。”

一闸，是解放渠上的一道大闸，离九连二里多地。于是二人来到了那间小小的土坯屋。小土屋没有门，没有窗户，只有门洞和窗洞，那不过是用草坯垒墙，留下的两个洞。一铺炕占去了小屋一多半，炕上有厚厚的尘土。地上有零零落落的羊粪，牛粪，马粪。他们草草地划拉划拉炕上的尘土，毫不介意脏乱，并排坐在炕沿上，耷拉着腿。当中距离还能坐两个人。

他们谁也没有想到，在一起居然有说不完的话。不管他说什么她都爱听，他也是一样。从此，小土屋成了他们的伊甸园。

"白天干活的时候想我吗？"纯美说。

"想，一天二十四小时，连做梦都想。"明玉说，"你是什么时候开始关注我的？不是给我墨水的那天吧？"

"当然不是。"

"那是什么时候？"

"不能告诉你。"

"为什么？"

"怕你太得意了。"

"那我就要知道呢？"

"那就告诉你，只是不许你得意！"

"我不得意，你快说。"

"是到达达拉图的第一天。那天你们摆开了场子摔跤，我就在一边看。心想，这么文雅的人，摔跤居然这么棒！"

他还是忍不住得意了，乐得合不上嘴，黑暗中，她能看见他雪白的牙齿。

"有人来了，别说话！"纯美突然靠过来，捂住了明玉的嘴，他却用手捂住了她的手。这是他们第一次与异性的肉体触碰，惊骇得心要跳出来。

果然明玉听到了脚步声，一步一步，拖拖沓沓的，越走越近。纯美紧张得一下抱住了明玉，把头依偎在他的胸前。她听到了他的心"咚咚"地跳，她知道他吓坏了。

"灰哥抛，深更半夜跑到这来！回去！家食不甜野食甜！家门口的草不吃，远处的草好吃怎么的？"

"灰哥抛"是内蒙古骂人的话。明玉听出来这是小龙的声音，这是他在圈马。脚步声渐渐走近，就在小屋后窗根儿，说话的声音就在耳边，马蹄践踏土地，带着声响震得后墙颤抖。小龙随时都有可能走进小屋，那可怎么办？她把他抱得更紧了。

"狗日的，给我回去！嗯秋！嗯秋！"后窗传来戴着马绊的马一瘸一拐的马蹄声。小龙的声音随着马蹄声渐渐远去了。明玉才发现纯美就在自己的怀中，他紧紧地把她抱住。她把面颊贴在他胸前厮磨。

"怕吗？"她问。

他点点头说："怕！你呢？"

她说："怎么不怕？搞对象是兵团的头等大罪，又是破坏兵团建设，又是流氓罪，还不得千刀万剐了？"

他说："后悔吗？"

她的头在他胸前摇着："只要有你。"

他紧紧拥着她，那是温热、柔软的肉体，带有令他陶醉的气息。

她说："可是，我们也不能天天见面。让人抓住就麻烦了。"

"你说多久见一次？"

"一个星期，行吗？"她说。

"我等不了那么多天，我想你了可怎么办？"他说。

她说："我给你一样东西，想我的时候就看看，摸摸，就如同我在身边一样。"

他连连点头说："太好了，太好了。"

纯美说："手绢你给我，明天给你包吃的还要用。"说着从衣兜里拿出了那只钢笔，说："这支笔是我们俩走到一起的见证。你带在身上。这是我爸爸从美国带回来的派克笔，他用了半辈子了。我来内蒙古，爸爸怕我把他忘了，就把这支笔送给了我。你千万要小心不要让人看见。这支笔是我的，她们都认得，明天出现在你身上，算是怎么回事？"

他说："我把他藏在贴身的衣服里面，不让他们看见。"

"好。戴在里面，千万不要弄丢了。"她说。

明玉接过笔说："怎么会弄丢？就是丢了脑袋也不会丢了它。"说罢，双手紧紧握着这支笔，放到唇边亲吻着。

纯美说："我也要你一样东西，想你的时候，摸一摸，看一看，日子就好熬了。”

他把胸前佩戴着的一枚毛主席像章摘了下来，说：“这种像章不好找，非常精致，你把它戴在胸前，就如同我在你身边。”

她说：“不行，这个不行！我从来不戴这行子，我不想入团，也不想入党的，戴给谁看？给我个嘛我都喜欢，只要是你的东西戴在身上就觉得心里踏实。就这东西不行，戴着还不够丢人现眼的了。”

他愣了一下说：“好好好！我把这个给你总行了吧？”说着解开领口的两个扣子，从脖子摘下来一个东西，递给纯美说：“这是我妈妈从小给我请的护身符。是一个羊脂玉的小白兔。因为我是属兔的，从出生就戴着它，到现在一天也没有离开过。千万不要弄丢了。”

纯美接过手来，由红绳穿着一个只有鸽卵大小的小白兔，热乎乎的带着他的体温，握在手里温嘟嘟的，她喜欢这温度，放到鼻子前闻着，带有他身体的气味，说：“太好了，这个我喜欢。你放心吧，就是丢了性命也不会把它弄丢。”说着，纯美解开自己领口的扣子，从头上套下来，塞到内衣里面。

纯美说：“好了，现在该回去了！”

“不行，再见要等一个星期呢，再待会儿。”他说。

“那就再待一小会儿。”

“不行，待一大会儿。”

过了许久。她说：“好了，一大会儿也过了，必须回去了，听话。”像是哄一个孩子。

他说：“抱抱就走。”

两个人紧紧地抱在一起。许久，他说：“亲亲就走。”

纯美把脸颊靠在了明玉的唇边，让他亲了一下，自己也亲了明玉的脸颊。

他说：“摸摸就走。”

纯美说：“那可不行。那是最珍贵的东西。现在不能碰的我们一定不碰。我都给你好好留着，只给你一个人，谁也别想沾边。等到有一天可以碰的时候，我就一起都交给你。好了，咱们走吧。”说罢两人离开了小土屋，像做贼一样回到自己的宿舍。此时全连都在沉睡。

第 70 章　处 女 偷

　　团部的木匠、瓦匠、铁匠学习班全部结业了，团首长要把技术骨干放下去，推进连队的基建进度。连里的营房建设正处在关键时刻，最多还有两个月的时间就要进入冰冻期了。到了那个时候，白灰，水泥，黄泥都会结冰，再融化就"粉"了，也就是说只要一到冰冻期，营房建设就无法继续进行。

　　回到连队的木匠、瓦匠不舍昼夜地打门窗，砌墙；砖窑在彻夜不息地烧砖，白天能够看到砖窑冒出腾腾黑烟。夜晚，可以看到窑口闪烁着熊熊的火焰。

　　地里，拖拉机彻夜不息地耕地、耙地，最具战斗力的两个男排在挖渠、打堰子。

　　坯场，两个女排在脱坯，她们水里泥里战斗着、挣扎着。

　　鲁小班回连被安排在后勤班当班长。

　　这天，齐蚩氓吃罢晚饭，那晚饭是四两发霉的白薯干和几碗海带汤。海带汤不计数，随便喝，于是就多喝了几碗，肚子被撑得猫不下腰，只能直挺挺地站着，但依然觉得眼前一阵阵发黑。这几天腿发胀，膝盖发软。在小腿上一按，陷下一个坑，半天起不来。"男怕穿靴，女怕戴帽"，这是老人的俗谚，意思是男人脚肿，女人脸肿就活不了多久了，想起这句话他吓坏了。他知道这是饿的，再这样下去他会倒下。倒下将会怎么样？他不敢想。想到的只是无论如何也不能倒下，必须要搞到吃的！

　　他独自一人来到布拉滩上。布拉滩一如既往的宁静，安详。此时正是牛羊归圈时分。血红的太阳正在坠入金色的库布齐沙漠，牛羊安详地吃着草。

　　吃饱了的牛卧在滩上安详地反刍，它们把吃进腹中的草返回嘴里，认真的咀嚼着，有滋有味地享受着食物的美味。还没有吃饱的牛用它们的大红舌头把一绺绺嫩草卷入口中，轻快地嚼着，发出"唰唰"的脆响。

"我要是能够变成一头牛该有多好！它们可以想吃多少就吃多少！"蚩氓呆想着。

"或者，人要是能吃草该有多好！这草为什么牛能吃，人恐怕未必不能吃！说不定人真的能吃草，只是人不知道。让我来试试。要是人吃草也能消化，今后就再也不会挨饿了！"

他想着，选了一绺极嫩的苜蓿草，他在书上读到过，苜蓿草营养丰富，是极佳的饲料。他把草团成团，把嘴塞得满满的，用力地嚼着。先是舌头，口腔被扎得生疼。疼也要把它吃下去！接着，干、硬、苦、涩、辣，一起爆发出来，直冲喉咙，呛出了眼泪。

不能吐！一定要嚼碎，咽下去！

他命令着自己。继续嚼下去，嚼下去，一直嚼到满口都是细细的草沫。用力一咽，像是有无数钢针刺向喉咙，喉咙像是有一只小手，把草沫推了出来。再用力咽，咽下去就是胜利！那草反而聚集到了一起，噎在食道。眼泪流出来了，喘不上气来。他依然用力往下咽，咽下去就是胜利！他再次向自己发出了命令。

那草团卡在了喉咙，下不去，也上不来。他感到了窒息，于是他放弃了下咽，试图把喉咙的草团咔出来。试了几次都不成功。被憋得青筋暴突。他感到了恐惧，感到继续下去会死！他命令自己，沉住气，先做几次深呼吸。几次深呼吸之后，突然一阵剧烈的恶心，哇！的一声，食道中的草团被喷了出来。接着是一阵狂咳，直咳得天旋地转。他匍匐在草地上，咳呀咳，吐出的不再是草沫，而是带血的海带汤，白薯干。直到把腹中的东西全部吐光，咳嗽才渐渐停下来。

吃草失败了。他抹了一把眼泪，又抹了一把嘴边黏稠的草沫，坐起来，他仍不甘心，打算再试试别的，却看见脚下的羊粪蛋。这东西晶莹黑亮，咽下去不会费很大气力吧？

他抓起一把羊粪蛋放进嘴里。一股不可名状的骚臭引起一阵恶心，又一次翻江倒海的呕吐开始了。他立即吐净口中的羊粪，强忍着恶心，尽力使自己平静下来。

吃粪的尝试也失败了。他颓然躺在草滩上，四脚朝天，一个"大"字。不知道自己该怎么办。

"蛊氓，你让我好找，你到这来干嘛？"听到小班的声音，蛊氓睁开眼睛。小班看见了他嘴边流淌着黑绿色粘液，那是草沫和羊粪的残迹。小班趴在他嘴边闻了闻，一股骚臭把他顶了回来，说："告诉我，你在这里干了什么？"

"我刚刚做了两个实验，都失败了。"说罢脸上浮出一丝苦笑。

小班跪在地上，抓住蛊氓的双肩，狠命地摇着："什么实验？吃草，吃羊粪？你他妈的是疯了，还是傻呀！你连草羊粪不能吃你都不知道了吗？布拉滩上那么多能吃的东西你不吃？你偏要自己躲在这里吃草，吃羊粪！"说着两串泪水滴落下来，砸在蛊氓的脸上，蛊氓感到那泪滴像火星迸到脸上，滴滴烫人。蛊氓躺在草地上，周身松散，任他推搡。

终于平复了情绪。二人平躺在布拉滩，两个"大"字，对着苍天。天渐渐黑下来。小班侧过头，说："我已经侦查好了，今天晚上我们就行动。"

蛊氓说："什么行动？"

小班说："偷！你别这样看着我，你别担心，我们不是去杀人放火。只是，只是现在还不到那个时候。我们现在，只是去地里刨几个土豆。我早就侦查好了，我们这里是牧区，牧民没有自留地。因此，凡是哪里有块庄稼，种了玉米，种了土豆，就都是偷偷种的。我们偷了，牧民也不敢声张。"

蛊氓支吾半晌，说："这是什么道理？他们是贼，我们就有理由偷贼的东西？"

小班咬着牙，说："都他妈的什么时候了，你还跟我讲这种道理？都饿到这个份儿上了，就是去杀人放火，又有嘛不行的？不就是做贼吗！做了贼又能怎样？现在管不了那么多，我们得活下去！你懂吗？偷儿个土豆算屁？布拉滩上还有羊，有牛，难道我们就要守着牛羊被活活饿死？"

蛊氓被他大胆想象惊呆了，想了好一阵，咬着呀说："你说的对！

我们得活下去，不能等死。你说我们去哪里偷？"

小班说："离这里四五里地，毛柳林外边有一片土豆地。现在土豆已经不小了。给你这个带在身上。别忘了带背包。"

蚩氓接过手中，那是木叉子上卸下来的一个齿，挖土豆正合适。

按照计划，熄灯号吹过，等同屋人都睡下，蚩氓悄悄摸出了宿舍。小班早已在外等候。二人出发了。

夜很黑。怕走失，二人携手而行。路上，蚩氓心里默默地念诵着：离家前，我向父亲承诺做一个好人，而现在我就要违背这个承诺，去做贼了。对不起爸爸，实在对不起了！

说着泪如雨下。他用袖子擦干了泪水。并告诫自己：从此不再为此事流泪。

这一天夜里，他完成了一生中一个重大的突破——"处女偷"。此后，他偷过玉米、麦子。也偷过老乡的鸡、羊。再偷，他不再有心理障碍。

这一次，他们挖了满满的两背包土豆。回来交给了小龙后，各自回屋睡觉。小龙夜间放马很清闲，他把土豆埋在砖窑顶。两个小时以后，那土豆被烧得稀溜软。

漆黑的夜空，突然响起了四声布谷鸟的叫声。那是他们事先约定好的暗号。蚩氓和小班正在等待这布谷鸟的叫声。他们悄悄爬起炕来。小龙早已在砖窑下等候。那土豆，甜、香、绵软，真好吃。

"给我几个土豆。我要给秦娥和楚卿送去。"蚩氓说。

小龙说："哥，放心吧，我给她们留着呐。我放马，方便。明天我替你送去。"小龙感到了，有人被自己惦记着，也有人惦记着自己的日子真好！

他们靠着偷度过了难关。

第71章　反戈一击

已是深夜。

自从改为一星期只见一次以后，明玉和纯美相聚的时光便显得更加珍贵，分手也变得更加艰难。每天都耳听着小龙骂骂咧咧地把马圈回去以后，也就到了最为艰难的时刻。

这天，两人正紧紧相拥，亲吻便是最后告别的仪式。谁也不忍心说出"该走了"三个字。正在他们享受着一星期中最为幸福时刻的时候，突然两个光柱照在脸上。

"你让我们久等了！"一个声音高叫道。

纯美似乎早有预料，并没有惊慌。她缓缓松开相拥的情人，眼睛死死盯住眼前的两个人，她看清楚了，一个是一排长王智长，另一个是三班长付恩同。她那目光没有怨愤，也没有羞愧，有的是轻蔑和正义凛然。明玉却把脸躲藏在纯美身后，好像这样就可以逃避对方的辨认。须臾，纯美侧过脸来，双手扶住明玉的肩膀，手电光下，轻轻用手为他掸掸身上的尘土，摘掉沾在衣服上的草屑，说："走吧。"

当天夜里，指导员没有让张明玉和樊纯美回自己的宿舍，而把他们分别关在连部的两个空房里。怕他们逃跑，自杀。特地严令几个班长，从库房取出枪支，昼夜持枪，轮流看守，一刻也不能放松。开饭，有人把饭送来；上厕所，身后有人持枪跟随往返厕所。并且特地叮嘱：有紧急情况随时向连首长汇报。

第二天一早，因为学习毛主席著作改成了责任制，就是到月底背诵毛主席的一篇文章。由此天天读改成自己背诵毛主席著作，直到升早饭。

孔令知今天起得特别早，大家还在被窝里懒着，他一轱辘坐了起来，穿好了衣服，把被叠好，用搓板夹了又夹，拍了又拍，直把被子整成了豆腐块一样方方正正，方才罢休。然后去井台打水。

大家都看得出，今天他心情特别好。打从一起床，嘴里就不停地哼唱着《翻身农奴把歌唱》。

刘胜利说："今天是怎么了？太阳打西边出来啦？怎么想起来挑水去了？"

孔令知说："老三篇不能白背，全心全意为人民服务，要落实到行动上嘛！"

胜利说："我看不对吧？有嘛事，是谁帮咱们翻了身？是谁帮咱们得解放？今天一定有嘛喜事，打一睁眼就乐得合不上嘴，抬头纹都乐开了。"

令知见被说破，有些狼狈，遂强收敛笑容说："哪有高兴的事？我每天都这么高兴。"说罢，舀水，挤牙膏，走到门外去刷牙。牙刷在嘴里咕噜咕噜刷着，却没有停止哼唱"是谁帮咱们翻了身，是谁帮咱们得解放……"

胜利也到门外刷牙，说："不对。这个歌是哪句话应了你的景，对了你的心思，打一早起就没完没了地咧咧。"

令知在牙缸里呱呱地把牙刷涮干净，倒掉牙缸的水，笑而不答。

胜利说："看你这模样，不知谁要遭难了。"

胜利并没有猜错，王智长和付恩同的"捉奸"任务完成得如此顺利，完全得益于孔令知的情报。经过几个星期的侦查，他终于弄清楚了张明玉行动的详情，报告给郭指导员。郭指导员亲自部署实行了抓捕计划。

号声突然响了起来。胜利停下了刷牙，满口牙膏泡沫，说："不对呀，还不到点，怎么吹号了？"再听，那不是开饭号，而是紧急集合号。大家知道一定发生大事了，大约苏联有异动，顿时脸色吓得惨白。全连拖拖拉拉，惊恐万状地集合完毕，指导员的讲话声色俱厉，他说："今天，突然紧急集合，是因为有紧急情况。连里发生了一件大事，一男一女，彻夜不归，搞流氓活动。党支部曾经严厉警告过他们，可是他们全当成了耳旁风。俗话说：'捉贼见赃，捉奸见双'。昨天深夜，在党支部的精心部署下，由一排长王智长和三班长付恩同执行捉奸任务，把他们双双拿获，不仅捉了双，也见了赃！更严重的是，两个人还都是班长，其中一个还是团员！他们这是公开挑战兵团纪律，现在这两个人被关押在连部。他们一个是二班长张明玉！另一个是八班长樊纯美！”

指导员还没有讲完，下面已经人声鼎沸，七嘴八舌，议论纷纷。

“太般配了！简直就是金童玉女，天生的一对！”

“要不说老天爷长眼呢，把这两个人配到一块，真是让人心服口服。”

“太缺德了！人家搞对象，碍着你蛋疼了，半夜三更去抓人家？就不怕天打五雷轰？”

“在老郭心里边，一男一女到一块没有别的事可做，只有搞流氓。”

“搞流氓又怎么啦？他爸跟他妈要是不搞流氓，哪来的他？”

“那些人就是石头缝里蹦出来的，不是人揍的！”

“王智长跟付恩同两个王八蛋就他妈的不是人生父母养的。”

“唉！可惜啦，这么一搞对象，可就回不去了！”

“回不去又怎么样？人一辈子图的嘛？能跟自己喜欢的人过一辈子，在哪都值！”

“说的好！在这里如果丢弃了自己喜欢的人，这一辈子也找不回来。”

“一千年才能修来的一份缘分，不是每个人都有啊！现在老天爷给你安排在内蒙古，你还不敢接着？错过了，这辈子就都没了！”

“这缘分我宁可不要！我可不想在这鬼地方待一辈子，搞对象，那就真的是扎根边疆了。”

“必须掐死！没有爱情算什么？只要能回去，打一辈子光棍儿我也心甘情愿。”

每个人都在说着自己的感受，然而，也有一个人站在集合队伍的最后边，一言不发。这个人就是鲁小班。他很早就相中了樊纯美，虽然跟她一句话也没有说过，但她已经是他心中的女神。从团部回连后，纯美始终都在坯场干活，他每天都要到坯场走一趟，捡一些损坏了的坯模子，铁锹，三齿回来修好，再送回去，目的只是到那里去看她一眼。

今天听到了这个消息，他五内俱焚。他痛恨自己为什么这么懦弱，还遵守什么他妈的兵团纪律？让张明玉抢了先。更伤他自尊的是，他知道，跟张明玉相比，自己并没有多少优势，甚至人们都认为张明玉英俊无比，而自己没有。在他心里，从来看不上这种明眉大眼的男人。他真的希望现在那个被当作流氓抓起来的是自己，而不是张明玉，接下来受处分，挨批判，挨批斗，哪怕押赴刑场他也心甘情愿，甚至，他正在渴望着一场轰轰烈烈的爱情经历生死考验。他认为这不是一件丢人现眼的事情，而是一件无比荣耀的事情。

指导员几次让大家安静下来，会场依然沸沸扬扬。好容易静下场来，指导员说："这是二十团第一起男女关系案件，我们要上报团党委，等候上级处理。"说罢，已经到了开早饭的时间。大家吃早饭，上工不提。

牛政委当天为此事召开了团党委紧急会议，讨论处理意见，因为这是全团第一起知青恋爱事件，牛政委敏锐地察觉到事态的严重性。如果不能抓住时机刹住这个苗头，很快几千名少男少女蜂拥跟风，部队将会一溃千里，什么基建任务，农田水利建设，什么阻击苏联进攻的任务就会彻底失败。

牛政委首先讲了自己的处理意见，他说："第一，一定要把二人彻底批倒批臭，让他们没脸做人。要让广大战士认识到，这是一件低级下流的事情，把这种行为搞成臭狗屎，人人厌弃，人人唾骂。让全体战士对这种事情产生厌恶感。第二，给予严厉处罚，管他什么班长，团员，一撸到底，同时给予二人记大过处分，下放到艰苦的班里接受劳动改造。要让全体兵团战士看到，只要犯了这一条，这一辈子就再难翻身！通过重罚，让广大战士对兵团纪律产生敬畏之心。第三，巡回批斗。东三连、中三连、西三连和团部直属，组织四场批斗会，把这二人押赴批斗会现场，从而教育全团干部战士。只有严格把这三条做到家，做到位，或许才能遏制这种事件漫延。"

任团长沉吟半晌，终于说："我讲一点不同意见吧。第一，少男少女在一起，出现谈恋爱现象是十分正常的事情。与正规部队相比，正规部队没有女兵，我们有。这还是个新情况，新问题，我们处理这样的事件还没有经验，还需要摸索，不应该把事情说死做绝。我认为还是要以批评教育为主，行政处罚为辅。我不赞成把他们彻底搞臭的意见，也不赞成把文化大革命的开批斗会、批判会的方法用来搞部队建设。他们还年轻，往后还要做人，尊严对于他们是非常珍贵的。如果把尊严打碎，把脸撕破了，我们不知道他们将来会不会走上邪路，从此变成坏孩子；第二，他们都是班长，就是说对兵团建设都是有贡献的。他们也没有故意破坏兵团纪律的动机，如果处理过于严厉，也会伤害其他骨干战士的积极性。"

团长说完，政委的脸色不对了，不自然地笑着，说："其他同志谈谈不同意见。"

会议突然陷入僵局。一共五位党委常委，其他三位如果表态，两种观点针锋相对，他们就只有选边站了。不管赞成哪一边，就不仅仅是赞成谁的意见的问题，而是在表态，"你是谁的人"的问题！因此，马主任，罗处长和吕参谋长三人看看政委，又看看团长，就如同没有听到政委的话一样，谁也不肯首先表态。

政委长叹一声说："唉！老任呀，我又要批评你几句了。知识分子小布尔乔亚的软弱性怎么就是克服不了？我只问你一句话：这股歪风如果刹不住，二十团有四千多人，明年，给你生出几百个娃娃，我们怎么完成守卫边疆的任务？你来告诉我！"

团长说："这话夸大其词了。依照我的理解，他们也是有觉悟的人，他们对恋爱的后果也是有责任感的。他们只是谈谈恋爱，并且我们正在紧急制止，怎么就会跟生孩子扯上干系？"

政委"噗嗤"一声笑，说："唉！幼稚呀，少男少女到一起，干柴烈火，谈什么恋爱？怎么谈恋爱？我们都是过来人，怎么能连这都不知道？我要提醒你的，也是你最缺乏的东西——大局观！大局观你懂吗？我们来内蒙古是来执行军事任务的，不是让我们同情、保护个别人的。任务的成败，不仅仅决定着国家的命运，也决定着我们个人的命运。你想一想如果军事任务失败了，你、我会是什么结局？到了该警醒的时候了！只要思想感情还在资产阶级一边，就不可能有坚定的政治立场，这是要误大事的啊！”

这一番话戳中了任团长的软肋。在解放军干部中，历来有工农干部和知识分子干部的区别。工农干部有着天然正确的优越感。而知识分子干部，却是先天的理亏气短。

一番话说得任团长脸色一阵红，一阵白。反躬自省，政委的批评又有哪点不对？难道自己的思想感情不在资产阶级、小资产阶级一边吗？自从自己大学毕业，投身到革命队伍当中已经二十多年，少年时的这一点点情调居然始终没有根除！怎么一到关键时刻心就狠不下来呢？

再进一步解剖自己，自己真的认为布尔乔亚不好吗？不！与其说自己痛恨的是自己的布尔乔亚情感，不如说痛恨的是自己的情感不能在革命队伍中占上风。确切说，甚至相反，在内心深处，却常常为自己的布尔乔亚感到骄傲。难道一定要那样无情、冷酷、残忍革命才能成功吗？难道一贯受压制的布尔乔亚感情就是革命失败的原因吗？他不服这个道理，然而这些都不能说出来。

作为团长，负责的是备战和生产，政委主管政治思想工作。这些事毕竟不是自己的本职工作。唉！多少次了，每次遇到相同的情况，他都会依仗自己站在主流意识一边，把自己弄得灰头土脸。让他去搞吧！现在该是痛下决心的时候了：从此不再跟他争执。反正自己负责的是生产，是备战。自己应该到下面连队去，做点坚实的工作，把基建，开荒，挖渠备战工作做扎实！

任团长想着自己的事情，再没说一句话。

牛政委说：“其他同志有没有不同意见？”

其他三位党委委员都是工农干部，一致赞成政委的意见。

牛政委深知自己的处境，他能够重回部队最起码的条件是，完满完成这次兵团的任务。倘若兵团搞砸了，没有疑问他会被解甲归田。归田后他能做什么？他自知，除了搞政治工作之外，他百无一能。那时候他多大年纪？五十好几。唉！从来都认为自己前途无量，怎么突然面对的却是晚年落魄凄凉！离开部队对于他就是一个噩梦。他害怕这噩梦成为现实。二十团只能成功，不能失败！

　　"我要到九连去，亲自部署西三连的第一场批斗大会，明天就出发。"牛政委说。

　　吃罢晚饭，天色渐暗，朦胧的夜色下，纯美向厕所走去，身后跟着一个背着步枪的男兵团战士，押解着她。来到厕所门前，男战士说："快去快回，我可不想在这儿熏着！"说罢站到厕所门侧等候。

　　纯美刚刚走进厕所，里面一团漆黑，她需要闭上眼睛，等待瞳孔放大，才能看清。她刚刚闭上了眼睛，却听见里面悄声说："纯美，我是楚卿。"

　　"纯美，我是秦娥。我们特地来看你，看守太严了，找不到说话的地方，我们发现你每天这个时候都要上厕所，才来这里等你。"

　　"你好吗？"楚卿说着自己先滚下了泪珠。

　　"我很好。两天不用脱坯了，太美了！吃完了睡，睡完了吃，关禁闭真好。"纯美冷笑说。

　　秦娥说："我们非常敬佩你。"

　　"我有什么可敬佩的？"

　　"敬佩你勇敢。敢于喜欢自己喜欢的人。"

　　楚卿说："甚至我都嫉妒了。"

　　"我有什么可嫉妒的？"

　　楚卿说："遇到自己喜欢的人，还不让人嫉妒？老话说'千年等一回！'不是每个人都等得来的！"

　　纯美听罢，严肃了脸，说："你们俩那么杰出，不用愁。"

　　三个人又都笑了，捂着嘴笑，笑得"格儿格儿"的。

　　忽然听到外面看守的男兵团战士说："是谁跟你说话？"

　　纯美咬着牙叫道："挨千刀的，你管的太宽了！不放心你就进来看看！"

　　外面说："你想把我也拉下水呀？没门儿！"

　　里面又是一阵笑声。

　　秦娥轻声说："别怕，挺住，批就让他批，处分就让他处分，我们都站在你一边，不丢人。"

　　楚卿说："感情也需要艰难困苦的考验。越是艰难，越是珍贵。

熬过这一劫，这就是一段不寻常的故事，一辈子都会为它骄傲！"

两串泪珠从纯美的眼中滚出，三人在厕所抱成一团，哭成一团。

"差不多了啊！抓紧时间，快熏死我了。"外面催促道。三人只得互道保重，让纯美先出来走远，秦娥、楚卿才悄悄溜回宿舍。

第二天上午，两辆汽车在解放渠大堤上向九连疾驰。前边一辆是绿色军用吉普车，后面一辆是解放牌军用卡车，车上站满持枪荷弹的兵团战士，车轮扬起一路尘土，漫延天际。正在地里干活的九连的战士被这气势惊呆了。他们停下手中的活，挂着铁锹伫立观看，露出惊恐的神色，交头接耳议论："又有人要倒霉啦！"

吉普车停在了九连连部门前。车门打开，牛政委和杨干事走下车来。

解放牌汽车却直接开到伙房门口。车上跳下来两个班全副武装的团部警卫排战士。他们下得车来，把二十袋面粉，和几扇猪肉卸到伙房，然后开到连部门前停了下来。面粉和猪肉是牛政委特批的，专为开完批斗大会犒赏三军的。三个连队齐聚一起，一千多人，每人一斤猪肉，一斤面粉。

这是团党委常委会结束后的第二天清晨，牛政委亲自来到九连蹲点。他们走下吉普车，二人各自用力拍打着身上的尘土，每拍一下都爆出一团沙尘，渐渐向远处飘去。指导员郭栋梁，连长陈忠义得知今早政委要到达九连，早已在连部门口守候。

连长、指导员走上前来，一磕脚跟做了个立正，五指并拢，规规矩矩地行了军礼。牛政委头也不抬，只顾往连部里面走。一边草草地将右手在头前比划了一下，算是还了军礼，一边说道："通知党支部成员，立即召开支部扩大会议，传达团党委决定，研究召开巡回批斗会的问题。"

连长听罢，立即叫道："白磊！通讯员哪里去了？"

通讯员白磊应声答："到！"

连长吩咐说："立即去地里通知一排长王智长回来到连部开会。越快越好！"白磊得令而去。

所谓"扩大会议"是指除党支部成员之外，另加两位团领导参加。

须臾，人员到齐，立即开会。牛政委讲话总是滔滔不绝。他说："这是我们打从建团以来所遇到的最有挑战性的事件，这一点我们必须充分认识到，如果缺少政治上的洞察能力，不能把事态消灭在萌芽状态，我们将遭受惨痛的失败。也可能同志们一时认识不到这个事件的严重性，我指出两点：第一，这件事要提高到阶级斗争的高度去认识。这个阶级敌人并没有明火执仗地站在我们面前，而是深藏在每一个战士心中的资产阶级思想，这种思想随时随地都在侵蚀、瓦解着我们的队伍！这比明火执仗站在我们面前的阶级敌人还更可怕。因此，我们一定要把这个阶级敌人批倒斗臭！第二，要提高到战争的高度去认识，换言之就是，战争打起来怎么办？这样的队伍，我们能打胜仗吗？有了这两个高度，再思考这个事件，令人不寒而栗呀！因此，我决定，由我亲自挂帅，亲自部署，亲自指挥，下大气力，妥善处理好这件事情，杜绝它的影响，肃清它的流毒，坚决不留后患。因此，团党委决定，就这个事件，要举行四场大规模的巡回批斗会。一定要把当事人批倒批臭，让他们臭不可闻，遗臭万年！在战士中，一定要不留死角。让每个人都感受到，兵团的这一条纪律不可触犯，谁触犯了，就让他粉身碎骨，永世不得翻身！好了，让我们立即行动起来，批斗会是否成功，取决于批判稿的质量。因此，给三天的时间，动员党、团员，动员积极分子和骨干，每个班都要交出一篇批判稿。我要亲自抓批判稿件的质量。"

紧接着政委亲自召开了批判稿筹备会议。参加会议的是各班推荐上来的积极分子，是批判稿的撰稿人。会上牛政委讲："我们在座的都是九连的骨干，都是向团组织，党组织靠拢的积极分子。这一次批斗会，对你们每一个人都是一次考验，批斗会结束后，连里要根据你们的表现，发展一批党员和团员，对于每一个要求进步的人，都是一次难得的机会。我们要把要求进步的愿望落实到批判稿的每一句话当中。把每一句话都当成射向美帝、苏修，射向流氓分子的一颗炮弹！"

按照牛政委的要求，每一篇批判稿写完都要先上交到他那里，由他和杨干事亲自审阅，亲自提出修改意见。政委戴上老花镜，修改批判稿一直到深夜。

稿子陆续交了上来。政委每读一篇稿子，都要说："火力不够猛！不要有所顾忌！要扯下资产阶级温情脉脉的面纱，敢于刺刀见红。"

对张明玉和樊纯美的审讯在当天晚上进行。杨干事是主审官，两个持枪警卫排战士把张明玉押了进来，站在了他身后。

杨干事坐在椅子上，别着二郎腿，把腿抖得嗦嗦作响，眉头皱得把脸揪到了一起，一副痛苦思考的表情。见张明玉被押了进来，突然松开了眉头，脸也恢复了原形。腿还在嗦嗦地抖着。

"你们在一起都做了些什么？"杨干事拖着长腔，悠然地问。

明玉心想，反正自己没干出圈的事情，问什么就如实回答，争取宽大处理，遂说："就是说些个闲白儿六大堆，都是些没有用的话。"

杨干事说："你不要企图蒙混过关，坦白从宽，抗拒从严这你都知道。我问的不是这些。"

明玉说："我是坦白了，您又不信。噢，对了，每次她都带给我一些吃的东西，一个馒头，半个窝头，一把白薯干之类。"

杨干事一拍桌子，桌子上的墨水瓶，把儿缸子跳了老高，说："你骗傻子吗！捉奸的王排长说，捉到你们的时候，你们正抱在一起！你们在干什么？"

明玉说："您都知道了还来问我？我们干什么了，我们抱在一起了呀！"

杨干事说："抱在一起？就只抱在一起吗？插进去了没有？"

明玉说："您心里想的是什么？我们是正经搞对象，不是搞破鞋。"

杨干事说："这有什么区别吗？"

明玉虽然恼火，却依然不想得罪杨干事，遂说："当然有区别！搞对象是正经行为，搞破鞋是流氓行为，这能一样吗？"

杨干事噗嗤笑了，说："算了吧，你们抱都抱了，还说什么正经行为？我问你，手干什么了？"

明玉说："手什么都没干。"

杨干事说："就没有摸摸？"

明玉依然耐着性子企图证明自己的清白，说："没有。我说要摸摸。她说不行，她说，不能碰的地方，坚决不能碰。该是我的都给我留着，以后可以的时候一起给我，谁也别想碰。所以没摸过。"

杨干事冷笑说："听你说，她还成了贞洁烈女啦？"

明玉连连点头，说："您说的没错，她就是贞洁烈女。"

杨干事说："亲嘴儿了没有？"

"亲了。"

"亲嘴时裤子解开了吗？"

"您不要把我们想得那么下流。"

杨干事说："我是过来人，你骗不了我。我再问你，流白的了没有？"

明玉说："'流白的'是什么意思？我不明白。"

"你不要跟我装纯洁，装什么都不懂！我就不信，你们深更半夜在一起，搂搂抱抱，还亲了嘴，到这就打住了？就没有别的事情？你拿我当傻瓜吗？"

明玉说："我们没有您想的那么肮脏。"

审讯到这里进行不下去了。杨干事让警卫排战士把张明玉押下去，开始审问樊纯美，说不定能够在她那里获得突破。

纯美被押了进来，同样的问题杨干事从头到尾问了一遍。纯美一个字也没说。

杨干事说："你不说话也不等于你没做。张明玉已经彻底坦白交代了，为了获得宽大处理，他把责任都推到了你的身上。你在这里傻傻的替他扛着。他得到宽大处理，你受到严厉惩罚！我为你感到不值。"

纯美笑了，说："杨干事，你几岁了？还用这种骗吃粑粑孩子的把戏骗人？本来我们就是干干净净地交朋友，谈恋爱，没做过一点出圈的事。你要是说我们违反了兵团'不许谈恋爱'的纪律，这我们认，我们甘愿受罚就是了。可是你非要给我们按上一个不干不净的罪名，那就是痴心妄想了。不是满肚子都是男盗女娼，不是脏了心、烂了肺，又怎么能问的出你问的问题来？给我们栽赃，把我们搞臭，对你有什么好处？不怕出门让汽车撞死吗？”

几句话说得杨干事脸色一块青一块白，他恼羞成怒，吼道："你知道你是跟谁讲话吗？你这样侮辱首长是要受到惩罚的！"

纯美说："你还能把我怎么样？我就是搞对象了，男欢女爱是人伦天理，这不犯法，也不丢脸。我就不信，你还能把我拉出去枪毙了？国家有国家的王法，兵团有兵团的规矩，我就不信你说了算！"

杨干事见再无计可施，命令把纯美押了下去。

纯美的话反而动摇了杨干事的想法，他向牛政委汇报说："这位姑奶奶真厉害，把我劈头盖脸骂了一通。各种方法都用过了，他们什么也没有交代。也许，他们真的什么都没做。"

牛政委紧皱眉头说："他们做没做我不知道，我们必须要把工作做细致、彻底！这个问题很重要。如果他们发生了关系，性质就变了，那就是流氓通奸罪，触犯了刑法，是要判刑的！如果判了刑，那么这个事件对于全团战士的警示作用，教育作用就要大大增强了，这你明白吗？"杨干事听罢，打心底佩服牛政委的政治觉悟，一迭连声地回答"是是是！"然而，接下来的三天审讯依然一无所得。批判会只能在现有的审讯结果状态下举行。

在政委到达九连的第四天，批斗大会准备就绪。会场就在九连新营房区的操场。批斗台是现搭起的七尺高的台子。台上会标，用大字报纸写着"批斗流氓分子张明玉、樊纯美大会"。操场周围插满了红旗。营房墙上贴满了大字标语。操场周围，每隔10米站着一位持枪荷弹的团警卫排的士兵，步枪全部上了刺刀，把会场团团围住。

上午10点，七连、八连前后赶到。他们是一早出发，一路急行军3小时，行程18公里，专程来参加第一场批斗大会的。按照提前划分好的区域入场，坐在自带的马扎上。加上提前已经入场的九连战士乌泱泱一大片，总共一千多人。

三个连队刚刚坐定，便各自有人起头，唱起了革命歌曲。

七连唱道：

蓝天作帐地作床，

黄沙拌饭可口香。

狂风为我擂战鼓，

广阔沙漠好战场。

要用我们劳动的汗水，

把库布齐沙漠来浇灌，

要用我们战斗的歌声，

唤醒沉睡的阴山。

歌声刚落，八连唱道：

我们是毛主席的兵团战士，

我们是战天斗地的勇敢闯将。

遵照毛主席的伟大教导，

扎根在祖国的北部边疆。

屯垦戍边，寓兵于农，

保卫祖国，意志如钢。

哪里有困难哪里就有我们，

毛泽东思想武装我们，

我们在战斗中百炼成钢！

九连唱道：

革命的大家庭充满了阳光，

官兵互爱像兄弟一个样。

有了困难，大家相上，

有了荣誉，大家相让。

连队的生活多么温暖，哎咳！

团结就有力量，团结就有力量！

团部电工班专程赶来，提前安装了高音喇叭，麦克风。王智长身穿一身崭新的兵团黄军装，在麦克风前主持会议，他是"老红卫兵"出身，这个活轻车熟路。他带领全体读罢几段毛主席语录之后，高声宣布："把流氓分子张明玉和女流氓樊纯美押上台来！"声音一落，团部警卫排的四名战士，背着步枪，把张明玉和樊纯美押到了台上。

台下兵团战士都是来自天津的三个中学，有三分之一的人分别是明玉或纯美同校同学。出人意料的是，声势如此浩大，明玉和纯美却毫无惧色。纯美表情平静，不卑不亢；明玉却嘴角带着一丝得意的笑容，分明他觉得这是一件露脸的事，而不是丢人的事。

这是二十团规模空前的批斗大会。在极端饥饿，极端劳累的状态下，他们可以享受一天不干活的清闲；会上，在极端性饥饿、极端文化饥饿的状态下，他们可以充分发挥想象力，构思着低级下流的情节，用最低级下流的言辞在大庭广众下尽情地侮辱、咒骂被批斗的人，却不仅仅不必承担侮辱他人的后果，反而会享受着正义与崇高。他们的言辞越下流，他们思想就越进步，就越能得到奖赏！会后，还可以吃上一顿美餐。这快乐，让他们心悸，颤抖！这是一场饿鬼的饕餮盛宴！

经过筛选，每个连队只有五个人发言。每个发言人都是要求进步的积极分子。虽然稿子都经过牛政委和杨干事精心修改，但内容却都大体相同。无非是用尽侮辱言辞，和不着边际的上纲上线。辱骂在步步升级，什么破鞋、野鸡、婊子、流氓等等无以复加。

有发言人别出心裁在编故事，编造出二人相会的情景，用毫无遮掩的言辞，写得绘声绘色，读得兴致盎然，借以满足自己内心对性、对文化的饥渴。

牛政委亲自启动了这一场比谁更下流的竞赛，然而这竞赛一经启动，便再也不受他的掌控，沿着下流的通道向下滑去，没有最下流，只有更下流。此时的他不仅仅关注着揭发的进展，同时更享受着下流盛宴的乐趣。他坐在会场后面听得出了神，迷离着双眼，嘴角淌出了口水，呵呵笑着。

明玉在听着。仿佛他们说的不是自己，于是也跟着呵呵笑着。偶尔意识到那就是在说自己，不免露出因偷吃禁果而产生的快意微笑。

纯美也在听着。她低着头，泪水沿着脸颊流到下巴，滴落到地上。她没有想到，为了爱情竟要付出被绑在耻辱柱上，任人唾骂，任人侮辱的代价！那一句句侮辱言辞，一声声嘲笑，如同一根鞭子抽打着自己裸露的灵魂。这正是牛政委要的效果！

我不能让他太得意。于是用袖子抹了一把眼泪，抬起了头。

终于轮到了付恩同发言，这是牛政委认为的最有水平的一篇批判稿，所以成为了批斗大会的压轴戏。

他的发言没有任何侮辱的言辞，而是摆事实，讲道理，动之以情，晓之以理，他说："你们都是班长，张明玉还是共青团员，你们前途无量！在九连，有几人能有如此美好的前程？没有了！然而你们却放纵一时之淫欲，毁灭终身的锦绣前程。你们辜负了毛主席的期望，辜负了党的信任与培养。忘记了自己肩负着保卫边疆的重任。而你们现在的态度却是执迷不悟，不思悔过，试图与团党委，与党支部对抗到底。我明明白白地告诉你们，那是死路一条。你们必须明白，兵团的纪律，是铁的纪律，不容任何人触犯。现在你们面前只有两条路，一条是顽抗到底，结果只能是撤销一切职务，开除团籍，接受军法处置，你们大好前程将就此结束，等待你们的将是在最艰苦的地方接受监督改造，在战友的白眼下，背着沉重的处分，终生不得翻身；另一条路是，积极努力挽救自己的大好前程。党的政策历来是，坦白从宽，抗拒从严，受蒙蔽无罪，反戈一击有功。积极配合团党委，揭发对方错误行为，以期得到宽大处理。何去何从，命运就握在你们自己手中！"

张明玉听着，句句话都锤在他的心上，脸色渐渐变得苍白。

付恩同收起讲稿，走下台去，全场却出人意料地寂静。发言结束了，王智长走到麦克风前说："把张明玉和樊纯美押下台去，押送往下一个批斗会现场！"声音刚落，四个背着步枪的兵团战士走过来，两人捉住张明玉的胳膊，把他押解下去。张明玉一扭身子，摆脱掉捉住他的手。突然高声大叫："我要反戈一击！我要揭发检举！"

全场震惊了，人都瞪大了眼睛，张大了嘴巴，他们都傻了。坐在会场后面的牛政委始终关注着事态的进展，他从椅子上站起来，向台上摆摆手，说："先不要押他下去，有话让他到麦克风前来讲。"

张明玉被带到麦克风前，手指着樊纯美，高声喊道："是她先勾搭的我！"

第 72 章　老天爷真的替我掌着眼呢

会场一片哗然。

张明玉继续说："不光是她先勾搭了我，她还反对伟大领袖毛主席，她父亲跟美国还有关系！"

牛政委说："好！能够迷途知返就是可以救药。你不要着急。一条一条慢慢说清楚！"

张明玉说："是她先勾搭的我，是她约我到茇茇滩见面，她送我馒头吃；她反对伟大领袖毛主席，那天，我送给她一枚毛主席像章，她说，我从来不戴那行子！我不想入党，不想入团，戴那给谁看？还不够丢人现眼的了。戴毛主席像章我们认为无比光荣，她认为丢人现眼，她的思想有多么反动！她送给我的钢笔是他父亲从美国带回来的，那天……"。

纯美听着，脸色苍白，嘴唇颤抖。她走到麦克风前，一把揪住明玉的脖领子，双手一撕，上衣撕开了两个扣子，手伸进里面把派克钢笔掏出来，放进自己的衣兜。然后，从自己脖子上摘下那只和田玉的小白兔，一把摔在地上说："还给你这脏东西！"

牛政委见状，厉声说："你要干什么？有话你要讲明白！"

纯美冷笑说："我得感谢你啊，感谢你抓我，感谢你批斗我。要不然他一个叛徒，一个狗食下三滥我怎么会认得出来？老天爷替我掌着眼呢！他老人家心疼我，替我把着关呢！紧要关头他告诉我说：你瞎了眼，看错了人！这要是老天爷不告诉我，我稀里糊涂嫁给了这么个狗屁玩意儿，这一辈子我还不得冤死！"说着早已泪如雨下。

批斗会结束了。三个连在九连美美地吃了一顿馒头炖猪肉。饭后，七连、八连各自步行回到自己的连队驻地，第二天继续干活，一切恢复正常。

张明玉和樊纯美被解放牌汽车押送到团部，然后又被押到另外的批斗大会，批斗大会同九连的大同小异，实在乏善可陈。

巡回批斗结束，二人被送回九连。次日团部发下了处分决定。

樊纯美不仅仅违反了兵团的纪律，并且有反动言论。撤销班长职务，并给予记大过处分，调到羊班放羊，接受广大革命群众的监督改造。

所谓羊班，其实只有两个女生和一个蒙古老汉。蒙古老汉叫什么名字没人知道，大家都叫他"三老汉"，是九连从达拉图请来的牧羊高手。他并不是兵团编制，只是每个月九连给他开 30 块钱工资交给大队，大队给他计三十个满工工分。这不是一个班的编制，叫它"羊班"只是为了叫着方便。实际上归后勤班管，鲁小班是他们的班长。

张明玉撤销班长职务，开除团籍。因为揭发樊纯美有功，免予行政处分，被派到团部学习兽医。三个月后学成回连，在未来大约十年的时间里，他始终负责劁猪、骟羊，以及给牲畜灌药的工作，直到大返城时回到天津。

批斗会后，张明玉臭了。过去不少人都叫他"大哥"，此后，再也没有人这样称呼他。背后人们提到他，一概都叫他"大王八蛋"。五年以后，连里掀起了搞对象的高潮，许多兵团战友都在本连找到了对象。张明玉却始终没有女生敢跟他交朋友，十年以后，他回到天津，他才在兵团以外找到了对象，那女人不知道这一段往事，他才结婚成家。

就在批斗会上，张明玉反戈一击的那一刻，鲁小班不仅仅是气愤，更多的是喜出望外，他知道，只从这一刻开始，樊纯美跟张明玉彻底断了，他感到自己的机会来了。

"不行，我不能再让别人抢了先！"他要立即去找纯美表白，却被蛀氓拦住了。

"你以为经历过这件事情之后她还会轻易相信另一个男人吗？"蛀氓说。一句话把小班问得哑口无言。"张明玉出卖了她，对于你当然是个机会，可是要让她再相信一个男人，太难了！经历了这么大的变故，她会怀疑所有男人，怀疑爱情，怀疑人生，怀疑一切。"

小班说："那要是又让别人抢了先怎么办？"

蛀氓说："这你不要担心，这时候，谁去表白谁就是自找没趣。咱连，你由头到尾数一遍，谁有你的才华，人品？但你不能着急。你必须分两步走，第一步，你只需对她好就行了。这对于你不是难事，你是后勤班长，她在羊班，正归你管。一个女生放羊，有太多的事情自己干不了，有的是你献殷勤的地方。你悄悄地帮她做，让她知道你的意思就行了。表白，太愚蠢了。第二，就是等待。"

小班说："那要等到多咱？"

蛀氓说："等到水到渠成。千万不要弄巧成拙。你以为这次对她的伤害还轻吗？让她安静地疗伤吧。她的心凉了，你要把它焐过来。"

小班认真地点着头，说："好好好，我听你的。"

从此以后，小班对羊班给予了无微不至的关照。羊班只有两个女生，放着400多只羊。每天羊要饮两遍水。布拉滩的井，水位很高。因此，所有井都没有提水的工具。只是用扁担钩着水桶，到井里面一摆——这是个技术活——水桶翻转口朝下，扣在水面，扁担还不能脱钩，水桶灌满，用扁担把水桶提上来。一不小心扁担脱钩，水桶就会沉到井底，打捞水桶是很麻烦的活——无论如何，打水、挑水不是女人干的活。而两个羊班女生，就是这样每天给 400 只羊饮水，太难了，这还是夏天！

小班给水井做了一个桔槔，桔槔是井台的一种提水的设备，布拉滩上从来就没有这个东西。桔槔像一个巨大的秤杆，一头坠上一块石头，石头的重量大约相当于一桶水的重量。桔槔的另一头拴着绳子，绳子下挂着水桶。桔槔的杠杆作用，使提水省了很多力气；他还把水桶改装成了水斗，水斗有一个出水口，提上来往饮水槽轻轻一倾斜，水就会顺畅地倒净；小班在绳子头打了一个铁的卡钩，卡钩死死把桶梁锁住，绝不会脱钩。这一下就使得打水饮羊变成两个女孩可以承担的活。

布拉滩的秋天，沙尘暴频繁。沙尘暴刮起，咫尺之间不辨牛马。每次沙尘暴刮起，小班都要去跑到滩上，帮助圈羊，直到把所有羊只都安全的圈到羊圈。

冬天滴水成冰。井上打水人零星溅出的水不能蒸发，使得所有井台上渐渐就形成了一座富士山，给打水造成了很大困难。冬天一到，小班就每隔一两天都要用镐把井边的冰刨平，把碎冰清理得干干净净，并且撒上沙子，打水人再不用担心滑倒。

人与人之间的感情是有感应的。纯美清楚地感应到小班在一声不吭地呵护着自己。终于有一天纯美说话了："班长，你对我好，我心里清楚。我劝你不要在我身上白耽误工夫了。我早已心如死灰，不会对任何男人有兴趣。连里比我好的女孩不是没有了，你把工夫花到她们身上，凭你的条件，没有不成的。"

小班听了，想了想，说："这都是我愿意做的事，做这些事我就很高兴了，不是图的回报。"

纯美说："我好心劝你，你不听。可我的心已经死了，我不能接受你，却只给你一颗死了的心。对不起了。"

小班说："这不怪你。"

在接下来的几年里，小班一如既往地呵护着纯美，温暖这那颗冰冻的心，并等待着那颗心渐渐融化。

轰轰烈烈的批斗大会结束了，二十团刚刚抬头的恋爱苗头被铲除在萌芽状态。

第73章　粮　食

　　连长和指导员始终跟战士们吃同样的伙食。作为现役军人，如果他们在团部，就可以吃机关食堂，享受着现役军人的供应。然而在连队，与战士同吃、同住、同劳动是解放军的规矩，是不可违背的。

　　每当开饭，连长和指导员都跟普通战士一样，打一份自己的饭，站在战士旁边跟大家一起吃。连长陈忠义是四川人，他让妻子寄来了一大口袋辣椒。没有菜，他就拿辣椒当菜。吃一口发霉白薯干，咬一口干辣椒；喝一口高粱米粥，咬一口干辣椒，眼泪和汗一起被辣了出来。苦是苦了，多年党的教育让他感到，能与战士同甘共苦是一种自豪。况且他有辣椒，伙食再差也没有什么抱怨的。

　　指导员郭栋梁是山西人，他让妻子从老家寄来了一箱子老陈醋。每当开饭，他也站在战士旁边跟大家吃。咬一口白薯干，拿起醋瓶子，嘴对着嘴，一直脖子，"咕噔"喝上一口醋；喝一口高粱米粥，再一直脖子喝一口醋。能与战士同甘共苦，他与陈连长有着同样的自豪。只要有醋，什么伙食他都能够将就。

　　战士们看到了连长和指导员跟自己吃着一样的饭食，心中有多大怨气也都平复了。

　　然而对于兵团战士，这伙食就没有这么容易对付了。对于连长和指导员是"质"的问题；而对于兵团战士却是"量"的问题！他们这个时候对食物好吃不好吃已经没有了要求，只要数量能够把肚皮撑起来他们就满足了，可问题恰恰是数量太少，根本撑不起肚皮。指导员和连长毕竟不干重体力活。而兵团战士每天脱坯、挖渠、盖房，消耗量远远不是那一点食物能够补充的，劳动消耗量，透支着身体的能量。

　　每月仅有的五块钱津贴费几乎都用来买了吃的。鸡蛋五分钱一个，蚕豆一毛三一斤。每当傍晚，散落在库布齐沙漠边沿的牧民土屋，都有穿着黄色军装的兵团战士穿梭其间。他们买鸡蛋，买蚕豆，买黄豆、扁豆，买羊奶、牛奶。只要是能够进肚子的东西都买。买后，借老乡家的灶，煮熟鸡蛋，炒熟蚕豆，吃完后回到宿舍睡觉。

然而钱太少了，而肚子又是个无底洞，那五块钱买到的东西怎么也填不满。眼看着周围老乡地里的庄稼能吃了。最早是麦子，一进七月，麦子开始灌浆，就可以烧麦穗吃了。接着，土豆、玉米、蚕豆、黄豆也都陆续结出了果实。布拉滩随地都可以找到非常好的燃料——牛粪。干牛粪烧玉米、土豆，烧豆角是再合适不过的。随手就可以划拉一堆干牛粪，笼一堆火。把土豆，玉米，蚕豆角，黄豆角丢进火堆。明火燃烧后是暗火，玉米、土豆在暗火里渐渐煨熟，香气诱人，拨开灰烬就可以捡出来吃，吃的嘴边脸上都是黑灰，如果被抓，这就是赃证，必须找个渠沟洗干净，销除赃证后才回到宿舍睡觉。

每当夜幕降临，黑暗中有男有女，三一群，五一伙，纷纷出动，目的地都是老乡的庄稼地。营房前半夜都是空的，而老乡的庄稼地里却炊烟四起，燃起一堆堆篝火。

然而，还有更为诱人的东西，那是老乡家的鸡！

这天已经是半夜，齐蛀氓被轻轻摇醒，抬眼看，黑暗中看出，摇醒他的是蒋春龙。春龙用手捂住蛀氓的嘴，不让他出声，另一只手指了指睡在对面炕的孔令知，意思是明确的——这事不要让他知道！

蛀氓猜到了春龙叫他是去吃东西。遂一声不吭跟随他走了出来。自从揍了他一顿以后，他对自己特别好。时时看着自己的脸色行事。蛀氓理不清这里边的逻辑，揍了他一顿应该结仇，怎么会结下了交情？或许这就是所谓"不打不成交"？

他被领进了毛柳林，窦小鳖和刘胜利已经在那里等着他们。小鳖说："你来得正好，刚熟。"

黑暗中看见一堆火，火上，三块土坯架着一个脸盆，脸盆上扣着另一个脸盆。胜利掀开上面的脸盆，一股香气迎面扑来，蛀氓凭着嗅觉知道脸盆里煮着的是鸡！太香了！他已经三月不知肉味了！他顿时想到了一句名言：狼行千里吃肉，狗行千里吃屎！自己，战战兢兢地去偷土豆，以为做了大逆不道的事情；人家轻轻松松地吃鸡，并且大大方方招待朋友！

第二天一早，门肯道葛淘老汉怒气冲冲地来到连部，讲了昨天夜里发生的事情：全家睡得好好的，听到"哐！"的一声响，不知道是甚东西砸在了门上，哗啦啦碎玻璃就掉了下来。接着又是两声响，是石头砸在了门上。娃娃吓得哇的一声哭起来，儿媳妇一把捂住娃娃的嘴，悄悄地说'兵团家来了！'娃娃吓得顿时闭上了嘴，再不敢哭。我家两个儿子抄起刀子要出去拼命，让我按住了。老婆要点灯，也让我拦下了。我怕了，门砸坏了能修好，要是人出去，石头砸在脑袋上可就修不好了。我不知道来人要做甚么，是要杀人呀？还是要抢东西。要东西咋介也好办，只要家里有，给他们就算球了。要是他们来杀人、抢人，那就只能拼命了。外面静得怕人，等了好一阵阵，听到外面鸡嘎嘎地叫，我就知道了他们是来偷鸡的，这下我倒放心了。今天早晨起来一看，满院子都是鸡毛，少了四只鸡。

指导员说："知道不知道是谁干的，就到我们九连来告状？"

道葛淘老汉听了气得翻了白眼，说："你倒问我知道不知道？除了你们兵团，还有谁会干这偷鸡摸狗的营生？自从盘古开天地，咱们这地方也没有过偷鸡的事情。不是你们的人是谁？鸡窝前留下了脚印，都是军用胶鞋踩的。我们社员没有人穿这样的鞋，不是你们的人是谁？这偷鸡的人还不是外人，我沿着脚印追下去，是三个人的脚印，出了院门往东拐，就走上了去九连的路。这条路，只有住在我家的几个后生才走，我们的人从来不走这条路。你去查查看，要是我说错了，你把我的两只眼剜出来扔地下当泡泡踩。他们在我家里住着，每天早烟奶茶热炕头供奉着，没把他们当外人哇？从来没亏待过他们哇？还有天理没有？良心让狗子吃了？天底下只有两件事最丢人，男人偷人，女人卖屄……"

道葛淘老汉越说火气越大，没完没了地说着，指导员被他数落得哑口无言，只得连连点头称是。心里早已知道了这三个人是谁，气得险些笑出声来。顾头不顾腚的东西！想的真好！先砸门，把人吓唬住。等人家不敢出屋的时候然后下手。可是这么简单的事都忘了，出来做贼连双鞋也不懂得换？蠢到家了！看我怎么收拾你们！

指导员再三给老门肯道歉，说，门砸坏成什么样子了？老门肯说，玻璃碎了一地。指导员说，今天我派木匠把门给你修好。我们一定要把偷鸡的人抓到，让他们给你赔礼道歉，加倍赔偿，我还要狠狠地处分他们，给你出这口气！好说歹说，总算把老门肯哄回了家。当天晚上，召开了支委会。

会上指导员说："先把这三个人抓起来再说！这三个人打起根就不是什么好东西，从来就对党支部心存不满。毛主席说，不拿群众一针一线，这可了得，砸门，偷鸡，简直就是明火执仗了，这跟土匪有什么区别？这又是二十团第一起偷鸡事件，这个窦小鳖又创了一个第一！真是狗改不了吃屎。这不只是偷几只鸡的问题，这是一个政治事件。上纲上线的话，说多严重都不为过。他们破坏了'三大纪律八项注意'，破坏了军民关系，破坏了解放军的威信，破坏了毛主席的战略部署，将来我们还怎么在达拉图立脚？眼睁睁就是向党支部挑战，他倒要看看你能把他怎么样！"

如同所有的连长和指导员一样，他们是天敌。一个只关心军事，另一个只关心政治，并且对对方所关心的事情都嗤之以鼻。连长听了指导员的高谈阔论，气不打一处来，心说，哪里有那么多"纲"和"线"？扯啥子鸡巴蛋！表面却强忍住了心中的不屑，尽量心平气和地说："我倒是认为，这件事情要冷静处理。我是负责军事工作的，我就来谈谈目前的军事工作。毛主席派我们来做啥子？是备战！现在的基建和挖渠两大任务正处在最关键的时刻，不能忘了，我们挖的不是农渠，而是阻挡苏修坦克的工事！不久，北京和青岛的一共一百五十多新兵就要来了。冬天他们要有住的地方！现在离上冻只有一个月的时间了，到时候，房子要盖好，大渠要挖完。事情有轻重缓急，几只鸡的事情，我们多说几句好话，多赔上几块钱，安抚一下，事情也就过去了。不能兴师动众，搞得人心都惶惶了，时间太紧了，不容我们有半点分心。"

指导员听罢，心情跟连长听了他的话一样不屑，表面上却也跟连长一样，心平气和地说："备战工作当然重要，但是不能脱离政治挂帅。刚才我讲了，这是个政治问题，不能有丝毫马虎。毛主席教导我们，做工作要抓主要矛盾。政治思想工作就是主要矛盾。今天如果偷鸡我们不管，他们就会吃出了甜头。明天就会偷羊，偷猪。后天就会全连都跟着学。如果不把这个苗头消灭在萌芽状态，连队就会失去控制，党的领导就会威风扫地，那个局面怎么收拾？"

连长对指导员口口声声不离"政治"险些笑出声来，表面却不敢有丝毫流露，说："我同意郭栋梁同志说的抓主要矛盾。但主要矛盾从来就是备战！不能有丝毫动摇！眼看冬天就要到来，完成备战任务，和抓几个小毛贼哪个更重要？"

指导员说："如果我们的政治上放任自流，连队烂了下去，备战任务你能够完成吗？"

连长说："好！我们退一步讲。你一定要查下去，我问你怎么查？大搞群众运动，揭发检举？人人过关？抓起人来刑讯逼供？还有别的办法吗？没有了。同志啊，那需要时间！我们每一分钟都很重要，哪里有那么多时间抓坏人，搞运动？再说了，查出来怎么办？又要开批斗会，又要写批判稿，有那时间多脱几块坯，多挖几米渠，我们就离完成任务又靠近了一步。再说，查不出来怎么办？你担心的是党的领导会威风扫地，查不出来不是更威风扫地吗？我说一句到底的话：到冬天我们没有房子住，大渠没有挖好，你和我都要受上级处罚的。到时候你把几个偷鸡贼交上去也免不了你我的罪过！"

陈连长话音一落，会议陷入了僵局，屋内一片寂静，支委会三个人你看看我，我看看你，都无话可说。

许久，陈连长叹了一口气，继续说："话说到了这个份上，我可要为偷鸡的战士说上几句话了。作为连队首长，我们老说爱兵如子，爱兵如子！这可不能只是一句空话！我们心里就真的没有个球数？为啥子我们的兵会去偷鸡？是因为他们吃不饱嘛！这怪他们吗？战士们每天空着肚子挖大渠，脱大坯，干着天底下最累的活。为完成任务把命都拼上了！他们的表现还不够好吗？过去在战场上，战士体力消耗也很大，但那是短时间的。一仗打下来，一休整就是好几天。现在我们的战士，没有休整，没有公休日，连轴转，一干就是几个月。他们每天干当地社员三倍、四倍的活，靠的是什么？是你的政治思想工作吗？老老实实告诉你，不是！他们靠的是偷！我是装甲兵连长，我知道，坦克车没有油就开不起来。战士肚子里没有食就挖不动渠。不偷就完不成任务！不偷他们就活不下来！有的战士已经饿得浮肿了，腿、脑门一按一个坑，半天起不来。可是这时候，我们还要站在一个正义的高地上，抓他们，批斗他们，处分他们，把他们拉到'纲'上，拽到'线'上，指责他们破坏了这个，破坏了那个，我们还有没有良心？"连长越说越激动，泪水像两道小溪在脸颊上流淌下来。

听着连长和指导员吵来吵去，王智长的眼睛一会看着指导员，一会转过来看着连长，头像拨浪鼓一样摇来摇去。见到二人争吵陷入僵局，觉得自己该说话了。

王智长说："指导员明察秋毫，分析的深刻，看得长远。连长的看法，扎扎实实，脚踏实地。两位首长都让我学到了很多。明摆着，这事跑不了就是窦小鳌、刘胜利、蒋春龙干的，除了他们没别人。可是指导员有所不知。您知道他们是什么人吗？他们三个祖辈上就是有名的黑帮老大，大流氓，滚刀肉。子承父业，现在他们也都是地痞的头子，一个个都是那铁嘴钢牙的主儿。我们把他们抓了，拿不到铁证，他们一口咬定没偷，我们反而陷入被动。我认为这件事如果查不出结果来，不如不查。连长的看法非常务实，应该采纳。我是排长，每天跟战士们一起干活，下边的情况我最清楚。说句老老实实的话，如果我们真的把偷彻底卡住，我们真的完不成任务，甚至活不下去。"

指导员深知此事关系重大，一旦失手，后果不堪设想。又听到陈连长和王智长都如此说，也不敢任性。遂说："连长说得非常有道理，我又怎么能不知道抓人有抓人的危险？可是不抓，也有危险。现在我们两头为难，有没有一个更好的办法，彻底解决问题？"

连长说："指导员说的好，现在是彻底解决问题的时候了，要不然一个定时炸弹埋在那里，不知道哪一天就会出事。"

指导员说："你们有什么好办法吗？"

连长说："问题的根源，就是粮食不够吃。过去，我们正规部队的伙食，也是每月 45 斤定量，13.5 块钱伙食费，跟兵团一样。可是，我们部队伙食费，从来都是吃不完，花不完。战士们随便吃，每月都有结余。这到底是为什么？"

连长的话引起了指导员和王智长的兴趣，问道："到底是为什么？"

连长说："部队上我们的战士都是农村来的，刚刚入伍的时候，他们每顿饭都能吃 10 个、15 个馒头。照这种吃法，连队的粮食肯定会让他们吃空了。我们部队里有现成的经验，保证让他们不出一个月就把饭量降下来！"

指导员说："噢？快说说你的经验。"

连长说："我是放牛娃出身，我知道。不瞒你们说，这些法子都是跟地主老财学来的。地主老财每顾雇来一个新长工，新长工饭量都特别大，一个长工能把地主老财一家子的饭吃光。但是地主老财有办法。长工刚刚顾来，当天就杀一口大肥猪。每天肥猪肉随便吃，一连吃半个月。半个月以后，长工的饭量就会慢慢减小。这到底是为什么？因为长工都是穷人，肚子里没有油水垫底。越穷越吃亏，饭量越大，把家里都吃穷了。地主老财先把这个底给他垫上。饭量就会小下来了，这就是诀窍！现在，我们就要用同样的办法，给我们的战士把肚子里的底给他们蓄上！"说罢，脸上露出自信的微笑。

指导员和王智长连连点头说："嗯！说的在理，这么好的办法我们怎么以前不知道呢？那么我们怎么把底给蓄上呢？"

连长说："眼下就有一个机会。过几天，北京和青岛的 150 个新兵就要来了。新兵，刚刚从大城市里来，他们的肚子并不缺油水，饭量不大，可是他们的伙食费是不少的。所以我说这就是个机会！我们就用这笔钱买猪。我们跟附近生产队商议一下，到村里去收购他们养的猪。说这是一个机会，还有另外一个原因，现在老乡地里玉米、蚕豆、黄豆、土豆，胡萝卜都可以吃了，我们的战士弄来吃一点，是帮助我们解决燃眉之急，没有这些补充，我们就无法渡过难关，这就是老天爷给我们的一个机会。趁着这个机会，把战士们肚子里的油水给他们蓄起来，到了冬天地里没有庄稼可以吃的时候，我们的蓄油计划已经完成，饭量也减下来了，那时候就不怕了。现在，我们只有一个月的时间了。"

指导员被连长的话气得"噗"地乐出了声，说："难怪你打一开始就反对我抓贼，原来你把老百姓的庄稼都算在了你的计划当中了！"

连长也"噗嗤"一声笑了，笑得很得意却也狡黠。说："同志，这是打仗哟！打仗要的只有一个东西，只能胜不能败！胜了怎么都有理。要是败了，你不偷、不抢又有个屁用！"

说着，收敛了笑容，恢复了一幅愁眉苦脸的模样，长长叹了一口气说："唉！这件事太重要了，我打从参军，大大小小的仗也打过有几百场了。万万没有想到，老了老了，遇到了最难打的这一仗！虽然没有枪声炮声，可是这个仗时间最长，给养最差，和最不听话的战士。我是个放牛娃出身，跟着毛主席走到今天，参加革命的时候，为的只是能吃上一口饭。可现在我当上了连长，早就比我想的好多了！我的一切都是毛主席给的。到了我这把子年纪，早就不求升官，也不求立功受奖了，只求跟毛主席有个交代，心里不愧得慌就知足了。是毛主席派我来，要我守住这几亩地，我要是守不住，我就对不起毛主席！

"再说了，要是仗打败了，我们谁也跑不掉要受到处罚，撤职罢官都是轻的，没有可说的，从部队夹着尾巴卷铺盖卷滚蛋，回老家种地去！作为连长，打从来到九连，我就没有睡过一天安生觉。多少次做同一个梦，苏修打过来了，我们的大渠没挖完，苏修的坦克毫无阻拦，一马平川，铺天盖地从我们九连土地上碾过去。我们的战士，拿着烧火棍一样的破步枪打阻击，被坦克碾成肉泥。吓醒了，浑身都是汗！这不是吓唬你们，我是战场上走过来的人，我知道打仗是怎么回事，要是我们现在的工作做不好，到时候就是这个样子。

"回到正题上来，俗话说，吃不穷，花不穷，算计不到就受穷。我整天在想，有没有办法彻底解决粮食不够吃的问题？有！只要熬过今年，如果苏修不打过来，明年我们就有了自己的庄稼。有了几千亩地的麦子，玉米，我们不用去偷，我们有吃不完的粮食。从现在到明年麦收是最艰难的时候。这一年的时间我们怎么过？不客气地说，如果没有好办法，我们的部队一定会溃散，不可收拾！

"我算了一下，新兵老兵的伙食费加在一起，除去买粮食的钱，我们能有三千多块钱，二百斤一口的大肥猪可以买三十口。这样，我们每天杀一口大肥猪，土豆烧猪肉，让战士们能吃多少就吃多少，一连吃它一个月！我就不信，肚子里的油水蓄不起来！这就是我的解决方案。"

指导员被他的大胆设计惊呆了。他在部队曾经听说过这种方法的功效，因此他相信连长的计划能够行得通。听到这里，他眼睛里放出了惊异的光，说："太好了！我最担心的问题终于有了解决办法！只要能够渡过这个难关，什么备战、基建都算不了什么！我建议，明天我们就向团党委打报告，报告我们的这个方案，争取赢得团党委的支持。一旦成功，立即可以在全团推广。今天的会我们就开到这里吧。明天通知付恩同起草报告，通知司务长崔景芳，等新兵的伙食费一到账，立即着手到老乡那里去买猪，买土豆、胡萝卜。还有没有其他意见？"

陈连长说："唉！还打啥子报告啊？你只怕上级不知道你的功劳啊！我们悄悄地干，成功了，还怕他们不来取经？失败了，谁也不知道，免得丢人现眼！"

郭指导员说："报告还是要打的。万一我们不成功，跟上级也有个交代。"陈连长和王智长也只好同意。

一个星期以后，北京和青岛的新兵先后到来。全连开始了令人振奋的"蓄油"计划。大肥猪一口口陆续由老乡赶着送到九连，临时养在伙房侧面的猪圈里，等候宰杀。上午十点左右，伙房一边传来猪的垂死嚎叫。猪的血腥气和褪猪毛气味在操场、营房间弥漫，给深度饥饿的九连战士送来了盼头——中午可以吃肉了！

终于盼到开饭的时刻。第一天主食是馒头。战士们在整队，唱饭前必唱的毛主席语录歌，这一天的歌声格外响亮，战士们撒着欢地吼，吼得串了调，差了音。在歌声中，一个，两个大筐箩被抬到队伍前面，上面盖着保温的棉被，下面是雪白的馒头。与以前不同的是，今天的馒头不计数，自取，想拿几个就拿几个，随便吃！

菜，虽然只有一个，那却是很硬的菜——土豆烧猪肉！两口巨大的锅，锅底由土坯围成圆圈，早就稳稳地架在了餐厅门口。战士们唱歌之际，炊事班的人把一桶桶炖好的菜从伙房提出来，倒进大锅里。大锅周围排满了黑铁的大马勺，那是供战士们从锅里舀菜使用的。令人吃惊的是，锅里的菜虽然宣称叫作"土豆烧猪肉"，却是实实在在地以肉为主，肉块切得二寸见方，土豆只是肉块之间稀有的陪衬。看架势，主厨人的愿望并不是希望人们少吃肉，而是希望他们多吃。

唱完语录歌，连长宣布开饭。他站在两口大锅之间，看着打饭的队伍，嘴里不停地叮嘱着："同志们，慢慢吃，东西有的是，放心吃！不要吃撑着，下一顿还是这样的饭菜。"

一个战士走到筐箩边。一根筷子往馒头上一插，四个馒头就串在了筷子上；另一根筷子又一插，又四个馒头串在了筷子上。然后走到菜锅旁，拿起大马勺，两三勺装满自己的铝制饭盒，走到一边吃起来。晚饭主食是窝头，菜是胡萝卜烧猪肉。一个个战士们摘下帽子，装满一帽子窝头，盛满一饭盒菜吃起来。每天，每个人都是如此。

那些天，活虽然照干，而每次开饭，都成了他们狂欢的盛宴！

当大家狂欢之际，连长和指导员却心神不安。他们眼睁睁看着瘦弱的女孩一顿饭吃掉八个馒头和一大饭盒肉！这是一个让他们了解战士疾苦的课堂！看着战士们的吃相，连长和指导员的眼泪吧嗒吧嗒落在地上。本来它们不知道战士们的身体究竟透支了多少。他们本来以为自己跟战士们吃同样的伙食，也就等于吃了同样的苦头，却不知道自己是不干活的，而战士们的身体早已被繁重的劳作掏空了。

一天天过去，一口口大肥猪被陆续吃掉。他们心里突然失去了自信，到底猪圈里的猪够不够把战士们肚子的底给垫上？如果够，就是大获全胜；万一不够怎么办？真的是这样，钱和粮食都吃出了一个大窟窿！接下来的日子怎么过？

两个星期过去了。这些天来，连长和指导员一直在关注着筐箩里的干粮消耗的速度。他们心里暗自期待的是，哪一天，希望就是明天，突然筐箩里的馒头，窝头消耗不动了。

圈里的大肥猪在逐日减少，直到只剩下最后三口的时候，他们所期待的迹象依然没有出现。连长和指导员都慌了。立即召开支委会研究对策。连长斩钉截铁地说："我就不信，这些人的肚子就是无底洞！我就不信，地主老财祖祖辈辈的经验在我们这里就是不灵！只要我们能再坚持一下，转机就会发生在明天！到现在为止，我们已经把后面两个月的粮食吃光了，我们必须坚持下去，我们已经没有退路了。"

这次支委会的意见少有的一致。指导员说："立即向团部提出申请，请上级支援我们 1000 元，预支也行，借也行，等我们渡过难关我们一定还上。我们再买 10 口大肥猪！这一仗只能成功，不能失败！"

团部一个月前就收到了九连打的"蓄油计划"报告。政委和团长读到报告后都感到十分振奋。正在他们因为粮食不够吃而一筹莫展的时候，无疑九连的报告给他们解决问题燃起了一线希望。他们立即批复了九连的报告，对报告积极想方法解决问题给予赞赏，并且在批复中说：团党委全力支持你们的计划，等候着你们胜利的消息！

今天，他们等来的并不是胜利的消息，而是九连请求拨款 1000 元的报告。政委毫不犹豫地说："给！明天就派通讯员把钱送到九连，决不能功亏一篑！"

其实政委心里大约也明白了，这是一场胜算不大的赌博。只不过赌注并不大，充其量输了，就是 1000 块钱，做这样一个实验这个成本不算高。但万一赢了，经验一推广，就解除了心腹大患，怎么算这个赌注下的也值得。事情往往就是这样：冥冥中最担心出现的结果，那就是无法回避的结果。

四十口大肥猪都吃光了，战士们的饭量确实有所减少，开始每人每顿八个馒头，现在四个！这就是四十口大肥猪的功效，但这四个馒头也是正常定量的两倍！原本期待的效果远远没有实现。况且，大肥猪吃光了，当猪肉断档之后，主食消耗量立即出现反弹：每人每顿四个馒头，逐渐变成五个，六个，七个，八个。

连长和指导员看明白了这个结果，吓得立即叫停伙食随便吃，再这样下去，窟窿越吃越大。一旦透支钱粮过多，必定导致钱粮断供，那一天将无法应对！

这个大窟窿如同一座大山压在连长和指导员的心头。

第74章　革命的小婊子

叫停随便吃的当天晚上，陈连长给远在北京部队大院的妻子写了一封信，信是这样写的：

孩子他妈：

我这里一切都很好，不要惦记我。见信后立即再寄一袋干辣椒来。

孩子他爹

陈连长的妻子是一个小巧玲珑的四川女人。她见到信后就觉得不大对劲，当即就改变了原来的计划。

在陈连长被调到内蒙古兵团的时候，家属安排有两种选择。一，是跟随陈连长一起到内蒙古去；二，可以留住在原来部队的住所。陈连长夫妻原来的计划是：他们有三个孩子，老大是闺女，老二老三是儿子。老大老二都在上学，老三也已经六岁，明年就要上学了。兵团没有学校，家属如果一起迁到内蒙古，孩子的学业就要停下来。更为要紧的是，不迁去内蒙古，他们都是北京市户口，如果迁去内蒙古，就变成了内蒙古户口！一旦户口迁去了那塞北大漠，再迁回北京恐怕比登天还难！再苦再难也不能把孩子扔在边疆大漠。陈连长到内蒙古兵团，也只是外出执行任务。一旦与苏联的仗打完了，他就会重新调回部队，合家团聚。陈连长执行任务期间，就这样分着过！她已经习惯了，她的多半辈子就是在等待"仗打完了"当中度过的，咬一咬牙也就过来了，何况现在都是为了孩子。

但是，今天情况不一样了！她收到了又要一袋干辣椒的信！她猜到了远在天边的丈夫所遇到的困境。他打了一辈子仗，现在已经五十多岁了，战争年代留下了许多伤病，他有老寒腿，他有胃病，腿里面还有炮弹片，再吃不上，喝不上，靠辣椒下饭，他扛得过来吗？他是家里的顶梁柱，万一他出点差错，这个家就塌了。对于一个弱小的女人，男人就是她的一切！孩子还小，受点委屈算不了什么，日子还长着呢，儿孙自有儿孙福！眼下，孩子的爹不能受委屈！她分得清哪头轻哪头重。现在，我就要到他身边去，带着孩子，再苦再难，那边就是苦海，我也要跟他一起度过！

她没有立即写回信，第二天就办理了迁户口的手续，把户口从北京迁到了内蒙古；然后，就跑了趟火车站，买了四张火车票后，这才给陈连长写了信，信很简短，没有商量，也没有解释：

孩子他爹：

九月十三号下午三点，到乌拉特前旗火车站接我和孩子。

孩子他妈

为了接连长家属来九连安家落户，指导员特地派了最可靠的驭手、马车班班长孙逸华赶着一辆马车，渡过黄河去乌拉特前旗火车站接连长家属。

逸华的马车赶进九连时已经是傍晚时分。随着逸华长长的一声"吁——"，马车停在了简易房最东侧的一间战士宿舍前，这是指导员特地为他们一家安排的住所。

白磊跑前跑后，帮助开门，搬行李。听说连长的家属来了，九连战士们蜂拥而至，在马车边围了一圈，来看连长的妻子和儿女长什么样。交头接耳议论纷纷。

"闺女长得像爸爸，儿子长得像妈妈。"

"这就是全部家当呀？只有两个铺盖卷，一个包袱？这日子怎么过的？"

"人家军人就是这样，不跟我们似的，婆婆妈妈的，啰里啰嗦一大堆。"

"还说她不啰嗦？你看他女儿怀里抱着的那是什么？泡菜坛子！"

"几千里地带来个泡菜坛子！"

"这你就不懂了，四川人，有个泡菜坛子，日子就不淡寡了。"

"连长媳妇这么弱小，在这大沙漠她受得了吗？"

"身子是弱小了点，可你看她的眼睛，我怎么觉得她太强大了！"

"是呀，这么小一个女人，如果内心不强大，怎么敢带着三个孩子来这鸟都不拉屎的地方？"

"鸟不拉屎算什么？这可是反修的前线，苏联说打过来就打过来了，她不怕吗？"

"这才是幸福的女人！跟男人，跟孩子，苦在一块，死在一块，有嘛可怕的？"

也许正是因为她外表过于弱小，才显得她格外强大。后来的岁月也证明了她的强大。

有了女人就有了家！鲁小班提前为他家盘好了灶，稳好了锅。白磊从伙房抱来了一摞粗瓷大碗，手里抓着一把竹筷子，跑前跑后帮着安置锅灶。第二天清晨，这间房子的烟囱就冒出了炊烟。从此，陈连长的家就安在了这间简易的土坯房里。

陈连长是现役军人供应，45 斤粮食全部是细粮，食油每月一斤半。妻子和孩子按照当地非农业人口供应，粮食品种跟兵团战士一样。虽然不好，但有陈连长的 45 斤细粮平均着，也是不错的供应了。陈连长比一般的连长级别高，每月 100 多元工资。妻子把饭食调理得周到肆致，每顿饭有干的，有稀的，有菜。再也不必跟兵团战士吃同样的饭菜，用干辣椒下饭了。无论如何，哪怕是在天涯海角，有了女人，有了孩子，就是一个温暖的家。

不久，陈连长的妻子从老乡家里抓来了七八只大母鸡和两只红翎子大公鸡。达拉图养鸡几乎不用喂。草原上有的是草籽、昆虫供它们食用。草原上的鸡飞翔能力特别强，每天早上，连长妻子只要把鸡窝的门一打开，鸡们就漫步走出鸡窝，稍稍伸一伸懒腰，然后嘎嘎叫着，向着草原深处展翅高飞。哪只母鸡腹中有了蛋要分娩，就独自飞回家中，在鸡窝顶上，有专供下蛋的产房，里面铺着麦华秸，母鸡们都知道这是她们的产房。下完蛋，她们也会咯咯哒、咯咯哒地叫一阵，向主人报功。这时候，主人都会抓一把高粱或者玉米犒劳一下她们做出的贡献。母鸡吃完地上的食物，依然会振翅高飞，回到她的小伙伴队伍当中。每当日落时分，鸡们都会准时归家。这时候，主人只需撒上几把高粱，鸡们就会安详地享受着一天中最后的美餐，随着夜幕降临，它们会钻进鸡窝，安安静静地休息，直到第二天鸡窝再次被打开，再次飞往草原深处。每天都有鸡蛋吃，陈连长家的生活就上了一个台阶。

达拉图是养猪人的乐园。此地盛产苦菜，苦菜是猪的绝佳的饲料，方圆三五十里的农、牧民每天都有人赶着驴车，到这里来淘苦菜。淘下的苦菜装在麻袋里，麻袋摞着麻袋，在驴车上能够码成一座小山，赶着车拉回家里。

不久，陈连长的妻子从老乡家抱回来了两个巴克夏小猪仔。她请鲁小班照着老乡的"淘菜铲"给她打了一把，每天她跟当地农妇一样，提着麻袋到沙漠边缘去淘苦菜。她不像普通农户一样有毛驴帮她把麻袋驮回家来，她就自己扛。装满苦菜的麻袋，比她自己体量还大了很多，压在下面的她却总是带着自信的笑容。到春节仅仅有四个多月的时间，她居然能够喂出了两口一百斤的肥猪！

四川女人会做腊肉。春节前连长家杀了一口猪。几天后在他家房檐前就挂满了一条一条的腊肉……

这是随后几个月的话，让我们还回到时下。

四川女人会做泡菜。一千多公里之遥搬家至此，她带了很少的家当，却没有忘记带泡菜坛子。在她手里，那个坛子就像魔术师手里的道具，不管什么东西，萝卜，黄瓜，白菜，豆角，葱头，洋白菜扔进去，过几天再掏出来，就变成了风味独特，生吃、炒吃、煨汤、炖肉，怎么吃都好吃的泡菜！

又过了不久，陈连长的妻子从老乡家抱回来了一只小狗崽。小狗崽通体雪白，眼睛乌黑，铁石心肠的人看见它心也会融化。还没等连长家给它起名字，九连战士就给小狗起了名字，叫"白磊"——跟通讯员同名。通讯员白磊是个十六七岁的男孩儿，长得面如冠玉，目似流星，浑身充满了孩子气。是连长选中的他做通讯员的，因此他心里就只有连长一个人，唯连长马首是瞻，鞍前马后非常殷勤，对指导员就没有那么亲近，因此指导员也就不那么待见他。白磊每当听到战士们叫那小狗："白磊白磊白磊！"声音刚落，那小狗摇着尾巴，颠颠地跑了过去，通讯员白磊都气得脸色涨红，却也无可奈何。

有了鸡，猪，狗，俨然这就是一个生机勃勃的家。

和过去一样，陈连长每天早晨起床号一经吹响，第一个出现在操场的依然是他。家属来了，老婆孩子热炕头，并没有消减陈连长的革命斗志，反而使他精力更加旺盛，为完成他的使命操劳。

每天全连第一个起床的是白磊，起床后第一件事情是到操场吹响起床号，然后在操场等候连长到来，再然后就跟在连长身边不离左右。本来白磊跟陈连长在连部那排房同住一屋。陈连长家属来了，搬出了连部后，白磊却自己决定也搬出了连部，到后勤班里面住。那天他抱着铺盖走进后勤班，后勤班长鲁小班跟他急了："这个倒霉孩子，连部宽宽绰绰的多好，干嘛搬出来跟我这儿挤？"

白磊说："反正我是你后勤班的人，你不让我住这儿我住哪去？"

小班说："你给我回去，这没有你的地方！"

白磊死皮赖脸就是不走，说："求求你就让我在这儿吧。"

小班说："你不给我说出为什么，你就老老实实给我搬回去。"

白磊吭哧半天，说："在那碍眼。"

小班便不再多问，让他住了下来。此后，有五个房间的一栋连部房就只剩下了郭指导员一人居住。

打从齐蛆氓丈量土地的时候起，崔璨就在连部帮忙，虽然职务不明，却一直经管着连部的许多事情。她善解人意，知冷知热，又特会来事，不管是指导员还是连长，也不管是什么事情，都打理的妥妥当当。时间久了，成了连部少不了的人，连里便安排她担任了出纳。

一天下午，崔璨走进指导员办公室，发现指导员下地了，却忘了戴草帽。她抄起草帽追到外边。外面静悄悄的没有一个人，下地的人早都走远了，她就顶着烈日，四处寻找。终于在黄河边的地头上找到了指导员，说："这大毒的太阳，也不懂得戴草帽。看把你晒的，跟个非洲阶级弟兄似的。"

指导员一天到晚都板着脸，九连战士不记得他会笑。也从来没有人跟他开玩笑。他听了崔璨的话，居然"噗嗤"一声笑了，乌黑的脸显得牙齿雪白。

崔璨说："还笑呢！你不懂得心疼自己，别人还心疼呢！"说着走上前去，亲手把草帽戴在了指导员的头上，灵巧的手指把草帽带子在指导员的脖颈下系好，系得不松不紧。

指导员收敛了笑容，说："谁还会心疼我呢？"

崔璨感到自己的话有点过头，不由得脸一红，说："指导员夫人呗！你要是把自个晒得跟个非洲兄弟一样，等你家夫人来了不认你，看你怎么办！"

指导员狠狠地说："哼！她早就不认我了！我寄了两封信让她给我寄点醋来，她连个信也不回！"

崔璨知道碰到了指导员的伤心处，就不再继续说下去。

每次指导员回来晚了，错过了吃饭的时间，她都要提前去炊事班把饭打出来，估计指导员就要回来，提前把饭热好，洗脸水打好。指导员一进屋，洗脸水是现成的，饭菜是热的。

依照团里的要求，连里要自己培养一位能够承担女战士工作的干部，将来的培养目标就是做副指导员。连长和指导员都在物色人选，也曾经讨论过人选的事儿。全连有一半是女生，女人有女人的一摊子事情，是指导员和连长两个大男人无法插手的。他们曾经考虑过左红梅，就资历而言，她是老团骨干，眼下就是排长，发展她入党，提拔成为团支部书记，然后任命为副指导员，很是顺理成章的事情。但是每次提到她，连长和指导员都不住地摇头，这位同志政治上是可靠的，可那有什么用？她认准了一个方向不回头，那就是左。越左越革命，越左越正确。她左上劲来，让连长和指导员都有点怕她。加上她对人的理解太粗糙，带头干活是把好手，显然不适合做思想工作。每谈至此，便只好放下，以后再说。

一天傍晚，马车从团部回来，带回来一个很大的邮包，收件人是崔璨。崔璨直接把邮包搬进了连部指导员的办公室。

"指导员，您要的东西来了。"崔璨说。

郭指导员很纳闷："我要的什么东西？"

崔璨说："打开就知道了。"说着话，三下两下把邮包打开，里面是一个纸箱，掀开箱子盖，整整齐齐的一箱二十四瓶山西老陈醋。

指导员说："我多咱说过要老陈醋了？"

崔璨说："您不是说给你夫人写了信要老陈醋吗？说来也巧，我爸爸在二商局工作，恰好碰上有这个东西，就给您寄来了。"

指导员沉下脸说："我们是解放军队伍，不兴搞请客送礼这一套呀。"

崔璨噗嗤一声笑了，说："瞧您说的，送礼哪里有送醋的？让人听见都笑话！这都是人家扔的，不要的东西。上个月，二商局开商品展销会，这是山西代表团的展品。展览完了，东西运回去还要花运费，就让大家随便拿。大家都捡有用的拿，最后剩下一箱子醋没人要，我爸爸就搬了回来，一分钱也没花。"

指导员说："那你不如留给家里人吃。"

崔璨冷笑说："家里人吃？这可是正宗的天下第一醋，天津人哪里配吃这好东西？他们吃不出好与歹，也是白糟蹋了。这醋只有指导员您吃才不算糟蹋！"

几句话说到了指导员的心坎里，说："要真的是这样，我可就不客气了。不过邮费我可要给你才行。"

崔璨连连说"那当然，哪里有白吃白喝的道理？"

指导员说着，伸手拿起一瓶醋，看了看标签，说："还真是正宗的山西老陈醋。打从恢复定量伙食以来，这嘴淡寡得，恨不得自己撕两把。这可好了！来来来，让我先尝尝鲜吧！"

说着便不停地吧唧嘴，咽口水。把瓶口放在嘴里，用槽牙一使劲，"咯嘣"一下咬开了铁瓶盖，把瓶盖吐在地上，一仰脖子，喉结上下一动，"咕噔"一声咽了下去。只见他双唇紧闭，双眉紧锁，眯缝着眼睛，好久，竟挤出两颗泪珠来。然后，深深地喘了一口气，说："哼！你不给我寄，我也吃到了！"

崔璨说："您说什么呢？"

指导员说："没，没说什么。"

九月，崔璨出差回了一趟天津，这一走就是半个多月。她父亲是二商局的一个科长，托关系为二十团弄了 4 吨平价猪油，用来解决粮食紧张问题，让她去联系发货，算是公差，其实也是对她的犒赏。4吨猪油！每个连都能分到七八百斤！对于粮食奇缺，数月不见荤腥的二十团各个连队而言，如同久旱逢甘露，吃到猪油炒菜的士兵们都体验到了活着的意义。

这半个多月指导员的办公室乱套了。平时并不觉得有人干了什么。自从崔璨离开，桌子没人擦，上面总有铜钱厚的一层沙尘，手指可以在上面写字；地没人扫，脚踩上去"噗噗"溅起尘埃；暖壶里边是凉水，洗过脸的水自己不倒掉就没人把它倒掉，上面飘着一层肥皂洗下的油污。指导员回来晚了，没有热水洗脸，也没有热腾腾的饭。

一踏上天津的土地，给了崔璨巨大的冲击，涌上心头的第一句话是："这才是人应该活的地方！"这里不用啃白薯干，这里没有沙尘暴，这里也不用踏冰水脱大坯！这里……想着这些，眼睛涌出了两行热泪滚过脸颊，落在地上。

她去探访了过去的同学，特别探访了曾经在犄角旮旯一起偷偷寻欢作乐的哥们。但一个也没有见到。他们因为在校期间是小流氓，连兵团也不要他们，都去插队落户了，多数去了山西长治地区。少年时代的朋友们早已散落到天涯海角，再难找寻。她突然感到，过去结束了，一切都应该有一个新的开始。她突然觉得自己长大了。她暗下决心，不能像过去那样混了，一定要混出个人样来！

出差回来的那天晚上，熄灯号已经吹过，崔璨推门走进了指导员的办公室。指导员正在油灯下拆看战士的家信，这是他了解战士"活思想"的主要途径，也是他一天当中最为快乐的时光。

"指导员，您可想死我了！"崔璨雀跃着说。

"你可回来了！"郭指导员说着站起身，迎了过来，露出慈祥的笑容。

他没有想到她会张开双臂，一头扑在自己的怀里。她紧紧地抱住他，把头埋在他的胸前。一阵异香冲进了他的鼻孔，这该不是香胰子味儿吧？怎么会让自己双肩酥软。他低下头，追踪那缥缈的气味，鼻子伸进接触的缝隙向下探寻，头发，耳际，香腮，下巴，贪婪地吸嗅着那气味，沉醉于那气味掀起的热流在身体中冲撞的感觉。

　　她也闻到了一股子奇异的气味，那是一个成年男人常年劳作，从不洗浴所产生的气味，她想到游览动物园时走近狐狸窝的气味。她被这气味熏得有些眩晕。她提醒自己，不要有任何厌恶的表情流露出来！她深知郭指导员自尊心奇强，他最痛恨的就是这帮子知青看不起他，说他是老坦儿，土老帽，乡下人，脏，臭，愚昧，没文化。每逢他捕捉到或有或无的此类信息，都会有过激反应，突然愠怒，脸色气得失去血色，然后，他会记你一辈子。她清楚，其实那不是自尊，而是自卑！因此她知道，跟郭指导员谈话，要远离那些敏感话题，千万不要触碰他那根最敏感的神经。忍住，忍住！过一会你就会习以为常。果然那气味的冲击渐渐平缓，消失。

　　耳鬓在他的胸前厮磨着，她缓缓仰起头，迷离的眼睛看着他，迎面遇到了他粗壮的呼吸，痒痒的，向下扩散。

　　他也感到了她呼出的气息，温热带有异香。他睁开沉醉的眼睛，看到了她精致的脸庞，鲜红的唇和两腮细嫩的绒毛，不由得厚唇向下移动，渐渐接近她的脸，他想亲她一口。她没有回避，而是微微仰头迎了上去，两双唇遇到了一起。

　　他虽然是结婚已久的男人，然而跟妻子历来都是吹灯后直奔主题的狂欢。灯火幽暗下四目对视，相拥接吻还从未发生过，过去他觉得那是放着正事不干，瞎耽误工夫。而现在他却觉得这一切那么新奇，有一种跃跃欲试的冲动，突然明白，城里人那一套并不全是胡扯，他们还真会玩。但他只懂得"亲嘴儿"，却不知道"接吻"。没想到今天遇上了，他有些局促，无所适从。当双唇相遇时，他只把他厚厚的嘴唇呆呆地按在她的唇上，不知道应该怎样。

　　她曾在街头巷尾跟风流小子厮混过，知道双唇相遇的妙处，却没有见过如此迟钝、或者说是如此忠厚老实的嘴唇。一种冲动涌上心头，那是对迟钝的怜悯？还是对忠厚的犒赏？或者是要抖一个机灵？她不清楚。她忍住了他的口臭，给了他来了一个"蛇吐信子"。

　　他从来没有感受过唇舌之间的纠缠所激起的热血沸腾，他喜欢这感觉。也不由自主地学着她的方法，把粗壮的舌头伸向她的口中。她却紧拢双唇，死死吸住他的舌头，用舌尖在他粗壮的舌上缠绕。

"这小妮子还是个老手。"他想。

别看这群女知青成天围在自己周围，"指导员长，指导员短"，娇声嗲气捧着你，只说你爱听的。但他心里清晰地感觉到，她们瞧不起他。然而，此时崔璨的行为鼓励了他，他感到了她对自己的认可和敬重，她让他忘记了自卑，获得了足够的勇气放纵自己的冲动。他突然推开她，低头解开裤带，"勃愣愣"阳具弹了出来。

她被吓坏了。其实，郭指导员的行为她是预料到的，没有预料到的只是他的阳具居然有这么大。顿时浮现在她脑际的是那次，那头叫作"一个蛋"的毛驴追逐母驴时，一挺一挺敲打着肚皮的黑色大家伙，样子像，颜色像，个头也像。她在与风流子弟厮混时，也曾经见过一些世面。但那些油头粉面小痞子的家伙充其量只是一条蚕宝宝，哪里有这么雄壮威武？

郭指导员没有察觉到她的恐惧，挺着颤巍巍的阳具凑了过来。她惊骇的眼神看着，身子退缩着，嗫嚅道："不……不行，指导员，太……太大了！"

郭指导员羞得满面通红，说："我们乡下人，都这个样。"说着，那大家伙惭愧得蔫头耷脑，自惭形秽，垂落下来。

她没想到指导员会如此窘迫，她察觉到，尽管自己如此小心，还是触及了指导员最敏感的那根神经，这局面必须挽回，并且必须以加倍的诚意充分地挽回。她撩起眼皮偷看了指导员一眼，悄悄伸手，握住那阳具，那家伙虽已瘫软，依然累垂盈掬。她满把握持，温柔抚摸，小心翼翼地说："我害怕。"

郭指导员见她动作亲昵、贪婪、毫无厌恶迹象，窘态大减。说："怕啥？"

"我怕放不下。"

郭指导员愣了一下——"怕放不下"？那就是说可以放！想到此心中大悦。"噗"地笑了，说："傻妮子，净说傻话。女娲娘娘造了两个人，一个叫'棒棒'，一个叫'洞洞'，天生这洞洞就是为棒棒造的，哪里会有放不下的？"

崔璨消除了疑虑，伏下身去，张开红唇，满口含住那瘫软的阳具，轻轻吞吐裹弄。她懂得怎样打理这样的事情，这在玩闹群里的行话叫作"吹喇叭"。郭指导员虽然娶妻已久，却从来没有受到过这样的待遇。他正值青春鼎盛，兼之已经半年没有碰过女人，早已饥渴难耐。那大阳具顿时卷土重来。崔璨依然有些恐惧，缓缓脱下衣裤，轻轻说："你慢点。"不由自主"您"变成了"你"。

崔璨虽然曾经风流过，但与她厮混的全是些油头粉面的少年小混混儿，又是在街头巷尾，偷偷摸摸，不过只是做些隔靴搔痒的游戏而已。今天事情才开始，崔璨就感到了"这才是真的！"

详情无须细述，许久完事，郭指导员抽出家伙，把她丢在炕上，裤也不穿起身回到办公桌前，在油灯下光着屁股继续拆看战士家信。

崔璨被丢在炕上，星眼迷离，脸色苍白，手脚冰冷，已经神志不清，却没人理她。

他打开一封信，文字一行行在眼前掠过，他却读不出什么意思。他正在为一件事情懊恼，当他抽出阳具的时候，借着灯光他看到，那上面只有湿漉漉的黏液，没有丝毫血迹——原来你是个破货！他感到自己受到了愚弄、侮辱，他想不明白，究竟是我脔了你，还是你脔了我？他心里有点乱，有点失落，本觉得自己捡到了一个珍宝，却原来是一个烂货。

许久，崔璨缓醒过来，坐起身，穿好衣服，说："不早了，该回去了。"

郭指导员说："是呀，太晚了不好。"

崔璨却只是不动身。郭指导员转过头看了他一眼，眼神在询问："怎么还不动弹？"崔璨嗫嚅道："我，我还想死一回。"很是胆小、害羞，像是孩子提出了一个无理的要求，说罢，不错眼珠地斜睨着郭指导员。

郭指导员笑了。那笑容令崔璨大为震惊——那张憨厚正派的政治脸像一张纸一样被揭掉了，展现出的脸上却是熟悉的笑容，这笑容跟曾经与她厮混的小痞子向她求欢时的笑容一模一样！那张政治脸怎么也会出现猥亵的笑容？见到这样的笑容她知道，那个要求是可以得到满足的。

"小婊子儿！"郭指导员说。

她又吃了一惊，原来平时那张只会说政治词汇憨厚的嘴也会打情骂俏。

"那可做不到了，你问问它同意吗？"郭指导员说。

崔璨说："我要让它同意呢？"

郭指导员说："你怎么才能让它同意？"

崔璨说："我亲亲它，还不行吗？"

郭指导员起身坐过来，交给她蔫头耷脑的阳具，说："你试试。"

崔璨便满把握住，放到樱桃口中，轻轻吮咂。许久，那阳具依然软如鼻涕，毫无反应。

郭指导员，说："你要叫它'达达'，说不定它才会理你！"

崔璨红着脸，从口中吐出那家伙，说："达达，就是爸爸的意思。我叫不出口。"

郭指导员说："我们那里都这么叫。你不叫，它不答应。"

崔璨轻声细语地说："达达，达达。"

郭指导员说："你说，亲达达。"

"亲达达。"

"我问你：你是谁的女人？"

"我是亲达达的女人。"

"你是谁？"

"我是崔璨。"

"你说，崔璨是天津的女学生，现在做了亲达达的女人。"

"我是天津的女学生，现在做了亲达达的女人。"

"你说，你是浪货，是小婊子。"

"我是浪货，小婊子。我是亲达达的女人……"崔璨喋喋不休地嘟囔着。

郭指导员也很吃惊，她怎么会这么乖顺？怎么会这么顺畅说出这些话来？

那家伙听罢，果然渐渐涨了起来。郭指导员说："千万别停下，接着说。"

　　"我是指导员的小婊子，我是亲达达的女人，我的身子是亲达达的，骚屄是亲达达的，亲达达想怎么肏就怎么肏！"她尽情地发挥着，那大阳具受到了鼓舞，再次勃发起来。

　　崔璨"嗷——"的一声嚎叫，大阳具进入了体内。郭指导员猛然一抖，崔璨随着抖动"嗷嗷"连声叫喊着。

　　郭指导员脸上露出了得意的微笑，说："你刚才还嫌它太大了，大的好不好？"

　　崔璨说："大的好，你真棒，我喜欢你的大鸡巴。"

　　郭指导员悠然抽送着说："鸡巴大是男人的本钱，越大本钱越大。本钱大的男人都是有血性，仗义的男子汉；本钱小的男人，都是些窝包软蛋。你达达我就是个特别能战斗的男子汉。今天你成了你亲达达的女人，我要对你好，将来不会亏待你。"

　　崔璨说："我什么也不要，只要亲达达的大鸡巴，把小婊子肏死也心甘情愿。"

　　她越说，他越发来了精神。许久才完事。

　　从此，郭指导员克服了一个重大的心理障碍——自卑。当他再与知青交往时不再过度敏感地认为他们歧视了自己，即便听到有对他鄙视的言辞，他也会一笑置之，他心里有了充足的底气。

　　他们开始了通奸生活，这是生活的需求，是生理的需求，也是心理的需求。从此他们谁也离不开谁。直到在他们之间走进另一个女人——这是一年以后的故事。

　　在未来一年时间里，接连发生了好几件让全连人莫名惊诧的事情。不久，崔璨入团了。年底，崔璨入党了。她是第一个在九连入党的知青。紧接着提拔为团支部书记。又过了不久，被任命为副指导员！成为了党支部委员，直接参与连里的重大决策。这不是连升三级，而是一升冲天！

　　副指导员，那是二十三级国家干部！工资每月 48 元，兵团战士只有津贴费 5 元！还有，她不必跟战士一样在班里挤大炕，她搬到了连部居住；她不必跟战士一样脱大坯，挖大渠，她干活没有指标，只是象征性的比划比划！

打从当上副指导员，崔璨如同变成了另外一个人。连里的政治学习过去是由左红梅主持的，现在理所当然换成了崔璨。原来那些东西并不难学会——主持全连政治学习；带领大家高唱革命歌曲；在艰难困苦的场合高喊革命口号，朗读毛主席语录——她做得比左红梅毫不逊色。很快她在这个位置上就找到了自信，俨然就是一个政治指导员的做派。

这对全体九连指战员都是具有颠覆性的事件！所有要求进步的人都迷失了方向。本来，他们以为只要认真改造世界观，拼命干活就可以入团，受到提拔。事实告诉他们，完全不是那么回事。他们都在调整着自己的方向。

崔璨被正式任命为九连副指导员的消息公布后，左红梅蔫了好几天。此前她暗自认为副指导员这个职务会理所当然地落在自己身上，心中曾经暗自欣喜了许久，不成想今天都落了空，顿时如同头浇凉水怀抱冰。在她心里，升迁提拔都是拿命挣出来的！崔璨凭什么？她觉得冤，暗自哭得悲天怆地。最后暗下决心：忠不忠，看行动！我倒要让大家看看谁是真革命，谁是假革命！从此左红梅更左，干活更加拼命了。

新兵到来之后，连里对二班人员做了一次调整。对这次调整最为失望的是孔令知。此前他暗自认为，自己检举揭发了张明玉，立了大功，现在张明玉被撤职，理所当然他应该被提拔为班长，但他希望的事情并没有发生，而是把付恩同从三班调到二班当班长，他还是副班长。他也觉得冤，想不明白指导员是怎么想的。

觉得冤的不止他们二人。宣布崔璨任副指导员当天晚上，散会后回到宿舍，付恩同一进门，拍着炕沿说："何德何能？何德何能！要水平没水平，要能力没能力。副指导员？我都不敢相信我的耳朵，那是要有理论水平的！她，马列著作字都认不全，凭什么就当了副指导员？做起了政治工作！"

孔令知也心有不平，他曾经屡屡告密，自认为为连队建设立了大功，便也跟着搭腔："她贡献过什么？打杂儿、打饭、扫地，为嘛提拔的，谁不知道？照这样下去，谁还改造世界观？谁还拼命干活？"

付恩同摇头说："我就看不懂了，说白了，这到底是怎么回事？她到底是什么人？我彻底晕菜了！"

孔令知大笑说："哈哈哈哈，这还不明白？说白了就是一个小婊子！"

付恩同说："这么说我就明白了，不仅仅是小婊子，就这么几天的时间，居然变成了一个革命的小婊子！"

全屋哈哈大笑。

刘胜利听不下去了，带着满脸坏笑说："别说那些个凉的、酸的。说白了，你们还不跟崔璨一样，都想当官，想往上爬对不对？现在看见人家爬上去，心里不舒坦了。说实在的，既然都要往上爬，那就八仙过海各显神通，谁输谁赢，谁也怪不得谁，对不对？你们往上爬，靠的是抓人、批人、整人、告密，卖了别人，肥了自己，对吗？人家崔副指导员靠的是卖屄。别管怎么说，屄是自己的屄，比你们出卖别人强多了！再说了，人家崔璨知冷知热，懂得疼人，你们差远了。我宁可要崔璨这样的爬上去，也不愿意你们这样的爬上去！你们这样的爬上去，我们还有活路吗？"一番话气得二人咬牙切齿。

刘胜利说罢，长叹一声，把脸一沉，左右开弓搧自己嘴巴子，搧一巴掌说一句："你刘胜利怎么就是个男的呢？你怎么就没长个屄呢？你要是个女的，就凭你这脸蛋儿，哪里轮得上她崔璨呀？你他妈的天天挖大渠，脱大坯，一天饿三个半死。这都怪谁？不怪天，不怪地，只怪你自己没长个屄！"刘胜利说得认真，嘴巴搧得"啪啪"响，燕北笑得双拳锤炕沿，蒋春龙笑得在炕上打滚儿。

齐蛋氓却怎么也笑不起来。过去他曾经有几次都认为自己成熟了，思想锐利了，心冷酷了，没有自己看不透的事情了。而此时，他却又一次陷入了迷茫，这世界怎么像个无底洞，看破了一层又一层，老也看不到底？他心里清楚自己跟崔璨的微妙关系，他知道她对他很好，在月亮滩上，他也清楚地感到了她对他有过爱恋的暗示，虽然他不喜欢那样的暗示，但他依然觉得她是个漂亮、聪明、善解人意、值得珍惜的女孩。

她怎么会轻率地把自己丢弃到污泥当中去呢？唉！只是你才把

那看做是污泥，也许在她心里，那才是康庄大道。但他清楚她这样做的目的只是要摆脱艰难困苦的境遇。他知道她不会喜欢那个粗俗、丑陋、肮脏的指导员，她这么做只是交换。他明白，这场交换她所付出的是尊严、贞洁、名声，还有未来将要发生的爱情——将来她还怎么爱呢？她还会爱上一个男孩吗？还会有一个男孩爱上她吗？都不会了！她葬送了自己，唉！只是你才认为那叫作"葬送"，在她心里，那一定是新生！那么，尊严、贞洁、名声、爱情的价值就只能换一张党票，和一个副指导员的职位吗？他看到了，残酷的境遇会把尊严辗轧成粉末！

这是一年以后发生的事情，现在还是让我们回到现时。

第75章　张宝起单车访英豪

　　这天下午，一辆毛驴车正行驶在通往九连的大路上。驾车位上坐着一个男兵团战士，手里摇着一条短皮鞭。他身穿绿色兵团装，头戴兵团帽。瘦高个，白净脸。年纪十七八岁。由于年纪尚幼，上唇隐隐约约有两撇似汗毛、又似胡须的八字胡须。

　　他狠狠地吸了一口烟，把烟屁弹到路边。仰头看看太阳，已经接近黄昏时分。

　　"嘚啾！"一声，这是当地驾车的口令，如同内地的"驾！"，是催促牲畜加速行驶的命令。同时，狠狠朝着毛驴屁股抽了一鞭子。那毛驴无辜挨了一鞭子，大为恼怒，狠命尥起了蹶子，后蹄子踢到车辕，险些把车掀翻。他又给了更狠的两鞭子，那毛驴领悟到反抗没有出路，只好放开了四蹄奔跑起来。大堤上扬起一阵沙尘。

　　他叫张宝起，是三连的天津知青。打从来到兵团便立下雄心大志，要访遍天下豪杰！几个月来，他孤身一人走访黄河南北两岸各团各连的顽主、玩儿闹，到现在为止，他在远近数百里都是大名鼎鼎的玩闹界的领袖。带着一身豪气，今天他要去九连访一访窦小鳌。

　　所谓"访"是继承了老年间江湖中的说法，实际就是较量，要分出个上下高低。因此叫作"访"，不过是"征服"的谦逊说法。那窦小鳌是何等人？父辈的荣誉以及自己的江湖地位不容许他拜服在任何人的脚下。今天晚上在九连，一场恶斗恐难避免了。

　　早在二十团组建初期，团党委敏锐地察觉到了知青中地痞流氓的动向，但由于各种任务都十分紧急，并没有把这件事当作工作的重点来抓。以为解放军文化是主流，是强势文化，小流氓在这样的势态下闹不出多大事来，只要经过一段时间的军事化训练，那些小流氓就会被改造成为革命战士。他们等待着这样的结果出现，这件事情就放下了。

转眼半年过去了，情况不仅没有如同他们预料的样子发展，而是与他们的预料背道而驰。每个学校都有自己的团伙，每个团伙都有自己的老大。每个老大都是能打能闹、心狠手黑的角色。他们讲究哥们儿义气，结成帮派势力，动不动就拉起几十人的群殴。他们把城市里黑社会的一套搬到了兵团。更为严重的是，他们不把党的领导放在眼里，学着梁山好汉的做法，专门跟官府作对。破坏纪律的是他们，偷老乡东西的是他们，不好好干活的是他们，对抗领导的还是他们。

刚刚发生了一件大事，六连刚来的青岛兵和天津兵之间发生了一场械斗！起因非常简单：老兵欺负新兵。这在部队本是司空见惯的事情，但此时有点特殊。天津兵都是六九届初中生，年龄大约十七八岁。而青岛兵则老三届和社会青年都有，平均比天津兵大了好几岁。天津兵仗着他们早来了一些日子，就肆意勒令青岛兵倒尿盆，打水，替他们洗衣服。青岛兵自然就不服。而天津兵看见不服的，开口就骂，抬手就打。两地的知青都是离乡背井，闯荡天下的，就把这件事看成了生死存亡的大事。于是青岛有丁原红、天津有闫根奇，挑头约了一场架，一决胜负。

械斗动用了可以动用的所有武器：铁锹、三齿、菜刀、刮刀、匕首。双方有一百多人参加，三十多人头破血流。青岛一方有一人被刮刀在腹部捅了五个窟窿，当时肠子流了一地。

械斗进入白热化时，任团长闻讯赶到现场，他跳下吉普车，掏出手枪向空中连开三枪，高叫道："听我的命令：都给我丢下武器，举起双手！违抗命令者立即枪毙！"群殴这才被制止住。幸亏离团部卫生院近，抢救及时，才没有出人命。

牛政委随后也赶到了现场，吼道："告诉你们，兵团是共产党的兵团，天下是共产党的天下，容不得你们称王称霸！"

这次牛政委并没有召开党委会研究解决方案，而是直接下达了命令：1，调八连连长高寿泉到十连任连长，原十连连长到八连任职，明天报到；2，把这次闹事的头领立即调到十连，明天报道。3，今后但凡有地痞流氓闹事，一概调到十连。你们不是不服吗？我让高寿泉收拾你们！

　　十连，是一个在沙漠里刚刚成立的牧业连。那里交通不便，自然环境恶劣。附近有一座极小、又极有名的古寺叫作"什拉召"，因此十连所在地就以"什拉召"命名。在当地人的语汇中，只要提起"什拉召"这三个字，就与遥远，荒凉和神秘三个词连在了一起。打建团以来，各连犯有严重错误的人，除了行政处分之外，另一个处罚是：调到十连——就如同发配沧州。如今，政委要把各连闹事的江湖老大都调到十连，分明是要在那里建一个地痞流氓的集中营。十连就是二十团发配犯有严重错误人员的苦寒之地！何况还有一个高寿全管着！

　　高寿全年纪在三十岁刚出头，相貌十分英武。在军队大比武年代，他是北京军区特务部队的格斗冠军，曾经给毛主席做过擒拿表演，毛主席观看他表演的照片就刊登在当年的《解放军画报》的封面。武艺高超自不必说，特别是他在整治地痞流氓上下手又狠又黑。其他连队都有地痞流氓闹事，八连的地痞流氓从来不敢闹事，见到他都像老鼠见到了猫。

　　高连长接到牛政委的命令，第二天就来到十连上任。早晨集合队伍，跟大家一见面就宣布，今天不干活了，全连大比武。他命人在连部门口清理出一块地方，他给这块地方起了个名字叫作"擂台"，集合全连战士围在四周观看"打擂"。

　　发配到十连的江湖首脑多数是会两下子的，他们不知道高连长的底细，便按捺不住纷纷亮相，企图露一手，显示一下自己的威风，他们相信弱肉强食。

　　摔跤，拳击，一轮又一轮出场，非常热闹好看。还不到中午，擂台上就只剩下了一个人，这个人就是丁原红。因为他刚刚调来，大家看到他相貌时都不由得不惊叹，这就是一个活吕布！他年纪在二十二三岁，身高一米八五，方脸膛，浓眉细目，肩宽腰细，一身腱子肉，几乎要把特号军装撑破。走路一摇一摆，显然这是幼年就开始练武所留下的痕迹。今天他以不败的战绩，打败了所有对手，直到最后无人敢于挑战。当他打败了最后一个对手后，高举双拳高声叫道："还有不服的没有？"四周一片鸦雀无声。

　　高连长笑了，露出了洁白的牙。他本是席地而坐的，从地上轻轻一跳站起来，掸了掸身上的沙子。他知道，六连闹事，丁原红就是青岛一边的首脑。切莫说在二十团，就是当初在青岛，他也是名噪一时的流氓领袖。他不仅仅自己能打能杀，也很懂得江湖义气那一套玩法，因此很有凝聚力，二十团所有青岛兵提起丁原红都感到他是青岛人的骄傲，他也是青岛兵的精神领袖。

"咱两个过两招？"高连长说着，带着微笑。

"连长，恁不是开玩笑吧？叫俺怎么下得去手？给恁打出个好歹来，俺得受处分。"丁原红不知道高连长的底细，面带难色地说。

高连长说："现在全连同志们都在这里，我当着他们的面向你保证，你打伤了我，绝不会受任何处分，我也绝不会报复你，你就动手吧。"

丁原红有点不信，犹豫着说："恁说是摔跤，还是打拳？"

高连长说："随你，只要你能把我给收拾了，怎么都不违规。"

丁原红说："那我可就不客气了？"

高连长说："来吧。"依然微笑着。

说着丁原红就伸出手来抓高连长的肩头衣服。说时迟，那时快，大家还没有看清楚怎么回事，高连长就已经把丁原红放倒在地上，胳膊，腿儿倒背着折叠到一起，就像捆绑着的大闸蟹。然后一松手，朝着丁原红的屁股就是一脚，丁原红双脚离地，腾空飞出二米多远，一个大马趴戗在地上，沾得满脸黄沙。

围观的战士们大吃一惊，他们几乎不相信高连长有这么大的力气，更不相信他下手这么黑！

丁原红趴在地上，翻过身来。抻抻胳膊，伸伸腿，一个鲤鱼打挺，"啪！"的一声站了起来，说："恁这叫什么工夫，不伦不类的，上不去台面。比武使出这样的招数还不够丢人现眼的。咱规规矩矩地摔三跤，恁能赢这三跤当中的一跤，俺就服恁。"

高连长说："好吧。既然是摔跤，就像模像样，把跤衣穿上。"说罢二人各自更换跤衣。高连长脱掉了军装，背心，光了膀子。全连人惊讶地看到，高连长这一身雪白的腱子肉，没有丁原红那么健硕，却比他精炼了许多，竟显得丁原红那一身肌肉有些笨拙、臃肿。不由得有人为这一身肌肉大叫："漂亮！"随后鼓起掌来！特别是女生，眼睛里闪烁着惊异的光，一副仰慕的表情。

高连长穿好跤衣，说："不走场了，那些花里胡哨的东西我实在看不下去，你就直接上手吧。"

丁原红晃着膀子走近高连长，刚刚伸手，就被一溜滚，丢出去二米远，倒在地上自己也不知道是怎么回事。只这一跤，丁原红就知道了：今天遇见了高手，自己这两下子三个也不能近身。立即站了起来，双手抱拳，单腿跪地说："连长，俺服了，要是连长不嫌弃，就收下俺做个徒弟，俺给恁牵马坠镫也心甘情愿。"

高连长把脸一沉，全没有刚才的笑容，说："我们革命队伍不兴这一套。从今后我只要你给我老老实实改造思想，不许乱说乱动！只要你敢兴风作浪，我让你死无葬身之地！"

丁原红本想与连长结交一个江湖弟兄，没想到他全不吃江湖上这一套，不免大失所望，他一句话也没说，只有唯唯诺诺退了下去。

高连长脱掉跤衣，一边穿军装一边说："闫根奇给我站出来！"

闫根奇就是前不久六连打群架天津一边的玩闹头子，动刀子刺伤青岛战友的就是他。他既不会摔跤，也不会打拳，之所以能在圈子里混得颇有名气，靠的就是手黑，他身上不知道挨过多少刀，也不知道他捅过别人多少刀，玩闹界最怵的就是这种人，有个名词叫作"混不论"，专门说的就是这种人。此时正坐在擂台外观看比武，听见高连长叫他的名字，遂站起身来，歪着膀子走到擂台当中。

"听说你匕首玩得不错？"高连长说。

闫根奇以为高连长要追究他持刀行凶的事情，倒也并不推脱，说："那天捅人的是我，我一人做事一人当，要抓，要关，要判，随你处罚。"

高连长笑了，说："叫你出来不是要处罚你，是要你给大家表演一下使用匕首的武艺。"

闫根奇愣了，以为高连长在嘲笑自己，说："那怎么表演？"

高连长说："我给你一把匕首，你用它刺我，往死了刺，刺伤，刺死不要你承担任何责任。看我怎么把你手里的匕首夺下来，好不好？”说罢，向通讯员一摆手，这是早就准备好的，通讯员把一把雪亮的匕首递给闫根奇，高连长说："来吧！"

闫根奇刚刚看着高连长把丁原红收拾得猪狗不如，现在又对自己如此狂妄，心中早有不平，现在接过匕首，怒从心头起，恶向胆边生，心想，你以为我不敢吗？遂说："那我可刺啦！"话音未落，匕首已经刺向高连长的腹部。只见高连长一侧身，匕首已经刺空，只在这一刻，自己的手腕已经被高连长握住，他感到这条手臂一直麻到了肩膀头，还没来得及挣扎，已经被高连长倒掀在地，匕首被高连长轻轻拿到了自己手中，然后，往前一推，随后一脚，踹在闫根奇后背，踹出去二米开外，一个嘴啃泥，摔倒在地。全连都看得目瞪口呆。

高连长把匕首丢到地上，走过去用脚踢了踢闫根奇说："还不给我起来！"闫根奇一咕噜爬起来，捡起匕首，高高举起，说："你敢不敢跟我玩这个？"

大家看到他已经两眼通红。

高连长说："你说玩什么？"

闫根奇把举在空中的匕首一刀刺进了自己的大腿。匕首在他腿上颤巍巍抖动，鲜血顺着裤管滴落到黄土地上。笑着说："有种的你也给自己一刀！"

高连长笑了，说："这种蠢事只有地痞流氓才做得出来，有谁见过革命军人自己伤害自己的？"

闫根奇说："不敢就是你孬了，认输回家抱孩子去！江湖上看不上你这样的孬包软蛋！"

高连长哈哈大笑，说："革命军队有革命军队的规矩，哪能容得地痞流氓兴风作浪？你有种，你尽可以继续刺杀你自己。不过我告诉你，你就是把自己刺成烂泥，明天 250 块大坯你要给我脱出来，少一块我饶不了你！你不是要刺你自己吗？一刀太少，你倒是接着给我刺呀！"

全连鸦雀无声，都在看着闫根奇。

俗语说"秀才见了兵，有理说不清"，如今流氓见了兵同样也不例外。闫根奇听罢想了想，顿时泄了气，一把拔出大腿上的匕首丢在地上，颓然低下头，嘟囔道："跟丘八没法玩，他不懂行里的规矩。"说着，一瘸一拐地走回人群中去。

高连长说："别忘了我的话，250 块坏少一块也不行！"说罢，高连长面对全体战士说：

"同志们！今天费了这么大的周折，只是要告诉你们一个道理：这里是解放军，是毛主席的队伍。上海有黄金荣，天津有袁文会，黑社会、大流氓哪个听说解放军不吓得尿裤？更不用说你们几个小爬虫、小渣子！十连有我高寿泉，轮不上你们兴妖作怪。从今以后唯一一条道是，老老实实给我干活！谁敢炸刺儿，我让你生不如死！今天就到这儿，散会！"

高连长治服丁原红、闫根奇的故事不翼而飞，在二十团各个连里被添油加醋地疯传着。然而张宝起因为连日来走访各路英豪，一直在路上奔走，对十连发生的事情却一点也不知道。

张宝起把驴车停在简易房宿舍门前，把驴拴在门前的晾衣杆上，推开了第一排房间的门。说："各位，我叫张宝起，打听一下九连有个叫'小二囊子'的住在哪个屋？"

听到'张宝起'和'小二囊子'这两个名字，其他人都不明就里，也不知道他要找谁。然而刘胜利、蒋春龙和窦小鳌几个玩闹心里都不由得一惊：张宝起？这就是那个访遍二师无敌手的张宝起吗？看派头果然名不虚传。他要找谁？"小二囊子"？这是窦小鳌在玩闹界挑出去的名号，知情人都知道这个名号里边包含这窦小鳌父亲的名号。听到这两个名字，他们面面相觑，心里都已经知道，来者不善，今天会有一场厮杀。而齐蚩氓、燕北、孔令知，以及北京新兵余大凡，青岛新兵庄诚朴等人都毫不知情。

蒋春龙走过来说："张宝起，听说你也是玩过几天的主儿，怎么就不懂规矩：小二囊子是你随便叫的吗？"

张宝起说："你就是小二囊子？"

蒋春龙说："我不是，不过跟他有嘛事，你可以跟我说。"说着把脸向张宝起的脸贴了过去。

张宝起说："你个小渣滓也来凑热闹。"说着从嘴上拿下吸了半截烟卷，往蒋春龙脸上一捻，就如同平时把烟头捻在墙上。齐蛀氓，燕北，孔令知看见都吓了一跳。没想到春龙并没有的躲避燃烧着的烟卷，而是把脸迎了上去。"吱"的一声，一道黄烟冒出，顿时焦糊气味弥漫开来。

"你以为是个人小二囊子都会搭理吗？撒泡尿照照自个儿够不够份儿再来挑事。"春龙说。

窦小鳌走了过来，拨开二人，说："春龙，一边去，他没找你。"转脸对张宝起说："我就是小二囊子。张宝起，我听过这个名字，不过一直也没耳会。今天既然想蹭点名声，我也不能让你白来。不过这里不是说话的地方，我们布拉滩上说话？"

张宝起说："到底是世家好汉，话说得亮堂。好，请前边带路。"说着，往小鳌身后一闪，让他先走。小鳌推门走在前边，张宝起紧随其后，蒋春龙，刘胜利跟在后面向库布齐沙漠边走去。

其他人都看得目瞪口呆。蛀氓顿时明白了其中原委，他跑到门外，一把手拉住了刘胜利，悄悄说："听我说，你不能去，要是孔令知去连部报告，事就闹大了，你在这里看住孔令知，我想办法！"

胜利是聪明透顶的人，连连点头说："对对对！看住他没问题，你去干嘛？"

蛀氓说："你别管我，我要制止他们胡闹！"

胜利说："你有多大本事能管张宝起的事？"

蛀氓说："少说废话，看住孔令知，不要让他出屋才是你的事！"说罢，出门向马班跑去。

马班约有二里远，蛀氓一口气跑到马棚，看见孙逸华双手拿着一个筥箩，慢悠悠地正在给马加料。见蛀氓跑得气喘吁吁，忙问："怎么了蛀氓，有要紧事吗？"

蛀氓说："张宝起来访窦小鳌，现在去布拉滩了，弄不好要出大事。"

逸华说："你怎么不拦着他们？"

蛀氓说："他们会听我的吗？这事只有你才能制止他们。"

逸华只愣了一下，立即就明白了蛀氓的意图，说："明白了。"说着，放下手中的笸箩，转身就解开了身边的枣骝马，把马牵出马棚，也不备鞍，翻身跃上马背，脚后跟一磕马肚子，那马就朝布拉滩奔驰而去，只丢下一句话："蚩氓你不要跟来！"蚩氓明白逸华不让自己跟去的意图，见逸华已经离开，自己转身回去。

回到二班宿舍，只见刘胜利把在门口，孔令知急得在屋里转磨，走一圈来到门口，对刘胜利说："你凭嘛不让我出屋？总得凭点嘛吧？"

胜利说："你狗日的出去干嘛我还不明白？你是属猪的，记吃不记打。你忘了上回让人蒙在被里，打了个鼻青脸肿，为的是嘛？"

令知说："我都是为了你们好，你们还不领情。今天也一样，那个张宝起分明就是个地痞流氓。我们没招他，没惹他，他来寻衅滋事，我要报告指导员把他抓起来，送到十连去接受劳动改造，不能让他横行霸道！"

胜利说："我看你是活腻了！你以为张宝起是张明玉吗？你去报告，张宝起会活剥了你的皮！"

蚩氓对令知说："我告诉你到底的话，胜利才是真的为你好。他没吓唬你，你要好好想清楚。"

令知依然想不明白，说："他刘胜利还会对我好？你骗谁呢？"

说着话，远远看见小鳖、春龙、张宝起一帮人有说有笑从布拉滩走了回来，其中却不见逸华。蚩氓长长出了一口气，他知道逸华已经把事情办妥当了。

小鳖走进屋来，见蚩氓在，对张宝起说："我来引荐一下，这就是刚才华子说的蚩氓。要是今天没有他，你我明天就调到十连接受改造去了。"

张宝起转过身来对蚩氓说："我从来没有见过这么会办事的人，兄弟我佩服！今后在外边遇上劫道的，要钱要东西就都给他，回来跟我说一声，我让他们给你送回来。"

蚩氓连忙说："不用不用。"

小鳖说："你还不知道吧？蚩氓是孙老爷子的关门弟子，用得着你管他的事吗？"说罢哈哈大笑。

张宝起连忙说："冒昧了，蛋氓不要见笑！"

此时开饭号响起，小鳌说："宝起是贵客，大老远来九连一回，要吃的没吃的，要喝的没喝的。我只能给你打一份客饭，只能有情后补，委屈你了。"

张宝起说："各连情况都一样，有吃的就不错了。"

说着话，付恩同和王智长也回屋取饭盆到伙房打饭，蛋氓见状，立即个给小鳌、宝起递了个眼色，收起刚刚的话题，只字不提，各自打饭、吃饭，只当什么事情都没有发生。

第二天吃过早饭，小龙牵来一夜吃好草的毛驴，宝起套好驴车，就要启程离开九连，小鳌、春龙、胜利、蛋氓一直送上了解放渠大堤。宝起说："这回没白来，九连实在是藏龙卧虎。本来只想结识你窦小鳌，没想到还结识了蛋氓，还能见到华子！"

蛋氓说："你又忘了，只能叫逸华，华子在九连不存在。"

宝起说："怪我了，仰慕太久了，一时改不过来。"

小鳌说："人跟人就是不一样，逸华那么大名声，生怕被人知道；我们一点屁名，生怕别人不知道！"

宝起说："让人惭愧！"

小鳌说："记住逸华的话，好狗护山村，好虎护山林。"

宝起说："是呀，一句话点醒梦中人。听了逸华这句话，才知道过去这么多年都是瞎胡闹了。"

蛋氓说："宝起也要早早回连，别让人扎了筏子，给你弄到十连去就崴泥了，高寿泉不是好惹的。快上车吧。"

张宝起跳上驴车，说了一声："后会有期！"给了毛驴一鞭子，那毛驴扬起四蹄奔跑起来，眼见得毛驴车消失在尘土之中。

第76章　人必爱着，生活才有所附丽

　　齐蚩氓来到那座"炮楼"厕所，在最里面一个坑蹲下，动作跟大便没有两样，可是他不是来大便的，他是来偷窥白臀的。他知道这样不好，可是他又来了。他无数次暗下决心，再也不能做这样的事情了！可最终还是没有管住自己，又有了这一次。

　　白臀就在墙那边。草坯垒起的坯墙，要在外面抹上一层加草的泥，草坯才不会掉渣脱落。然而由于盖房仓促，这一层泥没顾得上抹，就投入了使用。于是不久，就出现打通两个世界的一个洞。墙这边是男人的世界，那边是女人的世界。这洞不高不低，不偏不倚，稍稍俯首恰恰可以看见那边世界，那是一只雪白的臀。

　　他不知道那是谁的臀。厕所里只有他自己，那边淅淅沥沥的流水声从洞中传过来，清晰地进入他的耳朵。他热血贲张，第一次体验到男人的身体还会有这样的表现，第一次知道男人对女人的渴望有多么强烈。淅淅沥沥的流水声停止了，许久，隔壁的白臀消失在墙洞中。

　　走出厕所，远远地看见楚卿正在走回她的宿舍，他的头"轰"的一声爆炸了。他觉得自己玷污了心中神圣的感情，他后悔，羞愧难当。还有什么颜面去见她？甚至还有什么颜面面对自己！

　　然而在次日同一个时间他没有管住自己又去了那里，去做同样的事情。令他惊异的是，那只白臀准时在洞的那边等候着他。以后的许多日子都是如此。他的头不再爆炸，没有愧疚、悔恨。这成了他们心照不宣的约会。

　　不久陈连长找到齐蚩氓说："今天你不要跟班里出工了。派给你两个女生当小工，给你和泥，你把炮楼厕所的坯墙抹上泥。再不抹，就要塌了。"从此，那个洞被他堵上了。

　　一进九月天气立即就凉了下来。俗语说，傻小子睡凉炕，全凭火力壮。而如今的凉炕傻小子也扛不住了。天热的时候，炕凉，炕湿全然不觉。如今早上起来却觉得腰酸背疼，人好像从醋缸里捞出来。

清晨，蚩氓掀开褥子，没想到会是这个样子，褥子下面长了一层白毛，沉甸甸，湿漉漉的，几乎能拧出水来。他拿到外面晾衣杆上晒。高原的秋天，蒸发量极大，一天下来，晒得冒烟儿。然而只需要一晚上，褥子又变得沉甸甸，湿漉漉。

蚩氓想到了她，还有秦娥，她们女孩怎么能够受得了？不行！我得想办法解决这个问题！他记起了丈量土地的时候，在解放渠上游五六里远的沙漠里有一个不小的淖儿，淖儿里边上长满了嫩嫩的草。那时候草刚刚钻出水面，凭着矗立着的老蒲棒，他断定这些草是蒲草。现在，蒲草应该已经长高，长成，结出了新蒲棒吧？想到这，他心里一阵欣喜。蒲草晒干，坚韧，绵软，用麻绳打成草垫子，又隔潮，又隔凉！

这个星期日是大礼拜，休息。吃罢早饭，别人都出去找吃的了，蚩氓拿了一把镰刀向淖儿走去，因为蒲草不多，他没敢声张，如果大家都来割，肯定不够用的。

果然不出所料，蒲草结出了挺拔的蒲棒，一根根刺向天空。蒲草生长的地方水不深，只齐腰。他下到水里，唯恐有人跟他抢似的，急忙割了起来。必须掐根割，越是根部，草的韧性越好，越柔软，他叮嘱着自己。转眼蒲草就被他割光了。把漂在水面的蒲草打成捆，拖上岸，一捆捆扛到解放渠边。然后，一捆一捆顺进解放渠里。正是灌溉秋水的季节，渠水满满的，有一人深，水流很急。草捆漂在渠水里顺流而下，蚩氓跟在草捆后面慢慢地游着。一会就到了九连营地附近，把草捆拖上岸，在宿舍前摊开晾晒。几天后蒲草干透了。

他去供销社买了麻绳，就在宿舍门前打草垫子。所有蒲草都用光了，只打了两个草垫子。够了！两个就够了。他结上最后一个结，一翻身躺在热乎乎的草垫子上，伸一伸腰腿，趴在草垫子上，闻着干蒲草的香气。我要好好亲近一下它，今天晚上，她就要躺在这上面了，它带着我的气息，去与她亲近，就如同我与她亲近，不由得神魂荡漾起来。

晚上，他把两个草垫子卷成一捆，扛着敲响了九班的门。

出来开门的是秦娥，见是蚩氓，她说："哥，是你！"高兴得跳脚。

楚卿也走出了门，看到他扛着牛腰粗的一大捆东西，连忙说："还不快放下，这是什么？"说着急忙伸手去接草垫子。

蚩氓说："没有那么重，是两个蒲草垫子。"说着一侧肩膀，就把草垫子立到她俩的眼前。他们说着，炮楼的事情如同从来没有发生过。

"这是给你们俩的，天凉了，不能睡凉炕了。怕你们打架，一人一个，谁也不要争。"蚩氓故作轻松地说着。

秦娥看着那一大卷草垫子，说："太好了！每天褥子湿得像水里捞出来的，天天晒，天天湿！这回好了，不用睡湿炕了，谢谢哥。不过我更要谢谢你。"说罢侧脸看着楚卿。

楚卿说："为什么谢我？"

秦娥笑说："沾了你的光呗！"

楚卿也笑说："你刚好说反了，是我沾了你的光才对吧？"说罢看着蚩氓，似乎要在他那里寻得答案。

蚩氓懂得她们的意思，口中却说："你们在瞎说什么？你们谁也没沾谁的光，都是专为你们做的。"说罢讪讪地笑着。

楚卿连连点头，说："不知道该怎么感谢你，那你自己有了吗？"

蚩氓说："我已经有了，放心吧。"说着，从兜里取出两本书来递给楚卿，说："这是你的《悲惨世界》，早就该还了。还有你要的《鲁迅小说集》。"

楚卿说："太好了。我爸说给我寄一些书来，现在还没收到。正愁没书读呢！"

蚩氓说："等你的书寄来，我也要分享哟！"

楚卿说："那是一定的。"

蚩氓把书交给了楚卿，见再没有理由久留，就告别回宿舍了。

当晚，秦娥铺好草垫，恰好又是新晒的被褥，躺在上面格外柔软，温暖，很快就进入了梦乡。

　　和往常一样，楚卿不管多累都要读书，何况今天有了新书！她把油灯放到铺位边，靠在枕头上翻开了《鲁迅小说集》。蒲草的温暖透过褥子传遍全身，头刚刚靠到枕头上，她闻到了蒲草的清香气息。翻过身来，掀起褥子的一个角，把头紧紧贴在蒲草垫上，贪婪地闻着蒲草的气味，每一根草都经过他的手抚摸、编排，这里有着他的气味。她感到了他的关怀和爱抚。

　　这是什么？是夹在书中的一张纸条，纸条露出一个窄窄的边，像是随意把那一张纸条夹在书中，当作书签使用的。把书拿给我之前他读到了这里，倒要看看他读了些什么！于是就翻到了那一页，噢，这一篇是《伤逝》。纸条上还有字迹。她的心砰砰跳起来，那字迹一定透露着他的心迹！灯光下她看见，是工工整整的一行字："人必生活着，爱才有所附丽。"

　　这是什么意思？想必是读《伤逝》时写下的心得。是他忘记了拿掉这纸条，还是特意写给我的？我不能不懂这句话的意思。这不像是他说的话，可是他为什么要把这句话写在这里？这句话一定大有深意。于是，她就开始读《伤逝》。《伤逝》不长，她却整整读了一宿。她不知道读了几遍。她被鲁迅讲的故事彻底把心搞乱了。她才知道，蚩氓的那一行字原来是鲁迅的话。

　　什么是"生活着"？什么是爱？是爱依附着生活？还是生活依附着爱？难道因生活的困窘，爱就会消失？她不服这句话，鲁迅怎么会这么肤浅，这么庸俗！难道不是生活越是困窘，爱才会越坚贞，越珍贵吗？难道爱所依附的只是那平庸的"生活着"吗？如果没有爱，那"生活着"还有什么意趣呢？她坐起来，拿起笔，在那行字的下边并排写道：

　　"人必爱着，生活才有所附丽。"写完，她合上书，心里依然义愤难平。

第 77 章　　多事之秋

一天夜里，战士们正在沉睡，突然响起了紧急集合号。

自从建连以来，九连始终都在超负荷运转当中。"脱坯大会战""挖渠大会战""基建大会战"，还有一个"打草大会战"，一个接着一个，到今天，全连每天都在夜以继日的大会战中度过，出操停止了，天天读也停了下来，更没有紧急集合了。

连长心里装着的是干不完的活，他恨不得一天当两天过。特别是一进九月，天气一天冷似一天。两栋男排宿舍，两栋女排宿舍都在等待封顶，这四栋房子必须赶在上冻之前封顶。荒滩上还有一百多人住在蒙古包里，如果房子不能封顶，他们就要在荒滩上过冬，这是绝对不允许发生的事情。连长每天都在抖擞精神，绞尽脑汁，软硬兼施，打一骡子骂一耕，让这几百个男女知青多干活，少休息，尽管如此，却依然是按到葫芦起来瓢。他时常扳着手指心里暗自盘算：

六千亩土地的开荒任务还没有完成，一点也不能放松；

挖渠的进展要抓紧，事情总要赶早不赶晚，以免发生意外；

脱坯还在进行当中，数量嘛，他还暗自留了一个小心眼：要比计划多脱出一些，以备不时之需；

今天，10 万块砖就要出窑了！他心里暗自得意——恰恰就在五栋房子要封顶，等待用砖的时候，砖出窑了！他得意自己周密的计划。每当他盘算完毕，总要长长地出一口气：好歹，一切还都在掌控之中。就在这当口，也就是在昨天傍晚，一匹战马飞奔而来，给九连送来了团部的命令。打发走送信的通讯员，打开命令，只见上面写道：

二十团各连：

北京军区指示：中蒙边境苏军异动频繁，战争随时可能爆发。我团处于战略要地，现在命令各个连队，立即进入一级战备状态，要切实做到任何时候都能召之即来，来之能战，战之能胜。紧急集合要在两分钟之内完成，做到随时可进入战斗状态，随时可出发进入长途行军状态。团部将随时进行袭击式检查。

此令，

二师二十团司令部　团长　任之初

1970 年 9 月 x 日

陈连长读罢命令，脑门子顿时冒出了一层汗珠子。把手中的纸抖得哗哗作响，就这小小的一纸命令，把一切都打乱了！连首长分工，连长负责业务，营建、开荒、挖渠、备战、农业、牧业、副业，等等具体工作千头万绪都归他一人操持。指导员负责政治思想工作，每天跟着女排一起厮混，业务工作不闻不问。

陈连长清楚，现在战士的劳动量已经到了极限，不能再增加。可现在，凭空又增加了一个军事训练！这需要时间，需要消耗体力，消耗体力需要粮食！可粮食又没有来路。幸好现在老乡地里还有玉米，土豆可供战士们偷来补充身体的需要。可以想见，当秋收一旦结束，地里没有可偷的庄稼，新一轮的饥荒必将袭来，那个时候将怎样应对，他心里还没有底数。如今，如果军事训练加进来，必定影响基建和挖渠的进度。怎么办？哪个也不能耽误啊！

他是职业军人，执行命令没有商量的余地。白天都被各项工作占满了，现在能够利用的时间只有夜间。只能把军事训练安排在夜里！只有这样才能军事和生产都不耽误！

号声"滴滴答答"在寒冷的夜空中呜咽着。连长在操场急得来回踱步，不停地看着手表。现在已经十分钟了，才看见黑暗中零零落落有人走来。仔细辨认，王智长，付恩同，齐蛊氓，孔令知……

号继续吹着，陆续有人走出宿舍；陆续有人从蒙古包走来。他们边走，边揉着眼睛，趿拉着鞋，提着裤子，系着衣扣，走路迤逦歪斜。三个，五个，慢慢腾腾向操场聚集。大约二十分钟后，终于站成了歪歪扭扭的队伍。

连长整队完毕之后，说："接到上级紧急情报，现在苏修的一支部队已经渡过黄河，正在向我们的营房包抄，企图一举消灭我们。上级命令我们立即转移到安全地带，等待机会反击。现在我们立即出发，向库布齐沙漠转移！"

说罢，带领着全连向沙漠跑去。

队伍在黑暗中跌跌撞撞前进着，越过一个沙峰又一个沙峰，终于绕到一个沙峰的背面，连长命令道："立即卧倒隐蔽！"连长随即扑身卧倒，动作十分规范。队伍早已跑得上气不接下气，听到命令，东倒西歪躺成一片。他们并不害怕，他们知道这只是演习，不是真的，只是连长编造的故事逗你玩儿。索性他们借着卧倒的机会，四脚朝天睡觉。

连长见到有人睡着了，立即跳了起来说："苏修正在向我们扑来。我们必须向沙漠深处转移。"

队伍慢腾腾地爬了起来，懒洋洋向沙漠深处走。

"大半夜的不让好好睡觉，天亮还得干活呢！瞎鸡巴折腾嘛呀！"蒋春龙躺在沙坡上不起来，嘟嘟囔囔发牢骚。

"还让人活吗？我都快饿死了，让我缓口气！"这是燕北的声音，他侧身团在沙丘上，抱头而睡。

连长暴跳如雷，大叫："妈拉个屄的这是打仗，你以为是在你自己家的炕头上！都给我起来！"说着走过去一脚踢在蒋春龙的屁股上。见连长真的火了，他们急忙爬起来跟上队伍。

队伍哩哩啦啦，松松散散，跟着连长跑着。翻过一座沙峰又翻过一座沙峰，夜幕下四周都是沙海，如果没有天空的北斗星，他们不知道将怎样走出沙漠。连长像牧羊人轰赶这一群羊一样，好歹把队伍带到了沙漠深处，命令全连在一座最高的沙峰背后卧倒隐蔽。

大家刚刚趴下，连长又跳了起来，说："毛主席的战略方针是'敌驻我扰'，苏修已经抢占了我们的营房，让我们赶回营房，骚扰敌人，重新夺回营房！"

说罢，带领着全连，跌跌撞撞向营房跑去。

接近了驻地，连长叫道："敌人向我们射击！卧倒！"稀里哗啦，全体在营房外倒成一片。

连长又喊道："苏修已经撤退。毛主席教导我们，'敌退我追'，现在让我们紧追敌人，把他们消灭在逃跑的路上！"说罢，带领着全连向砖窑方向跑去。

天上的星星渐渐暗淡了，东方的乌拉山隐约显出了轮廓。

队伍跑到了砖窑，连长高喊："同志们，苏修已经逃跑了，为了防止敌人再次袭击，我们必须抓紧时间，把炮弹运到阵地上去！"

"他疯了，满嘴都是胡话！哪里来的炮弹？哪里又有阵地？"有人看连长认真地做着自己的游戏，觉得十分荒唐。

"小心啊，他在编故事骗我们干活！"

果然被人猜中了。连长把队伍带到砖窑前，重新整理一下队伍。连长说："砖窑里的砖，就是炮弹；盖房子的工地，就是我们的前线。我们要及时把炮弹运到前线。每一块砖，都是射向苏修的一发炮弹。我们的任务是，每人把 100 块砖背到工地上，今天工地等着用砖。"

砖窑离基建工地二里地远，连长玩了一个小花招，利用军事训练的机会，把这些活加到大家身上！

100 块砖重 700 斤！这就是说，每个人都要把 700 斤的砖从三层楼高的砖窑里背出来，背到二里地以外的工地上！每趟背 20 块，要来回背 5 趟！这只是凭空增加的活，每天的劳动指标还要照常完成。当大家迷迷糊糊当中想明白是怎么回事的时候，响起了一片牢骚。

连长正色说："同志们！我知道大家对我有意见。我也知道大家很饿，很累。我也知道这 100 块砖是我给大家增加的活。我想让大家知道的是，我们不是做儿戏，而是在准备打仗呀！苏修随时都可能打过来，我们只有平时训练多流汗，打起仗来才能少流血。现在天气不冷的时候我们多干一点，天气冷的时候我们才能够住进温暖的营房。我希望大家能够懂得这个简单的道理。我们且不说保卫祖国，建设边疆，我们只说是为了我们自己，我们也应该再咬咬牙，再努一把力呀！"

说着竟然流下泪来。连长接着说："好！看我老头子的！今天我跟你们一样，100 块砖，背到工地去，一块也不能少！"说罢，撤下队伍，"噔噔"地只身向窑顶走去。

全连战士都被惊呆了！连长已经是五十多岁、须发皆白的人，腿里还有没有取出的弹片，走路略有一点跛脚。所有的牢骚都停止了。他们陆续跟在连长的身后，向窑顶走去。

这是一座能烧 10 万块砖的土窑。窑体由芨芨草草根堆砌而成，三层楼高，登上窑顶的通道是一条盘旋而上的小路，小路宽不足一尺，盘旋而上整整一圈儿才能到达窑顶。装窑、出窑走的就是这条小路。远远看去，砖窑像一个巨大的蜗牛吸附在大地上。

陈连长沿着小路一步步走上窑顶，却愣在了那里。窑顶本来应该是草泥封顶，平平展展。起掉封窑的泥层，烧好的砖就露出来，就可以运走使用了。但他看到的却是，窑顶塌陷下去一个大坑！他知道情况不妙，这叫作"塌窑"！他双腿一软，向后一个趔趄，幸亏王智长在身后拦腰扶住，才没有滚下窑去。

"一排长！把霍师傅叫来见我！"陈连长命令道，显然他的声音已经颤抖。王智长接到命令，他知道这一窑砖对陈连长有多么重要，他把陈连长扶稳，又叮嘱付恩同和孔令知站在连长身后护住，以免连长从窑顶栽下去，这才转身沿盘旋小路向窑下跑去。

霍师傅是九连的"窑把式"，就住在窑边的窝棚里。

共产党建政以后，在边疆省份纷纷建立了许多国家重点工程项目，诸如钢铁厂、石油基地、三线工厂等等。兵团也是其中之一。这些工程需要盖许多房子，这形成了对各种技术人员，诸如木匠，瓦匠，铁匠以及烧窑师傅的需求。于是，这就给内地贫困农村的人民公社社员提供了一个离乡背井赚钱的机会。他们管这一行叫作"耍手艺"。

烧砖瓦的师傅人们称他们"窑把式"。在这诸多"耍手艺"的行业中，顶数"窑把式"挣钱最多，原因很简单，因为这个营生最为辛苦，技术要求最高。

一窑青砖要烧七天。这七天，"窑把式"必须始终守在窑边，按时加煤，观察火候，不能有须臾疏忽。那窑里装的，动辄就是几万块，十几万块砖。万一出现差错，就是成千上万元的损失。在那个时候这可是个吓死人的数字！还不仅仅如此，眼下就到用砖的时候了，砖突然烧坏了！这意味着，全年的基建任务都完不成，这责任是任何一个人也承担不起的。

在乡村如果说谁"像个烧窑的"，那就是说此人面色黧黑，蓬头垢面，衣衫褴褛，眼睛通红，形容枯槁。一窑砖熬下来，"窑把式"就跟小鬼一样！

因为到边疆"耍手艺"的收入高，又因为边疆有巨大需求，于是就在河北省乡村，形成了一个到边疆"耍手艺"的潮流。贫苦社员熬不住人民公社的贫苦，但凡对某项技术还能搭上边，每到一年冰消雪化，他们父子相携，或者兄弟相帮，手艺好的带着手艺孬的，师傅带着徒弟，行家带着力巴，担上他们的木匠挑子，带上瓦刀、大铲、刨锛，背上一个细细的铺盖卷，乘上最为廉价的硬座车，抛家舍业，离乡背井奔赴边疆，去挣那一份丰厚的报酬，在边疆"耍手艺"每个月都能挣到在家乡一年也挣不到的钱！

每当一年边疆冰封大地，再也不能施工时，那就是他们返乡与家人团聚的时候。每个在外"耍手艺"的人回家，这一年过年他家的孩子都能够有一身新衣裳，三十晚上都能够吃到肉！这是其他家大人孩子都看着眼红的。

然而今年，霍师傅家的孩子注定是穿不上新衣裳，也吃不上肉了！能吃上的只有官司。

窝棚就在大窑对面几米处，说是窝棚，不如说是个地窝子。平地挖了一个坑，坑顶苦半块荆笆，上面铺些茅草，盖上几锹土，这就是他的家，他就住在荆笆下面。因为霍师傅要随时看到窑口的火，地窝子没有门。

王排长高叫着："霍师傅！霍师傅！"没人搭腔。

跑到窝棚门口，顿时愣在了那里，半天说不出一句话。

铺盖卷没有了，地上只有一堆麦华秸，旁边有一个大碗，上面平放着一双竹筷子。五层砖坯摞着，上面有一个墨水瓶做的油灯，灯油已经干了。麦华秸前面，也就是霍师傅"床头"的地面上，有一大堆烟头，那是报纸卷烟叶子，抽完丢弃的烟头，那烟头密密麻麻覆盖了地面。哪里还有霍师傅的影子！

霍师傅跑了！

这一窑砖凝聚了他几个月的心血。从指挥兵团战士们挖芨芨草根堆窑开始，打坯，伐旋，装窑，封顶，一天天，一夜夜守在窑口。窑把式跟木匠、瓦匠领工资的方式是不一样的。木匠、瓦匠是每月底领工资，而窑把式是每交出一窑砖的时候领工资。因为这是第一窑砖，工期就十分长，从平地建起一座砖窑，到交出第一窑砖，竟然耗掉了两个多月的时间。他期盼着，这第一窑砖烧好，就可以领到工资了，那可是三个月的工资，全凭着要交上这一窑砖！他暗自盘算着，接下来就容易了，每十几天都能交出一窑砖，看时间至少还够再烧上三五窑砖，还能再领好几回钱，那时候，腰包揣得鼓鼓的，就可以捆上铺盖卷回家见老婆去了。

可是现在塌窑了！这是上万元钱的损失，并且他耽误了兵团的大事！接下来会发生什么？凭经验预料，兵团会找他赔偿损失，他赔不起。让他承担责任，他也无力承担。会把他抓起来，说他是骗子，冒充"窑把式"，破坏了兵团建设，送到法庭判罪。他腿一软就堆乎在窑顶。现在他只有一条路，就是趁人都还不知道的时候逃跑！

逃跑？想到这两个字他的心狠狠地疼了一下：我三个月没有拿到一分钱了，就这样白干了？可是不跑，不仅仅拿不到钱，还会吃官司！不行，还是跑掉才对！

谁也不知道逃跑前的那一天晚上，霍师傅是怎么度过的！只有从堆成小山的烟头，和熬干了的油灯瓶子上能看出一点端倪。

"一排长！霍师傅怎么还没找来？"陈连长已经急不可耐，高声吼着。王智长连忙跑到窑顶向连长报告："霍师傅不见了！"

陈连长猜到这一窑砖出了事，连忙命人掀开封窑的泥层观看，满窑的砖都烧成了"瘤子砖"，每块砖的尺寸都缩小了三分之一。有的砖被烧融化，粘结到一起分不开，成了一坨一坨的"砖瘤子"！

连长暴跳如雷，从窑上下来，命令全连解散，随后命令道："白磊！立即骑马把霍师傅给我追回来军法处置！"

此时天光渐亮，白磊接到命令，到马班备马，一路狂奔，直奔黄河岸边的马七渡口。这里南面是库布齐沙漠，北面是黄河，要想逃出去，只有一条路：渡过黄河，到乌拉特前旗火车站，登上京包兰线的火车。如果渡不过黄河，在这狭窄的布拉滩上简直是插翅难逃！

白磊一路飞奔直追了三十里路也不见一个人影。眼前来到黄河岸边，远远看见河边停靠着一条小船，岸边一个三角形小小的窝棚。遂下马，向窝棚中的人打问。船夫名叫赵兵子，是沙圪堵大队的社员，马七渡口是沙圪堵大队的一个副业，沿黄河上下数十里，只有这一个渡口，要逃出这块地方，马七渡口是必经之地。

赵兵子还在睡觉，被白磊唤醒。他打着哈欠，伸着懒腰走出窝棚。白磊说："有没有一个精瘦的老汉，背着铺盖卷从这里过河？"

赵兵子说："前天就过去了，他还欠我一毛钱摆渡钱，说是回来时再还给我。"

白磊回来向连长报告了情况，连长颓然墩在了炕上。半天才说："完蛋了！这可怎么办？"

第 78 章　晨掀运动

　　时间不等人，砖不管烧成什么样子，能用的要用，不能用的也要用，只要还能够垒墙，不管砖大小，也不管是什么形状，一概用上。当天，连长派了一个班兵力，全天出窑，把成型的砖和不成型的分别挑出来，拉到工地使用——这是没有办法的办法，同时请求团部立即派来另一个窑把式，立即装窑烧砖。无论如何也要在上冻之前把房子封上顶。

　　泥瓦匠起早贪黑，争分夺秒地在脚手架上忙碌着，小工子在地上抛砖递灰，跑前跑后。房子每天都在长高，门窗已经稳在墙体，再垒几层坯就可以架过木了。架完过木呢？只要再垒几兴砖，就可以上房檩，封顶了。虽然"瘤子砖"尺寸小了一些，墙也垒得七出八进，疙里疙瘩，然而这毕竟是胜利在望的时刻！连长在工地前寸步不离，调度着人员和材料，以免窝工。

　　天已经傍黑，连长看到脚手架上下的人员已经在收拾家伙，准备收工，却高声吼道："把角的师傅，把线给我涨起来，再垒一层坯，我们就收工了！"这是连长惯用的办法——在一天的末尾再加上一些活，大家急于收工，这些加上的活都会很快干完。

　　脚手架上"把角"的师傅，是河间县来的"耍手艺"的瓦匠。随着连长的吼声，只好把线涨起一层坯的高度，随后高声吼道："上坯！"喊罢，回过头来附身接坯。此时脚手架已经是三米高，坯是由地上的小工子一块块扔上去的。他俯下身子，伸出双手，然而却不见有坯扔上来。瓦匠师傅似乎是得了理，张开双手，夸大了动作，放开了嗓门喊道："上坯！"声音比上一声高了几倍。意思是明显的：陈连长，俺在执行你的命令呢。

　　连长吼道："怎么还不上坯？"

　　负责上坯的兵团战士说："没有坯了，让我怎么上？"

　　一句话把连长噎住了，举目看时，工地上真的一块坯也没有了。连长怒了，说："不管天有多黑，今天点着灯也要把这一层坯给我垒上！垒不上，绝不收工！"

　　瓦匠师傅说："连长，没有坯了，你老让我们怎么垒呀？"

　　"我马上派人去拉。"说罢，叫道："白磊！跑步去马车班，命令孙逸华立即套车，去坯场给我把坯送来！"

　　工夫不大，孙逸华和白磊气喘吁吁地跑来，孙逸华说："报告连长，您安排的任务我们昨天就已经完成了，现在坯场一块坯都没有了！"

　　连长说："胡说！坯是有富余的，现在房子还没封顶，怎么会没有坯了？"

　　孙逸华说："请连长到坯场亲自看看。"

　　连长依然不信，跟随孙逸华来到坯场，顿时傻眼了。原来码成垛的坯不见了，坯场空空荡荡。

　　连长的脑袋"嗡！"一声炸了。刚刚解决了砖的问题，坯又不够了，也就是说房子的中间部位无法完成，当然也就封不了顶！没有别的办法，只好连夜召开党支部会议，商议解决办法。

　　连长在屋里急得走来走去，一口又一口狠狠地吸着烟。

　　坐在办公桌前的指导员说："我就是想不明白，坯怎么会不够！那是团部基建科的天津大学土建系的大学生精确计算出来的数字，怎么会错？"脱坯工作始终由连长负责，指导员在给连长念紧箍咒呢！

　　连长沉不住气了，说："我也想不明白，每天多少块，总数是多少块，我这里都有记录。并且，脱坯大会战中，总数之外我还偷偷地增加了一成，怕的就是出现意外。"

　　王智长说："只有一种可能，就是那个戴眼镜的大学生算错了。"

　　指导员沉吟半晌，慢条斯理地说："要是他算错了，错的就不光是我们，全团用的是同一张图纸，应该是每个连都出现同样的事。可是，到目前为止，其他连队没有听见说缺了坯的。我们还是要在自身找原因的。"

连长听出了指导员句句话都夹枪带棒，一股恼火涌上心头，狠狠地"哼"了一声，说："原因还用找吗？都是我的责任！不仅仅是塌了窑，缺了坯，还有开荒、农田水利、储备冬草、军事训练、农业、牧业、运输、后勤，总之，除了政治思想工作之外，都是我一人抓，一人管的，所以，出现任何错误，我会负责到底，用不着别人替我承担。要找原因，就一件一件都找到我的头上，该追究就追究，该处分就处分。大不了开除我的党籍，让我回家种地！"

指导员听出了连长话的弦外之音，无非是摆你的功劳，说我什么工作都没做，自然不会甘心，说："老陈，话也不能这么讲。连队的工作千头万绪，毕竟政治是统帅，是灵魂。党支部毕竟我是一把手，重大事件都是我挂帅的，即便追究责任，我也逃不掉，也是要由我来承担领导责任的。话说回来，基建工作出现了这么大的错误，这个责任是一定要追究的。"

连长说："我刚刚已经讲过，凡是我领导的工作，一切责任我来承担。但是，现在工地就这样亮着，时间不等人，一个寒流过来，我们就全盘失败！我们开会的目的是在研究怎样挽救败局，现在不是追查责任的时候……"

连长话还没落地，"哐！"的一声门被撞开了，闯进一个人来，说："不用追查了，责任都在这里！"

三人定神看时，见孔令知手里提着一个麻袋，站在面前。

"混账！连首长正在开会，你连个报告也不喊就闯了进来，搞什么搞！听我的命令，给我出去！"连长吼道。

孔令知被连长的怒吼吓傻了，说："我我我走我走。"转身就要出去。

指导员知道孔令知闯进连部一定有重要事情要报告，于是伸手拦住了连长，说："慢，先回来，老陈别发火，先听听他要说什么。"

连长说："好吧，你还不快说！"

孔令知这才扭转回身，重整精神，说："我知道首长连夜开会在追查坯为什么不够的原因，请看看这个就都明白了！"说罢，一抖那麻袋，从里面"咕隆"一声滚出一个东西掉在地上。三人一看，原来是一个坯模子。

连长说："不就是一个坯模子嘛，有什么新鲜的？"

孔令知说："连长，这坯模子可不普通，您仔细看看它的尺寸。团部发下来的标准坯模子是 4 寸高。您看看这个坯模子是多高？不到 3 寸高。这就是现在坯不够的原因。"

指导员拿起坯模子一看，顿时恍然大悟！连长气得把牙咬得"咯咯"响，拳头锤在自己的大腿上，说："妈了个屄的！我这里千算万算，什么都算到了，谁能够想到有人给你捣这个鬼！这是谁干的？"连长开始咆哮了。

孔令知笑了，说："您看看坯模子上边的字就知道了。"

连长拿起坯模子，仰着头，伸直了胳膊，老花眼还是看不清模糊的字迹。说："一排长你给我念念写的什么。"

王智长定睛一看，说："刘胜利！"

连长问："坯模子都是团部发下来的，统一标准的，他哪里搞来的这种坯模子？"

孔令知说："他自己到木工房拿刨子刨的。"

指导员说："照说，只有他一个人这么干，全连上百个人脱坯，也不会导致坯不够用的。"

孔令知说："指导员您不知道，刘胜利这么干，就都跟着学。您不信，去量一量每个人坯模子的高度就明白了。"

连长说："这个混账东西，现在我就把刘胜利抓起来，扭送军事法庭，我告他破坏战备！"

指导员哼了一声，对孔令知说："你现在就回去，把坯模子放回原处，不要让任何人知道。你快去吧！"

打发走了孔令知，指导员继续说："这件事很严重，我们要抓住这次机会对全连进行一次阶级斗争、路线斗争的教育。"

连长说："你要干啥子呀？我告诉你，现在不是追究责任的时候，不能被这一件小事搞乱了我们的阵脚，乱了大局！"

指导员说："小事？看样子，我应该做自我批评了，归根结底还是我的工作没有做好，政治挂帅没有落到实处，我要干啥？我要向阶级敌人进行反击！”

连长急得捶胸顿足，说：“反击你也得分个轻重缓急呀！现在是啥子个时候了？你一个反击下来就冰天雪地了，我们还怎么盖房子？”

指导员说：“房子不怕盖不成！毛主席教导我们说，‘抓革命，促生产。’只要思想工作抓上去了，生产还愁上不去？”

连长说：“毛主席那么一说，你就那么一听。你还真信这一套啊！”

指导员说：“我是政治指导员，不信毛主席的话信谁的？”

连长“噗”的一声笑喷了。说：“你在扯啥子毬蛋呀？我们的胜利，是战士们一仗一仗打出来的，不是耍嘴皮子耍出来的。现在盖房子需要坯，你开几个批判大会就开出坯来吗？”

指导员说：“你好好想想，如果我们一直把阶级斗争抓得紧紧的，刘胜利那样的坏人还敢搞破坏吗？现在还会缺少坯用吗？毛主席说，阶级斗争，一抓就灵！我们要把盖房子跟阶级斗争挂起钩来，盖房子工作才会搞好！这么简单的道理你都不懂得吗？”

连长气得翻了白眼，说：“哎呀呀我的老祖宗呀！都什么时候了你还跟我扯鸡巴蛋？现在，我们只能集中全连的兵力，把其他工作都停下来，再搞一个‘脱坯大会战’。虽然时间已经不多了，但是我们依然有机会打赢这一仗！现在天干气燥，新坯三天就能干透了，就能垒墙，这样，总共只晚了这三天时间。这样算来，一边脱坯，一边垒墙，到上冻前也能够把房子封上顶。房子一旦封顶，我们就啥子都不怕了。等到冬天闲下来，你想搞政治思想工作，你就放开手地搞政治思想工作；你要开批判会，就开批判会；要弄个批斗会，你就弄个批斗会。你就是搞一场打土豪分田地，弄一场横扫一切牛鬼蛇神我也不拦着你！但是现在，你不要跟我瞎捣乱！”

指导员摇着头说：“还是业务挂帅！唉！好吧！这次就听你的，明天全连齐动员，展开‘脱坯大会战’。我可提醒你，不要打草惊蛇，我倒要看看究竟是谁在破坏连队建设！刘胜利，我饶不了他！”

决策定下之后，连长张罗着“脱坯大会战”各种事宜；指导员暗自安插下孔令知，盯住那些偷奸耍滑、特别是刨矮了坯模子，直接影响连队建设的人，搜集证据，准备秋后算账。

紧赶慢赶，上冻之前五栋正式营房终于封了顶。接着，基建工地就转到了屋里。墙上抹泥，地上墁砖，东西两侧盘炕，稍等炕干就搬家了。住在荒滩上蒙古包里的一百多名战士终于如愿以偿，赶在严冬到来之前搬进了新营房。陈连长、郭指导员终于松了一口气。

随着严冬临近，战争的气氛越来越浓烈了。一级战备的命令一个月前就已经下达了，现在步步加紧，落到实处。各种军事训练进入日程。每天卧倒、射击、匍匐前进、投弹冲锋，占去了多半时间。此外，出工，不管是挖渠还是打堰子都要把枪随身携带着，一旦战争爆发，可以随时进入战斗状态。

最让连长头疼的依然是紧急集合速度提不上来。上次紧急集合用了半个小时才把队伍拉出去，并且还有很多人根本没有起床，他们有各种各样的理由，男生肚子疼，女生来月经。有的根本没有理由，只是赖在被窝就是不起来。谁不起床谁就占了便宜，于是，不起床的人越来越多。班长、排长对他们没办法，只好上报到连长。

标准的紧急集合要求 2 分钟完成，并且不能有缺员。现在的状况离标准要求相差太远。连长必须在短时间内把紧急集合的速度提上来，团首长早就说要下来检查，这种状态交代不过去。

连长绞尽脑汁，精心谋划出来一个办法，取名叫作"晨掀运动"。

第一次"晨掀"发生在早晨出操。恰恰是起床的时间，紧急集合号却吹了起来。和往日一样，哩哩啦啦，十几分钟才把队伍集合起来。连长开始讲话："每个班都有人赖在炕上不起床，现在我们兵分两路去给他们掀被窝！男排去女排掀被窝，女排去男排掀被窝。不要客气，进到屋里，把被窝掀掉，让他们赤身裸体在你们面前现丑！"

初冬的清晨，冷风嗖嗖。战士们在星空下迷迷糊糊，揉着眼睛，打着哈欠，听到连长的命令笑得前仰后合，顿时醒了盹儿，女排议论纷纷说："掀男生被窝，这怎么拉得下脸？"男排的坏小子听说去掀女生的被窝，兴奋得挤眉弄眼，跃跃欲试。

连长严厉地吼道："不要笑了！这是军事行动，不是儿戏！我们掀一个被窝，就是俘虏一个苏修士兵！立即出发！"脸上却也掩饰不住诡异的笑容。

在六个排长的带领下，兵分六路，各自奔往承包的班排。

顿时男女两排营房响起了口号声。男排营房这边是女生高喊口号：打倒懒汉！女排营房前面是男生高喊：打倒懒婆娘！

左红梅一脚踹开了二班的门。刘胜利早就听到外面的口号声，正趴在枕头上向外想探个究竟。看见门开了，门外齐刷刷地站着一排女生，举着拳头高喊口号，个个满脸嬉笑，刘胜利也嬉笑着，把被窝撩开一道缝，说："左排长快进来咱俩睡一觉！"

女生们听得清楚，"哈哈"大笑。

左红梅窜进屋里，跳上炕去，叫道："你个臭流氓！"说着，双手抓住被角，用力向上一掀，一个瘦骨嶙峋的躯体从被下"咕噜"一声滚了出来。

"我操！这大冷天你把我鸡巴冻坏了！"刘胜利没想到左红梅会如此勇猛，大吃一惊，兼之天气寒冷，遂赤身裸体抱成一团。

左红梅站在炕上，一步跨过去，抬起脚朝着刘胜利裸露的屁股踢了过去，说："还不到外面集合！"

刘胜利说："哎哟！你踢我蛋子儿了！"

左红梅看到刘胜利败下阵来，对门外女生高叫："战友们，跟我把口号喊起来！——打倒懒汉！打倒臭流氓！"

门外女生跟着左红梅，一递一句地喊着口号。

刘胜利仓皇落魄，东抓西找，好歹把衣裳穿上，一边系裤子一边跑出去集合。

"晨掀运动"这一招真灵！仅仅执行了一天，第二天，就实现了两分钟集合完毕的目标！

战争的气氛持续加紧，夜间岗哨屡屡发现，沙漠中有蓝色信号弹腾空升起。连里把这情报上报到团部，团部上报到师部，据上级分析，这是境内阶级敌人跟苏修联络的信号。表明苏修正在做着向北京发动袭击的准备。上级预测，黄河封冻，就是苏修发动袭击的最佳时机。因此要求二十团各个连队，务必在黄河封冻之前，完成一切战争准备。

最紧张的演习依然是紧急集合。演习的唯一项目是阻击从黄河上开过来的苏修装甲部队。此时已经是冰天雪地，战士们要越过几十条一人深的大渠，冲到黄河岸边。行进过程当中，需要卧倒，匍匐前进，投弹，射击，接近坦克，要把手榴弹投进坦克的履带当中。

一切准备都为着一件事情的发生——黄河封冻后，苏联装甲部队由此袭击北京。

第 79 章　　夏医生发配内蒙兵团

让我们暂时回到文化大革命初年，有一个重要人物正从那里向我们走来。

这里是北京军区总政治部医院。

那天傍晚，夏医生下班从医院大门走出来，家属院不是很远，只需几分钟就可以到家。正是"满街红绿走旌旗"的时候，一路上大字报铺天盖地，高音喇叭中毛主席语录歌曲正声震云霄。好在中央有指示，部队不参与地方的文化大革命，因此，只要一走进部队大院，就如同走进了世外桃源，外面的嘈杂被一道大门隔在了身后，耳根子立即会清静下来。他对外面的嘈杂有些不耐烦，遂加快了脚步，想尽快走进清净的地方。

走到家属大院门口的时候，忽然听到身后有人说："阿楚。"

这是一个老人的声音，粗糙的像砂砾，却让他一激灵——这是父亲的口音！他叫夏诚楚，阿楚是他的乳名。如今的世界上，也只有父亲才这样叫他。他回过头来，却看见一个衣衫褴褛的老农民，头上戴着一顶塌檐的草帽，帽檐耷拉下来遮着脸，低着头跟在他身后。周围并没有其他人，显然说话人就是这个老农民。他顿时起了一身鸡皮疙瘩，定睛看时，那老农民微微抬起了帽檐，他看见了那是父亲的眼睛，冷得像两把刀！他老人家是省城女子中学的校长，是个儒雅的绅士，今天怎么会是这个样子？

"爸！你老人家怎么来了？怎么不直接到家里去？怎么……"

夏医生有无数疑惑。说着，不由得停住了脚步，此时的位置就在总政医院家属大院门前，门边站岗的士兵目光正在审视着进出的人流。没等夏医生说完，老人悄悄说："不要站住，跟我这边来一下。"声音如同耳语。说着又压低了帽檐，眼睛却不住地在帽檐下左右扫视着。夏医生不由得也环顾一下周围，跟在父亲身后，拉开了三四米的距离，朝着家属院大门的东侧围墙走去。

他对父亲的情感，并不只是普通的孺慕之情，在感情上彻骨的亲和爱之外，另有一种理性的崇拜。在他少年时就听父亲讲过，要救这个国家，只有两条路，一是医学，救治国人体魄的羸弱；二是教育，救治国人精神的颓靡。那时候他年纪尚幼，不全懂父亲这些话究竟是什么意思，但他清楚地感到，父亲不是一般人，他想的都是大事，他胸怀博大，深不见底。在他心里，父亲比起任何一个书中读到的哲人、英雄都毫不逊色。在不久以后父亲的行为当中，更加深了他对父亲的这种印象。

老人名叫夏天佑，毕业于北京师范大学。毕业后一直在省城里教中学。三十岁那年，他的身为大地主的父亲去世了。作为独生子的他继承了全部土地和家产。虽然他对于经营土地既没有能力也没有兴趣，然而这份资产却让他得到了施展抱负的资源。于是不久，少年阿楚就被送到了美国，告诉他将来目标就是做一名医生，学成后要回国，救治国人体魄的羸弱。这就是夏医生走上从医道路的缘由。

而救治国人精神的颓靡呢？则由夏天佑自己去亲力亲为。

他拟定了一个计划。一是留下少量房屋土地，供养家用以及儿子在美国念书。二是把其余所有的土地，房产都陆续卖掉变成钱。用这笔钱，照着北京、上海官办师范学校的规格，堂堂正正地在省城兴办起了全省第一家私立师范学校。仿照官办师范学校的待遇，学费全免，学校提供食宿。资金，全由夏天佑陆续出卖土地、房产来供养。这在当时全省是一件轰动一时的大事件。有人说他做了一件利在当代、功在千秋的大善事。多数人却说，儿卖耶田不心疼，出了个败家子儿，是夏家之大不幸，偌大的家产几年间就被他败光了。

然而塞翁失马，焉知非福。夏家因此躲过一场大灾难是当时谁都没有料到的。就在天佑把土地家产都卖光若干年以后，有一场运动叫作"土改"，那是一场腥风血雨的运动。在那场运动里，地主不仅仅被剥夺了土地、家产，并且绝大多数也都被剥夺了生命。夏家这个赫赫有名的大地主到了土改的时候，却只剩下了寥寥几亩土地。不管是按照财产数量，还是按照剥削量，怎么算他只能算是一个中农，而中农并不在共产党清算的范围之内。这不仅仅保住了自己的性命，并且在后来无尽无休的运动中，使得他和他的家人都能够不被认为是共产党的敌人，都不挨整，都能够过正常的日子，做正常的人。在后来天佑的有生之年，每当他想起自己"败家"这件事都会感到庆幸。

切莫说那夏老太爷仅仅是一个土地主，仅仅留下了土地和家产，纵然是留下一座金山，也填不满这个只有出去的，没有进来的无底洞。出乎天佑的预料，学校运转仅仅四、五年，眼见得土地、家产就要卖光了，而学校的开销却有增无减，天佑渐渐支应不起了。接下来的日子卖无可卖，学校所面临的只有关门一条路了。说来也是有得天助，这个时候恰好国民政府开始致力于兴办乡村的现代教育，以取代传统的私塾学坊，而他兴办的师范学校恰恰是现代教育的典范，给乡村教育提供了优质的师资，国民政府对他大加表彰。他就顺水推舟把学校无偿地上交给了国民政府，这所私立师范学校堂堂正正地成为了省立师范学校！从此，政府直拨教育经费，他被教育厅任命为该校校长。这一来，学校不仅仅得以为继，并且纳入了国家的教育体系，经费无忧，前途远大。他突然觉得自己终生的宏图大愿已经实现，剩下的就是如何当好校长了。

他当校长期间，经历了两次改朝换代：一次是日本战败，蒋介石政府接管了这个学校。学校所属的国民政府本是汪精卫的政府，同蒋介石政府虽然同属国民党，但在对待日本人的态度上是反着的。蒋介石是抗日的，而那汪精卫政府无论如何也摘不掉汉奸这个帽子，因此这一次接管不啻一次改朝换代。另一次是蒋介石败走台湾，共产党建政，没有疑问这是另一次改朝换代。但这两次改朝换代他都能够安然无恙度过也算是奇迹了。特别是共产党接管学校这一次。当时的共产党政府十分开明，没有追究他服务日伪政权和蒋介石政府那些前朝往事。而是把他兴办学校看作是为民、为国的大贡献，把他定为爱国的民主人士，并且把他从省立师范学校调到省立女子中学任校长。这个校长一直当到文化革命。

文化大革命兴起后，夏天佑一直支棱这耳朵探听着外边的动静，特别是北京的局势。虽然本地比北京局势发展略有滞后，然而也是亦步亦趋，步步紧跟。卞仲耘 8 月 5 日被红卫兵打死后，毛主席 8 月 18 日在天安门城楼上接见红卫兵。对打死卞仲耘的红卫兵头头宋彬彬说"要武嘛！"这着实把夏天佑惊得魂飞天外。卞仲耘事件在北京闹了那么大的动静，北京市长吴德向毛主席做了汇报，而他却偏偏说"要武嘛！"这分明是告诉红卫兵这正合他的心意！

　　这天晚上他独自坐在家里盘算。只需把自己跟卞仲耘比一比就不难断定自己会是个什么下场：卞仲耘是女子中学校长，我也是女子中学校长，女学生整人比男学生要凶狠得多；卞仲耘抗日的时候就加入了共产党，而自己却在日伪政权下面当校长；卞仲耘是个正宗的共产党员，而自己却是个"三开"人物。所谓"三开"，如今的看官大都会感到陌生了，各种词典乃至《维基百科》也没有收录这一个词条，因此需要稍稍解释一下才会明了："三开"即日本时期吃得开，国民党时期吃得开，共产党时期也吃得开。人家卞仲耘是正宗的共产党的人，都被活活打死了，我这个"三开"人物又当如何，这不明摆着嘛？当把自己跟卞仲耘比较之后，夏天佑得出了四个字的结论：吾命休矣！想到此他顿时出了一身冷汗。

　　不能坐以待毙！他对自己说。红卫兵分分秒秒都有可能踹开我家的门，到那个时候死局就成了定局！可是，不坐以待毙又能怎样呢？现在，全国城镇乡村一片红色海洋，哪里能有个死角？切莫说是一个大活人，就是一只老鼠，一只蟑螂也无藏身之所！

　　他想到了儿子诚楚！他那里是军队医院，中央明文规定，军队不参与地方文化大革命，也就是说那里虽不是世外桃源，却也是个避祸之所。只要我躲进他的家里，红卫兵再凶猛，也不会闯进部队大院抓人！想到此他觉得眼前出现了一线生机。仅仅几秒钟之后，却踌躇起来——儿子会不会收留自己？

　　他知道诚楚天性敦厚纯良，特别是从少年时起受的是美国教育，跟国人比起来，心里、眼里总是透着一股子憨直，好像是缺了心眼儿。虽然回国也有二十年了，可那眼睛里的憨直却始终没有消失。他也知道自己的话在儿子那里重如泰山。然而，然而！他毕竟加入了共产党。他特别对加入了共产党的人拿不准。一个人只要加入了共产党，你就不能用一般人的标准去估摸他了。只要他加入了共产党，什么天理人伦、忠孝节义就再也绑不住他。当年闹土改，老家地主孙怀清不就是被他的共产党儿子出卖，拉到河滩枪毙的吗？这种事他见的多了。他孙家的儿子是共产党军队的医生，你的儿子也是共产党军队的医生！

何况，儿子现在早已不只是儿子自己了，他有了妻子，有了孩子。当儿子有了妻子，情况就大不相同了，计较得失厉害时，他们是一个命运共同体，而你不在其中。他也有自己的前途，他的前途直接影响着他妻子的前途，即便他会义无反顾地为父亲而放弃自己的前途，她不同意怎么办？儿子应该倾向于你还是他的妻子？儿子是你的亲生骨肉，你有理由让他为你做出牺牲，而你却没有资格让儿子的妻子为你做出牺牲！强求她，对她岂不是也不够公平？

唉！他长叹一声。还是不要给儿子出难题了，还是不要去打扰他了吧！他整整盘算了一宿，无非是去？还是不去？窗户渐渐透进了白色，他打了个冷颤，只要天一亮，红卫兵定会找上门来，那时候一切都晚了。终于在天亮之前，他换了一身衣裳，戴上了一顶旧草帽走出了家门，登上了开往北京的火车。

此时此刻儿子就跟在自己的身后，而天佑依然在盘算。他在盘算怎样跟儿子开口，却觉得无论怎样开口都不妥当。盘算久了，就把儿子带出去了很远。

儿子终于追上了父亲，不等父亲开口，却也想明白了父亲为什么要从千里之遥孤身一人赶到北京，为什么这一身打扮，这一番神情。"爸！别走了，跟我回家吧。"他说。

父亲放慢了脚步，等着儿子跟自己齐肩，说："于夏下班了吗？"儿子的妻子名叫贾于夏。

儿子的眼泪刷地下来了。他知道父亲在担心什么，父亲对自己是信任的，却也给足了自己妻子抉择的权利，并没有强加给她任何不愿意接受的东西——在这生死攸关的时刻，他老人家还想得这么周全。

"爸！什么时候了，你还担心这些？大不了开除我的党籍、军籍，让我回老家去种地，用这，换我老爸一条命，我赚多了！"

"你是你。于夏怎么办？"父亲说。

"爸！紧要关头是要有取舍的。救我父亲，这是大义。如果她理解，跟随了我，这也就是她的大义，我敬佩她、感激她。假如她怕受连累，我就给她自由，让她自己走开，免受连累。她是有选择的，而我，没有选择！"

"如果是这样，我宁愿自己回去。不能因为我让我儿子失去妻子，孙子失去母亲！"

"爸！婆婆妈妈的，这不像你老人家的作为。这么多年了，难道你对于夏就没有一点信任吗？"

父亲终于乖了下来，不再说话。

傍晚，因为进出人多，是家属院门卫最为松懈的时候，天光已经暗了下来，路灯还没有亮起，这是一天中光线最暗的时候，夏医生带着父亲走进了总政医院家属大院，跟预料的一样，门卫没有理会。

贾于夏是一位中学教师，青年时就是夏医生的追随者，崇拜者。对公公的品德和为人也十分仰慕，见公公来逃难，明知道承担了很大的风险，却也心甘情愿地接受，把他藏在了自己家中。

家属院是一排排的平房，对面是倒座的厨房和储存间。夏医生家住着两间平房和对面的一间厨房、一间储存间。当时战备正紧，总政家属院也不例外，家家都挖了防空洞。防空洞就在厨房和储存间下面，里面方方正正的有足足六平方米，可以放下一张单人床，夏医生给里面拉了电灯。从此，夏天佑就住在防空洞里，大院里无人知晓。

天佑学校的红卫兵果然第二天就追到了总政医院。他们在医院和家属院门前盯了五、六天，也没有发现任何蛛丝马迹。红卫兵是不敢随意冲击部队大院的，只好打道回府。很快，最为惨烈的"红八月"过去了，各地的"红色恐怖"渐渐平息下来。

红卫兵再次来总政抓人，则是揪斗"走资派"。他们断定校长夏天佑就被藏在家属院夏诚楚家的防空洞内，直接把夏医生告上了总政治部，告他庇护走资派，并且在总政治部门前贴出了大字报，声称要揪出军内走资派。总政治部领导唯恐卷进地方文化大革命的纠纷，遂命令夏医生交代实情。这回夏医生再也瞒不住了，只好把老父亲交了出去。不过这时候时间进入十一月，已经没有生命危险了。

不久，总政医院下达了一个给予夏诚楚同志党内处分的决定。决定说，夏诚楚同志身为现役军人，私自藏匿走资派父亲，干扰了地方文化大革命，犯下严重错误。鉴于在朝鲜战场立有一等功，将功折罪，给予留党察看一年处分，行政和工资级别降两级。

夏医生接到处分后不仅没有沮丧，反而喜出望外。他说："我一个留党察看处分和两级工资换了我老爸一条命，太值了！"

不久，内蒙古生产建设兵团组建，北京军区从部队抽调医生。夏医生作为戴罪立功人员被派往内蒙古兵团。家也从总政家属大院搬了出来，上级给了他一个大杂院中的一间十几平方米的平房。夏医生在内蒙兵团报到后，当即接到了一个新任务，去天津、北京、青岛招收新兵。因任务紧迫，他顾不上搬家，随即启程，去了天津。

他们有两个儿子和一个女儿，大儿子十四岁，二儿子十二岁，女儿只有八岁。贾老师匆匆忙忙带着三个孩子把家搬进了大杂院的平房。于是，一个艰难的抉择摆在了她面前：三个孩子都在上学，内蒙兵团没有学校，显然不能耽误孩子的学业，她决定不把子女带到兵团，让他们留在北京上学。那么贾老师怎么办？是跟着丈夫去内蒙古？还是留在北京照顾孩子？去内蒙古，她就要辞掉她热爱的中学教师的职务，把北京市的户口迁到内蒙古去，这也太残酷了！夏医生是军人，军令如山，他必须服从，去内蒙古无法抗拒，贾老师完全可以留在北京，为什么走一个，还要白白搭上一个？何况，三个孩子都未成年，都需要她照顾。然而贾老师却毅然决然选择了跟丈夫一起去内蒙古。

这些天，她匆匆忙忙准备着一切，脸上平静，安详，没有丝毫刚刚经历了命运大变故的痕迹，却隐约增添了冷峻和刚毅。不时哼着一首歌，那首歌的名字叫《小路》，歌词是这样的：

一条小路曲曲弯弯细又长

一直通往迷雾的远方

我要沿着这条细长的小路

跟着我的爱人上战场

纷纷雪花掩盖了他的足迹

没有脚步也听不到歌声

在那一片宽广银色的原野上

只有一条小路孤零零……

夏医生听到了这歌声，他懂得这是妻子在跟自己谈心，还有什么比这种表达更清晰、更浪漫的吗？

匆忙中就到了启程去内蒙古的日子。夏医生刚刚完成了各地的招兵任务，返回内蒙前，顺道来接她一起到内蒙古去。这天晚上，孩子们都已经睡了。贾老师给大儿子写下了一封信：

儿子：

明天一早，妈妈就要陪爸爸去内蒙古了。

好像一切都已经安排好了，又好像一切都没安排好！

妈妈知道，你只有十四岁，还是个孩子，还需要爸爸，妈妈的呵护。冷了，需要有人给加一件衣服，饿了需要有人给做一碗热饭，一碗热汤。在外面受了欺负需要妈妈给擦擦眼泪。可今天，妈妈把这么重的担子放在你肩上：弟弟只有十二岁，妹妹只有八岁，从明天起，你不仅仅只是个大哥哥了，而且还要承担起父亲和母亲的责任，妈妈知道这副担子是太重了！

可是爸爸那边更需要妈妈。你知道爸爸腰不好，一旦扭伤，就会寸步难行，那时候孤身一人在塞外荒原没人照顾怎么能行？你知道爸爸生性刚直，凡事不愿与人争执，孤身一人，还背着个处分。心里有了憋屈，不能连个诉说的人都没有啊！你知道爸爸在受处分这件事上受尽了屈辱，我们不能再让他受一丁点儿委屈了。

为了爸爸，为了弟弟妹妹，妈妈和你都需要坚强。妈妈相信你能理解这些，妈妈也知道你能承担得起这个担子。明天妈妈就要上火车了，记住妈妈的嘱托：

替妈妈带好弟弟，带好妹妹。拜托了，儿子！

第二天凌晨，夏医生夫妻一起踏上了开往内蒙古的列车。

第 80 章　你想做一个什么人，你就能成为什么人

　　夏医生夫妻在黄河封冻前赶到了九连。妻子贾于夏也被分配在九连，担任会计。大家知道她过去是中学老师，因此都叫她贾老师。

　　连里把他的家安排在陈连长家的旁边，也是两间简易房。这天，夏医生和贾老师正在收拾行李，陈连长、郭指导员作为连队领导前来看望。同时来的还有专程从团部赶来的团卫生所所长李俊儒。李所长是卫生员出身，没有上过医学院校，所有技术都是在打仗中学来的，从包扎伤口开始，后来也能做一些取弹片、接骨头等小手术，期间也参加过许多次医学培训班，但那些培训班只不过是为战场上应急之用，从未有过系统的理论学习和技术训练。尽管如此，现在他也堂堂正正的成为了外科医生，并且是二十团卫生所所长！打从文化革命以来，政府大力振兴祖国传统医学，提倡针灸治病，他突然就变成了针灸专家。来到兵团以后，他的针灸更是派上了大用场。兵团战士太苦太累，有时候战士坚持不了，想拿一两天病假，休息一下，少不了有小病装大病、无病装有病的。凡是来看病的，到他手里，不打针，不开药，不管真病假病一律先扎针灸。他下手极狠，并且每次必定扎很多针，把人扎得像个刺猬。唯恐刺激不足，每隔几分钟都要逐一捻针。兵团战士给他起个外号叫作"李十针"。有的战士实在扛不住疼痛，时常自己拔掉针中途逃跑。每逢如此，他都会得意地说："你不狠狠扎他，怎么能知道他是真病还是假病？"说罢张开大嘴哈哈大笑，露出满嘴大黄牙。团部的兵团战士都知道他那两下子，只要他当班门诊，没有战士来看病。他不以此为耻，反认为自己能够制服兵团战士，引以为荣。

　　夏医生组织关系有点特殊，在行政上属于连党支部领导；但在业务上，又属于团部卫生所领导。因此，李所长也是作为夏医生的领导，会同连队领导一起，专程来看望夏医生的，这是他们第一次见

面，以前他们谁也不认识谁。

三人走进外间屋，看见地上立着几件高大的红木家具，看形状应当是碗橱、衣橱和书橱，这书橱也太多了吧？三件还是四件？明晃晃油漆能照见人。地上堆满了大包小包。包已经打开，杂乱无章地堆了满地等待安顿。一箱清一色的景德镇青花玲珑瓷器，瓷器上是暗透花米粒儿状的花纹，显得格外精致。连长不由得有些纳闷：这碗只有手心儿大小，喝酒太大，吃饭又太小，一顿饭要吃多少碗才能吃饱？另一箱也是餐具，竟然都是浅浅的碟子，许多把刀子和叉子，这是做啥子用的？更令三人奇怪的是，十几个箱子里面居然都是砖头一样大小的书。仔细看，书皮上印的都是洋字码，却一个也认不得。三人看着不由得撇嘴咂舌。

夏医生见领导来家里看望，连忙迎了出来，说："快请进来，快请进来。看我这里盆朝天，碗朝地的插不下脚，快到里屋来。"

三人走进里屋，只见土炕上乱七八糟地堆放着杂物，炕边安放着一张双人床。夏医生连忙把床上的东西挪开，说："连个坐的地方都没有，就坐在床上吧。"

三人来到床边，往下一坐，感到下面"忽悠"一下陷落下去，三个人都"哎呦"一声跳了起来，脸都吓白了。郭指导员说："你这是搞什么名堂呀，吓死我了！"

贾老师说："别怕，没关系，这是个'席梦思'，摔不着。"

郭指导员涨红了脸，说："什么丝？"

夏医生怕弄得他们过于尴尬，连忙解释说："噢，就是个软床。"

三人感到自己露了怯，脸上带着尴尬的笑容。李所长却说："老夏呀，来内蒙古你还弄来了这么个玩意儿。"

指导员说："就是嘛，这里不是美国哟，来内蒙古还带着个'什么什么丝'，是不是太，太贪图享乐了，啊？"说完呵呵笑着。

连长接着说："就是就是，老夏呀，你可是够资产阶级的啦！"说的虽然都是玩笑话，却也说得夏医生满脸通红。连忙解释说："我的腰不好，一不小心就闪着了，一旦闪着，就寸步难行。也是没办法，只有在这床上面才能养好，这才把这个床带了来。"

所长说："腰不好，就更要睡火炕！越是硬板，越能治腰病。"

连长说："就是就是！火炕热乎乎的，啥子腰腿病都能睡好。"

夏医生只好连连点头称是，再也没有解释。

郭指导员说："老夏呀，我得给你先打个预防针，现在我们是在内蒙古守卫边疆，不是当年你在美国，也不是在你们总政医院。心里要有点吃苦的准备哟！"说罢呵呵笑着。李所长和陈连长也随声附和："就是，没有心理准备恐怕这一关是过不去的！"

夏医生一笑，说："这点苦我还是见过的。"

说着话三位首长起身要走，陈连长说："昨天这屋子才腾出来，你看这墙上还满是冰霜。不过别担心，我已经安排后勤班长了，一会就来给你们安炉子。炉子生起火来，一会冰霜就化了。晚上保准能睡个暖和觉。"

郭指导员说："有什么困难向党支部提，我会尽快解决的。"

李所长叮嘱说："有连队首长的关心，我也就放心了。"说罢就起身走了。

三位首长走后，贾老师笑说："这个又黑又矬的就是郭栋梁吧？充什么大尾巴鹰呀？说什么打个预防针？也不打听打听，我们回国打日本的时候，你还在家里种地呢！轮得到你给我打预防针了？真是笑话！这个李俊儒也忒拿自己当所长了，还什么'我也就放心了'，用得着你放心吗？"

夏医生说："人家毕竟是首长，自然要说些个关怀下属的话。并且我们说话也有不妥当的地方，你就说'软床'该有多好，偏偏说是个'席梦思'。他不知道'席梦思'是什么东西，当然就觉得丢脸了。"

贾老师说："我也不是故意的，'席梦思'不也是平常话嘛，谁想得到那么多？一不小心就说了出来，他就把脸红成了那样。自尊心太强了吧？"

夏医生说："我们在机关这么说习惯了，这里毕竟是基层连队，这些没有必要的误解我们要尽量避免。"贾老师连连点头称是。

正说着话，听见有人敲门。开门进来的是后勤班长鲁小班。他说："连长派我给您来安炉子。"说着把一个铸铁洋炉子放在地上，又出去拿来几节烟筒，还有一筐高头窑出产的伟炭。鲁小班手脚麻利，一会的工夫就把炉子和烟筒安装妥当，生起了火。那高头窑的伟炭是内蒙古特产，大块的黑煤极易燃烧，只用一张报纸就能点燃，无烟，火力极旺，是取暖的上等燃料。瞬间就听见火势"呼呼"吼，仅仅十分钟时间，烟筒就烧红了半截，屋顶的霜雪渐渐被融化，吧嗒吧嗒往下滴水。唧唧索索的夏医生夫妻感到了暖意，停下手里的活，坐在炉子前烤火。

夏医生说："这屋子原来是做什么用的？"

小班说："昨天还住着女生的两个班。得知您要来，连长让她们搬到新房子去住了。以后这排简易房就作为家属房了，家属来了都要住到这排房子里。"

夏医生一惊，说："你说昨天还住着人？"

小班说："是呀，怎么啦？"

夏医生说："这屋子怎么可以住人，你看满墙都是霜雪，屋顶的荆笆上挂着冰柱子。不行！我得去看看战士们。"说着已经站起来，披上了大衣，说："你带我去女排宿舍看看。"

贾老师也连忙穿大衣，说："这冰天雪地的，我也跟你去看看那些个女孩子，这么冷的屋子，她们怎么过。"说罢，跟着鲁小班向女排宿舍走去。

正是开晚饭的时分，外面漆黑一片。夏医生跟着鲁小班深一脚浅一脚来到五排门口，隔着窗户看见里面影影绰绰点着一盏小油灯。走近第一个门，小班上前敲门喊道："夏医生来看你们了！快开门！"

门开了，黑灯影中，只见东西两铺炕，炕沿上坐满了人，虽然是在屋里，她们头上戴着羊剪绒的皮帽子，身上穿着大衣，腿上围着棉被，手里捧着饭盆，正在吃白薯干。

夏医生说："大家记得我吗？我是九连的医生，今天刚刚到九连，来看看大家。你们好吗？"看到此情此景，说着话却觉得喉头哽咽，鼻子一酸，竟然滚下了两行眼泪。

二十团的兵团战士都是夏医生去天津、北京、青岛接来的，来的时候，每个人的体检都是夏医生给做的，她们都认识夏医生。见夏医生到来，连忙站起身来说："夏医生您好，一块吃点吧？就是没有好东西招待您。"

夏医生说："吃的什么好饭？"

康小妹把自己的饭盆递过来说："您别尝了，山芋干，发霉了，苦的，跟药丸子一个味儿。"

夏医生说："我要尝尝！"

说着从她饭盆里拿起一块咬了一口，随即就吐了出来，"这是什么味？发霉的东西不能吃啊！"

贾老师说："我也尝尝。"说着从夏医生手中接过薯干放进嘴里，"呸"的一口吐了出来，说："薯干坏成了这样怎么还能吃呢？"

班里的战士们纷纷说："就是这样的东西还不管饱呢！"

夏医生摇着头说："让我来看看你们的房子吧。"说罢，一只手从炕沿上端起油灯，另一只手遮挡着油灯以免直射自己的眼睛，抬头看房顶，只见房顶上雪白一片，结满了冰霜，挂满了冰柱；黄泥抹的墙面上白刷刷一层霜，用手一摸，满把冰碴子。

夏医生说："能不能掀开褥子让我看看？"

贾老师知道夏医生不便于动手翻动女孩的被褥，遂说："我来看看吧。"

说着走到炕边，把康小妹的褥子掀起来把手伸进褥子下面，下面冰冷潮湿，那褥子沉甸甸，一把能攥出水来。

夏医生说："这么冷的天气怎么不生炉子，不烧炕呢？"

班长柳卓儿说："烧炕？哪有工夫烧炕？天天紧急集合，哪里顾得过来？连长早就说要给我们盘炉子，盘炉子，说了一百多回了，盘到今天，炉子还没影呢！"

夏医生轻轻地说："对不起，是我来晚了。我应该早来几天，你们也不会被冻成这样，对不起，对不起！"像是自言自语。

贾老师在身后，捂着脸哽咽着，说："不行！我去找郭栋梁，我要当面问问他，你满口都是革命大道理，你怎么能让女孩子们睡冰窖？你就没有儿女？你是不是人生父母养的？"

康小妹听了，鼻子一酸，"哇"的一声哭出声来。其他人受了感染，跟着一起哭了起来。其他屋里的女生听见这屋里的哭声，纷纷走来趴在窗户上往里看。夏医生走出门来说："请你们回屋，我一会去看你们。"这些人才纷纷散去。

夏医生回到屋里，深深吸了一口气，控制一下自己的情绪，悄悄拉住了贾老师，说："连长、指导员一定有他们的难处。我们还不了解情况。"又对女生们说："先不要哭，有困难我们一起解决，好不好？吃完饭，你们到我的家里，我给每个人都做个体检，我家就在简易房第二间，连长家旁边。那里已经生了火，你们也可以到那里去暖和一下。"说罢转向鲁小班说："我们到别的屋里去看看吧。"

三人逐屋看完女排的宿舍，贾老师已经哭成了泪人。夏医生此时已经冷静下来，对鲁小班说："你这几天哪里也不要去，就跟着我，我需要你帮忙。明天你给我找四个人，他们必须是连里最会垒炉子、盘炕的高手，明天一早到我那里报到，跟着我给女生盘炉子，烧炕！"说罢，匆匆回到自己家里，吩咐鲁小班："你立即去打水。"又吩咐贾老师："打来水用大铝锅煮挂面，等孩子们来了让她们喝上一碗挂面汤暖和暖和。"这里忙着煮挂面，等待体检的人到来。

体检中他看到这些女孩子的手指僵直、臃肿、龟裂，长满了冻疮，流脓、流血。更让他吃惊的是，全连女生，除了炊事班的，全部闭经了！贾老师在一边帮助夏医生给女生体检，又一次"呜呜"地哭起来，说："我们究竟怎么才能救这些孩子们呀！"

夏医生说："不要担心，有连首长在，我会让她们尽快恢复健康的，我会的。"像是自言自语。

第二天一早，夏医生来到连部，找到指导员和连长说："我向连长、指导员报告一件事情，昨天我给女生做了体检，全部女生都闭经了！我们都是成年人，懂得这有多么严重，这些孩子都是十七八岁的青年人，是生命力最旺盛的岁数。红军在长征路上，女兵还一路能够生孩子。我们的女兵究竟受到了怎样的摧残，居然全部闭经了？"

陈连长听了大吃一惊，说："啊？这么严重，这个情况我还不知道，会不会死人呀？这个我有责任，任务紧，是我拧得狠了些。我知道她们吃不饱，干活累，怎么也没想到有这么严重。"

　　指导员冷笑说："老夏呀，不要大惊小怪，我跟你说过要有思想准备，现在长见识了吧？这就是内蒙古，就是边疆建设。条件差，任务紧，这是没有办法的事。"

　　夏医生说："当务之急是立即给女生把炉子盘好，把炕烧干、烧热，不能让她们睡在冰冷的土炕上了。今天我跟连长要四个人，鲁小班、齐蛀虻、燕北和张观溪，派给我给女生砌炉子，一天也不能耽误了。"

　　连长说："好，还有什么要我配合的。"

　　夏医生说："接下来就要大量用煤。没有煤，有了炉子也不行。"

　　连长说："连里存的煤不多了。我们有大批的煤炭从山西运来，都卸在乌拉特前旗火车站，隔着一道黄河，弄不过来。现在要等黄河封冻以后，马车才能过河运煤，那个时候，马车一天就能跑一个来回。现在马车不能过黄河，离我们最近的煤矿是高头窑，马车去一趟要走四五天才能回来。你不要担心，我立即派马车明天就出发去高头窑。"

　　夏医生说了声"好！我去垒炉子了"就匆忙离开连部。

　　指导员在身后哼了一声，说："听见了老陈？恶人都让我们当了，他倒成了救苦救难的观音菩萨。"连长听了，半天也没醒过味来。

　　第二天起床后，夏医生带领着鲁小班等四人来到女排。让她们两间屋的人合到一间屋去住，腾出空屋来，立即进去人修炕、盘炉子。当天下午，女排宿舍屋顶的烟囱就冒出了烟。他们昼夜不息，盘好了一个炉子，夏医生亲自点火烧炕。烧化了屋顶的冰凌，烧干墙上的雪霜，直把屋子烧得暖融融，热气扑脸，遂立即让住在湿炕屋里的人，两个班，三个班搬过来，挤在一间屋子里，腾出冰冷的屋子，这样倒换着，仅仅用了一个星期的时间就让全体女生住上了温暖的宿舍。

　　有了炉子，就可以烧热水。夏医生吩咐贾老师到女排去，督促她们晚上用热水洗手，汤脚，把皴褪干净。又从团部卫生院要来了大瓶的凡士林，分发给她们，让她们厚厚地涂上。不出几个星期，女生们手脚上的冻疮就开始结痂，愈合。

　　接着，夏医生给每一个九连全体战士都做了一次体检，每个人建立了病历。由此他对每个人的健康状况都了如指掌。从此只要有夏医生在连里，大家就有一种安全感，心里踏实。

方圆几十里的老乡得知九连来了一个美国毕业的医生，有了病，便宁愿赶几十里路也要到九连让夏医生给看病。在此后的日子里，夏医生家门前的晾衣架的柱子上，常常拴着马、毛驴、骆驼，那是远道而来就医的老乡的坐骑。说来令人难以置信，在那荒凉的大漠，方圆百余里，仅仅因为有了这么一个医生，农牧民们心里就觉得有了依托。

照说夏医生每月 45 斤细粮，1.5 斤食油，贾老师是 30 斤商品粮，是吃不完的。但他家的粮食从来不够吃，需要偷偷地在老乡那里买高价粮食。他们知道买高价粮违反国家政策，但他们也知道战士们饿，这是他们唯一能够帮助战士们的途径，即便将来追究他们的错误，他们也甘愿承担。

贾老师做饭从来就要多做，柜橱里永远有吃的东西。她说："不知道有谁深夜饿得睡不着了，叫天天不应，叫地地不灵的时候，来我这，我这里得有吃的。"

于是，每天晚上，都会有一些战士到夏医生的家，明亮的煤油灯下围坐一圈人，他们跟夏医生夫妻一起聊天，下棋，看书，唱歌。

夏医生从少年时起在美国上学，直到医学院毕业。回国也已经二十五年了，但他始终生活在自己的世界里。在中国这锅老汤里煮了二十五年，他似乎油盐不进。身边的人情世故、世态炎凉他既不懂，也毫无兴趣，好像是一个五十岁的躯壳，里面装着一个美国大男孩。

然而常来他家做客的人却是形形色色。齐蚩氓对夏医生是崇拜，学着他的举止，谈吐，爱好，恨不得把自己变成一个一模一样的他；有人是因为他家里有知识，有文化，有共同语言，趣味相投；还有人因为这里有关爱，有亲情；也有人是因为他家有食物；还有人想得更多——九连还有一男、一女两个卫生员的位置空着呢，谁来填补那个位置，那必定应该由夏医生来决定。

阎良就是揣着这种梦想，每天都到夏医生家里来。他是青岛人，67 届初中生，上过两年初中，比大多数只有小学毕业的 69 届大了两岁，文化水平也高了许多。他每天来得最早，离开得最晚，把夏医生的家当成了自己的家。来了只遵循一个原则：少说话，多干活。扫地，扫院子，烧水，灌暖壶，就像打理自己的家务一样，不拿自己当外人，却从来不在夏医生家里吃一口东西。他每天进门第一件事情就是挑水。水井在伙房后边，从家属房到水井要经过操场，而操场东面是女排宿舍，西面是男排宿舍，挑水就成了一件"招摇过市"的事情。全连人看在眼里，心里都明白他的目标是什么。众人看他挑着一担水，扁担忽闪忽闪颤着，从操场走过，挑到夏医生家里，不由得暗自发笑，说这叫作"阎良之心，路人皆知"。而他却也毫不避讳，就那么大模大样地在众目睽睽之下走过。众人的嘲笑对于他而言却是正中下怀。我就是要当卫生员，就是要讨好夏医生。大家都对夏医生好，我也只跟大家一样对夏医生好行吗？当然不行。我对夏医生好，要超过众人，让他觉得，如果他让别人当卫生员，就觉得对不起我；要好到一个让大家觉得，卫生员只能是我，不会是别人的程度。

不久，团卫生所组织了一个卫生员培训班，专门为各个连队培养卫生员。指导员派阎良到团部去参加培训。两个月回来，连里就正式认命他担任九连的卫生员了。

就在阎良被派去学习后的一天，夏医生对齐蚩氓说："蚩氓呀，你想不想当医生？"

蚩氓一愣，一脸疑惑看着夏医生，以为自己听错了，因为当医生离现在的处境实在是太遥远。

"是的，你没听错。我观察了很久，看你砌炉子、盘炕，动作准确，秩序井然，不慌不忙的，把活做的又快又好。这是非常难得的素质，你是个外科医生的好材料。现在在搞文化大革命，将来不会总是这个样子，你不能就这样荒废着。"

蚩氓说："可是我只有小学毕业，医学那么高深，需要数学、物理、化学、生物基础，可我这些都没有学过。"

夏医生说："是呀，这些基础课程你一定都要补起来。要成为一个好医生，还必须能够读英文的医学著作，将来你一定要把英文学好。你看，有这么多事情要做，你必须抓紧时间啊！"说罢拿出一本早已准备好的书来，那书有整砖大小，放在桌子上，说："这是一本《生理学大纲》，是中国医学院的一年级教材。你读读看，不懂的来问我。"

蚩氓感到了，这是父亲一样的关怀，是导师一样的教诲。他有些激动，一时不知道说什么好。夏医生说："眼睛不要盯着卫生员那个位置。你的前程要比那大得多。路长着呢，全靠你自己走。记着我的话：你想做一个什么人，你就能够成为一个什么人。"

蚩氓说："是吗？"

夏医生深深点头说："是！"

蚩氓拿着书走了。贾老师对夏医生说："今天你疯了，一个小学毕业生，现在就是个知识青年，每天都要去战天斗地，怎么可能成为一个外科医生？"

夏医生说："你说的不错，我也不知道为什么疯了。我实在不忍心耽误一个好材料。"

贾老师说："蚩氓是个好孩子不错，但你怎么断定他就是个做医生的好材料，只凭着会垒炉子盘炕吗？"

夏医生说："你听过他讲，他第一次偷土豆的故事吗？"

贾老师说："我们俩一起听的。"

夏医生说："你听出了什么？"

贾老师说："那天我哭得一塌糊涂。孩子们可怜呀！我们可以给他其他帮助，但我们怎么能因为可怜，就断定他是当医生的好材料？即便是好材料，离外科医生也是太远了吧？"

夏医生说："你知道做一个医生最重要的素质不是聪明，也不是手巧，而是心地纯良。偷土豆的那天他说：'从今天起我就不是一个干净的人了'，让我非常惊讶，他在自己饿得快死的时候，在吃羊粪，吃草的时候也不忍去偷，还要顾及自己心灵干净不干净。这么多年，我观察了无数人，聪明人多得是，德性够得上医生的实在是太少了。看他做事，只管对错，不问得失。这样的人已经很少了！"

贾老师笑了，说："这里有另一个人跟他恰恰相反，只计得失，不管对错。现在的孩子们，怎么都变成这样了？"

夏医生说：“你说的是阎良吧？所以蚩氓这孩子太珍贵了。我实在不忍心看着这样一块好材料就这样耽误着。”

贾老师频频点头，说：“材料是很难得，只是太难了。”

夏医生说：“那就让我来试试，将来谁知道会是什么样！”

这天晚上，齐蚩氓刚刚打开《生理学大纲》，听到有人敲门，他知道一定是秦娥和楚卿来了。出来看果然是她两个。他走出屋，把门带上。屋内摇曳着的灯光，透过窗户，忽闪照在三人身上。

楚卿双手把《鲁迅小说集》递给蚩氓，像小学生向老师交作业，笑着说：“给！真好，太喜欢鲁迅了！早就该还了，就是舍不得，总想再读一遍再还吧，就拖到了现在。”

蚩氓说：“那就留着看吧。”

楚卿说：“不看了。”

蚩氓说：“最喜欢哪篇？”

楚卿说：“不一样，都喜欢。但最震撼的是《伤逝》，让我思考很多事情。”

蚩氓说：“什么事情？”

楚卿说：“比如生活和爱，究竟是爱依附着生活，还是生活依附着爱？可能要想很久才能想明白。”

蚩氓突然想起自己在书签上写的话，“人必生活着，爱才有所附丽。”这分明已经表明了自己的看法，不由得怦怦心跳起来，出了一头燥汗。

其实，那句话是写给自己看的，是叮嘱自己的。她是否看到了那句话？他害怕她读到了那句话，读懂了那句话。如果读懂了，他害怕她会离开他。

其实，那句话又是写给她看的，他希望她读到那句话，读懂那句话。读懂了，那就是一句表白，她就会知道他爱着她，也会知道他不敢爱她，只因为不能给她好生活，只是在心里偷偷地爱着。一切苦衷都写在那句话里。

蚩氓理不清思绪，连忙把话题岔开，说：“为什么不继续看了？”

楚卿说：“前天收到了爸爸寄来的新书。”

蚩氓高兴地问："是什么书？"楚卿脸色一沉，向左右环顾一下，见没有别人，轻声说，像是耳语："千万保密！一套《英语九百句》，和一套《新概念英语》，还有一个半导体收音机和一个耳塞机。爸爸说，现在在搞文化大革命，但不会永远搞文化大革命，无论如何现在不能荒废着。他要求我立即开始学英语。收音机里有广播讲座教英语，是美国之音播放的。在大城市有干扰，根本收听不到。在我们这里，接收比北京还清楚。"

蚩氓被她的话惊呆了！她父亲说的怎么跟夏医生的话一模一样？他清楚这个计划有着开阔的心胸和眼界，这个计划对未来充满了信心和向往，有见识的人想法都是一样的，蚩氓连连点头说："太好了！你爸爸真了不起。心里揣着这样的一个计划，生活再苦再难心里都会觉得很快乐！"

听得楚卿眼睛一亮，说："我也感到是这样。如果你喜欢，我们就一起学英语吧。"

蚩氓说："好呀！学好英语，也是在我的计划当中。你先学，我跟在你后边，给我当老师。"

楚卿说："怎么敢当老师？你在读什么书呢？"

蚩氓小声说："也一定要保密！夏医生给了我一本《生理学大纲》。"

楚卿说："啊？你在学医学？"

蚩氓点点头说："嗯，就算是。所以以后我也要把英语学好。夏医生要求我，将来要能读英文的医学著作。"

楚卿说："都让我嫉妒了，你有这样的老师。"

蚩氓皱着眉头，阴沉着脸说："是呀！我担心会让他失望。"

楚卿说："不会的，只要努力，夏医生就不会失望。"

和往日一样，秦娥拿出一个手绢包着的包递给蚩氓说："给！这是我们今天吃剩下的。"蚩氓知道，那里面包着的是薯干，她俩经常会在晚饭后给蚩氓送来一些干粮，也许是一个馒头，一个窝头，或者是一把薯干，说是自己吃不了剩下的。

蚩氓看着小小的包，嘴唇发抖，控制不住眼泪涌出，扭过脸去。

　　楚卿说："今天这是怎么啦？"

　　蚩氓半天才回过脸来，说："别以为我什么都不知道，这些天我跟着夏医生干活，他什么都跟我讲了。他说，红军长征的时候，女战士一路走，一路还能生孩子。可是我们全连的女生，居然都闭经了！那是五十岁才会发生的事情！"他捶着自己的胸口，说："对不起，是我粗心，是我自私，我怎么就没想到，我饿，你们也会饿？你们把自己都饿干了，饿瘪了，还要给我送吃的。这么多日子，我怎么会吃了你们那么多干粮？我突然知道，我怎么是这样的一个人，我太自私、太无耻、太残忍了吧？"说着泣不成声。

　　秦娥哆嗦着嘴唇说："你把蒲草垫子给了我们，而你自己却睡凉炕，你把我们也变得同样无耻、残忍，无地自容！"

　　楚卿拉了一把秦娥，说："不要这样说你哥。"又对蚩氓说："我们都是心甘情愿的，你想想，我们是这样共度艰难岁月的，将来回忆起来该是何等的幸福！"

　　秦娥和楚卿走了。蚩氓回到屋里迫不及待地打开楚卿还回来的书，心怦怦狂跳不止。他要看看那个书签还在不在。终于找到了那个书签，只是又多了一行字：人必先爱着，生活才有所附丽。

　　他明白，这句话是鼓励他大胆地爱。然而这句话的心胸和眼界又远远高出自己一筹。他沒有感到鼓舞，而是感到了自卑。齐蚩氓被这句话彻底打败了。

　　齐蚩氓开始读医学书了。他从夏医生家里回来，当天就给父亲写信，让他把初中和高中的数学、物理、化学、生物课本寄来，很快就收到了父亲寄来的旧课本。每天晚上，当战友们都进入梦乡的时候，正是他最为幸福的时刻。和往常一样，点上自制的小油灯，罩上遮光的纸壳，在纸壳透出的光柱下读书，有一种神秘感。和往常不一样的是，他有了明确的目标，将来做一名外科医生。夏医生的那句话深深地嵌入他的心里：你想做一个什么人，你就能成为什么人。他相信这句话就是真理。每一夜读书都读到窗外天光发白，变亮，才依依不舍地合上书睡觉。

　　楚卿开始学英语了，除了蚩氓和秦娥，没人知道。学英语是个严重的罪行，为了掩人耳目，她把《毛泽东选集》红色塑料皮脱下来，套在《英语九百句》的书皮上，每天当战友们入睡，她就打开书学习，战友们以为她在学习毛主席著作。每到深夜 12 点，正是美国之音播放《英语九百句》讲座的时间。她独自蒙在被窝里，带上耳塞机，听广播。

学英语最耗费时间的是背生词。她把白天干活的时间也用来背生词，干活占用着体力，学英语用的是脑力。

在那个惹下大祸的窑把式逃跑之后，团部又派来了另一个窑把式，很快又恢复了烧砖。连长为了提高劳动效率，把早晨出操训练改成了给工地备料。于是，大约在三年的时期内，每天清晨都会出现这样的场景：

天刚蒙蒙亮，无论是酷暑还是严寒，在蜗牛样的砖窑与营建工地之间，行走这一行兵团战士。他们睡眼惺忪，背上背着 30 块砖，那是 200 斤的重量，把他们的身体压成弓形。他们从蜗牛一样的砖窑顶爬出来，沿着旋转的小路慢慢爬下来，缓慢地向营建工地行走。连长说，这每一块砖都是射向苏修的炮弹。他们弓着腰，低着头，腿在打颤。窑里烟火灰尘沾满他们的脸，辨别不出眉目。其中有一个女生走在背砖的行列中，时不时张开手，看一眼手心上写着的英文词语，然后，心里默默地背诵着，她就是楚卿。

第81章　连长你真傻！

气温虽然已经滴水成冰，但黄河还是没有封冻，连长急得一天跑三次河边，观察封冻情况。

起床后，连长带着四班来到黄河岸边。清晨，河面上飘着一片片云雾，看不见对岸。他遥望着浩渺的黄河，一脸焦虑。岸边虽然已经结冰，但河中流的流凌浩浩荡荡依然奔流不息，不时传来流冰撞击的声音。他叹了一口气说："不急，不急，急也没有啥子用处。乡原，结冰处的冰层有多厚了？"

乡原是四班长，青岛人。他不是学生，来兵团前已经在社会上混过几年，其间，拉沿，做小买卖，在工厂当临时工，许多活都干过。这种社会知青比起学生知青来更懂得人情世故。他并非因为理性，而只是凭着直觉，就选择了在共产革命意识形态之下最吃香的穿着打扮。他并不是不羡慕那些时尚的服饰，只是他心里明白，时尚是要遭人忌恨的，他懂得孰轻孰重。他一年四季永远都穿着灰色或者蓝色的一身旧衣服，膝盖和屁股打着补丁，肥肥的裤腿，上衣领口永远系到最上面的一个扣子，并且喉结处的领钩永远挂着，让人一看便知道这是个规规矩矩的人；他留着短短的平头，一看便知是个不尚虚荣、干练的人；他长得厚厚的嘴唇，憨直的眼神，一看就知道这是一个忠诚、厚道的人；他非常能够吃苦，但从来不发牢骚；他对每一个人都好，特别是他憨厚的笑容，让人觉得他与你是赤诚相见的；凡是首长安排的事情他都会做的妥妥帖帖。别人完成不了的难活、累活交到他手里，他都能圆满完成；然而任何一个小兵小卒托付给他的事情，他也都做得无可挑剔。不管是在长官还是士兵眼里，不管是在男生还是女生眼里，也不管是在要求进步的，还是在落后分子的心里，他都是一个值得信赖的人。正因如此，来到九连不久就被任命为班长，现在已经是连首长倚重的人物了。现在连长就把最为重要的任务——测量冰层派给了他。

测量冰层实际上就是要冰面上找出一条横跨黄河的路。这活人命关天，丝毫不能马虎。为了抢时间尽早过河，必须每天都要拿冰镩在河面上凿冰窟窿，测量冰层的厚度。每隔四五米凿一个窟窿，每凿一个冰窟窿，都要埋上一根标志杆，标上冰层的厚度。遇到冰层薄的地方要绕开，另寻途径。

在陈连长的心里装着两个艰巨的任务，只等着黄河封冻才能执行。一个是冬运，二十团地处黄河南岸，交通干线都在北岸，他们要趁着黄河封冻期间，把一年生产、建设、生活所用的东西，如种子、化肥、农药、木材、石头、煤、水泥、白灰、钢筋等等一应物资运过来。如果用船，且不说成本太高，那么大量的东西根本就运不完！眼下正是冬季取暖的季节，每个班都有炉子，只要供煤一断，屋里顿时就会变成冰窖。而眼下储存的煤堆一天天在缩小。连长每天都在计算着这堆煤还能烧几天。黄河这边也有煤矿，叫作"高头窑"，盛产伟炭，可是太远，派车去高头窑拉伟炭，五天才能回来，只能用于应急，根本供不上用。因此，冬运，那又是一场大会战，时间紧，任务重，必须抓紧时间，尽早开始。这就是连长着急的原因。

另一个任务就是准备打仗。最冷的季节，黄河封冻冰层可以达到一米厚，苏联的重型坦克便可以如履平地开过黄河，直取北京。其实，陈连长内心极端矛盾，他既盼着黄河封冻，封冻后就可以开始冬运；又害怕黄河封冻，封冻后战争随时都可能打响——他见过战争，他更清楚，用他手下的兵团战士去阻挡苏联的坦克将会是什么结局。

"最厚的地方已经有 30 厘米了，照现在的天气，最少还要等两个星期中流的流凌才能封冻。"乡原说。

连长说："两个星期，两个星期！我们的煤肯定烧不了两个星期了！如果一个星期还不能封河，我们必须派马车去高头窑拉伟炭了。我们不能傻等，你必须上游、下游反复察看，一旦有封冻的通道，冰层只要够十公分，就能走人。只要能走人我们先用肩挑，人背，能运回多少是多少。只要这条道一通，我们就不用发愁没有煤烧了。发现了通道立即向我报告！"乡原连连称是。

　　没想到当天夜里从西伯利亚来了寒流。并没有狂风暴雪，那一夜是蔫冷，气温在一夜之间下降到零下 30 度。兵团的全体官兵从来没有见过这么冷的天气。早上推开门便觉得不对了，一眨眼，眼睫毛被冻住睁不开眼；一阵微风吹来，耳朵，鼻尖立即被冻出水铃铛；呼吸感到了冷气呛肺管子！

　　早晨背砖刚刚结束，乡原匆匆来到连部，眉毛胡子全是叮铃当啷的冰凌，向连长报告说："好消息连长，流凌封住了。"

　　连长一惊，说："测过冰层了吗？"

　　乡原说："测过了，最薄的一段冰层有 5、6 厘米。走人绝对没有问题。"

　　连长"腾"一下从椅子上跳起来说："真的！快带我去看看！"

　　乡原说："不用看了，连长您就放心吧，标志杆我都已经插好，上面都有冰的厚度，两行标志杆，中间就是我们冬运要走的路，路宽 5 米。只要不走出标志杆就不会迷路，也不会有危险。您不需要去看了，立即集合全连，今天就开始冬运吧！"

　　这就是乡原做事的风格，永远为领导想在前边，领导要求做一分，他会做出三分来。工作完成的比领导要求的还要好。

　　连长已经笑得合不拢嘴，说："快开饭！早饭后集合队伍，立即开始冬运！"

　　因为封河来得太突然，连长竟一时不知道今天运什么好。冰层还太薄，走车是不行的，木材、水泥、石头、煤，这些东西都不能运，需要等几天冻层加厚再说，想来想去现在只能运瓦。

　　那瓦是红色平板机瓦，是河北省一家砖瓦厂烧制的，每块 7 寸宽，12 寸长，每捆 6 块，每块 6 斤，每六块用草绳打成一捆，夏天就已经运到了乌拉特前旗火车站。每人背两捆，胸前一捆，背后一捆，72 斤，不多不少，恰恰能够承担。

　　早饭后全连紧急集合，连长发布命令："今天全体到乌拉特前旗火车站去，任务是背瓦。瓦在火车站站台，插着二十团九连的牌子。带上背包带，每人背两捆。我们不集合，不整队，也不分班，每人各自为战，两捆瓦背回来就算完成了任务，就可以休息了。现在出发！"

　　连长采用的是个人包干的方法，这是各种会战得来的经验，只要把活包在个人身上，定会完成得又快又好。连长估算，平时出窑背砖，每人能背一百五十多斤。现在背 72 斤自然没有问题。可是连长却忽略了，俗话说"远道无轻载"，长途负重三十里地，同出窑大不相同，另外忽略的则更为重要，还有三、四里冰上行走的路途。

　　打从来到内蒙古，半年多始终都在荒滩上劳作，他们被憋疯了！前旗，无论如何那里也是一个县城！好歹那里也有饭馆！饭馆里有馒头！有炒菜！炒菜里还有肉！今天居然可以去前旗了！他们接到了命令不仅仅没有感到任务的繁重，反而欣喜若狂！

　　如同笼子里久困的野兽，突然笼子门被打开。不论男女，回到宿舍，把所有的钱都带上，抓起背包带，找到自己最要好的朋友结伴，三一群，五一伙，说说笑笑向前旗出发了。

　　前旗火车站离九连 30 里，往返 60 里。结冰的河面平滑无比，低头看脚下，只见河水在冰下激流，仿佛行走在流水之上，令人心惊胆战。走了一阵并没有危险出现，才慢慢习惯，不再害怕。他们必须小步行走，乍撒着双臂维持平衡，才不至于摔倒。三个小时后他们先后到达前旗火车站。

　　恰好是中午开饭时刻，给前旗饭馆带来了空前的繁忙。前旗只有一家饭馆，二百多人突然同时挤进到处都是油污的店堂，顿时人满为患。十几张白茬木板的桌子，上面渍满油污，而九连人却毫不介意，瞬间全部占领，上面堆满了酒瓶，和他们刚刚买到的东西。同样是白茬木板的长板凳上挤挤插插坐满了人。男生都点上了烟卷，工夫不大，店堂里便烟雾弥漫，不能辨人。整个店堂里大呼小叫，一片嘈杂。

　　买饭要先买牌，然后凭牌取饭。买牌的窗口前排起了长龙，这长龙延伸到门外，在门外排出了半条街。

　　饭店里只有一道菜，是肉炒葱头；只有一种主食，那是馒头。这就够了！

　　须臾，馒头出屉，从取饭窗口喷出浓浓的蒸汽，携带了馒头的香气，朦胧了整个店堂。炒菜窗口也传出锅铲碰撞的声音。取饭的人往来穿梭于桌凳与窗口之间。

蒋春龙和刘胜利刚刚把取来的馒头与肉炒葱头放到桌上，窦小鳌咯嘣一声咬开了酒瓶，把瓶盖吐到了地上，咕嘟咕嘟把酒倒在桌上一圈白瓷大碗中。说了一声"干！"围坐一圈的弟兄们纷纷端起大碗，咕咚咕咚喝了起来。一口酒下去，吃上一口炒肉，一个馒头三口两口就下了肚。一会喝得兴起，吆五喝六地划起拳来。

其他桌上也陆续都摆满饭菜，开始大快朵颐。他们饭量极大，二两一个的馒头，男生每人吃十个，四盘菜。有人吃二十个，六盘菜！女生吃七八个馒头也只是中等。

大约下午一点钟他们陆续吃完了饭，许多男生已经喝得面红耳赤，一路踉踉跄跄向火车站站台走去。远远看见一垛红瓦整整齐齐地码放在火车道旁，插着一个木牌，上面写着"二十团九连"。

瓦是用稻草绳"两横一竖"打成捆的。把背包带穿过草绳，把两捆瓦连在一起，中间留出 2 尺长距离，一前一后搭在肩上。瓦一上肩，前后两捆瓦挤压，就感到了呼吸困难。他们知道，这时候来不得半点犹豫，怯懦都帮不上他们，他们需要把心一横，这就是唯一的办法，也是多日来习惯了的做法。

乡原和阎良是好朋友，他俩没喝酒，因此最先到达车站。各自背上两捆瓦就上了路。他俩人高马大，兼况年龄大了两三岁，力气更接近了成年人。这 72 斤重量在他们身上并不觉沉重。遂大步流星，转眼就把大部队甩在了后面。

他们一刻不停，两个小时后走上了河面。冰面上虽然很滑，但他们毕竟身大力不亏，两捆瓦在身上并不影响平衡。三个小时后他们到达连队，连长站在房子前面，等待着点数，验收。乡原一侧肩膀，把两捆瓦稳稳当当地从肩上卸下来，12 块瓦，完完整整，毫无磕碰，轻轻地放在地上。接着阎良也把两捆瓦放到了旁边。连长看见他们回来，抬头看看太阳还有老高，心中暗自欢喜：这就是首战告捷！连忙问："大部队怎么样了？"

乡原说："就在后边，随后就到。"

连长转过身来，遥望着蜿蜒的羊肠小路，却只远远地零零落落有人走来，仔细辨认，那是王智长和付恩同，再远处是谁？噢，孔令知。

他们也各自背来了完整的两捆瓦，没有损坏。

且说左红梅在饭馆见到吆五喝六划拳行令，皱着眉头，气哼哼说："乌烟瘴气！把兵团战士的脸都丢光了！"

她没有耐心排队等待炒菜，遂叫上平时几个要好的，柳卓儿，郑姝，每人匆匆买了一斤馒头，一边吃，一边走，五个馒头下肚，已经来到站台，背上了瓦就上了路。三个人前后排成一排，步伐一致，在黄土小路上一颠一颠走着。左红梅是排长，柳卓儿是班长，郑姝是副班长，她们干活从来都走在大家前面，今天第一天冬运，自然也要给大家做出个榜样。刚刚上路，还是有说有笑，没成想三里路之后就已经满身大汗。肩膀被勒得火辣辣疼痛，换肩便越来越频繁。原来这两捆瓦放在女孩身上确实难以承受。红梅念起了毛主席语录："下定决心，不怕牺牲，排除万难，去争取胜利！下定决心……"她紧咬牙关，一遍接着一遍，节奏和着步伐的频率，像是默默地对自己的叮咛。柳卓儿和郑姝听到了毛主席语录的声音，大受鼓舞，也随着她的节奏一起念诵起来。靠着毛主席语录助力，一个小时后，她们来到了河边。

内蒙古昼夜温差大，正是下午两点多钟，是一天中温度最高的时候，冰面上晒化了薄薄的一层水膜，那冰就格外滑。

从河岸走下冰面是一个几米高的陡坡。左红梅下坡没有收住脚步，前脚踩上冰面就滑了出去，摔了一个"老头钻被窝"。只听得夸嚓、夸嚓两声响，瓦捆墩在冰面上，红色的碎片随着清脆的响声如同天女散花，在冰面上飞溅，叮铃铃铃铃滚到远方。左红梅也在冰上滑出四五米远。幸亏棉裤棉袄很厚，并没有摔伤人。柳卓儿和郑姝还没来得及反应，也随后两声脆响，四脚朝天仰卧在冰面上滑行。

左红梅坐起来，两捆瓦变得松松垮垮，清点一下，每捆中完整的瓦只剩下三两块，其余都摔成碎片散落在冰面上，登时傻眼了，直愣愣看着碎瓦不知所措。柳卓儿见到瓦捆摔碎，气得咕嘟着嘴唇，坐在冰上，把身子拧来拧去。郑姝站起身来，说："还不赶快起来，离开这里？谁能知道这瓦是谁摔的？"一语点醒梦中人，三人立即起身，好歹把瓦捆紧，重新挎在肩上，继续启程。

窦小鳌、刘胜利和蒋春龙三人酒足饭饱后从饭馆走出来，本连人早已不见了踪影。冷风一吹，酒劲涌上来，晕晕乎乎，周身酸懒，强打着精神向火车站走去。把两捆瓦搭在肩上，刘胜利冷笑说："这两捆瓦放在肩上，一前一后，这就是人；要是放在背上，一左一右那就是驴。这不是拿人当驴使唤吗？"

蒋春龙说："要是驴也就不错了，驴每天都能吃饱喝足。"

窦小鳌说："说嘛也没用，天不早了，还不紧走着？"

春龙、胜利说："走着！"说着话，背着瓦，上了路。

十里路走过来，三人早已腿软筋麻。胜利说："前边就是南塔布了，到老龚家抽根烟，喝碗茶吧？"

小鳌说："那是非去不可的，上次去前旗看病，在人家里又吃，又住，老龚真是好脾气，从头到尾侍候着。今儿个我还给他带了瓶二锅头呢！"

春龙也早已累得气喘吁吁，没有不同意的。有了抽烟喝茶的指望，顿时觉得有了气力，遂加快了脚步，眼见得旷野上那间小小的土坯房一步步接近，来到了眼前。

南塔布是黄河北岸边的一个小村子，是从九连到前旗的必经之路。村里居住的都是当地农民，只有一家来自外地，这家就是老龚家。说是"一家"，其实只有老龚一个人。他五十多岁，生得矮小瘦弱。

小鳌三人来到小土房前的时候，老龚正站在门前眺望。多少年了，终于盼来了家乡那边来的人。他和知青同是来自大城市，便有着一种天然的投契。他家房子的位置又在从九连去前旗的路旁。九连战士凡是去前旗看病，办事，他都要让他们到屋里休息一会，给他们熬一锅茶，让他们喝好了再走。日子久了，九连人都知道，在去前旗的路上有一个村子叫作南塔布，村里有一个可以信赖的大叔叫老龚。

前面已经过去了几拨人，见他们匆匆忙忙往回赶，老龚没有强留他们进屋，却一直站在门前用目光迎送着他们走近来、走远去。此时，远远看见小鳌三人来了，便把他们让进屋里。三人卸下肩上的瓦，放到门前，抖一抖身上红瓦粉尘，一低头进了低矮的木门。老龚说："快上炕暖一暖吧！"这是北京口音，却已经混杂了河套的味道。

这是一间只有七平方米的草坯土屋，坐落在村子外面土路旁。炕占去了屋子的一多半，跟当地村民一样，炕上有个红漆躺柜，柜上码放着被褥。

锅里的茶热了凉，凉了又热好几遍了。见三人到来，他猫腰往灶里添了几块干牛粪，一会工夫，锅里就冒出了蒸汽。

三人盘腿坐在烫屁股的炕上，老龚拿出三只粗瓷大碗，用大黑铁勺盛满了茶，端到炕沿上。小鳖掏出了香烟，抽出一支先让给老龚，划着火柴给他点着。然后从背包中掏出了一瓶白酒放在灶台上。老龚知道那是给自己带来的礼物，也不推辞，说："今天你们有任务，下次来再喝吧。"

胜利惊奇地看见躺柜上放着一个一尺大小的镜框，里面镶着一张照片，不由得拿起来看。胜利读书很多，认出了照片上的人，说："了不得了龚伯伯！您跟彭德怀一起照过相？您参加过抗美援朝？"

屋里静了半晌，老龚深深吸了一口烟，吐在空中，说："抗美援朝算得了什么？我 37 年入党，打日本，打老蒋都参加了，还去朝鲜打过老美。共产党打过的大仗我都打过。"

三人大吃一惊，没有想到眼前这个瘦骨伶仃的小老头竟然有这样的经历！于是凑过来看那照片。照片上只有几十个人，每个人都穿着军装，上面有"中国人民志愿军"标志，胸前挂满了勋章。当中坐着的是彭德怀。

"这是第五战役给一等功臣颁奖的合影。"

小鳖说："那——您怎么到内蒙古当农民来了？"

老龚长出了一口气，说："毛主席把我忘了！五八年毛主席号召'干部下放'，当时我在商业部是个处长，我带头报了名。战争时期过来的人，简单，只有一个心眼儿，就是听毛主席的话！且别说毛主席要我下放，就是要这条性命，我也没二话。报名后我带头辞了职务，退了户口。成了商业部的先进典型。部里发了通报，向全国表彰，给我带大红花，拍了照片，登报纸，敲锣打鼓欢送。我自己要求，到最远，最艰苦的地方去，于是就派到这里当了社员。社员这么一当就是十二年。可是当时毛主席说的是'轮流下放'，怎么就不召我回去了呢？毛主席把我忘了。"

"是您自己一个人下放的吗？"小鳖问。

老龚说："是。当时孩子还小，四五岁，现在也就是你们这个岁数。老婆也有她的工作，就没带他们来。"

胜利问："现在呢？"

老龚说："职务没了，工资没了，户口退了。我真傻，干嘛要退户口呢？一起下来的人都没退，他们就都回去了。当时就是听了毛主席的话，要一心一意跟群众打成一片，不给自己留后路。我是这么想的，毛主席不会亏待我们。我真傻，真的，干嘛要退户口呢？"

小鳖问："那么您的家里人呢，媳妇、孩子？"

老龚说："老婆等我。左等也不回来，右等也不回来，等了一年多，老婆就跟我离了婚，带着一儿一女过日子。又过了一年，就带着孩子嫁人了。"

胜利听了直咂嘴，说："听听！这世道可是不如从前了！王三姐住寒窑，老爷们驻守边关，不知死活，一等就是十八年。这才等了两年，就受不了了。"

老龚说："这不怪她。是我让她走的。男人就要给女人好日子过。我给不了，就让她自己去找好日子吧！我不能让她和孩子跟着我受苦。"

三人听了唏嘘不已。胜利说："这十多年，您就不想他们吗？"

老龚说："怎么不想？想断了肠子！我的一儿一女跟你们一般大。可能也上山下乡了吧？他们已经认了另一个人为父亲，从来不跟我联系。我也不能打扰他们的生活。现在看见你们就跟看见他们一样。"

谈话中得知，十二年来，不管多穷困，他一直订阅着《人民日报》，因为那上边能够闻到风云变幻的气息，甚至是日子越久，他关注得越密切。特别是近几年来，每天他都盼着邮递员送报来。报纸的每一角落他都仔细找，认真读，希望能从上面找到一些蛛丝马迹，给他带来被召回的希望。

冬天昼短，三人不敢久留，唏嘘感叹中背上瓦捆上路，只需二三里路就到了河面。刘胜利走在最前面。斜坡下就是河面，三人站在坡上，看见河面上散落着一大片红色的碎瓦。胜利嘴角露出一丝微笑，说："他们把瓦都摔成这样了，我们还背着这鸡巴玩意儿干嘛？"

小鳖和春龙齐说："说的好！"

胜利走到下坡前，只把肩膀向下一歪，那两捆瓦就掉下土坡，落在冰上，"砰砰"两声，碎瓦沿着冰面，"叮叮铛铛"飞滚。紧接着小鳖和春龙也身子一斜，那瓦捆就滚了下去，碎瓦散落得眼前红乎乎一片。

三人走上冰面，脸上带着诡异的微笑。看一下自己的瓦捆，两横一竖的瓦捆里还有一两片没有摔碎，索性走上去用脚跺碎，捡起草绳，三人向连队走去。连长看见他们三人摇摇晃晃走来，却只背回来六根草绳，便猜到发生了什么事情，恨得咬牙切齿。

燕北近来喜欢跟蚩氓在一起，并非只因为脾气相投，更因为跟蚩氓在一起就可以接近秦娥，他暗恋秦娥已久，却谁也不知道。蚩氓和燕北来到前旗饭馆，看到排队的人太多，等待也是耽误时间，不如先去照相馆。来兵团已经半年多了，家里再三催促寄照片来，家里想他们，快想疯了。没想到照相馆也在排队，刚好秦娥和楚卿也在这里等待照相。

照完相回到饭馆，在这里吃饭的九连战友都已经离去。于是四人匆匆忙忙买了馒头，一边吃，一边往车站赶。来到车站，九连背瓦的战友早已不见了踪影，遂立即背上瓦就踏上了回程。

本地俗语说"夏天黑将来砍一背柴，冬天黑将来穿不上孩（鞋）"。走上河面时地平线还托着一轮白色的太阳，转眼间就拉下了夜幕。河面上起了云雾。一朵朵白云在冰面上游动，一会走进一片云雾，眼前一片朦胧，咫尺之间人影遁形，一会走出云雾，人形渐渐显露，夜色下只有轮廓，没有层次。气温骤降，又黑，又冷。行走在冰河当中，随着黑夜的降临，也降临了恐怖。

蚩氓说："这样走下去太危险，一旦走失，离开了过河的道路，不远处就有'亮子'。"

"亮子"就是没有冻住的河面，那下面有热水流，走进亮子就没命了。

秦娥说：“那我们手拉手，谁也丢不了，谁也摔不倒。”

那是个男女授受不亲的时代，男生和女生且不说手拉手，就连说话都犯忌。可秦娥却没拿这当回事。

在燕北那里，这话是她心地纯洁的表现，不由得增加了对她的敬意。遂立即应道：“好主意！我在前面引路，你们两个女生在当中，蚩氓断后。”说着就把手伸给了秦娥。秦娥拉住了燕北，又把另一只手伸给了楚卿，楚卿又拉住了蚩氓，四个人连成了一排。虽然都带着厚厚的棉手套，这也是男女生之间最亲近的接触，心中顿时生出了生死与共的信念。

楚卿说：“我们不要快，只要安全！只要安全上了岸，就不怕了。”

三人说：“好！”遂放慢了脚步，用脚寻找着路，用手寻找着路标，小步往前，一步步蹭。

忽然蚩氓说：“听！有人唱歌！”

四人停下了脚步，仔细听。夜很静，果然听见有歌声传来。

“是康小妹！”楚卿说。

“就是她！”秦娥说。她们经常在一起，识得她的声音。

脚下有散落的碎瓦，准是她在这里摔倒了。听声音很近，只是看不见人影。

四人牵着手，寻着声音，也寻着碎瓦散落的方向走去。

燕北说：“我们已经离开了标志杆很远，前边就是‘亮子’，不能再往前走了。”

可是歌声却停了，失去了找寻的方向。

楚卿高声叫道：“小妹，小妹你在哪？答应我一声！”呼唤在黑夜的冰河上飘荡，传向远方。许久也没有人回应，他们在等候回应。

许久，那歌声却又响了起来，声音不大，只是小声地哼哼：“小羊儿乖乖，把门儿开开，妈妈回来了，妈妈来喂奶。”

那声音就在耳边，原来康小妹也就在身边。再走近才看到矮矮的一团黑影，小妹坐在冰上，就像坐在炕上一样，两捆瓦堆在身边，悠闲地唱着。

楚卿松开手，蹲下抱住小妹，说：“小妹，你怎么在这儿？摔伤了吗？没有就好，你在这里干嘛？"

小妹神秘地说："我藏在这，她们从这过，谁都没看见。"说着得意地笑着。

楚卿说："为什么要藏起来？"

小妹说："瓦都摔碎了，她们看见又要笑我笨了，连长又要跟我发脾气了。"

秦娥说："不怕的小妹，摔碎瓦的不只是你一个人，路上有很多碎瓦呢！"

小妹说："那也不行，别人摔碎了没人说她笨，我摔碎了就都笑话我。"

楚卿说："那也不怕，我们的瓦都没碎，等上了岸，每人分给你两块，你就够数了，重新捆好，连长也看不出来。"

好歹哄着小妹站起来，蚩氓把瓦捆帮她挎到肩上，只剩下四块好瓦了，却也减少了负担。五人手拉手，把小妹夹在中间。顺着来时相反的方向找到了标志杆，沿着冰道，顺利地上了岸。接近连队时，每人抽出两块瓦，给小妹凑够十二块，蚩氓给她重新捆好，背进了连队。

正在等待验收的连长见到他们到来，高兴得不得了，说："你们可回来了，正要派人去找你们呢，只等你们五个人了！"

五人从肩膀上卸下瓦捆，四人都说自己摔破了两块瓦。连长清点了一下，看到康小妹满身都是冰凌，屁股后的棉裤冻成了一块冰板，说："这个这个康小妹今天表现很好，把自己摔成了这个样子，却一块瓦也没有摔碎，啥子叫个大公无私？摔了自己，也不能摔碎瓦，这就叫大公无私！她现在这个样子应该给全连同志看一看，应该开大会表彰，向康小妹学习！"

小妹哈哈大笑起来，说："连长你怎么这么傻呀？你上当了，我的瓦都摔碎了，这些都是他们给我的，专门哄弄你的。你上当了！哈哈哈哈……"

连长愣了，半晌才醒悟过来，连连点头，说："康小妹呀康小妹，你真是个好同志啊！"

第 82 章　燕北大骂任团长

　　冬运大会战终于全面铺开了。在广阔的黄河冰面上，沿着一条狭窄的冰道，行走着川流不息的人流与车流。各种运输工具都用上了，手推车，毛驴车、马车、拖拉机、汽车。没有运输工具的，就人背，肩挑。没有容器，就用裤子：两条裤腿装满煤，刚好 100 斤左右，往肩上一挎，一前一后很合适。团党委提出的口号："跟帝修反抢时间！要在战争打响之前，做好物资准备！"

　　不久下了一场大雪。没膝深的雪覆盖着库布齐沙漠，覆盖着布拉滩，覆盖着黄河和苍莽的乌拉山。冬运就在皑皑白雪上进行。

　　二班的任务是用毛驴车运煤。每人赶一辆毛驴车，每辆车的任务是 500 斤煤，每天往返一趟前旗火车站。

　　这天齐蚩氓赶着那个曾经惹下大祸的毛驴"一个蛋"，拉着一车煤从前旗往连队走。天将傍晚时，走到了南塔布附近，突然车误住了，那是一个雪坑陷下了一只车轮。只好拿出铁锹，清除车轮前的雪，然后，一边呼喝着"一个蛋"奋力拉车，一边用手搬动车轮。人和驴共同努力，终于把车推出雪坑。满身满手都是冰泥，遂把车停在道上，抖一抖身上的冰泥，准备再度启程。忽然发现路边雪地上有一个黑洞，里边不时发出"嘶嘶"的叫声。走过去往洞中一看，哇！深深的洞里有一只小狗。蚩氓把胳膊伸进洞里，把小狗掏了出来。那小东西毛茸茸的，乌黑的脊背，淡黄色的肚皮，憨稚的黑眼睛上端有两个淡黄色的毛构成的圆点，这是一只"四眼狗"。当他把那热乎乎的肉团团捧在手里时，心被一股暖流融化了。捧着它真是如获至宝，放在脸颊反复磨蹭，他自己也没有想到，竟然"呜呜"放声哭了起来，哭得很幸福。哭了好一阵，然后解开大衣纽扣，小心翼翼地把小狗揣进怀里，赶着驴车，把小狗带回了连队。

　　这小东西实在太小了，还在哺乳期，不会吃干粮。蚩氓就把干粮嚼成粥状，用手指抹进它的嘴里，那小东西居然吧唧吧唧嘴，咽了下去。每天兵团战士开饭，小狗就开饭；打来的饭是馒头，小狗就吃馒头；饭是窝头，小狗就吃窝头；饭是薯干，小狗就吃薯干，薯干这么粗劣的食物嚼成粥，那小狗竟吃得津津有味，每咽下一口，都会用圆圆的小舌头把嘴边残渣舔进嘴里。饭本来就不够吃，蛋氓宁可自己饿着，也不能让小狗饿着。

还是担心小狗营养不足，蛋氓就带着水壶，到沙漠边老祁家去寻羊奶。有了羊奶，小狗很快就强壮起来。小东西有着使不完的精力，一刻不停地在地上、炕上玩耍，撕咬，打滚。累了，就爬在鞋上睡觉。一个月后它能到处跑了，也能听懂口令了，该给它起个名字了。

连里已经有了两条狗。陈连长家的狗叫"白磊"；小崔家的狗叫老黄。蛋氓想给狗起一个有意义的名字。一个狗的名字涌上脑际："阿随"！这是《伤逝》里子君的狗的名字。只要读过《伤逝》，就会知道蛋氓的意图是什么，他要让这只小狗随时提醒自己，不要重蹈涓生的覆辙，换个说法，就是不要恋爱。其实，之所以需要提醒，正是因为心里正在恋爱。

蛋氓每天带着阿随去前旗拉煤，把它揣在怀里。渐渐阿随长大了，就把它放在车辕处。每天回来的路上，总免不了到老龚家喝一碗茶。老龚十分喜爱阿随，每次去都要给它好吃的东西，队里分的羊肉，自己舍不得吃，给阿随却舍得。

冬天过去了，阿随长成了英武少年，短短的耳朵立了起来，便显得格外勇猛。它整天在布拉滩上四处奔跑。在滩上自己找到了丰富的食物来源。它天生会捉老鼠，布拉滩的田鼠个头特大，尾巴有小拇指粗，一只老鼠就是一顿肥肥的美餐。

冬季会冻死许多"爬羊"，当地人所说的"爬羊"，就是体弱的羊。冻死的羊被剥掉皮后丢在沙漠中，成为阿随的美味佳肴。蛋氓发现，每天上午阿随都会失踪，到中午回来，嘴头带有血迹。有一天跟踪它才发现，它自己跑到沙漠边去大快朵颐。有肉吃，很快阿随就长成了一只威武雄壮的猛兽。浑身毛闪闪发光，黑色和黄色分明，样貌忠诚且灵透。

很快，阿随成了九连狗们的领袖，白磊和老黄整天追随它不离左右，跟随它去布拉滩寻找食物，在草原上玩耍，跟老乡的狗群掐架，一起看护着九连的营房。阿随成了九连全体战士的爱犬。无论男生还是女生，每逢自己家里寄来好吃东西，总忘不了把阿随叫来，把糕点，奶糖给它吃。这是后来发生的事情，暂且不提。

且说任团长自从上次常委会上被政委批评"小布尔乔亚"之后，心中甚是愤愤不平。我就不信只因为我是知识分子，就总也摆脱不了理亏气短的局面！哼！无情未必真豪杰！有情也未必都懦弱！知识分子照样有健朗风格，坚韧素质。这些你们未必懂得！也罢，此后不再参与你亲自掌管的政治思想工作了。自己负责的是军事和生产工作，这恰好是发挥粗犷硬朗风格的天地。看我怎样与那小布尔乔亚实行最彻底的决裂！让你们见识见识，什么是雷霆手段！

尽管心里这样想着，有一个问题却始终困惑着他。他始终也想不明白究竟对士兵应该善，还是应该恶。他清楚，这就是他与牛政委之间根本的冲突。每当这个问题涌上脑际，总不免一阵恼火涌上心头：已经五十岁的人了，白读了那么多书，经历了那么多事，怎么连善恶都分不清楚了呢？怎么还会怀疑善是对，恶是错呢？

可继续想，这却并非是个泾渭分明的问题。对士兵善，会导致同心同德，同心协力，奋勇杀敌。白居易有"含血吮疮抚战士，思摩奋呼乞效死"的诗句，早已把道理讲得明明白白：长官为战士含血吮疮，战士为长官奋死效力。从古至今从未有人怀疑过这个逻辑。

可眼时下所见到的现实却并非如此。而是相反，哪个连队领导对战士慈爱，那个连队的战士们就无所敬畏，蹬鼻子上脸，连队建设搞得一塌糊涂。而哪个连队的领导对战士冷酷无情，那个连队的战士们就积极努力，令行禁止。

尽管他与政委的观点针锋相对，但他始终怀疑自己的正确性，因为他屡屡看到政委的做法行之有效。我对你善，我将会失败；他对你恶，他反而成功。难道真的是这样吗？

唉！人啊人，我是爱你们的，但我不知道该怎么对待你们。

深夜，九连战士被枪炮声惊醒。先是两颗炮弹炸响，仿佛就在窗户根底下，震得玻璃哗愣愣响，屋顶落下泥沙砸在脸上。接着是机关枪嘟嘟嘟嘟射击的声音。声音稍停，紧急集合号响了起来。紧急集合号吹过三五遍之后，炸弹声和机关枪扫射的声音又响起来，和着号声夹杂在一起，在布拉滩上空回响。

陈连长"骨碌"坐起来，他久经沙场，朝鲜战场上他已经是一名连长，这种情况他见得多了。他没有慌张，侧耳仔细听炸弹声，确切说那不是炮弹，而是手榴弹，他一听就知道；又听了听机关枪连发的声音，苏式"波波沙"冲锋枪，他太熟悉了，朝鲜战场上他们使用的就是这种枪，十多年了，苏军还是用这种枪吗？莫非苏修真的打过来了吗？如果是苏军打了过来，那么紧急集合号又是谁吹的？我是连长，我不命令吹紧急集合号，谁还会呢？

顿时他心里已经明白了大半。遂立即穿好棉衣棉裤，穿上羊剪绒皮大衣，蹬上军用羊皮里子大头皮靴，戴上羊剪绒皮帽子和军用羊皮手套，挎上手枪，推门出来，向操场跑去。

大雪刚刚下过几天，夜幕下一片白色的世界。白雪反照着天光，隐约能够辨认地面的物体。大地上积雪没膝，家属房前有一条踩踏出来的小路，小路便是一道凹陷下去的雪沟。走在小路上，大头皮靴踩在雪上发出"吱吱"的响声。

操场的篮球架下，一个侧身的剪影在吹号，辨不清面目。再远处，有人端着冲锋枪向天上射击，枪口喷射着火焰；更远处，一个人在往草滩上投手榴弹，炸起一团红色火焰，爆出一团浓烟。再往前走，在操场中央，那里的雪已经被日常早操踏平。一个人，高高的个子，正低着头来回踱步，军用大头鞋不时踢着脚下的砖头瓦块儿。那人黑乎乎的络腮胡子茬，只看轮廓也辨认出来了，那是任团长！顿时他明白了一切。遂立即加快了步伐跑到任团长面前，一个立正，规规矩矩行了一个军礼，说道："报告团长，九连连长陈忠义前来报到。"

任团长头也没抬，脸色比冰雪还要冷，只把带着军用羊皮手套的右手向头部比画了一下，算是还了一个军礼，脚下还在踢着砖头瓦块。轻声说："司令部三令五申，要把战备工作做实。紧急集合号吹响，你们多长时间能够集合完毕？"

陈连长说："报告团长，最多两分钟完成！"团长抬左手，另只手的手指拨开衣袖看了一下手表，说："两分钟？现在已经五分钟了，一个人影都没见到。"

连长说："我们练过无数次都是两分钟。今天不一样。"

"有什么不一样？"

"往常没有枪炮！"

"这是理由吗？"

"就是这个理由。"

团长厉声说："有了枪炮声应该更快才对，怎么会更慢了呢？"

"新兵上战场，第一次都是这样！"

"都哪样？"

"都吓软了腿，尿了裤子。"

冲锋枪不停地射击着，手榴弹爆炸声一声连着一声，紧急集合号"滴滴答答"吹着。任团长和陈连长不停地拨开手腕的衣袖看手表。

黄河封冻以来，九连战士一直在冬运大会战中奋战着。除去驴车队十几个人之外，绝大多数人都在用人力搞运输。背瓦、背煤、背水泥、背钢筋、背白灰。每天 30 公里步行，回程 15 公里，背负着百什斤物资，对于任何一个人这都不是轻松劳作，况且他们的肚子空着！

与此同时，战备这根弦始终紧绷着。深夜的紧急集合隔三岔五地举行。每次都是模拟实战，阻击苏修坦克。"狼来了"喊多了，人们皮了，再不相信会有战事发生。

然而今天的情况不一样了。酣睡中被枪炮声惊醒，震得屋顶哗哗掉土，他们断定这回是真的，相信之后，意识到要立即起身去参加战斗，然而腿却不听使唤，只觉得两腿间一热，裤子就湿了。努力控制一下尿流，可那控制机关却不听使唤，直到尿得痛快淋漓。

大约五分钟后，男排、女排，操场两侧宿舍终于有门打开了，零零星星有人东倒西歪地跑了出来。二班属于武装排，还背着枪，系着子弹带。最先走出来的不是王智长、付恩同、孔令知、阎良等那些积极分子，却是窦小鳌、刘胜利、蒋春龙几个不受待见的地痞流氓，还有齐蛊氓和燕北。

无数次紧急集合，他们有了经验——外面冷！还要爬冰卧雪！因此，他们把所有能穿的衣服都穿在了身上，秋衣秋裤，绒衣绒裤，毛衣毛裤，棉袄棉裤，特别是妈妈做的棉裤，特厚，把棉裤立在炕上，它自己会站立不倒。不知道多少层穿在身上，再套上兵团发的棉裤，膝盖就很难折弯了。最后外面套上了兵团大衣，走起路来像直立的熊，摇摇晃晃。尽管如此，依然冷得彻骨，浑身颤抖，心在颤抖，肝在颤抖，五脏六腑都在颤抖，不仅仅因气温低，还因肚子里没食儿。

陈连长连忙整队，任团长一伸手把他拦住说："你不要管，今天听我的命令，我要亲自指挥，把这个实战演习从头做到尾。通讯员！继续吹号！继续等，我倒要看看多长时间能够集合完毕！"接着转过头问已经到来的士兵："人怎么还不出来？"

窦小鳌笑说："吓堆乎了，站不起来。"

刘胜利也笑说："团长去看看他们的被窝，早都屁滚尿流了。"

任团长说："怎么会吓成这样？"

陈连长说："报告团长，这是真的。第一次上战场的士兵都这样，见到血肉横飞，志愿军的战士们裤子也都湿了。"

任团长说："所以，我们就要立即进行战争状态的训练！"

大约十分钟，终于集合完毕。团长走到队伍前说："接到上级情报，苏联向我们发动突然袭击，现在他们的装甲部队正在向我们开来，马上就要到达黄河岸边，我们必须立即出发，提前进入阵地，对他们进行阻击。同志们，保卫毛主席，保卫党中央，为国立功的时刻到了。听我的命令，向前方阵地出发！"说罢，大臂一挥，部队呼噜呼噜向黄河岸边进发。

走出连队向东不远就进入九连的耕地，几千亩耕地一马平川，一直延伸到黄河岸边。耕地中干渠、斗渠、支渠、毛渠，像棋盘一样纵横交错。这些渠都是为了阻击苏军坦克而设计的，所以超宽超深。到达黄河岸边，要跨过七道支渠，这些支渠正是他们现在前进的障碍。

先是一片平坦的开阔地。团长命令到："快，快！加快速度！"

五铧犁翻过的土地，起伏的沟壑被没膝的白雪覆盖，一脚踩下去，不知下面是深是浅，不小心就会崴脚。穿得像熊一样的战士们小心翼翼走上去，乍撒着双臂，东倒西歪。百米后，眼前就是一号支渠，翻过这道渠，就要翻过两道一米多高的渠背和中间二米深的渠底。

"快快快！越过障碍，赶在敌人到来之前进入阵地！加快速度！"团长吼道。冲锋号跟着响了起来。

齐蛀氓、窦小鳌首先冲上了大渠，接着跳到了渠底，翻身又越上另一面的渠背。女生们都跑在了团长后面。陈连长紧跟团长身后，不离左右。燕北跑到了渠边。最近因为缺乏营养，眼睛有些夜盲。一片雪白之下，视力失去了立体感，渠背隆起他看不出来。一脚踩在隆起的渠背上，摔了一个大马趴。他一轱辘站起来，伸脚试探着眼前地面的高低，好容易登上了渠背，再往前迈步，却一头栽进了渠底。他扶着渠边爬了起来，翻身越上了对面的渠背，却又一脚踩空，一溜滚下渠背，一仰八叉又倒在渠边。他翻过身来，双手支撑身体跪在地上，试图再度站立起来，两腿却在瑟瑟发抖，几次努力都没能站起来。

任团长翻过大渠，只看到一个一米八的高大战士，穿得周身滚圆，如同笨熊一样倒在地上，周身瑟瑟颤抖，顿时气不打一处来，抬起他那穿着军用大头鞋的脚，朝着燕北的后背踹了过去，骂道："你个熊玩意儿，穿多少东西你还抖成这样？贻误了战机我枪毙了你！"

燕北后背挨了这一脚，前胸一腆，趴在雪上，呛了满脸雪。没想到任团长收脚的时候，鞋后跟的钉子挂住了燕北的大衣。只听"嗤——"的一声，大衣后背被挂破一个一尺多长的直角三角形豁口。那兵团战士的大衣，里边絮的都是再生棉，纤维短碎，犹如芦花、蒲绒。一阵狂风吹进那三角豁口，大衣鼓成了气球。"呼啦啦"飞得漫天棉絮，掏空了半截子大衣。

任团长一脚踹完，看他还在发抖，上下牙齿相撞"嗝嗝嗝嗝"作响，更加愤怒，高叫："你屄成这样还能打仗啊！"接着又是一脚踢了上去，把趴倒在地的燕北踢了一个滚儿。后面跟上来的部队见团长踢翻了燕北，都被吓呆了，纷纷停下来观看。

燕北挣扎起来，跪在雪地上，放声说："你骂我熊玩意儿，我穿的是什么？你穿的是什么？我吃的是什么？你吃的是什么？你就是眼瞎了，心也瞎了吗？你穿的是羊剪绒皮大衣，我穿的是再生棉的兵团服；你吃的是精米白面，大鱼大肉，我吃的是薯干稀粥都不管够。半年多我没吃过一顿饱饭！"

说罢呜呜的越哭越冤，见大家都围过来观看，索性一轱辘身子站了起来，用袖子抹了一把眼泪，说："今天当着全连人的面，咱俩把衣裳换个个儿。我穿上你那一身衣裳，我要是再哆嗦，我就是你侚的！你枪毙了我，我也没得怨。你穿上我这一身衣裳，要是你也哆嗦，你就是我侚的！我枪毙不了你，我就侚你八辈祖宗！"

说罢把大衣、棉袄、棉裤，一件一件捭下来扔在雪地上，直脱得露出一身嶙峋瘦骨，说："有种的你也脱，你倒是给爷脱呀！"团长见状，扶了扶白框眼镜，看着他根根肋条在寒风中发抖，一时不知如何是好。

陈连长见状，吼道："燕北！这里是军队，你辱骂首长，我军法处置你！王智长，付恩同！把他给我带走，关起来！"

王付二人听到连长命令毫不迟疑，窜过来一边一个，架起燕北，正要带走，任团长高声叫道："把他给我放下！"

说着脱下自己的大衣，裹在燕北的身上，紧紧地抱住燕北，说："对不起，是我错怪了你。"

大家看到，这时的任团长已经不是刚才凶神恶煞的面孔，他满面泪痕，喉头哽咽抽搐，说："这不怪他，是我不了解情况，你们快把他送回连队暖和暖和。"

连长见状，连忙捡起燕北的大衣给团长披上，说："看什么看！继续执行命令，向黄河边进发，尽快占领阵地！"

演习继续进行，到达黄河岸边时，河对岸的乌拉山顶已露出红色的曙光。

任团长脚踢燕北的故事被增删渲染之后不胫而走，很快二十团每一位官兵都听到了同一个故事的不同版本，他们也有着各自不同的解读。有人认为燕北是英雄，敢于冒死讲真话，喊出了兵团战士的心里话；有人认为他以下犯上，触犯了军规，破坏了战备，等着倒霉吧。有人认为任团长对战士犹如严父，凶狠，残忍，但他是真心爱战士的；也有人认为他婆婆妈妈，坏兵团大事的必定是他。